LIVRO DO DESASSOSSEGO

不安之书

全译本

FERNANDO PESSOA

[葡] 费尔南多·佩索阿——著

[哥伦比亚] 热罗尼莫·皮萨罗——编　金心艺　周淼——译

雅众文化 出品

目 录

中文版译者序	1
编者导读	3

不安之书

第一阶段	25
第二阶段	191

附 录

I. 葡萄牙国家图书馆未收录的文稿	477
II. 标注为"L. do. D. (?)"的文稿	480
III. 两篇注释	484
IV. 幕间虚构作品	486

中文版译者序

不安之时与《不安之书》

虽然佩索阿幼年曾随父母客居南非，但17岁回到里斯本之后，他几乎再也没有离开过这座城市。大部分时间，他在一家商社担任文秘工作，晚上阅读写作，日常活动半径不过周边几个社区，但其心态和我们今天因为疫情被迫囿于街巷里闾是大为不同的。他的代表作《不安之书》，就是在这二十多年间陆陆续续写就。《不安之书》在佩索阿生前并未结集出版，是经后人联缀而成。近一个世纪以来，佩索阿新的伏稿、散篇不断被发现，手稿研究也不断有新的成果，因此《不安之书》的版本至今仍在持续"生长"中。

《不安之书》最早由著名作家韩少功于20世纪90年代译成中文，当时书名为《惶然录》，后来又有过陈实选译本和刘勇军译本，以及其他零星散译作品，其中一些译本参考了美国译者理查德·泽尼斯（Richard Zenith, 1956— ）的英语译本。这次从葡萄牙语译出，我们选择著名佩索阿学者热罗尼莫·皮萨罗（Jerónimo Pizarro, 1977— ）编订的2014年版《不安之书》作为底本。它与泽尼斯版最大的区别在于，后者打乱了原书各片段的创作时间，按主题重新组装成篇，而前者力图还原《不安之书》的阶段性特征、文本的非统一性、内在作者的多元化以及开放的修辞世界。此外，《不安之书》

是一部横跨二十年创作时间的作品，集中体现了佩索阿文学创作中"未完成"与"进行时"的特点，皮萨罗教授添加的许多脚注，既是对作品创作细节的补充，也进一步表明了这些特点。因此，我们除了全本翻译，也将葡语底本中的长篇导读和所有编订者脚注译成中文，以便读者从全新的角度了解为何《不安之书》是葡萄牙语散文的巅峰之作。

佩索阿是语言大师，在标点符号、用词、句法、修辞上都有匠心独运的表达。例如《不安之书》早期的一些片段，想象瑰丽，语言具有高度的流动性，甚至把断句和划分意象的任务抛给了读者。晚期文本则更像是一个办公室小职员的日常漫谈，但背后依然以语言的微妙展现精微的哲思。本书的翻译亦随着原文风格的变化而变化，没有刻意追求统一。

对很多中国读者来说，佩索阿和《不安之书》几乎就是葡萄牙文学的代名词。感谢雅众和曹雪峰老师的信任，委托我们从葡萄牙语把这部重要作品全本翻译、介绍给国内读者。感谢皮萨罗教授的慷慨帮助和其他师长、亲友的鼓励。我们的工作从疫情前开始，疫情蔓延期间在葡萄牙科英布拉完成初稿，最后分别在澳门、科英布拉完成全书定稿。这两年全球裹足，东西渐远，内外共卷。在这个不安的时代，可以专注于《不安之书》的译事，也算是一种移情和幸运吧。文学的光荣属于佩索阿，翻译的不足则应由译者承担。疏漏、错译之处，请读者、方家指正。

2021 年 11 月，立冬

金心艺 于澳门

周森 于科英布拉

编者导读

在以"旋涡,旋风,在生活流动的肤浅中!"(第246篇)开头的篇章里,一个由池塘、河流和小溪组成的"水之意象"在我们面前构建起来,这个意象的出发点,是视野中的人群,他们"在(里斯本)市中心的大广场上"穿行,像"多彩而庄重的水"一样。对叙述者而言,这个由人群组成的"水之意象"在"大广场"流淌着——他还补充道,"因为我想到快要下雨了"——与"这一不确定的来来往往"巧妙契合,也就是说,与生活如水流和回流的感受相契合。复数形式的"来来往往"?是的,对此他这样解释:

> 在写最后这句话的时候,我觉得它准确地说出了它所定义的东西,我想也许有必要在我的书出版时,在"勘误"下面加一栏"非误",然后写上:"这一不确定的来来往往",第几页,的确如此,形容词单数搭配名词复数。(第246篇)

佩索阿终究没有写下这些"非误",但是,如果他真的写出来,我们会更容易明白《不安之书》究竟是怎样充满这些能够引起陌生感的语句——并不仅仅因为语法上的搭配——同时也能明白,《不安之书》是如何得益于作者的语言意识,从而形成富有音乐性和梦幻感的散文风格的。在本文中,我并不想证明《不安之书》的伟大在于它有一定数量的、不那么正统的语句，也不想证明这些语句必然提升了某些篇章的价值（正如若热·德·塞纳[1]所说，"有些篇章是最优美也最有穿透力的葡萄牙语散文"）。我想说的是："非误"计划表明了本书语言的一种高深意义；《不安之书》的散文值得研究，因为是它定义了这部作品，并彰显出作者的特色。福楼拜说"包法利夫人就是我"，佩索阿则通过（或不通过）半异名作者贝尔纳多·索阿雷斯宣称："很大程度上，我就是我写的这篇散文。"（第322篇）此外，任何对《不安之书》文本的反思（越来越以创作计划和"非误"概念为引导）都包含对该书的编订工作进行审视，因为很多时候，编订者除了确定文本，还会修改原文。

*

在写下"这一不确定的来来往往"的同一天（1930年4月25日），佩索阿还创作了另一段文字，其颠覆程度不亚于前者：

> 广场东边比另一边有更多的外地人。好像铺着地毯的闸门，那些波浪状的门向上降下[2]，不知为什么，正是这样的一句话向我传达了那个声音。也许因为门降下的时候才更能发出那个声音，但是此刻它们正在上升。一切都是可以解释的。（第246篇）

---

[1] 若热·德·塞纳（1919—1978），葡萄牙著名诗人，也是二十世纪四十到七十年代重要的佩索阿研究学者。正文括号中引用的话，出自塞纳身后发表的文章《关于〈不安之书〉的未发表评论》（《人物》杂志1979年第3期，第39页）。（本条注释为译者注。本书脚注如无特殊说明，均为编订者注。）

[2] 原文如此，"降下"（descer）搭配"向上"（para cima）。（译者注）

可以注意到，那些门（窗？）不但反逻辑地向高处降下（佩索阿还用铅笔加了一条注释："也许因为门降下的时候才更能发出那个声音"），而且是"波浪状的"（onduladas），一个出人意料的形容词，和"铺着地毯的"（alcatifadas）一样，两者还押韵。《不安之书》的语句寻求贴合并传达多重感受，常用一种有韵律的散文来表达，与诗歌建立了明显的一致性。让我们在同时代的一段笔记中（1930年3月23日前后）回顾《不安之书》的诗艺："把马拉美的感性放在维埃拉[1]的风格中；在贺拉斯的躯体中像魏尔伦一样做梦；在月光下成为荷马。"（第230篇）也可参见《不安之书》五篇中的第一篇，"贝尔纳多·索阿雷斯著"，由佩索阿于1931年发表在《发现》杂志上，开头如下：

> 作为艺术形式，比起韵文，我更偏爱散文，理由有两个。其一是个人原因，我没有选择，我无法用韵文写作；其二则是放之四海皆准，而且我完全相信，这不是前一个理由的影子或伪装，所以我有必要将它拆解，因为它触及艺术全部价值的深层意义。
>
> 我把韵文看作一种中间性的东西，一种音乐向散文的过渡。和音乐一样，韵文受到韵律法则的限制，即使不是规律韵文那生硬的法则，也仍有着类似谨慎、强制、压迫和惩罚的自动装置。在散文中，我们自由说话。我们可以添进音乐节奏，但还能思考。可以添进诗性节奏，但还能处于它们之外。一个偶然的韵文节奏不会阻碍散文；一个偶然的散文节奏则会将韵文绊倒。

---

[1] 安东尼奥·维埃拉神父（1608—1697），葡萄牙十七世纪重要的宗教学家、哲学家、作家和演说家，葡萄牙巴洛克文学代表人物。（译者注）

在散文中囊括着整个艺术——一方面因为在言语中包含整个世界,一方面因为自由的言语包含说出和思考这个世界的全部可能。(第331篇)

异名作者里卡多·雷耶斯和阿尔瓦罗·德·坎波斯在其他文字中延续了这场争论,佩索阿生前未曾发表这些文字,他去世之后,它们才在《私密笔记和自我阐释》(1966年)和《有待认识的佩索阿》(1990年)中得以发表。我不参与这场被《不安之书》扩展并复杂化的争论,但我想强调的是,对佩索阿/索阿雷斯来说,散文是获得自由的化身:"在散文中,我们自由说话";"自由的言语包含说出和思考这个世界的全部可能"。这种自由,不管真实或是表面,都是《不安之书》试图要推向极致的。在与上述引文同年代的一个文本中,作者尖锐地回应了"没有人读我写的东西,那又怎样?"这个问题,他说:"我写我自己,是为了从生活中散心",其中,"我写我自己"(escrevo-me)用的是动词"写"(escrever)不寻常的反身形式。而他怎样写作?在怎样的散文中散心?

*

鉴于我一直提到《不安之书》的"作者",我认为有必要澄清这个问题。说到底,作者必然是佩索阿本人,而且我认为,他也应该有这个权利。只是,《不安之书》有一个内在作者,首先是佩索阿本人,或他的某个本名形象;其次是维森特·格德斯,作为异名化的第一步;接着又是佩索阿;然后是贝尔纳多·索阿雷斯,作为异名化的第二步;最后,看来还是佩索阿。我说"看来",因为每当我们在佩索阿遗稿中找到未标明虚构作者也未署名的文本时,都倾向于——如果笔迹出自"真实"作者的话——将它们归到佩索阿名下。信函、图表、计划清单、各种各样的笔记，时常有助于我们将未标出作者也没有签名的文本归于某个"梦做成的"形象。但是，如果没有这些外在元素，我们则倾向于认为由佩索阿手写或用打字机写出的文字就是他本人的。《不安之书》的情况是，没有一个片段由格德斯或索阿雷斯署名，尽管他们的名字出现在其他地方，比如作品计划、出版计划清单（包括《不安之书》）以及若干片段的标题。这使我们可以确定，格德斯是1915—1917年"序言"片段中的一个阶段性角色，当时《不安之书》更接近一种后象征主义日记，而不是具有私密性和哲学性的笔记整合体；而索阿雷斯则是该作品多产阶段（1930年前后）的晚期角色，当时佩索阿已经不知道是否应该加入或剔除许多旧的片段，即一些"大篇章"，如"巴伐利亚国王路德维希二世葬礼进行曲"和"不安之夜交响曲"，事实上，当时的一篇笔记这样写道：

> 本书的组织整理，应当基于对现存各种片段尽可能严格的筛选，但也要改写那些不符合贝尔纳多·索阿雷斯心理特征的早期文本，正如现在所发生的一样。除此之外，还要对作品风格进行整体性的校对修改，避免在私密表达的基调中丧失梦幻与逻辑不连贯的特点。（附录8）

佩索阿以一贯的清醒认识到，一个作者的创作部分地取决于一种心理特征和风格的创造——就像后来福柯理论化的那样——这并不妨碍有一个健康的卡埃罗[1]和一个生病的卡埃罗，或者第一、第

---

[1] 指佩索阿的异名诗人阿尔贝托·卡埃罗。（译者注）

二阶段的维特根斯坦。遗憾的是,佩索阿最终没能将更早的片段按照索阿雷斯的心理特征进行改写,也没有"对作品风格进行整体性的校对修改"(也许他只是刚起了个头)。

那么《不安之书》究竟是什么呢?我认为,在这部作品中,至少有三位作者在寻找同一本书——就像皮兰德娄的剧作中那六个寻找作者的人物一样——它缺少心理层面的统一体和封闭的修辞世界,但这并不一定是缺陷。如果我们从语言学的角度审视《不安之书》,它就是一部前所未有的"创作中的作品"(work in progress),类似詹姆斯·乔伊斯那些最伟大的作品。在现代主义著作的"勘误"下面,存在着多少个"非误"呢?

*

在用打字机写下"这一不确定的来来往往"的同一天(1930年4月25日),佩索阿为他的散文,即本书作者的散文,留下了一段深思。此处作部分摘录:

> 今天,在感受的间隔,我对我使用的散文形式进行了深思。事实上,我是怎么写作的?[……]
>
> 下午我分析自己,发现我的风格系统有两个原则作为支撑,于是我立即以正宗优秀古典作家的样子,将这两个原则定为我整个风格的总体性基础:完全准确地以感受到的东西来描写感受——如果感受是清晰的,就清晰地写;如果是隐晦的,就隐晦地写;如果是混乱的,就混乱地写;理解语法是一种工具,而非法律。
>
> 假设我们面前有一个男子气的姑娘。一个普通人会这

样说她："那姑娘像个小伙子。"另一个普通人，离意识到说话即是表述要近那么一些，会说："那姑娘是个小伙子。"再来一个，同样意识到何为表达的义务，但又更倾心于准确性（这可是思想的放荡），会说："那小伙子。"而我则会说"她那小伙子"，打破语法规则中最基础的那条，即名词和形容词性单词的性数必须一致[1]。[……]

语法上的分类虽然是正当的，但也是虚假的。比如，它把动词分为及物和不及物；然而，懂得表述的人，很多时候需要把及物动词转化成不及物动词，才能将他所感受到的东西拍照下来，而不是像普通的人形动物，只会在暗处张望。如果我想说我存在，我会说"我是"。如果我想说我是以单个的灵魂存在，我会说"我是我"。但如果我想说我是以指向自身、塑造自我的个体而存在，与自身一道，行使自我创造的神圣职责，我怎能不立刻将动词"是"转化成及物动词呢？这样一来，我将以胜利的、反语法的姿态，至高无上地说出："我是着自己。"（Sou-me）[2]仅凭两个小词，我可不就说出了整个哲学。这难道不比连说四十多句废话要好很多吗？还能对哲学和语言表达提出比这更苛刻的要求吗？

让不懂得如何思考所感的人去遵循语法吧。[……]
（第247篇）

首先，值得注意的是，佩索阿很早就设定了这两个原则。第一，

---

[1] 这里的名词指"小伙子"（rapaz），形容词性单词指"她那"（aquela），后者实际上是个形容词性代词。（译者注）

[2] 原文为"Sou-me"，所以下文说"两个小词"。（译者注）

"完全准确地以感受到的东西来描写感受",这也是他在《颓废文学》(1909年前后)一文中提出的观点之一,该文的副标题为"关于马克斯·诺道[1][《退化》]一书的笔记",文中写道:"正如埃德加[·爱伦]·坡指出和践行的那样,有必要区分隐晦的表达和表达的隐晦。为隐晦的事物提供清晰的表达是一种艺术,不是将事物本身变得明白,而是将事物的隐晦性变得明白。"[2] 第二,"理解语法是一种工具,而非法律",这是在未来主义宣言中被强化的一条原则,也是葡萄牙现代主义第一阶段(1909—1915)的精神,虽然佩索阿在《不安之书》中从"沼泽主义"和其他现代主义文本风格演变成办公室小职员的晚期散文风格,他在很大程度上得益于阿米耶尔[3]和马拉美、塞萨里奥·韦尔德[4]和卡米洛·庇山耶[5],荷马或贺拉斯,以及安东尼奥·维埃拉神父("葡萄牙语之皇"),或者,如果我们想一想《弗拉迪克·门德斯书信集》的话,也得益于埃萨·德·凯罗斯[6]。而且,也不应该忘记《不安之书》中虚构的办公室小职员床头都有哪些书:菲格雷多神父(实为安东尼奥·佩雷拉·德·菲格雷多神父)的《修

---

1 马克斯·诺道(1849—1923),犹太复国运动领袖、医生、作家、社会评论家。(译者注)

2 引文出自佩索阿文论《关于天才和疯狂》第一卷(里斯本:国家出版社-铸币局,2006年)第381页。

3 亨利-弗雷德里克·阿米耶尔(1821—1881),瑞士哲学家、诗人、评论家。(译者注)

4 塞萨里奥·韦尔德(1855—1886),葡萄牙著名诗人,被公认为葡萄牙二十世纪现代主义诗歌的先驱。生前是贸易职员,在期刊上发表诗作,寂寂无闻。(译者注)

5 卡米洛·庇山耶(1867—1926),葡萄牙著名象征主义作家和诗人,曾在中国澳门工作生活。(译者注)

6 埃萨·德·凯罗斯(1845—1900),葡萄牙十九世纪最伟大的现实主义作家。其作品《弗兰迪克·门德斯书信集》(1900年出版)是一部书信体小说(简称《书信集》),共分两个部分,第一部分为叙述者向读者介绍门德斯其人,第二部分为门德斯写下的书信。门德斯是十九世纪下半叶葡萄牙"七〇一代"作家(包括埃萨)集体虚构出来的人物,因此学界认为佩索阿的异名体系一定程度上也受到了《书信集》的影响。(译者注)

辞学》（实为《修辞学创造和表达法》）¹，以及弗朗西斯科·若泽·弗莱雷神父的《对葡萄牙语的见解》。

与"今天，在感受的间隔"那段引文同一时期的，还有另一篇文章，佩索阿在里面分析了语言的贴切性及其与主题、风格和语法之间的关系。

> 在透彻理解的前提下，尽管永远不应该违反语言的贴切性，比如使用词语在本质上并不具有的意思，或者使用语言本身并不具有的表述方式，但是，也应该注意到，在展示风格或艺术风格中，违背那些最基础的语法规则是合理的，如果这样做能够使意思变得清晰或牢固，或者让句子暗示的内容变得更加丰富。假如将阳性名词和阴性名词连用可以加强某个逻辑或艺术效果，作者应该毫不犹豫地去用它。有一次，我想只用一个句子来表达这么一个思想（它是真是假并不重要）：神同时是世界的创造者和灵魂。我能找到的最佳办法就是让"是"变成及物动词；因此，我用这句诗来给出神的声音：

---

1 佩索阿私人藏书中有一本《修辞学基础规则教材》（第11版，科英布拉：中央出版社，1879年），安东尼奥·卡多佐·博尔热斯·菲格雷多神父（1792—1878）著。然而，在《不安之书》中，佩索阿所指的更有可能是安东尼奥·卡雷拉·德·菲格雷多神父（1725—1797），因为安东尼奥·卡多佐·博尔热斯·菲格雷多神父一般被称为"卡多佐神父"，以便和他声名显赫的前辈区分开来（在此感谢若昂·保罗·西尔韦斯特雷指出这一点）；此外，卡多佐神父的语言风格并不怎么"修道院式"（第215篇）——他一生中大部分时间活在十九世纪的修道院之外——佩索阿用两位十八世纪的修辞学家来勾勒文学谱系应该是更为合理的（这个观点来伊沃·卡斯特罗）。参见佩索阿之家馆藏《佩索阿私人藏书》第一卷，2010年，第238页和第244—255页。

哦！宇宙，我是着你！[1]

在这句诗中，创造的及物性和身份的不及物性相辅相成。

还有一次，在对话中，我想直截了当、言简意赅地给出一个动词性概念，即某位女士有着小伙子的个性，我用了一句"她那小伙子"，有意—[2] 并正当地违反了性数搭配的基本原则。

正音法，已经有人说过，只不过是风格的功能而已。（???）[3]

语言被创造，是为了供我们使用，而不是让我们服务于它。（参见《葡萄牙语》，佩索阿著，1997年版第71—73页）

这段关于语言贴切性的文字不但使我们理解，《神的声音》（1913年）的作者，和在对话中使用"她那小伙子"、然后将这个句子照搬到《不安之书》的作者是同一个人，也就是佩索阿；也展

---

[1] 这句"哦！宇宙，我是着你！"（Ó universo, eu sou-te）出自佩索阿1913年的一首《神的声音》，属于组诗《神之外》，原本计划放进《俄耳甫斯》第三期，但直到作者去世后才发表。

[2] "有意—"，原文后面有一个短破折号（不是笔误！）。

[3] 原文如此，括号里有三个问号。可对照1930年5月6日篇章的结尾："有时候，句子的节奏本身会要求使用'神'而不是'众神'；其他时候，则强制要求双音节的'众神'，我就得在词语中改变宇宙；还有些时候，内在音韵的需求反而更重要，因此节奏的转移、情感的惊跳、多神体系或者一神体系就得顺势改变，或二选其一。神明们是风格的一种功能。"（第252篇）

示并捍卫了一种备受佩索阿和萨-卡内罗[1]推崇的文学技巧：将一个不及物动词变成及物动词，反之亦然。这种技巧，加上性数搭配的推敲、将动词置于主语之后而不是之前或省略句子主语，共同制造出某种陌生感。请看以下句子，其中的动词并不按照期待的人称来变位[2]，比如，是"我即上帝"（Deus sou eu，第54篇），而不是"上帝是我"（Deus é eu），或"我就是上帝"（Eu sou Deus），意思也发生相应变化；又如，是"我观看到的就是我自己"（E aquilo a que assisto sou eu，第373篇），而不是"我观看到的是我"（E aquilo a que assisto é eu），或"我是我观看到的人"（Eu sou aquilo a que assisto）。

*

《不安之书》中围绕1930年这个轴心的文章是那么多，佩索阿也似乎感到有必要解释他为什么以这种方式写作：

> 归根到底，所有文学都努力使生活变得真实。众所周知，哪怕当人们行动而不自知时，生活在其直接现实中，是彻彻底底不真实的；田野，城市，概念，都是彻底的虚

---

[1] 马里奥·德·萨-卡内罗（1890—1916），葡萄牙现代主义诗歌的代表性人物，与佩索阿是好友，1916年在巴黎自杀，年仅二十五岁。他的离世对佩索阿产生了巨大影响。（译者注）

[2] 葡萄牙语的动词需要按照主语进行变位，主语一般出现在句子开头。在第一句原文"Deus sou eu"（我即上帝）中，动词"是"（ser）没有遵循常规，根据第三人称单数的 Deus（上帝）进行变位，而是根据第一人称单数的 eu（我）进行变位，在打破常规的同时，也强调了"我"，由此产生了微妙的艺术效果。在第二句原文"E aquilo a que assisto sou eu"（我观看到的就是我自己）中，也以类似方式，在打破常规的同时，强调了被观看的"我"。汉语中没有动词变位，因此译者选择通过倒置或强调的方式，尽可能传达出作者要表达的重心。（译者注）

构物,是我们那复杂的自我感知所生的女儿们。所有的印象都不可传递,除非我们将其变成文学性的。小孩子是非常文学性的,因为他们说的是自己感受到的东西,而不是根据他人所说的、人应该感受到的东西。有一次我听到一个小孩子,他想说自己在哭泣的边缘,他说的可不是"我想要哭",那是成人才会用的表达,是愚蠢的;相反,他说的是"我想要眼泪"。这句话完完全全是文学性的,如果一位著名诗人说得出这句话,一定也会引以为傲。它是如此毫不犹豫地提到热泪的出场,那即将冲破意识之眼睑的、化成水的痛苦。[……]

表达!懂得如何表达!懂得通过书写的声音和智识的图像来存在!这一切才是人生的意义所在:此外都不过是男男女女,假设的爱情和虚构的骄傲,消化和遗忘的托辞,蠕动的人类,好像昆虫,当石头被抬起时,暴露在没有意义的蓝天那抽象的巨石之下。(第266篇)

"表达!懂得如何表达!",佩索阿如此呼吁;懂得通过"书写的声音"存在是如此重要,此外还要加上懂得通过"智识的图像"存在的价值。《不安之书》充满了这样的图像。在本文开头,我提到里斯本的大广场上由池塘、河流和小溪组成的"水之意象",在同一个片段中,我清晰地记得,视野中的电车好像"可移动的火柴盒,大大的黄颜色的,小孩子会把烧过的、歪歪斜斜的火柴棍插在上面,做成一根糟糕的船杆"(第246篇)。还有很多这样的影像,许多都不可磨灭。因此,《不安之书》是里斯本城最令人惊叹的肖像画,一系列词语和影像叠加累积,在读者的视象中交织、互补。作者在第一阶段的文本中说道:"这本书展现灵魂独特的状态,从所有侧面剖析,从所有方位考察。"(第49篇);这一灵魂状态,更确切地说,是一个办公室职员的灵魂状态,他的生活和精神以"里斯本"作为"关键地址",全部"用大写的字母"写成(第248篇)。

在《不安之书》中,几乎所有事物都指向新的、暗示性的现实。作者解释说,"每一件事物向我暗示的,并非它是影子这一现实,而是它是通往现实的道路";以午后的星星公园为例,它让作者想到"一座古老的公园,在灵魂幻灭之前的那个世纪"(第158篇)。在另一段文字中,作者解释如何努力变换自己所看到的东西,以及如何让风景像音乐般勾起视觉意象:

> 我使风景产生音乐的效果,唤起视觉意象——这是狂喜状态所能获得的奇妙且最艰难的胜利,因为引发浮想的载体与被唤起的感觉同属一种秩序。类似的最高成就,是在某个景观与光线都不甚明朗的时刻,当我望向索德烈码头,竟清楚地**看见**它变成了一座中国宝塔,塔顶四角挂着奇怪的铃铛,好似滑稽的帽子。这座奇特的宝塔是**画**出来的。它高耸于绸缎织成的界面,我不知道这空间如何能长久地存在于可怕的三维世界里。(第61篇)

这个图像和其他类似的图像,由不同元素堆积而成,比作者"不经意的灵魂"中那些消极"展开"(第204篇)的、简单的梦中风景要丰富得多。《不安之书》似乎不过是一系列"并不连贯而我也不期望能连贯的印象"(第222篇),图像可以给出这样的印象,作者也频频尝试灌输这种感觉。然而,有时候,《不安之书》显得更加不连贯,组织更松散;这时尤其不应该忽略那个赋予作品整体性的运作机制:通过无数图像来完成叙述,而不是通过相对罕见的事实或事件（比如理发师"右手边椅子上工作的同事"之死）。在《不安之书》中我们看到的是一种前所未有的图像挥洒，通常这在诗歌中更加常见。

*

"懂得如何表达！"但是以多少种方式呢？请注意，佩索阿在写作中寻求贴切性，不仅作为费尔南多·佩索阿如此，作为他凭空设计的三个异名作者（阿尔贝托·卡埃罗、阿尔瓦罗·德·坎波斯和里卡多·雷耶斯）以及两个半异名作者（贝尔纳多·索阿雷斯和特维男爵）时也是如此。这就说明（正如佩索阿所述），在他绝对强调的角色中（卡埃罗、坎波斯、雷耶斯），"风格与我不同"，或者，如有必要，甚至"截然相反"；那些他署名的角色中（索阿雷斯，特维，也许还有格德斯，尽管不那么明确），"则与我自身的风格无明显差异，除了一些不可避免的细节，若没有这些细节，他们就没办法相互区别了"（附录9）。那么，1929年前后，佩索阿是如何区分其生命最后阶段、三个最伟大的同时代角色（坎波斯、索阿雷斯和特维）的散文呢？方法如下：

> 簿记员助理贝尔纳多·索阿雷斯和特维男爵——这两个人既属于我，又与我不同——他们的写作风格基本一致，语法、措辞方式与贴合度也是相同的：也就是说，他们的风格，无论好坏，都是我自己的风格。[……]但是，尽管特维男爵和贝尔纳多·索阿雷斯的葡语水平相当，风格却仍有差异。贵族特维的葡语更理智，摒弃图像，有点儿，怎么说呢，僵硬和拘谨；小布尔乔亚贝尔纳多的葡

语则更流畅，富有音乐性和绘画性，但缺乏建筑感。男爵思路清晰，文章条理分明，能够驾驭情绪，虽然不能驾驭情感；簿记员助理则是情绪、情感皆不能驾驭，当他思考的时候总是跟着感觉走。

另一方面，在贝尔纳多·索阿雷斯和阿尔瓦罗·德·坎波斯之间也有明显的相似点。但从一开始，坎波斯的葡语就更随意，意象更恣肆跳跃，与索阿雷斯的葡语相比，显得更私密，意图也没那么明确。

我强调最后一句"意图也没那么明确"，并不是因为我认为坎波斯的散文或诗歌不合规范，而是为了提醒读者，能让人产生这种印象，完全是美学上的一个伟大成就，因为这两个角色的葡萄牙语都是散漫的，那些意象也只是表面松散而已。佩索阿知道风格能在多大程度上赋予人物特色；他也知道，语言表达是一种表现方式，我们可以从中区分自己。

我觉得奇妙而又意义重大的一点，是《不安之书》创作者的床头读物，尽管它们也是虚构的。这位作者抗拒"真实的感官之乐"，对他来说，词语是"可触及的身体，可见的塞壬之歌，化成肉身的感官之乐"，"好的表达"可以使他战栗（第333篇）。在佩索阿死后发表的断章中，这位作者宣称，阅读并重读弗莱雷神父和菲格雷多神父的著作，能从中找到一种纪律性和理性的客观化所带来的舒适感，这两者正是他所缺乏的。他会因为菲亚略[1]和夏多布里昂的一些书页"颤抖而安静地"发怒；也会因为维埃拉书页中"工程学

---

[1] 指葡萄牙作家、记者菲亚略·德·阿尔梅达（1857—1911），其作品以自然主义为基础，突出人类各种真实、病态、粗俗的感觉，经常出现城市与乡村场景，后期转向颓废主义。（译者注）

一般冷感的完美句法","在被感动的事物那被动的狂想中"热血沸腾(第333篇);同样的情况也在阅读菲格雷多神父"准确的、修道院式的葡萄牙语"时发生,其"浮夸、传统、过时的风格"让他的"理解力获得享受"(第273篇)。

佩索阿究竟在寻求什么?他为何宣称葡萄牙语是他的祖国?在我看来,他寻求的是在他的时代写出最好的葡萄牙语,并成为他语言的新皇帝。他寻求重温"我们明澈威严的语言那神圣的运行;那凭借不可回避的词语来表述概念的方式,如水流下,因为有斜坡;那元音的奇观,声音在里面犹如思想性的色彩[……]那伟大的、交响乐一般的明确",这或许是他儿童时期,在一部文集中读到"维埃拉关于所罗门王的著名章节"(第333篇)时就已发现的。佩索阿在一系列松散的后期笔记中说,安东尼奥·维埃拉神父对葡萄牙语有种"炼金术般"或"天使般"的认知,他对葡萄牙语的驾驭"有着某种帝王风范",并且和一种"语言与帝国的至高感情"相匹配。在这些笔记中,我们还能读到:"在其幻想的深层,如果有人感受不到维埃拉和雅辛托·弗莱雷[1]那紧凑震颤、潮水般的影响在经过,那就是错的。"佩索阿想的是谁呢?我猜他想的是自己,也许还有某个"属于我,又与我不同"(附录9)的角色。

如果我们考虑到这些高深的思虑,就可以理解,对《不安之书》的文本进行修改是多么不容易的一项任务。葡萄牙语也许从未像在本书中这样不安——尽管我们完全可以回想二十世纪其他作者的作品,从马里奥·德·萨-卡内罗到亚历山大·奥奈尔[2],从迪尼斯·马

---

1 雅辛托·弗莱雷·德·安德拉德(1597—1657),葡萄牙天主教神父、诗人、历史学家。(译者注)
2 亚历山大·奥奈尔(1924—1986),葡萄牙超现实主义运动代表性诗人。(译者注)

沙多[1]到安东尼奥·洛博·安图内斯——而我相信,没有第二个葡萄牙作家将自己想象成一个"超级卡蒙斯"或者新的堂·塞巴斯蒂昂[2]。但有时候,修改是必要的,并不一定是为了质疑作者对语言的掌控,仅仅是因为有些文章没有被检查过,而另一些文章中明显存在分心所致的错误。当然,要分辨什么文章需要以何种形式介入,什么文章不需要,也并非易事。因此,尽管我看似主张将修改幅度减少到最小,这在一定程度上也是事实,但我真正主张的,是永远不要悄无声息地修改,因为在修改过程中,特别是当这项工作只取决于编订者的判断力和标准时,总有可能出现错误。

*

在这样的背景下,什么可以被认为是"勘误"呢?我从标点符号开始。佩索阿说,"即使触碰过基督的脚也不能成为标点错漏百出的借口"(第336篇)。好吧,《不安之书》的标点符号基本从不需要修改,也从未被悄无声息地修改。一位细心的读者在阅读完1982年首版和2010年批注版之后告诉我,他更喜欢首版里的一篇文章,因为一个逗号。然而,下文"梦"后面推测出来的逗号,在

---

[1] 迪尼斯·马沙多(1930—2008),葡萄牙小说家、记者,代表作有《完美罪行》侦探小说三部曲(以丹尼斯·麦克沙德为笔名)和《莫莱罗说了什么》(1977年)。(译者注)

[2] 堂·塞巴斯蒂昂(1554—1578),葡萄牙第二王朝倒数第二位国王,三岁即位,十四岁正式掌权,狂热追求基督教骑士精神,策划圣战,欲降服北非伊斯兰教徒。1578年率军亲征摩洛哥,在阿尔卡塞尔·基比尔地区被击溃,战死疆场,但其尸体一直未被找到。由于他未曾婚娶,也未留下子嗣,葡萄牙陷入王位继承危机,最终失去独立,被西班牙吞并,直到1640年才恢复独立。堂·塞巴斯蒂昂失踪战场后,民间传说他并未死去,且将在一个有雾的早晨回到葡萄牙。后世许多葡萄牙文人围绕堂·塞巴斯蒂昂的生平和传说创作,在其身上寄托葡萄牙复兴的理想,久之形成了独特的文化现象,是为"塞巴斯蒂昂主义"。佩索阿也对堂·塞巴斯蒂昂的传奇人生和神秘传说有着浓厚的兴趣。(译者注)

原文中是没有的,句子的意思也不一样[1]:

> 所有这些都给我留下这么一种印象,仿佛一只丑怪而卑劣的动物,它是被欲望那潮湿外皮的梦在无意间用感知那被嚼剩下的部分做成的。(第240篇)

此外,我也知道有人更喜欢"流畅"点的版本。我说这些是想表明,阅读口味并不能指导修改,我也再次强调,修改必须要有说明。

另一些情况下,主语和谓语之间看起来应该有一个逗号,我认为可以加上,尽管我更倾向于在脑海中添加,所以最好还是让读者自行决定。我举一个例子:

> 所以科学才得到发展。今天,唯一蕴含建造艺术的事物,就是机器;唯一具有逻辑性的论证就是数学证明。(第153篇)

在"论证"后面缺一个逗号吗?我觉得是,但我也认为在这个版本和其他版本中,读者可以根据自己的判断再作斟酌。

原则上,我也倾向于保留——既不删减,也不添加——一些倒置的、但也是可能的句法结构,还有一些不那么标准、但被允许的表达选项。我想到的是"但幸好你所说的,都是你长久以来未曾有过的",还有"大部分年轻人早已失去"一句中,重点落在复数的"年轻人"(jovens)而不是单数的"大部分"(maioria)上,使得作者选用了复

---

[1] 如果加上逗号,句子的意思就会发生变化,翻译也要相应调整为:"所有这些都给我留下这么一种印象,仿佛一只丑怪而卑劣的动物,在梦的无意间做成,用欲望潮湿的外皮和感知嚼剩下的部分。"(译者注)

合动词"早已失去"（haver perdido）的复数形式。请看这两组情况：

> 是的，承认吧；但只承认你没有感觉到的东西。释放你的灵魂，是的，让它逃离秘密的重负，说出那些秘密；但幸好你所说的，都是你长久以来未曾有过的。（第154篇）

> 我出生的那个时代，大部分年轻人早已失去对上帝的信仰，原因和先辈们树立信仰是一样的——一种浑然不知的惯性。（第233篇 / 第S2篇）

这样的例子还有很多。我只再举一例，因为它的情况有所不同，而且也很有意义：

> 当我第一次到里斯本的时候，在我们住的地方楼上有弹音阶的声音，那是我从没见过的一个小姑娘在单调地学钢琴。我今天发现，通过某些我不了解的过滤程序，我灵魂的地下室里，还有重复的、在琴键上弹出的音阶，如果把底下那扇门打开，就能听见，是那个小姑娘在弹，今天她是不一样的女士了，或者已经死去了，关在一个满是白色的地方，那里，柏树青得发黑。（第345篇）

这段文字是用打字机写出来的，有手写的修改（在"不一样的女士"后面加了一个逗号；在"死去"一词最后的"a"上面加了一个"e"[1]；还有另一种可能的文本，["白色的地方"/"满是白色的

---

[1] 葡萄牙语原文为"morta"，为形容词阴性形式（死去的，死亡的），"morte"为名词形式（死亡）。（译者注）

地方"]),说实话,我不知道更正确的读法应该是和"或者已死去了(ou morta)"更押韵的"不一样的女士(senhora outra)",还是"曾经的女士(senhora outrora)",或是"又一次成为女士(senhora outra vez)"。抱着这些疑问观察原文,我觉得最好还是保留"不一样的女士(senhora outra)"。在这种情况以及其他情况中,我选择给自己——一个读者——留下存疑的缝隙。在我看来,当编辑/批评者几乎不能在"勘误"和"非误"之间划出明确的分界线,或者当他重视某些偏差时,最好还是带着谨慎和标准,放弃介入文本。

*

以上就是这版《不安之书》建议的阅读方式,和理查德·泽尼斯[1]的版本不同,本版没有抹除第一阶段和第二阶段的特征、将两个阶段的文本打乱。在《不安之书》中,第一本和第二本书是存在过的,两者之间跨越了很多年,没有必要生造主题,把本就无须统一的文本重新组装为一体。这样的做法有一点暴力,因为没有必要把时间上相隔甚远的文章凑在一起,以小片段为基础构造"大篇章",并将维森特·格德斯的合著人地位最小化,来模拟著作者的一体性,其实这种一体性已经由费尔南多·佩索阿的名字授予了,无论过去、现在还是将来,这个名字都是单复数一体的。《不安之书》至少有过两个阶段,它们显然有接触,也有分离,若热·德·塞纳和特蕾莎·索布拉尔·库尼亚还有其他一些学者都承认这一点,他们不寻求用"烟草店"的佩索阿去弱化"间离的森林"的佩索阿。

---

[1] 理查德·泽尼斯(1956—),《不安之书》的英译者和编订者之一,其英译本是现存各版中译本最主要的翻译底本。由他编订的葡文版《不安之书》按主题重组书中片段,打乱了各片段的创作时间。(译者注)

在这一版中，所有文本基本保留批注版（里斯本，国家出版社-铸币局，2010年版）所拟的序号，读者可以在批注版中找到这版里面简化或删去的补充信息。我仅改变了两类文本的顺序：一些计划作开场白的文本——依照瓦莱里娅·托科在意大利语版《不安之书》（米兰，蒙达多利出版社，2011年版）中所做的那样；还有一些由《不安之书》起始字母（L. do D.）后面加一个问号作为标题的文本。当然，我检索了2013年12月之前问世的所有版本，并对一些原稿做了最后几轮读识改进。我必须重复在两卷本批注版中的致谢辞，还要感谢芭芭拉·布略萨的信任、关怀和友谊。

热罗尼莫·皮萨罗[1]

---

[1] 热罗尼莫·皮萨罗（Jerónimo Pizarro, 1977— ），著名佩索阿学者，里斯本大学和哈佛大学文学博士，现任教于哥伦比亚安第斯大学。多年来，他潜心研究佩索阿手稿，整理出版多部佩索阿文集，极大地更新了学界对佩索阿著作的认识和理解。他是美国布朗大学《多重佩索阿》杂志（当前唯一一部专注于佩索阿研究的学刊）的责任编辑之一，同时也负责编辑里斯本中国墨出版社的佩索阿系列文集。该出版社2014年版的《不安之书》即为本书底本。

本书可能出现以下符号，用来标记部分单词或句子：

◊ 原作者留下的空白

＊通过读识推测的内容

†† 无法读识的单词

【 】编订者推测并添加的内容

原文中用下划线标出的内容在本版中以仿宋字体显示。

不安之书

第一阶段

P1 【1917年？月】序言

里斯本有少量的饭店和平价小餐馆，底层是外观体面的酒馆，上面有一间夹层餐厅，跟不通火车的小镇里常见的馆子一样沉闷、简陋。除了周日，平时没什么顾客，但来的常是些怪人，脸上无欲无求，好似生活中一连串旁白。

有一阵子，我渴望清静，又想省钱，就成了这样一间餐厅的熟客。说来也巧，每回我七点来钟去，几乎总遇见一个人，起初我对他并无兴趣，渐渐地，他引起了我的注意。

那人大约三十岁，瘦瘦的，很高，坐着时佝偻得厉害，站起来好些，穿着挺随意，但也不算完全邋遢。他苍白木然的脸流露出一种受难的气质，既没有让他更吸引人，也很难说清楚这气质暗示着怎样的磨难——或许有很多种：贫困、愁结以及历经苦难之后的麻木所产生的痛苦。

他吃得很少，饭后习惯来根卷烟。尤其喜欢打量其他客人，并非有所猜疑，只是怀着特殊的兴致；这种打量不似调查，倒像是纯属好奇，却无意记住别人的样貌或细究他们的性情。正是这奇特之处让我第一次注意到他。

我开始深入观察他。我发现，他有股聪明劲儿，连带着容貌似乎都有了生气。但他的脸如此频繁地笼罩着衰乏，即冰冷哀愁下的滞钝,以至于你很难看出什么别的线索。

我偶然从一位服务员那儿得知,他是附近一家贸易公司的职员。

一天,楼下出事了:两个人当街斗殴。餐厅里的人全都凑到窗边,我和那人也去了。我随意说了几句话,他也随意应和。他的声音浑浊,还有些发颤,一如那些无所期待的人,因为期待全然无用。但也许这样指出我晚餐伙伴的特点是荒唐的。

不知怎么回事,从那天起,我们开始打招呼。有一天,或许是碰巧都在晚上九点半才到餐厅,两人为这可笑的原因变得亲切起来,开始闲聊。某一刻他问我是否写作,我说是,并提起刚出刊不久的《俄耳甫斯》[1]。没想到他开始夸赞这本杂志,甚至赞不绝口。我惊讶极了。我告诉他,我很意外,因为《俄耳甫斯》的作品非常小众。他说也许他就是小众的一员,还说这类作品对他来说并不陌生。他不好意思地告诉我,由于没什么地方可去,无事可做,也没有可拜访的朋友,甚至读书也提不起兴趣,他只能在自己租来的房间里写点儿◊,消磨长夜。

P2 【1917年？月】序言

我是在完全偶然的情况下认识维森特·格德斯的。我们在一家冷清的廉价餐馆里遇见过好几次。打过照面,自然就转为默默问候。有一次,我们恰好坐一张桌子,趁机聊了几句,谈话便继续下去。我们开始每天都约在那里吃中饭和晚饭。有时我们会在晚饭后一起出去,散会儿步,聊天。

---

[1] 葡萄牙现代主义文学杂志,1915年3月在里斯本首次发刊,仅有两期,最后一期发行于同年7月。(译者注)

维森特·格德斯以大师级的冷漠忍受着无用的生活。一种弱者的斯多葛主义[1]支撑起他全部的心智。

精神的宪法判处他直面所有焦虑；命运的宪法又逼迫他舍弃欲求。我从未见过如此令人目瞪口呆的灵魂。此人并非出于任何一种禁欲主义，却放弃了一切生来注定要追求的目标。他为野心而生，却悠缓地享受于没有任何野心。

P3　【1917年9月18日】
这个瘦削的男人心不在焉地微笑。他怀着一种不带恶意的疑心看着我。然后又笑了，但有些忧伤。随后，他再次垂下双眼，看着餐盘，继续沉默而专注地吃晚饭。

P4　【1915年？月】序言
他把两个房间[2]装修得几近奢华，不可能不牺牲一些必要的东西。对椅子（扶手、靠背、松软度）、帷幔和地毯煞费苦心。他说这样就能创造出一种内部环境，"以维持乏味之尊严"。在时髦的屋子里，乏味变得不适，成为肉体的悲苦。

从未有任何事物让他身不由己。还是个孩子时他就独来独往。从不拉帮结派。没上过大学。不属于任何社群。就像许多人身上发生的那样（谁知道呢，也许所有人都是如此？），他生活中的偶然情况也符合其天性所致的形象和行事倾向，即彻底的怠惰与疏离。

---

[1] 斯多葛主义主张漠视痛苦，坚守理性灵魂，以此抵抗生活之恶与辛酸。（译者注）
[2] 两个房间，或一个房间，在里斯本"拜沙区某栋楼四层"（参见第152篇）。

从不曾面临国家或社会的要求。逃避本能需求。不靠近任何朋友或恋人。某种程度上,我是唯一跟他走得近的人。虽然他总用伪装的个性生活,我也怀疑他从未真的把我当朋友,但我始终明白,他需要一个人,托付他留下的书。起初我很苦恼,现在却很庆幸,我终于以心理学家独有的洞察力看清了一切,我依旧是他的知己,并致力于实现他与我结识的初衷——出版他的这本书。

奇特的是,就连在这件事情上,他也很顺利,生活把我这样的人推到了他面前,为他效力。

P5 【1917年？月】

……这本柔软的书。

它是留下且将要留下的全部,来自世间所见、慵懒却最为细腻、纯粹之梦里最为堕落的灵魂之一。我相信,从未有人能如此复杂地活在自我意识之中。精神的纨绔子弟,通过存在的偶然,展示他做梦的艺术。

本书是一个从未存在之人的自传。

我们不知道维森特·格德斯是谁,做过什么,甚至不知道◊

这书不是他写的:书就是他。但我们要一直记着,这里所说的一切背后,有神秘的◊在阴影里蜿蜒……

对维森特·格德斯来说,自觉是艺术,是道德,做梦则是宗教。

他最终创造出精神的贵族,其灵魂的姿态与一个地道贵族的身姿十分相像。

1.【1913年？月】

我的灵魂是一支隐藏的乐队；不知道什么乐器在演奏，发出粗砺的音响，弦乐器和竖琴，定音鼓和大小鼓，都在我体内。我只知道我就是交响曲。

所有的努力都是一桩罪行，因为所有的举动都是一个死去的梦。

你的双手是被幽禁的鸽子。你的双唇是哑默的斑鸠（我的眼睛看见它在咕咕私语）。

　　你的每一个动作都是飞鸟。你俯身时是燕子，注视我时是神鹫，沉醉于高贵的冷漠时是苍鹰。只有翅膀的扑棱声，像◊的声音，一湾小小的湖泊，我在那里看见你。

　　你是一切拥有翅膀的生灵，一切◊

雨，雨，雨……

　　雨连绵不断地下，呻吟着，◊

　　我的身体使灵魂因寒冷而颤抖……这不是空间里的寒冷，而是我即空间的寒冷……

一切愉悦都是恶习，因为追求愉悦是所有人活着时都要做的事情，而最肮脏的恶习就是去做所有人都做的事。

2．【1913年？月】
我不会去梦想拥有你。那样做有何用？无异于把我的梦翻译给粗俗之人听。拥有身体是平庸的。梦想着拥有一具身体也许更糟。幻想自己平庸——尽管这很难实现——却是至高的恐怖。

既然我们想要不育，那就让我们也保持贞节，因为一边憎恶自然界已被孕育的事物，一边无耻地保留我们憎恶的东西中那些让我们快乐的部分，没有什么比这更卑贱了。局部的高贵是不存在的。
　　让我们像死去的双唇一般贞洁，纯净有如被渴望的身体，甘愿成为这所有的一切，就像新入修道院的狂热修女……

愿我们的爱是一场祷告……请在我看着你时为我施涂油礼，我要用每一个梦见你的瞬间做成一串玫瑰念珠，我的倦怠将变成天主经，我的哀伤将化为圣母颂……
　　让我们永远这样，像彩绘玻璃上的一个男人，面对着另一块彩绘玻璃上的一个女人……在我们之间，暗影的脚步冰冷回响，人性徐徐走过……祈祷的私语，◊的秘密，在我们之中穿行……有时空气中弥漫着香火的◊。另一些时候，一个雕塑般的身影在这里或那里洒水祷告……而我们永远是这两块彩绘玻璃，阳光拍打时色彩斑斓，夜幕降临时线条晦暗……多少个世纪都不会触碰我们玻璃般的沉寂……窗外会有许多文明匆匆而过，叛乱爆发，狂欢如旋涡翻转，温驯的良民在日常中奔波……而我们，我不真实的爱人啊，我们会永葆这无用的姿态，虚假的存在，还有◊，直到有一天，在帝国数个世纪的末日，教堂终于倒塌，一切都将结束……

可是我们并不知道这些，我们仍会是永恒的彩绘玻璃，不知以何种方式，在怎样的空间，持续多长时间，我们就像祈祷书，经文是一位无名艺术家纯真的绘画，他早已在一座哥特式坟冢下长眠，那里有两个天使，双手合十，将死亡的意念冰封于大理石之中。

3．【1913年？月】不育颂歌
如果有一天，我要在尘世的女子中找一个为妻，请为我这样祷告——无论如何，愿她不育。但是，若你要为我祈祷，也可祝我永远得不到这位假想的妻子。

只有贫瘠不育才是高贵和值得尊敬的。唯有杀死从未存在的东西，才是罕见、崇高和荒谬的。

4．【1913年？月】寂静圣母
有时，当我颓丧而卑微，做梦的力量就会像叶子一样凋零枯萎，我只能以梦中的思想为梦，翻开它们，就像阅读一本书，纸页掀动，除了无可回避的文字再没有什么别的。这时候我就会问自己，你是谁，你的身影穿过我所有缓慢的幻象：悠徐的风景，古老的内在，奢华的寂静仪式。在我的每一个梦里，你要么像梦一般出现，要么像虚假的现实，与我为伴。和你一起，我见过很多地方，也许它们是你的梦境，大地或许是你缺席而荒蛮的化身，你的本体飘散，去往宁静的平原，还有隐秘宫殿的花园里那座侧影冰冷的山头。也许除了你，我没有别的梦，也许正是在你的双眼中，我的面庞紧贴着你的，我才会读懂那些不可能的风景，虚妄的迷倦，还有那些思想，栖居在我疲顿的阴影下、不安的洞穴里。谁知道梦中的景致会不会是我不去梦见你的方式？我不知道你是谁，但我确定自己是谁吗？我清楚何为做梦，并由此知道是否值得把你称为我的梦吗？我如何知晓你是不是我的一部分，也许是最本质、最真实的那个部分？我是否明白我可能不是梦而你是现实，或者我是你的一个梦，你却并不是我梦寐以求的幻影？

你过着哪种生活？你用什么方式观看世界，就像我看你那样？你的性情？从不一如既往，却也从不变化。我这么说是因为我知道，尽管我并不知道我知道。你的身体？在我看来，即使穿着衣服也如同赤裸，坐姿跟卧立时一样。这说明了什么？还是说毫无意义？

5.【1913年？月】寂静圣母？

你的性属于被梦想的形体，◊形象的无性别。有时，纯粹的侧影，有时，纯粹的姿态，有时只是缓慢的动作——你是许多个瞬间和姿态，在我的姿态中灵化。

梦见你，并不意味着在你宽大的长袍下有任何性吸引力，内心静默的圣母啊。你的双乳不会让人想要一亲芳泽。你的身体仿佛灵肉合一，却仍然只是肉身而非灵魂。你身体的物质不是灵，乃是属灵的。你是那个尚未堕落的女子，依旧是◊天堂一抔黏土所造的雕像。

真实而有性爱的女人，对她们的恐惧正是指引我走向你的道路。尘世的女子，为了成为◊，必须承受男人激情的重量——谁能爱上她们？在预见性爱肮脏可憎*的欢愉后，爱难道不会凋零？谁能尊重他的妻子，而不去想她是个处在另一种体位的女人……谁不会因为从阴道排出、被如此恶心地驱逐到这个世界，而反感自己的母亲？一想到灵魂起源于肉体，起源于身体骚动的◊，我们怎能不感到刺痛和厌恶？我们的躯体就从那里诞生，不管它多么美丽，都会因其本源而变得丑陋，因其天性而令人作呕。

那些虚伪的现实主义者在现实生活中为"妻子"镀上诗歌之光，向"母亲"顶礼膜拜……他们做梦的方式是一件遮羞的衣袍，而非创造之梦。

只有你是纯洁的，梦之圣母。我可以把你当成爱人，却不用去想任何瑕疵，因为你并不存在。我可以把你当成母亲去爱，因为你从未被受孕或分娩的恐惧所玷污。

倘若只有你值得崇拜，我如何不去崇拜你？倘若只有你值得被爱，我如何不去爱你？

也许通过梦，我在另一个现实中创造真实的你；也许在另一个纯净的世界里，你会属于我，我们在那里相爱却无须身体接触，用别的方式拥抱，以更本质的姿态去拥有彼此？也许你早已存在，我没有创造你，只是看见了你，用不同的视角——内在的，纯粹的，在另一个完美的世界？也许梦见你只是找到你，爱你只是看见你；也许我对肉体的蔑视和对爱的厌恶都是一种朦胧的渴望，我怀揣这份热切，在无知中等待你，在未相识的时候爱着你？

我甚至不知道是否已在一片虚空中爱上了你，我长久的沉闷或许是对这虚空的怀念。也许你是我的一缕追思，缺席的身体，遥远的存在，充满女性气质却并不一定因为你是女子。

我可以把你同时当作贞女和母亲，因为你并不属于这个世界。你怀里的孩子从不曾比这更小，所以也不会被你孕育而遭到玷污。你一直是你，从未变成他人，又怎会不是贞女？我可以爱慕你、崇拜你，因为我的爱不会将你占有，我的崇拜也不会把你驱离。

愿你成为永昼，愿我的夕阳是你的日光，被你环拥！

愿你是隐迹的暮光，而我的忧虑与不安都是你未决的色彩和踟蹰的暗影。

愿你成为全然的黑夜、唯一的夜晚，我的全部在你之中迷失而后遗忘，我的梦熠熠生辉，犹如星辰，在你疏远而抗拒的身体里……

让我做你长袍上的褶痕，发冠上的珠宝，还有戒指上布满星斗的金赤。

让我做你壁炉里的灰烬，是尘埃又有何关系？做你房里的轩窗，是空间又有何不可？做你滴漏里◊的时光，流逝、终结或把你失去又有何足惧，倘若我因属于你而将驻留与永生，倘若失去你就是找到你？

你是虚妄的实现者，贞洁之言的信徒。但愿你的寂静将我摇抱于怀，你的◊哄我入眠，你纯然的存在怜爱我、抚慰我，噢，天国的使者，噢，缺失之境的女王；所有静默者的贞女与慈母，苦寒灵魂的暖炉，伶仃之人的守护天使，你是人间风景，悲伤而不真实，却成为永恒的完美。

6. 【1913年？月】寂静圣母？

我的生活如此忧伤，我甚至都不想为它哭泣；我的时间如此虚假，我甚至不去梦想将它打碎。

如何不梦见你？如何不梦见你？

逝去时光的圣母，死水和腐烂水藻的马利亚，无边沙漠和荒芜峭壁上黑暗之景的守护神……——请把我从青春中解救出来。

无处心安者的慰藉，不泣者的眼泪，悄无声息的时间——请把我从快乐和幸福中解救出来。

——一切静寂的鸦片，不可弹奏的里拉琴，遥远而被遗弃的彩绘玻璃——请让我承受男人的憎恶和女人的讥讽。

——临终祝祷的铜钹，无须动作的爱抚，背阴处死去的鸽子，沉睡时还在燃烧的灯油——请把我从宗教中解脱,因为它过于柔软;请把我从无信仰中解脱,因为它过于强虐。

——午后凋谢的百合花,装着枯玫瑰的宝盒,一次次祷告之间的静默——请让我的心充满对活着的厌恶,对健康的仇恨,还有对年轻朝气的蔑视。

噢,所有迷蒙幻梦的收容者,请让我变得无用而贫瘠;历经哀伤的流水啊,请让我纯真而不必刻意,虚伪而无须热情;愿我的嘴唇变成冰霜的风景,我的双眼成为干涸的池塘,我的一举一动犹如老树败叶缓缓飘落——噢,不安的连祷,噢,疲倦的紫色弥撒,噢,圣冠,圣水,升天!……

多么遗憾啊,我只能像对女人那样向你祈祷,而不能像对男人那样渴求你◊;我不能抬起梦的眼睛望着你,这梦宛如颠倒的黎明,映照着从未进入天堂的天使们那不真实的性别!

7. 【1913年?月】寂静圣母

你不是女人。你甚至不能在我心中唤起任何对女性的感知。只有当我谈论你时,那些单词才会称你为女子,那些表达才会把你勾勒成女人。因为我必须用温柔多情的梦去谈论你,只有把你视为女性,语言才能找到梦该有的声音。

但你,在你虚无的本质下,什么也不是。你没有真实,甚至没有只属于你自己的真实。准确地说,我看不见你,甚至也感知不到你。仿佛是一种情感,以自身为对象,全然属于最内在的自我。你始终是我刚要瞥见的风景,难以看清的衣袍边缘,失落于弯道外一个永恒的当下。你的特点是不成为任何事物,你不真实的身体的轮廓,把轮廓这一概念的项链拆成散落的珍珠。你是过去,你已离开,我爱过你——感知你在场就是感知这一切。

你占据了我思想的间隔和感觉的罅隙。所以我不能思考或感知到你，但我的思想就是用来感知你的尖顶，我的情感就是召唤你的哥特式建筑。

记忆消失的月亮高悬于黑色风景之上，宁静中清晰可辨，从我的不完美中自我完美。我的存在依稀感知着你，就像你的腰带在感知你。我俯身贴近你的面庞，它在我不安之夜的流水中显得苍白，可我永远不会知道，你是为带来不安而做我天空的月亮，还是为了伪装，以我无从知晓的方式成为海底陌生的月亮。

多么希望有人能创造一种"新的目光"去看见你，有"新的思想"与"新的情感"去思考和感知你！

当我想触碰你的长袍，我的表达就会耗尽它双手伸直的努力，一种僵硬而痛苦的疲倦就会在我的语词里结冰。就像飞鸟，迫近却从未到达，同样的倦意也会围绕我想谈论你的话语徘徊，我语言的素材却并不知道如何模仿你的脚步声、你视线的痕迹，或你从未做过的手势在弯曲中流露出的悲伤空洞的色彩。

8．【1913年？月】荒诞颂
我在严肃忧伤地说话；这件事不是为了找乐子，因为梦的快乐既矛盾又愁闷，所以才会以一种特殊而神秘的方式娱人耳目。

有时，我在心里不偏不倚地注视那些美妙又荒诞的事物，我无法看清，因为乍一看它们都是毫无逻辑的——没有来路去处的桥梁，没有起点尽头的街道，颠倒的风景，◊——荒诞，错乱，矛盾，一切都使我们割裂或远离现实及其畸形的续篇；实用思想、人情世故、借可利用的行为实现目的的欲望。荒诞使我们免于这样的境地：厌烦不堪地承受灵魂状态的重量,这种状态始于我们感受到做梦的甜蜜怒火。

不知以怎样神秘的方式,我最终得以模糊地预见荒诞——我不知道如何解释,但我看到,这些事物对可见性而言都是不可理解的。

9．【1913年？月】荒诞颂
让我们从东到西,把生活变得荒诞吧。

10．【1913年？月】
由于我阻止自己在外部世界的现实中合作,许多事接连发生,比如一种奇特的心理现象。

通过彻底杜绝行动、对"事物"毫无兴趣,当我全神贯注、秉持绝对的客观时就能看清外部世界。没有什么值得注意或有理由改变,所以我就不去改变。

这样我就能够◊

11．【1913年？月】
我的梦:我为自己创造朋友,所以我与他们为伴。他们另有其不完美,◊

做纯洁的人,不是为了高贵或强大,而是为了做自己。谁付出爱,就会失去爱。

放弃对生活的占有,是为了不放弃自己。

女人——梦的美好源泉。你可千万别碰她。

要学会摆脱纵欲享乐的念头。学着为一切感到快乐，不是为其本身，而是为其所带来的梦与思想。因为没有什么是其本身，梦却永远是梦。为此，不要去碰任何事物。如果碰了，你的梦就会死去，那个被碰过的东西将会占据你的感官。

看与听是生活中唯一高贵的事情。其他感觉既庸俗又充满肉欲。唯一的贵族之道就是不去碰触。保持距离——这才是贵族。

12. 【1913年？月】
羞怯即是高贵，不知行动即是卓绝，无以生活即是伟大。

厌倦是一种疏离，艺术是一种轻蔑，唯有厌倦和艺术才会用一种类似满足的东西为我们的◊镀上光彩。

我们腐朽的生活所吹出的磷火至少是黑暗中的一点光明。

只有不幸在鼓舞我们——而我们从不幸中汲取的厌倦犹如一枚纹章，象征着不久的◊英雄后代的存在……

我是一口井，有许多举动不曾在我心里勾勒，有许多话我从没想过抵上双唇的弓弦，有许多梦我忘记梦见它们的结局。

我是建筑的废墟，从未比这更多，有人施工到一半，就懒得去想他要建造什么了。

我们不要忘记痛恨享乐的人，因为他们乐于享受；不要忘记藐视快乐的人，因为我们，不知该怎样同他们一样快乐……这虚假的轻蔑，微弱的仇恨，仅仅是扎进土地的扭曲肮脏的基座，上面立起一尊"厌倦"的孤傲雕像，轮廓幽深，一抹不可穿透的神秘微笑隐隐浮现，为雕像的面庞笼上一层光晕。

不把生活托付他人的人有福了。

13．【1913年？月】间隔

但愿这可怕的时辰缩短到可以忍受，或漫长到令人死亡。

愿黎明永不破晓，我和这整间凹室还有我所属的内部环境，都化为夜晚和绝对的黑暗，愿我不留下任何东西，哪怕一个阴影，免得玷污记忆所留下的事物。

14．【1913年？月】

当一切关乎行动，不管是战争还是理性思考，都是虚假的；所有的放弃也都是虚假的。要是我知道如何不去行动、不去放弃行动该多好！那将是我荣耀的梦之王冠，崇高的寂静权杖。

我甚至没有受苦。我是如此擅长蔑视一切，连自己我都瞧不起；我鄙视他人之苦，也鄙视我的，于是我的苦难被我的轻蔑踩得粉碎。

啊，但是这样更苦……因为赋予苦难以价值，就会给它披上骄傲的金色阳光。受尽磨难会给人一种错觉，以为我们是痛苦的宠儿。所以◊

15．【1913年？月】

金钱是美好的，因为它是一种释放。

想死在北京而不能，这件事压在我心头，就像一场迫在眉睫的灾难。

买无用之物的人总是比他们认为的更睿智——他们买的是小梦想。一碰到买东西，他们就成了孩子。当他们意识到有钱可花时，一切无用的小玩意儿都会冲他们招手，诱惑他们买下。它们会占有我们，让我们像一个孩子在海滩上捡小贝壳那般快乐——没有比这更具童趣的场景了。在海滩上捡贝壳！对孩子来说，哪有一样的贝壳。他会捧着两只最漂亮的入睡，当它们丢了或被扔了——简直是犯罪！那是偷走他灵魂外面的一部分！是撕碎他的梦！——他会大哭，像一个上帝被夺走了刚创造好的宇宙。

16. 【1913年？月】痛苦的间隙

我厌倦一切，甚至包括那些并不让我厌倦的事物。我的快乐如此痛苦，就像我的疼痛一样。

我多么希望自己是个孩子，把纸船放进某个农庄的水塘，一片天空紧挨着藤蔓交缠的葡萄架，将光的棋盘和绿的阴影投进浅水折射的昏暗之中。

在我和生活之间有一层纤薄的玻璃。不管我多么清楚地看见和理解生活，都不能触摸到它。

让我们的悲伤变得理智？倘若理智是一种努力，这又是为了什么？悲伤的人是无法努力的。

我甚至都不能放弃生活中那些平庸的举动，而我多么渴望放弃。放弃也是一种努力，可在我拿来奋斗的灵魂中，我却并不具备这种努力。

不能成为那艘船的水手、那辆马车的车夫，这一切多少次刺痛了我！哪怕做任何一个所谓平庸的"他者"也行，他的生活，正因为不属于我，才会因我的渴望而欣然贯穿我，才会因为不同而为我诗化 *！

我不会像对一件**事物**那样对生活心怀恐惧。生活作为一个**整体**的概念并不会碾压我思想的肩膀。

我的梦是一个愚蠢的避难所,就像一把遮挡闪电的雨伞。
  我是如此怠惰,如此贫瘠,如此缺乏行动和举措。

无论我怎样深入自己,梦中所有的小路都会通往痛苦的林中空地。

即使是我,一个如此多梦的人,也有梦境逃离的间隙。事物由此变得清晰。四周环绕的雾气退散开来。所有可见的棱角都在刺伤我灵魂的肉体。所有被看见的坚硬之物都在伤害我体内那个将它们视为坚硬的东西。所有物体显而易见的重量,都沉甸甸地压住了我内心深处的灵魂。

我的生活仿佛就是用生活殴打我。

17.【1913年？月】古罗马柱廊[1]

当风景只是生活的一轮光晕而梦只是梦见自己,我的爱人啊,在我不安的静默中,我举起这本奇怪的书,就像打开通往荒凉林荫道尽头的人门。

  为了写这本书,我采摘所有花朵的灵魂,用鸟儿歌声中那短暂的瞬间来编织永恒与停滞。第三个◊,我坐在生活的窗前,忘记我还居住在那里、我还活着,我编织寿衣,裹起倦怠,让它躺在为寂静的祭坛所准备的洁白亚麻布里,◊

  我向你献上这本书,因为我知道它美丽而无用。它什么也不教,

---

[1] 古罗马柱廊(peristilo)在葡萄牙语中还可引申为"序言"。(译者注)

不鼓吹信仰，也不叫你感受。它是流向灰烬深渊的小溪，风吹散那些灰，既不会让土地变得肥沃，也没有任何伤害。◊——我把全部的灵魂投入创作，但我书写时并没有思考它，我只想到了忧伤的自己和无名的你。

这本书荒谬，所以我爱它；无用，所以我想给你；因为把它给你没有任何意图，所以我，把它给你……

请读它来为我祈祷，爱它来为我赐福，忘记它如同我忘记那些女人，她们仅仅是梦，而我从不知道如何梦见她们。

忧愁的寂静之塔啊，愿这书为你变成神秘远古之夜的另一弯月亮！

痛苦的不完美之河啊，愿这书是一叶扁舟，沿你的河水而下，漂向无人梦见的大海。

间离而荒弃的景观啊，愿这书属于你，就像时间属于你，愿它挣脱你，就像从紫色皇袍加身的厄运时刻挣脱一样。

一条永恒之河在我沉默的窗下流过。我总能看见对岸，但不知为何我从不梦想在那里做一个不同而快乐的人。也许是因为只有你才能抚慰我，只有你会哄我入睡，只有你为我涂油祭礼。

你打断了哪一场白色弥撒来为我赐福并显现你的存在？你在哪个摇曳的拍点停下舞步，时间也随之停下，把你的静止变成通向我灵魂的桥，把你的微笑变成我奢华的紫袍？

天鹅的不安在律动，不朽时光的里拉琴，神秘愁苦的犹疑竖琴——你是被等待却已离去的人，爱抚却也伤害，用疼痛为快乐镀金，用玫瑰为悲伤加冕。

是哪个神创造了你，哪个神被创世纪的上帝憎恨？

你不知道，你不知道你并不知道，你甚至不想知道也不想不知道。你剥去生活的目的，显迹时环绕着非真实的光晕，你穿上完美不可触及的外衣，时间不能亲吻你，白天不能对你微笑，夜晚也不能为你而来，把月亮放入你的双手，让它宛如一朵百合花。

噢，我的爱人，请把花瓣撒在我身上，用最好的玫瑰，最完美的百合花，◊的菊花飘着悦耳名字的芳香。

我要在你之中结束生命，圣洁的贞女啊，你不期待任何拥抱，不索要任何亲吻，不寻求任何意图。

II

我要把梦见你变成诗人的存在，而我的散文，当它雕刻你的美丽，将会拥有诗歌的旋律，诗节的曲线，以及不朽诗句的赫然光辉。

18．【1913年？月】不安之书——尾声[1]

I

你不存在，我很清楚，但我能确定自己是否存在吗？为了让你在我之中而存在的我，会比你和你体内破灭的生命活得更真实吗？

温淡如光晕的火焰，空缺的存在，律动的寂谧和女子，空荡身体的暮光，宴席卜遗落的酒杯，一个做梦的画家在另一个地球的中世纪画卜的彩绘玻璃。

至纯至净的圣杯和圣饼，活圣徒的废弃祭坛，梦中的百合花冠，开在无人进入的花园里……

你是唯一不散射倦怠的形体，因为你总是随我们的情感变幻，因为，你亲吻我们的快乐，安抚我们的悲苦，对我们的倦意而言，

---

[1] 该片段可能是一系列笔记（标题均为"序言"）的最后部分，但也有可能如本节开头所示，作为《不安之书》的尾声，至少到1913年某个时间段为止都是这样构思的。

你是宽慰的鸦片,解乏的酣眠,将我们双手交握的死亡。

天使啊◊,你的翅膀是用什么做的呢?你从不飞翔,升天也已静止,你是迷狂与休憩的姿态,什么样的生命把你拴在这尘世?
(最后的片段)

II

为了你的存在和我看见你的存在,让我们创造一种无与伦比的艺术吧,只属于我的艺术!

但愿我知道如何从你无用的双耳瓶身上汲取新诗被遗忘的光晕;但愿我颤抖的手指能踏着无源之浪的悠缓,寻找前所未闻的散文里欺骗背叛的句行。

就让你逐渐消失的隐晦微笑成为万千世界命运的象征与徽章吧,它知道自己是个错误,知道自己飘忽不定。

当我献出生命将你创造,并因此死去时,请用你竖琴师的手为我阖上双眼。而你,无名的你,至尊的你啊,将永远是从未存在的众神所钟爱的艺术,永不可能存在的众神那不育的童贞母亲。

19.【1913年?月】

我从这家咖啡馆的露台颤抖着向外注视生活。我看见的很少,只有喧闹的人群聚集在这个属于我的明亮广场上。一种微醺的迟钝为我照亮事物的灵魂。清晰而单调的生活踩着行人的步伐,压抑着怒火,从我身边走过。这一刻,忧伤令我停滞不前,一切仿佛都是别的——我的感觉是一个错误,既混乱又清楚,我张开翅膀却不飞翔,犹如一只假想的秃鹰。

作为一个有理想的人,也许我最远大的抱负不过是在这家咖啡馆的这张桌子上占据一个位置?

一切都是虚无,就像搅动尘埃,浑浊有如晨曦尚未到来的时刻。

光平静而完美地轻叩万物,为它们镀上一层金辉,那是悲伤却微笑的现实。世界的全部奥秘降临在我眼前,从这庸常与街道中被雕刻出来。

啊,看日常琐事怎样为我们打磨奥秘!看光照亮人类复杂生活的表面,时间如何盘踞这表面,像犹疑的微笑,攀上奥秘之唇!所有这些听起来多么现代!而在深处却是如此久远,如此幽蔽,如此不同于一切之中闪耀的那个意义!

20.【1913年?月】
让我们连指尖都不要去碰触生活。

连爱的幻想都不要有。即使在梦中,也别把女人的吻当作我们的感觉。

衰倦的工匠啊,让我们在教授幻灭中臻于完美。对生活充满好奇的人,让我们透过所有的小孔窥探,还没等发现看不到任何新鲜或美丽的东西,就已疲倦。

绝望的纺织工啊,让我们只做寿衣——白色的给我们从未有过的梦,黑色的给我们离开尘世的日子,灰色的给我们仅在梦中的姿势,帝王紫给我们徒劳的感觉。

猎人们穿过软木树林、山谷和◊沼泽◊岸边,猎捕狼、母狍、◊还有野鸭。让我们憎恨他们,不因为他们杀戮,只因为他们享乐(而我们不会)。

让我们的面庞浮现苍白的微笑,像一个即将哭泣的人;让我们眼神空洞,像一个不愿意看见的人;让我们所有的表情都流露出轻蔑，像一个不屑于生活却只为必须不屑而活着的人。

把我们的轻蔑留给劳作和抗争之人，把我们的憎恨留给心怀希望与信赖之人。

（结束）[1]

21. 【1913年？月】痛苦的间隙

我甚至无法从骄傲中获得慰藉。倘若我不是自身的创造者，还有什么可骄傲的呢？即使一些事物能满足我的虚荣心，又有多少别的事物不能？

我平躺着生活。连在梦中都不知该如何起身。我的灵魂如此赤裸，对努力一无所知。

形而上体系的创造者，心理学解释的◊，他们对苦难来说仍然是新手。系统化和解释，除了◊与建构还能是什么？而这一切——整理，安排，组织，除了践行努力就什么也不是。这样的生活多么凄凉啊！

悲观主义者——我不是。有些人能将自己的痛苦移译成普世的情感，他们很幸运。我不知道世界是否悲伤或充满恶意，这无关紧要，因为我对他人之苦感到厌烦且漠不关心。一旦他们停止哭泣或呻吟（这让我不适且恼火），我连耸肩的动作都不会有——我对他人的鄙视就是这么深。

但我愿意相信生活是明暗参半的。我不是悲观主义者。我不抱怨生

---

[1] 作者的这个标注再次说明，1913年前后，他所设想的《不安之书》应该是一个篇幅较短的系列，里面的文章尚未用半异名来署名。

活可怖，只抱怨自己的生活可怖。这才是我唯一重要的事实：我存在，我受苦，甚至做梦都不能摆脱我在煎熬的感觉。

悲观主义者是幸福的梦想家。他们按自己的意象塑造世界，因此总有在家之感。而我呢，最让我痛心的，是世界的快乐喧闹与我的愁苦静默之间的反差。

纵然有许多哀痛、忧惧和颠簸，生活仍该是美好欢乐的，就像坐着老四轮马车旅行，有人陪伴（可以观望生活）。

我丝毫不觉得我的苦难是崇高的征兆。我不知道它是不是。但我为如此微不足道的事物受苦，被如此平凡的事物击伤，我不敢用苦难即崇高这种假设去羞辱我天赋异禀的可能。

夕阳的绚烂光辉，以其全部的壮美却从未令我欢悦。我总是说：幸福的人看到落日该多么高兴啊！

这本书是一声呜咽。既然我写出它，《孤独》[1]就再也不是葡萄牙最悲伤的书了。

与我的痛苦相比，所有他人之苦都显得虚假或渺小。那都是幸福者的苦闷，活着却抱怨的人的愁痛。而我的痛苦只属于自我囚禁、隔绝于生活的人……

至于我和生活之间……

一切都只让我看到哀愁，一切都不能让我感到快乐。我注意到不幸更易看见而非感知，快乐更易感知而非看见。因为不去想，不去看，就会获得某种愉悦，就像神秘主义者、波希米亚人和无耻之徒那般。但所有不幸都是从观望的窗洞和思想的大门登堂入室的。

---

1 《孤独》（1892年）是葡萄牙十九世纪末诗人安东尼奥·诺布雷（1867—1900）生前出版的唯一一部作品，书中充满感伤和离愁。诺布雷称这部诗集是"葡萄牙有史以来最悲伤的书"。（译者注）

22. 【1913年？月】

除此之外，如果我不做梦，就没法活。我梦想着真实的生活。所有的船都是梦之船，只要我们心中有梦见它们的力量。杀死梦想家的是光做梦不生活；伤害行动家的是光生活不做梦。我在幸福的单一色彩中融入梦的瑰丽和生活的真实。不管我们如何拥有一个梦，都不能像拥有口袋里的手帕那样，或者，如我们所愿，像拥有自己的身体那样彻底。不管我们活得多么充实、消沉、动荡，与他人◊往来，栽跟头（即使是最小的障碍），感受时间的流逝，这些永远都不会消失。

杀死梦无异于自戕。那是要我们的灵魂致残。只有梦才真正属于我们，牢不可破、无可动摇地属于我们。

宇宙，生命——无论真假——是所有人的。谁都能见我所见，有我所有——或者，至少他们可以想象自己看见并经历，这是◊

但我梦到了什么，只有我能看见，只有我才拥有。倘若我看外界的方式和他人不同，那是因为我并非有意从梦中观看，而梦中的一切紧紧贴住了我的眼睛和耳朵。

23. 【1913年？月】占有之湖

对我来说，占有是一汪荒诞之湖——宽阔，幽暗，但很浅。湖水看起来很深，因为它充满谎言和污秽。

死亡？但死亡就在生命之中。我会彻底死去吗？活着时我无从知晓。我能存活吗？我仍然活着。

梦？但梦就在生命之中。我们活在梦境里吗？是的。我们只梦见它吗？我们死了。而死亡就在生命之中。

生活像影子般纠缠我。只有当万物坠入黑暗时，影子才会消失。

只有当我们向生活认命，生活才会停止纠缠。

梦里最叫人心碎的就是一切并不存在。我们并不能真的做梦。

什么是占有？不知道。那怎么能想着占有什么呢？你会说我们不懂何为生活，还不是照样活着……我们真的活着吗？活着却不懂生活的真谛，能算活着吗？

24.【1913年？月】

无用的风景，如同那些环绕中国茶杯表面的景观，从杯柄的一边开始，到另一边戛然而止。茶杯总是那么小……这局限于杯柄两边的风景会向何处延伸呢？瓷器的◊？

有些灵魂可能会因为中国扇子上的风景画不是三维的而深感忧伤。

25.【1913年？月】间隙

还未经历生活，我就已经失败，因为即使在梦里它也让我毫无兴致。梦的疲倦已经到来……当我感受到这点，便有了一种终极向虚假的感觉，仿佛我已走到漫长道路的尽头。我越过自身的边缘，不知向何处涌动，然后在那里徒劳地静止。我是任何一个曾经的我。在自我感知的地方，我找不到自己；如果我去寻找自己，就不知道谁在找我。一种对万物的厌倦令我瘫软。我仿佛已被灵魂驱逐。

我观察自己，见证自己。我的感觉像外界事物般在我不自知的目光中飘过。我对一切都感到厌烦。所有东西，直到它们神秘的根部，都是我倦怠的颜色。

时光送给我的花朵有了枯萎之态。我唯一能做的就是让花瓣慢慢脱落。可这行为却因为时间的推移而变得如此复杂！

最轻微的动作都如英雄壮举般难以实现。光是想想最小的举动就让我备感压力，好像有什么事我必须思考去做一样。

我什么都不想要。生活让我痛苦。待在原地就让我难受，想到能去哪里待着我也难受。

最理想的就是什么也别干，除了像喷出的水柱那样假模假式——往上喷是为了跌回原点，在阳光下闪烁却毫无用处，在万籁俱寂的夜里发出声响，好让做梦的人在梦里想起河流，然后在微笑中遗忘。

26. 【1913年？月】从未踏上的旅途

那是一个微茫的秋日，我穿过暮光，踏上从未开启的旅途。

我以不可能的方式回忆，落寞的金色余晖用淡紫勾染天空，光晕笼罩着清晰而垂绝的山峦，死亡的音调轻柔贯穿，落在群山狡黠的轮廓上。船舷另一侧（那边的船篷下，天更冷，夜色更深），海洋颤抖着向东方黯然神伤的天际延伸，那里，一股漆黑的风像酷暑天的雾气般盘旋，把夜的半影投向大海尽头那条幽暗的水线。

我想起海水暗沉，与微光波动的火苗融为一体——这一切如此神秘，犹如欢乐时的一抹愁思，预言着我所不知道的事情。

我没有从任何已知的港口出发。到今天我也说不出是哪个港口，因为我从未去过那儿。同样地，我旅行通常是为了寻找并不存在的港口——它们只是前往港口的通道；是完全不真实的城市间、狭窄河流上被遗忘的小港湾。读到这儿，你们一定会觉得我在胡说八道。那是因为你们从未像我这样旅行。

我出发了吗？我不会跟你们宣誓说我出发了。我发现自己在别处，看到了别的港口，路过那座城市之外的城市，尽管它们全都不是城市。向你们发誓启程的是我而不是风景,是我探访别的土地而不是它们探访我——这种事我不干。我不懂什么是生活,也不知道是我在经历生活,还是生活在经历着我(无论"生活"这个空泛的动词想表达什么含义),我当然不会跟你们发任何誓。

我旅行。旅行时我不用日期或任何别的方法来计量时间——我认为跟你们解释这个没有意义。我的确是在时间中旅行,但不是这边的时间,在这里,我们以小时和日月来计算时间;我是在另一边旅行,那里的时间没有量度。它也会流逝,但无法计量。它似乎比我们的时间更快,但其实不是,按年算的话也没那么快。你们完全可以问我,这些话到底什么意思。永远别犯这种错。向幼稚的错误道别吧,不要去问事物和话语有什么意义。万事皆无意义。

我坐哪艘船去旅行的?"任意"号汽船。你们笑了。我也是,也许就在嘲笑你们。谁说我不是在写让诸神明白的符号呢?

无所谓。我在暮光中启程。耳边还回荡着起锚时,蒸汽中钢铁碰撞的巨响。记忆斜角处,甲板的起重臂仍在缓慢移动,准备各就各位,几个小时前它们还在用源源不断的集装箱和圆桶刺伤我的眼睛。这些箱子和圆桶被一圈铁链拴住,先是突然悬停,然后撞上船舷,刮擦着侧壁,摇摇晃晃,一推再推,直到对准货舱口,猛地下降◊,随着一声沉闷的木头撞击声,被成堆地装进货舱某个隐蔽的地方。这时下面传来卸货的声音;一根铁链叮叮当当地升到空中,一切重来,如同白费功夫。

为什么要跟你们说这个?这很荒唐。我明明说过要给你们讲我的旅行的。

我寻访新欧洲,一座座君士坦丁堡城热情欢迎我坐帆船抵达虚幻的博斯普鲁斯海峡。帆船?你们打断我。是啊,没错。我离开时坐的汽船变成了帆船,驶入一个比艹更好的港口。这不可能,你们说。所以它才发生在我身上啊。从别的轮船上传来消息,说几个子虚乌有的印度正在发生想象的战争。听到人们谈论那些土地，我们会不合时宜地怀念起故乡，当然，仅仅是因为我们的土地根本不是什么土地。

27. 【1913年？月】
组织我们的生活，让它在别人眼里成为一个谜，让最熟悉我们的人离得比别人更近，却只会愈发不了解我们。我就这样近乎无意地雕刻我的生活，但我把那么多本能的艺术投入其中，以至于我变成了一个连自己都不甚明了的模糊个体。

28. 【1913年？月】淡漠美学
梦想家面对每一样东西，都应该试图感受它所激起的真切的淡漠。

凭借瞬间的直觉，知道如何从事物中提取所有适合做梦的材料，任由一切真实的成分在外部世界死去——这才是智者要致力于实现的事。

永远不要真诚地体会自己的感觉。要将自己苍白的成就提升到漠视野心、渴求和欲望的境界；路过你的喜怒哀乐，就像一个人路过他毫不在意的事物。

最大的自律就是漠视自己，把身体和灵魂视为家宅和乡间别墅，命运要我们在那里度过一生。

如王侯将相[1]般高傲地看待你的梦想和最私密的欲望，◊，为忽视它们的行为注入本质的优美。要对自己有廉耻心；理解我们存在却并不孤单，我们是自己的见证人，所以面对自己要像面对陌生人

1　原文为法语"en grand seigneur"。（译者注）

那样，以一副考究、平静的外表行事：因为高贵而淡漠，因为淡漠而冰冷。

为避免自视堕落，我们只需习惯于摒弃野心与激情，欲望与希冀，冲动与不安。为此要始终记得，我们总是与自身同在，永远不会孤单，这样我们就能感到自在。我们会克制住激情和野心，因为拥有它们就是卸除防身的盾牌；我们不再有欲望和希冀，因为它们唐突而粗鲁；我们不再有冲动和不安，因为贸然行事在他人眼里是一种不雅，心浮气躁则永远是野蛮人的行径。

贵族从来不忘记自己并非独处，这就是为什么习惯和礼仪是他们的天然属性。让我们内化这种贵族精神。把它从沙龙和花园里连根拔出，传递给我们的思想和存在意识。我们要始终在自己面前保持礼仪和习惯，举止得体，为他人着想。

我们每个人都是一个完整的社会，合起来就是上帝的一个街区，我们至少要变得优雅，让这街区的生活脱颖而出。感觉的庆典应当精致含蓄，思想的盛宴应当朴素谦恭。其他灵魂必会在周遭建起肮脏贫穷的街区，我们要划清自己地盘的起点和终点，从情感之墙到羞怯之室，一切都应该是高贵从容的，在一种优雅和不事张扬中精雕细琢。

要为每一种感觉寻找宁静的实现方式。将爱情精简为爱之梦的一个阴影，或者月光轻叩下，两朵小小浪花的峰顶间那微弱而战栗的空隙。把欲望变得无用而温和，一如灵魂不易察觉的疏离的微笑；把灵魂变成一种从不妄想实现或诉说的东西。让我们催眠仇恨，就像安抚一条被囚禁的蛇；叫恐惧只保留它目光中的痛苦，在我们灵魂的凝视下，这是唯一堪称美学的态度。

††

29. 【1913年？月】人工美学

生活损耗了生活的表达。假如我有一段惊天动地的爱情，我将永远无法描述它。

我自己也不知道，在蜿蜒的文字中向你们展示的这个我是否真的存在，抑或只是我用自身捏造的一个虚假的美学观念。是的，就是这样。我用美学的方式，以他者的形象活着。我把生活刻成一尊雕像，材料却与我毫不相干。有时候我都认不出自己了，我变得如此陌生，以纯净的艺术运行自我意识。那个非真实性背后的我到底是谁？不知道。但肯定是某个人。如果我没有追求生活、行动和感受，请相信，那是为了不扰乱我既定的人设。我想与过去期望的样子一致却做不到。要是我努力生活，就会毁灭自己。我想至少在灵魂上成为一件艺术品，因为肉体上已无可能。因此，我在冷静和疏离中自我雕刻，再把自己放进温室，远离新鲜空气，避免阳光直射——那里，我的人工性宛如异域之花，在远处的绝美中绽放。

有时候我会想，如果能将梦联合起来，创造一种绵延的生活，在昼夜交替中永续，让想象的筵席有假想的人群陪伴，生活，受苦，享用这虚幻的人生，该是多么美好。厄运会在那里发生；巨大的喜悦也会降临。这一切都不真实，却遵循一种绝妙自洽的逻辑，踏着虚假性撩人的节拍，发生在一座以我的灵魂建造的城市里。这座城迷失在某个宁静海湾的码头，那是我心中一个无比遥远的地方……一切都很清晰，无可避免，一如外部的生活，在阳光下黯然失色。

30. 【1913年5月10日之后】

我的爱人啊，请合上你的双手，放在我的双手间，听我说吧。

我要像一位聆听告解并提出忠告的神父，以一种柔缓和安抚人心的声音，告诉你我们得到的东西远比渴望得到的多。

我想用我的声音和你的专注，与你一同吟诵绝望的连祷文[1]。

艺术家的所有作品都可以更加完美。逐行阅读，就会发现最伟大的诗歌也有值得完善的诗句，诗中场景可以更加激烈，整部作品也从未达到足够完美以至无法追求更高水准的程度。

当艺术家某天发现并想到这一点，该是多么不幸啊！他将再也不能愉快地写作或安心入睡。他会成为一个失去青春的年轻人，郁郁寡欢地变老。

表达是为了什么？我们说出的那点东西还是不说为妙。

假如我可以使自己深信放弃之美，就能永远活在悲伤的喜悦中了！

你并不爱我所说的话，因为你不是用我的耳朵来听我说话。当我听到自己高谈阔论，听见音量的耳朵所使用的聆听方式完全不同于内心的耳朵，凭借后者我能听见自己在思考语言。倘若我听到自己说话却会错意，就必须一遍遍地自问：刚才我说的是什么意思？别人会有多少东西听不懂啊！

他人对我们的理解，是由许多复杂的不理解所构成的。

想要被理解的人永远不会感受到被理解的欢畅，因为它只发生在复杂而不被理解的人身上；至于那些简单可理解的人——他们从来不渴望别人理解。

31.【1913年5月10日之后】【绝望的连祷文？】

另一个人啊，你是否想过，我们于对方而言是多么不显眼？你是否也曾思索，我们之间是多么陌生？我们互相对视却无法看清彼此。

---

[1] "绝望的连祷文"是写给《不安之书》某个片段的标题。

我们互相倾听，但各自只听见内心的某一种声音。

他人的话语是我们听力的错觉，在我们理解的海上翻船遇难。我们是多么相信自己可以理解别人的话啊。有的人满嘴淫逸，我们却听出死亡之意；有的人无意吐露深奥之语，我们却听到了纵欲和生活。

呵，纯粹的诠释者，你所解读的潺潺溪流，还有被我们赋予意义的树木的低语——我无名的爱人啊，这一切有多少只是我们自身与幻想的灰烬，在囚室栏杆的缝隙间流逝！

32．【1913年5月15日前后】【荒诞（或谎言）显灵？】

也许事物并不全是虚假的，我的爱人，没有什么能治愈我们近乎癫狂的欺骗的喜悦。

精湛至极！扭曲至深！荒诞的谎言具有乖戾者全部的魅力，更有天真烂漫者终极的吸引力。纯真意图的扭曲——◊呵，谁能做得比这更加天衣无缝？这种扭曲完全不期待给人带来快乐，也没有非让人痛苦不可的狂热，它落在痛与乐夹缝的地板上，无用且荒谬，像一个粗制滥造的玩具，被成年人拿来自娱自乐。

甜美的人啊，难道你不懂冲动购物的快感吗？你是否明白道路的乐趣恰恰在于我们漫不经心地走错方向？人类还有哪种行为像伪造虚构这般色彩绚丽——◊欺骗其本性，拆穿其意图？

把原本可以有用的生命白白浪费掉，永远不去创作一件明明会很美的艺术品，在必将通往胜利的道路上半途而废，这些都是多么崇高的行为！

噢，我的爱人，丢失后再也找不回来的作品，仅剩书名流传至今的论著，烈火中毁坏的图书馆，破碎的雕像，请赞美它们吧！

荒诞使一些人成为圣徒：焚烧美丽作品的艺术家，有能力创造美好作品却故意留下缺陷的人,还有那些最伟大的沉默的诗人,明知自己能写出完美之作,却选择永远不去大胆尝试。(要是作品原本就有瑕疵,那就别提了。)

假如我们再也看不到《蒙娜丽莎的微笑》,它就会比原来更美!倘若有人偷走它,一把火烧了,那他该是个多好的艺术家啊,远比画它的人更伟大!

为什么艺术很美?因为毫无用处。为什么生活丑态百出?因为全是目的、企图和用意。生活所有的道路都是为了从一个点抵达另一个点。我们多么希望道路的起点和终点都是无人问津的地方!要是有一个人能穷尽毕生之力建造这样一条路该多好:从一片田野的中央开始,到另一片田野的中央结束;如果它继续延伸,就会变得实用,可它只是以超凡的姿态在道路中间停止。

废墟为何美丽?因为没有用武之地。

昨日为何甜蜜?因为我们会去回忆。回忆就是要把昨日变成当下,但它既不是也不可能成为当下——荒诞,我的爱人,这就是荒诞。

说着这些的我,为何写下这本书?因为我承认它并不完美。梦见,也许还能臻于完美;书写,就只会造成缺憾;所以我要把它写出来。

更重要的是,我捍卫无用性、荒诞和◊——写这本书就是为了欺骗自己,背叛我自己的理论。

这一切的至高荣耀,我的爱人,在于想到也许这些都不是真的,甚至连我都不信这是真的。

当谎言带来快乐,我们就说出真相,以便欺骗谎言。当它带来愁苦,我们就停下,以免苦难赋予我们尊贵,或让我们感到扭曲的愉悦……

33. 【1913年？月】佩德罗的牧歌

我不知在何时何处看见了你。不知道是一幅画中,还是一片真实的田野上,你站在与身体同时代的草木间;也许那是一幅画,你在我珍存的回忆里清新明澈,宛如一首田园诗。我不知道这一切何时发生,甚至是否真的发生过——因为我可能根本没有在画中见过你,但我以理智的全部情感,确信那是我一生中最为宁静的时刻。

你,轻盈的鹈鸰,身旁跟着一头温驯的大公牛,沿着宽阔的道路安静走来。我远远看见你(在我看来是这样),你走到我身边,擦身而过,仿佛没有留意我的存在,心不在焉地牵着那头大公牛,缓缓离去。你的目光早已忘却回忆,那里有大片精神生活的空地;你已被自我意识抛弃。那个时刻,你不过是◊

看见你,我想起城市总在变化,田野却亘古如斯。人们常说岩石和山峰都是《圣经》里的,因为它们和圣经时期该有的样子分毫不差。

正是你无名的身影闪现,唤起我对田野全部的记忆,当我想起你,一种从未有过的全然的宁静充盈着我的灵魂。你轻晃身体,脚步踟蹰摇曳,你的一举一动宛若飞鸟,看不见的藤蔓缠绕上身。而你的静默啊……黄昏降临了,疲倦的羊群伴随铃铛清脆的响声,在暗淡的山坡上咩咩叫着,你的静默是最后一位牧人的歌声,被一首维吉尔从未写下的牧歌所遗忘,因此永远令人迷醉,成为田野上一个永恒的剪影。也许你在微笑:只对你自己,对你的灵魂微笑,在你的脑海中看见自己微笑。但你的双唇平静有如起伏的山峦;你质朴的双手在田野花朵的点缀下舞动,而我已想不起具体的动作。

是的,我在一幅画里看见了你。但这种印象又是从何而来:看见你走近,从我身边经过,我却继续前行,没有为了再次或长久地看你而转身。时间停下脚步让你路过,我却将你记错了,当我试图把你放进生活抑或相似的表象之中。

34．【1913年？月】

我不愤慨，因为愤慨是强者的武器；我不放弃，因为放弃是贵族的特权；我不沉默，因为沉默是圣人的美德。我不是强者，不是贵族，不是圣人。我受苦，我做梦。我会抱怨，因为我软弱。作为一个艺术家，我用怨言作曲，按我理想的方式安排梦境，使它们美好，以此消磨时光。

我只遗憾自己不是孩子和疯子，前者让我相信我做的梦，后者使我的灵魂远离周围的一切。◊

把梦当真，毫无节制地活在梦里，这为我梦想生活的虚假玫瑰添上了一根茎刺：连梦都不能让我快乐，因为我发现它们是残缺的。

即使将这块玻璃画上彩色的梦，也无法逃避从窗外获得的外部生活的杂音。

悲观主义哲学的缔造者是幸运的！他们不仅托庇于已有的成就，还能为已被解释的事物感到高兴，并将自己纳入普世的苦难。

我不会埋怨世界，也不以宇宙之名抗议。我不是悲观主义者。我受苦，我抱怨，但我不知道苦难是否普遍存在，也不知道受苦是不是人的天性。我为什么要知道答案呢？

我受苦，也许是我应得。（被追捕的母狍）

我不是悲观主义者，我只是悲伤。

35．【1913年？月】

要以梦的方式，为梦而活，在最惬意的做梦时刻，漫不经心地将宇宙拆毁再重塑。要清醒地意识到这样做是无用的，◊实现它。用我们的整个身体来无视生活，用所有的感觉来脱离现实，用全部的灵魂来弃绝爱。在去泉水边的路上，将瓦罐填满毫无价值的沙子然后清空，以便继续填满并清空，无尽的徒劳。

让我们编织花环，好在完成时仔细将它们统统拆散。

让我们拿起颜料，在调色板上混合，面前却没有画布。我们叫人送来石头却没有凿子，也不是雕刻家。我们要把一切都变得荒谬可笑，在无意义中使所有贫瘠的时光抵达完美。我们与生活的意识一起玩捉迷藏。

让我们带着礼貌而拒绝相信的微笑，听上帝说我们存在。看时间描绘世界，却发现这幅画既虚幻又空洞。

让我们思考自相矛盾的话语，在非声音的声音和非色彩的色彩中高声谈论。让我们说出（并理解所说的话，尽管这不可能），我们意识到自己没有意识，我们也不是此刻的自己。要用一种隐秘和反常的意义去解释一切，每件事物的神圣反面都具有这种意义，但不能过于相信解释，以免我们不得不将它放弃。

要从无效的寂静中雕刻我们所有的言语之梦。让所有关于行动的思想陷入麻木◊的停滞。

然而，梦中的风景不过是已知风景的烟雾，梦见它们的倦怠和我们观望世界的倦怠一样强烈。

这一切之上，生活的恐怖错乱地盘旋，恰似那一整片蓝天。

36.【1913年8月】间离的森林
我知道自己醒了，我知道自己还在睡。我古老的身体活得疲惫不堪，它说时间还早得很……有时我依稀觉得在发烧。我感到沉重，却不知为何……

在清醒的麻木中，我拖着迟缓而无形的身躯，停留于困怠和无眠之间，一个充满梦之阴影的梦境里。我的意识在两个世界间摇摆，我像盲人般看清了海的深邃和天空的高远；它们彼此贯穿，相互融合，我不知道自己在哪里，也不知道梦见了什么。

一阵暗影重重的风吹起逝去意图的灰烬，这些意图关乎让我清醒的事物。一颗倦怠的温热露珠从陌生的苍穹滴落。一种毫无生气的巨大痛苦在内部翻覆我的灵魂，犹豫不决地改变我，就像微风吹拂树冠的侧影。

身处慵懒而温暖的凹室，窗外黎明前的微光不过是明暗交汇处的一缕吹息。我全然是一团静寂的混乱……天为何一定要亮？……知道天会亮让我难过，就好像我必须努力做点什么让它发生一样。

我在漫长的混乱中冷静下来。我变得麻木消沉，在空中飘荡，半睡半醒，而另一种现实出现了，我身在其中，不知还有哪里不是此地的所在……

那个古怪森林的现实出现在我眼前，却并没有抹去这个现实——这个温暖凹室里的现实。两种现实在我身负镣铐的意识中共存，仿佛两柱烟彼此融合。

颤抖而透明的风景，两种现实的风景，它是多么清晰！……

而这个和我一起，为间离的森林披上被观察者外衣的女人是谁？我在某个时刻问自己这个问题又是为了什么？……我甚至都不清楚自己是否想了解它……

这晦暗的凹室是一块深色的玻璃，透过它，意识到它，我看见了那片风景……我早已熟悉那风景，很久以来，正是因为有了这个女人，透过她的非现实性，我拒绝承认错误——或者说另一种现实。内心深处，我感到自己熟悉那些树木、花朵和偏离的小径已有许多个世纪,还有那个我,在森林里漫游,他在我的注视下显得古老而清晰,但我的视线却因知道我身处凹室而蒙上了昏暗的半影……

有时候,我透过森林远远地看见自己,感到风在轻缓地吹拂一团烟雾,这烟雾就是凹室轮廓分明而幽暗的景象,我在凹室里成为当下的我,凹室有着模糊不清的家具和帷幔,还有夜晚的慵懒。之后,风停了,一切就成了另一个世界全部的风景。

其他时候,这个狭小的房间只不过是浓雾的灰烬,在另一片土地的地平线上升起……某些时刻我们在那里脚踩着的地面,就是这间看得见的凹室……

我做着梦,找不到方向,我是双重的存在:既是我,又是那个女人……沉重的倦意像一团漆黑的火焰把我烧尽……虚假的生活将我牢牢禁锢,带来巨大而被动的焦虑感……

噢,暗淡的幸福! ……道路交叉口永恒的逗留! ……我做着梦,在我的意识背后,有人正和我一同做梦……也许我不过是那个并不存在的人所做的一个梦罢了……

窗外,黎明还如此遥远! 森林和我的另一双眼睛是如此接近!

而我,远离那片风景时几乎要将它遗忘,只有拥有它,我才会充满思念,只有漫步林中,我才会为它哭泣,对它一心向往。

那些树! 那些花! 那些隐藏在花木繁茂之中的小路! ……

有时,我们也曾挽着手臂,在雪松和紫荆树下散步,没有人在思考生活。身体对我们而言就像一丝缥缈的香气,而我们的生活就是泉水叮咚的回响。我们牵着对方的手,目光在相互询问:活得感性并渴望在身体中实现爱的幻想,这该是怎样的一种感觉……

我们的花园曾有过一切的美……——玫瑰花绽放出卷曲的轮廓,百合花白中透染着淡黄,罂粟会继续隐藏,倘若火红的花瓣不去窥探它们的存在,紫罗兰微微探出花坛葱翠的边缘,勿忘草星星点点,山茶花的暗香似有似无……还有遗世独立的向日葵在高高的青草之上睁着诧异的眼睛,高贵地凝视着我们。

我们与灵魂擦肩而过,它在苔藓醒目的凉意下一览无遗。经过棕榈树时,凭借微弱的直觉可以感知到别的土地……泪水在回忆中涌上双眼,因为即使在这里,当我们快乐时,也并不快乐……

橡树布满了几个世纪的疙瘩,根部枯死的触须总是绊住我们的脚……梧桐树伫立不动……远处,在树和稍近处的树之间,一串串葡萄逐渐变成深黑色,悬挂在静默的藤架上……

生活的梦想走在我们前面,挥舞着翅膀,我们对它报以相同而游离的微笑,这笑容在各自的灵魂中达成一致,我们不去注视对方,我们对彼此一无所知,除了知道一只手臂倚靠着另一只手臂,前者所支撑的存在倚靠着后者所付出的关怀。

我们过去的生活没有内在。我们曾是外在的他者。我们并不认识自己,就好像一场穿越梦境的旅行之后,我们突然出现在自己的灵魂面前……

我们早已忘记时间,而广袤无际的空间在我们的意识中变得渺小。除了附近的那些树、远处的葡萄藤和天边最后的几座山丘,还有什么真实的东西,值得我们睁大双眼去注视,而这目光只投向存在之物……

我们是不完美的,在这不完美的滴漏中,梦的水滴规律地计量着不真实的时间……一切都不值得,我遥远的爱人啊,除非我们明白,知晓一切都不值得的感觉,是多么轻柔……

树木静止的运动;泉水不安的平静;树浆隐秘的律动所散发出的莫名气息;悠缓的黄昏仿佛自事物深处而来,向远方的悲伤伸出双手,与之达成精神的和解,又从天空高阔的寂静俯身,贴近灵魂;叶子飘落下来,踩着步点,一无所用,像疏离的水滴,风景在其中变换,只能由我们的耳朵去聆听,它化为我们心中的哀愁,犹如记忆中浮现的一方故土——所有这些就像一根松开的腰带,优柔寡断地，将我们环绕。

在那里，我们经历了一段不知如何流逝的时间，一个无法想象去测量的空间。那是一种超脱时间的流逝，一种不识空间现实规约的宽广……伴侣啊，你徒劳地跟随我的倦怠，那里有多少不安的幸福时光假装属于我们！……精神余烬的时时刻刻，怀念着空间的日与夜，外部景象的内心世纪……我们不会自问这一切为何存在，因为我们乐于知道它们毫无目的。

依靠一种直觉（当然，我们并不具有），我们得以知晓，这个或许只有你我二人的痛苦世界，倘若真的存在，也远在地平线之外，那里的山不过是风吹出的轮廓，再往远处便什么也没有了。正是因为矛盾地知道这一点，我们在那里的时光如迷信之地的洞穴一般幽暗，而感知到这矛盾，就像在秋暮的天空下看见一座摩尔人城市的剪影那样陌生和新奇……

耳力所及之处，未知的海洋沿岸拍击着我们永远不可能看见的沙滩。在内心倾听甚至看见这片大海是一种幸福，三桅帆船一定在海上乘风破浪，它们另有远航目的，而不是受陆地的派遣与功利驱使。

就像人们忽然发现自己活着，我们也会忽然察觉，天空回荡着鸟儿的啼啭，树叶的婆娑声海浪般此起彼伏，比我们自觉能听到的更深入人心，一如绸缎上古老的幽香。

就这样，鸟儿的低鸣，树林的私语，还有永恒的大海那恒定而被世人遗忘的海床，给我们荒弃的生活蒙上了一层无法认知生活的光晕。清明的日子里我们酣眠，满足于什么都不是，没有欲求和希望，为我们早已忘记爱的色彩和恨的滋味而欢悦，认为自己永远不会死去……

我们在那里度过的时光充满另一种感知它的意味，这时光因虚无和不完美而如此完美，与清晰方正的矩形生活相比是如此模棱两可……被颠覆的帝国的时光，披着旧紫衣的时光，落入那个世界的时光，来自另一个更为骄傲的世界，因为有更多愁苦被消解……

享用这一切让我们痛苦，令我们受尽煎熬……因为尽管流亡者内心平静，所有的风景都在昭告，我们属于这个世界；所有的风景都是厌沮的奢华，源自一股昏昧的倦怠，悲凉而强烈，异乎寻常，犹如一个无名帝国的衰亡……

我们凹室的窗帘上，初晨是光的一道暗影。我知道自己双唇发白，它们相互品尝着了无生趣的滋味。

房间里，浑浊的空气沉重得如同一道帷幔。我们对这一切中的神秘报以昏昏欲睡的关注，柔软得就像拖地的裙摆在黄昏的庆典上穿行。

一切愁苦都没有理由存在。我们的关注是一种荒诞，被有翼的怠惰所允诺。

我不知道是哪种暗淡的圣油在为我们身体的观念施礼。我们的疲惫是某种疲惫的影子。它从远方来，一如我们相信时间尚有生活的想法……

我们都没有名字或值得称颂的存在。倘若能足够吵闹，直到想象自己在笑，我们一定会嘲笑自己，竟然以为我们还活着。床单微暖的清凉爱抚着我们的双脚（必然是你和我的），它们赤裸着，彼此厮磨。

我的爱人，让我们从生活和生活的方式中抛去幻想。让我们逃避成为自己……不要摘下那枚神奇的指环，转动它，就能召唤寂静的仙女、暗影的精灵和遗忘的地底矮人……

正是这片森林，当我们梦想着谈论它时，它重新出现在我们眼前，广阔苍翠，但现在却因我们的不安而更加不安，因为我们的忧愁而更加忧愁。我们关于现实世界的观念如退散的浓雾般从它面前消失。我在游荡的梦里再次拥有自己，而神秘的森林将这梦环抱……

那些花，那些与我共同生活过的花啊！当我认出它们，我的目光将它们转译成一个个芳名,我的灵魂不是从它们身上,而是从名字的旋律里采撷花香……那些花,它们的名字依次重复响起,成为花香悦耳的乐队……那些树,它们的丰郁为人们赋予的称呼投下一片阴凉……那些果实,它们的名字像牙齿一口咬进果肉的灵魂……那些暗影是昨日的快乐留下的圣遗物……林中空地,光芒照耀的空地,它们是近处打着呵欠的风景最坦诚的微笑……噢,绚丽多彩的时光!……花之瞬息,树之分秒,噢,空间里静止的时间啊,你因空间而死,身上铺满花瓣、花香和花名的馥郁芬芳!……

疏离静寂中的梦之癫狂!……

我们的生活曾是全部的生活……我们的爱曾是爱的芳香……我们曾经度过不可能的时光,每时每刻都在成为自己……因为我们凭借血肉之身,知道自己并非真实……

我们没有人格,内心空洞,是任何一件无足轻重的东西……我们是自我意识中逐渐暗淡的风景……由于风景分现实与虚幻两种,我们也含混地一分为二,谁也不清楚另一个究竟是不是自己,抑或那个影影绰绰的他是否活着……

当我们在水潭沉凝之前突然浮出水面,不禁泫然欲泣……那里的风景有一双含泪而停滞的眼睛,充满对存在无穷无尽的倦息……是的,那双眼睛满是存在的倦息,对必须成为什么——不管现实还是幻象——厌烦至极,这倦意在水潭的缄默和流亡中找到了故乡与声音……而我们,尽管始终在行走,一无所知,无欲无求,却仿佛仍然在水潭边逗留,我们有那么多内心居住在那儿,化为一种象征,沉醉其中。

那里空无一人,这是多么鲜活快乐的恐惧啊!即使是路过并停留的我们,也不在那里……因为我们谁也不是,甚至什么东西都不是……我们没有死神需要扼杀的生命。我们如此脆弱,卑微至极,一阵风吹过都能让我们变得笨拙无助,时间从身边经过,抚摸着我们，像微风轻拂一棵棕榈树的顶端。

我们没有时代，没有追求。事物与生命所有的宗旨早已止步于缺失之境的天堂大门。为了让我们感受到感知灵魂的过程，树干粗糙的灵魂，树叶伸展的灵魂，鲜花含苞待放的灵魂，果实压弯枝头的灵魂……一切灵魂都已静止。

于是我们终结生活，我们是如此专注于各自将它终结，以至于都没有注意到我们本是一体，是彼此的幻想，内心深处，每个人都只是自身存在的回音……

一只苍蝇犹疑而微弱地发出嗡嗡声……

混沌的喧响在我专注的脑海中迸射出光芒，明亮而飞散，变为日光在我们的房间填充我的意识……我们的房间？哪来的我们，如果我只是独自一人？我不知道。所有事物相互融合，只剩下一片逐渐消失的现实的迷雾，我的彷徨在雾中浮沉，我对自我的理解在鸦片的安抚下入眠……

黎明破晓，仿佛从时间的苍白之巅倾泻而下……

在我们生活的壁炉里，我的爱人，梦的柴薪已经燃尽……

让我们不要被希望欺骗，因为它会背叛；不要被爱欺骗，因为它会厌倦；不要被生活欺骗，因为它纵欲无度却难以餍足；甚至不要被死亡欺骗，因为它带来的比我们想要的更多，比我们期望的更少。

噢，戴面纱的人，让我们从自身的厌倦中醒悟过来，因为它会衰老而没有勇气承担其全部的痛苦。

不要哭泣，不要仇恨，不要欲求……

噢，静默之人，让我们用一席纤细的亚麻布，裹起我们的"不完美"，裹起它枯僵的侧影……[1]

---

[1] 手稿上有一句注释，"出自备稿中的《不安之书》"，附费尔南多·佩索阿的签名。这时的《不安之书》尚未归于维森特·格德斯名下。

37．【1913年？月】
倘若我们的生活是永恒地凭窗而望，倘若我们就这样待在那里，像一缕静止不动的烟，永远，永远停留在黄昏的一刹那，暮光为蜿蜒的群山描上悲苦的线条。倘若我们能这样永生永世待着该多好！至少，在不可能性的此岸，我们能保持不变，不采取任何行动，不让我们灰白的嘴唇犯下更多言语之罪！

看这暮色如何渐入幽深！……万物无可置疑的宁静令我充满愤怒，呼吸也充斥着苦涩。我的灵魂隐隐作痛……一缕迟缓的烟在远方升起，弥散……一种不安的疲倦使我不再想起你……

所有这些都是如此繁冗！我们，世界，以及两者的奥秘。

38．【1913年？月】
大雨倾盆，不停歇地，越下越大……好像有什么东西即将在外部的黑暗中崩坍……

这座拥挤而不规则的多山之城，今天在我看来如同平原，一片雨水泛滥的平原。无论我放眼望向何处，一切都是雨的颜色，苍白无力的黑。

我有一些奇怪的感觉，它们全都是冰冷的。现在最主要的风景似乎是雾，而那些房屋则是遮蔽风景的雾霭。

当我不再是自己，我将会变成什么，一种随之而来的神经机能病前兆冰封住我的身体和灵魂。有一种征兆，如同我死亡命运的记忆，令我发自内心地战栗。一片直觉的薄雾里，我感觉自己是死去的物质，在雨水中跌落，风也为我哀泣。

寒冷的气息从我绝不会感受到的事物中渗出，咬噬着此刻的心灵。

39．【1913年？月】做梦方法论

——拖延所有事情。可以明天做的就绝不今天动手。甚至根本没必要做任何事，不管明天还是今天。

——永远别去思考你会做什么。千万别这么做。

——过你自己的生活，别被它操纵。在真相和谬误中，在伤痛和安逸中，做纯粹的自己。你只能靠做梦来实现，因为你的真实生活，你的人生，并不属于你，而是属于他人。因此，你将用梦来代替生活，一心只在意你所梦见的。你在真实生活中的一切行为，从出生到死亡，都不是由你所做：你是被行为推着走；你并没有在生活：你只是被生活操纵。

你要成为他人眼里一座荒诞的狮身人面像。在你的象牙塔里封闭自己，但别把门撞上。你就是象牙塔。

要是有人说，这一切虚伪而荒诞，别相信他。但是也别相信我说的话，因为我们什么都不该信。

——蔑视一切，但要用让你舒适的方式。不要因此心高气傲。轻蔑的高贵艺术就在于此。

40．【1913年？月】占有之湖

万物不可侵入，不管是原子微粒，还是灵魂。因此任何事物都不属于其他事物。大到真理，小到手帕，一切都不可占有。（所有权不

是盗窃：它什么都不是。）[1]

41.【1913年？月】做梦方法论

首先，你必须不尊重任何事物，不相信任何事物，任何◊。面对你不尊重的一切，不敬之余，要怀有尊重某些事物的意愿；面对你不爱的一切，厌恶之余，要抱有爱某人的痛苦欲望；当你对生活不屑时，要保留这样的想法：活着并热爱生活是件好事。这样，你就为你梦想的高楼打下了地基。

要清楚地看到，你打算建造的大楼高于所有建筑。做梦就是寻找我们自己。你会成为你灵魂的哥伦布。你会去探寻灵魂的风景。因此要格外留意，航向要准确无误，仪器也不能出错。

做梦的艺术是艰难的，因为它是一种消极的艺术，任何努力都必须与缺乏努力相协调。睡觉的艺术，假若真的存在，也应该跟做梦差不多。

请注意：做梦的艺术不是指引梦境的艺术。指引就是行动。真正的梦想家会向自己臣服，任其占据自己。

要脱离所有物欲的支配。一开始你会想要自慰，喝酒，吸食鸦片，◊。这些都属于努力和需求。为了成为一名合格的梦想家，你必须排除一切，只做梦想家。鸦片和吗啡可以在药房买到——一想到这儿，你怎么能期待用它们来做梦？自慰是一种身体活动，你又怎么能◊

愿你梦见自慰，去吧；愿你在梦里看见自己吸食鸦片，注射吗啡，迷醉于鸦片的概念和梦中吗啡的◊——你只会因此获得赞美：你正

---

[1] 这句话可能是在评论法国无政府主义者皮埃尔-约瑟夫·蒲鲁东的名言："所有权就是盗窃！"

在扮演完美梦想家的黄金角色。

要始终认为自己比实际上的更悲伤,更不幸。这没什么坏处,反而是经由幻觉、通往梦境的一段阶梯。

42．【1913年9月12日之后】
——海难?不,我从未遇见。但是印象中,我所有的旅行都发生过海难,而拯救我的行动都隐藏在间歇的……无意识之中……

——含混的梦境,朦胧的光线,迷惑的风景——这就是我旅行那么多次以后,残留在灵魂里的事物。

我有一种印象:我已熟悉各种色彩的时光,各种味道的爱意,各种尺寸的痛苦。外面的生活使我挥霍无度,我却从未满足,甚至连做梦也满足不了。

——有必要向您解释,我真的旅行了。可种种迹象表明,我旅行过,却并未真正经历。我四处游走,从北到南,从东到西,带着拥有昔日的疲倦、活在现时的不安,以及必须拥有未来的空乏。然而,我是如此努力地想要彻底留在当下,杀死我内心的过去与未来。

——我曾经沿着那些河岸散步,发现河流的名字我一概不知。也曾坐在去过的城市的咖啡馆里,发现一切都是梦和空虚的味道。有时候我开始怀疑,我是不是还坐在我们家的桌旁,那座静止的、因为梦而炫目的老房子!我无法向您断言,这件事没有发生,此刻我还在您那里,这一切(包括我和您的交谈)都不是虚设。哦,先生,您是哪位?可笑的是没人答得上来……

43．【1913年？月】从未踏上的旅途
于是我躲在门后,"真实性"进来时就不会看到。我藏在桌子下面,突然蹿出来,把"可能性"吓得半死。我脱离两种缠绕着我的巨大倦怠,如同挣脱一双拥抱的手臂——只能经历真实世界的倦怠和只能构思可能世界的倦怠。

我就这样击败了全部的现实。一座座沙堡,我的凯旋?……不用沙子的城堡到底是什么神圣材料建造的?

你们怎么知道,这样旅行不会让我悄悄返老还童?
  我怀着荒诞的天真重温童年,与事物的概念嬉戏,就像玩小铅兵,当我还是个孩子时,总是用它们做一些与士兵的概念水火不容的事。
  我沉醉于谬误,迷失了片刻,感觉自己活着。

44．【1913年？月】瀑布

小孩子知道玩偶是假的,却把它当成真的,甚至当它摔坏了,还会伤心,为它哭泣。儿童的艺术就在于非现实化。爱因为没有性而被拒绝,现实因为嬉戏而被否认,虚假的事物被视为真实,生命中这样充满谬误的年龄真是有福啊!
  但愿我能回到孩提时代,永远做孩子,毫不理会成年人为事物添设的价值以及在事物之间建立的关系。小时候,我经常把小铅兵摆成脚朝天的姿势……有什么论据和可信的逻辑向我们证明真士兵不能头朝下行军?
  在小孩子眼里,黄金的价值并不比玻璃更高。说真的,黄金就更值钱吗?小孩子会懵懂地认为,他在成年人举手投足间看到的激情、愤怒和恐惧都是可笑的。难道我们所有的恐惧、厌恶和爱意不都确实既荒谬又虚无吗?

神圣、荒诞、孩子气的直觉啊！这就是事物真正的景象，即使我们以最赤裸的方式观望，也会披上俗套的外衣；即使用最直接的方式注视，也会罩上观念的雾霭！

也许上帝是个大块头孩子？整个宇宙难道不像一个笑话，一个捣蛋鬼捉弄人的把戏？如此不真实，如此◇，如此◇

我笑着为你们把这个想法抛向空中。你们瞧，从远处望去，我突然发现了它的可怕，以及◇

（谁知道它是否包含真相呢？）

它掉下来，在我脚边摔成恐怖的粉末和神秘的碎片……

我醒来，以便知道我还存在……

在花园乏顿的深处，一股犹疑而深重的厌倦穿过瀑布和下面的蜂房，在我耳边汩汩流淌，带来错解的清凉。

45．【1913年？月】雨中风景

一整夜,数个小时,雨在屋外*浙浙漱漱*地下着[1]。一整夜,我半梦半醒,雨水单调乏味,寒夜扒着我的玻璃久久不肯离去。有时,一阵撕扯的风在更高的天空中持鞭抽打,雨水哀伤波动,雨的翅膀迅疾地拍在窗户上；有时,寂灭的屋外, 种沉闷的声响叫人困倦不堪。不管是在床铺上抑或人群中,我的灵魂始终如一,痛楚地对世界保持清醒的意识。白日如幸福般迟迟未至,那个时刻,天亮似乎遥遥无期。

如果白日与幸福永远不会到来该多好！我们所希望的,若能起码不遭受幻灭该多好！

街道深处,偶尔传来一辆夜车在石块上颠簸行驶的刺耳声音,

---

1 原文 "o chiar da chuva baixou" 特意将模拟雨声的辅音字母 x 和辅音字母组合 ch 标成斜体,译文 "浙浙漱漱地下着" 与其对应。（译者注）

经过窗下时咔嚓作响,然后消失在碎石子路的尽头,驶向朦胧沉睡之境的深处,我却无法酣然入眠。楼道里的门不时砰的一声关上。有时候,还会听见水花四溅的脚步声和穿着湿外套移动的沙沙声。有几次,脚步声更多了,又响又亮,再慢慢消失,寂静归来,雨依旧无尽地下着。

假如我从虚假的睡眠中睁眼,就会看到房间暗沉可见的墙壁上,漂浮着未做之梦的碎片,微弱的灯光,黑色线条,还有一些时起时落的小东西。家具看起来比白天时更大,给黑夜的荒谬染上模糊不清的斑块。那扇门,是由一种与夜晚相比,既没有更白,也没有更黑,但又不同的东西显现出来的。至于窗,我只能听见它。

雨声重新响起,流动不息,飘忽不定。一个个瞬间在这乐声中变得迟缓。我灵魂的孤独生长着,蔓延着,包围着我的所感所盼,以及我要梦见的一切。那些含混的物体,在阴影中参与我的失眠,在我的荒芜中占有一席之地,并感受疼痛。

46.【1913年?月】

我从不让我的感觉知道我要让它们感受什么……我跟它们玩耍,就像无所事事的公主和她那些灵活凶悍的大猫玩耍一样……

我猛地关上心门,某些感觉原本要穿过那里才能被感知。我粗暴地撤走它们道路上的精神物体,正是那些东西会将某些行为铭刻在感觉身上。

无意义的碎语插入我们假定正在进行的交谈中;荒诞的看法由另一些看法的灰烬构成,而后者已再无意味。

"您的目光有种音乐的感觉,就是一条河神秘的中央,在一只船上演奏的音乐,河对岸是森林……"

"别告诉我这是因为今晚有月光。我恨月夜……不过有些人确实习惯在月夜演奏……"

"这也是有可能的……当然，这太让人遗憾了……但您的目光的确流露出对思念的渴望……只是缺少表达它的情感……我从您表达的虚假性中发现不少我一直都有的幻想……"

"您要相信，有时候我能感觉到自己所说的，甚至我用眼神所说的，尽管我是个女人……"

"您这样对待自己不是太残忍了吗？我们真的能感觉到自认为正在感觉的一切？比如这场交谈，有什么真实性的迹象吗？没有。这在一部小说里是不可接受的。"

"很有道理……您看，我也不能百分百地确定自己正在跟您说话……虽然我是个女人，但我早就以成为疯癫设计师速写本里的画为己任……我脑海里有着过于清晰的细节……我很清楚，这会让人产生一种过度真实，甚至有点做作的印象……我认为当代女性唯一体面的事，就是把成为一幅画当作理想。小时候，我想成为家里一副旧扑克牌任意花色的皇后……我觉得这是一份真正有仁慈心的纹章学行业……可是在我们还是孩子时，总会有这样充满道德感的志向……只有到了所有志向都不道德的年纪，我们才会认真思考这个问题。"

"我从不关注孩子，但相信他们的艺术天性……您知道吗，就在此刻，当我说着话，我就很想看透刚才说的那些事的深意……您能原谅我吗？"

"并不完全能……我们永远都不该擅自窥探他人伪装的情感。因为那些情感总是过于隐私……相信我，跟您说这些私密的知心话真的让我痛苦，尽管都是假的，但它们代表着我可怜的灵魂那真实的褴褛衣衫……您要相信，内心深处，我们最令人心碎的部分就是我们实际并未成为的部分，我们最大的悲剧就发生在以自身造就的观念里。"

"说得太对了……可为什么要说这个?您伤到我了。为什么要把持续的非真实性从我们的对话中剔除?……这差点就是一场可能的交谈了,一张茶几旁,一位美丽的女人和一位感觉的幻想家之间。"

"是是……这回轮到我请求原谅了……但是您瞧,我刚才走神,确实没注意就说了句中肯的话……换个话题吧……天色总是这么晚啊!……您别生气……这句话绝对没有任何含义……"

"不用道歉,也别管我们在聊什么……所有美好的对话都应是两个人的独白……最终,我们应该无法确定自己是真的跟人交谈过,还是单纯想象出一场对话……小说家在书中描写的两个人物之间的交谈,这才是最有趣、最亲密,尤其最没有说教意味的……比如……"

"看在上帝的分上!您不是要给我举例子吧……只有语法书才这么干;不知道您是否记得,我们甚至都没有读过。"

"您以前读过语法书吗?"

"从来没有。我总是深深反感于知道如何正确地说话……语法书里,我唯一有好感的就是例外和同义词叠用……摆脱规则,只说废话,这很好地概括了现代性态度的本质。难道不是吗?……"

"绝对没错……语法书最烦人的(您注意到没,我们谈论这件事,有着美妙的不可能性?)——语法书最烦人的就是动词部分,那些动词……是它们赋予句子意义……一个真诚的句子应当总是具有多重含义……那些动词!……我有个自杀的朋友——每次我聊天时间一长,就会有一个朋友自杀——原本打算终生致力于消灭动词……"

"(他为什么自杀?)"

"等等,我还不知道……他试图发现并确立一种方法,可以不完成句子且不让别人看出来。他常跟我说他在寻找意义的微生物……当然，他自杀了，因为有一天他发现自己扛着千钧重担……这个难题毁了他的脑子……他就用一把左轮手枪……"

"噢，不……这绝不可能……您没发现，不可能是把左轮手枪吗？……这样的人绝不会朝脑袋开枪的……您对从未有过的朋友没什么同理心啊……这是个很大的缺点，知道吗？……我最好的闺密——一个迷人的男孩[1]，我杜撰的……"

"你们处得好吗？"

"要多好就有多好……但是这女孩，您没法想象，◊"

茶几边上的两个人当然从未有过这番交谈。但他们举止打扮如此优雅得体，若不这样说话就太可惜了……在许多个为存在感打开空隙的时刻，他们的态度、微小的动作、目光与笑容中的童真，清晰地说出了我假装忠实回顾的内容……某一天，当他们无疑都结了婚，各奔东西——两人的目标太过一致，不可能和对方结婚——偶然看到这些纸页，我相信他们会认出自己不曾说过的话，却仍会感激我如此精准地阐释出他们真实的样子，以及他们从未期望或不知自己已经实现的样子……

倘若他们读到我的文字，就让他们相信这的确是自己说过的话吧。在他们相互聆听的伪装的交谈中，还缺少那么多事物◊——时间的芬芳，茶香，她胸前可能佩戴的◊花饰有什么重要意义……所有这些也是谈话的内容，他们却忘了提及……但是这一切都已在那里，我的工作与其说是创作文学，不如说是书写历史。我重构，我补足……这就是我的借口，以向他们解释我为何如此专注地倾听他们必然会说出的话。

---

1 作者特意将原文中修饰"男孩"的阳性不定冠词"一个"（um）和阳性形容词"迷人的"（delicioso）写成了阴性形式 uma 和 deliciosa。（译者注）

47．【1914年？月】痛苦的间隙

正如一个人从一本书漫长的◊中抬起双眼，一缕自然澄澈的阳光都会让他感到过于强烈，有时候，若我抬起观察自我的眼睛，看到明确的外部生活、他人的存在、各种运动在空间里留下的位置和相互关系，全都清晰且独立于我，凝视事物的这些特性，就会灼伤我的双眼。我磕磕绊绊地面对别人的真情实感。我与他人的心理对抗推挤着我，扰乱我的脚步。我在许多事物之间滑倒，不知所措：即将听见的说话声（他们的言语是如此陌生），现实的地面上坚定有力的步伐，真实存在的举止，还有人们赖以成为他者而非我之变体的严苛复杂的方式。

于是，在这些我间或纵身跳下的深渊之中，我发现自己无助而空洞，仿佛死了，却依旧活着，我是苍白而悲伤的影子，微风一吹就会扑倒在地，轻轻一碰就会化为尘土。

于是，我扪心自问：我为孤立和提升自己所做的一切努力是否值得？为了钉十字架的荣耀而经历长久的煎熬，在宗教上是否值得？尽管知道值得，此刻，一种过去不值得、将来也绝不值得的感觉仍然令我感到沉重。

48．【1914年？月】三角之梦

我在梦中的甲板上打起寒战———一股源自预感的战栗穿透我那"远方王子"的灵魂。

一种嘈杂而骇人的寂静如苍白的微风，侵袭小客厅可见的氛围。

这一切使得海洋上空的月亮发出一种耀眼而令人不安的光芒，海水已不再摇荡，但仍然轻颤着；可以清楚地看到——虽然我还未听见——王子的宫殿旁柏树林立。

第一道闪电的利刃环绕灵魂划出刀光剑影……远海上的月光变成闪电的颜色,一切化为废墟,我的宫殿业已远去,它属于那个我从未成为的王子……

沉郁的轰鸣声响起,一艘军舰破浪而来,小客厅蓦然陷入黑暗,他没死,也没有沦为阶下囚,噢,我不知道他变成了什么——我是说那个王子,现在他的命运是怎样的未知与严寒?……

49.【1914年?月】意识的考验

在梦里过虚幻的人生也依然是在生活。弃绝亦是行动。做梦就是承认我们有必要活着,并用非真实的生活代替真实的生活,因此这也是对"生存意志不可剥夺"的一种补偿。

这一切最终不都是在追寻幸福吗?难道还追求别的?

持续的幻境,不间断的分析,是否给我带来了本质上不同于生活所给的东西?

我避世独居,却没能找到自己,也没有◊

这本书展现灵魂独特的状态,从所有侧面剖析,从所有方位考察。

这种态度至少能给我带来一些新事物吧?我连这样的安慰都没有。赫拉克利特和《传道书》早就写过。"生活是沙地里的一件儿童玩具……精神的浮华与◊……"在可怜的约伯那里,浓缩成一句话:"我的灵魂厌弃我的性命"。

帕斯卡尔说:◊

维尼说:在你心中◊[1]

阿米耶尔,阿米耶尔曾如此透彻地说:◊

……(其他语句)……

还有魏尔伦和象征主义者们,◊

我是如此病乏……就连生病都捞不到丝毫独创的特许……我做的事,许多前人都做过……我承受的痛苦也已陈腐不堪……如果有这么多人思考过、经受过,我为何还要思考这些事情呢?……

然而,我也确实带来一些新的事物。这并不归功于我。它来自夜晚,宛如星辰在我心里闪烁……我全部的努力既没有使它诞生,也不能让它熄灭……我是两种奥秘之间的一座桥,却不知道自己如何被它们建造……

我倾听自己做梦。我用影像的声音哄自己入睡……它在我的脑海中逐渐化为深奥的旋律,◊

一个充满意象的句子所发出的声音可以与如此多的手势持平!一个隐喻可以让人从那么多不幸中得到慰藉!

我倾听自己……我体内有许多庆典……仪仗队……我的倦怠上点缀着亮片……假面舞会……我意乱神迷地观望我的灵魂……

序列碎片和◊的万花筒……

过于鲜活的感官盛典……荒弃城堡的皇家床榻,亡灵公主的珠宝首饰,可以从城堡的射击孔和狭长高窗远远望见的小港湾;荣耀与权力必会来临,至于那些最幸福的人,即使流亡也会有专员随行……

---

[1] 在佩索阿的遗稿中有一段划线笔记,我们可以据此辨认正文中作者想要翻译的句子:"在你心中,持续的幻境扼杀了行动。"出自法国诗人阿尔弗雷德·德·维尼的《查特顿》。

沉睡的乐队，◇的丝线正绣着网格布……

50．【1914年？月】
正如我做梦一样，如果我想，我就用理智思考，因为这只是另一种梦。

最美时光的王子啊，从前我曾是你的公主，我们用另一种爱情相爱，如今这回忆让我痛苦。

51．【1914年？月】
把世界绕在指间，就像一个女人靠窗做梦时把玩的一根纱线或一卷绸带。

最终，一切都归结于试图用无痛的方式感受倦怠。

同时做两个国王应该会很有意思：不是在一个灵魂里包含两者，而是同时拥有两个灵魂。

52．【1914年？月】
我很想为现代社会的上等人编一部倦怠法典。

少了感性者和聪明人，社会就会自发地管理自己。你们应当相信，这些人是危害社会的唯一存在。原始社会大概就是因为没有这种人才显得安乐。

只可惜驱逐上等人会导致他们死亡，因为他们不知道如何工作。也许会因倦怠而死，因为他们没有容忍愚蠢的空间。不过我要谈的是全人类的幸福良方。

每一个在社会显露锋芒的上等人都会被赶进"上等人之城"。他们将被正常社会饲养，就像囚笼里的动物一样。

请相信：要不是这些聪明人指出人类的诸多烦恼，我们根本察觉不到。而那些感性者总是因为同情心泛滥而让他人受苦受难。

眼下，由于我们仍然在社会上生活，上等人唯一的义务就是尽量不参与族群生活。比如可以不读报纸，或者只为了解一些不重要的无聊小事才去读报；没人能想象我对地方简报有多么狂热。光是那些名字就能为我打开通往空无的大门。

一个上等人最崇高的状态就是不知道谁是国家元首，也不知道自己是活在君主制国家还是共和国。

他所有的姿态都是为了安放灵魂，哪怕世事多变也依旧自在。否则，他就会关注别人，以便关心自己。

53．【1914年？月】
我有最矛盾的观点，最多元的信仰。我从不思考、说话、行动……它们永远都是我的一个梦，是我暂时化身为梦所做的事。我张口，却是另一个我在说话。我感觉属于自己的只有一种巨大的无能，无边的空虚，以及对生活全方位的难以胜任。我完全不知道实际行动该有怎样的姿势，◊

我从未学过如何存在。

我能得到想要的一切，只要它一直在我的脑海里。

若你们问我是否幸福，我一定会说：不，我不幸福。（痛苦的间隙）

我希望你们阅读此书能有穿越荒淫噩梦之感。

对我们来说,过去属于道德的,如今属于美学……过去属于社会的,如今属于个体……

我为什么还要观看暮光,倘若我心中已有千万种不同的暮光(包括一些并不是暮光的景象),倘若除了观看内心的暮光,我自己也从里到外变成暮光?

54.【1914年？月】形而上者的做梦方法论

理性思考,◊——全部既简单又◊,因为对我来说都是梦。我命令自己梦见什么,我就会梦见。有时,我在内心创造出一位哲学家,他替我小心翼翼地阐述哲学,而我,◊的小跟班,在他家窗边和他的女儿谈情说爱(我欣赏她的灵魂)。

当然,我知识有限,造不出数学家……但我很满足现在所拥有的,因为足以创造无限组合,无数个梦。更何况,凭借做梦的力量,也许我还能实现更多……但不值得。这样就可以了。

粉碎人格:我不知道哪些才是我的观念、情感、性格……如果我要感知一样东西,就以出现在心里的任何一种造物幻化成的那个人去隐约感知它。用我的梦取代我自己。每个人都只是关于自己的梦。而我连这也不是。

永远别把一本书读完,也别按顺序连读。

过去我从不知道自己在感受什么。每当人们跟我谈论这样或那样的情绪并描述它时,我总感觉他们在描述我灵魂的某个部分,但接着再想，又总是迟疑。我从不确定自己是真的如我所感，抑或只是自认为如此。我是我众多戏剧人物的一部分。

努力无用，但可作消遣。理智无果，但很有趣。爱让人愁烦，但也许比不爱要好。然而，梦取代一切。在梦里，我们能看到努力的全部概念而无须真的努力。在梦里，我可以冲进战场而无须承担恐惧或受伤的风险。我可以理性思考，却不必看着抵达真理（真理永远无法抵达的事实让我痛苦），不必期待解决问题（我知道永远无法解决），不必◊。我可以去爱而不会遭到拒绝、背叛或厌恶。我可以更换爱人，她却永远不会改变。如果我想让她背叛或躲开，我会让这一切始终按我想要的和最惬意的方式发生。在梦里，我可以经历最深的痛苦，最惨烈的折磨，最辉煌的胜利。我能活在这些经历之中却仿佛身在生活之外。这完全取决于我的能力：把梦变得鲜活、清晰、真实。这要求我们钻研，有内在的毅力。

做梦的方法很多。一种是向梦投降，不求使其清晰，而是任自己走进朦胧和感觉的黄昏。这种方法低级且累人，因为它单调，一成不变。也有清晰、定向的梦，但努力去指定梦境，严重违背了做梦的技艺。最高明的艺术家，比如我这样的梦想家，只需努力想，我要梦大概如此，还要它有点变幻莫测……于是梦在他眼前渐次展开，一如他所期望的那样，但不能精心设计，否则会使他厌烦。我突然觉得，我想梦见自己变成一个国王……顷刻间我就成了某一国的国王。具体哪个国家，哪种国王，梦会告诉我……由于我对所梦之事的掌控已经炉火纯青，我的梦总会出其不意地带来我想要的。许多时候，它们会明确一个想法，使其更加完善，而起初它们只是接收到关于这个想法的模糊指令。那些在梦里经历的不同时空下的中世纪，我自己完全没有能力靠意识去构思。我从不知道自己有这种天马行空的想象力，它令我惊艳，我还会继续欣赏。我任由梦境展开……它们是如此妥帖地受我控制，以至于总是超出我的期待。这些梦永远比我想要的更美。然而，只有完美的梦想家才有望获得这一切。我曾花费数年时间做梦来追求这样的境界。如今我可以轻而易举地做到……

开始做梦的上上策就是利用书。小说对初学者功效甚佳。要学会彻底臣服于阅读，全身心地和一部小说里的人物共同生活，此为第一步。愿我们的家庭与个中悲苦同那些人物相比犹如清汤寡水，令人作呕，这就是进步的迹象。

要避开文艺小说，因为注意力会偏移到小说形式上。◊我并不羞于承认我就是这样开始的。有意思的是，出于一种◊的本能，我读的是侦探小说，◊。我始终不能慢条斯理地读言情小说。但这属于个人问题，因为我不懂恋爱，哪怕梦里也是如此。就让每个人去培养他该有的性情吧。要永远记得，做梦就是寻找自我。感官主义者就应该选择跟我读过的书截然相反的书籍。

当生理感觉到位，我们就可以说做梦者已突破梦的第一层境界。也就是说，如果一本关于争斗、逃亡和战役的小说真实地让我们感到身体被碾碎，双腿疲惫不堪……梦的第一层境界无疑就达到了。至于感官主义者，当小说中出现这样的时刻，他应该有种射精的感觉——但自慰仅限于心理。

接着，做梦者必须尝试把所有这些都转移到精神层面。对于感官主义者（我举这个例子是因为它最粗暴也最有说服力），射精应当只被感觉到而不能真的发生。疲倦感越发明显，但愉悦感绝对会更加强烈。

梦的第三层境界，是将所有感觉都变成精神的。愉悦感和疲倦都会加剧，但身体已不再有任何感觉，四肢不再瘫软，反而是智力、观念与情感变得松弛而怠惰……至此，是时候前往梦的最高境界了。

梦的第二层境界是构建专属于自己的小说。正如前面所说，只有当梦被彻底精神化时，我们才能尝试这么做。否则，创建小说的努力从一开始就会扰乱享乐精神化的完美过程。

（该阶段会出现一定困难）

第三层境界

一旦想象力完成训练，只需抱有期待，想象力自会负责替你构建梦境。

此时疲倦已几近全无，精神倦怠也是如此。人格已经彻底消融。我们只是灵魂赋予的灰烬，没有形体，甚至连水的形体都没有，后者与装水的容器同形。

——当这种◊准备就绪，各种戏剧就会一行接一行地出现在我们内心，疏离而完美地逐渐展开。或许已不存在书写之力——甚至无须把它们写下。我们可以借他人之手创作——在脑海中想象出一位奋笔疾书的诗人，他将用一种方式写作，别的诗人则会用另一种方式……由于我做梦的能力已经登峰造极，我可以用无数种方式写，它们全都是独一无二的。

梦的最高境界就是创造出一幅人物的群像画，我们同时经历所有的人生——我们是这些灵魂的集合——以互动的方式。

这会瓦解我们的人格，使精神蒙灰，程度之深，令人难以置信。我承认，用这种方式做梦将很难逃离整个存在所带来的普遍倦怠……但那是多么伟大的凯旋啊！

这是唯一可能的禁欲主义。没有信仰，亦无上帝。

我即上帝。

55.【1914年？月】雨中风景

每一滴雨水中，我失败的人生都在大自然里哭泣。连绵不绝的细雨和暴雨中弥漫着我的某种不安，同白昼的悲伤一起，徒劳地倾洒在大地上。

雨下啊，下啊。我的灵魂因听见雨声而潮湿。那么多雨……我的躯体已是液态，环绕着我对它的感觉流动。

一股不安的寒冷用冰凉的双手捧起我可怜的心脏。灰黪的钟点和◊不断蔓延，在时间中变成平原；许多瞬间在艰难匍匐。

雨无休止地下着！

屋檐的水槽总是突然喷出细小的激流。我布满管道的知觉里流淌着令人焦躁的落雨声。雨呻吟着，颓靡地敲着窗玻璃；在◊

一只尖冷的手掐住我的喉咙，阻止我呼吸生命。

一切都在体内消亡，连我做梦的知觉也在死去！身体没有一块地方舒服。我所依赖的每一种温和与柔软都在向我的灵魂张牙舞爪。我凝视的所有目光都如此晦暗幽深，被白昼渴求无痛而死的枯竭之光击溃。

56.【1914年？月】格言警句

——拥有明确而坚定的意见、本能、激情以及稳定且为人所知的特点，这些都将把我们推向一个恐怖的境地：灵魂变成事实，被物质化，成为外在。以柔和、流动的状态活着，对事物和自身一无所知，这是智者所能赞同与鼓励的唯一生活方式。

——知道如何长久置身于自我和事物之间，是智慧与谨慎的最高境界。

——我们的个性应该高深莫测，哪怕面对自己；因此，我们应该永远做梦,并把自己纳入梦境,以便杜绝对自身的看法。

尤其要避免他人侵蚀我们的个性。所有来自他人的关心都是一种严重的冒犯。"您好吗?"是最不可原谅的粗鲁,只有绝对的空洞和虚情假意才会使人做出这样庸俗的问候。

——爱只是疲于孤独,所以它既是懦弱的表现,也是对我们自己的背叛。(不要去爱,这是重中之重。)

——上帝赐人以犯错的能力,而指点他人,是对这种能力的不敬。除此之外,他人所为应具有不同于我们所为的优势。唯有向他人征求建议尚可理解,那是为了通过反其道而行之,确认我们的确是自己,我们与别人各执所见。

——学习的唯一优势就是享受别人尚未提出的事物。

——艺术是一种孤立。每一位艺术家都应该试图孤立他人,为他们的灵魂带去独处的渴望。艺术家最高的成就在于,比起阅读他们的作品,读者更愿意拥有作品且不阅读。并非因为这种事总发生在经典作家身上;而是因为它是最贵重的贡品◊

——清醒就是与自己作对。当我们审视内心,唯一合理的精神状态就是一个人观察神经质和纠结者时那种◊的心态。

只有智性的态度才配得上一个超群的人,即对自身以外的一切事物保持平淡与冷漠。这丝毫无关公正与真实;但它如此招人嫉妒,以至于必须拥有。

57. 【1914年？月】三角之梦

极为柔缓的黄转变成光，一种泛着青灰的肮脏的黄。事物间空隙变大。声音以新的形式产生更明显的间隔，彼此脱离，刚被听见就戛然而止，仿佛被拦腰截断。炎热的温度似乎有所升高，却实为寒冷。透过窗门微开的缝隙，可以看见视野中唯一一棵树翘首期盼的姿态。它有着别样的苍翠，携寂静潜移树中。花瓣在空气里闭合。空间特有的布局下，一种不同于任何平面关联的相互关系改变并打破了声音、光线和色彩的延伸方式。

58. 【1914年？月】

有时候，我怀着一种矛盾的喜悦，想象在未来，自我意识可能会具有一种地理学意义。我认为，将来的自身情感史学家也许能够把他对待自己灵魂意识的态度归结为一门精确的科学。目前，在这门艰深的艺术上，我们还是新手——它仍然是一门艺术，尚属炼金术中"感觉的化学反应"阶段。这位明日世界的科学家将对他的内心生活抱有特殊的审慎，从自身创造出一种精密仪器，把生活浓缩成分析对象。我看不出仅仅用思想的钢和铜制造自我分析的精密仪器有什么实质性困难。我是说真正的钢和铜，由精神炼成。或许仪器就应该这样制造。或许有必要提出精密仪器的概念，具体审视，以便进行严密的内在分析。自然，我们也有必要把精神简化为一种存在于某类空间的真实物质。这一切取决于我们内心的感觉是否高度敏锐，当这些感觉被推向极致，无疑会在我们内部揭示或创造出一个真实的空间，就像物质所在的空间，但与事物的概念一样虚假。

我不太确定这个内部空间是否只是其他空间的另一个维度。也许未来的科学研究会发现，万物不过是同一空间的不同维度，因此既非物质，亦非精神。这个维度里我们以肉体的形态活着；那个维度里则以灵魂。也许还有别的维度，我们可以体验到自身同样真实的其他形态。有时候我喜欢被这种无用的沉思占据，想象这项研究到底能走多远。

人们会发现，那个被称为上帝且如此明显地处于逻辑和时空现实之外的东西，或许也是我们的存在方式，是存在的另一个维度里的自我感觉。这并非毫无可能。梦也有可能是我们生活所在的另一个维度，抑或是两种维度的交叉；正如身体存在于三维世界，我们的梦也可以同时存在于空间、理念和自我的世界。空间，因为有可见的表象；理念，因为有非物质的表现；自我，因为有内在的维度。而每个人的自我本体，也许就是一种神圣维度。所有这些都很复杂，但毫无疑问，迟早会有定论。今天的梦想家或许就是明日终极科学的伟大先行者。显然，我不相信什么"明日的终极科学"。但这并不影响我的言论。

我时常做这种形而上的沉思，像个真正从事科学工作的人，一丝不苟，毕恭毕敬。如前所述，我可能确实就在这样做。最重要的是，我并不以此为傲，因为骄傲有损于科学精确性所要求的绝对公正。

59.【1914年？月】毫米（至微之感）

由于当下极为久远（存在过的都曾是当下的），我对事物（属于当下）有着文物研究者的喜爱，对某些人则怀有收藏家的愤怒，因为他们会用一些合理甚至确凿的科学解释，给我对事物的看法挑错。

在我惊诧的眼中，一只飞舞的蝴蝶在空中接连占据的位置是许多事物在空间里留下的可见痕迹。我的回忆是如此生动，以至于◊

然而，我只能强烈体验到至微之物最渺小的感觉。这一定是源于我对无意义的事物充满热爱。或许还因为我在细节上十分严谨。但我更愿意相信——我并不了解，这些东西我从不分析——那是因为微小的事物绝没有社会或实用价值，这些价值完全缺席，使它们彻底脱离了与现实的肮脏联系。对我来说，所有微小的事物都是非真实的。无用之物美丽，是因为它不如有用之物真实，后者总是在持续和延伸；而非凡的无意义之物，亦是光辉的至微之物，它们始终留在原地，不超越现状，自由而独立地活着。无用和无意义的事物在我们的现实生活中打开了卑微美学的空隙。一根扣在带子上的别针无关紧要，却为我的灵魂带来多少梦与柔情！而不知其重要性的人又是多么可悲！

有些感觉锥心刺骨，甚至因此让人愉悦，其中，神秘所引起的不安是最复杂、最普遍的感觉之一。世界的神秘从未像我们凝视微小事物时这般彰显，那些小东西静止不动，纯净透明，任神秘穿行其中。我们观察一场战役，要比观察道路上的一颗小石头更难感知到神秘（尽管去沉思人类、社会与战争的荒谬，最能让我们的思想扬起神秘那面所向披靡的战旗），因为石头（除了"它存在"，并不会让我们想到别的）不会唤起其他观念（如果我们进一步思考），只能展现（就会立刻发现）其存在所具有的神秘性。

祝福所有瞬间、毫米还有渺小事物那更卑微的影子！每一个瞬间◊

毫米——它们在一把卷尺上肩并肩挨着，如此勇敢，令我诧异。有时，我为这些事物悲喜交加。对此我有一种与生俱来的骄傲。

我是光感无限丰富的胶卷。在我身上，每一个细节都被记录下来，以失衡的比例，形成整体的艺术。我是底片上唯一的内容。显然，外部世界对我来说永远都是感觉。而我从不忘记所感。

60. 【1914年？月】

在我心中开创一个国家，有一个政权，若干党派，几场革命，我就是这一切，是百姓（我）真正的信仰——泛神教的上帝，是精神实质与行为活动,统领着人们的身体、灵魂、踏过的土地与所作所为。让我成为全部,既是他们又不是他们。哎,可怜啊!这依旧是我无法实现的梦想之一。倘若成真,或许我就会死去,我说不上原因,但一个人既然犯下这样亵渎上帝的罪行,篡夺造就万物的神权,就不应该继续活着。

如果能创建出一套感觉的耶稣会教义,我会多么高兴啊!

某些隐喻比路人更真实。某些书籍角落里的人物比许多男男女女活得更清醒。某些文学表达具有纯粹的人的个体性。我的某些段落让我惊恐得浑身发凉,它们如此清晰,恍若真人,投射在我房间的墙壁上,如此轮廓分明,在夜晚,在暗影中,◊长久以来,我写出这样一些句子,无论高声或低声朗读,它们的声音(不可能被遮蔽)毫无疑问属于一种全然获得了灵魂与绝对外在性的东西。

为什么我时常展示做梦和学习做梦的方法(它们全都矛盾而不可调和)?因为我可能已习惯把虚假当真,把如此清楚的梦境当成所见,以至于失去了人类对真相和谎言的分辨力(我相信这是假的)。

只需用眼睛、耳朵或任何别的感觉器官真切地体验,我就会觉得那是真的。我甚至能同时感受到两种无法融合的事物。但这不重要。

有些人会因无法成为画中人物或扑克牌的某种花色而长时间饱受折磨。对有些灵魂来说,无法在今天做中世纪的人简直像诅咒一样沉重。过去我也曾为此受苦。现在这种事不再发生。我已超越这个阶段完善了自己。但我仍会难过,例如我无法梦见自己成为两个国王,统治不同的王国,属于不同的宇宙,有着各种各样的时空。做不到这点的确令我心伤,就像在忍饥挨饿。

梦见匪夷所思的事物并将其变得明了可见,是人类最伟大的成就之一,连我这样卓越的梦想家都只能偶尔做到。是的,譬如梦见我同时、分别、明确无误地成为男人和女人,像一对男女在河边那样散着步。或者,看见我同时以等效的明晰、一样的方式,毫无混淆地成为两个事物并同样投入其中：一艘在南方海上航行的有意识的船，和一张印好的古旧书页。这看起来多么荒诞！但万物皆是荒诞，只有梦最不荒诞。

61.【1914年？月】神圣的嫉妒

每当我觉得有人陪伴很愉快，就会嫉妒他们也参与了这种感觉。在我看来，与我同时产生一样的感受，通过他们的灵魂窥探我的灵魂，是一种厚颜无耻的行为。

凝望风景令我骄傲，但巨大的困境，即让人伤心的情况，也随之而来：有人无疑也抱着相同的目的凝望过那些风景。

在别的时间，别的日子，这是肯定的。可迫使自己察觉到这点，无异于用一套有失我身份的迂腐哲学进行自我安慰。我知道，这种差异无关紧要，面对风景，其他人会以同样的精神去注视，以一种与我并不雷同却又相似的方式观望。

因此，我不断努力改变所见，使它无可辩驳地专属于我——例如，改变山峦的轮廓，但保持原先的壮阔，美丽的线条也仍是相同的走向；用一些树和花取代另一些树和花，如出一辙却又截然不同；在日落中看见等效的缤纷色彩——就这样，我以后天的培养和先天的观望姿态，创造出一种观看外部世界的内在方式。

然而，这只是取代可见事物的最低级别。在那些美好而荒弃的梦境时分，我可以构思更为远大的图景。

我使风景产生音乐的效果，唤起视觉意象——这是狂喜状态所能获得的奇妙且最艰难的胜利，因为引发浮想的载体与被唤起的感觉同属一种秩序。类似的最高成就，是在某个景观与光线都不甚明朗的时刻，当我望向索德烈码头，竟清楚地看见它变成了一座中国宝塔，塔顶四角挂着奇怪的铃铛，好似滑稽的帽子。这座奇特的宝塔是画出来的。它高耸于绸缎织成的界面，我不知道这空间如何能长久地存在于可怕的三维世界里。时光闻起来犹如一匹遥远的织布，贴地而行，带着对现实深深的嫉妒……

62．【1914年？月】
真正的智者是那种极力不让外部事件改变自己的人。为此，他需要武装自己，置身于比事实更贴近自己的多种现实，而事实则会经由现实发生相应的变化，抵达智者的心灵。

63．【1914年10月29日前后】
思考即行动，哪怕仅是思考。只有在纯粹的幻境里，没有任何活跃的事物干扰，甚至连我们的意识最终都陷入泥沼——唯有在那种温暖湿润的"非存在"之中，我们才能彻底废除行动。

不想去理解，不想去分析……像观察自然一样观察自己；像注视田野一样注视自己的感觉——这才是真正的智慧。

64．【1914年10月31日之后】银河
……用晃动的语句，透着有毒的灵性……

……破旧紫袍的仪式，神秘庆典，充斥着无人理解的当代礼仪。

……在另一具非物质的身体中体验被禁锢的诸多感觉，那身体以自有的方式获得肉身与形体，将世界的奥妙穿插于复杂和简单之间……

……小型湖泊上空，一种透明暗淡的金色直觉在盘旋，轻柔地脱离曾被实现的可能（无疑是用精美的曲线雕刻），宛如洁白双手

之间的百合……

……麻木与愁苦缔结的条约，都是墨绿色的，看起来不温不火，疲惫不堪地混杂在看守怠惰的哨兵中间……

……徒劳后果的珍珠母，频繁浸渍的雪花石膏——金晖与紫红云霞的线饰为天体沉落助兴，但没有船驶向更美好的海岸，没有桥通往更漫长的黄昏……

……甚至连水塘概念的边缘都无法触及，许多水塘，穿过杨树林遥目可见，也许是柏树林，取决于时间拼读它的名字时所感受到的音节……

……于是，窗朝码头敞开，海浪持续拍击船坞，一个混乱的随从像一堆欧泊石，疯狂而忘形，他身处鸡冠花和笃耨香树的字里行间，那是它们失眠时，写在一道道可听的暗墙上的感悟……

……纯银丝线，用拆散的紫色布料做成绳结，椴树下无用的情感，缄默的黄杨排列成行，成对的旧物，骤然出现的扇子，含混的姿态，毫无疑问，最美的花园也因为逃不出树行和林荫道的框定而等待着恬静的倦怠……

……排成梅花形状的树，凉亭，石窟，修缮一新的花坛，喷泉，已故大师留下的全部艺术作品，在内心的不满与世界的不言而喻之间，在两者交锋之际，他们早已为梦境选定事物的队列，沿着感觉的古老村落里那些狭小的道路前行……

……遥远宫殿里大理石般的吟唱，与我们携手的回忆，踟蹰而不经意的目光，宿命天空的日落，夜幕在星空下渐次幽深，笼罩着衰落帝国的沉寂……

把感觉归为一门科学，把心理分析变成显微镜般的精确方法——这个愿望就像平静的干渴，占据我生活意志的枢纽……

正是在感觉及其意识之间，我经历了生命中所有重大的悲剧。那片边界模糊的阴暗地带，森林绵延，流水潺潺，即使听见人类战争的喧嚣也无动于衷，我的存在漫步其中，而我徒劳地追寻它的幻象……

我安葬生活。（我的感觉是一篇墓志铭，夸饰而冗长，描述我逝去的人生。）死亡和日落降临在我身上。我所能雕刻的，最多只是我的墓室那内在的美。

栖隐之地的大门通往无边的花园，但没有人路过那里，即便在我的梦中也没有——而大门永远朝无用的世界敞开，永远坚定地抗拒虚幻……

从内在浮华的花园里摘下荣耀与赞美的花瓣，穿过梦中的黄杨树，我的脚步发出粗砺的声响，踏上通往混沌的林中路。

我把数个帝国驻跸于混沌之境，寂谧的岸边，帝国卷入茶色的战争，象征"精确"的军队将被终结。

科学家认识到他自己才是唯一的现实，而唯一真实的世界就是感觉所呈现的世界。所以，他并未走上歧路，根据他人的感觉调节自己的感觉，以使科学客观化，相反，他试图充分了解自己的世界和个性。没有比他的梦更客观的事物。也没有什么比他的意识更独属于自己。基于这两种现实，他不断完善自己的科学。这与过去的科学家做研究截然不同，后者非但不探寻自身个性的规律和梦的组织形式，反而企图摸清"外部世界"的律法和所谓"自然界"的结构。

65．【1914年10月31日之后】【银河？】第二部分
我天生就有做梦的习惯与能力。打从我还是个孤僻安静的孩子，生活的境况（或许还有别的力量）就已通过深奥的遗传和冷酷的裁剪，远远地塑造了我，使我的精神成为川流不息的梦境。我的一切都在于此，甚至连最不像梦想家的部分也毋庸置疑地属于只做梦者的灵

魂，一个被推向至高境界的灵魂。

为了享受自我分析的乐趣，我想调整自己，把思想历程付诸文字，它们在我心中无非都是一件事：一种献身于梦想的生活，一个只为做梦而培养的灵魂。

当我从外部审视自己，就像几乎总在做的那样，就会发现我并不能适应行动。我会在必须迈步和做手势时不知所措，与人交谈时显得笨拙，对那些令我在精神上勉为其难的事缺乏内心的清醒，无法以此为乐，更没有持续的身体运动能力来从事纯粹机械的劳作，并将其作为消遣。

我会这样也很自然。做梦者都明白就该这样。一切现实都让我惶惑不安。别人说话会使我陷入巨大的焦虑。他人灵魂的真实总是令我吃惊。我看见的全部行为都是无意识勾连而成的巨大网络，犹如荒诞的幻觉，没有任何可称道的严密性，空无一物。

但如果你们认为我完全不懂他人的心理路径，认为我对他人的动机与内心想法缺乏明确的理解，那可就错了。

因为我不光是个做梦者，我还是个纯粹的梦想家。做梦的独特习惯赋予我异常清晰的内在视觉。我不仅能以惊人（有时甚至令人不安）的洞察力看清梦中的人物与布景，还能同样清晰地看见我的抽象思想、人类情感（残留在身上的情感）、隐秘冲动，以及我面对自己时的诸多心态。可以肯定，我真的在内心看见了我那些抽象的观点，我是在一个内部的空间，以一种真实的内在视觉看见它们的。这样，连最细微的曲折之处都会明晰可辨。

因此，我全然认识了自己，并借此全然认识了整个人类。所有卑劣的冲动和高尚的本能都是我灵魂中划过的闪电；我熟悉它们各自出现时的姿态。我能通过一举一动辨认出恶意，哪怕它们戴着善良或冷淡的面具，甚至深埋我们心底。我知道是什么在心中竭力欺骗我们。所以我比我看见的绝大多数人都要更了解他们自己。我时常对他们进行勘探,这样就能把这些人据为己有。我攻克自己所阐释的每一种心理,因为在我眼里,做梦即占有。由此可见,像我这样的梦想家同时也是我所认可的分析学家,这是多么顺理成章的事情。

正因为如此,在间或喜欢阅读的少数东西中,我尤其要强调戏剧。每一天我都会在内心上演戏剧,也熟知如何用墨卡托投影法[1]平整地投放一个灵魂。我得到的乐趣却少之又少。剧作家总是如此顽固地犯下庸俗而严重的错误。我从未遇见满意的剧本。鉴于我能以闪电般明晰的视力洞悉人的心理,仅一瞥就能探测所有阴暗的角落,编剧们粗劣的分析与剧本结构对我简直是一种伤害,而我读过的为数不多的这类作品就像账本上的墨渍一样令人反感。

一切事物都是我做梦的素材;所以我会对外部世界的某些细节给予漫不经心又心无旁骛的关注。

为了使我的梦鲜明醒目,我需要了解生活中真实的风景和人是如何突显的。因为梦想家的视觉不同于人们观看现实之物的视觉。在梦里,我们的视线并不会锁定现实中一件物体重要与不重要的两面。凡梦想家所见皆为重要。物体真正的现实性只是一部分;其余则是它向物质世界进献的沉重贡品,以换取存在于空间的可能。类似地,某些现象在梦里真实可感,在空间里却并不实际存在。现实的日落无法估量,稍纵即逝。梦境的日落却恒定不动,永不消失。会写作的人知道怎样透彻地看清自己的梦(的确是这样),或在梦中观望生活,把生活视为虚无缥缈的存在,用白日梦的照相机为其摄影,繁重、功利和局限之物的闪光灯并不能成就作品,只会在精神的底片上留下黑影。

---

[1] 一种等角的圆柱形地图投影法。在以此投影法绘制的地图上,经纬线于任何位置皆垂直相交,使世界地图可以绘制在一个长方形上。(译者注)

这种态度被大量的梦境嵌入体内，导致我始终只能看见现实中梦幻的部分。我的视觉总是压制那些无法为梦所用的事物。于是我永远活在梦里，即使当我活在现实中也一样。看心中的日落和看外部世界的日落是一回事，因为我以同样的方式观看，我的视觉被同样的手法雕刻。

这就是为什么我对自己的看法在很多人看来是错的。某种程度上确实如此。我梦见自己，也为自己而梦，从自身挑选可以入梦的材料，用一切方式进行自我创作与再创作，直到我能坦然面对成为与不成为某种人的自我要求。有时，观看一样东西最好的办法就是废除它，但它会继续存在（我不知该如何解释），由否定与废除的物质构成；这就是我对自身存在的大片真实区域所做的事，我将这些区域从我的画像中删除，而它们把我塑造为真实存在的样子。

那么，该怎样避免对幻想的内在过程产生误解呢？因为幻想的过程既为更甚于真实的现实拔出了世界的一个侧面或梦的某个影像，也为超越真实的存在拔出了某种情感或思想；因此，如果司空见惯的事物实际并不寻常，那么这一幻想过程就会剔除一切崇高或纯洁的粉饰工具。请注意，我的客观是所有客观性中最绝对的。我创造了绝对客体，并为它的实体带来绝对属性。我从未身体力行地逃离生活，为灵魂寻找柔软的床铺，我只是改变生活，在梦里探寻与我在生活中所见相同的客观性。我的梦——我会在另一页中加以探讨——独立地从我的意志中升起，时常触目惊心，刺痛我的神经。我于自身所发现的事物很多时候都让我备感荒凉、羞愧（也许是出于我残留的人性，不然羞愧是什么？）与惊骇。

我的注意力被永不间断的幻境取代。在看见的事物乃至梦中所见之上叠加我带来的其他梦。我表现得足够心不在焉，以便践行所谓的"在梦中观看事物"，然而，由于这种心不在焉受无休止的幻境和对梦之流逝的忧虑（同样专注得恰如其分）所驱策，我还会把梦见的事物与所见之梦重叠，使褪去了有形物质的现实与非物质的绝对属性相互交叉。

由此，我获得这样一种技能，可以同时追踪多种思想；在观察事物之际梦见形形色色的场景；一边梦到真实的夕阳照在真实的特茹河上，一边看到梦之清晨笼罩内心的太平洋；还能让梦里的两样东西交织而不杂糅，避免混淆它们各自的情感状态。我就像一个看客，见路上人来人往，觉得自己存在于每一个灵魂之中（这需要感觉的统一）；与此同时，我又看见许多身体（这需要把它们区别看待）在摩肩接踵的大街上迎面相逢。

66．【1914年？月】

完成一部作品然后承认它不堪卒读，真可谓灵魂一大悲剧。尤其当你意识到这就是你的巅峰之作。但在即将动笔时就已知晓它必然沦为瑕疵与失败的作品——这才是最深的精神折磨与奇耻大辱。我不仅不满意自己写下的诗句，还知道我即将写下的同样会令我不满。从哲学逻辑到身体发肤，我都深知这点，因为我有一种晦暗而犀利的远见。

那为何还要写作？因为，我是弃绝之道的传教士，却尚未学会彻底履行教义。我还没学会放弃对散文和诗歌的志向。我必须像服刑般写作。而最严重的刑罚就是知道我写下的终将是毫无价值、充满缺憾、含混不清的东西。

还是个孩子时我就开始写诗。那时我写得很糟，却自认为很完美。再也不会有这种写出完美作品的虚假欢喜了。现在我写得远比过去好。甚至胜过最优秀的作家。但不知为何，它远远不如我觉得自己可以或应该写出来的那样好。我为童年那些糟糕的诗哭泣，就像悲悼一个夭折的稚童、死去的赤子以及最后一个消逝的希望。

67. 【1914年？月】

我用一种模棱两可、几乎无法估量的恶意去审视自己。它会使任何一颗心在面对他人的痛苦和沮丧时欢欣雀跃。我把这种恶意发挥得如此极致，连荒唐与不幸都能让我自得其乐，仿佛它们都发生在别人身上。由于情感经历了奇妙的转变，看到别人受苦或出洋相，我并没有这种极端符合人性的卑劣快感。他人卑躬屈膝，我不觉得痛苦，但会有一种美学上的不适和拐弯抹角的愤怒。这并非出于善良，而是因为可笑之人不仅在我面前可笑，在别人面前同样如此。一个人若在他人看来荒唐可笑就会激怒我；任何禽兽，在无权以他人为代价肆意取笑的情况下有意而为之，就会令我痛苦不堪。别人是否嘲笑我，这无所谓，因为我由内而外都披着蔑视的重铠。

我绕着存在之园的边界筑起高耸的栅栏，比任何围墙都要森然可怖，这样我就可以细致入微地观察别人，将他们完全隔离在外却又保持合适的距离。

如何选择避免行动的方法是我一生关注的重点和良知所在。

我既不服从国家，也不服从人；我以怠惰抵抗。国家无非就是想让我有所行动。我什么都不做，它便一无所得。如今杀人是行不通了[1]，它只能给我使绊子；倘若这天真的来临，我必会更好地武装自己的精神，远离现实，更深地活在梦里。但这一切并没有发生。国家从未打扰过我。相信命运自有安排。

68. 【1914年？月】

假如《李尔王》是我写的，我将用余生来懊悔。因为它是如此伟大，连缺点也被放大突显，包括狰狞的缺陷、某些场景间最细微的瑕疵

1　葡萄牙于1867年7月1日正式废除死刑。（译者注）

以及原本可能达到的完美。那不是有黑斑的太阳,而是一尊断碎的古希腊雕像。所有已经完成或正在完成的作品都充斥着错谬、无知和疏漏,缺乏见解,品位低下,不堪一击。没有人能神助般写出恰如其分、毫发无憾的作品以达到伟大与崇高,甚至从未有人凭运气做到这点。我们无法奔涌的文思为精神的坎坷受尽磨难。

想到这些,一股巨大的悲伤就会闯入我的想象,我怀着痛苦确信自己永远不能为美做出任何有益的贡献。要收获完美,唯有成为上帝。我们竭尽全力,旷日持久;耗费的时间会横跨我们灵魂的各种状态,每一种状态都是独一无二的,因此它们的个性会搅乱作品的独特性。我们只能肯定一件事,就是我们写得很烂;唯一崇高与完美的作品就是我们从未梦想实现的作品。

请继续倾听,怜悯我吧。听我说完,再告诉我梦是否比生活更不值得。劳作始终无果,努力总是徒然。只有放弃才是高贵的壮举,因为这无异于承认可实现的事物永远拙劣,付诸笔端的作品永远都是梦想之作怪诞的影子。

要是我能把想象的戏剧里那些人物对话写下来该多好,用人们可以高声朗读和聆听的语言写在纸上!我的戏剧有着完美无缺的情节,天衣无缝的对话,但情节甚至都没在脑海中形成较完整的草稿,导致我无法实际排演;语言也并非构成私密对话的实体,即使我专注地聆听,依旧不能将它们移译成书写的文字。

我爱某些抒情诗人,因为他们既不写史诗,也不写戏剧诗,他们精准地预感到写作永远不过是情感与梦的片刻。凡无意识写下的东西,就会接近可能的完美。莎翁的任何一部剧作都不如海涅的抒情诗令人称心快意。后者是完美的,戏剧却总有残缺,不管是不是莎士比亚写的。我多么希望能建造出一个整体,让它拔地而起,或写出人体般的作品,所有部分都能完美对应,具有统一和谐的生命,分散的特性也彼此联合!

而你，听我说话却鲜少真正倾听，你不知道这是什么悲剧！失去父母，无法抵达荣耀和幸福，没有朋友和爱人，这些都能忍受；可我们无法忍受梦见美丽的事物而不能将它付诸行动或文字。意识到作品的完美，为取得的成果心满意足——好似一场柔软的酣眠，安躺在炎炎夏日的树荫之下。

69.【1914年？月】万花筒

我无法为自己找到任何意义……生活如此沉重……一切情感对我来说都过于强烈……进入我心是上帝的特权……我曾属于怎样的仪仗队伍，以致对神秘的辉煌心生厌烦，任这倦意抚慰我的思念？

是怎样的华盖？怎样的天星罗列？怎样的百合花？怎样的旌旗？怎样的彩绘玻璃？

那些最美妙的幻想曾途经哪片树荫下的神秘？我们在幻想中深情回忆世间的流水、柏树与黄杨，却找不到巡游的华盖，除非自我弃绝。

别说话……你太真实……看见你真让我遗憾……你何时才会单纯成为我追怀的往事？在那之前你还会是多少个你！而我坚信能看见你的执念是一座无人穿行的老桥……生活莫过于此。他人已抛下船桨……军中再无纪律……骑士们手持铮鸣的长矛随黎明远去……你的城堡坐等荒芜……所有的风都不曾遗弃山顶的树林……无用的门廊，闲置的餐具，预言的昭告——这一切属于神庙里匍匐跪拜的黄昏，却不属于此时的自我相遇，因为除了你的手指和迟缓的手势，椴树没有理由浓荫蔽日……

有太多原因解释遥远疆土的存在……国王在彩绘玻璃上缔约……宗教画里的百合花……侍从在等待何人？……迷茫的鹰飞向何方？

70. 【1914年？月】

今天我承认失败了；有时我只是诧异自己竟没有预见失败。我身上有什么在预卜凯旋？我既没有胜者狂热的力量，也没有疯子不容置疑的远见……我如寒日般澄莹而悲伤。

明晰的事物跟阳光下的事物一样令人安适。在某个湛蓝的日子里看生活徐徐而过就足以弥补缺憾。我的遗忘漫无边际，忘记的比想起的更多。事物的充盈贯穿我空气般透澈的心，仅仅观望就足够温情。我从来都只是无形的幻梦，褪去全部的灵魂，空留一缕倏来忽往的漂泊的微风。

我颇有些波希米亚人的精神特质，任凭生活流变，就像由着一样东西在某个时刻逃离双手，抑或那攫取的动作，光想到要实践就会睡着。但过去我并没有与波希米亚精神匹配的外在——轻松看待迅疾的丰富情感，无牵无挂。曾经，我不过是一个孤独的游荡者，如今显得荒诞不经；或者一个神秘的流浪汉，现在看来已不可能。

　　长久以来，我度过的时光间歇，那些用隔绝的甜蜜所雕刻的面对自然的时光，会像勋章一样留存于心。我在这些时刻里忘却了一切生活意图与希冀的方向，享受着虚无与精神的全然宁静，落入以渴望编织成的蓝色怀抱。或许我从未经历过某个不可磨灭的时刻，能够幸免于溃败和沮丧的精神深渊。我全部的自由时间里，有一种疼痛躲在意识之墙后面，在别处的庭院里沉睡着，隐隐绽放；可是忧伤之花的香气与独有色彩凭借本能漫过高墙；墙的另一面，玫瑰盛开，"彼端"深居于我神秘混沌的存在，却也始终是某个"此端"，浮显于我对生活似睡非睡的倦怠。

我的生命之河止于内在的汪洋。梦想的日晕下，所有的树都在秋天生长。这环形风景是我灵魂的荆棘冠。人一生最幸福的时刻莫过于做梦，忧伤的梦，我看见自己站在梦湖里，犹如失明的纳西索斯，享受着湖水贴近的清爽，借由先在的夜视，俯身于凉意之上，夜晚的幻觉化为抽象情感的低语，带着一种顾影自怜的母性关怀，栖居在想象的隐秘角落里。

你的仿珠项链与我一同爱过我最好的时光。石竹花曾是我们最青睐的品种，也许是因为它们不会过分精致。你的嘴唇矜持地赞许着微笑背后的讽刺。你是否理解自己的命运？正是由于知道却不理解，你忧郁的眼睛里写下的神秘才会向弃绝的双唇投去如此厚重的阴影。我们的祖国离玫瑰太过遥远。我们花园的小瀑布，流水清澈，寂静无声。岩石粗糙的孔隙是水选择流经的地方，那里隐藏着我们孩提时的秘密梦想，它们有着小铅兵那样长不大的身材，可以在瀑布的岩石上站岗放哨，在一场重大的军事行动中执行静态的任务。这些梦万事俱备，没有什么能耽误我们的假想。

我知道自己失败了。我享受着溃败那未决的销魂，如同一个人对幽禁他的高烧顶礼膜拜。

我有过父友的大分，但我从没有朋友，要么是因为命中缺友，要么是因为我过去所理解的友谊只是梦里的一个错误。我总是离群索居，越是隔绝，就越能察觉自我。

71．【1914年？月】
一切行为，无论多么简单，皆是对精神隐私的暴力侵犯。一切行为皆是革命与反叛，或许也是对我们意图中真正◊的一次流放◊

行动是思想的顽疾，想象的癌症。有所行动即自我流放。我们的一举一动既不彻底，也不完美。梦想的诗歌没有瑕疵，只要我不去尝试写出来。这在耶稣神话里早有记载；上帝化身为人，非殉难不得终局。至尊的梦想家把最壮烈的殉难者视为爱子。

破碎的树影，颤抖的鸟鸣，河流蜿蜒的臂膀在日照下闪烁着清凉的波光，草木，罂粟花，还有朴素的情感——感受这些的同时，我也在怀念，仿佛试图感受却毫无知觉。

那些时光如一辆黄昏的马车，穿过我思想的暗影，吱嘎作响地归来。我从思绪中抬起双眼，就会被尘世的一幕幕景象灼伤。

要实现梦，就得将它忘记，转移注意力。所以，实现的方法就是不去实现。生活总是自相矛盾，就像带刺的玫瑰。

我想将一种新的支离状态奉为神迹，这种非连贯性会成为灵魂新无政府主义的消极宪法。我总觉得为梦境编撰摘要有益于人类，所以才禁止自己尝试撰写。一想到所做之事可被利用，我就如受侮辱，沮丧枯竭。

我在"生活"的郊区有几幢乡间别墅。我远离"行动"之城，在幻境的林木花草间消磨时光。生活的回声飘荡在举手投足之间，却从未抵达绿色的隐居之地。回忆哄我入睡，宛若没有尽头的队列。举起沉思的高脚杯，啜饮金色葡萄酒的笑靥；但我只用紧闭的双眼去饮，而生活流逝，如一艘驶向远方的船。

　　晴天是我不曾拥有的滋味。蓝天，白云，绿树，缺席的长笛——

枝叶颤动，唱起未完结的牧歌……这一切还有哑默的竖琴，任我的手指轻抚而过。

静寂的植物园……你的名字听着像罂粟花……水塘……我的归来……疯神父在做弥撒时陷入癫狂。这些回忆都在我的梦里……我睁着双眼，却一无所见……我看到的事物都在别处……海藻……

在一片纷乱错杂之中，树木的绿融进我的血液。生活叩击着遥远的心脏……现实并非命中注定，生活却要把我找寻。

命运的拷打啊！也许我会死于明日！也许今天我的灵魂就会发生可怕的事！……有时，当我想到这些，就会被高高在上的暴政吓得目瞪口呆，我们受迫前行，浑然不知我的迟疑会遇见怎样的境况。

72．【1914年？月】

我始终觉得，实践的生活是最不舒服的自杀方式，行动则是向遭到不公判决的梦施以最严苛的刑罚。影响外部世界，改变事物，跨越存在实体，热忱地投入人群——这一切似乎比我那些幻想的本质还要浑浊不清。从儿时起，承认任何行为方式本来无用，是我赖以脱离万物乃至自身的最钟意的手段之一。

行动即自我反抗。影响即背井离乡。

我总是在想这件事有多么荒诞：在一个现实本质实为一连串感觉的地方，竟有诸如贸易、工业、社会与家庭关系这样既复杂又简单的事物，当灵魂面对真理的概念流露出内心的态度，这些事物又是如此令人沮丧和费解。

73．【1914年？月】一天（迂回之路）

做后宫的女主人！这事没发生在我身上可真是遗憾！

这一天结束时，还有昨日的留痕与明日即将遗留的事物——难以满足、数不胜数的热望，那就是永远不变、永远相异。

请沿着我那梦与倦怠的阶梯，走下你非现实的神坛，请你降临，取代这个尘世。

74．【1914年？月】荒诞

让我们变成狮身人面像，哪怕是虚假的，直到我们都不知道自己是谁。因为实际上，我们就是虚假的狮身人面像，我们也的确不知道自己是谁。与生活和解的唯一方式就是与自己作对。荒诞即为神圣。

  让我们创建理论，耐心并真诚地思考它们，只为日后用行动反对——要行动，并用批驳它们的理论来为那些行为辩护……在生活中开辟一条道路，沿路前行的同时反其道而行之。让我们的一切举动和姿态属于任何我们既不是也不打算是的事物，属于我们不为人所认定的事物。

  我们要买书，以便不去阅读；要去音乐厅，但既不为听音乐，也不为某个在场的人；让我们因为讨厌走路而长时间地散步，因为厌倦乡村而在那里蹉跎度日。

75．【1914年？月】帝国传说

我的想象是一座东方之城。其空间的现实版图弥漫着纵欲享乐的气息，如同奢华松软的地毯表面那种极度舒适的触感。人群将街道映衬得色彩斑斓，他们在陌生而不属于自己的背景下显得格外醒目，仿佛红黄丝线的刺绣跃现于昂贵的蓝色绸缎。这座城过往的历史就像蝴蝶般绕着我梦中的灯盏飞舞，只有在倾听的灵魂内部，明暗交接的地方，才能依稀听见。我的幻想曾栖居于往昔的辉煌，从历代女王的手里接过岁月蒙尘的珠宝。亲密柔软的困倦覆盖着我那"非存在"的沙滩，海藻宛如暗淡的和风，在我的河面上漂浮。就这样，我成了失落文明的门廊，枯木上狂热的阿拉伯雕饰，破碎的圆柱那蜿蜒裂缝中永生的黑暗，远方沉船上孤零零的桅杆，被推翻的王座脚下的台阶，除了阴影什么都没有遮住的轻纱，还有从地底冒出的幽灵，好似香炉的烟雾，满屋缭绕。我的王朝灾难深重，宫殿里一派太平景象，遥远的边疆却战火连天。远处众人狂欢，模糊的喧闹声总是近在耳畔；游行队伍总是即将从我窗下经过；可是我的鱼塘里没有金鱼，果园静止的绿树也不长果子；甚至连炊烟从简陋的茅屋（别人在那里过得很快乐）袅袅升起，越过树林，都无法用简朴的歌谣哄睡我灵魂中不安的奥秘。

76．【1914年？月】随意的日记

每一天，我都饱受着物质世界的欺凌。我的知觉恰如风中的火焰。

我走过一条大街，发现在行人脸上看到的并不是真实的表情，而是他们得知我的生活与为人、看到我的动作和面孔明显透着灵魂那可笑羞怯的反常之后，可能对我露出的表情。我怀疑那些并未看向我的眼睛里有一种自然而然的嘲弄，笑我是个不雅的例外，却活在人人擅于行动与享乐的世界；内心深处，我透过一张张讥笑我腼腆的脸，推断他们已意识到我的生活状态，这意识正是我叠加和干预的结果。想到这儿，我徒劳地试图说服自己，这种嘲笑和轻声唾骂的印象是我——纯粹是我——臆测出来的。一旦我变成客体，

具化为他者，就再也不能声称是别人认为我荒谬了。我突然觉得喘不上气来，犹犹豫豫，好像身处一间满是讥刺和敌意的温室。所有人都在灵魂深处对我指手画脚。每一个经过我的人都欢快地拿石头砸我，带着轻蔑和讽刺。我走在心怀敌意的幽灵之间，我病态的想象力捏造出它们，置于真实的人体内。所有事物都在抽我的脸，挖苦我。有时，我在路中央——反正没人注意我——驻足，彷徨着，寻找一扇通向空间内部和另一端的门，仿佛那是一个赫然出现的新次元，我可以立即逃离对他人的感知，逃离因他人鲜活的灵魂而过于具象化的直觉。

我习惯把自己放进他者的灵魂，这是否会让我看自己就像别人看我，或者与别人注意到我之后可能看我的方式一样？是的。一旦我明白他们了解我时会有何感觉，就仿佛这些人是真的这样觉得，仿佛他们正这样想着，而且心里怎么想，当下就表露出来了。对我来说，与他人共处无异于酷刑。他人亦在我之中。即使远离人群，我也不得不与他们共同生活。我独自一人，却被芸芸众生包围。我无路可逃，除非逃离自己。

噢，暮垂黄昏时巍峨的群山，月下几近狭窄的道路，愿我能如你们这般对◊毫无意识，愿我拥有你们那唯物的灵性，没有内在，没有知觉，无处投放情感、思想乃至灵魂的不安！树啊，如此纯粹的树，你们的葱翠多么赏心悦目，对我的忧虑置身事外，却为我的愁苦带来莫大的安慰，因为你们没有眼睛来凝视这份愁苦，也没有灵魂会透过双眼凝视、曲解、冷嘲热讽！路上的石头，砍断的树干，还有遍地无名的尘土，你们都是我的姐妹，因为你们感知不到我的灵魂，而这浑然不觉即是一种爱抚，使人安宁……无论靠近太阳还是沐浴月光，大地都是我的母亲，如此慈爱的母亲，因为你不能像人间的母亲那般责备我，因为你没有灵魂可以不假思索地把我剖析，也没有匆匆扫过的目光，不自觉地暴露对我的看法，你甚至都不愿向自己承认你就是这样想的。苍茫的大海，我儿时喧闹的玩伴，你给我带来安宁，抚慰我的心灵，因为你的声音不属于人类，不会在某天凑到人们耳边，低声列举我的脆弱与缺陷。高阔的天空，湛蓝的天空，接近天使的神秘，与◊永久共存，你不会用青涩的眼睛看我，若你把太阳抱在怀里，必不是为了吸引我，若你在前夜用星星◊，也不是为了蔑视我……大自然广袤的静谧因对我一无所知而亲如慈母；原子与星系那疏离的平静因无从知晓我的一切而与我情同手足……我愿向你们的辽阔与宁静祈祷，为我能拥有你们、坚信不疑地爱着你们而表示感谢；我愿为你们的失聪献出双耳（你们从不倾听），为你们崇高的失明献出双眼（你们并不观看），透过未知的耳朵和眼睛成为你们关心的对象；我乐于做虚无之境的在场者，留心远方，就像牵挂终极的死亡，除了上帝，除了存在的可能，沉湎乌有的享乐，披染万物灵性的色彩，我对别的生活不抱任何期待……

77.【1914年？月】

上帝在哪儿，即使他并不存在？我想祷告，哭泣，想为没有犯下的罪过而忏悔，享受被宽恕的滋味，如同得到爱抚，尽管并不一定来自母亲。

找一个安心的地方哭泣，那里宽敞而无形，像夏夜一样辽阔，却叫人备感亲近，温暖，女性化，就在某个壁炉的旁边……那里，我可以为无法想象的事物、莫名的失败、乌有之物的温柔和深深的困惑而哭泣，想到这些困惑和未知的未来就会不寒而栗……

过一段崭新的童年，依旧有一位老奶娘，还有一张小床，我躺在那儿，听着故事睡着，那声音几不可闻，我昏昏沉沉，不再留意惊险的情节，它们以前总能穿过孩子小麦般金黄的头发，深入脑海……而这一切是如此宏伟，永恒，无可置辩，如上帝般独一无二，存在于万物的终极现实那悲伤而倦乏的底部……

一个怀抱，一个摇篮，或一条温暖的胳膊搂着我的脖子……有人在低声吟唱，仿佛要我流泪……壁炉里的火噼啪作响……冬天的火热……我的意识软绵绵地迷失……这之后，万籁俱寂，只有一个安详的梦在一处辽旷的空间里，犹如月亮在群星之间运转……

当我撇开技巧和伪装，怀着眷恋与亲吻的渴望，小心翼翼地把我的玩具、词汇、意象和语句收拾到一个角落，我变得如此弱小无害，如此孤单地待在一间这样大、这样悲伤的屋子里，如此深切的悲伤！……

我不玩乐的时候究竟是谁？只不过是个可怜的孤儿，被遗弃在"感觉"的大街上，在"现实"的街角冻得直哆嗦，不得不倚靠"悲伤"的石阶睡觉，吃着"幻想"施舍的面包。我知道父亲叫什么；人们说他叫"上帝"，可这对我没有任何意义。有时，夜深了，我感到孤独，便会哭着呼唤他的名字，把他想成我可以去爱的形象……但紧接着，我又想起自己并不认识他，也许他并非如我所想，也许他从来就不是我灵魂的父亲……

我拖着不幸走过的那些街道，蜷缩着抵抗寒冷时倚靠过的石阶，还有夜晚的手穿过破烂衣衫的感觉，这一切何时才能到头？……如果有一天，上帝能找到我，带我回家，给我爱和温暖，该有多好……有时我想到这些，想到我还能这样幻想，不禁喜极而泣……可是一阵风席卷了外面的道路，叶子落满人行道……我抬起头，向毫无意义的星空望去……一切都已消失，只剩下我，一个可怜的被遗弃的孩子，没有"爱"愿收我为养子，亦无"友谊"愿视我为玩伴。

我太冷了。我是如此厌倦这遭人遗弃的生活。风啊，去找我的母亲吧。请在入夜后带我去那座从未见过的房子……盛大的寂静啊，请把我的奶娘、摇篮和催眠曲还给我……

78.【1914年？月】信

多么希望你能明白,你全部的职责就是成为一个梦想家的梦。是只做幻境里大教堂的香炉。把你的姿态和举动雕刻成梦的样子,让它们化为窗扉,只向你灵魂的新风景敞开。以同样的方式塑造你的身体,使之成为对梦的戏仿,由此人们看见你就会思绪万千,就会想起除你以外的一切,看见你好似听见音乐,如梦游般穿行于死湖浩渺的风景,还有失落在别的时代深处的广袤静寂的森林,那里有各种各样的人民,体验着我们所没有的情感。

除了不去拥有你,我对你一无所求。我想要的不过是当我身处梦境而你出现时,我可以幻想自己仍在做梦——或许我没有看见你,却注意到月光早已将◊溢满死湖,歌谣的回音在难以言喻的大森林里蓦然飘荡,而这森林正彷徨于不可能的时代之间。

你所在的梦境将是我灵魂安睡的帷床,我的灵魂像个病恹恹的孩子,躺在那儿只为再次梦见另一片天空。你会说话吗?是的,可听你说话并非真正听见了你,而是看到一座座雄伟的桥梁迎着月光,连接起河流幽邃的两岸,这条河汇入远古之海,那里的三桅帆船恒常如新。

你在笑吗?我不知道,但我内心的九重天斗转星移。你在梦中呼唤。我没有注意你的呼喊,却发现了远方的行船,梦的风帆将会驶过一片片迢遥的海岸。

79.【1914年？月】【信?】结尾

如果我偶然与某个来自远方的人说话,如果今天可能是云的你,明天就化作真实的雨落在大地上,切莫忘记你原初的神性:属于我的梦。请永远在生活中做一切可为孤独者入梦的事物,而绝不做热恋者的庇护所。履行你的职责,做一盏单纯的酒杯。完成你的事业,当一只无用的双耳瓶。别让任何人用河流的灵魂谈论堤岸时所说的话来谈论你,堤岸是为束缚河流才存在的。宁可让这河流在生活中停滞,因做梦而干涸。

但愿你的天赋就是成为多余的存在,愿你的生活是凝视生活与被凝视者的艺术,永远卓尔不群的艺术。千万不要成为别的。

今天你只是这本书创造的侧影,一个有血有肉的时辰,与其他时刻截然不同。倘若我能当下断定那便是你,就会在爱你的梦境之上创立一个宗教。

你是万物所缺。是每一样事物的缺角,有了它就会获得我们恒久的爱。你是神庙丢失的锁钥,通往宫阙的隐蔽道路,远方永远浓雾遮目的岛屿……

80.【1914年?月】一封信

几个月以来,您一直看见我在望着您,不断地望着您,眼神总是那样迟疑而关切。我知道您早就注意到了。既然如此,您肯定觉得奇怪:我的眼神算不上胆怯,却从不流露任何一丝意味,始终专注、空洞、一成不变,仿佛仅仅为这一切忧伤就很满意了……再无其他……当您思考这些时——无论您想到我时感觉如何——必定已探索过我可能的意图。您一定对自己说过(尽管不足以说服),我要么是个非同寻常、生性害羞的人,要么是个善于伪装的疯子。

夫人啊,我的确在望着您,但严格来说我不算害羞,也绝非什么疯子。我是另一种与众不同的优秀存在,正如我要向您阐述的那样,不过我并不指望您相信。

我曾多少次对梦中的您低语:请你……

请你履行职责,当一只无用的双耳瓶;请完成你的事业,做一盏单纯的酒杯。

当有一天听说您已经结婚了，我是多么怀念对您有过的错误想法啊！人们告诉我的那天真是我生命的悲剧。我不是嫉妒您的丈夫。我没想过您有丈夫。我只是怀念对您的错觉。假如某天我得知画中的女士——没错，就是这样——竟然也荒唐地结婚了，我同样会悲痛不已的。

占有您？我不知道该怎么去占有。即使我背负着人性的污点，一想到要把自己拉低到您丈夫的水平，那将是多么卑鄙无耻，对我的高尚人格又会造成多么严重的侮辱！

占有您？当您有一天偶然独自走在暗夜的街上，某个强盗可能会制服并占有您，甚至在子宫里留下痕迹，使您怀孕。倘若占有就是夺取您的身子，那有什么意义？

您说他占有不了您的灵魂？……可是灵魂如何被占有？也许会有哪个情场老手能得到您所谓的"灵魂"吧◊希望是您的丈夫……莫非您想让我堕落成他这样？

我与幻想中的您悄然度过了多少时光！我们在梦里是如此相爱！但我发誓，即使在梦里，我也从不奢望占有您。梦中的我亦是一位君子。我甚至会对美丽女子的梦中形象毕恭毕敬。

81．【1914年？月】【致婚姻不幸者的忠告？】

亲爱的信徒，要忠实履行我的劝导，祝愿你们得到加倍的、无穷的快感，不是与丈夫一同获得，而是通过这种雄性动物——教会或国家用子宫或姓氏把你们捆绑在了一起。

鸟儿双脚扎根大地才能展翅高飞。孩子们，愿这幕景象永远提醒你们不要忘记唯一的精神戒律。

做轻佻的女人，一身恶习，却不背叛丈夫，连眼神都不会背叛——你们若能做到这点,该是多么欢愉。

要在内心深处做轻佻之人,在内心深处出轨,拥抱时背叛他,亲吻时想着别人——噢,高贵的女人,我神秘而理智的信徒啊——这才是真正的快感。

为什么我不规劝男人做同样的事?因为男人是另一种生物。假如他是个不入流的,我就会劝他尽量多要几个女人:就这样做吧,不过◊的时候得接受我的蔑视。上等男人不需要任何女人。他们无须占有肉体来获得快感。至于女人,即便高贵,也接受不了这一点,因为女人本质上是性的生物。

82. 【1915年？月】

我寻找自己却一无所获。我属于菊花绽放的时刻,在高高的花瓶里盛开。上帝使我的灵魂成为一件装饰品。

我不知道会选择哪些过于华丽的细节来定义我的精神气质。毫无疑问,我钟爱装饰品,因为能从它身上感受到某种与我灵魂本质相一致的东西。

83. 【1915年？月】

除了做梦,我一事无成。[1] 长久以来,这就是我生活唯一的意义。我从未真正在乎过什么,除了内心的场景。当我打开朝向幻境之路的窗户,在敞开的运动中忘记风景,生命最深重的痛苦就会烟消云散。

除了做梦想家,我一无所求。我从不注意那些跟我谈论如何生活的人。永远属于我并不在场的世界,属于我绝不可能成为的一切。

---

1 原稿该片段上方有一行英文批注:"我们的'童年'正与棉线轴及其他事物一起玩耍。"

非我所有的事物，无论多么卑贱，总是充满诗意。我唯一爱过的就是虚无。我渴望的只是那些无法想象的东西。我对生活全部的渴求就是让它在我的不知不觉中悄然流逝。对于爱情，我只要它永远是个遥远的梦。纵观内心的风景（它们全都是不真实的），唯有远方才能长久地吸引我，而一道道水渠几乎隔着我梦见的景观若隐若现，与风景的其他地方相比，有一种梦幻的甜蜜——正是这甜蜜让我情有独钟。

创造一个虚假世界的狂热念头依旧伴随着我，至死方休。如今我不再往抽屉里摆弄丝线轴和兵卒棋子（偶尔也会跳出象或马），很遗憾我没有这么做……我就像冬日里靠着壁炉取暖的人，舒舒服服地在浮想中列出各种鲜活的人物，他们不断涌现，栖居在我的内心生活之中。我脑海里有一整个世界的朋友，他们各自都有真实、确定和不完美的人生。

有些人命途多舛，另一些则过着波希米亚式的生活，惬意却也卑微。还有人是推销员（幻想自己是个推销员向来是我的远大理想，可惜这不可能实现！）。有些人家住村镇，就在我内心某个葡萄牙的边境地区；若他们进城，我会在城里与他们偶遇，认出他们，激动地张开双臂……梦到这一切时，我在房间里走来走去，高声说话，手舞足蹈……当我梦见这场景，影影绰绰地看到自己与他们相聚，不禁欣喜若狂，仿佛夙愿得偿，连蹦带跳，两眼放光，我张开双臂，感受到一种无与伦比的幸福。

唉，没有什么思念之情会比追怀从未存在的事物更令人痛苦！当我想到现实时间中度过的岁月，当我为逝去的童年那具生活的尸体哭泣……即使这样，也抵不上我为梦中卑微人物哭泣时的感受，那是一种战栗的灼痛，我哭泣，因为他们并不真实，只是我在伪装的生活中转над某个幻想的街角，或是在一条街道上游历梦境，徒步上行，经过某扇大门时，碰巧见过一次的小人物罢了。

追怀并不能唤醒或重建过去，由此我对上帝充满愤懑，正是他创造出无数不可能。但这愤懑竟远不如我想起梦中好友时那样叫人潸然泪下。我们共同分享了多少虚假生活的细节，在想象的咖啡馆中有过多少精彩的对话，然而，他们终究不属于任何现实的空间，可以独立于我的意识之外！噢，如影随形的逝去的往昔，只能依附我而存在！乡村小屋花园里的花啊，没有我就同样不曾存在。农庄只是我的一个梦，那里有菜园、果园和松树林！我假装在度假休养，漫步于一片从未存在过的田野！路旁的树、羊肠小径、石头、往来的农夫……所有这些都不过是梦，铭刻在我的记忆里隐隐作痛，而我呢，曾经花许多时间梦想这些事物，现在又花许多时间去回忆我曾梦见过它们，这才是我追怀的所在，我为之哭泣的过往，我所凝视的真实生活，它已经死了，庄严地躺在棺椁之中。

也有一些风景和生活并不全然属于内心世界。例如某些画作，不被艺术成就的阴影所笼罩，还有墙上的某些石版画，我与它们共同生活了很长一段时间——这些都会在我心中成为现实。我对它们的感觉与前面所说的不同，更加刺痛，更加悲伤。我被不能身临其境的痛苦灼烧着，无论那些风景是否真实。在我儿时没有睡过的卧室里有一幅版画，我甚至都不能成为画中那片月光小树林里添加的一道人影！我也无法想象自己躲进河边的林子，透过永恒的月色（尽管画得很差），看着那个男人划船从一棵低垂的柳树下经过！我为不能完整地梦见这些情景而感到难过。我怀旧的方式有所不同，绝望的姿态也呈现出别样的特点。折磨我的不可能性属于忧愁的另一种等级。唉，但愿这一切能在上帝那儿找到某种意义，能按照我的愿望成为某种现实——在某个不知名的地方，经历一段垂直的时间，与我的思念和幻梦有着同样的指向！为什么不能有一个梦境建筑的天堂，哪怕只为我存在也好！如果能与梦中的友人相见，沿着我所创造的街道散步，在虚设的乡间小屋里听着鸡鸣与清晨的嘈杂声醒来……这样的情景只有上帝才能安排得更加理想，由他将其放进存在的完美秩序之中，以精确的方式呈现，连我的梦境都无法抵达这种程度，我的梦缺少一种维度，即保留这些贫瘠现实的内部空间……

我从稿纸中抬起头……时间还早，刚过中午，今天是礼拜日。生活的不幸与清醒的意识所带来的疾苦闯进我的身体，使我惶恐不安。为什么没有岛屿让身心不适的人前往，没有古旧的林荫道让避世者沉迷做梦，对他人则无迹可寻！为什么我必须活着，必须做出行动，不管多么微乎其微；为什么要切身体会生活中还有同样真实的他人！我不得不在这里写下这篇文章，因为我的灵魂需要这样，尽管如此，我依旧不能简单地梦见这些情景，不能抛开语言甚至意识、通过音乐与幻灭中的自我建构去实现表达，如此一来，当我感觉到我正表达着自己，泪水就会涌上双眼，我就像一条被施了魔法的河，流过自我的缓坡，逐渐汇入远方与无意识之中，那里除了上帝，没有任何意义。

84. 【1915年1月7日前后】

儿时的我经常收集棉线轴◊

我清楚地记得自己怀着苦涩的热情爱着它们，因为我对它们的不真实深感同情……

有一天，我终于得到一副残缺的国际象棋，那是多么快乐的事啊！我立刻为棋子起了名字，它们就成了我梦中世界的一部分。

这些角色个性鲜明，生活千差万别。其中一个，我设定为脾气暴躁，爱好运动，就住在五斗橱顶上的一只匣子里。每天下午，当我们（先是我，后是它）放学归来，总有一辆电车晃悠悠地从匣子前经过，车厢是用火柴盒做的，不知怎么用金属丝连在了一起，我的小伙伴就随着行驶的电车颠簸跳动。噢，我死去的童年！永远活在我心里的遗体！每当我想起这些玩具，而小主人已经长大，泪意就会灼烫我的双眼，一股强烈而徒劳的眷念就会如悔恨般咬噬着我。现在这一切都已消失，僵硬、清晰、具象地停留在我的过去和当年卧室留下的永久印象之中，环绕着那个只能在内心看到的童年的我。从五斗橱到梳妆台，从梳妆台到床边，我凭空驾驶着一辆简陋的有轨电车，想象那是城市电车线网的一部分，任其载着滑稽的木头学生们回家。

我让其中的某些角色沾染恶习，比如抽烟和偷窃，但我本身并不好色，因此也没有赋予它们相应的行为，除了一种嗜好，即亲吻女孩和偷看她们的腿，我觉得这只是开玩笑罢了。我还让它们躲在衣箱上面的一只大匣子后头吸纸卷烟。有时，那里走来一位老师。由于和它们一样紧张（我要求自己必须感同身受），我会立刻扔掉假烟，把抽烟者放在街角，使它看起来出奇洒脱，在老师的必经之路上等着，然后打招呼（但我记不清它说什么了）……有时，它们相隔太远，我无法一手一个同时操纵，只能轮流移动。这让我痛苦，就像今天我无法表达生活……可是为什么我要想起这一切呢？为什么我不能永远做孩子？为什么我没有死在那里，死在某一个那样的时刻，困厄于学生们的狡猾和老师们看似出其不意的到来？今天我只有现实，不能拿来玩耍……流放于成年之躯的可怜孩子啊！为什么我必须长大？

今天，当我回忆起这些，对其他事物的思念也纷至沓来。我心中所逝，早已超越了陈年过往。

85. 【1915年？月】
体验新感觉的唯一方法就是建立一个新的灵魂。如果你想用旧方式感受新事物，或以新方式感受自我却不改变灵魂，那么你的努力必然会落空。因为世界就是我们所感知的那样——你有多长时间认为自己知道这点，而实际并不知道？——若要使新事物存在并感觉到它们，唯有让感觉的方式焕然一新。

改变你的灵魂。如何做到？你要去发现。

我们从生到死，灵魂都在缓慢变化，和身体一样。你要找到办法，加速这种改变，就像我们生病或康复的时候，身体也会快速变化。

86．【1915年？月】致婚姻不幸者的忠告
我要教你们如何在想象中背叛丈夫。

相信我，只有平庸的女人才会真的出轨。廉耻心是获得性愉悦的必要条件。献身于多个男人会抹杀这份廉耻心。

我承认女性的劣势导致她们需要男性。但起码应当只局限于一个男性，若有需要，就把他变成一个圆周的中心，后者是想象出来的男性集合，半径可以不断扩大。

做这件事最好的时机就是来月经的前几天。

因此，

想象你们的丈夫比平时更白。要是方法得当，就会感觉到他那更白的身体正位于你们的上方。

收起所有多余的性感姿势。亲吻身上的丈夫，注视他并展开想象。再看看你们灵魂上方的究竟是谁。

欢愉的精髓在于延展。打开你们体内那扇通往猫科动物本质的窗吧。

如何惹恼丈夫。

让丈夫偶尔发发脾气是很重要的。

最根本的是要开始感觉自己受反感的事物所吸引，但不要丢失外在的戒律。

内心的肆意妄为加上外在的恪守戒规就会制造出极致的快感。每一个令梦境或欲望成真的行为，实际上都是一种去真实化。

替代并不像你们认为的那么难。我所谓的"替代"，指的是与甲男交媾时，想象自己正和乙男交欢。

87.【1915年？月】信

我永远不知道该如何让灵魂促使我的身体占有您的身体。哪怕只是一个念头，我也会被内心看不见的障碍绊倒，陷入不可知的网。假如我想真正占有您，还有什么是不会发生的呢？

我再说一遍，我无力做这样的尝试。甚至不能梦见自己做这事。

我的夫人啊，您的目光不禁充满疑问，而这就是我要在意义空白处写下的话。正是在这本书里，您会初次读到这封信。若您看不出来这是写给您的，我也会接受这个事实。写信与其说是为了告诉您什么，不如说是为了自娱自乐。商务信件才是写给别人的。所有其他的信，至少对于上等男人来说，都应该只写给自己。

我对您没有别的话要说了。请相信我是竭尽所能地仰慕您。若您能偶尔想起我，我会非常高兴的。

88.【1915年？月】

我强迫自己排斥生活的目标与运转，尽力不去跟事物接触，这种割裂恰恰把我带入了我曾经试图逃避的境地。我不想感受生活，也不想触碰任何东西，因为根据前几次沾染世界所产生的情绪，我知道生活总是给我带来忧愁和痛苦。然而，在避免与外界接触的过程中，我隔离了自己，与此同时，又加剧了我本已过高的敏感度。如果可以切断与事物的一切联系，或许对我是件好事。但这种完全的隔离不可能实现。不管做得有多少，我还是在呼吸；不管怎样不行动，我还是会移动。就这样，因为孤立，我越发敏感，那些过去即使对我都不会产生任何影响的渺小事实，如今却有如重灾，叫我遍体鳞伤。我选错了逃跑方式。我沿着一条麻烦的弯路出逃，却回到了曾经待过的地方，对生活在那里深感恐惧之余，又徒增奔波的劳累。

我从不把自杀视为解决方案，我恨生活是因为我爱它。我花了许久才说服自己接受这个可悲而费解的现实，正是在这现实中，我与自己共处。一旦对此确信不疑，我就会变得非常沮丧。每当我说服自己接受某件事情时总会这样，因为说服意味着幻灭。

我分析我的意志，并把它扼杀。我多么希望回到学会分析之前的童年时光，即使那时候还没有意志！

我的花园一片沉寂，水塘在正午的阳光下昏昏欲睡，昆虫的嗡嗡声在时辰里蜂拥而至，生活是我肩上的重负，不似哀愁，却像一种永无休止的身体疼痛。

遥远的宫殿，迷狂的公园，远处狭窄的林荫道，为离去者建造的石凳不再迷人——辉煌之死，破灭的优雅，失落的浮华。被遗忘的渴求啊，多么希望你能弥补我梦见你的忧愁！

89.【1915年？月】

今天我最需要的座右铭是"做冷漠的创造者",由它来定义我的精神。我最希望致力一生的行动就是教导人们更多地为自身去感受,而更少地遵循集体性的能动法则。以精神防腐来实行教育,杜绝平庸之症的传染,这在我看来是内在教育者最为星辰璀璨的命运,令我向往。但愿所有阅读我文字的人都能学会——尽管只能逐步学会,正如教学所要求的那样——对他人的目光和意见完全无动于衷,如此,命运也将大大褒奖我学术停摆的人生。

无法行动始终是我的顽疾,具有形而上的病原学意义。就我对事物的感觉而言,任何举动都意味着外部世界的骚乱与分裂;稍一晃动都会让我觉得星星不再完好无缺,天空也会遭到变故。

因此,最微小的动作很快便在我心中产生令人震惊的形而上的影响。面对行动,我获得一种先验的、诚实的焦虑,自从它在我的意识中扎根,就一再阻止我与可感知的世界建立任何牢固的联系。

90.【1915年？月】

浪费时间内含一种美学。有一本为精微感觉所写的怠惰手册,里面包括了各种清醒形式的处方。人们需要策略来对抗社会协同观念、本能冲动与情感诉求,但这就要求一种特殊的研究,并非任何纯粹的美学家都能承受。在对种种顾虑进行详尽的病原学检查之后,我们必须就自己驯服于社会常规的事实做出讽刺性诊断。还需要培养一种敏捷,来应对生活的干扰;一种谨慎的◊,使我们穿上铠甲,不再感知他人的看法;以及一种温和的冷漠,让我们的灵魂躺在病床上,抵御与他人共存所带来的沉闷重击。

91.【1915年？月】感觉主义者

在这个戒律式微的年代，信仰消亡，祭礼蒙尘，我们的感觉是仅剩的真实。唯一能使我们忧心的顾虑，令我们满意的科学，就是感觉。

我认为内在的装饰主义越发突显为一种优越明晰的方式，把命运托付给我们的生活。假如我能在精神的挂毯里度过此生，就不会有深渊般的境遇令我恸哭。

我属于这样一代人——准确地说，是属于他们中的一部分人——对过去已失去所有的尊重，对未来全部的信念或希望也荡然无存。我们活在当下，像无家可归的人怀着强烈的饥渴。正是在我们的感觉之中，尤其是在我们的梦里——那些无用轻飘的感觉，我们发现一个对过去与未来绝口不提的当下，因此，我们才能笑对内在的生活，带着高傲的倦意，超然于事物有量的现实之外。

我们也许和那些终其一生只想着消遣的人并无太多不同。然而，自我主义的忧虑的太阳即将沉落，而我们的享乐主义则在暮色与矛盾中冷却。

我们正在康复。我们通常都是不学无术之人，从未学过任何一门艺术或者行业技能，甚至不懂得享受生活。我们回避持续的共处，跟最好的朋友待上半个小时，就会感到厌倦；只有想到见他们时才会渴望相见，和他们度过的最美好的时光就是在梦里相伴之时。我不知道这是否表明我缺少友谊。也许不是。但可以肯定，我们最爱的事物，或我们自认为喜爱的事物，只有在纯粹的梦境里才具有真正而完整的价值。

我们讨厌表演，看不起演员和舞者。一切表演都是对事物拙劣的模仿，而这些事物本应只被我们梦见。

我们毫不关心别人的看法——并非天性如此，而是一种情感教育使然，这种教育往往通过痛苦的经历迫使我们产生各种情感——我们彬彬有礼，甚至带着一种利己的冷漠去喜欢他们，因为人都是

有趣的,可以转化为梦或变成他人。◊

由于没有爱的能力,那些为了被爱而不得不说的话,尚未出口就已令我们倦烦。再说,我们中有谁想要被爱呢?勒内的"爱使他疲惫不堪"[1]并不能作为我们准确的标签。仅仅想到被爱就让我们心生倦意,甚至恐慌。

我的生活是一场无尽的高烧,是不断卷土重来的干渴。现实生活如炎暑夏日,用无耻下作的方式折磨着我。

92.【1915年？月】
人不应该看见自己的脸。这实在太过恐怖。大自然予人馈赠,使其看不见自己的脸,也不能注视自己的双眼。

人只有在河水与湖水中才能注视面庞。甚至连摆出的姿势都是象征性的。他必须弯腰曲背,俯身犯下凝视自我的耻辱之罪。

镜子的发明者荼毒了人类的灵魂。

93.【1915年？月】
在阿米耶尔的日记里,但凡读到任何提醒读者他出版过许多书的内容,我就会很不高兴。作者形象也就此破裂。如果他不这样,该是多么伟大啊!

由于我自身的原因,阿米耶尔的日记总是让我感到痛苦。

---

[1] 这句话出自《纳切兹人》的第二部:"(勒内)把自己封闭在痛苦和幻想深处,在道德的孤独中,变得越来越暴戾:他对束缚毫无耐心,对义务极度厌烦,人们的关心沉重地压在他身上——爱使他疲惫不堪。"(夏多布里昂,《纳切兹人》,巴黎:费尔曼·迪多修士出版社,1849年,第232页)参见本书第297篇。

当我读到舍雷尔把精神的果实描述为"意识中的意识",我觉得这是在直指我的灵魂。[1]

94. 【1915年？月】
很多人似乎认为,这本为我自己所写的日记太过虚假。然而虚假才是我的天性。若不仔细写下这些精神的注脚,我还能靠什么自娱自乐呢?何况我也没有仔细记录。我恰恰抛开了精雕细琢,潦草地组合它们。但我自然会用精致考究的语言去思考。

我是这样一个人:外部世界在我看来等同于内在现实。我并非用形而上的方式,而是用日常普通的感觉去感知世界,以此捕捉现实。

昨日的琐事是今日持续的追怀,咬噬着我的生活。

时光自有其回廊曲院。黄昏降临在轻蔑与孤僻之上。水塘蓝色的眼睛闪现出最后一丝绝望,映照着太阳之死。我们曾是古老花园里的多少物件;我们曾经多么荒淫,与英式林荫道旁的雕像融为一体。衣装、佩剑、假发、仪态、队列,都是如此独属于我们的精神本质!"我们"是谁?不过是荒芜花园里的喷泉,张开羽翼的水花悲哀地尝试飞行,却只能逐渐低落。

---

[1] 参见亨利·弗雷德里克·阿米耶尔所著《私人日记断章》(巴黎:G·菲施巴赫尔出版社,1911年)第78—80页:"1853年2月10日。——今天下午,我与几位好友去萨莱沃山郊游:夏尔·埃姆、埃德蒙、舍雷尔、埃利·勒库特,还有埃内斯特·纳维尔……埃姆代表意识的公正性,纳维尔代表意识的道德性,勒库特代表意识的宗教,舍雷尔代表意识的智慧,而我则是意识中的意识。我们脚踩同一片土地,却有着不同的个性。'天才的区分'(Discrimen ingeniorum)"。正文中的引用出自费尔南多·佩索阿私人图书馆现存的《私人日记断章》(网上可查),从"埃姆代表……"开始,用斜杠标出。

95．【1915年？月】

我怀着巨大的疼痛感受时间。每当我要放弃某样事物，就会变得异常混乱。我租了几个月的破房间，住了六天的省城旅馆里的桌子，等了两小时火车的阴郁候车室——是的，然而，当我要离开生活中这些微小的事物，以神经全部的感受力想到我将再也看不见它们，无法拥有它们，至少不会像此时此刻这样，我就会受到形而上的痛击。我的灵魂裂开一道深渊，从上帝口中吹出一股寒风，擦过我铁青的面庞。

　　时间啊！旧日啊！某个地方，有一种声音，一阵歌声，一缕偶然的香气，升起我灵魂中回忆的帷幕……我再也不会如过去那般！再也不能拥有曾经有过的一切！逝者啊！他们也曾爱过年幼的我。每每想起这些，灵魂便陡然发冷，我仿佛被心灵流放，孤独地漂泊于内心的长夜，犹如一个乞丐，在所有沉默紧闭的大门前哀泣。

96．【1915年？月】
用两三天时间体验爱情初始的相似感觉……

这对美学家来说很划算，因为能唤起他的感觉。再往前一步，就会陷入嫉妒、折磨与激亢丛生的境地。在情感的前厅里，有着爱情全部的柔软，却没有它的深度——因此，肤浅的快乐，若隐若现的欲望香气，倘若一个人享受它们的同时也会失去爱之悲剧所固有的壮美，那么请注意，对美学家来说，悲剧在远观时妙趣横生，遭受起来可就如百爪挠心了。耕耘生活会损害对想象力的培养。谁超群拔萃，谁才是统治者。

　　总之，以上理论一定会让我心满意足，倘若我能说服自己，它并非如其所是：一种我制造出来的杂乱噪音，在理智的耳畔轰鸣，以免让理智察觉,原来内心深处,除了胆怯和对生活的无能,我一无所有。

97.【1915年？月】沮丧美学
既然我们不能从生活中汲取美,那就至少尝试从这"不能"之中汲取美吧。让我们把失败当作胜利,一种积极高昂的东西,它有着高耸的支柱、威严与精神的默许。

假如生活只给了我们一间幽居的囚室,让我们起码用梦、图案与缤纷的色彩去装饰它,在墙壁呆滞的外表下雕刻我们的遗忘。

正如所有的梦想家那样,我总觉得创造才是属于自己的行当。由于我从不知道如何努力或将意图付诸实施,因此创造总是与做梦、要求和渴望相一致,而行动则无异于梦见我渴望完成的行为。

98.【1915年？月】沮丧美学
出版意味着自我的社会化。这是多么卑微的需求啊!然而它还远远算不上什么行动,因为是出版商在挣钱,印刷商在生产◊但至少,出版具有非连贯性的价值。

人一旦到了理智清醒的年纪,最关注的事之一,就是用思考和行动,把自己塑造成近乎理想的形象。面对现代社会的外界◊和喧嚣,没有任何理想能像怠惰那样体现我们贵族精神的全部逻辑,因此,倦怠与无为应当成为我们的典范。徒劳吗?也许吧。但这只会让那些被徒劳所吸引的人担忧烦恼罢了。

99. 【1915年？月】弃绝的美学

顺从内心即屈服于自我；征服也是一种顺从，是被自我战胜。这就是为什么所有的胜利都会落入平庸。征服者必然丧失对当下感到沮丧的品质，过去，正是这些品质带领他们战斗并获得胜利。他们心满意足，而只有顺从自己、毫无胜者心态的人才会感到满足。真正的赢家从未赢得任何东西。永远消沉的人才是强者。最优秀、最高贵的行为就是弃绝。鼎盛的帝国属于弃绝一切寻常生活和他人的君主，在他心里，对至高权力的忧虑还不如一包金银珠宝来得有分量。

100. 【1915年？月】

我耕耘着对行动的仇恨，就像培育温室里的一朵花。我对着自己夸耀我与世界格格不入。

101. 【1915年？月】

"感觉是一件令人厌烦的事。"某人在一次简短的交谈中随口说出的这句话，总是在我记忆的地板上闪闪发光。天然的朴实无华为这句话增添了几分趣味。

102. 【1915年？月】

梦是一种惩罚。我从梦境中获得如此清明的理智，以至于我把所有梦见的事物都视为真实。因此，一切曾经入梦的东西也都失去了价值。

我会梦见自己出名吗？如果梦见，我就会感受到荣耀所带来的彻底的赤裸，完全失去隐私，不再寂寂无闻，这让盛名变成了我们的痛苦。

103. 【1915年？月】
信仰是行动的本能。

104. 【1915年？月】
热忱是一种庸俗。

最重要的是，对热忱的表达侵犯了我们不真诚的权利。
  我们永远不知道自己什么时候是真诚的。也许我们从来都不真诚。即使今天为此真诚，明天也可能出于相反的原因真诚。

我从未有过信念。但总有印象和感想。我绝不会厌恶任何一个地方，哪怕在那里见过丑陋的日落。

外化印象，流露感想，与其说是真切拥有它们的方式，毋宁说是在说服自己：我们拥有。

105. 【1915年？月】末世之感
一想到我生活中每走一步都意味着接触恐怖的新事物，新认识的每一个人都是未知世界里鲜活的碎片，被我放在桌上，以完成每日惊恐的沉思，我就决定戒除一切，不为任何事采取行动，把行为减至最少，极力逃避所有我可能遇见的人或事，将禁戒发挥到极致，以拜占庭式的浮夸和精雕细琢去实践弃绝。生活就是这样恐吓我，折磨我。
  下定决心，了结某事，摆脱迟疑与晦暗，这些对我而言都意味着灾难，是宇宙的浩劫。
  我在天启与浩劫中感知生活。无力感日复一日地在体内加剧，我甚至不能潦草地做出举动，不能想象自己身处现实世界的清晰境况。

他人的存在对我的灵魂来说总是如此突然，每一天都让我更加忧虑和痛苦。与人交谈使我不寒而栗。如果他们对我感兴趣，我就会逃跑。如果他们看过来，我就会颤抖。如果◊

我永远在防御。生活与他人令我痛苦不堪。我无法直视现实。就连太阳都让我感到沮丧和悲伤。只有在夜晚，与自己独处，游离，迷失，被世界遗忘，与现实隔绝，也不必参与有用之事，我才能找到自我，聊以慰藉。

生活凄冷。我的存在之中，万物都是潮湿的洞穴和幽暗的墓窟。我是一场壮烈的溃败，摧毁了支撑末代帝国的最后一支军队。我品尝着统领世界的古老文明步入终结的滋味。过去我习惯发号施令，如今却孑然一身，遭人遗弃；过去我总是有人指引，如今却没有朋友，亦无向导。

我心中有一样东西永远在祈求怜悯，它为自己哭泣，就像为一个没有祭坛的死去的神哭泣，当苍白的野蛮人初次抵达边境，生活紧随其后，要求帝国解释它对快乐究竟做了什么。

我总是害怕被人谈论。我一事无成。从不敢去想自己会成为什么；甚至从未梦见自己渴望追求什么，因为在梦里，哪怕只是梦想家的幻觉，我也深知自己对生活无能为力。

没有任何一种情感能让我从枕头上抬起头来，我把头深深埋进去，因为无法面对身体，面对我还活着的想法，甚至无法面对生活的绝对概念。

我不懂现实的语言。我在生活的琐事中步履蹒跚，犹如一个久病卧床的人第一次起身。只有躺在床上，我才会感到自己过着正常的生活。当我发起烧来，这症状就像我卧床时自然的◊那样令人愉悦。我宛如风中的火苗，颤抖而晕眩。只有在紧闭的房间那死气沉沉的空气里，我才能呼吸到生活的常态。

我对海边的微风没有一丝留恋。我听天由命，把灵魂当作修道院，只做干枯荒原上的秋日，那里唯一鲜活的生命不过是一抹光亮在笼罩水塘的幽暗中消失时反射出的微芒，我不再努力，失去光彩，唯有日落西山时漫天流亡的紫霞。

实际上，没有任何事能像分析痛苦那般令人愉悦，没有任何快感堪比我们的感觉在瓦解粉碎之际，像液体般病恹恹地蜿蜒流淌——晦暗的阴影中有轻浅的脚步声，在耳边柔和响起，我们甚至不会转身去探究它来自何人；朦胧的歌声从远方传来，我们不去捕捉词句，却在歌声中得到更多抚慰，因为我们听不清那歌声在唱什么，也不确定它来自哪里；微小的秘密在苍白的流水中浮沉，用轻柔的过往填满夜晚◊的空间；遥远的马车上响起铃铛声，它们从何处归来？马车里有着怎样的欢声笑语？声音在这里遥不可闻，慵懒地停留在午后温暖的麻木中，盛夏转为凉秋，将自己忘却……花园里的花都死了，它们枯萎，变成其他的花——更古老，更高贵，枯黄的花瓣永伴随着神秘、寂静与荒凉。池塘冒着水泡，它们也有入梦的理由。远处的青蛙在叫吗？噢，我心中死去的田野！噢，梦中那已逝的乡间的宁静！我的生活多么徒劳，像一个无所事事的农夫在路边酣眠，牧草的清香飘进他的灵魂，雾霭般弥漫于微凉半透明的睡梦，深沉而永恒，那里的万物相互疏离，在星辰冰冷的怜悯注视下夜行，无人知晓，疲倦地流浪。

我追随梦流经的道路，用影像筑成阶梯，通往其他影像；把偶然的隐喻像扇子般展开，使它们变为内在视觉的伟大画作；解开生活，丢到一边，仿佛那是一件过于紧身的衣服。我躲藏在远离公路的树林里。我迷路了。在稍纵即逝的那些时刻，我设法忘记生活的滋味，放弃光明与喧嚣的思想，有意识地、荒谬地为外部的感觉而死，犹如一个满目疮痍的帝国，一个入口，在凯旋的旌旗与鼓声中抵达伟大的终结之城,那里,我将不再为任何事流泪,不渴望任何东西,甚至不要求自己存在。

我为梦中所造的水塘有着悒怏的外表而感到痛苦。我幻想森林上空的月亮,月的苍白只属于我一人。我的倦怠是凝滞天空里的秋意,我能想起一片片天空,却从未真正见过。枯败的生活全然压在我身上,我所有残缺的梦,我所拥有却从不属于我的一切,都已融入内心天空的蔚蓝之中,融入目光所及的灵魂之河那泠泠不绝的乐声,还有我看见又并未看见的平原麦田那广袤不安的平静之中。

  一杯咖啡,一卷烟香扑鼻的燃烧的烟草,几乎合上的双眼在一间半明半暗的屋子里——我对生活所求无非就是我的梦与这一切……太少吗?不知道。我又何尝明白什么是少,什么是多?

  屋外是夏日的午后,我多么渴望成为另一个人……我打开窗。外面的世界如此柔软,却刺痛了我,犹如一种说不清的痛苦,一种隐隐的愠恼。

  还有最后一件事刺痛我,撕裂我,使我的灵魂支离破碎,那就是在这个时刻,这个窗口,想着这些悲伤而柔软的事物,我本该有着符合审美的形象,优雅有如画中人——可我却并非如此,连这都不是……

  愿这一时刻过去,被人遗忘……愿夜晚来临,夜色渐浓,夜幕垂降于万物之上而永不升起。愿这灵魂成为我永恒的坟墓,◊在黑暗中化为绝对的存在,而我将再也不能活着,不去感受,亦无渴望……

106. 【1915年?月】
……菊花在园中损耗着疲倦的生命,花园因其存在而变得郁暗。

……日式园林的繁茂显然只有两个维度。

……茶杯上画着日本人,缤纷的色彩覆盖着暗淡透明的表层。

……在我看来,为一杯不显眼的茶而摆放的桌子——这仅仅是给完全无效的谈话寻找借口——总是具有某种实质性的存在,带着灵魂的个性。它就像一个机体,形成了一种综合的整体!而不是组成其自身的各个部分的简单相加。

107.【1915年?月】
当一名退役少校似乎是件理想的事。可惜不能永远只做退役的少校。[1]

对完整的渴望使我陷入这无用的愁苦之中。

生命可悲的徒劳啊。
　　我的好奇心是云雀的姐妹。

夕阳虚假的焦虑;晨光中羞怯的船只绳索。

让我们坐在这里。从这儿能看见更远的天空。这浩瀚的星空令人感到安慰。望着它,生活便会少一些苦痛;一把纤薄的扇子轻轻摇动,凉风拂过我们生命火热的脸颊。

---
1 参见第161篇:"我是一名退役少校,住在外省的一家旅馆里。"

108.【1915年？月】

我有一种直觉，对于像我这样的人，不存在什么有利的物质环境，过怎样的人生都不会有好下场。假如这就是促使我远离生活的原因，那么它也同样使我远离自己。一连串的事实让普通人的成功变得不可避免，落到我头上却会导致另一种意想不到的相反后果。

有时候，证实此会让我产生一种遭受神圣敌意的痛苦感觉。仿佛有人在有意识地操纵事实，对我不利，唯有如此，定义我人生的一系列灾难才可能发生。

这一切的结果就是我从不用力过猛。命运女神若是愿意，大可以来找我。我很清楚，就算竭尽全力也无法取得别人可能拥有的成就。所以我听任命运摆布，不抱任何期待。我为什么要期待呢？

我的斯多葛主义是一种有机的必然。我得保护自己不受生活的伤害。既然斯多葛主义不过是一种严格的享乐主义，我就想尽可能地以不幸为乐。我不知道自己能做到何种程度，不知道自己在任何事情上能做到何种程度，也不知道事物可以被做到怎样的程度……

别人成功，并非因为努力，而是因为万事皆有必然，而我甚至没有因为必然或努力而成功，我也不愿意成功。

也许在精神上，我出生于一个短暂的冬日。黑夜早早抵达我的存在。唯有接受挫败与放弃，我才能生活。

最重要的是，所有这些都谈不上斯多葛主义。我的苦难只有用语言表达才是高贵的。我像生病的女佣一样满腹牢骚，像家庭主妇一样愁眉苦脸。我的人生毫无意义，充满悲伤。

109.【1915年？月】**情感教育**

对于把梦当作生活、把在温室里培育情感视为宗教和政治的人来说，他要迈出的第一步就是以超越常规的非凡方式感受最细微的事物。当他这么做的时候，内心就会有个声音提醒他已经上道了。这就是第一步，仅此而已。知道如何在品茶时融入极致的快感，而普通人只有在突然实现抱负或思愁顿消所产生的愉悦中，抑或在终极的爱欲交欢中，才能找到这种感觉；能够在凝视夕阳或某个装饰细节时，发现感知这些事物的那种强烈刺激，而通常只有可嗅可尝（不是可见可听）的东西才会刺激到我们，这种对感觉客体的接近，唯有靠诸如触觉、味觉和嗅觉之类的肉体感官才能铭刻进意识；能够把内在的视觉和梦之听觉（即所有假设的感觉和感觉的假设）变得可以接受和触摸，如同那些外向的感觉一样——在专业的情感培育者所能获得的所有惊人感觉中，我选择以上三种和其他类似情况，以便为我想说的东西提供一个具体且相近的概念。

　　然而，感觉若达到这种程度，就会给其爱好者带来相应的压力和负担，不仅身体可感，精神也同样受到刺激，以致他凝神时要被迫承受来自外界（有时也来自内心）的痛苦。做梦者发现，如果说过度感觉有时能带来放纵的快乐，那么另一些时候就意味着漫长的痛苦，正是因为他注意到了这点，从而促使他踏出了自我提升的第二步。且不谈他是否会迈出这一步，也不谈这一步将决定他之后的步骤会有怎样的态度和进展，这取决于他的能力和他是否能彻底隔绝于世界（以及他是否富有——这也是必然）。因为我想，从我说的字里行间应该不难看出，根据自我隔离和投入到自身中去的可能性，做梦者应当以或大或小的执行力度，专心致力于他的事业，即病态般执着地激发他对事物和梦境的情感运转机能。一个不得不积极生活在人群中、与之频繁相遇的人——要把与他人相处的必要的亲密程度降至最低确实是有可能的（有害的是亲密关系，而不是单纯的交往）——必须冰封其社交生活的表层，如此一来，别人的友善表示或社交举动就会从他身上溜走，而不会闯进他内心，留下印记。这似乎很难，其实不然。远离人群很简单：别靠近就行了。总之,我要跳过这个话题,回到前面解释的问题上来。

正如我所说,给最简单、最不可避免的感觉直接加以强度和复杂性,会导致其赋予的快感急剧增强,也会导致感知行为所引发的痛苦疯狂飙涨。所以,做梦者的第二步就是要避免痛苦。他不用像个斯多葛主义者或古希腊时期的伊壁鸠鲁派那样,以毁弃居所来躲避折磨,因为这只会让快乐与痛苦更加根深蒂固。相反,他应该从痛苦中寻找快乐,继而训练自己假装感受痛苦,也就是说,在感受疼痛时获得某种愉悦。有很多办法可以实践这一态度。其一就是极尽所能地分析痛苦,但要首先规定,面对快乐,只感受不分析。对上等人来说,这显然比听起来的更容易做到。分析痛苦,习惯于每当它出现时就沉浸其中,直到分析变成不假思索的本能,乐趣就会被加诸所有痛苦之上。一旦穷尽了分析的力量和本能,这种训练就能帮助我们吸收一切,痛苦便仅剩下模糊不清的素材,以供分析。

另一种方法更精妙,难度也更大,即习惯于将痛苦投射到某个理想人物身上。先创造出另一个"我",负责在我们中间受苦,承担我们所经历的磨难。再在内心创造一个施虐狂,同时也是个彻头彻尾的受虐狂,以痛苦为乐,仿佛那是别人的痛苦。这方法并不简单,乍看之下似乎不可能,但对于那些受过训练、擅长编织内心谎言的人来说,还远算不上困难。显然,它是可以实现的。一旦达成,痛苦与折磨将会沾染上怎样一种血腥与疾病的味道啊,遥远而颓废的惬意所散发出的苦涩又会是多么奇异的感觉!疼痛伴随着极度不安与愁绪万千的抽搐。苦难,延绵而迟缓的苦难,呈现出一种亲密的黄,为我们深切预感到的痊愈所带来的微茫幸福涂抹色彩。对焦虑与哀伤的挥霍无度使得不安和忧愁的复杂情感更为迫近,这不安源于我们想到快乐必然消失时的欣喜,这忧愁是因为当我们想到快感终会导致疲竭,就会对享乐预先感到倦怠。

还有第三种方法,可以将疼痛提炼为愉悦,把疑虑和不安变成一张松软的床。那就是疯狂地将注意力集中于悲伤和痛苦，赋予其强大的密度，使它们过于强烈而带来极致的快感，就像对一个精神受到规训、习惯一心追求快乐的人，暴力会使他产生疼痛的愉悦感（因为他十分快乐），甚至让他尝到血的滋味（因为这快感使人受伤）。以我为例，一个致力于虚假精炼活动的提炼者，一个感觉的建筑师，凭借智识、对生活的弃绝、分析以及痛苦本身来构建细微的感觉：当上述三种方法共同在我体内运行，当某种突然感到的痛苦来不及用内在的策略去处理就已被分析殆尽，被残暴地加诸外在的"我"身上，同时又深埋我心底，直到痛苦达到顶峰，只有在那时，我才会真正觉得自己是胜者，是英雄。生活戛然而止，艺术匍匐在我脚下。

但这一切只是做梦者为造梦所要踏出的第二步。

除了我，还有谁能迈出第三步，通往圣殿那高昂的门槛呢？这一步很艰难，因为它要求我们内心的努力远远大于生活中的努力，不过它也能经由灵魂，带来生活无法给予的补偿。这个步骤就是，在成功、彻底且综合地运用上述三种精妙方法并达到极致之后，立刻让感觉穿越纯粹的智识，用高超的分析过滤它，以便将其雕刻成某种文学形式，赋予它自身的轮廓和特点。由此，我就能把它完全固定下来。我把虚假变成真实，为难以企及的事物打造出永恒的基座。就这样，我在内心中加冕为王。

请不要认为我写作是为了出版，或是为了书写，抑或创造艺术。我写作，因为这就是终点，是至高的完美，不符合气质的精雕细琢，是对精神状态的耕耘◊。倘若我能抓住某种情感，把它拆散，直到可以用它编织出内在的现实（我称之为"间离的森林"或"从未踏上的旅途"），那么请相信，这样做并不是为了让我的散文听起来明快而震颤人心，也不是为了从文字中获得快感——即使我更希望如此，与这终极的完美相结合，犹如幕布在我梦见的场景中华美落下——而是为了给内在世界以全然的外在性，实现不可能实现之事，联结对立面，通过使梦表象化，为其注入纯粹之梦无坚不摧的力量。我扮演着生活的停滞者、粗糙的雕刻工、我的心灵女王身边一个病恹恹的侍童，我在暮光中为她朗读的，不是我膝头打开的这本生命之书里的诗，而是我即将构思创作的诗，我假装在读，她假装在听，而此时，不知在哪个地方，以何种方式，这隐喻从我内心升起，进入绝对的真实之境，黄昏高踞其上，在某个神秘的灵性之日，柔软了最后一道微光。

110. 【1915年？月】
没有家庭和伴侣的甜蜜，堪比流亡的温和喜悦，我们在这样的感觉中因漂泊而自豪，远离家乡的朦胧不安也被淡化成模糊不清的快感——我以自己的方式，漠然享受着这一切。因为我精神面貌的特点之一，就是反对过度关注自己的感觉，即使是一个梦，也应该以居高临下的态度对待它，要有一种贵族意识：是我让梦存在。把梦看得过重，最终就会如同过分看重一件身外之物，它极尽所能地屹立于现实之上，因此也就失去了被我们温柔以待的绝对权利。

想象中的人物要比真人更具特点和真实性。

我想象的世界历来都是我唯一的真实世界。我从未有过如此真挚、如此血脉偾张、充满活力的爱情，就像我与自创的人物之间的感情那样。相伴的时光啊！我怀念它们，因为，和别的事物一样，它们也会逝去……

111. 【1915年？月】
有时候，我在幻想的唯美午后与自己对话，假定的客厅里暮色渐深，令人疲顿的讨论仍在继续。当我与某个对谈者（与其说这是别人，不如说是我自己）单独相对时，在谈话的间隙，我会自问，我们的科学时代究竟为什么没有将理解的意愿延伸到虚构之事上。我思索许久却也最感无力的一个问题是，除了人与类人生物的普通心理学，我们为何没有给虚构人物和那些只存在于地毯跟绘画里的造物也创建一套心理学呢，而且应该有这么一套理论。倘若一个人只把现实局限于有机体的范畴，不相信小雕像和刺绣也有灵魂，那么他对现实的概念一定是可悲的。哪里有形式，哪里就有灵魂。

这并非我闲暇时的胡思乱想，而是对科学废寝忘食的钻研，就像任何别的科研工作一样。因此，在未得到上述问题的答案之前，我就开始设想实际可能的情况，并通过内在的分析，沉浸于想象的图景，即我渴望的心理学被创建出来时可能具备的方方面面。刚一想到这儿，我的脑海立刻浮现出各色人等：科学家俯身于版画，清楚地知道它们也是生命；显微镜学家研究地毯粗糙的纹理，物理学家分析周边饰带上宽阔、闪烁的图案，化学家，没错，化学家探索画中形状与颜色混合的构思；地质学家勘测多彩浮雕玉石的分层；最后，还有心理学家，这是最重要的，他们会挨个记录并搜集一个小雕像应有的感受、画作或彩绘玻璃上某个人物那驳彩的心理活动中掠过的想法、疯狂的冲动、腼腆的热情、怜悯与偶然的仇恨，以及◊——在浅浮雕永恒的姿态与画中配角那微不可见的动作中，呈现出一种奇特的滞郁和死亡。

文学与音乐比其他艺术更能契合一个心理学家的精微。众所周知，小说人物同我们一样真实。某些声音有着带羽翼的轻捷灵魂，却仍受到心理学和社会学的影响。因为——愚昧者应当知道——社会存在于色彩、声音和语句之中，而制度、革命、王国、政策和◊（绝对存在，并非只是隐喻）则存在于整个交响乐团、小说的有机整体以及复杂绘画的面积之中，在那里，人们享乐，受苦，并把战士、恋人或象征人物丰富多彩的姿态融为一体。

当我收藏的日本茶具有一只杯子摔碎了,我会幻想这不是某个女仆失手的缘故,而是因为居住在瓷器弯曲◊上的人渴望如此;他们要自杀的可怕决心并没有吓倒我。他们利用女仆,正如我们中间会有人利用左轮手枪。知晓这一点,就是超越了当今科学,而我是多么准确地把握了这一切啊!

112.【1915年？月】
我嫉妒所有人,因为他们都不是我。在一切不可能的事情中,"不做我"是最难的,所以这也就成为我日常焦虑的主要源头,令我在每一个悲伤的时刻感到绝望。

骇人的烈日射出沉郁的强光,灼伤我的视觉。燠热的黄在树丛的墨翠中凝滞。麻木◊

113.【1915年？月】雨天
空气是一团隐秘的黄,就像透过肮脏的白看见的苍黄。但灰蒙的空气中几乎没有黄色。不过,这苍白的灰,蕴藏着一种想象的黄。

114.【1915年？月】
当我们发疼的骨头被一种疲软而有穿透力的寒冷不适所渗透,眼眶灼热,太阳穴突突跳动,轻度发烧就会带来微醺之感——我渴望这种不适,就像奴隶爱着心爱的暴君。请给我那破碎、颤抖的被动吧，在这种状态下，我依稀看见幻象，转过思想的街角，在情感的多极碰撞中，感觉到自身的坍塌。

思考、感知、渴望，全都变为一种混杂而单一的东西。那些信仰、感觉、想象以及现实的事物凌乱堆砌着，好像许多抽屉里的东西被乱七八糟地倒在地上。

115. 【1915年？月】致婚姻不幸者的忠告

（婚姻不幸者指所有已婚妇女，以及部分未婚女性。）

你们尤其要从培养人道主义情怀的窠臼中解脱出来。人道主义是庸俗的。

我经过深思熟虑，冷静地写下这番话，惦记着你们的幸福，可怜的婚姻不幸者啊。

所有的艺术，全部的自由，都在于尽可能避免精神的屈服，但要让身体服从意志。

伤风败俗并不值得，那会削弱你们在他人眼中的人格，使其沦为平庸。应该在内心蔑视道德，却被外人最大的敬意所环绕。要在身体上做忠贞不渝的妻子和母亲，却在精神上与邻里所有男人做不可描述的荒淫之事，从杂货店老板到◊——这才是真正追求享乐和释放个性的人所能品尝的最美妙的滋味，不必屈尊使用女仆伺候人的手段（正因为是她们的手段，所以很低级），也不必受困于至蠢之人一丝不苟的坦诚，毫无疑问，这种女人是利益的门徒。

考虑到你们的优势，阅读此文的女性灵魂啊，你们一定能理解我在说什么。一切欢愉只存在于大脑；一切罪行，正如世人所说，"都在我们的梦里发生"。我还记得一桩美丽的罪行，真实，却从未存在。

只有那些我们并不记得的罪行才是美丽的。博尔贾家族[1]犯下过美丽的罪行吗？相信我：没有。是我们对博尔贾的梦和观念犯下了那些美丽至极、高贵辉煌的罪行。我确信，历史上的切萨雷·博尔贾只是个平平无奇的蠢人，肯定是这样，因为存在总是愚蠢而平庸的。

我慷慨地向你们提出忠告，把我的方法用于我并不感兴趣的场合。就个人而言，我的梦想全是帝国与荣耀，丝毫无关淫欲。但我希望能对你们有用，尽管这只会惹我自己生气，帮不了更多，因为我讨厌有用。我在以我的方式做一个利他主义者。

116．【1915年？月】

有些人切身忍受着痛苦，因为在现实生活中，他们从未见过匹克威克[2]先生，也没有握过沃德尔先生的手。我就是其中之一。我至今仍会为这部小说流下真挚的泪水，因为我无法与那些人，那些真实的人，共同生活在那个时代。

小说里的不幸总是美好的，因为不会真的流血，逝者不会腐烂，甚至连腐烂自身也并非朽败。

当我们觉得匹克威克先生可笑，实际他并不可笑，因为只是在小说里这样罢了。莫非这小说是上帝通过我们创造的更完美的现实与生活，而我们，谁知道呢，仅仅是为了创造才存在？文明若非为了产

1　十五世纪意大利著名的教皇家族，是教会腐败和罪恶的代名词，财富、阴谋、毒药和乱伦始终笼罩着这个家族。下文中的切萨雷·博尔贾（1475或1476—1507）是教宗亚历山大六世（罗德里戈·博尔贾，1431—1503）的私生子，一度成为教宗国的军事统帅。（译者注）

2　指狄更斯代表作《匹克威克外传》的主人公、正直善良的老乡绅匹克威克。下文的沃德尔先生是匹克威克的一位农场主朋友。（译者注）

生艺术与文学，或许便不会出现；谈论文明、继而留存下来的，也都是文字。为什么这些超凡的人物不该是真实的呢？一想到这可能是真的，我就感到十分痛苦……

117. 【1915年？月】
无所事事地使用科学和类似的事物，没什么比这更有趣的了。因此，我经常为了自娱自乐而仔细研究我的心理状态，就像别人观察我那样。这种徒劳的策略所带来的快乐，有时令我痛苦，却鲜少引发悲伤。

　　通常，我会探究我给别人留下的整体印象，并试图得出结论。总的来说，人们是喜欢我的，甚至对我有一股模糊而好奇的敬意。然而，我不会唤起他们强烈的好感。永远不会有人激动地要跟我做朋友。所以他们才会如此尊重我。

118. 【1915年？月】
在这个野蛮人的金属时代，唯有极致地、有条不紊地培养我们做梦、分析和吸引的能力，才能捍卫我们的个性，使其不至消解、化为虚无或与他人同质。

　　我们感觉中的真实部分恰恰不属于我们。感觉的共性构成现实。所以，感觉的个性只存在于虚假错位之处。倘若有一天我看见了猩红的太阳，该会多么高兴啊。那太阳将全然属于我，只属于我一人！

119. （参见附录3，第480页）

120．【1915年？月】

……所有为人类而劳作的人，所有为祖国而战、为延续文明而献身的人，我对他们抱有一种深深的厌倦与蔑视……

……有些人不知道，对每个人来说，唯一的现实就是自己的灵魂。我对这样的人充满颓乏的鄙视，而其余的——外部世界和其他人——则是一场没有美感的噩梦，好似梦里精神消化不良的结果。

我对努力的反感在遇见一切形式的激进努力时会加剧，变成近乎歇斯底里的恐惧。战争，富有成效与能量的工作，帮助他人……这些在我看来不过是厚颜无耻的产物，◊

面对我灵魂至高无上的现实，面对我最原始、最频繁的梦境中那纯净不可超越的宏伟，一切有用和外在的东西都显得轻浮平庸。我的梦比它们更为真实。

121．【1915年？月】

要感受速度带来的畅快和恐惧，我并不需要高速行驶的汽车或特快列车。只需一辆有轨电车，以及我所培养的令人惊叹的抽象能力。

在一辆行进的有轨电车里，我可以借本能的即时分析，区分电车与速度两者的概念，使它们完全脱离，成为相异的两个实体。接着，我能感觉到自己不是在电车里，而是单纯在速度中前行。再进一步，万一我要体验极速的狂热，可以把这想法转化为速度的纯粹概念，随心所欲地增减，使其超过机动车所有可能的速度。

冒真实的险，不仅让我恐惧（但我的过度敏感并不是因为害怕），还会扰乱我对感觉的完美关注，令我不安，且失去对自我个性的感知。

我从不去有风险的地方。我对危险既害怕又厌烦。

日落是一种智识现象。

122．（参见P4，第29页）

123．【1916年？月】清醒日记
我的人生是场悲剧，只演完第一幕，就被众神跺脚轰下了台。

朋友：无。只有几个熟人自认为对我有些好感，假如我被火车轧死，葬礼又碰上雨天，他们或许还会感到伤心。

离群索居的自然嘉奖，就是在他人心中造成难以与我共情的无能。我周身环绕着冰冷的光晕，使人望而却步。我仍然无法摆脱孤独的折磨。要获得与众不同的灵魂，让隔绝成为没有痛苦的栖息，是如此艰难。

我从不相信人们对我表现出的友谊，就算有人示爱，也照样不信，这也不可能发生。尽管我从未对那些自称朋友的人有过幻想，却还是不断失望——我受苦的命运是多么复杂而难以琢磨啊。

我从不怀疑会遭到背叛；可有人背叛时，我总是感到震惊。事物如期而至，我依旧会措手不及。

由于从没发现自己有吸引人的特质，我始终无法相信别人会被我吸引。如果接连发生的情况——那些我所预料的意外之事——并不总能得到证实，那么这个观点或许就是愚蠢的谦虚了。

我不能想象别人因怜悯而对我友好，因为我虽粗手笨脚、难以接受，但还没到破相畸形以致要人怜悯的程度；也无法在显然并不值得同情的时刻招人同情；可我身上值得同情的地方又得不到怜悯，因为没有人会对精神残废大发慈悲。就这样，我坠入外界蔑视的重力场中心，不向任何人的同情倾斜。

我一生都在渴望适应这一切，同时避免过深地体会此中残忍与落魄。

一个人需要某种智识上的勇气，才能无所畏惧地承认自己不过是人类的一块碎片，幸存的怪胎，尚未疯癫到住院的狂人；认识到这点之后，他还需要更大的精神勇气，使自己完全适应命运，不反抗，不屈服，不做出任何行为或流露出行动的意图，接受大自然注定的诅咒。想要不为此受苦就是索求过甚，因为人没有能力在接受恶并认清其本质的同时还称其为善；接受了恶的本质，便不可能逃脱受苦。

从外部想象自己是不幸的，这是一种破坏幸福的不幸。我看自己，如同他人看我。于是我轻视自己，并非因为我有什么不好的品质活该如此，而是因为我以他人的方式看待自己，感受到人们对我的某种轻视。我承受着了解自我的耻辱。这份苦难无高贵可言，亦无日后的复活，我别无选择，只能忍受其中的卑贱。

我明白不可能有人爱我，除非他丝毫不具备审美能力，我也会因此瞧不起他；即使有人对我产生好感，也不过是冷漠之余的突发奇想。

看清自己，看清别人是怎么看我们的！直视这真相吧！最终，当基督在髑髅地，正面看清了他的真相，便大声呼喊：上帝，上帝，您为什么抛弃了我？

124. 【1916年？月】差异宣言[1]

国家与城市的事务约束不了我们。部长和权贵们就算把国家管理得一团糟，我们也毫不在意。这一切都发生在外面的世界，如同雨天的淤泥。我们与之无关，即使它与我们有关。

---

[1] 标题后面紧跟一条注释："（插入《不安之书》中）"。

同样，我们对战争和国家危机这样巨大的骚乱也不感兴趣。只要不来我们家，我们就不在乎敲的是谁家的门。这似乎是出于对他人极大的漠视，其实只是基于我们对自身的怀疑罢了。

我们既不善良也不仁慈。并不是因为我们品行不端，而是因为我们既非此，亦非彼。善良是粗俗灵魂附庸风雅的表现。故事发生在别人身上，以其他方式思考，这才有趣。我们观察，不赞成也不反对。我们的使命就是一无所是。

倘若我们出生在自称无依无靠的阶级，或者任何其他允许上下出入的阶层，也许我们就会成为无政府主义者。可事实上，我们大多诞生于各个阶级和社会分化群体的罅隙之中，几乎总处于贵族和（大）资产阶级中间的腐朽地带，在那里，天才与疯子群居，且能获得他人的善意。

行为令我们迷失方向，部分原因是我们身体无能，更重要的原因是我们在道德上觉得难以下咽。行动是不道德的。一切思想经由语言表达出来就会损耗，语言把思想转为他人之物，使其在有理解力的人那里变得可以理解。

我们非常喜欢神秘主义和表现隐秘存在的艺术。但我们并非神秘论者。我们缺乏天生的意志，也没有耐心去培养，以使自己成为巫师与催眠师的完美道具。但我们愿意亲近神秘主义，几未因为它有一套惯常的自我表达方式，很多人读它，甚至认为已经读懂，却什么都没有理解。这种秘邃的姿态有着不可一世的优越性。此外，它也成为恐怖与幽秘之感的丰沛源泉：星辰的幼体；神庙里祭祀巫术召唤出的身形各异的奇特生物；来自神秘平面的不成形的物质存在，笼罩着我们封闭的感觉，悬浮于内在声音的寂静躯壳——所有这些，在孤旷与黑暗之中，伸出一只黏滞可怕的手抚慰着我们。

然而，另一方面，我们并不赞同神秘论者，因为他们是人类的使徒与爱好者，这就使他们褪去了所有的奥秘。一个神秘论者占星的唯一理由就是为了崇高的审美,而不是为了服务他人这种灾难性的宗旨。

几乎是在不知不觉中,我们对黑魔法、超验科学的禁忌形式以及那些将自己出卖给诅咒和堕落转世之术的权力者,怀有一种世代相承的亲切感,而这种情感正在咬噬着我们。我们脆弱恍惚的眼睛流露出雌性发情的气息,迷失在颠三倒四的理论、逆转的仪式与等级下降的骇人曲线之中。

无论我们是否愿意,撒旦都向我们施了催眠术,就像男人迷惑女人。物质智慧之蛇缠绕着我们的心灵,如同盘踞在象征通灵之神的节杖上——墨丘利,理解的信使。

我们中那些非同性恋者或许盼望着自己有勇气成为这样的人。对行为的种种厌恶会不可避免地沾染上女性特质。由于当前肉身性别错位,我们没能胜任自己真正的职业:家庭主妇和城堡女主人。虽然我们不完全相信这点,但是我们假装相信并在心中如此践行,这让我们尝到了讽刺的血腥味道。

这一切并非出于恶,而仅仅出于软弱。独处时我们对恶顶礼膜拜,并不是因为它是恶,而是因为它比善更猛烈、更强大,所有猛烈强大的事物都会挑逗本应属于女人的神经。马丁·路德的"勇敢犯罪"无法为我们所用,因为我们缺乏力量,甚至不具备智慧之力,而后者是我们唯一能够拥有的力量。在想象中勇敢犯罪吧——这就是尖锐的指引带给我们的最大价值。但有时连这都无法实现:内在生活自有其现实,它时常让我们痛苦,因为它可以是任何一种现实。思想的联结要遵循各类法则,正如所有精神活动都要遵循法则一样,这对我们与生俱来的无纪律是一种羞辱。

125．【1916年？月】

所有当之无愧的灵魂都渴望活得极致。[1] 满足于所赐之物是一种奴性。贪得无厌是小孩心性。追求征服则是疯子的本性，因为一切征服都是◊

活得极致，意味着把生活方式推向极限。有三种实现办法，选择哪一种就是每个高等灵魂自己的事了。第一种是彻底占有生活，从而达到极致，通过尤利西斯之旅，穿越所有经历过的情感，体验外在能量的每一种表现形式。然而，纵观各个历史时期，很少有人能集结全部的倦意，闭上疲惫不堪的双眼；也很少有人能以一切方式享有世间万物。

只有少数人可以这样要求生活献出身心，因为清楚自己拥有生活全部的爱，所以也不会心怀嫉妒。这无疑是所有坚强、崇高的灵魂共同的愿望。然而，当灵魂发现不可能实现这个愿望，发现没有力量去征服"整体"的各个部分，则尚有另外两条出路——其一，彻底弃绝，即正式、完全的弃权，把活动和能量领域无法彻底占有的东西推至感性范畴。大部分人既肤浅又愚蠢，数不胜数，与其像他们那样徒劳行事，零敲碎打，浅尝辄止，倒不如根本不要行动；其二，走上完美平衡的道路，找到绝对比例的边界，对极致的焦渴由意志和情感转化为理智，人的全部抱负不再是充实地活着抑或感知整个生活，而是让它井然有序，在和谐与理智的协调中度过一生。

对理解的渴求属于感性范畴，在许多高尚的灵魂看来，它取代了对行动的渴求。用理智替代热情，打破意志与情感的联结，剥去对物质生活中所有举动的兴趣，如果能够做到，这一切就会比生活更有价值，至于后者，想要彻底拥有是多么艰难，仅仅拥有部分又是多么让人遗憾。

---

[1] 本片段标题有一行英文注释："(关于冷漠或相似内容的章节)"。

阿尔戈英雄[1]曾说，远航不可或缺，生活则不然。而我们，这些病态感性的阿尔戈英雄，会说感觉不可或缺，生活则不然。

126．【1916年？月】安·洛斯——视觉情人[2]

我对深沉的爱及其实用性抱有一种肤浅的、装饰性的看法。我臣服于视觉的激情。保留一颗未经触动的心，把它托付给最不真实的命运。

我不记得自己爱过什么人，除了他们的"画像"，即纯粹的外在，这与画家的作品不同。灵魂进入其中只是为了给这外在增添活力与生命。

我是这样去爱的：锁定一个女人或男人的形象（没有欲望的地方，性取向也不存在），因为它美丽、有吸引力，或以某种方式来看很可爱。这形象俘获了我，使我神魂颠倒。但除了看它，我别无所求。想到可能会认识形象所表现的那个真人并与之交谈，就已足够恐怖，我不想看到任何比这更恐怖的东西。

我用注视而非幻想去爱。因为从这形象幻想出来的一切都无法令我眷恋。我不以任何方式想象与它发生关系，因为我那装饰性的爱只局限于心理。至于那个让我得以观看外在的人，他（她）是谁，做什么，想什么，我一概没有兴趣。

对我来说，组成世界的无数人与物就是一条看不见尽头的画廊，其

---

[1] 指古希腊神话中跟随伊阿宋乘坐"阿尔戈号"出海寻找金羊毛的船员，包括很多英雄与半神。（译者注）

[2] 1930年11月18日，在写给若昂·加斯帕尔·西蒙斯的一封信件中，佩索阿把神话人物安忒洛斯（厄洛斯的兄弟）与"第五帝国"——爱的未来——相联系。《不安之书》有许多书写情爱现象的片段，这里的安忒洛斯更多地象征了"视觉情人"的感官享受与肉欲升华，而非某种未来的时间。

内在枯燥乏味。我不感兴趣，因为灵魂单调，每个人的灵魂都是一样的，只在个体表现上有所不同，最美妙的部分从面孔、行为方式和姿态中流溢出来，进入俘获我的画像，使我恒久而多样地爱慕着。

我爱的人没有灵魂。灵魂只与它自己同在。[1]

就这样，我在纯粹的视觉中感受事物与生灵鲜活的外在，如同另一个世界的神，对它们的精神内涵漠然置之。我只深入他人的表象，倘若我想要深刻，就会在自身和我对事物的观念中寻找。

我把这个人当作装饰品去爱，了解他（她）能给我带来什么呢？不会是失望，因为我只爱外表，从不想入非非；愚蠢或平庸亦无关紧要，因为我无所期待，除了本就无须期待的外表，而后者总会长存。对个人的了解是有害的，因为无用，而无用的物质永远有害。我们为何要知道所爱之人的名字？偏偏这就是我被引见时得知的第一件事。

了解个人同样会剥夺我凝视的自由，这份自由正是我爱别人时渴望得到的。我们不可能自由地凝视一个我们认识的人。

多余的了解对艺术家来说是无用的，因为会造成干扰，削弱他追求的效果。

我的天命就是做一个无拘无束、充满激情的观察者，观察事物的外观与表现——我是梦的客观主义者，大自然形式与表象的视觉情人◊

这不是精神病学家所说的心理自慰，也不是色情狂。我不像心理自

---

[1] 此处有一条带方括号的注释：[卡埃罗——远处房子里的人]。讲的是一首"散诗"，开头为"夜幕降临。夜是如此幽深"。卡埃罗在这首诗中远远看见一座房子的窗户里透出灯光，他写道："住在那里的人，我不知道是谁，他的一生／只有那远处的灯光将我吸引。"参见葡萄牙国家图书馆阿尔贝托·卡埃罗手稿页面：http://purl.pt/1000/1/aberto-caeiro/index.html。

慰者那样沉溺幻想；不会在梦中想象自己是那个被我注视和铭记之人的肉体情人或聊天的朋友——我对他（她）没有任何遐想。我也不像色情狂那样，将其理想化并移出具体的美学范畴——我所想所要的，不过是双眼所见以及纯粹直接的视觉记忆所留下的事物。

127.【1916年？月】视觉情人

围绕我凝视并以之为乐的人物编织任何离奇的情节，这绝非我的习惯。我只观看他们，其价值也仅仅在于被我看见。任何添加的东西都会贬损他们，因为贬损了所谓的"可视性"。

当我幻想他们，就会不可避免地在开始幻想的瞬间意识到那是假的；倘若梦见的让我欢喜，则虚假的事物令我厌恶。我会为纯粹之梦狂喜，因为它与现实没有任何关联或接触点。不完美的梦却源自生活，索然无味，或者说，假如我沉浸其中，就会感到不快。

对我来说，人性是一块巨大的装饰主题图案，我用自己的眼睛、耳朵以及心理情感去体验。我对生活的唯一要求就是让我旁观。我对自己的唯一要求就是成为生活的旁观者。

我仿佛是来自异世界的存在，怀着无尽的好奇心，从这个世界经过。我与这里的一切都格格不入。我们之间隔着一块玻璃。我总是希望玻璃澄澈透明，不带一丝中介物的瑕疵，以便我探清这个世界。但我永远需要这块玻璃。

对于任何有科学头脑的灵魂来说，看见的比实际更多等于所见更少。物质上增添的东西，精神上就会减损。

我把对博物馆的厌恶也归因于这种心态。对我来说，博物馆就是整个生活，那里的绘画总是精确的，唯有观者的不完美才会产生不精确。我要么试图减少这种不完美，倘若做不到，就只能满足于它本来的样子，因为就像万物一样，它不可能成为别的。

128.【1916年7月之后】

柔软缥缈的时光宛如一座供人祈祷的祭坛。预言我们相遇的星象无疑正昭示着万事俱备的吉兆。梦的含混质料像丝绸般轻薄,如此精巧,与我们感觉的意识相嵌合。生活不值得过,这样酸楚的想法早已像任何一个夏日般彻底终结。春天复又重生,我们或许误以为曾经拥有。事物因与我们相似而落得声名狼藉,林间水池以同样的方式恸哭哀鸣,露天花圃中的玫瑰,生活飘忽不定的旋律——全都不负责任地存在着。

预感或辨识没有意义。未来全然是一团缠绕我们的雾霭,我们隐隐瞥见的明天恍若今日。我的命运是大篷车遗弃的小丑,这里的月光并不比公路上的月光更明亮,树叶只在微风与时辰的不确定性中颤动,我们深信能感觉到这轻颤。遥远的绛紫,逃逸的阴影,永远残缺的梦,死亡都不能使其完整,行将消逝的阳光,山坡上房子里的灯光,愁苦之夜,书籍弥漫着死亡的香韵,外面的生活还在继续,山的另一边,茫茫夜空下,树木散发着葱茏的气息,那里的星光更加璀璨。于是你的苦痛与辛酸终成眷属;你的只言片语带着皇室的庄严为登船出海赐福,可是航船没有归来,连真实的船只也不见踪影,生活的流烟褪去万物的轮廓,只留下阴影和镶嵌宝石的底座,厄运之湖的忧伤静卧在黄杨木之间,从远处的大门望去,犹如一幅华托[1]的画,郁悒痛苦,仅此而已。数千年只为等你到来,但这条路没有弯道,所以你永远不能抵达。酒杯仅用来盛放无可避免的毒芹汁——并非给你,而是给所有人的生活,甚至还有路灯,幽蔽之处,翅膀模糊不清,只能听见扇动的声音,窒息的不安之夜里,思想逐渐从思绪中升起,穿越外在的忧愁。黄色,墨绿,爱之蓝——全都死了,我的乳娘,都死了,所有的船都是那艘永不启航的行船!

---

1 让-安东尼·华托(1684—1721),法国十八世纪洛可可画家。(译者注)

为我祈祷吧,上帝或许会因此而存在。远处的喷泉浅唱低吟,生活优柔寡断,村庄上空的炊烟正在弥散,夜幕在那里降临,记忆浑浊,河流迢遥……请让我沉睡,让我忘却自己,掌管不明意图的夫人啊,爱抚与恩赐之母,你的抚摸和祝福与我的存在不可调和……

129. 【1916年？月】巴伐利亚国王路德维希二世[1]的葬礼进行曲

今天,死神来到我门前兜售,停留的时间比以往更久。她在我面前,以前所未有的徐缓,摊开遗忘与慰藉的地毯、丝绸和锦缎。她对这些东西露出赞美的微笑,也不在意被我看见。可是当我提出要买时,她却说不卖。她来不是为了激起我的购买欲,而是想让我因为她带来的东西而需要她。她告诉我,那些地毯正是她遥远宫殿里所使用的;在她的黑暗王国,人们只穿那一种丝绸;而她远在世界之外的家中,尚有更精致的锦缎覆盖着祭坛后方的画屏。

她轻柔地解除我对空荡居所的亘久眷恋,正是这眷恋把我拴在了这里。"你的炉子,"她说,"没有火,为何还需要炉子?""你的餐桌,"她说,"没有面包,让它拿什么对你微笑?""你的生活,"她又说,"无人陪伴,它靠谁来将你诱惑?"

"我,"她说,"是冷炉里的火,空桌上的餐包,孤独与默默无闻者的贴心伴侣。世间所缺的荣耀是我辽阔疆域里壮丽的风景。在我的帝国,爱从不疲倦,因为只有拥有才会让它受苦;从不刺痛,因为它会为不曾占有而麻木。我的手轻轻落在沉思者的头发上,他们就会忘却;希望落空的人倚靠在我怀里,终会重拾信心。"

"人们对我的爱,"她说,"没有毁灭的激情、癫狂的嫉妒和喑

---

[1] 巴伐利亚国王路德维希二世(1845—1886),生前热衷艺术与城堡修建,世称"童话国王"。(译者注)

哑的失忆。爱我犹如夏夜,乞丐睡在露天,像路边的影子。从我沉默的唇间听不到塞壬[1]的歌声,也没有树木与泉水悦耳的旋律;但我的静寂像一首难以察觉的音乐予人以庇护,我的宁静像微风的意识对你温柔爱抚。"

"你拥有什么,"她说,"能伴你与生活结合?爱不来追求你,荣耀不来找寻你,权力不与你相遇。你的家宅在继承时已成废墟。你接管的农田,霜冻毁掉初收的果实,烈日烧焦期许的丰收。你只见过庄园水井干涸的样子。水塘的落叶在你未见时就已腐烂。你从未踏足的林间步道覆满荒草。"

"但是在我的国度,暗夜永存,你将得到慰藉,因为没有希望;你将遗忘,因为没有追怀;你将安息,因为没有生命。"

她让我明白,若我们生来就没有灵魂去获得更好的人生,期待更美好的日子会是多么徒劳。她让我明白梦不能予人安慰,因为梦醒时生活会更加痛苦。她让我明白沉睡带不来休憩,因为睡乡里住满幽灵、事物的阴影、行为的痕迹、胎死腹中的欲望以及生活沉船的残骸。

她一边说着,一边以前所未有的徐缓,慢慢卷起那些吸引我目光的地毯,我灵魂渴慕的丝绸,还有我泪水滴落的祭坛锦缎。

为什么非要和别人一样,倘若你注定要成为自己?如果你人笑时真诚的快乐也是假的,如果这快乐源于你忘记了自己是谁,那为何还要笑?如果你感到一切都无济于事,如果你哭泣是因为眼泪不能给你安慰而非相反,那为何还要哭?

若你笑的时候是幸福的,那么你笑时我就得胜了;若你幸福是因为不记得自己是谁,那么当你与我一起、忘记一切的时候,该会

---

[1] 古希腊神话中的海妖,据荷马史诗《奥德赛》记载,塞壬的歌声可以诱惑水手,使航船遇难。(译者注)

有多么幸福？若你偶尔一夜无梦，休息得很好，那么当你躺在我那张永无梦境的床上，该会得到多么完美的休憩？若你在某一刻，因为看到美而站起身，忘记了自己和生活，那么当你在我的宫殿里，看到黑夜之美永远和谐，不衰老，不朽败；在我的厅堂里，看到风从不侵扰帷幔，尘埃从不落在椅背上，光从不使天鹅绒和棉麻织物逐渐褪色，时光也从不染黄墙壁的空白，你该会多么激动？

来吧，接受我亘古不变的怜宠，永不停歇的爱意！从我无尽的杯中饮下至醇的甘露，它既不苦涩，也不恶心，不使人生厌，也不令人迷醉。从我城堡的窗子望出去，不要看那瑰丽而不完美的月光大海，而要凝视那充满母爱的浩瀚夜空，还有深渊那浑然一体的壮丽！

在我的臂弯里，你将忘记把你带到这里的痛苦道路。靠在我胸前，你将再也感觉不到促使你寻觅的爱！登上我的御座，坐在我身旁，你将永远是神迹与圣杯不可废黜的帝王，你会与众神和命运同在，成为空无，既无此岸，亦无来世，不需要任何过剩或缺乏之物，甚至无须恰如其分的东西。

我会做你慈爱的妻子，重逢的孪生姐妹。当你所有的忧愁都与我成婚，你遍寻不得的一切也回到我的身边，你将在我神秘的本质和拒却的存在之中，还有万物沉沦、灵魂破灭、诸神消亡的胸怀里迷失自我。

130．【1916年？月】

冷漠与弃绝的君主，死亡与沉船的帝王，你是鲜活的梦，庄严游荡于尘世的废墟与流亡之地！

浮华与绝望的君主，宫殿哀伤的主人，多少楼阙都不能令你餍足，仪仗队与盛典的统领，纷华靡丽亦不能使生命黯淡！

坟茔中升起的君主，踏着夜的月光而来，向世人讲述你的生活。佩戴凋零百合花的侍从，冰冷象牙的皇家传令官！

守夜牧人的君主，悲苦的游侠骑士，月光铺洒的道路上没有荣耀也没有贵妇，山腰的森林之王，侧影缄默，钢盔罩面，你穿过山谷，在村庄里遭人曲解，在乡镇里被人嘲笑，在城市里受人轻蔑！

被死神奉为己有的君主，苍白而荒谬，被世人遗忘又不为人所知，在暗淡的珠宝和陈旧的天鹅绒之间统治着王国，高踞"可能"尽头的宝座，身边有虚构的群臣环绕，他们全是影子，有幻想的军队守卫，神秘而空无一人。

来吧，侍卫；来吧，童男童女；来吧，男仆女仆，带上酒杯、托盘和花冠，参加死神的盛宴吧！把这些东西都带来，穿上黑衣，头戴香桃木的花环。

在杯中斟上曼德拉草泡的酒，托盘里◊，花环用紫色的◊编织，这些忧郁的花朵使人想起悲伤。

君王要同死神共进晚餐，在她那座古老的宫殿里，湖畔一侧，群山之间，远离生活与尘世。

愿排演宴会的乐队由奇异的乐器组成，纯朴的乐声叫人潸然泪下。侍者要穿上郁暗的制服，颜色陌生，既隆重又简单，犹如自杀者的灵台。

宴会开始前，还要让浩浩荡荡的中世纪仪仗队走过宽阔公园的林荫道，随从们身着暗紫色长袍，在无声的盛大典礼中行进，宛如佳人穿过一场噩梦。

死亡是生命的凯旋！

我们向死而生，因为只有死于昨日，才能活于今日。我们期待死亡，因为只有确信今日已死，才能希冀明日。做梦时我们为死而活，因为做梦就是否定生命。活着时我们也在为死而消亡，因为活着就是拒绝永恒！死亡指引我们，寻找我们，陪伴我们。我们拥有的一切都是死亡，我们想要的一切也是死亡，死亡就是我们期待自己渴求的全部。

一阵提示的轻风掠过两侧的队列。
　　国王即将驾到，一如无人可见的死亡和永不抵达的◊。
　　传令官，吹号！全体注意！

你对梦中事物的热爱，是你对经历之事的鄙夷。

渺视爱情的童贞国王，
轻蔑光明的影子国王，
弃绝生命的幻梦国王！

在铙钹与定音鼓沉闷的喧嚣声中，幽冥的王国向帝王欢呼！

131．【1916年？月】
噢，死神，向你献上我们的灵魂与信仰，希望与敬意！
　　终结之物的女主人，神秘与深渊的肉欲之名——请鼓舞并宽慰追寻你的人，尽管他们没有勇气！
　　慰藉的夫人◊

荒诞世界的童贞母亲，未被理解的混沌，请把你的王国延伸到万物之上——预感到凋谢的花朵，步履蹒跚的老兽，还有那些生来就在生命的错谬与幻觉中煎熬的灵魂!

湖泊在宁静的月光下安躺于岩石之间,远离淤泥和生活的污染!

生活是虚无的螺旋,无限向往着它不能拥有的事物。

132.【1916年？月】不安之夜交响曲

古老城邦的黄昏,笼罩着厚重的建筑及其黑石上刻写的未知传统;黎明前战栗的时辰,融进被淹没的旷野,那里布满沼泽,潮湿有如日出前的空气;一切皆有可能的窄巷,古旧客厅里沉甸甸的箱子;月光下农庄深院的水井;我们未曾相识的祖母收到的初恋情书;贮存过往的房间里的霉味;没有人知道如何使用的步枪;窗前度过的炎热午后的高烧;无人的街道;时有惊吓的休眠;葡萄园中蔓延的萎靡;钟声;僧侣生活的愁苦……赐福时刻,你纤巧的双手……爱抚永远不会到来,指环上的宝石在几近黑暗的幽深中滴血……教堂举办庆典,灵魂却没有信仰;粗糙丑陋的圣像只有平庸之美,浪漫的激情只存在于念想;入夜时分,退潮的码头散发着腐臭,寒潮袭来,将城市变得湿润……

你瘦削的双手张开羽翼,盘旋在被生活幽禁者的上仝。长廊,狭窄的高窗,关上也依然敞开着,地板如坟墓般冰冷,对爱的追怀就像一场前往残缺国度的未开启的旅行……古代女王的尊讳……彩绘玻璃上画着权倾朝野的伯爵……晨曦迷漫,如一缕冷香在教堂的空气里飘散,凝聚到地面不可穿透的黑暗之中……干枯的手交握着。

这是僧侣的疑虑:他在古籍荒谬的数字中发现了巫师的训诫,在刻板插画中找到了皈依修行的法门。

我体内的热潮是阳光下的海滩……我喉中的焦灼是闪闪发光

的大海……远处的帆船仿佛在我的高烧中航行……热潮涌动的阶梯通往海岸……海那边的清凉和风带着些许暖意，贪婪的海，汹涌的海，黑暗的海——远方的黑夜等待着阿尔戈英雄，我滚烫的前额正在燃烧原始的快帆船……

万物皆属于别人，除了那无法拥有一切的痛苦。

请把针递给我吧……今天，房子里少了她细碎的脚步，还有我对她一无所知的感觉：她在哪里，会用什么东西刺绣，是否用了褶边、彩色丝线、别针……今天，她多余的针线活被永远地锁进了五斗橱的抽屉，也没有一双臂膀在梦中搂着母亲的脖子，散发着温热。

133. 1916年7月18日[1]

任何问题都得不到解决。没人能解开戈耳狄俄斯之结[2]；我们不是放弃，就是将它砍断。我们用情感粗暴地解决智识问题，原因不外乎惰于思考，太胆怯而不敢得出结论，对求助有一种荒唐的需要，抑或抵挡不住群居冲动、想要回归他人和生活。

我们始终无法了解一个问题的方方面面，所以也就永远无解。

在抵达真理的道路上，我们既没有足够的数据，也没有必要的理性思维过程来穷尽这些数据的解读。

---

1 这是作者亲笔写下的首个日期，因此没有方括号。
2 亚历山大大帝在弗里吉亚首都戈尔迪乌姆时的传说故事。根据传说，这个结在绳结外面没有绳头。亚历山大大帝见到这个绳结之后，拿出剑将其劈为两半，解开了这个问题。一般作为使用非常规方法解决不可解问题的隐喻。（译者注）

134．【1916年？月】

禁止上岸，本就没有码头可以上岸。永远到不了，意味着永远别去到达。

135．【1916年？月】

看到某些有条有理的疯了以清晰的方式和连贯的逻辑，向自己和他人辩护那些疯狂想法，我就对自己清醒的头脑彻底失去了笃定的信心。

136．（参见P1，第27页）

137．【1917年？月】

我属于这样一代人，继承了对基督事迹的怀疑，继而对所有其他信仰也产生了怀疑。我们的父母依然有着信徒的冲动，并把这冲动从基督教转移到别的空想形式上。有人狂热追求社会平等，有人对美情有独钟，有人崇尚科学及其效益，还有些人比谁都更像教徒，他们游历东西方世界，探寻其他宗教，以此维持纯粹生活的意识，因为没有前者，后者就只是个空壳。

我们已丢失这一切，甫一出生便无可慰藉。每一种文明都有代表性宗教，并遵循着该宗教的内在谱系：改宗意味着失去原初的宗教，最终失去所有。

我们既失去了原初的宗教，也失去了其他宗教。

于是我们每个人都被遗弃在自我的世界里，凄凉地感觉到自己还活着。一艘船似乎是以航行为目的；其实并非如此，到达某个港口才是它真正的目的。我们发现自己正在航行，却不知该逃往哪个港口。就这样，我们以一种痛苦的特例，复制着阿尔戈英雄的探险公式：远航不可或缺，生活则不然。

没有了幻想，我们只活在梦里，梦是无法拥有幻想之人的幻想。我们靠自己过活，自觉渺小，因为完整的人总是无视自己。没有信仰，就没有希望；没有希望，就没有真正的生活。由于对未来没有概念，我们也感知不到今天，因为对实干家来说，今天不过是未来的序曲。抗争的力量随我们出生时就已消逝，因为我们生来就没有抗争的激情。

我们中的一些人，在征服日常的愚蠢过程中停滞不前，卑微低贱地寻找每日的面包，却妄想不劳而获，没有努力的自觉，也没有追求成就的高尚情怀。

有些人出身较好，却杜绝一切公共事务，无欲无求，只想将象征我们简单存在的十字架背向遗忘的髑髅地。这种努力是徒劳的，因为付出努力的人不似十字架的背负者那般意识到自己具有某种神圣的血统。

另一些人为灵魂之外的事营营役役，沉溺于混乱和喧嚣的祭礼，有人听见他们的声音，他们便自认为还活着，碰撞到爱情的外墙，便相信自己在爱着。活着让我们痛苦，因为我们知道自己活着；死亡吓不倒我们，因为我们早已失去死亡的正常观念。

但还有一些人，作为终极的族群，站在死亡时刻的精神边缘，甚至没有勇气否定事物并从自身寻求庇护。消极、不满和忧郁笼罩着他们曾经的生活。然而我们在内心深处经历着这一切，什么动作都不做，永远关在——至少这是我们的生活方式——房间的四面墙壁之间，关在名为"不知行动"的四道高墙之内。

138．【1917年？月】

我越是凝视这世间的奇观，凝视人群与事物的来来往往，就越是深信万物所固有的虚构性，以及所有现实的浮华所赋予的非真实的威望。在这样的凝视下（善于深思的人不时会有这样的经历），多彩的习俗与风尚组成的仪仗队，文明与发展的复杂道路，帝国与文化的壮观纠葛——全都犹如一个神话或一部小说，在阴影和衰败中被我梦见。但我不知道，所有这些破灭的意图（哪怕实现了也是破灭的），其终极定义是否在于佛陀狂喜的弃绝——释迦牟尼顿悟万事皆空，在狂喜中升座并说道："我知。"抑或在于塞维鲁皇帝[1]那过于丰富的阅历所导致的淡漠："我曾是一切，万事皆无用处。"[2]

139．【1917年？月】

我所属的这代人[3]出生时，世界已经无法为兼具头脑和心灵的人提供任何支持了。先辈的破坏性工作，使得我们出生的这个世界既不能保障宗教秩序，也不能支撑道德秩序，更不能平定政治秩序。我们生来就深陷于形而上的痛苦、道德烦恼与政治不安之中。我们的前人痴迷于外在规则和理性科学的纯粹标准，推翻了基督教信仰的全部根基，因为他们对《圣经》的批评从文本转向神话，把《福音书》和犹太人的《旧约》简化为一堆不确定的神话传说及纯文学作品；他们的科学考证逐渐指出福音书里原始"科学"的错误和野蛮

---

1 即罗马皇帝卢修斯·塞普蒂米乌斯·塞维鲁（145 或 146—211）。（译者注）

2 参见一篇题为《我默·伽亚谟》的文章，佩索阿在此文中写道，这位波斯诗人哲学家的倦怠，"源自一个人对所有宗教和哲学加以斟酌，继而说出……正如塞维鲁皇帝所说：'我曾是一切，万事皆无用处'"。

3 本篇开头有一句英文注释："第一篇"。佩索阿很可能一直计划把第137篇（"我属于这样一代人"）和第139篇（"我所属的这代人"）作为序言——正是在1917年前后，作者开始尝试为《不安之书》起草序言，不是一篇，而是很多篇。

的天真；同时，自由辩论将所有形而上的问题都带到广场上，也推动了宗教问题的探讨，其本质也是形而上学的。这些人醉心于所谓"实证性"的模糊理论，批判一切道德，探究生活的全部规则，这场学说冲突最后只剩下不确定性和"确定性并不存在"这一事实所带来的痛苦。一个文化基础如此散漫的社会，在政治上显然也只能成为无纪律的受害者；就这样，我们醒觉过来，意识到这是一个渴望社会革新的世界，它将怀着喜悦，争取一种我们并不了解的自由以及我们从未定义过的进步。

然而，父辈粗犷的批判主义使我们像他们那样不可能成为基督徒，却没能让我们同样对此感到满意；把对既定道德准则的怀疑留给了我们，却没有留下对道德和人类生活规则的漠视；任凭政治问题悬而未定，却没能让我们的精神对如何解决问题不闻不问。我们的父辈兴冲冲地摧毁一切，因为那个年代尚有过去坚固的痕迹。正是他们摧毁的东西赋予社会力量，使得他们可以去摧毁而不会感觉到大厦倾圮。我们则继承了毁灭的行为及其后果。

现代生活中，世界只属于愚蠢、麻木和不安的人。今天，要赢得生存和胜利的权利，其标准跟成功关进疯人院是一样的：思考无能，没有道德观念，过度兴奋。

140.【1917年？月】

人类的灵魂是如此不可避免地成为痛苦的牺牲者，忍受着令人心碎的意外之痛，哪怕是本该预料到的事情。有一种人，一辈子都在把女人的反复无常说成是自然、典型的特征，但是当他发现自己在爱情中遭到背叛，就会为这种悲伤的意外感到无比痛苦，好像他总是把女人的忠贞与坚定视为教条或期许似的。另一种人则认为万事皆空，可是当他发现人们根本不在意他写了什么，教学的努力都白费了，情感的可沟通性也是假的，就会感到如雷轰顶。

这并不是要我们去相信，发生此类灾难或相似遭遇的人说话写作都是不真诚的，即使他们在所说所写中已经预测或证实了这些灾难。理性断言的真诚与情感的自然流露并不冲突。这一切似乎可以发生，灵魂似乎可以承受意外，仅仅是为了痛苦常在，屈辱时时降临，忧伤永不匮乏，就像生活中可以平摊的东西。我们犯错和受苦的能力是均等的。只有毫无感觉的人才会免遭此罪；那些最崇高、最尊贵、最有先见之明的人，必会遭受他们预见和蔑视的一切。这就是我们所说的生活。

141．【1917年？月】
我必须选择我所厌恶的东西[1]——理智所憎恶的梦，或感性所拒斥的行动；要么是行动，我并不为之而生，要么是梦，无人为之而生。

由于厌恶两者，结果就是我都不选；但是，在某些情况下，我必须二选一，于是我就把它们混为一体。

142．（参见P2，第28页）

143．（参见P3，第29页）

144．1917年9月18日
生活中，无论身在何处，什么场合，与何人共处，我始终是个不速

1　本篇开头有一句葡语注释："(序言？)"。

之客,或者至少是个陌生人。在亲戚和熟人中间,我一直是个局外人。并不是说人们有意这样看我,一次都没有,但他们普遍对我自然流露出的态度,使我一直处于这样的状态。

我走到哪儿都能被所有人善待。我相信,只有极少数人,才会被少数人厉声呵斥、皱眉相对、咆哮或者诅咒。但是人们对我的善意不带任何情感。对于那些天生愿意与人亲近的人来说,我始终是客人,因此能被很好地招待,但也只能得到陌生人该有的照顾,而没有多余的情感,这正是不速之客应得的。

我并不怀疑,别人对我的态度主要是由于我个人性格中某种内在的晦暗缘故。或许是我与人打交道时的冷漠不自觉地促使对方也反射出我的这种无感。

我天生就能很快与人熟识。他人的友善从不会姗姗来迟。但喜爱永远不会到来。我从未经历过奉献。在我看来,被人爱是不可能的,就像陌生人不会以"你"来亲切称呼我一样。

我不知道自己是否为此受苦,是否把一切当作无关紧要的命运去接受,而这样的命运根本无所谓受苦或接受。

我总想取悦别人。被人漠视总是让我难过。身为命运的孤儿,我和所有孤儿一样需要成为别人喜爱的对象。我一直渴望满足这种需要。我是如此习惯于这种无所不在的饥饿感,以至于有时我都不确定自己是否还需要吃饭。

无论如何,生活都令我痛苦。

其他人都有愿意为之奉献自己的人。而我呢,甚至从未有人动过为我献身的念头。人们愿意为他人效力,对我则只是善待。

我承认自己有能力引起别人的尊重,但我得不到爱。不幸的是,我没有做过任何事情来证明人们当初的尊重是有道理的;因此也没有人真正尊重我。

我有时认为自己喜欢受苦。但事实是我可能更喜欢别的。

我没有当领袖或拥护者的资质，甚至连知足都做不到。其他能力缺席的时候，知足是最重要的。

其他人智商不及我，却更强悍。他们更擅长在人群中安排自己的生活，熟练运用才智。我有影响他人的一切必要资质，唯独没有施加影响的手艺，甚至没有意愿去这样做。

假如有一天我爱上别人，那人也不会爱上我。

若要让一样东西死去，我只需渴望它就够了。然而，我的命运还不足以强大到对任何事物都产生致命的影响。它的弱点在于只对我想要的东西是致命的。

145. 【1917年？月】
在我心中，感觉的强度永远低于感知感觉的强度。意识到自己正在受苦，总是比"存在着意识"这种痛苦更令我受罪。

我的情感生活早已从源头转移到了思想的驻地，在那里我始终能更加广泛地获得生活的情感认知。

当思想庇护情感时，会比情感更为苛刻，因此我所赖以体验感觉的意识机制使我的感知方式变得更日常、更肤浅、也更令人兴奋。

通过思考，我为自己创造回声与深渊。通过深入内心，我实现自我的裂变。那最渺小的场景——光的变化，一片卷落的枯叶，发黄的凋零花瓣，墙另一边的人声或说话者的脚步声伴随着倾听者的脚步声，老庄园半掩的大门，敞开的院子连着拱门，通往月光下成片的房舍——这些都不属于我，却用共鸣和怀旧的纽带拴住我感性的沉思。在上述每一种感觉里，我都是他者。在每一个朦胧的印象中，我都痛苦重生。

我靠不属于我的印象度日，肆意挥霍着放弃的权利，成为他人就是我存在的方式。

146. （参见P5，第30页）

147. 【1917年？月】
说话就是对别人顾虑太多。鱼和奥斯卡·王尔德都死于嘴。

148. 【1917年？月】
对我来说，写作本身已经失去甜美。无论是为情感提供表达，还是对语句精雕细琢的行为，都变得如此平庸，以至于我写作如同别人吃喝，心不在焉，百无聊赖，没有激情也没有火花。

149. 【1917年？月】
人类幼稚的本能使得我们中间最傲慢的人（如果他是人且没有疯）都会渴望（至圣的天父啊）有一只慈父般的手，以任何迅疾的方式指引他穿过世界的神秘与混乱。我们每个人都是一粒尘埃，被生命之风吹起，又随风飘落。我们必须依靠一根支柱，把小手放进另一只大手，因为时间总是不确定，天空总是遥远，生活总是疏离。

我们中最杰出的人，也不过是以最近的距离认清万物的空虚与含混。

我们可能被某种幻觉引导；但引导我们的绝不是意识。

150．【1917年？月】
就完人观而言，异教徒认为存在之人即为完美；基督徒认为不存在之人才是完美的；而佛教徒则认为完美即不存在人。

灵魂与上帝的区别在于天性。

人类显露或表达的一切都是一条注释，写在一篇被彻底抹去的文章边缘。通过注释，或多或少能提炼出文章的内容；但疑问依旧存在，文章的含义也有许多可能。

151．【1918年？月】
当[1]基督教像黎明前的暴风雨之夜在灵魂上空呼啸而过，人们看到了它无形中带来的破坏；造成的废墟只有在它消失后才被看见。一些人认为废墟是由它缺席所致；但恰恰因为它的离去，废墟方能显现，而不是离去后才带来废墟。

就这样，在这个灵魂的世界里，只剩下看得见的废墟，清清楚楚的灾难，不再有黑暗用虚假的爱意将其掩盖。灵魂看到了自己本来的面目。

一种名为浪漫主义的疾病开始在这些刚显露的灵魂中蔓延。那是没有幻想、没有神话的基督教，荒芜到仅剩下病态的本质。

---

1 本篇开头有一条葡语注释："（序言）"。参见第141篇。需要注意的是，《不安之书》开始部分的序言只与维森特·格德斯有关。

浪漫主义的弊端在于它混淆了我们需要什么和我们渴望什么。我们都需要那些对生命的存续不可或缺的东西；我们都渴望更完美的生活、更圆满的幸福、梦想的实现和◊

想得到我们需要的东西是人之常情，渴望我们并不需要却值得向往的东西，也是人之常情。所谓疾病，是指同等强烈地渴望我们需要和向往的事物，为不够完美而痛苦，就像为没有面包而痛苦一样。这就是浪漫主义者的问题：想要月亮，好像真有办法得手似的。

"人不可能吃掉蛋糕而不失去它。"[1]

底层政治和灵魂的私密领域——同样的弊端。

现实世界中，异教徒对事物和自身的这种病态一无所知。他也是人，同样渴望着不可能的东西，但并不真想得到。他的宗教是◊众多宗教使灵魂充满了世界的空虚，其中的超验思想只能在神秘的最深处找到，只传授给远离人群和◊的初修者。

152.【1918年？月】

一个人在他豪华别墅的露台上感受生活的乏味，这种不幸是一码事；而一个像我这样的人，不得不在拜沙区某栋楼四层的自家房间里凝视窗外的风景，还不能忘记自己是个簿记员助理，这种不幸则是另一码事。"每个公证员都曾梦想过情人"[2]……

---

1 即"鱼与熊掌不可兼得"。（译者注）
2 本句原文为法语。（译者注）参见古斯塔夫·福楼拜小说《包法利夫人》中的一句话："最平庸的浪子也曾梦想过情人；每个公证员身上都有诗人残存的碎片。"（克洛迪娜·戈索-莫施版，巴黎：加尼耶出版社，1971年，第296页）

每当官方文件需要表明职业身份，而我在上面宣称自己是"贸易职员"的时候，我都会从这种不相称的荒唐讽刺中，找到某种私密的乐趣，别人却不会感到奇怪。我也不知道我的名字怎么就这样登上了《贸易年鉴》：

日志标题：
格德斯（维森特），贸易职员，服饰商大街17号，四层。
《葡萄牙贸易年鉴》

对荒谬和矛盾充满狂热，意味着悲伤者具有动物般的快乐。普通人因为精力旺盛而胡言乱语，为表示热情而拍打别人的后背，那些无法激动或快乐的人则会翻起智力的跟斗，以他们冷漠的方式，做出生活热忱的姿态。

人们的老阿姨[1]在外省空荡荡的大房子里闲坐，她们带着怀旧的心情，有条不紊、严肃认真地玩着纸牌接龙来消磨时光，油灯亮着，女仆在打盹，水壶的哨音越来越响。有人占据我的位置，并在我心中怀念这份无用的平静。茶端上来了，旧纸牌整齐地摆在桌角。巨大的餐边柜加深了昏暗餐厅里的阴影。女仆困倦的脸上缓缓冒着汗，匆忙打理着做不完的杂事。我在内心看到这些场景，感到一种无关任何事物的忧伤和怀恋。我开始不自觉地揣测玩纸牌接龙的人究竟是什么心态。

---

[1] 本段开头有标题说明："接龙游戏"。在同一页手稿上，佩索阿写到《不安之书》的某个篇章应该以"接龙游戏"为题，他表示不确定1913年发表的篇章（包括"间离的森林"？）是否应该纳入"接龙游戏"。参见本书后面的一个篇章："我的老阿姨在漫长无尽的闲坐中玩纸牌接龙。我感受中的这些自述就是我的纸牌接龙。"（第222篇）

153．【1918年？月】

即使我想创作，◊

建造是唯一真正的艺术。然而，现代社会环境使得人的精神不可能产生建造艺术的品质。

所以科学才得到发展。今天，唯一蕴含建造艺术的事物，就是机器；唯一具有逻辑性的论证就是数学证明。

创作的力量需要支撑点，需要现实的拐杖。

艺术是一门科学……

有节奏地受到影响。

我不能阅读，因为我过于犀利的批评只会暴露缺点、遗憾以及可改善之处。我不能做梦，因为我是如此真切地感受梦境，以至于会拿它对照现实，然后立刻意识到那不是真的，梦也因此失去价值。我无法满足于天真地凝视人与事物，因为我总是渴望深入研究；我的兴趣不能脱离这种渴望而存在，所以它要么死于其手，要么就枯萎了◊。

我不能以形而上的思辨为乐，因为凭自身经验，我太清楚所有的体系都是可辩护的，在理智层面也都是可能的；我缺乏一种能力去享受建造体系的理智艺术，那就是忘记形而上思辨的宗旨是寻求真理。

一段幸福的过去在回忆中重归幸福；当下却没有任何事物让我快乐或好奇，也没有任何梦和假想的未来能与现在不同或拥有另一个过去——我的生活便寄托于此，犹如一个有意识的幽灵，来自我从未去过的天堂，抑或一具尸体，从我未来的希望中刚刚诞生。

为统一性受苦的人有福了！他们会被痛苦改变，却不会因此分裂；他们仍有信仰，即使只相信怀疑；他们可以坐在阳光下，任思想倾巢而出。

154.【1918年？月】
人类最不重要的需求就是倾诉和坦承。这是灵魂外化的需求。

是的，承认吧；但只承认你没有感觉到的东西。释放你的灵魂，是的，让它逃离秘密的重负，说出那些秘密；但幸好你所说的，都是你长久以来未曾有过的。对自己撒谎，而不是吐露真相。倾吐心声总会犯错。觉悟吧：表达即为欺骗。

155.【1918年？月】
我属于这样一类灵魂：女人声称爱着，遇见时却根本认不出来；就算认出来，也不会承认。我以轻蔑的关注，承受着我情感的微妙。我有浪漫主义诗人受人钦佩的所有品质，同时又缺少这些品质，正是这种缺乏使人真正成为浪漫主义诗人。我发现自己在许多小说中（部分地）被描述成各种情节的主角；但我生活与灵魂的本质，就是不做任何主角。

我对自己没有清晰的概念，甚至没有基于这个事实的认知。我是自我意识的游牧者。内心财富的羊群在第一次看守时就走散了。

唯一的悲剧就是不能把自己想象成可悲之人。我一直能清晰地看到自己与世界共存，且从未清晰地感觉到与世界缺乏共存，所以我从来都不是个正常人。

行动即休憩。

一切问题都不可解。问题的本质就是没有解决方案。寻找事实意味着没有事实。思考等于不知道如何存在。

有时候,我会花上几个小时,在宫殿广场[1]的河边放空冥想。我的不耐烦总想把我从平静中拽出来,我的怠惰又总是让我滞留其中。于是,我在身体嗜睡中冥想,这感觉很舒服,就像风的低语唤起人声,融入我朦胧的欲望那永恒的贪得无厌,以及我不可能的焦虑那无间断的变化无常之中。我受苦,主要是因为我可以。我缺少某样并不渴望的东西并为此受苦,因为这不算真正的苦。

　　码头,午后,海水退潮的气味,全都一齐涌来,谱写我的忧伤。不可能的牧羊人吹起笛子,却并不比没有笛子更加甜美,这让我回想起那些笛声。在内心相似的时刻,溪流边遥远的牧歌使我痛苦,◊

156.【1918年？月】

哪位飘忽不定的女王会在她的湖边守护我破碎生活的记忆?我曾是林荫道上的侍童,可是对我那些湛蓝宁静的鸟鸣时光来说,林荫道太没意思了。远处的船使大海变得完整,从露台可以望见起伏的波浪,我在南方的云朵中丢失了灵魂,就像掉落了一支船桨。

1　即今天的贸易广场,位于里斯本拜沙区,毗邻特茹河。(译者注)

157.【1918年？月】

我对自己承受痛苦的能力感到震惊。我天生并不是一个形而上学者，而是整天活在尖锐的，甚至肉体的痛苦之中，对宗教和形而上的问题拿不定主意……

我很快发现，所谓解决宗教问题的办法，其实就是用理智解决情感问题。

158.【1918年？月】占有之河

我们各有不同，这是人性的公理。只有相隔甚远的时候我们才会相似，所以在那个范围里，我们都是别人。由此可见，生活属于不确定的人；从不界定自己、彼此是无名小卒的人才能和睦相处。

我们每个人都是两个个体。当两个人相遇、接近、发生联系，这四个个体就很难达成一致。一个行动家内心还有个梦想家，如果后者经常跟前者闹翻，又怎么会不跟另一个人体内的行动家与梦想家闹翻呢？

我们是不同的生命，因此有着不同的力量。我们每个人都在经由他人向自身趋近。倘若我们都有自尊，认为自己是有趣的，◊。每一次近距离接触都是一场冲突。他人永远是我们寻找事物时的障碍。不寻找的人才是幸福的，只有这样的人才会发现事物，因为他们已经拥有。不管拥有的是什么，已经拥有就是幸福的，正如不用精打细算是成为富人最幸福的地方。

我从内心深处望着你，假想的新娘，我们的关系在你存在前就已破裂。我习惯清晰地做梦，这让我对现实也有了准确的概念。做梦太多的人需要将现实注入梦境。将现实注入梦境的人必须在梦中融入现实的平衡。把现实的平衡融入梦境的人必会为做梦的现实受苦，就像为生活的现实受苦一样；为梦的非真实遭罪，就像为感受生活的非真实遭罪一样。

在幻想中,在我们那间两扇门的房间里,我等待着你。我梦见你来了,梦中你穿过右边那扇门走到我跟前。如果你进来时穿过的是左边那扇门,那么你和我的梦就已经有了区别。人类所有的悲剧都浓缩在这小小的例子里,我们所想的那些人,从来都不是我们以为的那个样子。

爱会通过差异失去个性,这在逻辑上就不可能,更不用说在现实世界里了。爱要求占有,想把一样东西变成它的,可是这东西又必须留在外部,以便它知道这只是变成了自己的,而不是与它同化。爱是奉献自己。奉献得越多,爱就越伟大。但是全然的奉献也会把身为他人的意识交付出去。所以,最伟大的爱就是死亡、遗忘或者放弃——所有的爱都是对爱的深恶痛绝。

在高耸于海面的古老宫殿露台上,我们默默思索着彼此的差异。我是王子,你是公主,在那海边的露台上。我们的爱诞生于相遇,就像美诞生于月亮与海水的相遇。

爱要求占有,可它并不懂什么是占有。如果我都不属于自己,又该如何属于你,你又怎么能属于我呢?如果我连自身的存在都无法占有,又如何去占有别人的存在?如果我和那个与我相同的人不同,又怎会与那个不同的人相同?

爱是一种神秘主义,想要在我心中实践某种不可能,然而只有在梦中它才是可能的。

形而上学。但整个生活就是黑暗中的形而上学,众神窃窃私语,不识道路就是我们唯一的道路。

衰老最狡猾的地方，就是让我对健康和清醒充满热爱。我常常觉得，一个行走的年轻人，其健美的身体和轻快的步伐所蕴含的那种面对世界的能力，要远胜过我心中所有的梦。有时，我会怀着老年人精神上的喜悦——不带一丝羡慕或渴望——跟随偶然遇见的一对对情侣，他们在午后手挽着手，走向从青春中洋溢出来的年轻意识。我欣赏他们，就像欣赏一个真理，而不去管那是否与我有关。倘若把他们与自己相比，我仍然欣赏他们，但是会像一个人欣赏着伤害他的真理，给疼痛的伤口敷上领悟众神的膏药。

我反对柏拉图式的象征主义者，对这些人来说，所有存在，所有发生的事，都是某种现实的影子，这个现实就是它们都只是影子。在我看来，一切都是起点，不是终点。神秘主义者认为万物终于万物，我则认为万物始于万物。

和他们一样，我用类比和暗示进行思考，不过，那座小花园向他们暗示的是灵魂的秩序和美丽，对我却只能唤起另一种联想：一座更大的花园，远离人群，在那里，这个世界的不幸生活可以变得幸福。在我眼里，每一件事物向我暗示的，并非它是影子这一现实，而是它是通往现实的道路。

午后的星星公园[1]让我想到 座古老的公园，在灵魂幻灭之前的那个世纪。

159.【1918年？月】

每次我旅行，都是出远门。坐火车去趟卡斯凯什[2]，那种疲惫好似在

---

[1] 位于里斯本市区，始建于1852年，是一座英式风格的公园。佩索阿生前最后的住处就在那附近。（译者注）

[2] 位于里斯本以西约35公里的海滨度假胜地，今属里斯本大区。（译者注）

短短的时间里横穿四五个国家、看遍乡村与城市的风景一样。

我所经过的每一座房子、农舍、粉刷成白色的孤寂小屋——每一个地方，我都会想象自己住上一阵子，先是快乐，然后无聊，继而厌烦；等到我离开那个地方，又会对生活在那儿的时光充满思念。就这样，我所有的旅行都像一场丰收，既痛苦又快乐，收获的是巨大的喜悦，沉重的倦怠，以及无数虚假的怀恋。

当我从房子、乡间别墅和小屋门前经过，我会在内心经历所有居民的人生。我同时过着他们各自的家庭生活。我是父亲，母亲，孩子，堂表亲，女仆，还有女仆的堂表兄，同一时刻成为全部，凭借的是一种特殊才能，即同时体验许多不同的感觉、过许多不同的生活，从外部观望，从内心感受。

我在内心创造出各式各样的人格。我持续不断地创造它们。我的每一个梦，一旦出现，就会立刻化身为另一个人，由他去做梦，而不是我。

为了创造，我毁灭自己；我在心中将自己外化，程度之深，以至于内心深处我只能以外部形式存在。我是空荡的舞台，各种演员在上面表演各种戏剧。

160．【1918年？月】一天
我没吃午饭——吃午饭是我强迫自己每天都要感受的需求——而是去看了看特茹河，再回到大街上闲逛，根本没想过看河或许对我的灵魂有所帮助。然而……

生活不值得。只有观望才值得。观望而不生活，也许就能获得幸福，但这是不可能的，就像通常只会被我们梦见的东西一样。那种不包含生活的狂喜!……

至少去创造一种新的悲观主义吧,一种新的否定,这样就能产生幻觉,以为我们身上的某些东西即使不好,也会留下!

161. 1919年10月8日　少校

没有什么能如此深入地揭示和完整地诠释我天生不幸的本质,除了我最为眷恋的幻梦,那是我私底下最常用的膏药,以治疗存在所带来的愁苦。我的心愿概括起来只有一点:以沉睡度日。我太喜欢生活,以至于不想让它流逝;我太想要不去活着,以至于不会对生活产生过于强求的渴盼。

正因为如此,我要写下喜爱的梦当中最精彩的那一个。有时,在夜间,户主们都出门或者安静了,楼里静悄悄的,我会关上房间的窗户,放下沉重的遮帘,把自己裹进一套旧衣服,在宽大的椅子上舒服地蜷成一团,开始凝神做梦:我是一名退役少校,住在外省的一家旅馆里,晚饭后和一两位比较清醒的客人做伴,无缘由地逗留。

我假定自己生来如此。我不关心退休上校的青春,还有他如何一步步晋升到我渴望已久的军职。无论时间与生活怎样变化,这位由我变成的少校没有任何过往,现在和过去都没有亲人;他永远待在那家外省旅馆里,已经厌倦了和其他逗留的同伴聊趣闻逸事。

162.【1919年？月】

我怀着一种伤感的喜悦想着,倘若有一天,在我已不再归属的未来,我写下的这些句子依旧留存且受到赞美,那么我就终于有了"理解"

我的人，我自己的人，一个可以投生和被爱的真正的家庭。然而，还没等到在那个家庭出生，我就已经死去很久了。我只会在肖像中获得理解，而那时的喜爱已无法弥补一个生前受尽冷待的死者。

也许有一天，人们会理解我是如何以独有的方式履行我的天职：成为一个世纪某个时期的诠释者；当他们明白过来，一定会写，我在自己的时代无人理解，不幸活在冷漠与厌弃之中，发生这样的事多么遗憾。而未来写下这些话的人，肯定也不理解他们那个时代与我相似的作者，正如我身边的人不理解我。因为人们只会去学那些对曾祖辈有用的东西，而他们早已去世。我们可以传授的生活准则，也只对死人有用。

我写作的这个下午，雨停了。空气里透着一丝欢快，贴着皮肤，感觉过于清凉。白日不会在灰暗中结束，而是将尽于苍白的蓝。连街道上的石子也依稀泛着蓝光。活着令人痛苦，但只在远处作痛。感觉已不重要。一两面橱窗亮起了灯。另一扇高窗后面，有人俯瞰着下班的人群。与我擦身而过的叫花子若是真的认识我，一定会目瞪口呆。

楼房映照出来的蓝已经不那么苍白，也不那么蓝了，无可名状的时光在这样的色彩中逐渐坠入黄昏。

夜幕轻垂，白昼终结，这一天，那些心怀信仰、犯着错误的人在日常工作中埋头苦干，在自身的痛苦中享受无意识的幸福。夜幕轻垂，消失的光波，无用黄昏的忧郁，以及拨开云雾、进入我心的奥秘，全都一齐沉落。夜幕轻轻地，柔软地垂下，带着湿漉漉的午后那透明而无尽的苍白与蓝——轻轻地，柔软地，悲伤地落在朴素而冰冷的大地上。夜幕轻垂，一如无形的灰烬、愁闷的单调和清醒的倦怠。

163．【1920年1月12日前后】【葬礼进行曲？】
在不同世界的运转中，一颗流浪的彗星会有多少次终结其中一个世界！心灵百般谋划，其命运却与如此物质性的灾难息息相关。死亡在窥视，犹如灵魂的姐妹，而命运◊

死亡意味着受制于某种外部现实，而我们，在生命的每时每刻，都是周围事物的映像与效果。

死亡潜伏于我们活着的姿态之中。我们出生时已死，活着时已死，步入死亡时已死。

我们是由持续分裂的活细胞构成的，死亡造就了我们。

164．【1920年？月】葬礼进行曲
我们都做了什么去扰乱和改变这个世界？每一个有价值的人，不是会有另一个人具有同等的价值吗？平庸者之间旗鼓相当，行动派与其表现出的力量相当，思想者与其创造的思想相当。

　　你为人类创造的一切都要受到地球冷却进程的支配。你给后人留下的东西，要么充满个人的想法，无人会理解；要么只属于你的时代，别的时代不会理解；又或者，它可以召唤所有时代，但万世沉沦的终极深渊不会理解。

　　*明暗交接的地方，我们在阴影里摆出各种姿势。而身后，神秘向我们◊

人固有一死，期限公平合理，不会更长，也不会更短。有些人刚一死就会消失，有些人会在见过或听过他的人的回忆里再存活一些时候；有些人驻留在故乡民族的记忆中；另一些人则抵达拥有他们的文明的记忆；很少有人能跨越不同文明对立的鸿沟而存活……但时间的深渊包围所有人，最终使他们消失，深渊之喉会吞噬一切。◊

长存是一种愿望，永恒是一种幻想。

死亡就是我们，是我们的生活方式。出生时已死；存在时已死；步入死亡时已死。

万物之所以活着，是因为会变化；之所以变化，是因为会流逝；流逝，因而死亡。活着的一切持续不断地变成其他事物，永远都在自我否定和逃避生命。

所以，生命是一段间隔，一根纽带，一种关联，却是过往与即将成为过往之间的关联，是死亡和死亡中间一段僵滞的间隔。

……理智，那是表面与歧途所编造的谎言。

物质生活要么是纯粹的梦，要么就是一堆原子，对我们的理智和情感动机得出的结论一无所知。由此可见，生命的本质是幻觉和表象，或者说，只有存在与非存在之分，既然幻觉和表象并不存在，那就必然属于非存在，也就是说，生命等于死亡。

在不死性的幻觉中，我们用双眼努力创造的一切都是徒劳的！我们会说："永恒之诗就是永不死亡的词句。"然而，地球冷却不仅会带走所有覆盖着的生命，还会带走◊

一个荷马或一个弥尔顿的能耐，绝不会比一颗撞击地球的彗星更大。

165．【1920年？月】衣冠冢

没有遗孀或幼子在他口中放一枚奥波勒斯[1]，作为卡戎[2]摆渡的酬劳。他横渡斯提克斯河[3]，双眼遮蔽，在冥界的河水中九次看见自己的面孔，我们却无从辨识。他的影子没有名字，此刻游荡于寂静阴森的河岸；他的名字也是影子。

他因祖国而死，却不知道如何及为何死去。他的牺牲因无人知晓而成为荣耀。他全心奉献生命：是出于本能，而非义务；是出于对祖国的爱，而非国家观念。他捍卫祖国就像孩子捍卫母亲，我们身为人子，生来便是如此，不是靠逻辑决定。他忠于远古时代的秘密，既不思考，也不渴望，本能地赴死，就像本能地生活。他此刻栖身的影子与温泉关[4]战场上倒下的影子称兄道弟，它们都诞生于誓言，以血肉之躯尽忠。

他为祖国而死，就像太阳每天升起。他天生就是死神决意塑造的样子。

他不是作为某种狂热信仰的仆人倒下，也不为某个伟大理想的卑劣行径战死。他摆脱无意义的希望，不渴求人类拥有更美好的日子，不为守护某种政治理念、人类未来或尚待出现的宗教牺牲。基督的轻信者和罗马异教的盲从者靠信仰自欺，他则在那个世界远离这种信仰，目睹死亡到来却不期待它蕴含生命，见证生命流逝而不企盼更好的人生。

他自然地离开，宛如风与白日，带走使他与众不同的灵魂。他一头扎进幽暗之中，就像一个人冲进刚抵达的大门。他为祖国而死，

---

1 古希腊一种面值很小的银币。（译者注）
2 古希腊神话中冥河的摆渡者。（译者注）
3 古希腊神话中环绕冥界的河流之一，是守誓与愤怒之河。下文还会提到科赛特斯河（悲叹河）、弗列格腾河（火河）以及忘川（厉司河）。（译者注）
4 即希腊德摩比利隘口。文中指公元前480年发生在此地的一场惨烈的战役，希腊方以少对多抵抗入侵的波斯帝国，最终全军覆灭，无人投降。（译者注）

这是我们知道并理解的唯一一项高于自身的壮举。当生命之火在他眼中熄灭，伊斯兰教或基督教的天堂、佛教超然的遗忘也都无法在那目光深处映现。

他不知道自己是谁，正如我们不知道他是谁。他履行义务，却不知道自己履行了什么。那引导他的，让玫瑰绽放、落叶悲伤。生命没有更好的理由，死亡也没有更好的报酬。

现在，有众神的许可，他将穿过科赛特斯河的悲叹与弗列格腾河的烈火，夜里听着忘川青灰的河水轻柔的拍打声，造访那些无光的地带。

他隐姓埋名，正如杀死他的本能。他没想过会为祖国而死，却这样死了；没有决心履行义务，却这样做了。对一个灵魂没有名字的人，我们也应该不去问他身体的名字。他是葡萄牙人；但不是具体的某个，而是超越边界的总体。

他的位置并不在葡萄牙立国者身边，立国者有不同的高度和意识。他也不与半神同列，半神勇敢开辟航路，使我们可以抵达更多陆地。

没有任何雕像和墓碑讲述这个象征我们所有人的战士究竟是谁；既然他是整个民族，就应该以整片大地为墓。我们应该将他葬入他自己的回忆，在墓碑上只铭刻他自己的事迹。

166.【1920年1月13日前后】

我知道最微小的事物也有轻易让我痛苦不堪的本领，所以我刻意不去触碰它们。像我这样的人，连看见一片云从太阳前面飘过都会难过，又怎会不为生活中长久的阴霾饱受折磨？

我离群索居不是为了寻找幸福，我缺少能够得到幸福的灵魂；

也不是为了寻求宁静，没有人能获得宁静，除非一开始就没有失去过；而是为了沉睡、消除与微小的弃绝。

我这破陋房间的四面墙同时也是我的私室与远方，床铺与灵柩。我最快乐的时光就是什么都不想，什么都不要，甚至连梦都不做的时候，单纯迷失在胡乱生长的植物的麻木，以及生活表面纯净苔藓的怠惰之中。我毫无痛苦地享受虚无的荒谬意识，预先品尝死亡与消除的滋味。

从未有人可以被我称为"大师"。没有任何基督为我而死。没有佛祖为我指路。在我梦境的顶点亦没有阿波罗或雅典娜显灵，照亮我的灵魂。

167. 【1920年？月】

凡是道德和智力均超过粗人与侏儒的现代人，恋爱时都会有浪漫主义情怀。浪漫主义爱情是基督教影响世代相传的极端产物，不理解它的人可以通过以下类比认识其本质和演变：它就像灵魂与想象力生产出来的一件外套或礼服，可以给任何偶然出现的人穿上，大脑还会觉得很合身。

然而，衣服不是永恒的，所以只好能用多久用多久；很快，在那件日渐褴褛的理想服装下，我们打扮好的那个人真实的躯体出现了。

因此，浪漫主义爱情是一条通往幻灭的必经之路。除非一开始就接受这种幻灭，不断变换理想，在灵魂的作坊里不断织造新的礼服，从而不断更新接受穿戴之人的外表。

168．【1920年？月】

一种美学上的寂静主义，能够让生活与人群施加给我们的羞辱和贬抑止步于感性世界可鄙的边缘，止步于意识灵魂的外部大院。

不安之书

第二阶段

S1 【1931年10月18日之后】

> 选自"《不安之书》,贝尔纳多·索阿雷斯(著),
> 簿记员助理,里斯本市"

费尔南多·佩索阿(整理)

S2 1930年3月29日

我出生的那个时代[1],大部分年轻人早已失去对上帝的信仰,原因和先辈们树立信仰是一样的——一种浑然不知的惯性。由于人类精神自然倾向于靠感觉而不是思考去批评,因此大部分年轻人选择人类作为上帝的替代品。但是,我属于这样一种人,总是站在归属地的边缘,看见的不仅仅是所属的人群,还有周围成片的广袤空间。这就是为何我没有像他们那样大刀阔斧地抛弃上帝,也从未接受人类的替代。我认为上帝无法被证实或证伪,所以有可能存在,或许也应该受到崇拜;而人类,作为纯粹的生物学概念,不过是动物界的人属物种罢了,并不比其他动物更值得崇拜。对人类的顶礼膜拜,

---

[1] 本文开头有一句葡语注释:"(初始篇章)"。

加上"自由"与"平等"的仪式，怎么看都像古代宗教复兴，在后者的礼拜仪式中，动物有如诸神，或者神明都长着动物脑袋。

由于不知道该如何相信上帝，也无法相信一群动物，我便和其他边缘人一样，对一切都保持距离，通常人们管这叫"颓废"。"颓废"是无意识的彻底缺失；因为无意识是生命的基础。心脏若真能思考，就会停止跳动。

对于我这种活着却不自知的人来说，除了像我极少数的同伴那样，把弃绝视为存在方式，把观照视为命运，还能怎么办呢？我们不知道何为宗教生活，也不可能了解，因为信仰与理性毫不相干；无法相信人的抽象概念，甚至不知道该拿它如何是好；于是拥有灵魂的唯一理由，便只剩下对生活的审美观照。就这样，我们对所有世界的严肃性都漠不关心，对神性无动于衷，对人性不屑一顾，我们徒劳地将自己交给无目的的感觉，它脱胎于一种精致的享乐主义，与我们的脑神经相匹配。

从科学中，我们只保留它的核心法则：万物都遵循着命运的律法，我们无法独立对这些律法做出反应，因为反应意味着先有作用。我们发现，这条核心法则与另一条更古老的法则一致，即事物神圣的天命论，由此我们放弃努力，如同意志薄弱的运动员为娱乐放弃训练，我们以博学的严谨和敏感，伏案阅读着感觉之书。

我们无法认真对待任何事物，也不认为除了自己的感觉，还有什么别的可靠的现实，我们躲藏在那些感觉中，探索它们，仿佛探索陌生的伟大国度。倘若我们不但勤勉追求美学上的观照，还在努力表达观照的方法与结果，那是因为我们写下的散文或诗句——废除了说服他人理解或改变他人主见的欲望——只是单纯像一个人在大声朗读，以便为阅读的主观愉悦注入完整的客观性。

我们很清楚，作品注定都是不完美的，对我们写下的东西进行审美观照则最不可靠。但万物皆有遗憾，日落再美也可以被超越，不管微风如何轻柔地引我们入睡，总能带来更宁静的酣眠。因此，我们以同样的方式注视山峦与雕像，享受日常，如同享受书籍，最重要的是梦见一切，以便将其转化为我们最深处的本质。我们也会去描述和分析，一旦完成，这些文字就会变成外来的东西，供我们欣赏，仿佛它们是午后突然出现的。

这与悲观主义者的观点不同。例如维尼[1]，在他看来，生活是一座监狱，他在里面编织稻草，以便忘却。做悲观主义者，意味着要把一切都视为悲剧，这是一种夸张且让人不适的态度。当然，我们并不认为自己的作品具有价值，创作无疑也是为了消遣，但这与编织稻草、忘却命运的囚徒不同，只是女孩子刺绣枕套的自娱自乐罢了，仅此而已。

我把生活当成一家旅店，我必须待在那儿，直到深渊的驿站马车驶来。我不清楚它要把我载去何方，因为我什么都不知道。我可以把旅店当成监狱，因为我被迫要在这里等待；也可以把它当成社交场所，因为我在这儿遇见了其他人。然而，我既不急躁也不随和。我离开那些把自己关进房间、瘫在床上等待入睡的人，也离开那些在休息室里闲聊的人，任凭悦耳的音乐和说话声传来。我坐在门前，耳目专注于风景的色彩与音响；我只为自己悠悠唱起含混的曲调，那是我等待时创作的。

夜幕即将垂降于所有人之上，马车也将到达。我享受它们赐予我的微风，享受那赐予我的、感受微风的灵魂。我不再询问，不再

---

[1] 参见佩索阿私人图书馆藏书《社会学视角下的艺术》（第八版，巴黎：菲利克斯·阿尔康出版社，1909年）第176页。该书由法国诗人、哲学家让-玛丽·居约所著。在名为"维尼"的章节中，居约写道："维尼的哲学是悲观主义的……其实践结论就是别指望幸福，别去期待。"他引用了维尼遗著《一个诗人的日记》中的一个片段："完全没有希望是好的，也有益健康……为什么不说——主啊，我感受到了我长期承受的诅咒的重压；但是，由于轻视罪行与审判，我遭遇了牢狱之灾。我在那里编织稻草，以便忘却……上帝是仁慈的！他是多么可敬的狱卒，在我们监狱的院子里种下那么多花！"居约最后写道："这种悲观主义最终通向斯多葛主义。"

找寻。倘若我在游客留言簿里写的东西有一天被人读到,并在旅途中为他们带来快乐,那很好。若没有人读或觉得有趣,也没什么。

169.【1929年1月15日之后】

我爱夏日悠长的午后拜沙区的宁静,尤其在白天熙熙攘攘的喧嚣对比之下,这份宁静更加鲜明。军械库大街,海关大街,忧郁的街道从海关大街尽头向东继续延伸,静止的码头全是疏离而暗沉的轮廓——当我在这样的午后,走进它们的孤独,这一切便来抚慰我的哀愁。我仿佛身处另一个时代,比我生活的时代更早;我喜欢想象自己是塞萨里奥·韦尔德的同代人,我在内心感受到的不是与他的诗句相似的其他诗句,而是与其同等的实质。我拖着生活漫步,直到夜幕降临,这种感觉与街头生活没有什么太大的区别,白天充满无意义的喧嚣,夜晚充满无意义的寂静。白天我什么都不是,夜晚我是自己。我和海关大街周围的街道并无二致,除了它们是街道而我是灵魂,与事物的本质相比,这可能也算不了什么。人与物有着共同的抽象命运——在关于神秘的代数学中成为微不足道的存在。

然而还有别的……在缓慢空虚的时辰,一种存在的哀伤从我的灵魂涌上大脑,我痛苦于一切都是我的感觉,同时又是外部的事物,我却无力改变这一点。哎,有多少次,我的梦径自从事物中升起,不是要取代现实,而是要宣称它们独立于我的意志,即使我不想做梦,它们也会从外界突然出现,就像一辆电车在街上急转弯,或者傍晚小贩的叫卖声,我不知道那声音在喊什么,但是很突兀,带着阿拉伯风情,犹如忽然迸射的喷泉,打破黄昏的单调!

170．【1929年？月】

我对一切幻觉以及幻觉中的一切感到厌烦——幻觉的失去，拥有的无意义，知道必须拥有以便将其失去而预先感到的疲惫，曾经拥有而现已失去的痛苦，对明知结局也要拥有幻觉的理智的羞愧。

意识到生命无意识是对智慧施以最深重的磨难。无意识的智慧——精神的闪光，理解的涌流，神秘与哲学——具有跟身体反射相同的自动作用，就像肝和肾自动处理分泌物一样。

171．1929年3月22日

在海滩的凹地里，沿岸树林与沼泽地之间，欲望之火的无常从虚无深渊的变幻莫测中升起。不必在小麦和许多事物中做选择，柏树间距如昨。

语词的魅力在于，无论是孤立的，还是根据声音的和弦进行组合，总能产生深层的共鸣和丰富的意义，协同一致时也蕴含着分歧；华丽的句子穿插于其他句子的语义之间，后者包括残留的恶意，树林的希望，还有我那世外桃源的童年时光里，几处农庄之间的水塘所仅剩的平静……就这样，在荒谬鲁莽的高墙间，排行成列的树丛里，万物凋零的惊悚中，有一个除我之外的人会从悲伤的唇间，听到被拒之人向最顽固的存在忏悔。长矛在无形的庭院里铿锵作响，即便骑士们从城墙高处可见的大道上折返，末日贵族的宅邸也将不再安宁；大道这边，没有人会想起谁的名字，唯有一个名字，同摩尔女人的芳名一起，在夜间迷住了那个日后死于生活和奇迹的孩子。

草地的犁沟间响起轻浅的脚步声，摇曳的绿色中没有留下任何足迹，最后的迷失者路过此地，发出贴地拖行的声响，犹如对未来的朦胧记忆。来的必定是老人，年少的永远不会来了。路边响起隆隆的鼓声，号角无用地挂在疲倦的手上，如果手还有力气放下什么东西的话，早就把号角放下了。

然而，在幻术的奇效之下，消失的喧哗再度高声回响，狗在林荫道上徘徊。一切都是荒谬的，宛如一场哀悼。他人梦中的公主抛开修行生活的约束，无休止地漫步着。

172．【1929年？月】

我更可怜这样一类人，他们总是梦想可能的、合理的、唾手可得的事物，不像那些幻想遥远和陌生事物的人。梦想远大者，要么都是疯子，对自己的梦深信不疑，因此很快乐；要么就是单纯的幻想家，对他们来说，幻想是灵魂的音乐，什么都不说就能抚慰心灵。而梦想可能之事的人却真的有可能失望。没能成为罗马皇帝并不会让我伤心，从未跟那个每天上午九点左右准时拐过右街角的女裁缝说上话反而会让我痛苦。许诺不可能之事的梦以自身阻止我们实现它，而许诺可能之事的梦则会干涉我们的生活，肆意摊派解决方案。前者完全独立存在，后者却要服从于现实的可能性。

所以我才爱不可能的风景和我永远不会造访的辽阔荒芜的平原。过去的历史时期也是个纯粹的奇迹，因为从一开始我就不能假设在未来实现它。梦见不存在的东西我会沉睡，梦见可能存在的东西我会惊醒。

中午，办公室里人都走光了，我趴在阳台的一扇窗户上俯瞰大街，大脑在沉思，用分散的注意力可以感觉到远处的人群在我眼前移动，但我没有真正看见他们。我靠着手肘睡觉，栏杆硌得手肘发疼，凭借一个伟大的承诺，我了解空无。车水马龙的大街现在是停滞的，许多细节从我精神的疏离中凸显出来：运货马车上成堆的木箱，另一家公司仓库门前的袋子，街角食品杂货店最远的橱窗，那款波尔图红酒瓶闪烁的微光，我梦见没有人买得起这种酒。我的精神脱离了半个物质世界。我以想象来探索。街上的行人始终跟刚才路过的一样，摇晃的身影，运动的斑点，模糊的声音，逝去却尚未发生的事物。

用感觉的意识而非实际的感觉来记录……其他事物的可能性……忽然，在我身后的办公室，传来那个小伙子的动静，他的生命简直是形而上的突兀。我有种想杀他的冲动，因为他打扰了那个并不思考的"我"。我转过身，瞪着他，沉默中充满仇恨，带着一股紧张的杀气，我已经预先听到了他跟我讲话的声音。他站在办公室另一头微笑，高声对我说下午好。我恨他，就像恨整个宇宙。我的眼睛因假想而变得沉重。

173．【1929年？月】

历史否定确凿之事。秩序井然的时代，一切皆为卑鄙；混乱无序的时代，一切皆为崇高。衰朽的时代是心智力量的沃土，强盛的时代却令精神衰微。万物交织相融。真理只存在于对它的假想之中。

多少高尚的思想落入粪土，多少真诚迷途的渴望被洪流淹没！

在无常命运的极度混乱之中，神与人一般无二。他们在四楼这个隐匿的房间里，在一连串的梦境中，排着队从我身边经过，他们对我的意义，不会比对信徒的更多。非洲宗教偶像（它们的崇拜者双眼充满不确定与惊恐），原始腹地野蛮人的动物神，埃及人描绘的象征符号，希腊人光明的神，罗马人刚硬的神，太阳与情感之神密特拉[1]，牺牲与仁慈的弥赛亚耶稣，同一个基督的多个变体，新城镇的新神，全体列队，在错谬与幻觉的葬礼进行曲（朝圣或出

---

1 古老的印度-伊朗神祇。（译者注）

殡）中鱼贯而行。众神行进，身后跟着空空如也的阴影，或者说梦，由于它们都是地上的影子，最糟糕的梦想家便认为它们根植于土地——没有灵魂和形状的拙劣观念，自由，人性，幸福，更好的未来，社会科学，全都在漆黑的孤独中拖步穿行，犹如树叶在皇室长袍下摆的轻拂之下向前飘移，国王们被永久流放，乞丐占领了溃败之家的花园。

174．【1929年？月】
思想有可能崇高却有失优雅，而缺乏优雅的思想必会丧失对他人的影响。没有精巧性的力量只是一堆面团。

175．【1929年？月】
从审美角度看，读报总是很艰难的，道德上也经常这样，哪怕是对那些没有什么道德顾虑的人而言。

战争与革命——总有一个被写进报道——最终给读者带来的不是恐惧，而是厌烦。令我们内心沉重痛苦的既不是死伤者的残酷命运，也不是战死或不战而死的人的牺牲，而是豁出生命与全部财产以换取注定无用之物的愚蠢。一切理想和雄心都是阴谋家制造的幻觉。没有帝国值得我们摔坏一只玩偶。没有理想值得我们牺牲一辆铁皮玩具火车。什么样的帝国才是有用的？什么样的理想才算有益？一切皆为人性，而人性向来如此——变化无常却无法改善，摇摆不定却无法进步。面对事物不可挽回的进程，还有我们不知如何获得亦不知何时遗失的生命，面对无数棋局组成的争斗不断的集体生活，以及徒劳凝视永远无法实现之事的倦怠◊——智者除了祈求休息，祈求不去思考生活，还能做什么呢？而生活，只需在阳光明媚的乡村有一块小天地，或者至少有梦，让我们知道山的那边安谧祥和。

176.【1929年？月】

哎，革命者把资产阶级与人民、贵族与人民、统治者与被统治者区分开来，这真是个愚蠢且令人痛心的错误。人只有是否适应环境之分，其余都是文学或拙劣的文学。乞丐如果适应环境，明天就可能成为国王，但是这样就失去了做乞丐的美德。他会跨越边境，失去国籍。

这些想法在逼仄的办公室里安慰着我，办公室窗户脏兮兮的，正对着一条没有欢乐的大街。这些想法令我欣慰，我可以把世界意识的创造者们视为兄弟——不羁的剧作家威廉·莎士比亚，老学究约翰·弥尔顿，流浪汉但丁·阿利吉耶里，◊甚至——如果允许我提及——还有耶稣基督本人，他如此渺小，以至于人们怀疑他是否真的在历史上存在过。其他人则属于另一个类别：国务委员约翰·沃尔夫冈·冯·歌德，参议员维克多·雨果，元首列宁，元首墨索里尼◊

是我们，身处阴影之中，与杂役小哥和理发师同列，共同构成了人类◊

一边是享有威望的国王，荣耀加身的皇帝，声名远扬的天才，头顶光环的圣人，掌权的人民领袖，还有妓女，先知和富人……另一边是我们——街角的杂役小哥，不羁的剧作家威廉·莎士比亚，爱讲趣事的理发师，老学究约翰·弥尔顿，学徒售货员，流浪汉但丁·阿利吉耶里，还有那些被死亡遗忘或祝圣的人，以及被生活忘却且从未赞颂的人。

177．【1929年？月】

今天，一股不时涌上心头的熟悉的忧愁仿佛压制了我的身体，我在餐馆里（或者说小食堂，里面的夹层餐室是我延续存在的据点）没什么胃口，喝得也比平时少。当我要离开时，服务员可能注意到红酒还剩半瓶，转身对我说："回见，索阿雷斯先生，祝您早日康复。"

这简单的话吹响了号角，我的灵魂如释重负，仿佛一阵风突然驱散遮蔽天空的云。就在这时，我认出了一个过去从未清楚辨认的事实：无论是这些咖啡馆或餐厅服务员，还是理发师、街角的杂役小哥，我对他们都有一种天然的、自发的好感，但是如果那些与我关系"密切"的人（"密切"这个词并不恰当）对我表示同样的好感，我反而无法为此感到骄傲……

情同手足的友谊是很微妙的。

一些人统治世界，另一些人则是世界本身。在美国百万富翁、恺撒或拿破仑、列宁和村庄社会党领袖之间，没有质的区别，只有量的不同。在他们之下就是我们，模糊不清的人，不羁的剧作家威廉·莎士比亚，老学究约翰·弥尔顿，流浪汉但丁·阿利吉耶里，昨天帮我传口信的杂役，我，讲趣闻给我听的理发师，还有那个见我只喝了小半瓶酒、便亲切祝我康复的服务员。

178．【1929年？月】

每一次，当我的企图心在梦的影响下超出生活的日常水平，当我在某一刻觉得自己高高在上，如同荡秋千的孩子，每一次遇到这种情况，我都不得不像那个孩子一样荡回市政花园，接受我的溃败，没有旗帜可以带进战场，没有宝剑可以借力出鞘。

我猜想，我在街上偶遇的大多数人内心都怀有同样的野心——我是从他们沉默嚅动的嘴唇、难以辨认的犹豫眼神和集体祷告时用声音筑成的祭坛中发现的——用一支没有旗帜的军队打一场徒劳的仗。所有人——我转身凝视着他们被征服的可怜背影——都将和我一样，在淤泥和芦苇间遭遇卑微彻底的失败，悲惨而懵懂，没有月光照耀河岸，也没有沼泽中的诗意。

与我一样，他们都有一颗炽热悲伤的心。我很熟悉他们：有些人是店员、办公室职员或小商贩；还有些人则是咖啡馆和小酒馆的征战者，穷困潦倒却喜欢在自我崇拜的狂喜中喋喋不休，或者满足于自负的缄默，吝于表达，也没什么可辩护的。但是这些人，可怜，却都是诗人。在我眼里（正如我在他们眼里那样），他们都背负着同样的苦难，那就是我们的不合时宜。像我一样，他们的未来停留在过去。

此刻，我一个人在办公室待着，大家都去吃午饭了。透过灰暗的窗户，我注视着一位老人在马路对面的人行道上蹒跚而行。他没有喝醉，只是在做梦。他专注于不存在的事物，也许还抱有期望。倘若众神在不公正之余还有些许公正，请为我们保留梦想，即使它们如此渺茫；请赐我们美梦，尽管它们如此渺小。今天，我还没有变老，但可以梦想南太平洋的岛屿和许多不可能存在的印度；明天，或许同样的神会让我梦见自己成为一家小烟草店的老板，或者退休后住在郊区的一幢房子里。所有梦都是同一个梦，因为它们是梦。愿众神改变我的梦，但不要改变我做梦的天赋。

就在我思考这些事的间隙，老人从视线中消失了。我已看不见他。我打开窗户想找他，但最终还是看不见他。他走了。他对我有着扮演视觉符号的职责；履行完职责，便拐过街角去了。如果有人告诉我，他已拐过绝对存在的街角，根本没来过这里，我会用此刻关窗的相同姿势接受这个说法的。

能做到吗？……

可怜的半神学徒们，凭借语言和崇高的意图征服帝国，却仍然需要钱来支付食宿！他们就像一支构想出来的军队，指挥官有个光荣的梦想，但是对这些迷失在沼泽烂泥里的士兵来说，这个梦只剩下伟大壮举的概念、曾经属于军队的自我意识，以及对那位从未见过的指挥官做过什么一无所知的空洞感。

就这样，每个人都在某个时刻梦想自己成为军队指挥官，士兵却在后方节节败退。每一个人，站在小溪的淤泥中，向无人获得的胜利欢呼，他们被这场胜利遗弃，犹如沾满污渍的桌布上残留的面包屑，没有人记得抖掉。

他们填满日常生活的缝隙，如同没有仔细除尘的家具缝隙里填满尘埃。在寻常的日照光线下，他们像灰色蠕虫闪着光，依附在浅红褐色的桃花心木家具上，或者红木桌子和旧油布之间。可以用小钉子把它们抠出来，但是没人有这个耐心。

我可怜的同伴们有着崇高的梦想，我是多么羡慕他们啊，也为自己感到羞愧！与我一起的还有别人——那些最不幸的人，一无所有，只能对自己倾诉梦想，做那些原本可以写成诗歌的事情——我们这些可怜虫，除了自己的灵魂便再也没有创作或阅读过其他文学作品；我们存在，却从未参加过那场不为人知的超验考试以获取生活的资格，仅仅是这样的事实就能让我们窒息而死。

有人是英雄，昨天在某个街角打趴下五位大汉；还有人是骗子，连从未见过他的女人都抵抗不了他——人们讲述这些的时候心里是相信的，也许他们说这些就是为了相信。一些最低贱的做梦者倾听并且全盘接受。另一些人◊对他们所有人来说，这个世界的赢家无论是谁，都是他们这样的人。

他们像盆里的鳗鱼，彼此纠缠在一起，无法从盆内逃脱。有时报纸会提起他们，甚至提到其中几个人的次数更为频繁，但从未带来名气。

这些人是快乐的,因为他们被赋予了愚蠢的谎言之梦。而像我这样的人,拥有的则是不带幻想的梦◊

179. 【1929年？月】
起初是一种声音,在万物夜间塌陷的凹洞中制造出另一种声音。接着是一声含混的嘶嚎,伴随着街上招牌刮擦摇晃的声响。然后,空间的咆哮赫然变成尖啸,世界在战栗,但没有摆荡,这一切之中有一种沉寂,仿佛耳聋的恐惧看到无声的恐惧从眼前经过。

之后便什么都没有了,只剩下风——只有风在吹,我迷迷糊糊注意到上锁的门在颤抖,窗玻璃发出抗拒的呜呜声。

我没有睡。我处于存在与非存在的状态之间。意识的遗痕尚存。我感到睡意沉沉,无意识却并不沉重……我什么都不知道。风……我醒来又睡去,但没有睡着。有一片喧嚣可怖的音景,景观之外的我并不认识自己。我悄悄享受着入眠的可能。我确实在睡,但不知道自己是否睡着。凡是我认为象征沉睡的东西,都有一种万物终结的声音,黑暗中的风声,如果再仔细听,还有我心肺的声音。

180. 【1929年？月】
金色月亮金发般的光辉从东方天际映现。宽阔的河面上,月光波痕释放出游入大海的长蛇。

181. 【1929年？月】
对我而言,通过智力的表象去本能地坚持生活是最深刻、最持久的沉思方式之一。意识的虚假伪装只能进一步凸显没有伪装的无意识。

从生到死，人类始终受到外在性的奴役，动物也有这种外在性。人这一辈子不是在生活，而是像植物一样生长，程度更高，过程更复杂。他们被规范操纵，却并不知道它们存在，也不知道是它们在操纵自己。人的思想、情感、行为全都是无意识的——并非因为他们缺乏意识，而是因为他们无法包含两种意识。

隐约意识到自己在幻想——人类顶多也只能做到这样。

我以散漫的思绪追寻庸常生命的平庸历史。我看到人们是怎样在所有事情上成为潜意识性格、外部环境以及共处或独处冲动的奴隶，而这一切又是如何在人身上、经由人且与人一起，若无其事地相互碰撞。

我不知有多少次听见人们说同样一句话，它象征着彻底的荒谬、虚无以及对生活的全然无知。他们用这句话来谈论任何物质上的愉悦："这就是我们此生能带走的东西……"从哪儿带走？带去哪里？带走做什么？也许用此类问题把他们从暗处唤醒是件悲哀的事……说这句话的人一定是个唯物主义者，因为所有这样说话的人，即便是下意识脱口而出，也都是唯物主义者。他想从生活中带走什么？以何种方式？想把猪排、红酒和邂逅的姑娘带去哪里？前往哪一个他并不相信的天堂？去往哪一个他注定只能带去腐烂的尘世？——他的整个人生都是一场潜在的腐烂。我不知道还有什么比这句话更悲惨、更能充分揭示人性。也许这就是植物意识到自己喜欢阳光时会说的话。也许这就是自我表达能力不如人类的动物谈论梦游般的快感时会说的话。谁知道呢，当说话的我写下这些文字、心里隐约觉得它们会流传下去时，或许我也会认为书写的记忆是我"此生能带走的东西"。正如平庸者无用的尸体会被埋进公共墓地，这无人关注的散文同样无用的尸体也会被埋进普遍的遗忘。至于另一个人的猪排、红酒和姑娘，我有什么好挖苦的？

同样无知的弟兄，相同血液的不同存在，同一份遗产的多种继承形式——我们谁有资格嫌弃对方？我们可以嫌弃妻子，但不能嫌弃母亲、父亲和兄弟。

182.【1929年？月】
……像活着的目标一样低贱，而我们根本不想要这样的目标。

大多数人（如果不是所有人）都过着低贱的生活。在每一份快乐中低贱，在几乎全部的痛苦中低贱，除了那些以死亡为基础的痛苦，因为神秘对此有所贡献，生命的谎言也因此被戳穿。

外面时断时续的声音，破碎而分散，像交错涌动的波浪，经过我心不在焉的过滤，偶然传到耳畔，仿佛来自另一个世界：小贩的叫卖声，兜售野生蔬菜等天然产品和彩票之类的社会产品；车轮的隆隆声，货车和小汽车颠簸着疾驰而过；公交车的声音，从远处驶来比转弯时动静更大；某个窗口抖动布料的声响；顽童的口哨声；楼顶响亮的笑声；隔壁街有轨电车的金属呻吟声；十字路口传来的嘈杂声；各种高低声和寂静；车流阻塞迟疑的轰鸣；脚步声；谈话声的开始、进行与结束——我在睡梦中思考这一切，它们如草丛的石头般存在着，不知怎么便从藏身之外向外窥探。

接着，墙另一边，房子里的各种动静和其他声音像潮水般汇聚在一起：脚步，碗碟，扫帚，被打断的歌谣（是法都[1]吗？）；傍晚小阳台上的幽会；因为餐桌上缺东西而爆发的怒火；有人要求把留在五斗橱上的香烟拿来——这些全是现实，而这令人性冷淡的现实无法进入我的想象。

---

1 葡萄牙民族音乐，中文也按英语发音译为"法朵"或"法多"。（译者注）

女帮工踩着轻盈的步子，我总是幻想她的拖鞋有红黑色编带，若真如我所想，拖鞋的声音也会带有某种红黑色编带的特质；住家的儿子脚蹬皮靴，迈着坚定的步伐出门，他大声道别，砰地关上门，切断了那声"再见"留下的回音。周围一片安静，四楼的世界仿佛已经终结；碗碟被放进水槽等待清洗，水哗哗地流；"我早就跟你说过……"；寂静在河上吹响哨子。

但我继续消化着，想象着，昏昏欲睡。在生存感觉的间隙里，我有的是时间。我还有个奇妙的想法：假如现在有人问我，而我又必须回答，那么我会说，这漫长的几分钟，这思想、情感、行为甚至感觉的无用性，以及散乱欲望的天然衰退——我只想要这一切，而不是更美好的短暂生活。然后我几乎不假思索地想到，大多数人（如果不是所有人）都是这样生活的，不管尊贵还是卑微，停滞还是前行，他们如出一辙，浑噩麻木地对待终极目标，放弃规划好的意图，稀释生命。每当我看见阳光下有一只猫，就会想到阳光下的人。每当我看见有人睡觉，就会想起万物皆在沉睡。每当有人说他做梦了，我就会想，他是否想过除了做梦之外，他什么都没干过。街上越来越喧闹，似乎有一扇门开了，门铃在响。

什么都没发生，门立马又关上了。脚步在走廊尽头停下。洗过的盘子发出水汪汪的清脆瓷器的声响。空气在颤抖吗？卡车经过，震得房子地基都在摇晃。一切都结束了，我从思考中站起身来。

183．【1929年？月】

大多数人自发地过着虚构的他人生活。"大多数人都活成了别人。"

奥斯卡·王尔德如是说[1]，他说得很对。有人把一生都耗在追求不想要的事物上；有人极力追求想要却无用的事物；还有人则迷失了自我◊

但大多数人还是快乐的，享受生活，虽然并不值得。一般来说，人很少哭泣，当他抱怨时，就会把怨言变成文学。悲观主义作为社会准则并没有什么可行性。为世界不幸而哭泣的人仍是孤立的——他们只是在哀叹自己的不幸罢了。莱奥帕尔迪和安特罗[2]没有爱人或情人？那么宇宙就是个不幸的地方。维尼几乎得不到爱？那么世界就是座监狱。夏多布里昂梦想不可能之事？那么人类生活就是冗长乏味的。约伯身上长满毒疮？[3]那么大地也被毒疮覆盖。有人踩到伤心者的痛处？唉，那么日月星辰的脚也会遭殃。

人对这一切保持疏离，只在必要场合与尽可能短的时间里哭泣——例如在儿子死去时哭，但会随着岁月流逝而忘却，只有生日时才想起；在失去金钱时哭，直到重新挣钱或者习惯失去——人类不断消化不幸，持续去爱。生命力总在复苏并重振活力。逝者被埋葬，损失被遗忘。

184．【1929年？月】
所有努力，不管目标为何，都会在表现过程中遭遇生活强加的偏离；它会变成另一种努力，服务于其他宗旨，有时还会达到与预定目标

1　参见佩索阿私人图书馆藏书，王尔德的作品《＜自深深处＞与＜雷丁监狱之歌＞》（莱比锡：伯恩哈德·陶赫尼茨出版社，1908年）第79页："大多数人都活成了别人。他们的想法是别人的观点，他们的生活是一种模仿，他们的激情是一种引用。"佩索阿特地用铅笔把这段话翻译成葡萄牙语写在藏书中。
2　指葡萄牙十九世纪著名诗人、哲学家安特罗·肯塔尔（1842—1891），葡萄牙"七〇一代"的代表人物。（译者注）
3　指《圣经》中撒旦为试探约伯，使其浑身长满毒疮。（译者注）

完全相反的效果。只有小目标才值得追求，因为只有小目标才有可能彻底实现。如果我想努力大赚一笔，肯定能以某种方式达成；这个目标微不足道，就像所有量化目标一样，不管是不是个人的，总是可以企及并得到验证。但是我该如何实现报效祖国、拓宽人类文化视野或者改善人性的目标呢？我既不能确定我的做法是对的，也无法验证目标已经实现；◊

185．【1929年？月】
然后是这群朋友，很棒的小伙子，很棒，和他们聊天、吃午饭、吃晚饭都是那么愉快，可是不知怎么的，一切又是如此肮脏，如此低贱，如此渺小，即使到街上也总待在仓库里，即使出国也总是要面对账本，即使身处无限的空间，也总有老板。

万物敞开，装饰齐备地等待着，国王即将到来，现在他来了，仪仗队扬起的尘埃是缓缓天明的东方一团崭新的薄雾，长矛在远处闪耀着自己的曙光。

186．【1929年？月】
生活中琐碎自然的事物，普通与庸俗的无足挂齿，全都像一层灰，以颤动而怪诞的线条划出我人类生活的肮脏与卑劣。

——账本在眼前摊开，眼睛的主人却一辈子都在梦想所有可能存在的东方；办公室经理无意冒犯的笑话得罪了整个宇宙；老板的朋友，某某女士，通知他回电话，此时我正在沉思一个无用的美学理论中最不性感的部分。

然而每个做梦的人，即使不在拜沙区的办公室里或布料仓库的账目前做梦，也都要面对一本账本——也许是妻子，也许是经营继承来的财富，不管是什么，它肯定存在。

人人都有这样一个办公室经理，永远开着不合时宜的玩笑，灵魂与整个世界脱节。人人都有这样的老板、他的女性"朋友"、总在错误的时间（令人惊叹的黄昏降临之际）打来的电话，以及那些尚未被发现的情妇，她们在"朋友"的电话里告诉老板，自己正像别的淑女那样参加时髦茶会呢。

我们这些梦想与思考者都是簿记员助理，都在某个拜沙区、某家布料或其他商品的仓储公司里工作。我们结算，盘点亏损，总结数字，提交报表，最后关账，而无形的资产负债永远在挑衅我们。

　　我微笑着写下这些话，心却仿佛要碎了，像东西被打碎那样，变成一片片垃圾，有人把垃圾箱扛到肩上，扔进所有市政厅门前那辆永恒的垃圾车里。

187．【1929年？月】头脑中的旅行
在俯瞰无边世界的四楼房间里，在一片夜晚将至的令人赞叹的亲密氛围中，倚靠窗前，面朝初现的星辰，伴着韵律跨越显而易见的距离，我的梦即将踏上旅程，去往想象或不可能存在的未知国度。

188．【1929年5月31日之后】葬礼进行曲
不明等级的宗教仪式成员在数条走廊里排队等着你——浅金色头

发的侍童，◊的年轻人，赤裸的刀锋光芒四射，头盔与顶饰也不时反射着亮光，暗淡的金器皿与丝绸透出阴郁的微光。

葬礼的一切都因想象而染病，在盛典上使人痛苦，在凯旋时令人疲倦，那是虚无的神秘主义，绝对否定的苦修。

恒河也流经镀金匠大街。所有时代都汇聚在这狭小的房间里——混合体

纷至沓来的多彩风尚，

人民与人民之间的距离，

各民族巨大的差异性

在那里，一条孤单的街道上，沐浴着狂喜，我在刀剑和城堞之间等待死亡。

烈日下，青草旁，覆盖着紧闭的双眼的，不是那七掌尺冰冷的土地，而是超越我们生命的死亡，其本身即为一种生命——某人身上死去的存在，那未知的神，众神或许还记得他。

189．【1929年？月】
我使出异乎寻常的力气从椅子上站起来，但我感觉仍然在带着它到处走，现在它更沉重了，因为这是把主观主义的椅子。

190．【1929年？月】
我无拘无束的注意力充满一种睡意，我不知道该如何解释，倘若可以说，如此柔和的东西会袭击人，那么这种睡意经常袭击我。我沿街漫步却仿佛坐着，我的注意力虽然对一切都很警觉，但仍然有种

全身都在休息的怠惰。我好像无法自觉避开对面的行人，或是用言语甚至脑海中的想法，回答一个路人与我偶然相遇时借机提出的问题。我似乎不能拥有欲望、期盼以及任何代表某种运动的东西，这种运动并不属于我的整体存在意志，而是——如果我可以这样说的话——属于每一种元素自身的局部意志，在这种意志下，我是可分解的。我仿佛无法思考、感受、渴望。于是我走路、前行、游荡。我的动作完全没有暴露出僵滞的状态（注意到这一点是因为其他人都没有注意到）。这种灵魂缺失的状态也许对一个躺着或斜靠着的人来说是舒服的，因为就该这样，但是对一个走在大街上的人来说会尤其不舒服，甚至痛苦。

这是一种被怠惰灌醉的感觉，好像纵酒狂欢，却不能从饮酒及其理由中获得快乐。这是做不了康复梦的疾病。一场生动的死亡。

191. 【1929年？月】

有时候，当我从账本中抬起晕晕沉沉的脑袋——我在其中记录别人的账目和自己缺席的生活——会感到一种生理上的恶心，也许因为伏案过久，但绝不仅仅是数字和幻灭的缘故。生活令我生厌，就像一张没用的药方。就在那时，我以清晰的视野感觉到，假如我真的有力量去实实在在地渴望，那么远离这种倦怠将会多么容易。

我们靠行动生活，也就是说，靠意志。对于我们这些不懂需求的人来说（不管天才还是乞丐），无能使我们成为兄弟。如果我终归只是个簿记员助理，说自己是天才又有什么用呢？当塞萨里奥·韦尔德向医生宣称自己不是贸易职员韦尔德先生，而是诗人塞萨里奥·韦尔德时，他用的是那种咬文嚼字的语言，彰显着无用的骄傲和自负的气息。可怜的人哪，他生前始终只是韦尔德先生，一个贸易职员。诗人诞生于离世，因为只有在他死后，人们才开始欣赏他的诗歌。

行动才是真正的智慧。我会成为想成为的人,但我必须有所需求,无论那是什么。成功在于已经获得成就,而不是具备成功的条件。任何辽阔的土地都有建造宫殿的条件,但是如果人们并没有在那里建造,哪里来的宫殿呢?

我的骄傲被盲人掷石,我的幻灭被乞丐践踏◊

"我需要你,只为能梦见你",人们对心爱的女人这样写道,他们从未把诗句寄出,也不敢对她说任何话。"我需要你,只为能梦见你"摘自我的一首旧诗[1]。我微笑着记录下这段回忆,甚至对这微笑也不做评价。

192.【1929年春天?月】
在我面前[2]是厚重账本的两大页纸;我从旧写字台倾斜的桌面上抬起身子,双眼疲惫,灵魂比双眼更加疲惫。除了这一切所代表的虚无之外,还有镀金匠大街上的仓库,里面是一排排寻常的货架、寻常的员工、人类秩序和平庸世界的宁静。窗户里传来各种各样的嘈杂声,平庸有如货架旁边的宁静。

我垂下眼睛,重新看那两页白纸,仔细记录下来的数字展示着公司利润。我暗自发笑,想到生活不仅仅包括这几页纸——上面有布料名称、金额、空白处、尺子画出的直线和字母笔画,还包括

---

1 指佩索阿的一首"本名"诗歌"我在守夜时沉睡……"。该诗发表于文学期刊《雅典娜》(1924年12月,第3期,第84页),没有标题。1912年6月的一份证明文献(现存于葡萄牙国家图书馆)显示该诗有两个标题可供选择:"倦怠"和"在那边"。
2 本片段发表于1929年,署名为"费尔南多·佩索阿",文章开头写着"另一个片段选自《不安之书》,作者:贝尔纳多·索阿雷斯,|簿记员助理,里斯本"。

伟大的航海家、崇高的圣人以及各个时代的诗人,他们全都没有得到记载,是被世界价值的定义者驱逐在外的子孙后代。

当我记下一种并不了解的织布名称时,印度河与撒马尔罕[1]向我敞开大门,不属于任何一个地方的波斯诗歌以其四行诗和不押韵的第三行,为我的不安送来遥远的支持。但我没有出错,我记账,总结数字,继续管理账目,就像一个办公室职员通常会做的那样。

193. 【1929年？月】
我的诸多幻梦[2]既无企图也无尊严,却仍然构成我生活中精神实质的主体。今天,在其中一个幻梦里,我想象自己永远摆脱了镀金匠大街、老板瓦斯克斯、簿记员莫雷拉、所有员工、小伙子、男孩与那只猫。在梦里,获得自由的感觉有如南太平洋馈赠了几座神奇岛屿,等待我去发现。这种感觉是休憩,是艺术成就,是以我的存在实现智力的完满。

但是,当我在一家咖啡馆有节制地利用午休时间想象这一切时,一种不愉快的感觉袭击了我的梦:我觉得自己会难过。是的,我要仔细再说一遍:我会难过的。老板瓦斯克斯、簿记员莫雷拉、出纳员博尔热斯、所有的好小伙子、去邮局送信的快乐男孩、做各种杂役的小哥、温驯的猫——他们都已成为我生活的一部分;我不可能抛下他们而不流泪,也不可能不明白,无论这一切看起来有多糟糕,我的一部分仍将留在他们身边,与他们分离等于死去一半或接近死亡。

再说,如果我明天离开所有人、脱下这套镀金匠大街的工作服,

---

1 乌兹别克斯坦旧都,中亚历史名城。(译者注)
2 作者曾打算发表这一片段,署名为"费尔南多·佩索阿",开头注明:"选自《不安之书》| 贝尔纳多·索阿雷斯(著),簿记员|助理,里斯本市"。

我还能做什么呢？总得做点什么吧。我会穿上哪套工作服呢？总得穿上一套吧。

我们都有个老板瓦斯克斯，对有些人来说他是可见的，对另一些人来说他是无形的。就我而言，他就叫瓦斯克斯，身体健硕，令人愉快，偶尔有些粗鲁，但表里如一，贪小便宜，但是内心深处为人正义，这是许多伟大天才和人类文明奇迹（左派或右派）所缺乏的品质。在别人看来，他虚荣，渴望更多财富、荣耀、不朽……我却更愿意让这个人做我的老板，在艰难的时刻，他比世界上所有抽象的老板都要更好相处。

有一天，一位朋友认为我挣得太少，对我说："索阿雷斯，你被剥削了。"他是一家公司的合伙人，这家公司在全国各地都有业务，生意兴隆。他的话让我想到确实如此，但是既然生活中大家都被剥削，我不禁要问，被布料仓储公司的瓦斯克斯剥削是否不如被虚荣心、盛名、怨恨、嫉妒或奢念剥削来得划算？还有人甚至被上帝剥削，即那些身处空虚世界的先知与圣人。

于是我躲进镀金匠大街这幢不属于我的房子，躲进宽敞的办公室，就像回到别人的家。我托庇于我的办公桌，仿佛那是抵御生活的碉堡。我的内心如此柔软，以至双目含泪，为我记账用的他人的账本、使用的旧墨水瓶，还有塞尔吉奥的驼背——他正在不远处填写寄售单。我爱这一切，也许是因为我没有别的可以爱，又或者，也许是因为没有任何东西值得一个灵魂去爱，如果出于情感，我们必须付出爱，那么爱墨水瓶渺小的外表和爱星辰伟大的冷漠是一样的。

194．【1929年？月】

我对生活的要求如此之少，生活却连这点东西都拒绝我。一束阳光，附近的一片田野，一份宁静和一口面包，不为意识到自己存在而感到沉重，不要求他人，他人也别来要求我。这些全被拒绝了，就像一个人拒绝施舍，并不是不善良，而是不想解开外套扣子。

我在安静的房间里忧郁地写作，我的孤独一如既往，将来也会如此。我想，我这显然微乎其微的声音是否也体现了千万个声音的本质、千万个生命倾诉自我的饥渴以及无数灵魂的忍耐，它们与我的灵魂一样屈从于日常命运、徒劳之梦和无影无踪的希望。此时此刻，我的心因为意识到这点而更加剧烈地跳动。我活得更充实，因为我活得更崇高。我感到浑身有股宗教的力量，一种祷告，犹如众人呐喊。但压制我的反应从理智的高地向我扑来……我看见自己在镀金匠大街的四楼房间里恹恹欲睡；我瞧见写了一半的纸页上方是毫无美感的右手，用过的吸墨纸上方是伸直的左手，拿着一支廉价的烟。在四楼这间屋子里，我质问着生活！讲述着许多灵魂的感受！像天才和名家那样写着散文！这里，我，如此写作！……

195．【1929年？月】
无论是信念的主观真理、现实的客观真理，还是钱权的社会真理，如果致力于此的人值得嘉奖，那么对真理的探寻总会带来一个终极认识，即真理并不存在。人生的彩票大奖只会落到那些碰巧买了彩票的人头上。

艺术具有价值，因为它把我们带离此地。

196．【1929年？月】
庸常是家，日常生活则是母亲。在大举入侵伟大的诗歌国度、抵达崇高志向的山峰和超验隐秘的悬崖之后，最妙不可言的，莫过于品尝生活中所有温暖的事物，回到快乐的傻子纵情欢笑的旅店，和他们一起痛饮，也做个傻子，就像上帝将我们塑造的那样，满足于给我们的宇宙，把其余的留给那些登山者，他们努力攀爬，登顶后却无所事事。

当人们说起一个被我视为疯子或蠢材的人，认为他在生活的诸多方面和成就上都要胜过普通人，我丝毫不会感到惊讶。癫痫病人发作的时候力大无穷；偏执狂推理起来，少有正常人能与之抗衡；宗教狂热者聚集无数教众，以某种隐秘力量来蛊惑信徒，几乎（如果还有一些的话）没有哪个煽动者能做到这样。但这一切只能证明疯狂就是疯狂。我宁愿知道花朵的美丽并接受失败，也不要荒原之中的胜利，因为后者充斥着灵魂的盲目与孤绝，且总是伴随着无效性。

有时候，无用的梦本身会让我对内心生活感到恐惧，对神秘主义和沉思感到生理性反胃。我从做这些梦的地方——我的住处——飞奔进办公室；我看见簿记员莫雷拉的脸，便仿佛终于抵达港口。从各方面考虑，我都更喜欢莫雷拉而不是星空；我喜欢现实更胜于真相；喜欢生活更胜于创造它的上帝。既然生活被如此交付，那我就以这样的方式活着。我有梦，因为我做梦，但我不会忍受羞辱，去赋予梦一种超出我内心戏剧以外的价值，正如我不会把酒叫作"食粮"或者"生活必需品"一样，尽管我并没有戒酒。

197．【1929年？月】
如果说我这人身上没有什么别的美德，至少我还有永远新奇的感觉在不断释放。

今天，我在阿尔马达新大街上走着，突然注意到前面一个男人的背影。这是任何一个男人都会有的普通背影,一件朴素的西装外套穿在这个偶然经过的路人背上。左臂下夹着一只旧公文包,右手握着一把雨伞的弯头伞柄,伞布卷起,伞帽跟随走路的节拍敲击着路面。

忽然,我对那个人产生了一种近乎柔软的感情。我从他身上感受到的亲切正是人类共有的平凡所带来的那种感觉:上班打拼的一家之主平庸的日常,贫穷却快乐的家,生活中不可避免的喜怒哀乐,不假思索地活着的天真,穿着衣服的背影下隐藏着的动物天性。

我的目光重新回到那个男人的背影上,透过他,那扇窗户,我看见了这些想法。

这和我们在一个睡着的人面前突然感觉到的一模一样。任何人睡着后都会重新变成孩子。也许是因为人沉睡时不能作恶,也意识不到生活。在睡眠状态下,最穷凶极恶的罪犯和最封闭的利己主义者都会因为某种天然的魔法而成为圣人。杀死一个睡着的人和杀死一个孩子,我看不出两者有什么区别。

这个男人的背影正在沉睡。这个走在我前面,步子迈得和我一样大的男人,整个人都在沉睡。他无意识地移动。无意识地活着。他睡着了,因为我们都在睡。生命全然是一场酣眠。没有人知道自己在做什么,要什么,知道什么。我们在睡梦中生活,是命运永远的孩子。所以,假如我怀着这种感觉思考,就会对稚童般的全人类,对所有休眠的社会生活,对万物,对一切,产生一种巨大而无形的柔情。

此刻,一种直截了当的人道主义击中了我,没有结论,没有企图。我满怀柔情,仿佛一个神在俯瞰尘世。我以唯一清醒者的怜悯注视着他们所有人,这些可怜的人,可怜的人类,都在这里做什么?

生活的一切运动和意图,从肺部的简单呼吸,到城市的建立与帝国疆界的划定，都被我视为一种昏沉的睡意，如同梦或休憩，不由自主地发生在一种现实与另一种现实、绝对的一天与另一天的间隔之中。夜晚，我以抽象的母亲形象俯身照顾坏孩子们，就像我对好孩子那样，他们睡着时都是我的孩子，没有区别。我为这无限事物的宽广而变得柔软。

我的目光从前面的背影转向这条大街上所有的行人。荒诞而冷漠的温情从我跟随的那个无意识者的肩膀抵达我心头，我干脆利落地将行人全部纳入这份温情之中。他们与他别无二致：所有这些姑娘，边聊边走向车间；这些年轻雇员，欢笑着走向办公室；这些大胸女仆，采购完满载而归；这些小伙子，赶着去做今天的第一趟差事——这一切都是同一种无意识，靠相异的面孔和身体变得多样，犹如被某个隐形人的手指操纵的提线木偶。他们的样子仿佛在定义何为意识，实际却什么都意识不到，因为他们并未意识到自己有意识。聪明人或蠢人，都是一样的愚蠢。老人或年轻人，都是一样的岁数。男人或女人，都属于不存在的性别。

198．【1929年？月】

有许多次，我试图在梦里成为浪漫主义者自我设想的那种独一无二、威严崇高的人，每当我尝试这么做，就会大声嘲笑自己的想法。"致命男人"存在于任何普通人的梦想之中，浪漫主义不过是将我们日常的一面翻转过来。几乎每一个男人都在内心隐蔽的角落里做着他伟大的帝国梦：令所有男人臣服，引所有女人献身，受万民爱戴，连最贫苦的人也对他顶礼膜拜，如此千秋万代下去……少有人像我这样习惯于做梦，因此也足够清醒，以至会嘲笑这种梦竟然在审美上还有存在的可能。

尚未有人对浪漫主义提出最严厉的指控：浪漫主义体现了人类

本性的内在真相。它的夸张、可笑、打动人或诱惑人的诸多能力，都根植于这样一个事实，即浪漫主义是对灵魂最深处事物的外化表现，这些事物是具体的、可视化的，甚至是可能的，倘若存在的可能性真的能取决于命运之外的东西。

虽然我嘲笑这些令人分神的诱惑，但有多少次，我发现自己也在猜想，有钱是多么心安，被人爱抚是多么愉悦，成为赢家又是多么精彩！但我只能一边想象扮演这些站在人生巅峰的角色，一边听另一个我大声讥笑，他总是紧挨着我，就像拜沙区的一条大街。我看见自己出名了？其实只是个著名的簿记员。我觉得自己登上了名人堂的宝座？其实就是镀金匠大街上那间办公室，小伙子们还碍手碍脚的。我听见人群从四面八方向我喝彩？欢呼声传进我住的四楼房间，撞到了廉价卧室里粗糙的家具，贫穷与卑微将我团团围住，从厨房到梦境，一路践踏着我。我甚至从未像所有幻觉里伟大的西班牙人那样，在西班牙拥有几座城堡。我的城堡都是用纸牌搭起来的，纸牌又脏又旧，残缺不全，再也不能拿来玩了；这些城堡不是自动倾塌，而是被上了年纪的女仆不耐烦地用手推倒的，她想在整张桌子上，把那块掀开一半的桌布重新铺好，因为喝茶的时辰到了，钟声已像命运的诅咒般响起。但就连这样的幻想都是徒劳，因为我在外省既没有房子，也没有老阿姨，自然不能在一家人晚餐结束的时候坐到她们桌旁，喝一杯茶，品尝休闲的滋味。我的梦甚至在隐喻和形象描述上都是失败的。我的帝国甚至无法触及那副旧纸牌。我的胜利甚至不足以拥有一只茶壶和夜晚永恒的猫。我将以我活着时的状态死去，死在郊区古旧的小摆设堆里，与丢失稿件的附言一起，论斤甩卖。

那么至少让我把荣耀与光辉带进万物的深渊，带进它无限的可能之中——幻灭的荣耀，如同一个宏伟之梦的荣光；无信仰的光辉，如同一面战败的幡旗，被虚弱的手握着，在淤泥与弱者的鲜血中艰难前行……可是当我们深陷于流沙,这幡旗又被高高举起,没有人知道这是抵抗、挑衅,抑或是绝望之举……没有人知道,因为人本就一无所知,而沙子吞没了那些有幡旗和没有幡旗的人……沙子覆盖一切,我的生活,我的散文,我的永垂不朽。

我把失败的意识扛在身上,如同那是一面凯旋的幡旗。

199.【1929年？月】

那里一切都是破碎而无名的,也没有归属。我目睹过许多慷慨的温情之举,它们似乎彰显着可怜悲伤的灵魂的底色;我发现这些举动持续的时间不会超过语言表达它们的时间,且植根于——多少次我以缄默者的敏锐注意到这一点——某种类似怜悯的情感中,但会随着关注者转瞬即逝的新奇感快速消失,另一些时候,则会在垂怜者晚餐时喝的红酒中消失。人道主义与葡萄渣烧酒之间总有一层系统化关系,很多慷慨的大动作都是由于酒杯过满或者口渴过度造成的。

这群人早就把灵魂卖给了一只魔鬼,地狱贱民的一分子,对肮脏堕落的事物极为吝啬。他们在虚荣和闲适的荼毒下活着,绵软无力地死在一堆文字编织的靠垫中间,死在唾沫星子毒蝎般的羞辱之中。

他们最不寻常的地方,就是无论从哪个意义来看都没有半点重要性,无一例外。有人为主流报刊撰稿,却能做到毫无存在感;有人在年鉴中担任公职,生活中却无所事事;还有人甚至是公认的大诗人,但灰蒙蒙的尘土同样使他们愚蠢的脸变得苍白。一切仿佛是一座坟墓,里面是经过防腐固定的僵硬尸体,手放在肋骨上,跟活人的姿势一样。

在那短暂的时间里,我滞步于精神敏锐的流放之中,但我仍然保留着些许回忆：真诚快乐的美好片刻，许多单调悲伤的时光，虚空中的剪影，向路过的女服务员打出的手势，简言之，一种生理上令人作呕的乏味，以及一些不乏机智的趣闻逸事。

上述那群人中间还混杂着年纪更大的人，如同行间空白。其中有些人的精神已经出现病态的征兆，喜欢搬弄是非，和别人一样诽谤他人，而且总说同一拨人的坏话。

当我看见公共荣誉方面处于劣势的人受到这些长辈小人的中伤，我对他们产生了前所未有的同情，而后者根本不想要这份可怜的荣誉。我终于明白中伤者的胜利源自何处："伟大"的贱民之所以能够胜利，是因为他们战胜了劣势者，而不是战胜了整个人类。

这些可怜的家伙永远与饥饿为伴——要么想吃午饭，要么渴求声名，要么奢望生活的甜点。无论哪个陌生人听到他们说话，都会以为自己正在拿破仑的师傅或莎士比亚的导师面前，听他们教诲。

有人在情场上所向披靡，有人在政坛上称霸诸侯，还有人在艺术上登峰造极。第一类人颇有讲故事的优势，因为他可以说自己无往而不胜，却没有人知道究竟发生了什么。当然，听这种人没完没了地讲述性爱马拉松，到他第七次夺取姑娘的贞洁时，总会隐隐有一丝怀疑袭上我们心头。那些大有来头的女士或著名女性（几乎所有人都是）的情人据说玷污了无数女伯爵，征战次数之多，连她们的曾祖母闻之都无法保持端庄和矜持。

有人特别擅长肢体冲突，某个胡吃海塞的夜晚，他们在希亚多区的街角杀死了全欧洲的拳击冠军。还有人号称能影响国家部门的每一位部长，这些人倒不那么叫人起疑，因为他们并不惹人厌。

有些人是"伟大的"虐待狂；有些人是"资深"恋童癖；另一些人用哀伤的语气大声宣称自己对女人很粗暴，人生道路上随时喂她们吃鞭子。最后，这群人会留下咖啡账单，让别人付钱。

有人写诗，还有人。

面对这一整条阴暗的肮脏涌流，我不知道还有什么更好的治愈办法，除了直接了解人类在商业现实中的普通生活，例如镀金匠大街上的办公室日常。当我从那个全是木偶的精神病院回到莫雷拉真实存在的地方，内心是多么如释重负啊，我的这位主管是一位可靠、有见识的簿记员，虽然衣着寒酸，不修边幅，但其他人永远无法企及，他才是我们所说的真正的人……

200．【1929年？月】

只要有机会，他们就对着镜子坐下，一边跟我们说话，一边含情脉脉地注视着自己。有时候，就像谈恋爱自然会发生的那样，他们也会在聊天中走神。过去，我总能引起他们的同情，因为我对自己的外表怀有成年人的厌恶，这迫使我始终选择在镜子面前背过身去。他们本能地辨认出这一点，总是善待我，而我这个善于倾听的男孩也总是任凭他们自由地享受虚荣和讲坛。

总体上，这些人都不坏，但具体来讲，有些更好，有些更糟。他们有平庸者意想不到的慷慨与亲切，也有任何一个普通人难以猜测的卑鄙下流。卑贱、嫉妒、妄想——这就是我对他们的总结，或许我也会如此概括渗透正派人士著作的环境所具有的那部分特点，而这些作者曾将这宿醉场所当作休耕的骗局之地。（在菲亚略的作品中，则体现为赤裸裸的嫉恨，令人轻蔑的粗鲁，让人作呕的低俗……）

有些人风趣幽默，有些人只是搞笑，另一些人尚不存在。咖啡馆里的有趣分为两种：故作机智地评论不在场者，以及傲慢地评论在场者。这种机智通常只会被视为粗鄙。只知道对他人评头论足来显示机智——没有什么比这更能说明一个人精神的贫乏了。

我来，我见，与他们相反，我征服。因为我的胜利在于看见。

我在所有扎堆的劣等人中间发现了共性。我在租了房间的那幢楼里遇见过同样肮脏的灵魂，与咖啡馆向我揭示的如出一辙，只不过——谢天谢地——这个灵魂没有征服巴黎的念头。房东太太倒是敢于偶尔幻想自己搬进繁华的新大道街区[1]，但她从没想过出国，这一点触动了我的心。

我经过意志的坟墓，从中保留些许回忆：一股恶心的倦怠，若干诙谐的趣闻。

人们会把这回忆埋葬，而过往的岁月似乎在前往墓地的路途中就已被遗忘，因为现在它要陷入沉默了。

……后世将对那些人一无所知，他们永远躲闪着回忆，隐匿在一堆幡旗的腐烂疲软之下，幡旗为胜利所得，胜利却尚未发生……

201. 【1929年？月】

梦最可鄙的地方在于任何人都能做梦。做杂役的小伙子正在暗处思考着什么，他会趁着送货的空当，靠在街边灯杆上迷迷糊糊地打盹。我知道他在幻想什么：我也在寂然无声的办公室里，伴着夏日的慵懒，在记录下的账目数字之间，沉醉于那同一种幻想。

202. 【1929年？月】

庸俗之梦是灵魂的垃圾堆里流动的羞耻，谁也没有勇气承认这份羞耻。这些梦像肮脏的幽灵一样压迫着每一个不眠之夜，又像被遏制的知觉那黏滞的液体和污秽的脓包。即使把它们撇到一旁，努力不去关注，灵魂仍然能在角落里认出荒唐、骇人、不可言说的梦！

1　位于里斯本市中心。（译者注）

人类的灵魂是一座精神病院，里面关押着漫画般滑稽可笑的病号。如果一个灵魂确实能够真实地展现自我，如果它的羞耻心并不比所有已知的、确凿的羞愧之事来得更加深重，那么它就会如人们口中的真相一样，变成一口井，但那是一口灾难之井，充斥着空洞的回声，幽居着卑贱的生命、无生命的黏稠物、没有存在意识的蛞蝓和主观性的鼻涕。

203．【1929年？月】

要知道，我们永远都不会写的作品或许是糟糕的，然而，比这更糟的是我们迟迟不写那可能要写的作品。写出来的东西至少是完成了的，可能蹩脚，但是存在着，就像我那残障女邻居唯一的花盆里弱小的植物一样。那株植物是她的快乐源泉，有时也是我的。我写下的东西，尽管我承认写得糟糕，却也能为一两个痛苦或悲伤的灵魂带来些许分心的片刻，从而暂时逃离更糟的境况。对我来说，这就够了，或者仍然不够，但某种程度上还是管用的，这就是生活的全部所在。

一种厌倦，只包含着对更多厌倦的预感；一种遗憾，明天我将遗憾于今天有过遗憾——全是混乱的纠葛，没有用途，没有真相，混乱的纠葛……

……那里，火车停靠站的一条长凳上，我的轻蔑蜷缩着，在"抹除"这件大衣里睡着了……

……梦中影像组成的那个世界，同样也构成了我的知识与生活……

对当下的迟疑和焦虑并不会在我心中存留,也不会让我感到困扰。我对时间的漫长充满饥渴,我渴望无条件地做我自己。

204．【1929年？月】
……在我混乱情绪的忧伤凌乱之中……[1]

一缕暮光的哀伤,由疲惫和虚假的拒绝组成,一股感知任何事物时都有的厌烦,一种啜泣戛然而止或真相昭然若揭的痛苦。这幅弃绝的风景画在我不经意的灵魂中徐徐展开——林荫道布满遗弃的姿势;梦里高高的花坛甚至不能被清晰梦见;无序的杂乱,有如黄杨木树墙隔开空荡的道路;假想,仿若没有活喷泉的老水塘。在我混乱情绪的忧伤凌乱之中,这一切相互纠缠,依稀可见。

205．【1929年？月】
所有不知道自己不幸的人,他们的快乐令我恼火。他们人生中充斥的一切,对于真正敏感的人来说,也许会构成一系列焦虑和烦恼。然而,他们的真实生活有如植物,苦难只是过客,不会触及他们的灵魂,这种生活只能与有钱人的日子相比,后者不时会闹牙疼,但是吃很多阿司匹林——真正的幸运就是活着而不自知,这是众神最好的馈赠,因为它让人与诸神相似,并且和神一样(尽管方式不同),凌驾于召唤痛与乐的世事变故之上。

所以,不管怎样,我爱他们全体。我亲爱的植物们!

---

[1] 在其他片段中,比如"旅行的念想对我的诱惑在于转移"(第218篇),佩索阿划去了开头部分单独成段的起始句,后将其并入了正文。另一些片段中,作者可能删去了零星的个别标注,例如"……世界,这本能力量的废物堆……"(第356篇)。

206．【1929年？月】

孤僻把我塑造成与它相似的形象。他人的在场——只要有一个人，无论是谁——会立即妨碍到我的思想。在正常人那里，与人接触是对表达和说话的激励，在我身上却是一种"反激励"，如果这个合成词在葡语里可以使用的话[1]。一个人的时候，我能想出多少妙趣横生的言论，可以多么迅疾地回应别人没说过的话啊，即使无人交流，机敏的社交能力也在闪闪发光；然而，当我面对一个活人时，这一切便统统消失了，我失去了机敏，说不出话来，几刻钟过去以后，我只会犯困。是的，跟人说话让我恹恹欲睡。只有我那些想象的、幽灵般的朋友，只有我们在梦中发生的对话，才具有实际存在的真实性和恰如其分的特点，精神在他们身上犹如镜中影像一般。

此外，强制与别人交往的整个想法压迫着我。一个朋友简单的晚餐邀请都会让我产生说不清的苦恼。履行任何社会义务——参加葬礼，在办公室里与人谈事，去车站接人，不管认不认识——光是想到这些就会堵塞我一整天的思考，有时候，我甚至从头天晚上就开始焦虑，睡不好觉，而当事情真的发生，又是无关紧要的，根本不值得担心；这样的情况周而复始出现，我却永远学不会吸取教训。

"我所有的习惯都来自孤独，而不是来自人群。"[2] 我不知道这句话出自卢梭，还是瑟南古[3]，但肯定是某个跟我同类的灵魂——或许我不能说：跟我同一个种族。

---

1 原文中作者给"激励"（estímulo）一词加上了表示"相反、反对"的前缀"contra"，即"反激励"（contraestímulo）。（译者注）

2 这句话出自夏多布里昂的著作《关于古今革命的历史、政治与道德论集》（伦敦：亨利·科尔伯恩出版公司，1814年）第251页。

3 艾蒂安·皮维特·德·瑟南古（1770—1846），法国浪漫主义作家，代表作《奥贝曼》。（译者注）

207．【1929年？月】

……而我呢，我夹在自己热爱又怨恨的生命和畏惧又着迷的死亡中间。我害怕这种虚无，它有可能变成其他事物，我也害怕它同时是虚无与任何别的东西，仿佛它可以把空无与恐怖结合于一身，仿佛在我的棺材里，一个有形灵魂的永恒呼吸遭到了封禁，仿佛幽居的非人冷漠化为了乌有。"地狱"的概念，或许只有撒旦那样的灵魂才能发明出来，依我看，"地狱"也可能衍生于这种存在方式的混乱——两种不同的恐惧混合起来，相互抵触，相互腐蚀。

208．【1929年？月】

有些日子里，我遇到的每一个人，尤其是我日常中不得不共处的那些人，都显示出象征符号的一面，他们单独或相连，组成一篇深奥的，或是预言式的描述性文字，呈现在我生活的暗影里。办公室变成一页纸，人则是单词；街道是一本书；与常见的人交谈，或者遇到不常见的人，都是书中话语，虽没有词典可查，但也并非完全不能理解。他们谈论、表达，却不是在谈论自己，也不是在向自己表达；就像我说过的，他们是一个个单词，任由词义自行显现。然而，在昏暗的视野中，我只能依稀辨认出，那些浮于事物表面的突兀的窗玻璃从内部守护和揭示了什么。我能理解却并不了解，就像一个盲人听别人谈论色彩。

有时，走在街上，我听见别人私密对话的片段，几乎全是关于另一个女人，另一个男人，第三者的儿子，或者那个男人的情妇，◇

光是听见人类谈话中这些阴暗的部分——毕竟这是大多数人有意识的生活所关注的全部——就会让我感到一股恶心的厌烦，一种在愚蠢的人群[1]中流放的痛苦，以及突然意识到我活在现实之人中间是多么屈辱；面对房东与我租住的地方，我被判处成为和其他聚居的租客一模一样的邻居，透过仓库后面的栅栏，强忍恶心，窥视着别人的垃圾在雨中堆满院子，这就是我的生活。

209．【1929年？月】

上帝创造了我，使我成为一个孩子，并允许我永远做一个孩子。但他为什么让生活殴打我，抢走我的玩具，把我一个人丢在那里玩耍，任我用如此柔弱的双手捏紧那挂满泪痕的脏兮兮的蓝色围兜？倘若我只能在爱抚中生活，为什么要把人们对我的呵护扔进垃圾堆？啊，每当我看见一个遭排挤的孩子在街上哭泣，我枯竭的心就会毫无征兆地感到恐惧，这比那个孩子的悲伤更令我痛苦。我用感知到的全部生活去伤害自己，是我的双手拧着围兜一角，是我的嘴唇被真实的泪水扭曲，是我的脆弱，是我的孤独，而路过的成年生活发出笑声，如同火柴划过我心灵敏感的褶皱，燃起的火光灼伤了我。

210．【1929年？月】

终于[2]——我透过回忆看到了——黑暗笼罩着发光的屋顶，在那之上，温和的早晨绽放出寒光，犹如《启示录》预言的刑罚。又是一个渐次明亮的无边黑夜。又是那不变的恐怖——白日，生活，虚设的用途，无可救药的活动与劳作。又是我这副身体的人格，显而易见，社会化，能够通过言之无物的话语交流，可以被他人的举动

---

[1] 原文"aranha"还有"蜘蛛"的意思。（译者注）
[2] 本篇标题有一条葡语标注："(雨)"，可能是指涉"雨中风景"部分的片段。

和意识利用。我再次成为自己,正如我不再是自己。随着黑夜的光亮初现,把灰色的疑云填满窗扇的缝隙(这根本算不上严实,我的老天!),我开始感到,我将无法继续守护这个避难所,我将不能做许多事:安躺着,没有睡觉却可能入睡,做着梦而不知道世上既无真相也无现实,一面是干净床单清爽的温暖,另一面是除舒适之外、对身体存在的浑然无知。我逐渐意识到一些东西正离我而去:享受自己的意识时那种快乐的无意识,还有动物的慵懒,我像阳光下的猫,半眯着眼睛,懒洋洋地窥视那些合乎逻辑的举动,它们都来自我无拘无束的想象。我逐渐察觉一些事物在消逝:半影地带的特权,隐约可见的睫毛树丛下缓缓流淌的河水,还有那瀑布的细语,淹没在我耳内悄然流动的血液与持续不断的微弱雨声之中。我活着,却逐渐迷失自我。

我不知道自己是在睡觉,抑或只是感觉在睡。我没有梦见确切的时间间隔,却注意到——仿佛我开始从一场并未入眠的沉睡中苏醒——城市生活最早的喧嚣犹如冗词赘语,从底下那口空洞的井里翻涌上来,下面深处,是上帝创造的一条条街道。那是欢快的声音,被此刻雨水的悲伤过滤,又或者,是刚才的雨水,因为我现在听不到了。亮光透过缝隙射向更远的地方,带来异乎寻常的灰暗。在倦懒的光明投下的阴影中,唯有这灰蒙蒙的景象才能向我显现清晨将近的渺小与匮乏,而我并不知道那是几点……那是欢快散乱的声音,却让我的意识发疼,好像随之而来的还有一声传唤,要我赴考或是接受行刑。每一天,当我无意识地躺着,听见那声传唤从床上响起,我都觉得这一天要发生无比重大的事情,而我却没有勇气面对。每一天,当我感到那个声音从覆满阴影的床铺升起,被单沿着大街小巷飘落,我便知道它是来传唤我出庭。每一个存在的今天,我都要受到审判。我内心那个永远被判有罪的人紧紧依偎着床,仿佛那是他失去的母亲;他抚摸着枕头,仿佛那是他的奶娘,保护他不受大男孩的欺辱。

大虫子在树荫下幸福地歇响,衣衫褴褛的人在高高的草丛里感到一丝清凉的疲惫,黑人在遥远而温暖的午后无精打采,打哈欠的惬意沉沉落入怠惰的眼睛,每一个安抚遗忘的事物都在催人入眠,它们无声而迟缓地合上灵魂的窗扇,留下头脑里休憩的宁静和睡眠那无名的怜爱。

睡吧,离得遥远而不自知,保持抽离,像身体一样忘却;拥有无意识的自由吧,那是被遗忘之湖的避难所,静滞在树冠丛间,以及森林辽阔的疏邈之中。

一种向外部呼吸的空无;一种轻盈的死亡,人们带着怀恋与清新从中醒来;一种顺服,把灵魂的织布交给遗忘抚摩。

啊,又一次,仿若一个不肯被说服的人一再发出抗议,我听见雨水粗砺的喧嚣声飞溅在照亮的宇宙中。我感到一股寒意直击莫须有的骨头,好像我很害怕。我蹲伏着,无能为力,带着生而为人的脆弱,独自留在这仅剩的小小黑暗里,哭泣。是的,我哭泣,为孤独,为生活,我徒劳的悲苦犹如一辆没有轮子的车躺在现实的路边,同丢弃的污物混在一起。我为一切哭泣:庇护我的膝头消失了,向我伸来的双手死去了;那双手臂,我还不知道被它们环拥的感觉;那个肩膀,我永远都不会拥有……白日终于露出锋芒,忧伤也在我心头迸射,如同白日残酷的真相。我梦见的,想到的,忘记的——全部在阴影、虚构的谎言与悔恨的混合物中融为一体,潜入世界远去时留下的痕迹,又像一串葡萄的枯骨,跌落于生活琐事之间,而那串葡萄早已被顽童们偷走,躲在角落里吃掉了。

人类白天的嘈杂声突然变大,恰似一声召唤的摇铃。楼里,有人打开第一扇房门迎接生活,又轻柔地关上,发出喀嚓的声响。我听见拖鞋穿过一条荒诞的走廊,直抵我的内心。如同一个人终于下手自杀,我猛地一个动作,掀开遮蔽僵硬身体的厚重被子。我醒了。雨声渐弱,在无边的外部世界里,向更高处远去。我感到高兴了些。我已完成一件未知之事。我起身,走到窗边,一鼓作气打开窗扇。光,清净的雨天在暗淡的光线下浸没我的双眼。我打开玻璃窗。疏凉的空气湿润我温热的皮肤。下着雨,是的,可即使一切如旧,也终究是如此渺小!我想振作,想活下去,于是我把脖子探出窗外,伸向生活,仿佛伸向上帝的枷锁。

211.【1929年?月】
我单调平板的生活犹如尘埃或污垢,附着在整个生活自身的表面上。我把它安放于滞钝怠惰的惯性之中,并视后者为缺乏清洁的表现。我只能如此理解。

正如我们会清理身体,我们也应该清理命运,要像换衣服一样改变当下的状态——这么做不是为了维持生命,比如吃饭睡觉那样,而是出于一份疏离的自尊,我们称之为"清洁"。

对许多人来说,缺乏清洁并不是意志使然,而是理智在耸肩。许多人活得消沉而单调,这并非他们所愿,或者因为不愿而做出妥协,相反,这是理智对他们的抹除,是对认知的一种不自觉的轻蔑。

有些猪厌恶自己的污秽却不能远离,因为它们被某种极端情感困住了,正是这情感令恐慌者无法远离危险。还有一些被命运摆布的猪,例如我,受自己的无能所吸引,所以无法逃离日常的平庸。他们像飞鸟痴迷于蛇的思想;像苍蝇绕着树干盘旋,却什么都看不见,直到落入变色龙黏稠舌头的捕食范围。

就这样,我牵着自觉的无意识,在惯常生活的树干上悠缓漫步。我让行进的命运去散步,因为我不行进;让赶路的时间去散步,因为我不赶路。唯一使我免于乏味的,就是我对单调生活做的这些简短评论。我很高兴,在我牢狱的铁栅栏里面还有一层玻璃板,我在那上面,在必要之物的尘土中,用大写字母写下我的名字,作为我和死亡订立契约的日常签署。

与死亡立约?不,并非死亡。任何像我这样活着的人都不会死;他会到达终点,枯萎,像植物般停止生长。他待过的地方,没有他也继续存在;他走过的路,看不见他的身影也依旧如故;他住过的房子会由另一个人来居住。这就是全部,我们称之为虚无;然而,即使我们上演这出否定的悲剧,也不能收获喝彩,因为我们甚至不确定那是不是虚无。我们是真理与生活的植物,同样覆满玻璃内外的尘埃,命运的孙辈,上帝的继子,而上帝之妻正是永夜女神,她死去的前夫混沌之神,是我们真正的父亲。[1]

从镀金匠大街出发,前往不可能的国度……从我的书桌旁起身,去往未知之境……但这一切与理性相互交叉——法国人称其为"伟大之书"。

212.【1929年?月】

和所有悲剧一样,我人生最大的悲剧在于命运的讽刺。我拒斥现实生活,仿佛它是一个判决。我拒斥梦,仿佛它是一场卑鄙的释放。然而,我过着最肮脏、最寻常的现实生活,体验着最强烈、持久的幻梦。我就像午休时喝醉的奴隶——集两种不幸于一身。

是的,理性的闪电用光明照亮了生活的黑暗中,那些组成我日

---

[1] 本段中的"上帝",原文既指基督教上帝("Deus",不带冠词,首字母大写),也指所有一神教中的神,而"永夜女神"与"混沌之神"均来自古希腊神话,属于神王宙斯诞生之前的原始创世神族。(译者注)

常的邻近事物，而我以这光明清晰地看到镀金匠大街上的一切，卑贱的，疲软的，随波逐流的，不自然的，这条大街就是我的整个生活——肮脏的办公室以及深得其精髓的人们；按月出租的房间，除了里面活着一具行尸走肉，什么都没发生；街角的食品杂货店，老板我认识，但只是泛泛之交；老酒馆门口的小伙子们；终日忙碌的徒劳；同样的人物持续不断地重复登场，就像一出只有一个场景的戏剧，场景却颠倒了……

但是我也看到，逃离这一切意味着掌控它或舍弃它。我无法掌控，因为我不能在现实之中超越它；我也做不到舍弃，因为不管如何做梦，我始终留在原地。

至于我的梦，是可耻地逃向自我，是把别人只在睡梦中拥有的灵魂垃圾当作生活的怯懦，他们以死亡的形象打着呼噜，平静有如进化后的植物！

如果不关起门来，我就做不出任何高贵的举动；我也无法抱有任何并非当真无用的徒劳愿望！

恺撒曾经给野心下过这样的终极定义："宁做一村之长，不做罗马副官！"[1] 无论在村里还是在罗马，我谁也不是。至少，街角那个食品杂货店老板是受人尊敬的，从升天大道到胜利大道都是如此；他是整个街区的恺撒。我比他高级吗？如果虚无不包括高等、劣等，甚至不包括比较，我究竟在哪方面更高级呢？

他是整个街区的恺撒，女人们也理所当然地喜欢他。

就这样，我匍匐前行，做着我不想做的，梦着我不能拥有的，我的生活◊，荒诞有如一只停摆的公共时钟。

---

[1] 语出普鲁塔克（约46年—125年）所撰《比较列传》（或译《希腊罗马名人传》）中的恺撒。该书是莎士比亚创作悲剧《恺撒大帝》的参考材料之一。

纤细而坚定的敏感，漫长而清醒的梦◊这一切共同构成了我的半影特权。

213.【1929年？月】

清晨[1]，半冷半暖，沿着城市外缘山坡上稀少的房屋盘旋升起。一团薄雾，蕴聚着唤醒世界的光芒，在山坡深沉的睡意中破散开来，化为无形的碎片。（天并不冷，除了必须重新开始生活的寒意。）而这一切——轻盈的早晨那种缓慢的清凉——宛如他从未感受过的愉悦。

　　车子一路悠悠向下，驶往大街。当车逐渐靠近房屋成片的区域时，一种失落感似有若无地攫住了他的心灵。人类的现实开始显现。

　　早晨时分，阴影已经消散，轻巧的重量却尚存，灵魂受这样的时刻鼓舞，渴望抵达日光下的旧港口。他若感到快乐，也不是因为短暂的瞬间凝固了，犹如风景中静穆的片刻，抑或河上安详的月光，而是因为生活变成了另一种样子，这一刻也便有了另一番可辨认的独特意味。

　　飘忽不定的云雾逐渐稀散开来。阳光更加恣肆地侵袭万物。生活的声音在周围越发响亮。

　　在这样的时刻，或许永远不触及人类现实才是对的，尽管我们的生活注定要复归于此。让自己轻飘飘地悬浮在云雾和晨光之间，不是在精神上，而是在灵性的身体内，在长着羽翼的真实生活中，没有什么比这更能令我们快乐，更能满足我们寻找避难所的渴望，即使我们并没有理由去寻找。

1　本文标题有一个葡语注释："片段"。

除了那些我们得不到的东西，细腻地感知一切会让我们变得漠然——许多感觉尚未抵达胚胎状态的灵魂，人类活动与深沉感知的行为协同，激情与情感迷失在其他类型的成就之中。

沿街道排成直线的树木与这一切毫不相干。

早晨的时光在城市里终结，如同河对岸的山坡在船靠上码头时消失一般。在那之前，风景紧跟着船，映现在与舷壁相接的另一面侧板上；随着船舷刷蹭石头的声音响起，风景也淡去了。男人把裤腿卷到膝盖上，给绳索装好套箍。他的动作自然、利索、斩钉截铁，在我们灵魂的不可能性之中形而上地停止，而我们已无法从可疑的忧虑中获得快乐。码头上的小伙子们朝我们看过来，就像在看任何一个普通人，但后者是不会在登船这样有用的环节产生那种不合时宜的情感的。

214.【1929年？月】

这是一幅无法挽救的石印油画。我注视着它，却不知道自己是否看清楚了。橱窗里也有其他画，以及这一幅。它挂在橱窗的正中央，挡住了我看楼梯的视线。

画中的她将迎春花紧紧贴在胸前，凝视我的眼睛流露出忧伤。她的笑容透出画纸的光泽，脸颊泛红。身后的天空是明亮牧场的蓝。她有一张轮廓分明的嘴，几乎算是小巧，带着明信片式的表情，上方那双凝视我的眼睛总是含着深深的忧愁。她拿着花的手臂使我想起别人的手臂。连衣裙或衬衫领口敞开，朝一边倾斜。那双眼睛是真的忧伤：它们从这石版印刷现实的背景中凝视着我，仿佛在诉说某种真相。她拿着迎春花向我走来。忧伤的眼睛很大，但这不是她忧伤的原因。我猛地迈开腿，逼自己离开橱窗，穿过马路，又带着无力的反抗回来。她依旧握着人们给她的迎春花，眼神忧伤，仿若我在生活中缺少的一切。从远处看，这幅画色彩更丰富了。一条深粉色发带高高地绑在发根处，我之前并未注意。尽管是在画中，那双人类的眼睛有一种可怕的东西：意识不容回避的提醒，对画中人也有灵魂的悄然呐喊。我费了好大的劲，才从浸泡全身的困倦中脱身，像狗一样，抖落浓雾黑暗的潮湿水汽。就在我走神打发别的东西时，那双生命的悲伤之眼，从我们远远观望的形而上的石印油画中凝视着我，仿佛我知晓上帝。画的底部有一幅日历，由两条草草画成的难看的黑直凸线上下隔开。在整幅画的头尾之间，绿色的纸上还有过时的蔓叶花饰插图，线条覆盖了清晰可见的日期：1月1日。在这之上，忧伤的眼睛对我讽刺地微笑。

奇怪的是，我认识这幅画。就在办公室后面的角落里，有一幅相同的日历，我见过许多次。但出于画或我个人的某种神秘原因，办公室里的那幅没有忧伤的眼睛。它只是一幅石印油画，印在亮晶晶的纸上，挂在左撇子职员阿尔维斯的头顶上方，沉睡着度过它逐渐暗淡的一生。

我想对这一切发笑，却感到强烈不适。一股疾病的寒冷突然向灵魂袭来。我没有力量反抗这种荒谬。我不情愿地靠近哪扇窗户，看见上帝的哪些奥秘？这楼梯口的橱窗究竟面朝何处？画中凝视着我的又是怎样一双眼睛？我几乎在颤抖。我不由自主地抬起眼睛，看了看办公室远处角落里那幅真正的画。我一次又一次地抬眼看向那里。

215．【1929年？月】
我讨厌阅读，对没读过的书页有种先天的倦烦。我只能读已经熟悉的东西。我的床头读物是菲格雷多神父[1]的《修辞学》,每天晚上,我都要第一千零一次地阅读里面对修辞手法的描写,尽管读了那么多遍,我仍然记不住各种手法的名字。这本书是用准确的、修道院式的葡萄牙语写成的。◊的语言风格安抚着我,若是没有那些一丝不苟写着字母 C 的单词,我就会睡得很不踏实。

然而,多亏这本有着夸张纯粹主义的书,我在写作时也有了相对谨慎的态度,

尽我所能,用贴切的语言表达◊
我读到:
(菲格雷多神父的一句话)
——开始,中间,结束。
这让我从活着的不幸中得到安慰。
或者
(关于修辞手法的一个片段)
回到序言。

我没有夸大其词:我真的感受到了这一切。

正如其他人可以阅读《圣经》中的片段,我也这样去读《修辞学》。我有两个优势:坚定不移的平静,以及缺乏宗教的虔诚。

216.【1929年?月】

在一些超脱的契机,意识到自己是以另一种形象面对他人的时候,

---

1 安东尼奥·佩雷拉·德·菲格雷多(1725—1797),葡萄牙著名神学家、历史学家与拉丁语学者,曾将拉丁语版《圣经》翻译成葡萄牙语。其著作《修辞学创造和表达法》出版于 1759 年,是作者多年修辞学教学经验的集大成之作。(译者注)

我总是担忧,想象那些每天或者偶尔看见我并与我交谈的人,在他们眼中,我的身体乃至道德上呈现出来的形态是怎样。

我们都习惯把自己看作是极其重要的精神现实,把他人看作是直接的物质现实;为了能在他人眼中成形,我们模糊地把自己看作是物质上的人;我们也模糊地把他人看作是精神现实,然而,只有在爱情或冲突中,我们才真正意识到他人也首先是灵魂,就像我们在自己眼中一样。

因此,有时候我迷失在一种肤浅的想象中,想象着别人眼中的我是什么样的,我的声音怎样,我以怎样的形象写在别人不自觉的记忆里,我的姿态、言语和人生的表象又是以怎样的方式镌刻在他者评判性的视网膜上。我一直无法从外界观察自己。没有一扇镜子可以仅仅展示我们的外在形态,因为没有镜子可以把我们从自我中抽离出来。这,只有另一种灵魂、另一种视线和另一种思路才能做到。哪怕我长期出演电影,哪怕我把自己的高声灌制在唱片中,我也远远无法得知我的外在是什么样子,因为,不管怎样,录像也好,录音也好,我永远在这里,在自我意识的花园里面,被高墙深深围绕。

我不知道其他人是不是也一样,可能生活的学问并不是怎样做一个不同于自己的他者,直到可以本能地脱离自我,像一个陌生人那样参与到生活中;或者也有可能,其他人比我更扎根于自我,能够全然而动物般地做他们自己,生活在外层;同样的奇迹使得蜜蜂可以建构出一个比任何民族都更有组织性的社会,使得蚂蚁可以像一个个小小的通讯天线一样彼此信息畅通,而我们则绞尽脑汁也无法理解彼此。

现实意识是一种地理学,它有着极为复杂的海岸、峻峭的山峦还有湖泊。要是我沉迷于其中,它看起来就像是"柔情地图"[1]或是

---

[1] 十七世纪中叶法国贵妇马德莱娜·德·索德里为其小说绘制的地图。(译者注)

《格列佛游记》里的地图,是穿插在一本讽刺或奇幻之书中的精细游戏,为那些高等生物提供乐趣,他们知道实实在在的大地在哪里。

对于思考者来说,一切都是复杂的;毫无疑问,思考本身也在自我迷狂之中将一切变得更为复杂。但是,思考者又必须动用一个庞大的理解程序,为自己的放弃来辩解,然而又不免自我暴露,就像那些说谎的人,他们找到的种种理由,以及个个过于繁复的细节,只不过是在不断揭开掩盖在谎言之根上的层层泥土。

一切都是复杂的,或者是我自己复杂。但是,不管怎样,这并不重要,因为,没有什么是重要的。所有这些从思想大道上分离出来的小径,好像远离墙面的藤蔓,茂盛地生长在被放逐的众神的花园中。夜晚,我无尽地总结着这些没有齿轮的想法,不免微笑,笑那生机勃勃的讽刺,它使人类灵魂产生这许多想法,而人类灵魂是一个孤儿,在星辰之前,在**命运**的巨大理由之前。

217. 【1929年?月】
为了能理解,我毁灭了我自己。理解就是忘记去爱。我所知道的最大谎言,就是达·芬奇的那句话:只有理解了一个事物,才能爱它或恨它。

孤独使我绝望,陪伴却压抑着我。我的思绪因为他人在场而离散;我以一种特殊的分心术,梦见那人在场,而这,是我集中全部理性也无法定义的。

218. 【1929年?月】
旅行的念想对我的诱惑在于转移,仿佛这个念头只能诱惑他人,而不是诱惑我。世界上一切浩瀚的可见之物，在我清醒时分的想象之上流淌而过，慵懒而又多彩；我像一个不愿做姿态的人那样，拟出渴求的草稿，而对那些可能的风景所产生的疲劳提前而至，使我痛苦，有如一阵烈风吹过，心灵之花随之僵滞。

和旅行一样的是阅读，和阅读一样的是所有的一切……我梦想一种博学的人生，与古今之人无声交流，通过他人的情感来更新自己的情感，在思想者和勉强合格的思考者之间的争鸣中，用自相矛盾的思想来充斥自己，而留下著作的人大多数是后者。然而，如果我随便拿起桌上一本书，阅读的念想就会消逝无踪；必须要读些什么，这是个生理上的事实，它抵消了阅读本身……同样地，一旦我靠近某个站台口岸，旅行的念想也会立刻枯萎凋零。我又回到这两个毫无价值的事物中，我自己也和它们一样百无一用——我的日常生活有如无名路人，我的梦有如清醒失眠。

和阅读一样的是所有的一切……只要我无言的浮生能被某个梦到的事物打破，我就面向专有的空气精灵，抬起沉重的抗议的眼睛，可怜啊，这精灵要是学会歌唱，或许能成为美人鱼。

219．【1929年？月】

惯常时间的任何错位都能给心灵带来一种冷漠的新奇，一种稍有不适的欢愉。一个习惯了在六点钟离开办公室的人，要是有一次在五点钟离开，就会立刻得到一个精神上的假期，以及一种东西，像是一种无所适从的遗憾。

昨天，因为要出远门办事，我四点钟离开了办公室，五点的时候我已经把事办完了。我不习惯那个时间段走在街上，好像置身于另一个城市。建筑物习以为常的外墙上，缓慢的光影有一种无用的甜美，那些不断从我身边走过的城市路人，仿佛昨晚刚刚在哨站下岸的水手。

那时，办公室还没有关门。我在职员们自然而然的惊讶中又回到了公司。我之前都已经和他们道过别了。你又回来了啊？是啊，回来了。在那里，我不用去感受，只是孤身一人，和其他虽然陪伴着我但精神上并不与我同在的人们在一起……从某种意义上来说那是一个家，而家是一个不用去感知的地方。

220．【1929年？月】
今天清早，我从混沌中醒来，慢慢从床上坐起，被一种难以理解的厌倦所压抑。不是什么梦造成的，也不是什么现实所致。是一种绝对而完整的厌倦，建立在某种事物之上。在我灵魂的幽深之处，不可见的、未知的力量以我的存在作为沙场，展开着一场战役，我整个人都在不可名状的冲击下颤抖。和我一起清醒过来的，是生理上的、对整个人生的恶心。必须要活下去的恐惧，同我一道从床上坐起。一切在我看来都是空心的，我的冰冷印象来自任何问题的无解。

巨大的不安使我稍一动弹便颤抖不已。我害怕会发狂，不是疯病所致，而是地点使然。我的身体就是潜藏的喊叫。我的心像在抽噎一般战栗。

别无他法，我只能迈开虚假的步子，赤脚走完窄小的房间和内屋那空旷的对角线，角落里的门面向房子的过道。在我毫不连贯也不准确的行进中，我碰到了橱柜上的刷子，带偏了一把椅子，晃动着的手还撞上了英式床脚那尖利的铁饰。点上一支烟，我下意识地把它抽完，等我看到床头柜上洒落的烟灰时——如果没有靠在床头柜上，怎么会有烟灰？——我才明白我是着魔了，或者是在存在中，而不是名义上，某种类似的状态，我应有的自我意识，已经与深渊交错在一起。

我接到了早晨的昭示,寒冷的晨曦给浮现出的地平线带来一抹模糊苍白的蓝,好像万物感恩的吻。因为这束光,这真正的白天,把我从不知什么东西中解脱出来,给予了我有如未知暮年的搀扶,虚假童年的爱抚,让我那乞求休憩的、溢出的敏感有了倚靠。

啊,这是怎样的早晨啊,它将我唤醒,去迎接那愚蠢的人生及其伟大的温柔!几乎在哭泣中,我看到,在我前面,在我下面,古老的窄小街巷渐渐清晰起来,当街角杂货店的橱窗挡板在那微微渗出的光线中露出不干净的棕色,我的心,仿佛童话中的仙女现身,一片释然,并且开始懂得,不去感知自己,是多么安全。

这样的愁绪多么像晨光!多少阴影随之消散?又有多少奥秘随之展现?别无一物:第一辆有轨电车的声响好像火柴一般将灵魂暗处点亮,第一个路人的脚步叩响,有如具体的现实,以朋友的声音告诉我,不要这样。

221. 1929年12月25日

当最后几滴雨水从屋檐上迟缓地滑落,道路中间的石块慢慢显映出天空的蓝色,车辆的声响唱起了另一种歌,更高亢也更欢快,窗户被纷纷打开,仿佛面向着阳光的不忘怀。附近街角深处,卖彩票人高声的叫卖打破了沉寂,前面店铺里钉盒子的敲打声则在明亮的空间回响。

仿佛一个不确定的节假日,合法而又不被遵循。安宁和工作合在一起,而我正无所事事。我起得很早,但还拖延着,不愿打理自己、投入生活。从房间一头踱向另一头,出声地做着毫不连贯也没可能的梦——我应该去做、但忘记去做的姿态,胡乱完成的、不可能的壮志,本应发生过的、坚定而连绵的交谈。在这既不宏伟也不安宁的狂想中,在这无可期待也没有尽头的拖延里,我的脚步走完了自由的早晨，我那宏大的话语，被低声说出，在这简朴而寂寥的修行生活中，听来像是我自己的话语一样。

我的人类形象，如果以一种外人的注意力来看，是如此荒谬，这荒谬性在于把所有人性完全设定为私密性。在被抛弃的睡眠那简朴的衣服上，我套上了一件旧大衣，它是我在这无眠的清晨用的。我的旧拖鞋破烂不堪，尤其左脚那只。手插在遗物一般的大衣口袋里，我以宽大而坚决的脚步将我短短的房间走成大道，以无用的狂想做完与众人并无二致的梦。

从我唯一的窗户进入的清凉是开阔的，通过它，还可以听到已经离去的雨在屋檐上积攒的水滴大颗大颗地滑落。还有，模模糊糊的、雨后才有的清爽。然而天空的蓝色好像是征服者，被打败或拖累的雨留下了一些残云，它们撤退到城堡[1]那边去了，将整个天空拱手让出，好像那是合法的道路。

在这样的情境下，我应该感到快乐。但有个东西压在我心头，一种我所不知道的不安，一种无法定义的、也许并不糟糕的欲望。或许，是我活着的感受，还在耽搁着。而当我趴在极高的窗台上，视而不见地望着街道时，忽然感到自己是一块湿抹布，刚刚把脏东西擦干净，被挂在窗边晾干，但又被人忘记了，渐渐地在变脏的窗台上卷成一团。

222．【1929年？月】

我妒忌——我不知道这算不算是妒忌——那些人，他们的生平可以被写成传记或者自传。在这一个个并不连贯而我也不期望能连贯的印象中，我冷漠地讲述着我这没有事实的自传，我这没有人生可

---

1 应指圣若热城堡。（译者注）

言的故事。它们是我的**忏悔录**,而且,如果我没有说什么,那是因为我确实无话可说。

为什么会有人想要坦白自己的成就或价值呢?在我们身上发生的事情,可以在所有人身上发生,也可以只在我们身上发生:前者不是什么新鲜事,后者则不能被理解。如果我写我的所感,那是因为这样我就可以缓解我发烧一般的感受。我所坦白的东西并不重要,因为本来就没有什么东西是重要的。我很理解那些用绣花来消解幽怨的姑娘,还有那些用做针线活来过日子的女性。我的老阿姨在漫长无尽的闲坐中玩纸牌接龙。我感受中的这些自述就是我的纸牌接龙。我并不去解读它们,不像那些用牌算命的人那样。我不去倾听它们,因为接龙游戏里的牌并没有什么意义。我像一卷彩色的线团一样展开,和我自己玩挑绷绷的游戏,就像小孩玩的一样,他们在绷得直直的手上挑线,一个小孩传给另一个小孩。我小心不让大拇指错过它应该挑起的线,然后,翻过手来,图案就不一样了。我再重新开始。

生活就是用他人的一种意图来做针线活。但是,做着针线活的时候,思想是自由的,所有的白马王子都可以在象牙钩针的起起落落之间,在他们的公园里散步。事物的编织……中断……空无……

除此之外,我对自己还能有什么指望?感官可怕的敏锐,还有对这感受状态的深刻理解……一种尖锐的智慧来将我摧毁,而梦的力量像喘息一般让我自娱……一种死去的意愿,放在摇篮里被一种反思摇着,它还以为那是一个活着的儿子……是啊,织毛线……

223. 【1929年？月】

大家都睡着了，房屋是荒芜的，在屋后深处，钟缓慢地落下明确的四响，正是夜里四点钟。我还没有入睡，也不指望睡着。虽然没有任何东西让我费心而失眠，也没有什么东西压在我心头使我不安，我躺在阴影中，路灯那月光般模糊的光亮，使街道显得更为寂寥，我陌生躯体的沉默因之变得缓和。由于我所拥有的睡意，我不知道怎么去思考；由于我无法拥有的睡意，我也不知道怎么去感受。

在我周围的一切是赤裸的宇宙，它是抽象的，由夜间的否定构成。我把自己分割成疲倦和不安，我身体上的感知甚至能触及一种形而上的、关于万物的奥秘。有时候，我的灵魂变得柔软，而那时，日常生活中无形的细节在我意识的浅层飘浮起来，而我向我这无眠的状态投掷着什么。其他时候，我从自己停滞的半睡中醒来，一个个模糊的影像，有着诗意而不自觉的缤纷，它们的表演在我不经意间无声地滑过。我的眼睛并未完全闭上。远处的一道光给我慵懒的视野加上一道边。那是楼下亮着的公共路灯，就在道路那被遗弃的边际。

停息吧，睡觉吧，将这有间隔的意识用更好的、惆怅的东西来替代，它们是被悄悄地说给我所不知道的事物听的！……停息吧，让辽阔大海中的水流和回流，顺畅地，溪流一样，在那可以让人真正入睡的夜晚，在可见的海岸上流过！……停息吧，成为无人知晓的、外在的事物，隔开的树行间那树枝的运动，叶子悄然滑落，因为声音而不是因为落下而被认出来，远处那些喷泉有如纤细的远海，还有夜间公园那所有的不明确，那些公园迷失在不断的纠缠之间，是黑暗那自然的迷宫！……停息吧，最终结束，但以一种被迁移的幸存，成为一页书，一束散开的发卷，半开的窗边爬藤植物的晃动，在弯道的细石子上那并不重要的脚步，睡着的村落那最后一朵高升的烟云，路的黎明之际车夫马鞭的遗忘……荒谬，混乱，消除——

所有不能成为生命的一切……

以我的方式，无眠而又无休，我睡着我这推测的、植物般的生命，而我不安的眼睑之下，游弋着街道无言的路灯那遥远的反光，好像不干净的海水那沉默的泡沫。

我睡，而又不眠。

在我的另一边，远在我躺着的地方之后，屋子的沉默在无穷尽中敲响。我听到时间滑落，一滴接着一滴，而没有一滴在落下时发出声响。记忆在生理上压迫着我生理上的心脏，把它或我曾经成就过的一切缩小到空无。我感到我物质上的脑袋在枕头上靠着，压出一个凹陷。枕套的外皮触在我皮肤上，好像阴影中擦肩而过的人。我靠着床的那只耳朵，正在数学一般地在我脑上印刻出来。我在疲倦中眨眼，而我的睫毛在隆起的枕头那敏感的雪白上发出极为细小的、听不出的声音。我呼吸，叹气，而我的呼吸是自发的——并不是我的。我受苦但并不去感受也不思考。屋里的钟，无穷尽当中确定的所在，听来是无聊而又无用的半小时。一切都那么多，一切都那么深，一切都那么黑而又那么冷！

我度过时间，度过沉默，一个个无形的世界从我身边经过。

突然间，一只公鸡不顾黑夜地打鸣，好像它是奥秘的孩子。我可以睡觉了，因为我心里已是早晨。我感到我的嘴在微笑，轻轻移动着缠住我脸庞的枕巾上柔软的褶皱。我可以将自我交给生活了。我可以睡着，可以忽视我自己。而且，通过将我调暗的新的睡意，我想起刚才打鸣的公鸡，或者，其实是它，在第二次打鸣。

224．【1929年？月】
在突然进场的秋天那最初的几日，当天光的变暗明显地提早，好像我们故意大大延迟了每日的工作，这时候，即使在日常工作之间，我都享受着这种不用工作的预感，它是被阴影随身携带的，因此阴影才是夜晚，而夜晚是睡意、家园和解脱。当灯光亮起，宽敞的办公室不再阴暗的时候，我们继续着当日的工作，好像那是一种晚餐后的闲聊，我有一种荒谬的舒适感，好像关于另一个人的回忆，我写下的东西使我安宁，好像我正看着书，直到感到睡眠将至。

我们都被外部环境所奴役：晴天使我们小巷中的咖啡馆成为广阔的田园；田野中一块阴影则使我们退缩到里面，而我们自身的这个屋子没有门，难避风雨；夜晚的到来，哪怕在白天的事物之间，也会像一把缓缓打开的扇子一样，扩展那私密的、必须去休息的意识。

但与此同时，工作并未被拖延：反而更让人振作了。我们已不仅仅是在工作；而是在我们注定要受其苦的事物当中自娱自乐。突然间，我作为会计的命运这宽宽的表格纸上，出现了我年迈姨婆们住的那个老屋，它把世界关在门外，屋里是那睡思昏沉的十点钟的茶，而我失落的童年里那盏只能照亮亚麻桌布的油灯，它的微光让我眼中莫雷拉的身影变暗了，而他则是被我身外的无穷尽之物那黑暗的电流所照亮。茶来了——是姨婆们最年长的女佣端上来的，同时端上来的还有剩余的困倦和旧时臣民的柔顺中那耐着性子的坏心情——通过我所有死去的过往，我写着，一笔款项一笔总额都不差。重新全神贯注，迷失在自我之中，在漫漫长夜里忘却自己，这些夜晚尚未被责任和世界玷污，是不知神秘和未来为何物的处子。

这种将我从借款和贷款中脱离出来的感受是那么柔和，如果有人问我什么，我的回答也会是柔和的，仿佛我的存在是空心的，仿佛我只不过是自己携带的那只打字机，是我打开的、便携的自我。我的梦境中断并不使我惊讶：这些梦是那么柔和，我可以在说话、打字、回复甚至交谈的后台继续梦着它们。贯穿这一切的、消逝的茶已被喝完，而办公室也快要关门了……我从慢慢合上的账本上抬起头，眼睛因为并未有过的哭泣而疲惫，而且，在百感交集中，我难过地感到，办公室关门的那一刻，我的梦也被关上了；我合上账本的那一个动作，把无法修复的过去也合上了；我毫无睡意地躺到生活之床上，没有陪伴，也没有安宁，就在我那混合意识的水流和回流中，它们好像暗夜中的两道海潮，在怀想和绝望的命运尽头。

225．1930年2月5日

不是我那普通房间的简陋墙壁，也不是别人办公室里那陈旧的书桌，也不是拜沙区寻常的凋敝夹道，我那么多次从中走过，以至我觉得它们篡夺了无可修复性的那种固定状态，是它们在我的精神中形成一种恶心，这种恶心在我的精神中是常常出现的，来自生活那不洁的日常性。是那些习惯在我周围的人，是并不认识我但通过共处和说话来了解我的那些灵魂，使我的精神如鲠在喉，而这种哽塞是生理上的不适，能引发唾液。是他们的生活那单调的肮脏低劣，平行于我生活的外在部分，是他们那自以为相似于我的内在意识，给我套上囚服，把我关进悔罪的牢房，将我定名为伪造物和乞丐。

有时候，平凡的每个细节都以它本身的存在引发我的关注，而我醉心于对一切都一探究竟、读个明明白白。因此我看到——正如维埃拉说索萨所描述的那样——寻常中的独特性[1]，我也因之成为那种诗人，拥有那种灵魂，通过它，关于古希腊诗人的评论造就了诗歌的智识时代。然而，也有些时候，就像现在压迫着我的这个时刻

---

[1] 安东尼奥·维埃拉神父写过一篇关于路易斯·德·索萨修士著作《圣多明我的故事》一书的评论，其中提到作者的风格并赞美作者的"判断力，描写感染力"，对所有素材的笔触都"如此平等，而又端庄"，"用独特性来描写寻常事物，毫不重复地描述类似的事物，以新意来勾勒已知而普通的事物，（如一束光明般）展示出各具个性的事物，并使一切都熠熠生辉"。（引自费尔南多·马蒂纽2008年论文《"那巨大的交响乐般的确定性"：贝尔纳多·索阿雷斯与维埃拉》，《罗曼语族》第17号期刊，第79—88页。）

一样,我的感受更像是我自己而不像外在的事物,而一切都把我转变成一个泥泞的下着雨的夜晚,它走失在一个岔道小站的孤独中,在两列三等火车之间。

是的,经常客观地存在,这是我私密的美德,通过它我避免思考自我,但它也和所有的美德,甚至所有的恶习一样,确定性会减弱。因此我问自己,我怎能使自我存活,我怎敢懦弱地混迹于这些人之间,以准确的平等性与他们相处,与所有人垃圾般的虚幻想象真正地保持一致?一如远处灯塔的光亮,所有的解决方案在我脑海中闪过,而想象力是女性——自杀,逃跑,拒绝,独特性的贵族阶层那伟大的姿态,没有阳台的存在所拥有的斗篷和剑。

但是,假如最佳现实中的理想是朱丽叶,她的高窗是文学的访谈,而虚构的罗密欧和我有着一样的血统,那么她就在他面前关上了那扇窗户。她服从于她的父亲,他服从于他的父亲。蒙太古和凯普莱特两家的争斗继续;没有发生的戏拉上帷幕;而我回到家里——我那破败的房间,女主人不在家,她的儿子我也很少见到,而我明天才能见到办公室的同事。明天——我这个商业职员的外套上立着的领口,毫无陌生感地贴着诗人的脖子;我总在同一家店购买的靴子,有意识地避开冷雨积下的水坑,我心怀着混杂的担忧,总是害怕忘掉雨伞,又担心忘掉灵魂的间隔。

226. 1930年2月21日

突然间,仿佛命运在我身上施了魔法,即刻显著地治愈了一个长久的失眠症,我从我匿名的人生中抬起头来,清晰地认知到我是怎样存在的。我看到我所做、所想、所成为的一切,都是一种失误和疯狂。我为我之前没有看到这一点而感到惊奇。最终我看到,我所成就的人生竟然如此不符合我自己的样子,这真是让我感到奇怪。

仿佛破云而出的一缕阳光，我看着我过往的人生；在一种形而上的震惊中，我注意到，我所有最准确的姿态，最清楚的想法，逻辑最严密的思虑，终究不过是天生的酒醉，自然的疯狂和巨大的无知。我甚至都没在表演，而只是被表演。我并不是演员，只是演员的姿态而已。

我所有所做、所思、所成为的一切，是一种从属性的总和，它或者服从于一个虚假的个体，我曾以为那就是我自己，并通过他来向外界行动；或者这从属性来自周围环境中的一种重量，我曾假设过那是我呼吸着的空气。在这一时刻我能看见，我是一个意外的孤独者，认识到自己被流放在自己曾一度是公民的地方。在我思考过的东西中最私密的部分，我没有成为我自己。

那时，来自生活的讽刺性的恐惧向我袭来，它是一种绝望，超越了我个体意识的边界。我知道我曾是错误和歪路，知道自己从未生活过，而仅仅只是存在过而已，因为我只是用意识和思考填充了时间。而我感知到的自己，好像一个睡了一觉醒来，而睡眠中充满了真实梦境的人，好像一个被释放的人，因为一个地震，而从自己已经习惯的牢房那微弱的光线中走出来。

对于我真实个性的突然认知，压迫着我，实实在在地压迫着我，好像一个被通报的判决书一样，而我的那个真实个性，此前一直都在它的所感和所见之间睡意沉沉地游走着。

当感到自己真实存在并感到灵魂是个真实体的时候，要描述自己的所感实在很难，我不知道有哪些人类的词汇可以用来定义它。我不知道自己是否在发烧，就像我所感到的那样，或者我已经不再发烧，不再是生活的沉睡者。是的，我重复，我好像一个旅行者，突然身处一个陌生的村镇，不知道自己是怎么到达那里的；我也想到失忆者的案例，那些人很长时间都是作为他者而存在。很久以来——从出生到有意识——我都是另一个人，而现在我醒来，在桥的中央，下面是河，我知道我存在，现在比此前更为坚定。然而我不认识那个城市，它有着新的街道和无可救药的恶。因此，趴在桥面上，我等待真理退去，好将自己再次设定为无用和虚构，聪明和自然。

只是一刻，就已过去了。我已能看到周围的家具，墙上旧壁纸的图案，灰扑扑的玻璃窗上的阳光。在一瞬间，我曾看到过真理。在一瞬间，通过意识，我达到了伟人们通过人生去成就的境界。通过人生？我想到他们的所作所为和所言，不知道他们是否也被**真实的恶魔**成功地诱惑过。活着就是不懂得自己。思考就是不怎么懂得自己。在突然间懂得自己，就像在这个驱邪般的时刻，就是意外地知道了什么是隐秘单子[1]，什么是灵魂咒语。但是这突来的光明灼伤一切，消耗一切，让我们全然赤裸，甚至连我们的自我都剥去。

只是那一刻，我看见了自己。之后我甚至都不知道该怎么说自己成了什么。而最终，我困了，因为，不知怎么的，我觉得感受到的是睡眠。

227. 1930年3月14日

从雨声中走出来的寂静，在有着灰色单调性的渐高音中，散布在我凝视着的这条窄小街道上。我清醒地睡着，倚窗而立，我靠着玻璃窗，仿佛靠着一切。我在自我中寻找感受，面对着这黑沉而又明亮的水一缕缕地拆碎落下，在肮脏前门的衬托下显得非常突出，在开着的窗户前更是如此。我不知自己感受到了什么，不知是否想要感受些什么，也不知自己想到了什么或者自己是什么。

我人生延缓的苦涩，在我没有感知的眼睛面前，脱去了它在每

---

1 单子是莱布尼茨哲学思想中永恒现实的基本单位。（译者注）

天加长的机遇中所穿的、天然而快乐的衣服。我发觉,虽然我常常欢乐,常常喜悦,但我永远是悲伤的。而在我内心确认这个事实的东西,就在我身后,好像和我背靠背贴着窗,而且在我的肩膀上,甚或在我头上,用比我的眼睛更私密的眼睛,凝视着缓慢的雨,这雨已经有些波浪状了,这灰而恶的空气有着怎样的金丝一般的动感。

放弃所有责任,哪怕那些还没有强加给我们的责任,摒弃所有家园,连同那些从未属于我们的家园,活在不确定与痕迹之中,在疯狂那伟大的宝座和梦中的王者那虚假的花边之间……成为某种事物,它感觉不到外界雨的重量,也感觉不到内在空虚的伤痛……没有灵魂也没有思想地游走,没有自我的感受,沿着环山的道路,通过隐匿在崇山峻岭之间的山谷,消失在如画的风景中,遥远,浸没而又致命。远处和彩色中的非存在……

一阵轻风,从我感受不到的窗后面出来,在失衡的空中撕开直线滴落的雨。它使空中某个我看不到的部分变得清澈。我注意到这点,因为从前门窗户那半干净的玻璃后面,我已能模糊看到之前看不到的、内墙上挂着的日历。

我忘记了。不去看见,也不思考。

雨停了,但它留下了一个时刻,一些极微小的钻石尘埃,仿佛,在高处,有什么东西像一块巨大的桌布一样,将这些碎末甩出,化成纷纷扬扬的蓝色。能感觉到天空的一部分已经展开了。透过前门的窗,我更清晰地看见那日历。上面有一张女性的脸庞,其他都很简单,因为我都记得起来,而那个牙膏品牌也是最知名的那个。

但是,当我在观望中迷失自己的时候,我在想着什么呢?不知道。意愿?努力?人生?光线又大大地向前迈了一步。能感到天已经几乎全蓝了。然而并没有安宁——啊,永远不会有!——在我心深处,被卖掉的田园中那深不见底的老井,他人房屋的阁楼里被灰尘锁住的童年回忆。不得安宁——唉，可怜的我啊！我甚至都不想拥有安宁了……

228．【1930年3月23日前后】
我看见梦中的风景，和我凝视现实中的风景一样，有着同样的明确。我说我的梦，就是说着某个东西。如果我看到生活流逝，我就梦到某个东西。

有人说，某人说过，在他看来，梦中的影像和生活中的影像有着同样的凸起和轮廓。对我来说，虽然我理解类似的话同样适用于我的情况，但我还是不能接受。梦中的影像对我来说和生活中的影像是不一样的。它们是互相平行的。每个人生——梦中的人生和尘世中的人生——都有着一种平等而独特的真实，尽管还是有所区别。就像近处的东西和远处的东西。梦中的形象离我更近，但是◊

229．1930年3月23日
有一种抽象思维的疲惫，是所有疲惫中最恐怖的一种。它的重压和身体上的疲惫不同，它的不安也跟认知和情感上的疲惫不同。它是一种来自世界意识的重量，使我们在自我感受中无法呼吸。

那时，我们在思想中感知生命，在宏伟大计中将希望建设在希望的延续之上，所有这些思想，所有这些大计，好像它们是云，并且有风从中产生一样，它们被撕裂，打开，在雾的灰色旋风中离散，是从未成就也无法成就的东西扯出来的一块块破布。而在这溃败的后面，荒凉而布满繁星的天空那黑沉的孤独，纯净地出现了。

生活的奥秘使我们痛苦，以多种方式恐吓我们。有时候，它像一个无形的鬼魂一样向我们袭来，灵魂颤抖不已，因为那所有的恐惧中最糟糕的那个——恐惧着非存在那畸形的肉身形态。其他时候，它在我们身后，只在我们无法回头看的时候可见，那就是整个的真理，在它最最深刻的恐怖之中，那恐怖就是我们永远无法认识它。

但是今天这使我归零的恐怖更多是间歇性和夜间发生的。它是一种意愿，不愿有想法，是一种渴望，渴求一无成就，是一种绝望，意识到身体和灵魂的所有细胞。是一种突然的感觉，像被关在一个无穷尽的牢房中。还能逃到哪里去呢，如果牢房就是**一切**？

而那个渴求，它是满溢的、荒谬的、类似撒旦之前的一种恶魔主义，向我袭来，渴望着有一天——没有时间和实质的一天——我能找到一条能逃到上帝之外的出路，并且，我们最深刻的那一个，能够不再作为存在或非存在的一部分，虽然我不知该怎么做到。

230．【1930年3月23日前后】

既然没什么要做的事情，也不想做什么，我就在这张纸上描述一下我的理想——作为笔记。

把马拉美的感性放在维埃拉的风格中；在贺拉斯的躯体中像魏尔伦一样做梦；在月光下成为荷马。

通过所有的形式去感知一切；懂得如何用情感去思考，用思想去感知；不渴求很多，除非运用想象力；风流地受苦；看得清楚，为了写得准确；通过假装和技巧来进行自我认知，将自己归化成不同的人，而且用上所有的文件；总之，在内部使用所有的感知，让它们休息，直到神的身边；但是要重新包装，和我从这里能看到的那个售货员一起放回到橱窗里，连带那些小小的新品牌鞋油罐子一起。

所有这些理想，可能或不可能的，都结束了，如果还有其他什么，也已经被我忘记。在我面前的现实——甚至还不是售货员，而是他的双手那孤立的存在，那个荒谬的触手，属于一个有家有运气的灵魂，它做着些动作，好像没有网的蜘蛛，伸向前面这橱窗里的新布置。

那些罐子中有一只掉下来了，就像我这个笔记一样。

231. 【1930年3月23日前后】

那个小伙计，每天都在冷清的黄昏时分在空旷的办公室里打包。"好响的雷啊"，他对着空空无人说，用一种说"大家早上好啊"的高声，这个残忍至极的恶棍。我的心又开始跳动了。《启示录》一般的时刻已经过去。有一个停顿，在被削刀刮去。

真是松了一口气——强而亮的光，空格，猛烈的雷声——这已远去的近雷把我们从此前的事物中解脱出来。神停止了。我感到我在用整个肺部来呼吸。我意识到办公室之前几乎没有什么新鲜空气。也注意到那里除了小伙计之外，还有别的人。所有人在此之前都沉默了。听到一个颤抖而干裂的声音：那是莫雷拉，突然地，把账本那巨大的厚页翻过，去查账。

232. 1930年3月24日

我消极地重读着卡埃罗那些简单的诗句，当他自然地提到，他的村庄小有小的好处时，我好像得到启发或是解脱一样，接收到了我的感受。诗人说，因为村庄很小，所以在那里能比在城市看到更多的世界；因而村庄比城市更大……

因为我不是和我的身量，

而是和我看到的事物一样大。¹

这样的诗句,好像无心说出,却又生机勃勃,将我自动给生活加上的形而上学整个一扫而空。读过之后,我来到我靠着狭窄街道的窗前,看着伟大的天空和许多星辰,我自由了,带着一种鼓着翅膀的辉煌,它使我浑身战栗。

"我和我看到的事物一样大!"每当我用神经系统所能汇聚的全部精力想着这句诗的时候,就越觉得它命中注定要来重建整个星罗棋布的宇宙。"我和我看到的事物一样大!"何等强大的精神占有力啊,从深刻的情感之井,直达高高的星辰,它们倒映在井中,因此,在某种程度上,也在那里。

而现在,意识到了自己懂得如何去看,我看着所有的天穹那广阔而客观的形而上学,凭借着一种确凿,它让我几乎愿意歌唱着死去。"我和我看到的事物一样大!"那模糊的月光,它全然是我的,开始将地平线半黑的蓝色在模糊中扯开。

我想举起双臂,大声呼喊些被忽视的狂言妄语,向高处的种种奥秘说话,问空旷物质那巨大的空间确认一种新的人格。

但我回归到自己身上,并舒缓下来。"我和我看到的事物一样大!"这句话留在了我身上,就是整个的灵魂,我可以把我感受到的所有情感倚靠在它上面,而在我上面,在我里面,一如外面的城市之上,夜幕降临时开始宽广起来的月光,以其坚定而无法破解的平和,洒落而下。

---

1 《牧羊人》第七首中的诗句。见葡萄牙国家图书馆关于阿尔贝托·卡埃罗的网站,网址:http://purl.pt/1000/1/alberto-caeiro/index.html。

233．（参见第S2篇，第193页）

234．1930年4月4日

特茹河南岸深处黑色的天空，衬托着不断飞旋着的海鸥那白闪闪的翅膀，显得格外黑沉而又邪恶。然而，白天的暴风雨还未到来。刚过去的骤雨那整块的威胁停留在另一岸之上，低矮的城市，因为刚下过一点雨，还有些潮湿，从地上向天空微笑，北方天空的蓝色还隐隐有一些白。春天的清新气息尚有一丝寒意。

在这样空旷而又无从思考的时刻，我乐于主动将思绪引向一种沉思，它什么都不是，但在它无意义的洁净中，保留着某种明澈的日子才有的幽静的冷，以远处的黑色作为背景，还有一些海鸥一样的直觉，通过对比在巨大的黑沉中勾起那一切的谜。

但是，突然间，与我私密而文学性的思绪相反，南方天空黑色的背景唤起我真实或虚假的记忆里那另一个天空，可能是在另一种人生中见到的，一条较小的河的北岸，有着一些灯芯草，没有城市。不知怎么的，一幅有着一只只野鸭的风景在我想象中蔓延开来，而我以一种罕见的、梦一般的清晰，感觉到自己离这想象的延伸很近。

河边有着灯芯草丛的大地，给猎人和悲痛的领土，不规则的河岸，好像小而脏的缆绳，进入黄铅色的水域中，又再次进入泥湿的河湾，朝着几乎是玩具一般的船只，进入溪流中去，溪水闪亮，色调是隐藏在灯芯草青黑色草秆之间的泥土，人是无法在那泥土上行走的。

绝望是一种死灰的天空，这里、那里，团着些比天色更黑的乌云。我感觉不到风，但风是有的，而且另一岸其实是一个长长的岛屿，在它后面可以眺望到——伟大而被抛弃的河流！——那真正的另一岸，躺在没有凹凸的距离中。

没有人到那边去，去不了。即使我可以反向逃离时空的束缚，到那边的风景中避世，也还是没有人能到那里去。如果不知道在等待什么，那就是徒劳的等待，顶多只能是，在一切的结尾，夜幕缓缓降临，将所有空间慢慢变成最黑的乌云的颜色，一点一点融进天空，成为被消止的一个总体。

突然间，我在这里感到了那里的冷。它从我骨中刺向我身体。我大口呼吸，清醒过来。在拜沙区一角的拱楼下，与我擦肩而过的路人，像不知道怎样解释的人一样猜疑地看着我。黑色的天空收紧了，更坚硬地下沉在南方之上。

235．【1930年4月4日前后】

不管我在灵魂上如何归属于浪漫作家的谱系，我只能在阅读古典作家的作品中找到安宁。正因为它狭窄，它的表述才如此清晰，这不知为何使我宽慰。我从古典作家那里收获一种愉快的印象，它好像宽广的生活，欣赏着辽阔的空间，却并不游走其中。异教的众神一如既往地在这奥秘中休憩。

对无比好奇的感知进行分析——有时是我们假设自己拥有的感知——心与风景相认证，对所有神经做解剖式的展示，像意愿一样使用渴望，像思考一样使用志向——所有这些东西对我来说都太习以为常了，别人无法给我带来新奇，也无法给我带来安宁。当我感受到它们的时候，正因为我能感受到它们，我就渴望感受到别的东西。当我读一位古典作家的作品时，我就能得到这"别的东西"。

我毫不隐瞒也不羞愧地承认这一点……夏多布里昂的片段或者拉马丁的歌——多少次，那些片段像是我思考的声音，那些歌像是有人对我朗诵过、好让我记识一样——都不能比维埃拉散文中的一段，或是一两首我们那些稀少的、认真追随贺拉斯的古典作者所作的颂歌那样，更使我心醉并升华。

我阅读，我自由。我获得客观性。我不再是自己，而是分散开来。我所读到的东西，不是我几乎看不见、只是有时重压在我身上的某件衣服，而是外界巨大的清晰，是全然可见的，是看得见万物的太阳，是在安静的地面上织出影子之网的月亮，是止于大海的广阔空间，是在上面摇曳着的、郁郁葱葱的树那黑色的坚实感，是田园池塘中坚固的平和，是山坡短小的斜地上、被葡萄藤蔓纠缠住的道路。

我像一个退位者一样阅读。而且，因为王冠和王者披风从来不会像在国王离开、将它们留在地上时那样伟大，我在前厅的马赛克地砖上放下我从厌倦和梦想中得来的胜利成就，拾级而上，我凭借的是观察，这是唯一的贵族血统。

我像一个过客一样阅读。而在古典作者中，在平和者中，在那些即使受苦也闭口不言的人当中，我感到自己是被祝圣的过路人，是受涂油礼的朝圣者，是没有理由也不抱有任何目的的观望世界者，**是伟大流放的王子**，在离开的时候，将其被剥夺的一切像剩下的一块小银币一样，施舍给最后一个乞丐。

236．1930年4月5日

公司的合伙人总是生着不明不白的病，不知怎么的，在病的好好坏坏之间一时兴起，想要一张全体办公室成员的合影。因此前天，我们在欢乐的摄影师的指点下站好，就在隔开大办公室和瓦斯克斯老板个人办公室的那一面白得不怎么干净的薄木板前面。最中间，站着瓦斯克斯，他的两边站着其他人，一开始按照职务有序排开，之后就没什么顺序可言了。这些灵魂每天都以人形聚集在一起，做着些小事情，而这些小事的最终意义恐怕是众神才知道的秘密。

今天，当我来到办公室时，已稍微有些晚了，而且我已经忘掉了僵站着被拍两次照这回事。我看到了比平常早到的莫雷拉,还有一位广场上的推销员,正聚精会神地关注着一些黑乎乎的东西,我吓了一跳,立刻发现那是崭新的几张样照。而且其实就是拍得更好的那张,一式两份。

当我看到照片中的自己时,我为真实感到难过,因为,可以想象,我首先找的就是自己。我对自己的身体形象从来就没有很高的评价,但是我从来没发觉,在其他那些我熟悉的、天天都在一起的面容相比之下,我像是一个令人厌倦的耶稣会士。我没有表情的瘦脸,既不聪明,也不深刻,没有任何东西,随便什么东西,让这张脸从一堆他人的、毫无生趣的面容之海中跳脱出来。倒也不是毫无生趣。有一些面孔真的是很有表情的。照片中的瓦斯克斯老板就和他本人并无二致——和蔼可亲的宽脸庞,硬线条,坚定的眼神,直直的两撇小胡子有点长。然而人的精力、机灵——其实那么平庸,那么多次地被全世界千千万万的人所复制——都写在那张好似心理护照的照片上。两位长途推销员令人惊叹;广场推销员也很好,但几乎全被莫雷拉的一只肩膀挡住了。而莫雷拉啊!我的上司莫雷拉,单调性和持续性的化身,可比我有个性多了!甚至小伙计的脸上——我注意到,而且几乎无法控制自己的感受,我努力希望那不是嫉妒——都有着一种明确性,一种直接的表情,都远胜于我那可笑的、文具店斯芬克斯一般的了无生趣。

这说明了什么呢?如果照片不会说谎,那么真相是什么呢?冷冷的镜头记录下来的是怎样的确定?我到底是谁,竟是这个样子?然而……那整体的侮辱又是什么?

"把你拍得很好嘛。"莫雷拉突然说道,然后他转向广场推销员,"他那张小脸蛋就是这样,对不对啊?"广场推销员友好而欢快地同意了,而我随之被倒进垃圾堆。

237．1930年4月5日

今天，当我思考着我人生的状态时，我感到自己是个活着的动物，被装在篮子里，拎在人的臂弯上，从郊区的一个站，到另一个站。这个图景是愚蠢的，但是它所定义的人生比它更愚蠢。那种篮子往往有两个盖子，像是椭圆的两半，如果篮子里的动物动一动的话，某一端的弧形就会翘起一点点。然而带着动物走在路上的人，手臂微微靠在座椅中间的扶手上，因此篮子那无用的两端就像蝴蝶虚弱的双翼一样，不会被弱小的动物徒劳顶起太多。

描述着篮子，我忘记了说的是我自己。我清晰地看见它，也看见那只胖手臂，还有拎着篮子的女佣那晒黑的白皮肤。除了女佣的手臂和臂上的毛，我看不到她其他的部分。我没法觉得舒服，如果不是——突然间——在一阵巨大的清凉中，它来自……来自……来自那些用来编篮子的白杆子和◊的带子，篮子里的动物，我，在动，在我感受到的两个小站之间。在两站之间，我在看来像是座椅的东西上面休息，我的篮子外面有人在说话。我睡着了，因为我感到安宁，直至到站的时候，又被人重新提起。

238．1930年4月6日

环境是事物的灵魂。每个事物都有自己的表达，这个表达来自外界。

每个事物都由三条线交织而成，这三条线组成这个事物：一定数量的物质，我们阐释这个事物的方式，还有该事物所在的环境。这张桌子，我正在它上面书写，它是一块木头，是一张桌子，是这个房间里家具中的一件。如果我想把关于这张桌子的印象转写下来的话，一定要包含这些概念：它是木头做的；我把它称为桌子并赋予它一定的用处和目的；还有，映射在它里面，嵌入其中并改造它的事物，放在它上面的那些东西摆放的位置里有它的外部灵魂。还有桌子本身被涂上的颜色，这个颜色渐渐变淡，桌子的污点和损坏——所有这些，请注意，都来自外界，而正是这些，比起它的木头元素，更能赋予其灵魂。而它的灵魂中最内在的部分，即作为桌子的本质，也是从外界获得的，是一种性格。

因此我觉得，给所谓无生命的物体赋予灵魂，并不是人类的错误，也不是文学的错误。作为一个事物，就是接受某种赋予的东西。说一棵树"感受"，一条河"奔跑"，一个日落受伤或一片平静的海（海的蓝色并不是它本身的，而是来自天空）在微笑（因为来自外界的阳光）可能是错的。但是赋予某个事物以美感同样是错的。赋予某个事物色彩、形状，甚至存在性，同样是错的。这片海就是咸水。这个日落就是阳光在这个经纬度上开始减少了。这个在我面前玩的儿童，就是一堆智慧细胞——更准确地说，是一个半自动运行的钟表，来自千万个星系的电子所汇聚起来的极微小又奇特的组合。

一切都来自外界，人类灵魂恐怕也不过就是闪亮的阳光，隔离于大地，那里埋葬着一堆脏物，也就是躯体。

如果谁有能力从中得出结论的话，在这些思绪中也许有着整个哲学。我自己并没有这个哲学，只不过浮现在我脑海中的，产生于逻辑可能性的，模糊的思想特别让我留意而已。而一切又在我眼前化成一个图景，一束阳光将脏物照成金黄色，好像潮湿又弄乱了的深色稻草，在一片几乎是黑色的土地上，一堵小石块堆成的墙脚边。

我就是这个样子。当我想思考的时候，我就看见。当我想走向我灵魂深处时，我就突然站住，忘却，在深深的螺旋梯的起点，我从楼上高处的窗户看到，纷乱的屋顶聚集成群，阳光将其润色成亮白，仿佛是别离。

239. 1930年4月10日

人类灵魂的整个生命都是昏瞑中的运动。我们生活在意识的半明半暗中，从来无法确定自己是什么，或者自己想要成为什么。我们中最出色的那些人活在某种骄傲之中，而且从某个我们所不知道的角度看来，这其中还有一种错误。我们是某场演出的间隔时发生的事情；有时，通过某些门，我们窥见某些也许只是舞台场景的东西。世界全然是混乱，好像夜间的声音一样。

这些纸页，我以它们所能承受的一种确定性来记录，我现在重读它们，不免自问。这是什么，又是为了什么？在感受的时候，我是谁？我存在的时候，又是以怎样的形式死去？

好像一个站在很高的地方尝试分辨山谷中各种生命的人，我也在高峰上观望自己，然而，我只是一片不明确也不一致的风景。

在灵魂的这些深渊时刻，最小的细节都像一封绝笔信一样压迫着我。我不断地感到即将醒来。在对种种结论的消解中，我遭受着躯体本身的折磨。如果我的声音可以到达某个地方，我真心希望能够高喊。但是沉沉的睡意伴随着我，它又转移到一个又一个不同的感受中，好像一连串变幻的云，那些云让阳光的色彩，还有那长长的、半忧伤的草地的绿色，变得丰富而不同。

我好像一个胡乱寻找什么的人，这人不知道自己要找的东西藏在哪里，也没有人告诉他那是什么东西。我们玩着捉迷藏的游戏，但没有玩伴。在某些地方有一个超验的借口，一个流动着的神明，只闻其声。

是的，我重读这些书页，它们展示着贫乏的时光，细小的安宁或幻景，巨大的、被挪到风景中去的希望，仿佛没人进入的个个房间那样的种种伤痛，某些声音，一种巨大的疲惫，一部待写的《福音书》。

每个人都有他的骄傲，而每个人的骄傲是他忘却其他人也有着和他一样的灵魂。我的骄傲就是一些书页，几段话，某些怀疑……

重读？我说了谎！我不敢重读。重读有什么用呢？在那里面的是另一个人。我已经完全不能理解……

240．1930年4月10日

我有一种属于普通人类的、生理上的恶心，其实，也就是唯一的那种。而我有时乱想自己能深化这种恶心，就像为了减轻呕吐的欲望而催吐一样。

我畏惧清晨之后白天所有的那种平庸，就像一个人畏惧牢房一样，我最喜欢在这样的清晨慢慢地沿街散步，在商店和商场开门之前，听着成群结队的姑娘们、小伙子们还有其他人之间的断断续续的话语，小片小片的布块一般，好像讽刺的施舍，被丢进我无形而敞开着的、沉思的袋子。

那些话语总是以同样的顺序出现……"然后她说"……那个声调说着她的小伎俩。"如果不是他，那就是你……"而那回复的声音在抗议中站起来，我听不见。"你说过的，就是这样，你说过的"……裁缝姑娘尖着嗓子确定道，"我妈说过她不要……""我？"那小伙子带着用黄油纸包好的午饭，他的惊讶连我都说服不了，更别想说服那脏兮兮的金发姑娘了。"可能是吧……"四个姑娘中有三个在大笑，笑声直达我耳畔，还有一些不堪入耳的◊"然后我就站到那家伙面前，当着他的面——对，若泽老兄，哼哼，就是当着他的面"……然后那个可怜虫继续撒着谎,因为办公室的领导——我从他语气中听得出他对质的是我不认识的那个办公室的领导——并没有在办公桌间的竞技场中接受这稻草角斗士的挑战。"然后我就到休息角抽烟去了。"……深色裤裆的小玩意笑了。

其他人，或单独或成群地经过，并不说话，或者他们说话而我听不见，但是所有的声音都通过一种直觉性而又破烂的透明体，被我听得清清楚楚。我不敢说——不敢对自己说，连写下来也不行，哪怕一写下来就立刻剪掉——我在偶然的种种目光中所看到的东西，它的方向是不自觉而又低下的，它的穿行是肮脏的。我不敢，这是因为，催吐的时候，只要吐一次就够了。

"那家伙醉得一塌糊涂，连楼梯上有台阶都没看到。"我抬起头。这个小伙子，至少还会描述。这些人描述的时候比他们感受的时候更好，因为一个人在描述的时候会忘掉自己。我已经不恶心了。我看到那家伙。像看到一张照片那样看到他。连那天真的俗语都能让我提起兴致来。我前额上的风是多么令人惬意啊——那家伙醉得一塌糊涂，连楼梯上有台阶都没看到——也许人类是通过那个楼梯爬向坟墓的，摸索着，磕磕绊绊地，在楼梯间之外的斜坡那井井有条的假象之上。

小伎俩，坏话，没敢做成的事那被夸耀的显赫，每个可怜虫的欢喜，他们个个身穿意识，而这意识就是对自己的灵魂一无所知，没被清洗过的性爱，猴子挠痒痒一般的笑话，对自己的无足轻重那恐怖的无知……所有这些都给我留下这么一种印象，仿佛一只丑怪而卑劣的动物，它是被欲望那潮湿外皮的梦在无意间用感知那被嚼剩下的部分做成的。

241．1930年4月12日

多少次，牵绊[1]在表层和巫术的牵绊中，我感到自己是个人。我高高兴兴地与人共处，明明白白地存在。我飘浮着。我很乐意领取工

---

[1] 原文是"presa"，阴性形容词，和后文的阳性名词"人"（homem）相悖。参见导读中关于佩索阿作品特殊的性数搭配的讨论。（译者注）

资，然后回家。不用看，我就能感受时间，任何有机体都令我感到愉快。我冥想，而不思考。在这样的日子里，我热爱花园。

我不知道城市花园的内在本质中有什么奇怪而又可怜的东西，让我只在感到不太像自己的时候才觉得它很好。花园是文明的一种总结——一种对自然的匿名改造。植物在那里。但真正的道路也在。那里生长着树木，但是树下的阴影中有长椅。排列的方向对着城市的四方，那里只有湖，座椅要大一些，而且几乎永远都有很多人。

我不讨厌花坛的规律性。但是，我讨厌鲜花用在公共的地方。如果花坛是在封闭的公园里，如果树木长在贵族庄园的角落，如果长椅上没有人，那我还可以在对花园那无用的欣赏中自我安慰。在城市里，有条有理，但又有用，这样的花园在我看来就是些鸟笼，那里面，树木和鲜花五彩斑斓的自然性只有失去的空间，地方是有的，那是出不去，只有美丽本身，但没有从属于它的生命。

然而有些日子，这风景属于我，我进入其中，有如悲喜剧中的一个角色一样。在这些日子，我是错误的，但至少在某种程度上，我更为幸福。如果我分心，那是因为我以为我真有个房子，有家可归。如果我忘却，那是因为我是一个普通人，不用实现什么目标，我刷着另一件西装，并且将报纸从头读到尾。

但是这假象并不持久，既因为它长不了，也因为黑夜降临。鲜花的颜色，树木的阴影，道路和花坛的安排，一切都变得模糊了，收起了。在错误和我作为人的短暂存在之上，好像白天的光线是舞台的幕布，现在在我面前隐去了一样，星辰的伟大场景突然打开了。我不禁用双眼忘掉了不定型的座位，像一个看马戏的小孩一样惶惶不安地等待着第一批登场的演员。

我自由，又迷路了。

我感受。我退烧。我是我自己。

242. 1930年4月13日

我相信,我之所以能产生深沉的情感并在其中存活,还与他人格格不入,是因为大多数人使用感性思考,而我则用思考来感受。

对普通人而言,感受就是生活,思考就是懂得生活。对我来说,思考就是生活,而感受只不过是思考的养料。

值得注意的是,因为我兴奋的能力很薄弱,这种能力自然是那些与我脾气相反的人才更需要具备的,我的精神同类则没有这样的需要。在文学上,我最欣赏古典作家,因为他们与我差异最大。如果我只能在夏多布里昂和维埃拉之间选一位来阅读的话,我会毫不犹豫地选维埃拉。

一个人越是与我不同,他在我看来就越真实,因为他越来越不取决于我的主观性。也正因为如此,我认真而持续地研究的,正是我反感和疏远的人所具有的庸俗人性。我爱这种人性,因为我恨它。我喜欢观察它,因为我厌恶感受它。风景,如果像画一样令人惊艳的话,往往像床板一样让人不舒服。

243. 1930年4月14日

当我们到达自然的高山之巅,我们会感到拥有一种特权。我们整个的身高,高过最高的山峰。大自然的顶点,至少在那个地方,被我们踩在脚底下。我们所处的位置,使我们成为视觉世界的王者。周围的一切都比我们矮:生活是下滑的山坡,躺着的平原,而相对而言,我们是挺立和巅峰。

我们的一切都是偶然和恶意,我们所拥有的这个高度,其实并不为我们所有;我们并不比自己的身高更高。我们所踩着的事物,将我们托起;我们高,正是因为那个事物使我们更高。

有钱的人,呼吸也更顺畅;有名的人,活得也更自在;拥有一个贵族头衔，这本身就是一座小山。一切都是人造的，而这人造的东西甚至不是我们自己的。我们爬到它上面，或者被带到它身边，或者我们降生在山上的房子里。

然而，能认为从山谷到天空或者从山峰到天空的距离虽然不同但区别并不显著，那才是真的伟大。洪水泛滥时，我们在山上会更好一些。但如果神的诅咒是闪电，就像朱庇特一样，或者是风，就像欧洛斯[1]一样，我们若是没有爬上山，才可以避险，还得爬着走，才能保护自己。

真正的智者，在肌肉中拥有攀高的可能性，又在认知中拥有否定登高的能力。在视野中，他可以拥有所有的山；在他所处的位置上，又能拥有所有的山谷。璀璨的阳光，是为了他才将山峰染成金色，而不是为了那些在山上感到它刺眼的人；树林之间高高的宫殿，从山谷中望去才更能欣赏它的精美，而住在宫中那牢狱般房间里的人，是不记得它的。

我在这些反思中自我安慰，因为我无法在生活中求得安慰。象征与现实在我身上融为一体，当我作为躯体和灵魂的过客，走在低低的、通往特茹河的街道上的时候，我看见，早已西沉的太阳，留下了几抹余晖幻彩，将城市明亮的高处照得闪闪发光，有如他人的荣耀。

244．1930年4月21日

有些感受就是睡意，好像雾一样笼罩着精神的全部延展，不允许思考，也不允许行动，甚至不允许明确地存在。好像我们没有睡过一样，某种梦一样的事物在我们身上存活，还有一种麻木，在没有太

---

[1] 希腊神话中的东风神。（译者注）

阳的白天，使感官停滞的表层陷入黄昏。是一种作为虚无的醉意，而意愿是一只从台阶上向园子里倒空的桶，一只脚经过，想起将它踢倒。

可视而不可见。各色服装在长长的路上来来往往，这路就是一种摊开的木板，上面是可以活动的字母，但是它们拼不出任何意思。房屋就只是房屋而已。要给看到的东西赋予意义，这种可能性消失了，但是，要看清那是什么东西，还是可以的。

做木箱的人用榔头一下一下敲在门上的声音，听起来像是一种亲近的怪异。它们听上去有着巨大的空格，每一下都有回声，又都无用。马车发出的噪音好像是会有雷雨的日子。声音从空气，而不是从嗓子里，发出来。在深处，河流变得黄中带灰。

感受到的并不是厌倦。感受到的并不是伤痛。感受到的甚至不是疲惫。而是一个意愿，想与另一种人格同眠，并因为涨工资而忘却。什么都感受不到，除非这地下的一种自动性，它让属于我们的那双腿，抬起在鞋子里感受到自己的那双脚，在无意的行进中落地有声。也许连这都感受不到。在眼睛周围，好像手指堵着耳朵，脑袋里有一种紧张感。

好像灵魂的一种感冒。从关于生病的文学意象中，产生一种希冀，渴望生命是一个痊愈的过程，不要走动；而痊愈的念头又唤起郊区的花园，而且是那里面，有着家园的地方，远离道路和车轮。是的，什么都感受不到。应该经过的那扇门，有意识地出现，只与那无法给身体另一种指引的不可能性同眠。一切都会出现。噢，停住的熊啊，铃鼓怎么了？

轻轻的，像一个刚刚开始的东西一样，海腥味的清风在特茹河上停留，肮脏地蔓延在拜沙区的起始处。它又清凉又使人恶心，在一种从温吞的大海来的冷冷的麻木中。我在胃里感到生命，而我的嗅觉则变成了眼睛后面的一种东西。高高的，揉碎的云朵停息在虚无之中，一卷一卷，从一种灰色瓦解成虚假的白色。那种气氛是懦弱天空的一种威胁，好像来自一种听不见的雷，仅仅是风做成的。

海鸥的飞翔本身有一种停滞感；好像被某人留在风中的，比风更轻的事物。虚无使人窒息。下午在我们的不安中降落；空气断断续续地清新着。

我心心念念的，从我不得不过的生活中走出来的希望是多么可怜啊！它们好像这个时刻和这空气一样，是没有雾的雾气缭绕，虚假的暴风雨松散而粗略的针脚。我想高喊，结束这风景和诅咒。但我的目的中有海腥味，而我身上的海退潮了，暴露出了那外面污泥的黑色，我看不见，只闻得到。

那么想只要有自己就足够了，却又那么求之不得！假设的感知有着那样的讽刺意识！有着感知的灵魂，有着空气和河流的思想，内容要有那么丰富，才可以说，生活在嗅觉和意识上使我疼痛，才可以不懂得如何去说，就像《约伯记》中那句简单而又超越一切的话"我的灵魂厌弃我的性命"！

245．1930年4月23日

我不知道，下午不确定的清风是怎样吹到我的前额，又是怎样被我理解，它带来的爱抚为何如此模糊，以致越是轻柔，越不像是爱抚。我只知道，我所遭受的厌倦更加服帖了，一时间，好像一件外套不再擦着伤痕一样。

感性要靠空气的一个微笑运动来求得安宁，哪怕只是插曲式的，实在可怜啊！但人类的所有感性都是这样的，我相信，在活物的天平上，对于别人来说，突然赢得一笔钱，或突然获得一个微笑，它们都不会比在这个时刻短暂经过且没有后续的清风对我来说更为重要。

我可以想到要睡觉。我可以梦到在做梦。我更清楚地看到一切的客观性。我更舒适地使用生活外在的感情。而这一切，其实，是因为，当我快要走到街角的时候，空中清风的一个转向，使我皮肤的表面变得欢快起来。

我们所爱或所失去的一切——事物，活物，意义——擦过我们的皮肤，也由此到达我们的灵魂，而这个插曲，在神的身上，也不过就是这一阵清风给我带来的那点点假设的轻松，那合适的时刻以及那可以光荣地失去一切的能力。

246．1930年4月25日

旋涡，旋风，在生活流动的肤浅中！在市中心的大广场上，人群如多彩而庄重的水，流过，绕开，形成池塘，展开成支流，又汇聚成溪。我的眼睛看得并不仔细，于是我在内心构建出这水之意象，它比其他任何意象都更精妙，而且因为我想到快要下雨了，也更契合这一不确定的来来往往[1]。

在写最后这句话的时候，我觉得它准确地说出了它所定义的东西，我想也许有必要在我的书出版时，在"勘误"下面加一栏"非误"，然后写上："这一不确定的来来往往"，第几页，的确如此，形容词单数搭配名词复数。不过这和我正在想着的东西有什么关联呢？并没有，所以我也就不去想它了。

广场的中心周围，电车低啸着又响着铃，好像可移动的火柴盒，

---

[1] 作者故意违反了葡萄牙语语法中形容词和名词必须在单复数形式上搭配一致的原则，用单数形式的形容词"不确定"（incerto）搭配复数形式的名词"来来往往"（movimentos），以达到特定的文学效果。关于作者的这个艺术选择，请参考编者导读相关内容。（译者注）

大大的黄颜色的，小孩子会把烧过的、歪歪斜斜的火柴棍插在上面，做成一根糟糕的船杆；开动之后的电车，又高高地鸣起铁笛。在中心雕像的周围，鸽子好像黑色的移动着的面包屑，似乎有风把它们吹散一样。它们迈着碎步，胖胖的身躯压在细脚上。

而且都是阴影，阴影……

近看的话，所有人都是多样的单调。维埃拉说，路易斯·德·索萨修士"用独特性来描述寻常事物"。这些人是寻常性的单独体，和大主教的人生风格正相反[1]。这一切都让我感到遗憾，尽管我并不真正在意。我毫无理由地来到这里，一如生活中的一切。

在东边，依稀可见，城市几乎沿着虚假的垂直线屹立而起，静止地袭击城堡。苍白的太阳以它模糊的光环浸润着忽然变得柔和的房屋。天空的蓝色泛着潮湿的白色。昨天的雨可能今天还会接着下，只是更舒缓一些。风似乎是从东方吹来的，也许因为就在这个地方，突然间，闻起来隐隐有点像隐匿着的市场那成熟而绿的颜色。广场东边比另一边有更多的外地人。好像铺着地毯的闸门，那些波浪状的门向上降下，不知为什么，正是这样的一句话向我传达了那个声音。也许因为门降下的时候才更能发出那个声音，但是此刻它们正在上升。一切都是可以解释的。

突然间我独立于世。我从精神的屋顶高处看到这一切。我独立于世。看见就是身在远处。看清就是静止。分析就是成为异国人。所有人都从我身边经过，却又不碰擦到我。只有空气在我周围。我感到自己是那么孤立，以致几乎可以擦到我和西装之间的距离。我是一个孩子，拿着一盏几乎不亮的油灯，穿着睡衣走过一间巨

---

1 指路易斯·德·索萨修士著的六卷本《殉道者巴托罗梅欧修士的人生》（1619年）。参见第225篇。

大而荒凉的房子。围绕着我的是活的阴影——只有阴影,它们是死物和陪伴我的光明的女儿。它们环绕着我,在这里,在阳光下,却是人。

247. 1930年4月25日

今天,在感受的间隔,我对我使用的散文形式进行了深思。事实上,我是怎么写作的?就像很多人所说的那样,我有过那种想要有一套系统和一种规范的不良意愿。的确,我的写作早于规范和系统;然而,在这一点上,我和别人并不相同。

下午我分析自己,发现我的风格系统有两个原则作为支撑,于是我立即以正宗优秀古典作家的样子,将这两个原则定为我整个风格的总体性基础:完全准确地以感受到的东西来描写感受——如果感受是清晰的,就清晰地写;如果是隐晦的,就隐晦地写;如果是混乱的,就混乱地写;理解语法是一种工具,而非法律。

假设我们面前有一个男子气的姑娘。一个普通人会这样说她:"那姑娘像个小伙子。"另一个普通人,离意识到说话即是表述要近那么一些,会说:"那姑娘是个小伙子。"再来一个,同样意识到何为表达的义务,但又更倾心于准确性(这可是思想的放荡),会说:"那小伙子。"而我则会说"她那小伙子",打破语法规则中最基础的那条,即名词和形容词性单词的性数必须一致。我这么说是完全正确的;而且是绝对而照片式的,脱离了扁平式,常规式以及日常式。我不只是说说而已:我是准确地说出来了。我在自我缩减。

语法上的分类虽然是正当的,但也是虚假的。比如,它把动词分为及物和不及物;然而,懂得表述的人,很多时候需要把及物动词转化成不及物动词,才能将他所感受到的东西拍照下来,而不是像普通的人形动物,只会在暗处张望。如果我想说我存在,我会说

"我是"。如果我想说我是以单个的灵魂存在,我会说"我是我"。但如果我想说我是以指向自身、塑造自我的个体而存在,与自身一道,行使自我创造的神圣职责,我怎能不立刻将动词"是"转化成及物动词呢?这样一来,我将以胜利的、反语法的姿态,至高无上地说出:"我是着自己。"(Sou-me)仅凭两个小词,我可不就说出了整个哲学。这难道不比连说四十多句废话要好很多吗?还能对哲学和语言表达提出比这更苛刻的要求吗?

让不懂得如何思考所感的人去遵循语法吧。懂得掌控自己表述的人会随意使用语法。据说,罗马之王西格蒙德[1]在一次公开演讲中犯了一个语法错误,有人指出,他回应道,"我是罗马之王,因此在语法之上"。历史叙述中,他以"超语法者"西格蒙德留名。多么美妙的象征啊!每个懂得如何表述的人,都以自己的形式,成为罗马之王。这是王者的称号,而该称号的理由就是不可能。

248.【1930年4月?日】

我很多次地想,如果我被财富的屏风所遮挡,不受命运之风的侵袭,从未被我叔叔的道德之手引领到里斯本的一个办公室去,也从未从那个办公室晋升到别的办公室,直到好好的簿记员助理这一廉价的山峰之上,做着好像某种午睡一样的工作,领着一份勉强够活的工资,我将会是什么样子?

我清楚地知道,如果这未曾发生的事情真发生过的话,我今天不会有能力写下这些书页,不管怎么说,它们有着一定数量,总比那些在更好的境遇中只能被梦见却从未被写下的书页要强一些。要知道平庸是一种智慧,而现实,尤其当它愚蠢或粗糙的时候,是灵

---

1 指神圣罗马帝国皇帝西格蒙德(1368—1437)。(译者注)

魂的一种自然补充。

我可以像否定和逃脱职守一样去感受和思考，在很大程度上因为我是一个会计。

如果我必须在某个问卷那没有留字的回复处注明我的精神培养应该感激哪些文学影响，我会在那个虚线划出的空间将塞萨里奥·韦尔德之名作为开头，但在收尾之前我一定不会忘记写下瓦斯克斯老板，莫雷拉会计，广场推销员维埃拉和办公室小伙计安东尼奥的名字。然后，作为全体的综合，我会全部用大写的字母标上关键地址：**里斯本**。

仔细看的话，塞萨里奥·韦尔德和其他这些人在我的世界观中有着同样有效的纠正力。这个句子的精确意义我显然是忽视的，而我相信它也被工程师们用来解释它们如何处理数学，使之能走进生活中来。如果是的话，那就是这样。如果不是的话，那差不多就是这样，隐喻即使达不到效果，它的目的还是有效的。

以我可以拥有的明确性，我思考着我的人生所具有的表象，我看着它，好像看着一个彩色的东西一样——巧克力的包装纸或雪茄烟的套圈——被那在楼上倾听的女佣，从扬起的桌布上，轻轻扫进用来盛细屑垃圾的畚箕里，就在货真价实的现实那外皮之间。在那些同样注定着拥有落在畚箕中这一特权的东西里，它脱颖而出。而楼上刷着桌布的众神继续说话，对尘世事务中的这些小事件毫不在意。

是的，如果我是富有的，被遮挡好的，被刷干净的，装饰性的东西，我连成为细屑中漂亮的纸这一小插曲都不可能；我只会停留在幸运的盘子里——"不，谢谢"——然后回到柜子里，直到老去。这样，被吃掉了实用的部分之后，我被拒绝，我与基督剩下的躯体一起去到垃圾箱里，我甚至不去想象接下来，在哪些星辰之间，会发生什么事情；反正接着走就是了。

249．【1930年4月？日】
感受的重量！不得不感受的重量！

250．【1930年4月？日】
被人理解总是让我反感。让人理解就是卖春。我情愿作为一个并不是我的人那样来被认真对待，被人性化地忽视，体面而又自然而然。

　　没有什么能比在办公室里被人觉得奇怪更伤我自尊。我要的是人们不觉得我奇怪，以此来自我讽刺。我要的是人们认为我和他们一样，以此作为我的苦修带。我要的是泯然众人，以此作为我的十字架苦刑。有一些殉难，比那些圣徒和苦修士行传中记载的殉道事迹更加微妙。有一些智慧上的折磨，和那些身体与欲望上的折磨一样。而前一种折磨，和后一种一样，有着一种狂热◊

251．【1930年4月？日】**树林**
可是，啊，甚至都不一定是那凹室——我失去的童年那陈旧的凹室啊！好像一片雾，远去了，好像有实体一样，穿过了我真实[1]房间的层层白墙，而这房间清晰地浮现，比阴影小一些，好像生活和白天，好像车夫的脚步和模糊的鞭打声，它们催动困乏的牲口抖擞

---

[1] 葡语"真实"（real）也有"皇家"之意。在佩索阿的作品中，频繁出现将童年和精神生活与贵族（皇家）相联系，这是个比较特殊的现象。（译者注）

肌肉站起来。

252.【1930年5月6日】

我曾一度觉得形而上学是一种长期的潜在疯狂。我们若真能认知真理，就肯定能看见它；除此之外，一切都是系统和周边。我们只需想一想宇宙的不可知性；要想理解宇宙，就得成为小于人类的存在，因为作为人就是得明白什么是不能被理解的。

信仰被带到我面前，好像一只封闭的包，放在他者的托盘上。为了它不被打开，他们希望我接受它。科学被带到我面前，好像盘中的一把刀，我必将用它来裁开一本全是空白的书。疑问被带到我面前，好像盒子里的灰尘；但如果盒子里只有灰尘，把它带给我又有什么用？

因为无从知晓，我写作；用的是他者讲述**真理**的皇皇术语，并合乎情感的要求。如果情感是清楚而致命的，那么自然地，我说的是**众神**[1]，这样我就将情感镶嵌在一种对多重世界的意识中。如果情感是深刻的，那么自然地，我说的是神，这样我就把情感嵌入到一种一元性的意识中。如果情感是一种思想，那么自然地，我说的是**命运**，这样我就将顺应情感的奔流，好像一条河，顺着自己的河床。

有时候，句子的节奏本身会要求使用"神"而不是"众神"；其他时候，则强制要求双音节的"众神"，我就得在词语中改变宇宙；还有些时候，内在音韵的需求反而更重要，因此节奏的转移、情感的惊跳、多神体系或者一神体系就得顺势改变，或二选其一。神明

---

[1] 葡萄牙语中，基督教世界观中的神"Deus"（上帝，创世主）是单数形式的，首字母需要大写；多神体系的异教世界观（如古希腊、古罗马神话中）的神"deus, deuses"可以是复数形式的，首字母不需要大写。此处作者使用了复数形式并且首字母是大写的"众神"。参见导读中关于佩索阿作品中性数搭配的讨论。（译者注）

们是风格的一种功能。

253. 1930年5月14日

承认现实是一种假象，而假象是现实的一种形式，同样的有必要而又同样无用。冥思的人生，哪怕仅仅只为了存在，也必须将客观的偶然事件看作是一种分散的前提条件，尽管无法通过它们得出结论；同时，又得将梦中的随机事件看作是值得认真关注的事物，正是通过这种注意力，我们才成为冥思者。

任何事物，在不同的观照下，都可以是一种奇观或一种障碍，无所不有或一无所有，一种道路或一种担忧。每次以不同的方式看它，就是将它更新，让它自我复制。正因如此，一个用心冥思的人，哪怕从未离开自己的小村子，也能任意指挥整个宇宙。在幽室或荒漠中，有着无限。在一块石头中，沉睡着浩瀚的宇宙。

然而，在沉思中会出现这样的情况——所有沉思者都会遇到——也就是，哪怕还有些东西没看到，一切都看似是耗尽的，老旧的，司空见惯的。因为，不管我们怎样去沉思一件事物，在沉思过程中，不管我们怎样去改变它，都不可能把它改变成脱离沉思本质的东西。我们不免感到生活的焦虑，这焦虑来自没有知识的认知，只调动感性的沉思，或者只通过触觉或敏感的思考，这焦虑来自被思考的客体内部，好像我们是水而客体是海绵。于是，我们自己的夜晚降临，对所有情感的疲倦，深化成思想中的情感，而这些情感本身就是深沉的。但这是一个无休憩，无月光，无星辰的夜晚，一个仿佛一切都被改头换面的夜晚——无限变成了内在和紧张，日子变成了陌生外套那黑色的衬底。

还不如，是的，还不如一直做一条会爱而不会认知的人形蜛蝓，一条恶心而不自知的水蛭。像生活一样去忽视！像忘却一样去感受！

在已经驶离的航船那白青的航线上，消失了多少情节，高舵底下的一记冷痰，可以被当作鼻子，而那些旧客舱就是眼睛！

254．1930年5月15日
在郊外的一面墙上，瞥见田野，这短暂的视野使我得到的自由，比另一个人经过整个旅途才能得到的自由，更为彻底。所有的视角，都是一个倒置金字塔的顶点，它的底座是无法确定的。

有段时间，那些今天让我微笑的事情，曾让我恼火。其中一个，我几乎天天都会想到，就是生活中那些寻常又有着行动力的人嘲笑诗人和艺术家时的那种不厌其烦。和报纸上那些思想家所相信的不同，这些人并不总是以一种居高临下的姿态去嘲笑诗人和艺术家的。他们对这种处在生活的确定性和精准性之外的人，给予的其实是成年人给孩子的那种爱心。

以前这事常常让我恼火，因为我和所有天真的人一样，以为对苦心致力去做梦和言说的行为置之一笑，是发自心底的一种优越感的释放。其实那只是相异之处发出的一声轻响而已。而且，如果以前我还以为这微笑背后必然有一种优越感，因而将它看作一种侮辱，今天我把它看作是一种无意识的疑问；正如成年人很多时候也承认儿童精神中有某种犀利超出成人，人们也承认我们这些做梦和说梦的人是某种不一样的东西，怀疑我们是某种奇特物。很多次，我愿意相信，他们当中最聪明的那些能够隐约看到我们的高贵；因此，为了隐藏他们隐隐看到的东西，他们笑得很高明。

但是我们的高贵并不像那么多梦想者所认为的那样，来自我们本身的高贵。并不是因为梦想高于现实，梦想者才比行动者更高贵。梦想者高贵，是因为做梦比生活更加实用，而且比起行动者，梦想者从生活中提炼出来的欢愉更广阔也更多彩。说得更好也更直接一点的话,其实梦想者才是行动者。

生活本质上就是一种精神状态,因此我们所做或所想的一切,我们想让它们有多大效果,它们对我们而言就有多大效果,这种价值的赋予取决于我们。梦想者是个发行纸币的人,他发行的纸币在他的精神之城流通,就像现实中的钱一样。我灵魂的纸币永远无法兑成金子,但那又怎么样呢?反正生活那虚构的炼金术里,从来就没有金子。我们都过去了之后,洪水才会来临,但它也得等到我们都过去了之后。那些承认一切都是虚构的人,才是更优秀也更幸福的,他们写自己的故事,不等待别人来述说,而且,和马基雅维里一样,为了写得妙,秘密地穿上宫廷的华服。

255. 1930年5月18日

生活就是成为另一个。如果今天的感受和昨天一样,那么要感受都是不可能的:在今天感受到和昨天一样的东西,这并不是感受——是在今天想起昨天感受到的东西,是在今天成为一具活的尸体,其生命已在昨天逝去。

从一天到另一天要将黑板清空,在每个新的拂晓成为一个新的存在,在情感永葆的童贞中——这个,也只有这个,才是值得去成就或者拥有的,以此来成就或者拥有我们并不完美的样子。

这个拂晓是世界上的第一个。这粉色渐渐泛黄,变成热的白色,它从未如此停留在西面房屋的脸上,而这张满是玻璃眼睛的脸,正对着来自渐强光线的沉默。这一刻,这束光,我的这个存在,都前所未有。明天这些事物将会是另一种事物,我将以焕然一新的,满是新视野的眼睛来看它们。

城市的高山啊!伟大的建筑,被峻峭的山坡托住,又得其彰显,各种各样、堆砌而起的房屋瀑布一般倾泻而下，光线在其上织出阴影和晒痕——你们是今天，你们是我，因为我看到你们，你们明天将会不一样，而我爱你们，有如那船舷，在一条船驶过另一条的时候，在这交错的期间有着未知的想念。

256．1930年6月12日

有时候，一切都令人厌倦，哪怕原本能使我们放松的东西也一样。事物使我们厌倦，是因为我们厌倦；原本能使我们放松的东西也使我们厌倦，因为要得到这个东西的想法本身就使我们厌倦。在全体的苦痛和伤悲之下，有着灵魂的衰颓；我相信，只有那些为了逃避自身厌倦而与自己保有外交关系的人，才懂得那种衰颓，也就是从人类的苦痛和伤悲中偷来的那些。这样，他们将自我缩减成靠护甲抵御世界的那种生命体，在他们自身意识的某些时刻，伟岸的护甲突然重重压在他们身上，生活变成一种翻过面来的苦痛，一种失夫的伤悲，这也就不足为奇了。

在这样的时刻，我写下这几行字，好像一个至少想知道自己还活着的人。一整天，直到现在，我都像一个睡意沉沉的人一样工作，通过梦的道道程序做账，沿着我的麻木写字。一整天，我都感到生活重重地压在我眼睛上，顶着太阳穴——眼中的困倦，太阳穴由内向外的压力，胃里关于这一切的意识，恶心和无精打采。

生活在我看来是物质上的一个形而上学的错误，不作为的一种疏忽大意。我甚至不去看这白天，不去看它那必然使我从自我分心的事物，而我在这里描绘着这天，用词语遮盖住我这空空的自我抵触的圆盅。我甚至不去看这白天，弓着背，无视外面被主观涂上悲伤色彩的路上，还有没有阳光，那荒凉的路上，能听到人声经过。我忽视这一切，而我又觉得胸痛。我停下工作，却不想从这里挪开一步。我看着吸墨水器那脏脏的白色，扩散着，挂在角上，贴着倾斜的写字台，这写字台年代久远。我仔细地凝视着吸墨水器上印着的那些凌乱字迹，或被吸收进去，或化开了。很多是我的签名，倒过来并反过来。这里那里有一些数字，就像这样。我漫不经心的涂鸦，什么都不是。我看着这一切，好像一个不知吸墨水器为何物的村人，以一种看新花样的注意力，动用着整个迟钝的大脑，它就在脑中心视觉成像的部分后面。

我身上深层的睡意太多，已经盛不下了。而我没有什么欲求，没有什么偏爱，也无处可逃。

257．1930年6月13日

我总是活在当下。未来，我并不认识。过去，我已不再拥有。前者像一切的可能性那样压迫着我,后者则像虚无的现实那样压迫着我。我不抱希望，也没有怀想。认识到我直至今日的生活是什么样子——那么多次与我期待的样子背道而驰——我可以假想到明天的生活是什么样，它肯定和我没有假想到的东西一样，是我不想要的样子，是从外界发生在我身上的，也许还是经过我的意志而发生的。我的过去也没有什么经历能引发那无用的、再来一次的渴望。我一直都是我自己的一种痕迹和模拟。我的过去就是我无法成为的一切。甚至对那些逝去时光的感受在我看来也没什么值得怀想的：能被感受的事物都要求特定的时刻；过了这个时刻，就是翻页和故事再续，但是文本并不继续。

城市树木那简短的深色阴影，水滴落在悲伤池塘中的轻柔声音，规则草坪的绿色——几乎在黄昏时分的公共花园——你们，在这个时刻，对我来说是整个宇宙，因为你们是我有意感受到的全部内容。我不想问生活索取更多，除了想感受它，在这些不可预知的下午消失，顺着别人家孩子玩耍的声音，在这些花园里，围住它们的栅栏，是四周道路的苦闷，它们的穹顶，是在树木高高的枝丫之外，那古老的天空，而星辰正在重新绽放。

258．【1930年6月13日前后】电闪雷鸣
在停顿的云朵之间。天的蓝色被透明的白色弄脏。

打杂的小伙子，在办公室深处，手中那永远围着包裹转圈的包装线，暂停了一分钟……
　　"像这样的雷电我只记得一次。"他评论道，好像在发布一个数据。

一阵冷冷的寂静。路上的声音好像被刀切过一样。像是对一切感到不适，那宇宙的屏息，被感受到了，而且是持久的。整个宇宙都停止了一次。时刻，时刻，时刻。因为寂静，黑暗变成了炭。
　　突然，活的钢铁，◊
　　电车金属般的碰撞声是多么有人情味啊！从深渊中复活的道路上那简单的雨，这景色多么欢乐！
　　噢，里斯木，我的家园！

259．（参见附录4，第481页）

260．【1930年六七月期间】
夜晚，我去孤独的海边散步。走了不知多少个小时，经过了连续却毫无内在关联的时刻。所有使人们生活的思想，所有使人们放弃生

活的情感，都在我脑海中经过，如同历史的一个阴暗总结，呈现于我在海边散步的思索之中。

在我心中，和我一起，经历了所有年代的渴望。在听海的岸边，所有时代的不安都与我一起散步。人们想做却没能做的事情，使人们为之而死的事物，没有人说出来、但是灵魂已经成就的事物——所有这些，形成了一个敏感的灵魂，和我一起在夜晚的海边散步。情人们在对方身上感到陌生的事物，妻子始终向丈夫隐藏的真正自我，母亲所想的从未有过的儿子，只在某一个微笑或某一个机遇中才获得形态的事物，在某个并不是当时的时间，或者某个独缺的情感——所有这些，当我在海边散步时，与我同行，与我同归。这陪伴我、催我入眠的一切，又在海浪汹涌的冲击下扭转、变形。

我们是我们无法成为的人，而生活总是既定而悲伤。夜间海浪的声音是夜的声音。多少人在自己的灵魂中听到它，如同持续的希望在黑暗中破灭，伴随着泡沫淹没时寂静的声响！收获的人们流下了多少泪水，成功的人们又失去了多少眼泪！而所有这些，当我在海边散步时，变成了夜的秘密和深渊的私语。有多少个我们啊！我们又欺骗了多少个自己！我们存在着的夜晚，多少个大海在我们之中轰鸣，而我们沿着海滩，从情感的延展中感受到了自我！

我们所失去的；我们本应该想要的；我们得到却又错误地认为是足够的；我们所爱的和所失去的；还有那些我们失去之后才发现，由于失去我们才爱的，其实是我们从未爱过的；那些我们以为在感受时思考到的；那些我们以为是情感的回忆；整个大海，轰然作响，清清爽爽，从夜晚那巨大的深处涌来，又细细地融入海滩，融入我的海边夜行……

说到底，谁知道自己在想什么，或者想要什么？谁知道自己真正所有的是什么？音乐激发了多少事物，恰恰它们不能存在，我们才觉得愉快？夜晚勾起了多少回忆，我们为此哭泣，而它们其实从未发生过？如同平躺延伸的安宁所发出的一声叹息，百转千回的海浪消散、冷却，而远处，沿着看不见的海滩，可以听见垂涎的声响。

我感受，为了一切，但我牺牲了多少！我又感受到了多少！像这样的散步，没有身躯，却充满人性，我这一颗海滩般静止的心，伴着包容万象的大海，在我们活着的夜晚，高高地跳动着，失落着，逐渐冷却，融入海边我那永恒的夜间漫步！

261．1930年7月16日

生活可以像一种胃里的恶心一样被感知，灵魂本身的存在好像一种肌肉不适。精神的折磨，如果被锐利地感受到，能掀起浪潮，从远处，到身上，它的拷打[1]，能引起剧痛。

有这么一天，我意识到我自己，在这一天里，作为有意识的生命体，就像诗人说的那样，

慵懒，恶心
还有痛苦的贪婪。[2]

262．1930年7月20日

我睡眠多梦的时候，走到街上来，睁大眼睛，眼中还带着梦的痕迹和确凿。我拥有这样的自动机制，而别人对此一无所知，这实在令我愕然。星辰是我的保姆，而我穿越日常生活时总是牵着她的手，

---

1 原文是"delegação"，意为委托，这个词貌似突兀，但与前文的"折磨"（desolação）韵律契合。（译者注）
2 原文为西班牙语。参见佩索阿私人藏书《堂·何塞·德·埃斯普龙塞达诗作》（巴黎：加涅尔兄弟出版社，1876年，第193页）的这首诗："而对疯狂的妄想者／感到困惑，／慵懒，恶心／还有痛苦的贪婪：／还有影与光，／旋转的房间，／还看到精神／在来来去去。"

因此，我走在路上的步伐和睡梦里那隐晦的路线契合而协调。我在路上走得很准确：没有东摇西晃；回答正确；我存在。

但是，当有一个空歇的时候，我不用为了避开车辆或撞上行人而去监控我的行进路线；我不用和任何人说话，走进附近的一扇门也不会使我压力重重，我又重新跌回梦的水域，好像一只纸叠的小船，有着尖尖的角，而我又回到那濒死的幻境，它给我那模糊的意识催眠，意识中，清晨正在蔬菜般车流的声响中诞生着。

这样，正是在生活中，梦才拥有巨大的银幕。我走过拜沙区一条不真实的路，种种并不存在的人生，它们的真实性在我头上，温柔地，用虚假回想的白布系上一个结。在对自我的一无所知中，我是个航海家。在我从未到过的地方，我战胜过一切。有如一阵新的清风，这困意使我可以行走，向前弯着腰，行进在不可能之上。

每个人都有他自己的酒精。我存在时有着足够的酒精。感受到自己，这使我沉醉，我漫步，同时又走得明确。到时间的话，我就像任何人一样归隐到办公室去。没到时间的话，我就到河边去看河，和任何人一样。我是一样的。而这之后，我的天啊，我悄悄地像天体一样建构自己，并拥有我的无限。

263．【1930年7月24日前后】

我以一种奇怪的伤痛来写作，随意取用一些智识性的窒息感，它们从午后的完美中来到我身边。这片宝蓝的天空，在一阵平均而缓和的清风吹拂下，渐渐晕眩，色调渐变成苍白的粉红色，这给我的意识带来了一种自我叫喊的意愿。我写着，其实，是为了逃离和避难。我避免理想。我忘记那些准确的表达，在我物理性的书写中，它们在我面前闪闪发光，这效果似乎是同一支笔写就的。

在我思考过的事物，在我只感受过的事物中，存活着一种，隐晦的，想要哭泣的无用意愿。

264．1930年7月25日

我们从未爱过人。我们所爱的，只是我们对某人的概念。它是我们的一种观念——说到底，我们所爱的——是我们自己。

在爱情的整个范畴，这个真理都成立。在性爱中，我们通过一具陌生的肉体来寻找我们自己的乐趣。在与性爱有所不同的爱情中，我们通过自己的一个概念来寻找自己的乐趣。手淫癖者是可悲的，但从准确真理的角度来说，手淫癖者才是完美而准确地表达着恋爱的逻辑。他才是唯一不假饰也不自我欺骗的。

一个灵魂与另一个灵魂之间的关系，其材料之复杂性是受过欺骗的，它贯穿着如此不确定又如此不同的事物，比如共同的词语，还有被使用的手势。在我们互相认识的这个行为本身，我们也互相陌生化。两人说着，或者通过交流想着和感受着"我爱你"，而其实每个人想表达的是一种不同的概念，一种不同的人生，甚至也许是一种不同的颜色或气味，在那构成灵魂活动的、抽象的印象总和中。

今天我清醒得好像不存在一样。我的思想和一具骷髅那样明了，去掉了表达的假象那肉做的破衣服。而我组装又抛却的这些想法，并不是从什么东西中诞生的——至少，不是在我意识的观众席上的任何东西。也许是广场推销员对自己前女友的失望，也许是从报纸上那些从外刊爱情故事中读来的某句话，甚至也许是我随身携带的一种生理上无法解释的、模糊的恶心……

维吉尔的那个阐释者说得不好。首先是因为理解，我们才厌倦。生活就是不去思考。

265．【1930年7月27日前后】

嗅觉是一种奇怪的视野。它以一种潜意识的、突然的描绘，勾起多愁善感的风景。我多次有这样的感受。我从一条路上经过。我看不见任何东西，或者，其实，我看着一切，而我看到的东西和所有人看到的没有两样。我知道我走在一条路上，但不知道它的存在有两边，而这两边是由不同的和人类构造的房屋组成的。我从一条路上经过。从一家面包店里飘出一种面包的味道，味道里的甜令人恶心；而我的童年从某个遥远的街区屹立而起，另一家面包店从仙女们的国度浮现到我眼前，那是在我们身上死去的一切。我从一条路上经过。忽然闻到水果味道，那些水果放在窄窄店铺的那倾斜的木板上；而我短暂的乡村生活，我已记不起那是何时何地，但在我那毫无疑问还是小男孩的心里，它的尽头有着树木和安宁。我从一条路上经过。我的心志猝不及防地被做木箱的工人那些箱子的味道所扰乱：噢，我的塞萨里奥[1]，你在我面前出现了，而我到底是幸福的，因为通过回忆，我回到了那唯一的真理，也就是文学。

266．1930年7月27日

大多数人都是苦于不知道如何说出所看和所想的事物。他们说，没有什么比用词汇来定义一个螺旋梯更难的了：必须要用那没有文学的手，在空中，做个有序的向上旋转的手势，以一种弹簧在眼中展现出来的抽象形状。但是，只要我们能想起其实表达就是创新，我们就可以毫不费力地定义一个螺旋梯：它是一个向上走，但永远无法自我关闭的圆圈。我很清楚，大多数人是不敢这样定义的，因为他们假设定义就是要说出别人想要说出来，但又不是需要靠说来定

---

1 指葡萄牙现代诗人塞萨里奥·韦尔德。（译者注）

义的东西。我说得更好一点：一个螺旋梯是一个虚拟的圆圈，它以向上走来自我分解，但从来无法自我实现。但这个定义仍然是抽象的。我要寻找具体的东西，这样一切就清晰可见了：一个螺旋梯是一条没有蛇的蛇，垂直地盘在一个不存在的东西上。

归根到底，所有文学都努力使生活变得真实。众所周知，哪怕当人们行动而不自知时，生活在其直接现实中，是彻彻底底不真实的；田野，城市，概念，都是彻底的虚构物，是我们那复杂的自我感知所生的女儿们。所有的印象都不可传递，除非我们将其变成文学性的。小孩子是非常文学性的，因为他们说的是自己感受到的东西，而不是根据他人所说的、人应该感受到的东西。有一次我听到一个小孩子，他想说自己在哭泣的边缘，他说的可不是"我想要哭"，那是成人才会用的表达，是愚蠢的；相反，他说的是"我想要眼泪"。这句话完完全全是文学性的，如果一位著名诗人说得出这句话，一定也会引以为傲。它是如此毫不犹豫地提到热泪的出场，那即将冲破意识之眼睑的、化成水的痛苦。"我想要眼泪！"那个小孩子很好地定义了他的螺旋梯。

表达！懂得如何表达！懂得通过书写的声音和智识的图像来存在！这一切才是人生的意义所在：此外都不过是男男女女，假设的爱情和虚构的骄傲，消化和遗忘的托辞，蠕动的人类，好像昆虫，当石头被抬起时，暴露在没有意义的蓝天那抽象的巨石之下。

267．1930年12月10日

我长久地停滞。倒不是我需要好几天才能用明信片回一封别人发的急信，这事人人皆可为之。也不是无尽地拖延对我有用的易事，或令我愉悦的益事，没人会这样做。我对自己的不聪明，其微妙难以言表。我在同一个灵魂中停滞。我感到一种意愿上，情感上，和思想上的休止，这休止旷日持久；只有灵魂的植物性生命——词语，手势，习惯——才能让我向他们表达，并通过他人的反射，向我自己表达。

像这样的阴影时期，我无法思考、感受、欲求。除了数和线，我写不出任何别的东西。我没有感觉，如果我爱的人死了，我会觉得那死亡好像是在一种外语中完成的。我做不到；好像我睡着了，而我的姿态，我的言语，我的准确行为，都只不过是随便某个有机体那有节奏的本能而已。

像这样度过一天又一天，我说不清在我的人生中，这样度过的日子加起来一共有多少。有时候我想，如果把这衣服一样的停止脱掉，也许我不会像我假设的那样赤身裸体，也许还有些触摸不到的布覆盖着我真正的灵魂，而它永远都不在场；我想，思考、感受和欲求也可以是停滞，如果它们面对的是一种更私密的思考，一种更属于我的感受，一种丢失在迷宫里的意愿，而这迷宫就是真实的我。

不管怎么说，我就让它这样。不管是留给什么神，或是众神，我都松开手，让我的存在听天由命，随波逐流，忠于一个已被遗忘的约定。

268．【1930年？月】

我不太相信动物的幸福感，除非我想要强调一种感情，而假设动物的幸福感存在并谈论它可以作为那种感情的装裱。要活得幸福，就需要知道自己幸福。没有梦的睡眠里是没有幸福的，除非在醒来的时候知道自己睡了一觉，没有做梦。幸福是在幸福外面的。

除非通过认知，不然，是没有幸福的。但是对幸福的认知是不幸的；因为认识到自己幸福就是认识到自己正在经过幸福，因此，也就是说，很快幸福就被抛在身后了。知道就是杀戮，在幸福中是这样，一切皆如此。然后不知道，则是不存在。

只有黑格尔的绝对概念，才可以，在书本上，同时成为两种事物。非存在与存在既不基于也不融合于生活中的感知和理智：生活中的感知和理智相互排斥，与黑格尔哲学中的综合正好相反。

怎么办呢？将一个时刻像一个东西那样独立出来，现在就幸福，当感到幸福的时候，除了感受到的东西，其他什么都不要想，排除掉多余的部分，排除掉一切。把思想关在感知的笼子里，◊

这就是我今天下午的信仰。明天早上肯定就不是这样了，因为明天早上的我将是另一个人。明天我将成为怎样的信徒？我不知道，因为要知道的话，我必须在明天才行。连我今天信奉的神在明天甚至在今天也不知道，因为今天我是我，而明天他可能就从未存在过。

269.【1930年？月】
当我做完一件事情的时候，我总是惊异。惊异而且绝望。我对完美的本能本应该阻止我结束，甚至应该阻止我开始。但是我一时分心，就动手做了。我所做成的是在我身上的一个产物，并不是出自对意愿的一种应用，而是对意愿的一种妥协。我开始，因为我无力去思考；我结束，因为我没有灵魂可以用来休止。这本书就是我的懦弱。

我那么多次用一段风景来打断思路，从某种形式上说，已是计划的一部分，出自我真实或假设的种种印象，要知道那风景就是一扇门，我通过它来逃避认识自己那多产的无能。在组成这本书的、我与我自己的对话中间，我需要突然和另一个人说话，因此，我对着那道光说话，就像现在这样，停在层层屋顶之上，在它的斜照下，屋顶像是潮湿的一样；我对着城市山坡上高高的树那轻柔的摇曳说话，那些树看起来这么近，好像可能会无言地倒下一样；我对着陡峭斜坡的房屋上面挂着的海报说话,它们用窗户作为字母,在那里,死去的阳光将潮湿的胶状物染成金色。

如果我不能写得更好,我为什么写作呢?但是,如果不写下我可以写出的东西,哪怕在写作的时候,我是那样达不到自己应有的高度,我又能成为什么呢?我是一个心怀大志的庶民,因为我尝试实现些什么;我不敢沉默,好像惧怕黑房间的人一样。我就像那些人,更看重奖牌而不是努力,把荣耀挂在皮袄上享受。

对我来说,写作就是轻视自己;但我不能停止写作。它好像是我厌恶但又服食的毒品,我蔑视的恶习,但离开它我就无法生存。有一些必要的毒药,它们无比微妙,由灵魂的原料构成,从梦之废墟的角落采来的野草,意图之坟墓的脚边寻到的黑罂粟,灵魂的地狱之河边撷来的修长树叶,那些树淫荡地颤抖着枝丫。

写作,是的,就是失去我自己,但是一切都会失去,因为一切都是失去。然而,我失去自己是毫无快乐的,不像那注定汇入海湾的河流,生来无名;而是像那涨潮时沙滩上形成的湖,它那消失的水,永远不会再回到大海。

270. 【1930年?月】
在我满是怀想的眼睛前面,蔓延着不确切而又沉默的城市。

高低不平的房屋有节制地聚集在一起,而那月光,带着不确定的斑点,它的珍珠母上停滞着已经死去的、困惑的振动。有屋顶和夜晚,窗户和中世纪。郊区并不存在。在能看到的事物之上,飘着一道来自远方的微光。在我能看见的地方之上,有树木的黑色枝丫,而我那被劝止的心中有着整个城市的睡意。月光下的里斯本和我明天的疲倦!

怎样的夜晚啊!真想赞美那引发世间种种细节的人,这些细节中没有哪一个像这个月光时刻那样凸显，给我带来如此好的心境或旋律，我不再认识那个熟悉的自己。

没有清风，也没有人来打断我不在思考的事物。我困了，一如我拥有生命。只是我在眼睑上感到困意，好像有什么东西让我的眼睑变得沉重一样。我听见我的呼吸。我是睡着还是醒着？

移步向我住着的地方走去，好像我感官中的一种铅，让我觉得很艰难。寂寂无闻的爱抚，一无所用的赠花，我那从未被报出的名字，那岸间的不安，被放弃的责任之特权，还有，在继位的花园那最后一个弯道，是另一个世纪，有如一丛玫瑰花。

271．【1930年？月】

普通人，不管他的生活如何艰难，至少可以拥有不去思考生活的幸福。随波逐流地过日子，活在人生的外层，好像一只猫或一条狗一样——一般人都是这么做的，日子确实也应该这么过，如此一来，至少还可以拥有猫狗的那种心满意足。

思考就是毁灭。思想的程序本身就是这样指示思想的，因为思考就是解体。如果人们懂得沉思生活的奥秘，懂得感受行动的每个细节中窥探灵魂的、千千万万种复杂性，那么人们永远不会行动，连生活下去都不可能。他们会被吓得自杀，就像那些为了不要在第二天上断头台而自杀的人一样。

272．【1930年？月】

不止一次，当我沿着下午的街道慢慢散步时，万物组合成一种极为奇怪的面貌，以突然而令人眩晕的暴力，击打着我的灵魂。并不完全是自然界的事物对我造成这么大的影响,如此有力地给我带来这个感知:其实是道路的铺陈,店名,穿着衣服说着话的人们,工作,报纸,这一切的智慧。或者,其实是因为道路的划分,店名,工作,人们,社会,这一切都是事实,而又互相理解,一个接着一个,并开辟着道路。

我注意着人类,毫不避讳地说,我看到他和一条狗或一只猫一样无意识;用来自另一种秩序的无意识来说话;用来自另一种秩序的无意识来组成社会,而且绝对比蚂蚁和蜜蜂在它们的社会生活中所使用的组织力要低级。这样,机体或大于机体的存在,固定的和智识性的物理定律或比它们更大的存在,都在一道明显的光线中向我展示着那创造并渗透世界的智慧。

那么,打我吧,只要这样我就可以感受到,那句不知是哪个经院哲学家所说的老话:神是走兽的灵魂[1]。多么美妙,说出这句话的人,真懂得如何解释本能,它如此确凿无误地指引着低级动物,在它里面看不到智慧,或顶多能看到智慧的草稿。但我们都是低级动物——说和想都只是新的本能而已,因为是新的,没有其他的本能那么牢固。而经院哲学家的那句话,在它的优美之中,那么公正,我把它展开来说,神是一切的灵魂。

我从来没法理解,虽然有万国适用的钟表,但为什么有人考虑过这一伟大的事实,却还会否定它是由钟表匠[2]造出来的,同样是伏尔泰,也没有完全不信造物主。我理解,有一些事实,看起来像是偏离了计划(而且,必须要知道那计划,才能判断那些事实是不是偏离的),考虑到这些事实,可以给那至上的智慧赋予某些不完美的特质。我可以理解这一点,尽管我并不接受。我也可以理解,

---

[1] 原文为拉丁语:"Deus est anima brutorum"。(译者注)

[2] 钟表匠喻指造物主。(译者注)

考虑到世界上存在的恶，就无法接受那创造性的智慧有着无限的善。我可以理解这一点，尽管我也不接受。但是，否定这种智慧的存在，也就是说，否定神，这在我看来就是一种愚蠢，它使一些人深受其苦，这些人除了智慧这一点之外，可能都是高超的，就像那些总是做错加法的人，或者，如果把感知力也算进智慧里去的话，也像那些感受不到音乐、美术、诗歌的人。

我说过，对于钟表匠的两个观点，我都不接受，在我看来他既不是不完美的，也不是不仁慈的。我不接受钟表匠是不完美的，因为虽然在我们看来，治理的细节和世界的调整，有着缺陷或者没有理由，但是既然我们不知道计划是什么样子，我们就不能把它们看作是错误的。在一切事物中，我们都清晰地看到一个计划；我们看到某些好像没有理由的东西，但应该考虑到，如果一切都有理由，那么在这些事物中也肯定有同样的理由。我们看到理由，但看不到计划；那我们怎能说，有些事物偏离了计划，而我们不知道计划是什么？这，就好像一个善于运用微妙节奏的诗人，为了节奏的需要，可以插入一个无节奏的诗句；也就是说，虽然看上去像是背离了目标，而且一个注重诗句的齐整多过注重节奏感的评论家会说这句诗是错的，但**创造者**可以在他形而上学的节奏那王者般的行进中，插入一些在我们狭隘的理性看来是无节奏的东西。

我说过，我也不接受钟表匠是不仁慈的。我同意，这个观点更难反驳，但这也只是表面现象。我们可以说，我们不清楚什么是恶，因而就不能确定一件事物是坏还是好。诚然，一种疼痛，即使对我们有好处，它本身也是不好的，仅仅因为这个，世界上就有恶存在。只要有一阵牙疼，就可以不相信**创造者**的善了。然而，这个观点最基本的错误，好像还是在于我们对神的计划一无所知，以及，我们作为智慧的人，完全不知道无穷的智慧是什么。恶的存在是一回事，恶存在的理由又是另一回事。它们的区别微妙，近乎诡辩，但可以确定这才是公平的。恶的存在不可否认，但是恶的存在是有着恶意的，这可以不被接受。坦白地说，这个问题会持续下去，但这是因为我们的不完美也会持续下去。

273.【1930年？月】

没有什么比读书更让我快乐，即使我读得很少。书是对梦的展示，而那些生活轻松的人，不需要通过展示和梦进行交流。我从来无法在读一本书的时候完全被它带走；每一次，一步接一步，出自智力或想象力的评论会将我阅读的顺序打断。几分钟之后，好像是我在写作，而书中所写的东西已消失不见。

我最喜欢的阅读，是反复读那些在我床头和我一起入睡的，没什么特别的书。有这么两本与我常相伴——菲格雷多神父的《修辞学》和弗莱雷神父的《对葡萄牙语的见解》。这两本书，我总是好好地将它们重读；而且，虽然我确实读过很多遍，但我也确实没有从头到尾读完其中任何一本。我从这两本书中获得一种纪律性，我几乎不相信自己能拥有的那种——一种客观写作的规则，一种让事物被写就的理性法则。

菲格雷多神父那浮夸、传统、过时的风格，是一种纪律性，让我的理解力获得享受。弗莱雷神父那几乎永远没有纪律的发散性，则使我的精神毫不费力地获得娱乐，并且无忧无虑地获得教育。是这些博学而安宁的精神使我受益，而我完全不想和他们一样，也不想和任何人一样。

我阅读，并自我抛弃，不是在阅读中，而是在自我中。我阅读，并睡着，而在梦中，我沿着菲格雷多神父所描述的修辞手法，走在梦幻森林中，在那里我听到弗莱雷神父在教导着应该说玛格达莱娜，因为俗人才说玛达莱娜。

274．【1930年？月】

我人生的一大悲剧——虽然这悲剧只发生在阴影和借口中——是无法自然而然地感受任何东西。和所有人一样,我可以爱、恨,和所有人一样,我可以恐惧、兴奋;然而,我的爱、恨、恐惧或兴奋,都不完完全全是它们应有的样子。要么少点儿什么元素,要么多出来一些。可以肯定,它们是另一种东西,而我所感受到的和生活并不合拍。

那些所谓的会算计的人——这个词非常贴切——在他们的精神里,感情被算计也被自私的顾忌所限制,像是另一种感情。那些所谓的审慎的人,他们精神中也能看到同样的、自然本能的错位。在我身上,也能看出情感的确定性受到侵扰,然而我既不会算计,也不审慎。我感觉得不对,是没有借口的。我本能地把自己的本能变得不自然。尽管不是故意为之,我的渴求是错的。

275．【1930年？月】

好像那时雷雨正在准备就绪,路上的噪音发出巨响,而这声音是有间隔的。

路在强烈而苍白的光中变皱,而那肮脏的乌云,在响雷迸裂的阵阵回声中,从世界的东边一直颤抖到西边……暴雨那坚硬的悲伤使丑陋而紧密的黑色空气变得更糟。冷,湿,热——一切都同时袭来——每个地方,空气都是错的。接着,一道金属楔子一般的光凿进宽敞的大厅,在人类肉体的休憩中敲出裂缝,而在结冰的惊跳中,一块声之大石四处撞击,撞成一个单一的巨大寂静。雨声减小,好像噪音的重量减轻一样。只增加纯粹的迷狂。街上的噪音减小了,让人感到痛苦。新的光,迅速泛黄,遮住那听而不闻的乌云,但现在出现了一种可能的呼吸,在颤抖的声之手腕还没有在另一个点突然引起回响之前;好像一次愤怒的别离,雷雨又开始下了,尽管并不下在这里。

……伴随着一种拖长而又终止的耳语,光线在增强,而在无光的部分,雷雨的颤动在遥远的辽阔中平静下来——在阿尔马达区[1]转动着——◊

一道突然而恐怖至极的光变得粉碎。它在一个个大脑和思想中爆炸。一切停止了。心脏都停了一刻。所有人都是非常敏感的人。寂静着陆,好像曾有过死亡。越来越大的雨声像一切的眼泪一样让人释然。有铅。

276.【1930年？月】

好像一种黝黑的希望,某种最有预感的东西停留在上空:同样的雨像是被吓住了;听而不闻的乌云对这氛围沉默了。突然地,好像一声叫喊,一个恐怖至极的白天变得粉碎。一束虚假地狱般的光曾造访过万物的内容,并填满过大脑和角角落落。一切都震惊了。一种重量从万物中喘息过来,因为撞击已经过去了。暴雨是快乐的,它的声响近乎人类的聒噪。无意间,心感受到了自己,而思考就是一种晕眩感。一种模糊的宗教在办公室里形成。没人在那一时刻有着自己通常有的样子,而瓦斯克斯老板出现在他办公室门口,思考着要说什么东西。莫雷拉微笑了,在他的脸周围,还有一些黄黄的、突然的恐惧。他的微笑在说,毫无疑问,接下来的那声雷应该会在更远的地方。一辆快速的马车高声打断了路上的噪

---

[1] 里斯本附近,特茹河南岸的地区名。(译者注)

音。电话铃不自觉地响了。瓦斯克斯老板没有退回到办公室里，而是往前走向大厅的那部电话。有了一阵休息和一片寂静，然后雨像噩梦一般倾泻而下。瓦斯克斯老板忘掉了电话，它已经不再响了。房子的另一头，小伙计不合时宜地动了一下。

一种巨大的欢乐，充满休息和解脱，把我们每个人都扰乱了。我们半晕眩地工作，令人愉快，善于交际，好像天生就充满了这些特质一样。小伙计把窗户完全敞开，尽管没有人叫他这样做。某个清新事物的味道，随着水做的空气，漫入大厅里。已经轻柔的雨，还在谦虚地下着。能听到车夫的声音，千真万确是人声。在旁边的路上，电车的铃声也明明白白地和我们有着一种社交往来。被冷落的小孩发出一阵大笑，在明净的氛围中，听来像是金丝雀。轻柔的雨越下越细了。

　　那时已经六点了。办公室正在关门。披着风衣，瓦斯克斯老板说，"大家可以离开了"，他说的这句话，像是一种商业性的祝福。我立刻站起来，合上账本并把它放好。我把钢笔明确地放在墨水架的凹槽上，然后往前走向莫雷拉，对他说了一声充满希望的"明天见"，而且和他握了手，好像刚才我们互相帮了对方一个大忙。

277．【1930年？月】
从又热又虚假的白天那最初的模糊开始，深色的、轮廓几乎破碎的云就环绕着被压迫的城市。在我们称为海湾的那些地方，这些连续而可怕的云叠在一起，一种对悲剧的预感与它们相互理解，道路的麻木不可名状，变样的阳光与之对映。

　　那时已是中午，出发去吃午餐时，在那变得苍白的气氛中，重压着一种不算美好的希望。被穿破的云那破破烂烂的衣服在希望的前头变得深黑。天空在靠近城堡的那一片是干净的,但是有一种不好的蓝色。阳光是有的,但无从享受。

下午一点半,回到办公室的时候,天空看上去干净些了,但也仅仅是在古老的那一边。在海湾之上的那几片天确实更开阔。然而,城北之上飘来的一片片云,慢慢地汇聚成一片——黑色的,铁面的,慢慢伸出黑色臂膀的尖端那有着灰白裂口的利爪。很快它就可以碰到太阳了,而城市的噪音仿佛在等待中被压制住了。正是,或者像是这样,天在东边那些地方更清澈一点,但是热得更难受。办公室大厅的空地上,让人汗流浃背。"大雷雨就要来了。"莫雷拉说道,然后回到**账本**的那一页。

下午三点,太阳的所有行动都失败了。必须要开电灯才行了——因为是在夏天,这实在令人悲哀——先是在大厅深处,给将要发送的货物打包的地方,然后是大厅中间,在那边,要想准确地做发货单,并在那上面记下火车票的号码,已经变得不容易了。最后,差不多四点了,连我们——这些在窗边的幸运儿——也不能在舒适的光线下看字工作了。办公室被照亮。披着风衣的瓦斯克斯老板从办公室冲出来,朝外面说道:"哎,莫雷拉,我本来应该去本菲卡的,但我不去了;这雨肯定要下个不停。""那边肯定下得更厉害。"莫雷拉回应道,他家就在大道[1]附近。路上的噪音突然变得更明显了,有一点变样,而且,不知为什么,在附近平行的路上,电车的铃声有一点悲伤。

278. 【1930年？月】

……雨下着,还是悲伤的,但是舒缓些了,好像下在一种普世的疲

---

1 应指里斯本自由大道。(译者注)

倦中；没有闪电，只是有时候，以那已远去的声音，一小段雷抱怨着，听来是强硬的，似乎它累了一样，断断续续。好像是在突然间，雨下得更舒缓了。有个职员把面向镀金匠大街的窗都打开了。一阵清新的空气，以温热的残骸，混进大厅。响起瓦斯克斯老板在办公室打电话的声音："那么，你还在说吗？"还有一种干巴巴的说话声音，而且是分开来的——（可以猜测到）对远方小姑娘说的不耐烦的评论。

279．【1930年？月】假期的散文

小小的沙滩，形成一个极小的海湾，被两个微型的岬角排除在世界之外，三天假期里，那就是我从自身退隐的地方。去那个海滩需走下一个粗糙的阶梯，从顶端开始的那些阶梯是木制的，中间的阶梯则是在石头上刻出来的，带着生锈的铁扶手。而我每次走下这陈旧的阶梯，尤其当我脚踩着石头拾级而下的时候，我就从自身的存在中走出来，同时找到我自己。

神秘论者，或有些神秘论者，说，在灵魂的至高时刻，它会通过情感或记忆的一部分，回忆起前世的一个时刻，或一个外表，或一个阴影。这样，由于灵魂回到了一个比当前更接近它本源和开始的时候，它会从某种程度上感受到童年和一种释放。

可以这么说，走下那些现在已很少有人用的台阶，同时慢慢走进那永远荒凉的小小海滩，我是在使用着一种魔法，好让我更接近那灵魂单子[1]，也就是我自己。某些我日常生活的方式和形态——在我持续性的存在中被展现为欲望，厌倦和担忧——在我面前消失不见，好像巡逻队的埋伏，在阴影中消散了，直到已无法分辨它们

---

[1] 单子，莱布尼茨哲学思想中永恒现实的基本单位。参见第226篇。（译者注）

是什么，而我也到达了一种私密距离中的状态，在这其中，我记不起昨天的我，或者也认不出每天活在我身上的自我是什么样子。我那持续性的情感，我那常常无规律的习惯，我和他人说的话，我对世界社会构成方式的适应——这一切在我看来都好像是在哪里读到过的东西，一本印刷出来的传记了无生趣的书页，随便一部小说中的情节，在那些章节之间我们边看边想着别的事情，而那叙述的线乱成一团，一直滚动到地上。

于是，在那喧嚣的海滩，它的声响仅仅来自波涛，或来自高处掠过的风，好像一架不存在的巨大飞机，我将自己交给一种新的梦——无形而柔和的事物，深层印象的幻景，没有图像，没有情感，像天空和水一样干净，而且还发出声响，好像一片海，深抵巨大真理，浪潮有如花边，能被拆解出来；它震颤着，远处的蓝色是倾斜的，在到达岸边时泛着绿，和其他脏绿而透明的色调混合在一起，而且，在断裂之后，尖啸着，有如千万个被拆散的臂膀，在麦色的沙滩上收起并缩回白沫，它身上汇集着所有的宿醉，所有回归自由本源的旅程，神圣的怀想，记忆，比如这个对于前世状态的记忆，无形又无痛，或是因为更好，或是因为不同，它或许是幸福的，对这个状态的怀想具有躯体，有着泡沫做的灵魂，有着休息、死亡，而生活就像一座沉船堆积而成的岛屿，围绕着它的那个浩瀚的大海就是一切或者虚无。

而我毫无睡意地睡着了，已经从正看到的东西上偏移，感受到自己的黄昏，树间的水声，伟大河流的安宁，悲伤午后的清凉，在冥想的童年中，那雪白的胸口，在睡眠中起起伏伏。

280．【1930年？月】耸耸肩

通常来说，我们对未知事物的概念，总是带有已知概念的色彩：我们把死亡称为一种睡眠，因为从外部看来，死亡像是睡眠；我们把死亡称为一种新的生命，因为它看起来不同于生命。我们用对现实的小小误解来构造信仰和希望，以面包皮作为口粮，还把它称为蛋糕，好像那些穷孩子，假装是幸福的。

但整个人生皆如此；于是，至少，个体生活形成一个系统，我们在整体上把它称为文明。文明就是给某个东西起一个和它并不相衬的名字，然后梦见结果。确实，假的名字和真的梦创造出了一个新的现实。确实，客体变成了另一个，因为我们把它变成了另一个。我们制造现实。原材料还是同一个，但它的形式，是艺术赋予它的，实际上使它不再拥有本来的样子。松木桌是松木但也是桌子。我们坐在桌边而不是松树边。爱情是性的一种本能，然而我们不以性本能去爱，而是通过另一种感情的预设。而这个预设，的的确确，已是另一种感情。

我不知道是什么微妙的光效，或是模糊的噪音，还是对香水或音乐的记忆，被外界的不知什么影响触动，在我好好地走在路上时，突然带给我这些遐思，当我坐在咖啡馆时，就把它们记下来，心不在焉而又不慌不忙。我不知道本来要把这些思绪引到哪里去，也不知道我更想把它们引到哪里去。白天有一种又湿又热的轻雾，悲伤而又没有威胁，单调而又没有理由。某种未知的感情让我疼痛；我想不起任何论点，也不知道论题是什么；我的神经没有产生意愿。我悲伤，这悲伤比意识还要低矮。我写着这一行行字，实在记录得不好，我并不想说这些，也不想说任何东西，只是想给我的分散的注意力找点事情做。我慢慢把纸填满，钝铅笔写出的字迹是软绵无力的——我没有足够的温情来削尖它——这张用来包三明治的白纸，咖啡馆把它提供给我，反正我不需要更好的纸，只要是白的就好。我自觉心满意足。我斜靠着坐在那里。下午的降临，单调而又无雨，它的光线无精打采而又不确定。而我停止写作，因为我停止写作。

281. 【1930年？月】

我就是这样，肤浅而敏感，有强烈而诱人的冲动，或好或坏，或高贵或低贱，但从不是一种经久有效的情绪，从不是一种持续的情感，进入到灵魂本体之中。我所拥有的一切都不断趋向于成为另一个事物；灵魂对自身的一种不耐烦，好像一个不守规矩的小孩；一种永远充盈而又总是相同的不安。一切都引起我的兴趣，但又没有什么能留住我。我永远以做梦来回应一切；我记下和我说话的人脸上极细小的表情，收集他语言表达中微至纤毫的声调变化；但是，我听他说话，却不听其内容，我在想着另一件事，我从对话中收集到的最少的东西，就是我们谈论的那个事物的概念，不管是我说的，还是对方说的。这样，我多次和人重复我已经说过的话，我重新问他已经回复过我的问题；我可以用四个照片一般的词语，来描写他说着我不记得的话时面部的肌肉，或者他听着我不记得和他讲过的事情时眼睛的倾斜度。我是两个人，而两者之间还有距离——好像连体而又分开的兄弟。

282. 【1930年？月】

如果有一天，我能过一种安全得结结实实的生活，可以自由地写作和出版，我知道我肯定会想念这不确定的生活，我几乎无法在这样的生活中写作，也不出版。我会想念它，不仅因为这令人沮丧的生活既是我的过去，也是我不会再过的日子，而是因为，每一种生活都有其特质和独特的乐趣，而从一种生活变到另一种时，哪怕这另一种生活是更好的，那独特的乐趣会不幸地减少，那特质也不会那么好，它们不再存在，留下的是一种空缺。

如果有一天，我终于可以走完这好好的受难之路，在十字架上完成自己的意愿，我一定会在这好好的受难之路中找到一种受难，而我会想念我曾经的轻浮,令人失望和不完美。不管怎样,我必定会比现在更渺小。

我困倦。沉重的白天,充斥着荒谬的工作,办公室里几乎没什么人。两位职员病了,另一些不在。只有我一个人,还有离得很远的小伙计。我想念那种有一天可以想念什么的可能性,哪怕是如此荒谬的想念。

我几乎祈求众神,将我守护在这里,像关在一只保险箱里一样,保护我不受人生的辛酸和幸福的侵扰。

283.【1930年?月】

"你在笑什么呀?"莫雷拉不带恶意地问我,他的声音从我可以够到的那两架柜子中间传来。

"我差点把几个名字搞错了……"我说,一边让我的肺安静下来。

"啊。"莫雷拉很快地说了一句,布满灰尘的平和再度降临到办公室和我身上。

哪怕是可怜的布尔热也做不到,他像没有电梯的台阶一样难读……我回到窗台后面,好重新看清我的圣日耳曼大道,恰在此时,伐木工的合伙人正朝地上吐痰。夏多布里昂子爵先生在这里做账呢!这边阿米耶尔教授先生坐在王室高椅上呢!阿尔弗雷德·德·维尼伯爵先生在给格兰德拉[1]记款呢!镀金匠大街上的瑟南古!一边想到这一切,一边抽着烟,这两个行为没有连接好,以

---

1 弗朗西斯科·格兰德拉(1853—1934),葡萄牙企业家,在里斯本低区投建了曾经的格兰德拉百货商场,1907年开业。该商场毁于1988年的火灾,1996年重新开业。

致精神上的笑呛到了烟,然后,被喉咙包裹,扩散成一个羞涩又能让人听见的爆笑。

284.【1930年？月】

道路使我厌倦,不对,并不使我厌倦——生活中的一切都是道路。对面有个小酒馆,如果我从右肩上面看过去,我就能看得到;对面有个箱子店,如果我从左肩上面看过去,我就能看得到;而在中间,如果我不完全转过身去,就看不到的,是那鞋匠,将**非洲公司**办公室的大门填满规律的声音。其他楼层都不确定。三楼有个客栈,人们说它道德败坏,但生活不都是这样么。

    道路使我厌倦?我只在思考时才厌倦。当我看着路,或感受到它时,我不思考:我以一种巨大而深层的休憩来工作,在那个角落里发挥作用,是个记账的无名氏。我没有灵魂,没有人有灵魂——一切都是肉身中的工作。远处,在百万富豪享受的地方,就像每次他们在国外一样,也有工作,也同样没有灵魂。有一个或另一个诗人能留下一切。我多么希望,我可以留下一句话,一句让人能说"说得真好啊!"的句子,就像我正在输入的数字,我在整个人生这部书中抄写着它们。

    我相信,我永远都是布料仓库的簿记员助理。我以一种凶猛的真诚,希望自己永远不要升为簿记员。

285.【1930年？月】

如果在艺术领域中有一行,专门致力于完美,那么我在艺术人生中会有一个职位。

拿着另一个人写完的作品，加工它，让它臻于完美……也许，《伊利亚特》就是这样写成的……

只要原始创造的那种毫不费力！

我是多么嫉妒那些小说作者啊，他们给小说开头，书写下去，然后给它们结尾！我知道怎么想象小说，一章接一章，时而用一些对话式的句子，还有些对话间的句子，但是我不知道怎样在纸上说这些写作的梦，◊

286．【1930年？月】
我们崇拜完美，因为我们得不到它；要是能得到它，我们就会厌恶它。完美是非人类的，因为人类就是不完美的。

对天堂的仇恨是失聪的——欲望，就像可怜虫想要天上有田。是啊，抽象概念的癫狂，绝对概念的奇幻，都无法使感性的灵魂着迷：需得是家园和山坡，蓝海中的绿岛，穿越树丛的道路和祖先花园中的漫长休憩，尽管我们从未有过这样的花园。如果天上没有大地，最好连天空都不要有。就像这样，让虚无成为一切，然后把这没有内容的小说结束吧。

要能拥有完美，需得有一种超出人类的冷静才行；若非如此，人心总会贪恋本身的完美。

伟大的艺术家有着趋于完美的张力，它使我们在崇拜中惊异万分。我们爱它，因为它如此接近完美，然而我们爱的，是接近而不是完美。

287. 【1930年？月】

……我感受的敏锐是痛苦的,哪怕欢乐的感受也一样;我感受的敏锐是欢乐的,哪怕悲伤的感受也一样。

我在一个周日写作,接近中午了,天光宽广而柔和,城市像一段话被打断,它的屋顶上,天空的蓝色,好像从未被编辑出版过,将神秘的星辰关闭在遗忘中……

我身上也是周日……我的心也去教堂,但不知教堂在哪里,它穿着一件绒制的童装,因为最初的印象而红着脸,微笑着,没有悲伤的眼睛,在很大的领子上面。

288. 【1930年？月】

……所有梦想那高贵的王者,里斯本市的簿记员助理。

但是这对比并没有将我压垮——反而使我解脱;它的讽刺是我的血。真实无虚的侮辱,我把它当作旗帜扬起;冲我而来的讥笑,我把它当作号角吹响,创造我改宗的黎明。

虽然寂寂无闻,但能成就伟业,这份光荣是属于夜晚的!这王者的威严是阴沉的,有着未知的辉煌……而我突然感受到,流离荒野的僧侣是怎样的高尚,避世参道的隐士,在沙漠和雕刻一般的岩洞中,是怎样和基督成为一体。

我的房间和我一样,荒谬、低劣,是个小职员、无名之辈,我在桌子上写出灵魂救赎一类的词语,将自己染成金色,用的是不可能的落日,来自又高大又宽广又遥远的山峰,用的是圣带,欢愉将它赐予我,用的是断念的戒指,它戴在我福音书般的手指上,是静止的珍宝,属于我凝滞的鄙视。

289．【1930年？月】

不要臣服于任何事物——不管那是一个人，一段爱情，还是一种概念，要拥有长久的独立性，不要相信真理，即使真有真理，也不要相信知道它有什么用处——这个状态，在我看来，才是那些我思故我在的人心灵深处的智识生活。从属——这是庸俗的。信仰、理想、妻子或职业——所有这一切都是牢房和枷锁。存在就是自由。同样的雄心壮志，如果它的骄傲本质是一件衣服，穿上就是负担，我们要是能把它想象成一根绳子，牵着我们，就肯定不会感到骄傲了。不，不要让它牵着我们：不要让它和我们有任何联系！我们要摆脱自身，获得自由，就像摆脱他人一样，我们要冥想，但不要迷醉，要思考，但不要结论，这样我们将会永生，不受上帝的控制，刽子手们走神的那一刹那，将是我们游行的高潮。明天我们将会上断头台。如果不是明天，那就是后天。在末日之前，让我们在阳光下悠闲散步，自觉地忽视审判的目的和过程。阳光将把我们没有皱纹的前额照成金色，微风将给无欲无求的人带来清凉。

我把钢笔向写字台那边扔去，它从我工作用的斜台上滚回来，我没有捡起它。一时间，我感受到了一切。我的欢乐是在我的这个动作中表现出来的，而这个动作来自我并没有感受到的愤怒。

290．【1930年？月】不安之夜交响曲

仿佛宇宙是一个错误，一切都在沉睡；风，不确定地飘着，好像无形的旗帜在不存在的大厦上飘扬。高强度的空气中有一些不存在的东西被刺破，窗格抖动着玻璃，好让里面能听到。在一切的底部，灵魂沉默不语，忍受着上帝的刑罚。

突然间——宇宙事物的新秩序调控着城市——，风在风的间歇尖啸，一种概念在高处的动荡不安中睡着。夜晚像一扇活板门一

样关起，巨大的安宁让人希望自己一直在睡觉。

291．【1930年？月】
一种音乐或梦的口气，某种让人感受到的东西，某种让人不去思考的东西。

292．【1930年？月】
给每一种情感赋予一种人格，给灵魂的每个状态赋予一种精神。

道路转了个弯，出现了很多姑娘。她们在街上唱着歌走来，听来个个都很幸福。我不知道她们会成为什么样子。远远地听了她们一阵，不带个人感情。一种被她们引起的苦涩在心中感受到了我。
　　是因为她们的未来？还是因为她们浑然不自知？不是直接因为她们——或者，谁知道呢？也许仅仅是因为我。

梯子通向磨坊，努力哪里也通不到。

那是初秋午后的尾声，天上的热有一种死去的冷，云层缓缓遮盖住光线，将它尽掩。

命运赐给我两样东西：几个账本，还有做梦的天赋。

293．【1930年？月】
有一次我给人朗诵我自己的诗——那一次我读得很好，没有上心——听者说,说得那么直截了当,好像在陈述一种自然法则:"你,像这样,如果换一张脸,肯定魅力十足"……是"脸"这个词,而不是它所指的东西,一把揪住我的衣领,将我从自我中拎出来,我和我互不相认了。我看到我房间的镜子,我那张可怜的、并不贫困的乞丐的脸;突然间镜子分裂,镀金匠大街的鬼魂在我面前展现,好像邮寄的涅槃。

我感受的敏锐发展成一种病,在我身上,却又与我无关。与我不同的那个人,承受着我身上那生病的一部分,因为,确确实实,我感受的时候,好像被一种更强大的感受力所控制。我好像一块特殊的布料,或者甚至是一颗细胞,承载着生命体的所有责任。

我思考,因为我遐想;我做梦,因为我醒着。我的一切和我融为一体,无法知道应该怎样存在。

294. 【1930年?月】

我对什么事物都好奇,渴望一切,贪求在思想中综合一切概念。了解到不可能一切都被看到、读到或想到,这让我感到沉重,好像丢失◊一样。

但我并不仔细去看,不刻意去读,不循序思考。在一切领域,我都是一个业余人士,爱好强烈,但钻研不精。

我的灵魂过于虚弱,连它自身的兴奋都无法承受。做成我的材料,是未完成的废墟,一段遗弃的风景,可以为我的存在下定义。

如果集中精神,我就开始遐想;我的一切都是装饰性和不确定的,犹如浓雾的演出。

这肉体上的趋势,将全部思想转化为表达,或者说得更好些,像表达一样思考全部的思想;在全部情感中看到颜色和形状,甚至

在节奏中看到一切否定，◊

我的文字表达是高强度的；我不知道我感受到的东西是什么。我半是梦游，半是无。

我是怎样的女性，当我认识自己的时候。

王者气派的夕暮是鸦片，阴影中躺着奇幻，触手可及，这手自己打开了裹着它的破布。

有时候，汇聚着图像和确切语句的水流是那么庞大、迅速、丰沛，在我分心的精神中展开，使我愤怒，扭曲自己，我哭泣，因为我必须要失去它们——因为我失去了它们。它们中的每一个都有自己的时刻，在此之外就不能被记起。好像一个恋爱中的人只能怀念一张可爱的、依稀可见却不固定的脸，我只能保留我那好像死去一样的存在，俯瞰深渊，那里是疾驰而过的图像与思想，都是死去的角色，做成它们的材料，是它们自己生成的浓雾。

流动，不在场，也不关键的我，迷失在自我之中，好像空无中溺亡，我是先前的，而这个词，说完就停止，说出了，拥有着，一切。

词语特定的节奏，唤起的图像，有如概念的意思，在任何词语中，这三者必然会合，对我来说是有着区分的浑然一体。只要思考一个词语，我就能理解神圣三位一体的概念，我思考"无数"这个词，选它作为例子，因为它抽象，而且适合用来辩解。但是如果我在生命中听到这个词，无尽的海上就会卷起阵阵声浪，无休无止；没有星辰，但所有声浪构成的音乐会撑起层层天穹，而那关于无穷的概念是流动着的，它在我面前展开，好像一面旗在星辰和海洋的声响中招展，而我则映照着所有的星。

就让堂·塞巴斯蒂昂国王在故事里那说不尽的迷雾中归来吧。所有的历史都在云雾间来来去去，被述说的最大的战役，最堂皇的排场，最显赫的功绩，都不过是浓雾中的表演，夕暮和湮灭的距离中的花车游行。

我内心的灵魂是善于表达和物质性的。有时候，我停滞在一种非存在中，是一个社会动物，有时候，我醒来，于是，我会将自我投影到词语中，好像词语就是我的生命，在睁开双眼。如果我思考，思绪就以或单调或有节奏的语句在我脑海中浮现，而我总是无法清楚区别，我是在说之前就想好了，还是在说完之后才看到我自己。如果我意识到自己在做梦，立刻就会有词语在我心中产生。我的所有情感都是一个图像，所有梦都是配乐的图画。我写的东西也许不好，但比我想得更多……这样我有时会相信它……

只要我活着，就会讲述自己，而我最微小的、对自己的厌倦，只要我研究它，就会通过一种◊的磁力，绽放出花朵，有着音乐深渊的颜色。

295．【1930年？月】

有时，当我注意到，那么多出自我认识或了解的人之手的文学作品，是那么丰富，或至少由宽泛而完整的东西组成，我都从内心感到一种不确切的嫉妒，一种蔑视般的仰慕，一种不连贯的百感交集。

做出任何一样全面、完整的东西，或好或坏——也许从来不完全是好的；很多时候也不完全是坏的——是的，做出一件完整的东西在我身上引起的嫉妒，也许，超过任何一种别的感情。好像儿子一样：和所有人类一样不完美，但儿子总是儿子，是我们自己的。

而我，本着批判精神，只允许看到种种缺陷、失误，我不敢写出比不存在的片段、部分、节选更多的东西，即使在我写的那么一点点东西中，也是不完美的。也许，还不如写一部完整的作品，即使糟糕，不管怎样也是一部作品；或者就让话语缺席，让灵魂认识到自己无法行动，从而沉默。

296．【1930年？月】
我想可能生活中的一切都是某种东西的退化。存在也许只是一种接近——一个前夜，一些郊区……

这样，就像基督教只是对于矮化的新柏拉图主义的一种预言式退化，罗马化的希腊文明再经过犹太教，我们这个时代，让人尴尬又不确定，它就是所有伟大计划的辗转腾挪，合并或颠覆，直到破产，生成一个否定的总和，我们用来确认自己的地位。

我们生活在一个有交响乐的幕间。

可是，在这个四楼，和所有这些文明在一起，我又拥有什么呢？这一切都是我梦到的，好像那些巴比伦公主一样，我们全心关注人类事业，而这是肤浅的，肤浅如文盲的一种爱书癖，肤浅如专门挖掘当代的一种考古学。

我将在云雾间消失，好像一切异乡客，一座从大海之梦中脱离而出的人形岛屿，一艘装载冗物的航船，游弋在一切表面。

297．【1930年？月】
我只真正被爱过一次。友好的态度，我一直都能从所有人那里得到。即使在最偶然的场合，别人也很难粗鲁、莽撞甚至冷漠地对待我。有一些我所得到的友好态度，如果我加把劲，可以——也许至少吧——将它转化成爱情或好感。但我从未有耐心或精力去做这种努力。

我刚注意到这一点的时候，还以为——我们是如此不认识自己——是因为羞涩。但后来发现这不是理由；而是一种对情感的厌倦，它与对生活的厌倦不同，是一种不耐烦，让我不想和任何持续性的感情有关联，尤其当我需要持续不断努力去维持这种关联的时候。有什么必要呢？我内心某个不假思索的部分这样想到。我有充分微妙、足够的心理触觉去应对任何以"怎样"开头的问题；那"为什么要这样"类的问题却总是让我参不透。我意志薄弱，首先表现在无力去拥有任何意愿。这样，我的情感也有过同样的薄弱，和发生在我的智识、意愿以及生活中的方方面面一样。

但那一次，一种机会的恶意让我以为我是爱着的，而且确认我也被爱着，我先是感到晕眩和困惑，好像我赢了大奖，得到的奖金却是不可兑换的货币一样。然后，我又变得微微有些得意，因为我也是人，难逃人性；然而，这段感情，看似天作之合，也很快过去了。接下来出现的是一种难以定义的感情，但其中明显有厌倦、屈辱和疲劳的感觉，令人不适。

厌倦，仿佛**命运**给我强加了一个任务，要我必须和陌生人餐后交谈。厌倦，仿佛特权般的讽刺给我加了一个新义务——可怕的对等性——我必须为它费心周折，又得为它感谢**命运**。厌倦，仿佛我生活中软弱的单调还不够，现在还得给它添加一个强迫的单调，也就是一种明确的感情。

还有屈辱，是的，屈辱。我很晚才懂得一种表面看来很难自圆其合理性的感情是冲着什么来的。我本应该懂得爱上被爱的感觉。我本应该因为有人关注我而感到自得，骄傲于我作为被爱的存在。但是，除了那短暂的、真正的骄傲一刻，即使在那一刻我也不知道是真正的骄傲还是惊异的成分更多一些，我内心接收到的感受确是屈辱。我感到我被授予了本应属于另一个人的奖——奖，是的，应该用来奖赏那天生配得上它的人。

但是疲劳，尤其是疲劳——超过厌倦的疲劳。我在那时理解了夏多布里昂那句因为我缺乏经验而一度被迷惑的话。以勒内这个人物之口，夏多布里昂说，"爱使他疲惫不堪"[1]。我惊异地发现，它所表现的情况和我的经历完全一致，因此我无权否定它的真理。

作为被爱，真正被爱，而引起的疲劳！我们作为客体，承担他人情感的重担，是怎样的疲劳！把一个渴望自由，渴望永远自由的人，变成一个有求必应的打杂小伙计，堕落成随从，不再妄想自己是情感中的王子，可以在最大程度上拒绝人类灵魂所能给予的一切。我们的存在，变成一种绝对取决于另一个人感情的东西，是怎样的疲劳！在任何情况下，都必须要感受，哪怕没有对等性，也必须要有一点爱，是怎样的疲劳！

这段阴影中的插曲，在我身上过去了，正如它曾来到我身前一样。今天它已经无影无踪不在我的智识，也不在我的情感中。它给我带来的所有经历，我都可以从人类生活的那些法则中推导出来，它们住在我作为人类的本能认知中。这段插曲没有给我留下任何悲伤回忆的乐趣，或是悲哀。好像是我在哪里看到的一个东西；一件发生在别人身上的事情；好像我读了一半的小说，另一半缺页了，但我对此也无所谓，因为我读到的部分是准确的，尽管没有意义，但是不管缺掉的那部分是什么内容，也不可能给我读到的部分定义。

我心中仅存的是对爱过我的那个人的感激。然而是一种抽象、惊异的感激，更属于智识，而不属于任何情感。如果有人为我觉得遗憾，那实在令我遗憾；除此之外，我没有任何遗憾。如果打破自然规律，生活可能会再给我一次与自然情感的相遇。我几乎期待这

---

1 原文为法语"on le fatiguait en l'aimant"，参见第91篇同一个引文。

个重逢，以便观察一下，在我已有了第一次经历，并且详细分析了它在我面前展示的现实之后，这次我将如何感受。可能我会感受得少一些；也有可能会感受得多一些。如果命运要再给我一次这样的经历，那就给吧。对于情感，我是好奇的。而对于事实，不管发生什么，我都没有任何兴趣。

298．【1930年？月】

春分时期的早晨，拜沙区在轻雾中木然醒来，太阳缓慢升起。半是寒冷的空气中，有一种安宁的欢乐，而生活，在那并不存在的微风吹拂下，因为那已经过去的寒冷，依稀瑟瑟发抖；不是因为寒冷，而是对寒冷的记忆；不是因为当下的天气，而是与夏日将近的对比。

商店还没有开门，只有奶品店和咖啡馆开着。但是那休息的感觉，并不像周日那样倦怠；只是休息而已。一片金色的痕迹抢先在空气中展现出来，蓝色透过变薄的浓雾苍白地红了脸。街道最初动静还很稀少，行人之间空隔很明显，在极少的开着的高窗里，早起的人刚刚开始出现。电车在半空中呼啸而过，划出一条有编号的线。可以明显感觉到，每过一分钟，街道就变得不那么荒凉一点点。

我走在路上，好像船行大海，只注意着感官，没有思想，也没有情感。我醒得很早；不带任何偏见地走着。我像一个冥想者一样审视，像一个思考者一样观看。一团情感的轻雾荒谬地在我内心升起；外界那正在散去的浓雾仿佛正在缓缓渗透到我里面。

无意间，我感到刚才一直在思考人生。之前没有注意到，但就是这样。我以为只是在看和听，没在做别的，在我整个慵懒的行进中，有如接收图像的反射器，又如一个白屏风，现实在上面投射出色彩与光，而不是影子。尽管我一无所知，但我还在做着别的事。灵魂在自我否定，而我自身那抽象的观察者也是一种否定。

空气变得浑浊，因为少了雾，变得浑浊，因为苍白的光线，雾好像搅拌到光线里了。我突然注意到噪声变响，身边多了很多人。多出来的那些行人，他们脚步没有那么快。卖鱼女出现了，她们一出场就打破了人们不快的脚步，走路像奔跑一样，还有摇摇晃晃卖面包的人，怪物一般的篮子，而那些卖着各种东西的女性，她们各不相同又完全平等，篮子里装的东西也并不单调，颜色比内容物更多样。卖牛奶的人摇着铃，他那行走的商铺里一只只不同的罐子，好像空心而又荒谬的钥匙。警察堵在十字路口，他们是穿着制服的文明，又是被戳穿的谎言，而文明的行进，遵循着白日那看不见的上升。

我感受到这行进，我多么想成为一个可以看到这一切、除了看之外就与它毫无关联的人——观望一切，好像一个成熟的旅行者，今天终于到达了生活的表层！生来就没有学过怎样用约定俗成的方式给所有事物下定义，可以看到事物在人们强加给它们的表述之外，还有自己的表达。可以认识到卖鱼女作为人类的现实，独立于她被称为卖鱼女这个现实，独立于知道她存在并卖着东西的这个现实。可以看到警察，好像上帝看到他一样。要像第一次一样注意到一切，不要像《启示录》里的一样，把事物看作是**奥秘**的揭示，要直接地看到它们，好像**现实**的花开一般。

听到了——我没有数，但应该是八响——钟楼或者巨钟报时敲响的声音。钟点存在，我随着它的平庸，从自我中醒来了，钟点是社会生活给时间的连续性所强加的条款，给抽象加的边境，给未知加的界限。我从自我中醒来，看着一切，现在，一切都已充满生机，还有寻常人性，我看到除了那飘在上空的还不怎么蓝的蓝色中，雾已经从天空散尽了，同时它也进入了万物内在的部分，那也是万物和我的灵魂接触的地方。我丢失了我之前拥有的视力。虽能看见，我已经失明了。我用认知的平庸性去感知。现在这个已经不是**现实**：

仅仅只是**生活**而已。

……是啊,我毕竟也属于这生活,它也属于我;已经不是**现实**,那是属于上帝的,或者属于它自己,不含奥秘,也没有真理,因为它是真实或假装是真实的,所以它固定地存在于某处,不用成为暂时或者永恒,是绝对的影像,一种灵魂的概念,灵魂可能是外在的。

我踱着比我自我感觉要快一些的步子走向大门,我又将上楼,回到家里去。但我没有进去;犹豫了;又继续往前走。菲盖拉广场打出来的哈欠是五颜六色的待售商品,将我覆盖,流动商车一般的地平线四处招揽顾客。我慢慢向前走,死气沉沉,而我的视野已不再是自己的,什么都不是:只属于一个人形动物,在无意中继承了希腊文化,罗马秩序,基督教道德和所有那些幻象,它们一起组成文明,我在其中感受。

活着的人究竟在哪里呢?

299.【1930年?月】
我发现,我一直都在同时思考并且注意两件事情。我想,所有人多少都有点这样。有一些印象那么模糊,只在后来想起它们的时候,我们才知道有过这些印象;我相信,从这些印象中形成了一部分——也许,是内部的——所有人都拥有的双重注意力,在我身上,我注意到的两种现实有着同样的风格。这是我的独特性,也许,也是我的悲剧,还有这悲剧中的喜剧。

我专注地书写,弯腰在一本书上发布一所隐秘公司那无用的历史;同时,我的思绪也同样专注地随着一条不存在的航船行驶过那不存在的东方风景。这两件事情在我面前同等清晰,同等可见:在格子纸上,我仔细写下瓦斯克斯公司商业史诗的诗句,而在船舷上,我仔细地看到,在木板空隙、铺着沥青的表格旁边一点,长长的整齐的椅子，还有那些旅途中悠闲伸出来的腿。

烟草店的凸显介入了；因此只能看到那些腿。

我把笔伸向墨水瓶，从烟草店的门——我感到自己几乎就在它旁边——走出来一个陌生的身影。他背对着我，走向其他人。他走得很慢，髋部没有什么动静。是个英国人。我开始做另一项发布。我看得那么多，以至于几乎能骗倒自己。应该给马尔克斯的账户记贷，而不是借。（我看到他，胖胖的，和蔼可亲，会讲笑话，然后，在一瞬间，航船消失了。）

如果我被一辆儿童自行车撞到，这辆儿童自行车会成为我故事的一部分。

300．【1930年？月】
路上的马车声响着，间隔的，缓慢的声音，好像，随着，我的困倦。午饭时间到了，但我留在办公室里。天气是温的，有一点阴。在噪音中，因为某种原因，也许是由于我的困倦，有着某种白天的东西。

301．【1930年？月】
有时候我想，我永远不会离开镀金匠大街。写下这句话在我看来就像是永恒。

不是乐趣，不是光荣，不是权力：自由，只是自由。

从信仰的幻魅变成理性的鬼魂，只是换了间牢房而已。艺术，使我们从固定而又抽象的大腹便便那里解脱出来，也将我们从慷慨的思想和社会关注的问题中解脱出来——那也是些大腹便便的人。

相信性格是在失去中获得的——同样的信仰证明这个宿命般的感觉。

302.【1930年？月】
文学，作为与思想结合的艺术，不被现实所玷污的现实，在我看来是值得人类用全部努力去实现的目标，如果这努力是真正的人性，而不是某种动物的浅薄。我相信，说出一个东西，就是保存它的美德，并去掉它的味道。田野的绿色，说出来的绿比它本身的绿要更多。花朵的颜色，如果能用语句描绘出来，将它们在想象的空气中定义，将比活体细胞的极限更持久。

走动是生活，言说则是生存。生活中真实的东西，如果被描绘得好，就不可能不真实。小房子里的批评家尽可以指出某首诗，有着长长的节奏，但说到底不过表达了某天很好这么个意思。但是要表达出某天很好是不容易的，那好的一天，它本身，是会消失的。所以我们要将这好的一天保存在一种鲜花盛开而又繁复的回忆中，这样，才可以用新的鲜花，或新的星辰，构建空虚而短暂的外部世界那一片片田野，或一层层天穹。

一切都是我们的样子，对于那些在不一样的时空中追随我们的人来说，一切都契合我们缜密想象过的样子，也就是说，契合我们通过装在躯体中的想象力，真正成为过的样子。我相信，历史，在它那褪色的巨大全景中，不会多于一段阐释性的演说，不会多于一个混乱的、由心不在焉的见证组成的合约。我们都是小说家，我们看到时就是在叙述，因为看见，和所有东西一样，是复杂的。

在这一刻，我有那么多重大的思想，那么多真正形而上学的东西要说，我突然觉得厌倦了，决定不再写下去，不再想下去，就让那说话的高烧带给我困意，像抚摸一只猫一样，抚摸闭上眼睛的我，抚摸那可以被说出的一切。

303．【1930年？月】

有一种不带睡意的瞌睡，我们可以在其中聪明地自娱，但不用动脑筋，在这个场合，我重读一些书页，它们串在一起，将组成我的一本书，里面都是不连贯的印象。从书页中升起单调而荒凉的感觉，好像一种熟悉的气味。我感到，即使在说我变化无穷的时候，我的说法都一样；我与我自己类似，多于我愿意坦白的程度；归根结底，我没有胜利的喜悦，也没有失败的颓意。我是一种自身余额的缺失，不情愿地达到一种收支平衡，它重创并削弱我。

我写下的一切，都是灰灰的。可以说，我的人生，即使在精神层面，也是缓缓下着雨的一天，一切都是波澜不惊和朦朦胧胧，都是徒有虚名的特权和被人遗忘的理由。我像撕破丝绸一样摧毁自己。我在光线和厌倦中疏离自己。

我谦逊地努力，尽量说出自己是谁，像一个神经机器一样，记录着我主观敏锐的生活中最细小的印象，这一切将我倒空，好像一只桶被踢倒，水洒在地上，弄湿了一切。我用虚假的墨水制造自己，我成了一个破布做成的帝国。我的心，我曾向其倾诉生动散文中的那些大事件，今天看来，写在这些书页的距离中，被另一种灵魂重读，我觉得它好像外省庄园里的一只水泵，被本能安装在那里，被操纵和用来提供服务。我沉船了，虽然没有风浪，而在那海中，是可以站起来的。

这混乱的一系列不存在的事物间隔中，我问我有意识的残存，将这么多页填满，到底有什么用，我以为是自创的语句，我觉得是思考过的情感，还有种种军队的旗和幡，其实只不过是屋檐下乞丐的女儿用口水粘在一起的纸片。

我问我的残存，这些无用的书页是到底为什么而来，它们只能是垃圾和投错的信，在还未存在之前，就丢失在被命运撕碎的纸堆。

我问，然而我继续。我写下问题，将它用新的语句包裹，以新的情感将它不均匀地分开。而明天我会继续写下去，接着在我愚蠢的书上，冷冷写下我卑微的日常印象。

它们继续，一如既往。多米诺牌戏已经打完，赢了，或者输了，那些石头被朝下翻过来，而结束了的游戏是黑的。

304．【1930年？月】
在我卑微深沉的灵魂中，一天又一天，我记下那些印象，它们组成我自我意识的外部本质。我将它们放在散漫的词语中，一写下来，这些词语就弃我而去，独立于我，漫游在图像的山坡和草地，观念的树行，困惑的崎岖小径。这对我毫无用处，其实什么都对我毫无用处。但是通过写作，我就不再心烦，好像一个生病的人，还未痊愈，但是呼吸顺畅些了。

有一种人，漫不经心地，在狭小角落的吸墨水器上写出一道道线和一个个荒谬的名字来。这些书页就是草稿，属于我对自己智识性的无意识。我在自我感知的昏沉中将它们勾勒出来，好像阳光下的一只猫一样，我重读它们，有时以一种迟到而模糊的惊异，好像想起一件总是忘掉的事情一样。

当我写作的时候，我庄严地访问自己。我有些特别的房间，被别人在角色扮演的间隙中回忆起，我在那里享受地分析我没有感受到的东西，像看一幅阴影中的画那样审视自己。

出生之前，我就失去了古老的城堡。当我还未存在时，祖先宫殿里的挂毯就被卖掉了。我生命之前的宅第破败成了废墟，只在某些时刻,心中的月光从河边灯芯草丛上升起,我的怀想才变得清凉,在那岸边,天空的深蓝有些泛白,白得更像奶黄,在它的映衬下,遗址的墙垣剪出黑色的影,这剪影没有牙齿。

我像斯芬克斯一样独一无二。我缺少的王后,在她裙摆上,掉出我灵魂那被遗忘的线团,好像一个无用的、绣出来的插曲。它翻滚到有着镶嵌物的写字台下面去了,我心中的那个东西像眼睛一样跟着它,直到它消失在坟墓和结束的那种巨大恐怖中。

305．【1930年？月】
感性所有的运动,不管多么令人愉悦,总是某种状态的断断续续,我不知道这个状态具体是什么,但它就是上述感性的深层生活。并不只是巨大的担忧使我们从自身分心,即使那微小的恼火,也会侵扰那个人人都向往着的宁静,即使我们不知道。

我们几乎总是生活在自身之外,而我们的生活就是不断地离散。然而,我们仍然是趋向内心的,像星球绕着太阳一样,以它为中心旋转,制造出种种荒谬而又遥远的日食。

306．【1930年？月】
我猜想我身上有某种所谓的颓废者特质,可以用来作为我精神的外在定义,一种虚假的陌生感闪出的悲伤光亮,将一个不安而又擅长杂技的灵魂,化身为意想不到的言语。我感到我就是这样荒谬。因此我尝试,仿照古典作家的假设,将我被替换的灵魂那装饰性的感受,尽量用数学般的明确勾画出来。在用书写来思考的某一刻,我茫然不知关注的焦点在哪里——是在分散的感受中,还是在言语中;我试着像写一块块未知的挂毯那样来描绘前者,但在尝试的过程中却隐匿于后者,走上岔道并看到别的东西。在我心中,概念、图像和词语形成各种组合——都那么清醒又那么糊涂——我说的既是自己的所感,也是我以为自己感受到的东西,我也不区分灵魂向我提示的东西,以及灵魂丢下的图像,这些图像在我的大地上开出花朵来。哪怕在那种情况,我也不区分它们,那时,一个野蛮词的声音,或一个交错的句子节奏,都没有让我丢下已经不明确的主题和已经成为花园的感受,同时,将我从思考和言说中宽恕,好像思考和言说是长途旅行,可用来散心。而这一切,我重复,本应该给我一种肤浅、失败和痛苦的感受,却不能不给我金子做的翅膀。只要我说起图像,也许因为我本想批判对它们的滥用,就又有图像在我心中诞生;只要我从自己身上站起来反对没有感受到的东西,我就已经在感受它了,而这抗拒本身,也是一种感受,可以在上面刺绣;只要,当我最终在努力中失去信仰,想在迷途中放任自己的时候,一个安宁的词汇,一个宽敞而严谨的形容词,就会像一束光一样,瞬间使我看清眼前那睡思昏沉中写下的纸页,我那墨水笔写出的字就成了一幅有着魔法符号的荒诞地图。而我放弃自己,就像抛下钢笔,披上披风躺平,无牵无挂,遥不可及,成为某种中间和身下的物质,而且没有后文,如同在看到梦幻之岛时船沉大海,那海水是染金的紫罗兰色,和在远方床榻上梦见的一模一样。

307.【1930年？月】

有一种博学属于认知,这是名副其实的博学,也有一种博学属于理解,就是所谓的文化。但还有一种博学属于感性。

  感性的博学和生活经验完全无关。生活经验不能教给我们任何东西,就像历史不能给出任何信息。真正的经验在于限制人与现实的接触,并增强对这个接触的分析。这样,感性被扩展和加深,因为我们身上就有一切；只要我们去寻找它，并懂得寻找它。

什么是旅行，旅行又有什么用呢？任何日落都是日落，没有必要跑去君士坦丁堡去看它。那在旅行中产生的、获得自由的感觉？我从里斯本去本菲卡的路上也能感受到，而且感受到的要比从里斯本到中国去的人更强烈，因为如果获得自由的感受不在我身上，对我来说，它在任何地方都不存在。"任何一条道路，"卡莱尔说，"就算是恩特福的这条大道，都能将你带到世界的尽头。"[1]但是，如果将恩特福大道走遍，一直走到尽头，还是回到恩特福大道；所以作为我们起点的恩特福大道，正是我们所要到达的世界尽头。

孔狄亚克这样给他的著作开头："不管我们爬得多高，也不管我们降得多低，我们永远无法走出自己的感知。"[2]我们永远无法离开自己这一岸。如果我们无法通过自己敏感的想象力成为他者的话，我们永远无法到达另一个人。真正的风景是自己创造出来的，因为这样，作为这些风景的神，我们能看到它们真正的样子，也就是它们被创造出来的样子。我感兴趣并能真正看到的，并不是什么周游世界；我所游历的是另一个世界，它为我所独有。

那穿越了所有大海的人，仅仅只是穿越了他本身的单调。我已经穿越了比所有大海更多的海洋。看到过比地球上所有大山更多的山。经过了比存在的城市更多的城市，我观望的目光之下，流淌过伟大而绝对的，任何世界都没有的河流。如果我去旅行，遇到的风景只是我没有去过却看到过的风景的一个糟糕翻版。

别人去一些国家旅行，是以无名氏和朝圣者的形式去的。我去一些国家旅行，不但能品尝无名旅行者那隐藏的快乐，也能拥有统

---

[1] 语出托马斯·卡莱尔《衣裳哲学》，伦敦：查普曼和霍尔出版社，1903年，第65页。佩索阿个人藏书中有卡莱尔的这本著作，并在书中划出了这句话。

[2] 参见：孔狄亚克《论人类认知的起源》开头部分（巴黎：乌埃尔出版社，1746年，第20页）。

治那一方的**国王**的威严，住在那里的人民的习惯，还有那个民族及其他民族全部的历史。我看到那些风景，那些房屋，因为我就是它们，它们是以我想象力的本质，在神身上创造出来的。

拒绝就是获得自由。无所欲求就是权力。

中国能给我带来哪些灵魂没有给过我的东西？而且，如果我的灵魂不能给我带来某个事物，中国又怎能给我呢？我难道不会以自己的灵魂看到中国吗，如果我会看到它的话？我可以去东方寻找财富，但那不是灵魂的财富，因为我灵魂的财富是我自己，而我就在我所在的地方，在不在东方都一样。

我理解，没有能力去感受的人，才去旅行。因此他们永远贫乏，就像把旅行书作为经验书一样，唯一的价值只是写下这些书的作者的想象力。而如果那作者有想象力的话，他既能细致、照片般地描写他想象的风景，好像它们是旗帜一般，并使我们陶醉其中；也能用必然不那么细致的方式，去描写他以为自己看到的风景，而同样使我们陶醉。我们都是近视者，但我们向内心观望时除外。只有梦才能用目光看到。

说到底，我们在大地上的经验只有两个——普遍的和个别的。描述普遍性，就是描述对人类全部灵魂和全部经验来说有着共通性的事物——广阔的天空，在它之前和在它之内发生的白昼与夜晚；河流的奔流——同样有着姐妹般的清凉的水；大海，颤抖着延展的山峦，在幽深处的秘密中保存着高度上的尊贵；田野，季节，房屋，脸庞，姿态；衣装和微笑；爱情与战争；众神，有限或无限；无形的**夜**，世界本源的母亲；**命运**，这智识性的怪物，也就是一切……当我描绘这个，或和这一样的某个普遍的东西，我用那原始和神圣的语言，那人人都能理解的、人类始祖的语言，与灵魂对话。但是，巴别塔之后，我又能以怎样破碎的语言，来描写圣茹斯塔电梯，朗斯大教堂[1]，法国阿尔及利亚步兵的裤子，葡萄牙语在后山地区[2]的发音方式？这些事物是表面上的偶发事件；可以在行走中被感受到，但不能直接感受到。圣茹斯塔电梯中普遍性的事物是那使世界更便捷的机械工程学。朗斯大教堂中的真理既不是大教堂也不是朗斯，而是用于认知人类灵魂深处的建筑物那宗教性的尊贵。法国阿尔及利亚步兵的裤子中永恒的东西是服装那彩色的虚构，作为人类的一种语言，创造出一种社会的简明性，而它本身则是一种新的裸体。在地方性发音中普遍的事物是那自然生活的人所拥有的家常音色，群体的差异性，生活方式多彩的变换，民众的界限，还有各民族巨大的差异性。[3]

在我们自身中游走的永恒的行人，除了我们的样子，没有别的风景。我们不拥有任何事物，因为我们连自己都无法拥有。我们什么都没有因为我们什么都不是。我用什么样的手伸向什么样的宇宙？宇宙不属于我：它就是我。

308. 【1930年？月】

缓慢地，在外面那缓慢的月光中，风摇晃着东西，这些东西颤动着阴影。可能只是楼上晾着的衣服，但阴影本身，不认识衬衫，不可触地漂浮着，无声地与万物合拍。

我让窗门开着，好早些醒来，但直到现在，夜晚已那样衰老，什么都听不到，我既无法陷入睡眠也无法好好醒着。在我房间里的阴影之外，有一道月光，但它不经过窗子。存在着，好像空心的银

---

1 法国北部著名大教堂，典型哥特式建筑。根据传统，法国国王的加冕礼多在该教堂举行。（译者注）
2 后山（Trás-os-Montes），又译作"山后省"，葡萄牙东北部的一个区域。（译者注）
3 参见第188篇。

做的一天,而我能从床上看到前边楼房的屋顶,好像是液体状的,有着发黑的白色。像一声从高处向听不见的人说出的祝贺,在月亮那坚硬的光中,有一种悲伤的平和。

不去看,不去想,而眼睛已在缺席的睡意上闭着。我沉思着那真正的、可用来描绘月光的词语。古人会说,月光是白色的,或月光是银做的。但月光那虚假的白色有着许多色彩。如果我从床上起来,并从冷冷的玻璃后面看过去,我很清楚,在那高处分离的空气中,月光是有着柔黄色泛滥的灰白;在好几层屋顶之上,在一些屋顶和另一些屋顶那黑沉沉的不平衡中,月光有时将温顺的房屋那白和黑染成金色,有时将高处瓦片的棕红色淹没在一种无色的颜色中。在路的深处,安宁的深渊,在那里,裸体的石头不规则地变圆,没有颜色,除了一种蓝色,可能来自石头本身的灰色。在地平线的深处,应该几乎是深蓝色了,和那天空深处的蓝黑色不同。在被敲打的窗户上,是黑色的黄。

从这里,在床上,我如果睁开没有睡意的眼睛,将会有一种空气,像是雪变成了颜色,在那里面飘浮着温热的珍珠母细丝。而且,如果我用感受的东西去思考那空气,它就是一种变成白色影子的厌倦,慢慢变暗了,好像眼睛在这不可分辨的白色上闭起。

309.【1931年1月8日】
我很久没有写作了。几个月过去,我没在生活,只是僵持着,在办公室和外表之间,一种思考和感受的内在停滞中。这,很不幸,并不休停:在腐烂中,会发酵。

我很久既没有写作,甚至没有存在。我相信我没怎么做梦。路对我来说只是路。我做着办公室里的工作,意识都只放在它身上,但我也不能说自己毫不分心:在这后面,我没在沉思,也没在睡觉,但在工作后面的我总是另一个。

我已经很久没有存在了。我极度安宁。没人能把我和我自己区分开来。我感到自己在呼吸,好像在此之前练习过一个新的或迟到的事物。我开始意识到自己有意识。也许明天我能面对着自我醒来,并将我断了线的存在本身再连接起来。我不知道这样我是否会更幸福。我什么都不知道。我抬起我这路人的头,看见城堡所在的山坡上,对面的夕阳在数十扇窗户上燃烧,在冷火那高高的反射中。这些坚硬火焰的眼睛周围,白昼结束时整个山坡都是柔和的。我至少能感到悲伤,并在我的悲伤中意识到,刚才交错而过的——看到或听到的——是电车开过的突然声响,年轻人们交谈时的随意声音,活着的城市那被遗忘的耳语。

我很久不是自己了。

310. 1931年2月1日

连续下了几天的雨之后,天又把蓝色带回来了,将它藏起来,让更高阔的空间找不到。路上,水坑像田野中的池塘那样沉睡,明亮的欢乐在高处变冷,在道路和欢乐之间有一种反衬,使肮脏的道路变得令人愉悦,美好冬日的天空变得像是春天。礼拜天,我没什么事情要做。天那么好,我甚至不想去做梦。我享受这一天,连智识都把自己完全交给了感官的真心诚意。我像一个单身推销员那样散步。我感到自己老了,只为了感受到重返青春的快乐。

周日大型广场上,有一种肃穆的动静,是另一种日子才有的。在圣多明我教堂,一场弥撒散场了,另一场正要开始。我看到一些人出来,另一些人还没进去,依稀能看到他们在等着什么人,但又看不见谁正在出来。

所有这些东西都不重要。就像平凡生活的一切,它们都是一种睡意，属于谜团和城堞，而我，好像一个已经说明来意的传令官，在那里观望我沉思的平原。

以前，还是孩子的时候，我也参加过同样的弥撒，或者可能去的是另一场，却本应该是这一场。郑重其事地穿上我唯一的一件好西装，并享受着一切——哪怕那些没有理由让人享受的东西。我生活在表面，而我的西装又干净又新。一个必然会死的人，一个牵着母亲的手而且一无所知的人，还能有什么所求？

以前我享受着这一切，然而也许，只在现在我才明白自己曾有多么享受它。我进场做弥撒，好像进入一个大奥秘，做完弥撒出来，好像走向一片光明。以前实实在在如此，现在也实实在在是这样。不一样的是，这个人现在没有信仰，有的是一具成人的躯体，一个会回忆和哭泣的灵魂，都不过是虚构和挫败，混乱和坟墓。

是的，如果我记不起自己曾是什么样子，我当前的存在将是不可承受的。而这还在不断从弥撒出来的、与我无关的人群，还有那正在到达准备进入另一场的、可能的人群——这一切都像一只只船，驶过缓慢的河，河岸上搭着我的家，临河的窗户是关着的。

记忆，周日，弥撒，曾经存在过的愉快，流逝的时间奇迹般地停住了，它从不忘记，因为曾经是我的……正常的感受那荒谬的对角线，广场上的车厢那突然的声响，听来像是车轮，在汽车嘈杂的沉寂底部，而且，以某种方式，通过时间的一种矛盾的材料，今天，就在这里，继续有效，就在我当前的存在和我失去的东西之间，而我把自身的这个间隔，称作我……

311．1931年2月2日

越是高贵的人，必须要失去的东西就越多。巅峰之上的位置，只能给一个人。越是完美，就越是完整；越是完整，就越无法成为他者。

读了报纸上关于一位名人那伟大而多面的生活的报道之后，我产生了这些想法。那是一个美国百万富豪，什么都尝试过。拥有过一切他渴望的东西——金钱、爱情、友谊、事业、旅行和收藏品。倒也不是说金钱是万能的，而是那巨大的吸引力，那使之获得很多金钱的吸引力，确实几乎是万能的。

我把报纸在咖啡桌上放下，在桌面的反光中，可以看到广场推销员的身影。我差不多认识他，他每天都在角落里的桌子上吃中饭，今天也不例外。那百万富豪拥有过的所有一切，这个人也有过；当然程度要小一些，但是和他的高度一致。这两个人获得的东西是一样的，连在知名度上也没有差别，因为在这一点上也有着确立其身份的环境差异。世上没人不知道那位美国百万富豪的名字；但在里斯本的广场上也没人不知道那正在角落里吃午饭的人的名字。

这些人，说到底，手臂伸出来，他就得到了可以触及的一切。他们手臂的长度不同，其他都一样。我从来无法嫉妒这些人。我一直觉得美德在于获得那得不到的东西，在并不身处其中的地方生活，在死后比活着的时候更加活生生，总之，在于获得某种困难的、荒谬的东西，在于战胜世界的现实本身，像克服种种障碍一样。

如果有人告诉我，不在世之后长存的愉悦是没有意义的，我会回答，首先，我不知道是否如此，因为我不知道人类生存的真理；之后，我会回答，未来的声名所拥有愉悦是一种当下的愉悦——声名才是未来的。而且是一种自豪的愉悦，任何一种物质占有所能提供的愉悦都无法与之相比。的确，它可能是虚妄的，但无论如何，要比只享受眼下的东西所带来的愉悦要更宽广。美国百万富豪不能指望后世欣赏他的诗，因为他一首也没写；广场推销员无法假设未来能陶醉于他的画，因为他一幅也没画。

而我，在这短暂的人生里，我什么都不是，但我可以享受着想象未来在阅读这一页文字，因为我确实写下了这一页；我可以为我将会得到的声名而自豪，好像为一个儿子而自豪一样，因为，至少，我有获得声名的可能性。而我想到这个的时候，我以一种内在的尊贵，从桌边站起来，好像我看不见的身高屹立于底特律、密歇根和整个里斯本的广场之上。

然而，我注意到，我开始反思的时候，并没有这样的思绪。我首先想到的是，那必须生存的人在生活中只需要成为那么微小的人物就可以了。这种思绪也好，另一种也好，反正都是一样的。荣耀不是一块奖章，而只是一枚硬币：一面是**人像**，另一面是价值标示。而那些更大的价值是没有硬币的：它们只能印在纸币上，而那个价值也总是不多的。

像我这样的小人物，就是用这些形而上学一般的心理学来自我安慰的。

312．1931年3月10日

就像有人因为厌倦而工作一样，有时我也因为无话可说而写作。不思考的人自然而然会耽于幻想，而我则是以写作沉迷于其中，因为我懂得用散文来做梦。我没在感受，却能提取到不少真诚的感情，很多合理的情感。

有时候，感到自己活着的那种空虚能达到一种积极的东西所具有的厚度。在那些伟大的行动者，也就是圣人们身上，尤为如此，因为他们通过全部而非局部的情感去行动，感到生活就是空无，就能将他们引导至无限。他们给自己加冕，戴上夜和星辰的王冠，涂上沉寂和孤独的圣油。而在那些伟大的不作为者身上，我也谦卑地属于这个行列，同样的感觉则能导向无限微小的境界：感受被拉伸，好像橡皮筋一样，以至可以看到它们虚假而有弹性的延续性上面那一颗颗小孔。

前一种人和后一种人，在这样的时刻，都爱睡眠，就像普通人一样，普通人不行动也不无作为，仅仅是人类这个物种存在通性的反光而已。睡眠是与上帝的合体，是**涅槃**，不管这涅槃的定义是什么；睡眠是用感受来做缓慢的分析，不管这分析是可以被使用，就像灵魂的一种原子科学，还是可以在睡眠中消耗，就像意志的一种音乐，把单调缓慢地拆散重组。

好像有橱窗隔着，看不清，而我能留住的，是些装了一半的感觉，几乎成形的表达，好像填料的颜色，我看不出来是什么，一些物件组合起来，展现出和谐，但我不知道那些物件是什么。我写作，将自我在摇篮里摇动，好像一个疯母亲摇着死去的儿子。

我在这世上某天遇到了自己，不知是哪一天，但自从我无可置疑地出生，直到那一天，我都是毫无感受地在生活，我问过我在哪里，所有人都欺骗了我，而所有人都自相矛盾。我求别人告诉我该做什么，所有人都对我说了假话，而所有人对我说的内容都不同。因为不知道，我停在了路上，所有人都惊讶万分，不明白为什么我没有继续走，直到谁都不知道在哪里的那个地方，也不明白为什么我没有往回走——在十字路口醒来的我，不知道自己是从哪里来的。我看到自己身处一场戏，不知道扮演什么角色，别人虽然也不知道，却能脱口说出台词。我看到自己穿着侍童的衣服，但没有人给我派一位王后，还怪我没有王后。我看到手上有音信要传达，但当我通知那是白纸一张的时候，人们都笑我。而我至今不知道，他们笑我，是因为所有纸都是白的，还是因为所有音信都是被人猜的。

最后，我在十字路口的石头上坐下，好像坐到我缺失的壁炉旁边。于是，我和自己折纸船，用的是人们给我的谎言。没有人愿意听信我，哪怕把我当成骗子，也没有湖泊，来证明我的真话。

懒惰的语言，失踪的，松散的隐喻，好像一个痛苦的浪潮连接着阴影……昔日的留痕，那些好时光不知在什么树行间被体验过……关掉的灯,在黑暗中闪着金光,它来自记忆,而记忆中的光已消失……说出的词语,不是抛给风,而是掷向地,松开的手,让它们从指间溜走,好像它们是干枯的树叶,从一棵看不见又无穷尽的树纷然飘到手上……想念别人田园中的池塘……没有发生的事情所拥有的温柔……

生活!生活!还怀疑着,说不定,只在普洛塞庇娜[1]的小园子里,才能安眠。

313. 1931年4月8日

整整一天,在它由轻而暖的云构成的全部绝望中,都被革命爆发的信息所占据。这样的信息,或假或真,总是让我充满一种特别的不适感,混杂着鄙视和生理上的恶心。有人以为暴动可以改变什么东西,这使我在智识上疼痛。暴力,不管是什么,对我来说都是人类愚蠢那瞪大眼睛的样子。再说,所有的革命者都是愚蠢的,所有的改革者也是如此,只不过让人讨厌的程度要小一点。

革命者或是改革者——错误是一样的,尽管统领和改革自己对待生活的态度是那么重要,它就是一切,而统领和改革自己的存在本身也很重要,它几乎就是一切,人类却总是逃避,总想要改变其他人和外部的世界。革命者、改革者,从头到脚都是逃避。战斗就是做不到与自己战斗。改革就是不具有可以存在的灵魂。

具有准确敏感度和正直理性的人,如果自认为对世界的恶与不公感到担忧,自然而然就会寻求纠正这种不公,他会从离他最近的这种表现入手;那么,他会在自己身上找到。用一生来完成这个改变。

---

1 暗指阿尔加农·查尔斯·斯温伯恩的诗《普洛塞庇娜的花园》,收录于《牛津维多利亚诗歌》,奎勒·库奇出版社,1912年,第580—586页。

对我们来说，一切都在对世界的观念里；改变对世界的观念，这就是改变世界。因为世界永远就是它呈现给我们的样子。那个内在的正义，为了它我们写下一页流畅而优美的文字，那真正的改革，为了它我们将死去的感性复活——这些东西才是真理，我们的真理，唯一的真理。世上其他的东西都只是风景，作为框架，用来装裱我们的感受，或用来装订我们的思绪。事物和存在——田野、房屋、海报和服装——所具有的五彩的风景，或是单调灵魂那无色的风景，莫不如此，一时在陈旧的语言和过时的姿态中升上表层，一时又在人类表达那基本的愚蠢中降到底层。

革命？改变？以我灵魂所有的私密性，我真正想要的，是让那些呆滞的、给天空灰灰地抹上肥皂的云停止；我要的是看见蓝色从那些云之间开始出现，这才是真理，准确而明白，因为它什么都不是，什么都不要。

314．【1931年5月27日前后】

我认识的唯一有着真正灵魂的旅行者，是我之前工作过的那家公司办公室里的一个小伙子。这个小伙子收集城市、国家和运输公司的宣传册；他有很多地图——从期刊上撕下来的，从这里那里讨来的——还有从报纸和杂志上剪来的风景，异国风俗木刻，各种船只的图画。他顶着一个假造的公司之名，或许某个真实的公司之名，比如他工作的那一家，去旅行社索取关于意大利旅游指南，印度旅游指南，标有葡萄牙和澳大利亚之间交通连接路线的手册。

他不仅是我所认识的最伟大的旅游者，这是因为他是最真实的一位，他还是我碰到的人当中最幸福的人之一。不知道他后来怎么样了，我感到遗憾，或者，事实上，我只是觉得自己应该感到遗憾；在现实中我并不遗憾，因为今天，离我认识他那个短暂的时间已经过去十年或者十多年，他应该成大人了，愚蠢的，完成各项义务的，或许已婚的，某种社会支柱——总之，在他本身的生命已经死了。他甚至可能已经用身体旅行过了，而他曾经那样地能以灵魂来旅行。

我突然想道：他曾精确地知道，从巴黎到布加勒斯特应该怎么转火车，如何经铁路游遍英国，还有，他错误地说着那些奇怪名字时，有一种带着光环的明确，这光环来自他灵魂的伟大。今天，是的，也许他像等死的人那样存在过，但也许有一天，他老了的时候，还能记得，梦见波尔多比在波尔多进站不仅要美妙得多，也要真实得多。

这么说来，也许一切可以有另一种解释，他也许只是在模仿着另一个人。或者……是的，想想儿童的聪慧和成人的愚蠢之间那可怕的鸿沟，有时候我觉得我们在童年时有某种精灵守护，它将自己那星辰一般的智慧借给我们使用，然后，也许心怀遗憾，但必须遵守某种高处的法则，像动物母亲抛弃长大了的幼崽那样，将我们抛弃给肥腻，也就是我们的命运。

315.【1931年5月27日前后】
我在卡斯凯什和里斯本之间遐想。我去卡斯凯什为瓦斯科斯老板在埃伊托里尔的一处住宅缴税。我提前享受到了旅行的快乐，去程一小时，回程一小时，可以看到大河和它在大西洋入海口那永远变幻着的样子。事实上，去的时候，我沉浸在抽象的冥想中，对那些水的风景视而不见，而我曾那么兴高采烈地想看到那风景；回来的时候，我又沉浸在这些感受的固化之中。我无法写下旅途中那最小的细节，那最小的、可见的一段。通过遗忘和矛盾，我赚到了这几页。我不知道，如果与此相反的话，是好还是坏，虽然我不知道相反的情况是怎样。

火车慢下来了,索德雷码头站到了。我到达了里斯本,但没有到达一个结论。

316. 1931年6月18日

如果我专心思考人类过的生活,我就根本无法从中找出任何东西,使之区别于动物所过的生活。人类和动物都是通过事物和世界的组合,被无意识抛出来的;两者都在间隔中自娱自乐;都日日重复着同一个生理过程;都不会有更多思考,也不会有更多生活。猫在阳光中打滚,也在那里睡觉。人类在生活中打滚,带着他所有的复杂性,也在那里睡觉。不管是前者还是后者,都注定如此,活着就无法摆脱这个法则。没有一个能够托起生命之重。最伟大的那些人,追崇光荣,但是他们追崇的,并不是真正的不朽,而是抽象的不朽,也许他们是享受不到的。

这些思绪,常常浮现在我脑海,我由此对那一类我本能厌恶的人突生敬佩。我指的是那些神秘论者和苦行僧——所有在西藏及类似地方的密宗隐士,所有和柱上的圣西蒙类似的苦行僧。这些人,尽管有着他们的荒谬,确确实实,还尝试着挣脱动物法则。这些人,尽管有着他们的疯狂,确确实实,还尝试着否定生命约束,拒绝在阳光中打滚,拒绝在不假思索中等待死亡的到来。尽管停留在柱子高处,他们依然追寻着;尽管禁闭在无光幽室,他们依然期盼着;尽管挣扎在被迫的殉道和强加的痛苦中,他们依然渴望着,渴望那个他们并不了解的真理。

我们这些其他人,都过着动物一样的生活,带着或多或少的复杂性,我们穿越舞台,就像没有台词的群众演员,因为行走的轨迹庄严肃穆,不免扬扬自得。狗和人类,猫和英雄,跳蚤和天才,在星辰那巨大的安宁之下,我们都在玩存在的游戏,而不去思考它(我们当中最好的人也只是想到要思考而已）。其他人——命运多舛、以身殉道的神秘论者——至少还用身体和日常生活去感受奥秘那魔幻的存在。他们是得到解脱的，因为他们拒绝可见的太阳；是完整的，因为他们从自我清空了世界的空虚。

我几乎成了神秘论者，跟随着他们，说着他们，此外我做不到更多，无非就是搭配我这一时的神秘倾向，将我写下的词语换个风味。我永远是镀金匠大街的人，它就好像整个人类文明一样。我永远是写字台职员，诗句或散文中的。我永远是本地人和顺从者，神秘或非神秘的，忠于我的感受和让我拥有这些感受的时光。无言的天空那巨大的蓝色华盖之下，我永远是一个小侍童，循着无人理解的仪轨，为了完成那仪式，穿上了生命的衣服，尽管不知道为什么，还是遵命做出手势，走出步伐，对准位置并调准仪态，我必须这样，直到节日结束，或者我的角色完成，那时我才可以去吃东西，人们说，往下走到花园尽头，就是晚宴的篷帐。

317. 1931年6月20日

最后的雨水向南方转移之后，只剩下那将它们扫除的风，真实无虚的阳光，欢乐地回到了城市的大山丘上，五彩的楼房那高高的窗边，出现了很多白色的衣服，跳跃着悬挂在被中等大小的木棒撑起的绳索上。

我也感到愉快，因为我存在。我怀着巨大的目的从家里出来，其实只是准时到达办公室而已。但是，这一天，生活本身的不可抗拒，兼得另一种好的不可抗拒，它使太阳根据地球各地的经度和纬度，按照天文年历上的时刻准时出现。我感到幸福，因为我无法感到不幸福。我轻松地走在街道上，充满了确定感，因为不管怎么说，熟悉的办公室，里面熟悉的人，都是确定的。我毫不意外地感到自由，尽管我不知道为什么。在普拉塔路边放着些篮子，那里面待售的香蕉，在阳光下，有一种特别的黄颜色。

其实，我很容易就能满足：雨的停止，幸福的南方所具有的好阳光，因为有着黑点而更加鲜黄的香蕉，招呼着卖香蕉的人，普拉塔路上的过路人，远处的特茹河，泛绿的蓝色闪着金光，宇宙体系中这整个的家常角落。

会有那么一天，我再也无法看到这一切，那些路边的香蕉会比我活得更长久，那些狡黠的女商贩的声音也是如此，小男孩在街另一边的人行道的角落上一摞一摞排开的那些日报也是如此。我很清楚，那将是另外一批香蕉，另外一些女商贩，而那些日报，人们弯腰就能看到它们上面的日期不是今天。但是这些事物，因为并没有在生活，哪怕换了一批也还能持续下去，而我，因为活着，哪怕还是同样的我，也还是会逝去。

这一刻，我本可以买一些香蕉，使它更隆重，因为我觉得那些香蕉上投注着今天所有的阳光，好像一个没有来源的反光全射灯一样。但是仪式、象征和在街上买东西都让我难为情。人们可能不会把香蕉好好地包装给我，可能不会好好地卖给我，因为我也不知道应该怎么买。可能会觉得我问价钱的声音很古怪。写作还是比敢于生活要好一些，哪怕生活也不过是在阳光中买香蕉而已，只要阳光还在，还有香蕉卖就行……

晚点再说吧，可能……对，晚点再说……另一个人，也许……我不知道……

318. 1931年6月20日

这一天，所有的单调，都像监狱入口一样，让我觉得沉重。然而，所有的单调也就是我本身的单调。每一张脸，哪怕是我们昨天看到的那一张，今天也不一样，因为今天不是昨天。每一天都是独自存在的一天，在世界上从没有过同样的一天。只在我们灵魂中才有身份——人所能感到的自身的身份，尽管它对自己也是假的——通过它，一切才变得相似而简单。世界就是凸显的、棱角分明的万物；但是，如果我们近视的话，他就是一团贫乏而连续的雾。

我渴望逃离。逃离我熟悉的事物，逃离我拥有的事物，逃离我所爱的事物。我渴望出发——不是去不可能的印度，也不是去位于一切之南的那些伟大岛屿，而是去任何一个地方——村庄或荒原——只要它身上有着不是此地的本质就行。我要的是再也看不见这些脸，这些习惯和这些日子。我要的是休息，他者一般的，属于我有组织的假扮。我要的是感受睡意像生活而不是像休息那样来临。海边的一个小屋，一个山洞，甚至，一座山的那片泥泞的梯田里，都可以给我这样的感受。不幸的是，只有我自己的意愿不能给我。

奴役是生活的法则，除此无他，因为这条法则必须被遵守，没有可能反抗，也没有逃避可寻。有些人生来就是奴隶，另一些人变成了奴隶，还有一些人则是被添加了奴役。我们都对自由有着懦弱的爱——如果我们拥有自由，我们会觉得奇怪，最终会厌恶它——这真正标示着我们奴役的重量。我本人，刚刚说过想要一个小屋或山洞，好脱离一切单调，也就是我自己的单调，我又怎敢出发去那个小屋或山洞，同时通过理解，心里清楚知道，既然单调来自我本身，它怎么不可能总找到我？我本人，因为我身处的地方和当前的状态，感到窒息，病是出自我的肺，而不是那环绕着我的空气，我又能在哪里呼吸得更顺畅呢？我本人，那么强烈地渴望纯净的阳光和自由的田野，可见的大海和完整的地平线，谁又能说，我不会奇怪于床和食物，我不会奇怪于不用走八层楼梯到街上，不能进入街角的烟草店，不会奇怪于不能与懒惰的理发师互道早安？

周遭的一切都成了我们的一部分，渗透到我们肉体性和生活性的感知中，它好像巨大的**蜘蛛**吐出的**丝**，将我们和就近的东西微妙地连接起来，将我们捆绑在床榻上随风摇曳，那床榻轻得像缓慢的死亡。一切都是我们，而我们也就是一切，这又有什么用，如果一切都是虚无？一缕阳光，一朵云有着说来会飘过的、突然的阴影，一阵扬起的清风，当它停止时随之而起的沉寂，一张脸或另一张脸，一些声音，在话语间偶然的笑声，然后是黑夜，星辰那破碎的象形文字毫无意义地浮现。

319. 1931年7月2日

一晚上没睡好，大家都不喜欢我们。消失的睡眠将某些使我们具有人性的东西带走了。有一种潜在的易怒伴随着我们，好像就在那围绕着我们的无机空气里。说到底，是我们自己，撤走了对我们的支持，这引发了耳聋般战争的外交破裂，发生在我们与自己之间。

今天一整天，我都拖着脚步和巨大的疲倦在路上走着。我的灵魂缩成了一个线团，而我当前和曾经的存在，也就是我自己，忘掉了他的名字。如果我还有明天，我只单单知道自己没有睡觉，而多重间隔所造成的混乱，在我内心的言语中，加上了巨大的静音。

啊，属于他人的大公园，给那么多人使用的惯常的花园，美妙的树行，拥有它们的人，永远不会认识我！我在失眠之间停滞，好像一个从来不敢肤浅的人，我冥思的事物睡眼惺忪，好像一个梦做到了头。

我是一个守寡的家，是自己的修道院，被害羞和偷偷摸摸的鬼魂蒙上阴影。我总是在旁边的房间里，或者他们在那里，而我周围有树丛发出的巨大噪音。我遐想，我发现；我发现，因为我遐想。我童年的日子啊，那正是你们，还穿着围兜！

这一切之间，我走在街上，我在四处游荡的树叶上昏昏欲睡。

任何缓慢的风都能把我从地上吹走，我像日暮的结尾一样漫游在风景发生之间。眼皮重重地压到我拖着的脚上。我走着，因而更想睡觉。我闭着嘴，好像希望把嘴唇封起来一样。我在漫步中沉船了。

是的，我没有睡觉，但这样，在我一点也睡不着也不睡觉的时候，我更明确。我才真正处在这偶发而又具有象征性的永恒之中，它属于我用来自我欺骗的那半个灵魂。有那么一两个人看着我，好像认识我又觉得我很奇怪。我感到自己通过眼球看着他们，也能感到眼球被眼皮压得发痒，而我根本不想知道这世界的存在。

我很困，非常困，彻底的困！

320．1931年7月13日

在下午早早成为黑夜之前，尚未消逝的光线那模糊的阴影中，一无所思，我享受地漫步在城市的渐变之间，我走着，仿佛什么都无药可救。那伴随着我的，分散的悲伤，在想象上比在感官上更让我舒适。模模糊糊地，虽然不去阅读，我在心中翻着一本书，文字中无序穿插着快速的图像，我从中并不悲痛地构建着一个永远不会完成的思想。

有人能像过目那样快速地阅读，而且还没看完就能得出结论。我也这样在灵魂中翻阅一本书，从中取出一个模糊的、有待讲述的故事，那是另一个流浪者的回忆，关于日暮或月光的描绘片段，中间有公园的树行，还有很多丝绸一样的形象，穿过，又穿过。

我不区分厌倦和金子。我走在街上，同时走在下午和梦到的阅读中，而那些道路是真正被走过的。我既离乡背井，又在休息，好像在一艘行驶在远洋的航船甲板上。

突然，沿着又长又弯曲的道路那双重的延伸部分，死去的路灯不约而同地亮起。如同一个灾变，我的悲伤加剧了。原来书已经看完。

有的只是，抽象的道路上空，黏稠物垂下一根感情表面的线，如同愚蠢的**命运**，把口水滴到我灵魂的意识上。

另一种生活，它属于夜幕降临的城市。另一个灵魂，它属于那望向黑夜的人。我继续走下去，不确定，但有深意，不真实，但可以感知。我好像一个被谁讲过的故事，因为被讲得那么好，以至于可以以肉身在这小说世界里走一程，虽然不多，就在某一章的开头："在那个时刻，可以看到一个人慢慢地走在……路上……"

我和生活之间到底有着什么？……

321．1931年8月22日

夏季终了，秋季到来之前，空气变得沉重而色彩变得缓慢的炽热间歇，下午习惯穿一件敏感而妄自尊大的衣服。这些下午可以与想象力的那些技巧相比较，在那些技巧中，怀想是虚无做的，而且被不明确地延长，好像航船驶过留下的一条不断延续的蛇。

这样的下午，好像潮汐时的大海一样，一种比厌倦更糟糕，但又不能不被叫作厌倦的感情将我充满——一种没有地点的绝望，整个灵魂的沉船合成的感情。我感到我逝去了一个万能的神，那构成一切的**本质**死了。而对我来说可感的宇宙成了一具尸体，它活着时，我曾爱过它；但最后的云彩那尚且温热的光中，一切成了虚无。

我的厌倦具有恐怖的形象；我的无聊是一种害怕。我的汗并不冷，但我对汗的意识是冷的。并没有身体上的不适感，除非，那灵魂上的不适感是那么巨大，以致它能穿透身上的各个毛孔，使身体也变凉。

这厌倦是如此强大，这活着的恐怖是如此至高无上，我无法想出能有什么东西可作为它的止痛剂，解药，香膏或者遗忘。睡觉和所有一切一样让我恐惧。死亡像一切一样让我恐惧。去和停都是不可能的事情。等待和不信在冷与灰中彼此等同。我是一个摆着空瓶的架子。

然而，不能成为另一个人是多么痛苦，如果我让凡俗的双眼接受这明亮一天结束时死的致意！毫无生气的天空那金色的沉默中，进行着希望的葬礼，它是多么隆重，由一个个空和无组成的花车游行，在发红的蓝色中散开，又将在雪白空间中那广阔的平原上变得苍白！

我不知道自己想要或不想要什么。我已经不知道什么是欲求，不知道该怎样去欲求，不知道通常让我们知道自己在渴求，或是想要有所渴求的情感或想法是什么，我不知道我是谁，或是什么。好像一个被倒下的墙活埋的人，我躺在整个宇宙那倒下的空虚之下。这样，我行进在自己的航线上，直到黑夜进入，还有一点点来自不同存在的亲切感像一阵清风一样，在我那自我意识的开端波动。

啊，还有那高高的月亮，这些平和的、因为痛苦和不安而温热的夜晚中最大的月亮！天上的美丽那邪恶的和平，热的空气中冷的讽刺，月光中显得朦胧、星辰中显得羞怯的，黑沉沉的蓝色。

322．1931年9月2日

我以不为人知的形式，看着自己的人生渐渐失去活力，看着我曾想成为的一切缓慢地泄气。我可以说出的那个真理知道自己已经死了，不需要用花圈来祭奠，我渴求过的东西，或我在其中有所投入的东西，哪怕只是投入一刻，哪怕只是对那一刻的梦，无不在我窗下粉碎，好像楼上一个花瓶里掉出来的、像石头一样的灰。甚至，似乎**命运**一直设法让我先爱上或渴求一个东西，而它早已打算好，让我在次日看清自己并不拥有那个东西，或根本不会拥有。

作为自我讽刺的观者，我却从没有在观看人生时垂头丧气。而且,今天我知道了,每个模糊的希望,都预示着有朝一日的破灭,因此,我能在痛苦中获得特别的享受,以希望来面对失望,好像以甜来配苦,使得甜在苦的反衬下显得更甜。我是一个冷峻的战略家,屡战屡败,在每一个新战役的前夜,已经在作战图上,享受着亡命撤退的策略和它的每一个细节。

不能不知道自己终会失去,因此无法渴求任何东西,这命运好像一个邪恶的生命体,一直迫害着我。只要在街上看见一位姑娘窈窕动人的身影,不管她怎样,如果有那么一刻,我设想那个身体属于我会怎样,那就可以肯定,离我的梦十步远的地方,姑娘会遇到个男子,我一看就知道那是她丈夫或情人。浪漫者会把这当成悲剧;奇怪的人会感到这是个喜剧;而我,将这两者混合,因为我内心浪漫,但对自己疏离,于是我会把这一页页的讽刺翻下去。

有人说,没有希望人是活不下去的,又有人说,有了希望也是枉然。对我而言,今天我既无希望也无绝望,人生只是一个外在的图画,将我包含在里面,而我又观看着它,好像观看一个表演,没有内容,仅供悦目——疏散的舞蹈,随风摇曳的树叶,云间阳光变换的色彩,偶遇的古老街道,随意点缀在城市里。

很大程度上,我就是我写的这篇散文。我把自身展开成节和段,做成标点符号,而且,在一连串铺陈的图像中,我像孩子们一样,穿上报纸做的衣服,假扮成国王,或者,在用一系列词语做出的节奏中,我像疯子们一样,弹奏自己,好像弹着干枯的花瓣,那些花还盛开在他们的梦中。最重要的是,我很安宁,好像一个木偶人,对自身有所意识,时不时摇一摇头,好让那尖角帽(头的组成部分)上面的铃铛发出某种声响,死人那叮当作响的生活,**命运最小的提醒**。

然而,多少次,在这安宁的不满足中,思考的空洞和厌倦何尝不一点一点吞没我有意识的情感！多少次，好像一个通过断断续续的声音来捕捉话语的人，我何尝不感受到，我这个和人类生活那么不同的人生，本质上多么痛苦——这个人生，除了在它的意识中，什么都没有发生！多少次，从自身醒来，我何尝不依稀看到，我是流放的化身，还不如做众人中的无名氏，做至少拥有真正痛苦的幸运儿，做个心满意足的人，拥有疲劳而非厌倦，能够受苦而不是假想受苦的人，会自杀，是的，而不是等死！

我成了书中的一个人物，一个被阅读的人生。我的感受（尽管我不想这样）是意义，用来写感受到的东西。我的思绪立刻成为词语，和图像混合，又被图像拆散，打开成节奏，而节奏是另外的一些东西。我如此重构自己，以致摧毁了自己。我如此思考自己，以致我成了思绪，而不是我本人。我探查自己，又弄丢了探测仪；我活着，总想着是不是到了底，而现在没有别的探测仪，只有一束目光为我照出自己的脸，黑白分明、高高悬挂在深井之上的镜子里，端详着我在端详它。

我是一种游戏用的纸牌，花色古老又无人知晓，一套牌都丢了，只剩最后一张。我没有意义，不知道自己价值几何，没有任何参照物可以让我找到自己，没有任何工具让我认识到自己。这样，在连续的图像中描述自己——不无真理，但也有谎言——我在图像中比在我自身停留得更久，自我讲述着，直到不存在，以灵魂作为墨水来书写，这灵魂除了被用来书写，别无他用。但是，反应停止，我又能忍受了。我回到了我本身的存在，尽管它什么都不是。而某个东西，好像没有哭出来的眼泪，在我僵硬的眼睛里燃烧，某个东西，好像没存在过的痛苦，在我干枯的喉咙里摩擦起泡。但是，说实话，即使真的哭出来，我不知道自己在哭什么，也不知道自己为什么没有不哭。虚构伴随着我，好像我的影子。而我梦见的是睡觉。

323. 1931年9月3日

最让人疼痛的感情,最刺伤人的情绪,是那些荒谬的——不可能的东西,恰恰因为它们不可能,所造成的不安;对从未存在过的东西的怀想;对可能发生的事物的渴求;由于无法成为另一个人而产生的痛苦;对世界的存在感到不满足。所有这些灵魂意识的半调,都在我们心中创造出一种令人痛苦的风景,一种我们存在的永恒日落。因此,我们感受到的自己,是一片变成深色的荒芜田野,没有船的河边那灯芯草丛的悲伤,明显地在那远远的岸间泛出黑色。

我不知道这些感情是不是一种极度沮丧的缓慢疯狂,是不是关于我们可能去过的另一个世界的残存记忆——交叉和混合的残存记忆,好像梦里看见的东西一样。我们所看到的它们的样子是荒谬的,但如果我们知道它们的来源,也许就并不荒谬。我不知道我们是否曾经是其他的生命体,今天我们作为它们的影子,以一种不完整的方式,感受到它们那更大的完整性——失去了那种坚固,我们生活在只有二维的阴影中,糟糕地扮演着那种完整性。

我知道这些关于情感的思绪和灵魂中的愤怒一样让人疼痛。我们无法想象出与这些思绪对等的东西,无法找到一样东西来替代那个我们在视野中拥抱的事物——这一切都像一种判决那样沉重,不知它是在哪里被下达的,不知是谁下达的,也不知为什么。

然而,感受到这一切之后遗留下的东西,必然是一种对生活及其全部姿态的厌恶,一种提前产生、对所有形式的欲望的疲劳,一种无可名状、对所有感情的厌烦。在这样的、有着微妙痛苦的时刻,我们即使在梦中也无法成为情人,成为英雄,成为幸福的人。这一切都是空的,即使在对它的概念中也是如此。这一切都是以另一种语言来讲述的,我们听不懂,它只是一些音节的声音,无法在理解中成形。生活是空心的,灵魂是空心的,世界是空心的。众神都因一种比死亡更大的死亡而死去。一切都比真空更空。一切都是不存在的东西组成的一个混乱。

如果我想着这些,并观望,看是否现实能消除我的干渴,我看到的是没有表情的房屋,没有表情的脸庞,没有表情的姿态。石头,身体,概念——一切都是死的。所有的运动都是停止,它们都是同一个停止。我看不到任何意义。我什么都不认识,并不是因为我觉得有什么奇怪,而是因为我不知道那是什么。世界丢失了。在我的灵魂深处——好像这一时刻唯一的现实——有一个剧烈而不可见的伤痛,一种悲伤,好像一个在黑屋子里哭泣的人发出的声音。

324. 1931年9月10日和11日

从清晨来临之前开始[1],和这个明亮城市那惯常的日光不同,雾的浓重哈气,裹起越来越被太阳染成金色的事物,连绵的房屋,被废除的空间,大地的起伏和建筑工事。然而,在中午之前,最高的时刻来临了,柔和的海雾开始变得松散,而且,在蒙纱阴影的气息中,不可思议地消减。上午十点钟样子,天上只有一点细微不明确的泛蓝还能显示出过去的迷雾。

城市的容貌在掩盖它的面具滑落之后,再获重生。好像一扇窗被打开一样,已经拂晓的一天再度拂晓。所有的噪音中,有一种轻微的变化。它们也出现了。一种蓝的色调甚至渲染到了路的石头上,渗透到行人那不特定的神秘光环里。太阳是热的,却是仍有些潮湿的热。那已经不存在的迷雾不可见地将它过滤。

一个城市的醒来,不管是在雾中,还是以另一种形式,总是一种比田野之上的破晓更让我悲伤的事情。重生的事物要多得多,有

---

1 参照本页标题作者留下的标注,可知当时作者应正在思考如何组织《不安之书》:"改变顺序,先从这样的较大篇章入手?"

更多的期待,太阳并不只是先用昏暗的光,然后用潮湿的光,再用浅金色,将草地、灌木的凸起、树叶手掌一样的手心染成金色,它将它可能的效果在窗户、墙壁、屋顶上多次复制——那么多的窗户,那么不同的墙壁,那么多彩的屋顶——和如此多样的现实一样,伟大而多样的早晨。乡村中的黎明对我是有好处的;而城市中的黎明对我有好有坏。因此比单单对我有好处要更好一些。是的,因为那被带给我的、更大的希望,就像所有的希望一样,有着遥远而令人怀想的苦涩,因为它不是现实。乡村的早晨是存在的;城市的早晨则有所允诺。一个使人生活;另一个使人思考。和那些受诅咒的伟人一样,我终究能感受到,思考比生活更重要。

325. 1931年9月14日

夏末最初不那么热的几天之后,辽阔的天空上,几道柔和一些的色彩,几许预示着秋天的习习凉风,在午后偶然而至。树叶的绿色还未褪去,也未从树上落下来,我们对外在死亡的感受,因为联想到我们自身的死亡,伴随着一种模糊的痛苦,它也还未到来。其实是一种存在的努力所导致的疲劳,一种模糊的困倦,跟随在最后几个行动的姿态之后而来。啊,这些午后是那样充满着受伤的冷漠,秋天在事物中开始之前,就先在我们心中开始了。

每一个将至的秋天都离我们最后一个秋天更近,同样的真理也适用于夏天和盛夏;但是秋天以其本身的特质,让人想起一切的结束,而在夏天或盛夏,我们只要看一眼,就能忘掉这一点。还不是秋天,空中还没有落叶的黄色,也没有之后会成为冬天的、天气中潮湿的悲伤。但是在我们感情中有一种提前悲伤的痕迹,一种穿上旅服的伤痛,我们模糊地注意到万物缤纷地展开,风有着另一种声调,如果夜晚降临,古老的安宁会沿着宇宙那不可回避的存在而延伸。

是的，我们都会过去，我们的一切都会过去。使用过感情和手套的人，谈论过死亡和本地政治的人，什么都留不下。同样的光照亮着圣人的脸庞和行人的护腿套，一些人成了圣人，一些人用过护腿套，都一样，什么都留不下，同样的无光把这空无交给黑暗。

在宽阔的、好像由干枯树叶所组成的旋涡中，整个世界毫无痛苦地躺着，王国和女裁缝的衣服没有区别，金发儿童的发辫和一些象征帝国的金色有着同样的、会死去的美丽。一切都是无，而在**不可见**的宫殿前厅，大门敞开着，只能看见对面一扇被关着的门，好像风的仆人一样，舞动着所有的事物，或小或大，那风没有手却能将它们打散，是它们为我们、在我们身上形成了宇宙那被感知的体系。一切都是阴影和扬灰，没有声音，除了那使风升起并刮过的声响，也没有沉寂，除了风留下的沉寂。有一些，轻的叶子，因为轻，不那么依靠于大地，高高地在前厅的旋转中飞扬，落到比重物的那一圈更远的地方。另一些，几乎看不见，一样是灰，只在我们近距离观察的时候，在旋涡中为自己铺好了床。还有一些，是微型的枝干，被拖拽着转着圈，停在这里那里。有一天，万物的认知终止时，里面的那扇门会打开，而我们所成为过的一切——星辰和灵魂的垃圾——会从这个家里被扫除出去，去重新开始一些什么。

我的心像一个陌生的身体一样让人疼痛。我的大脑在我感受到的一切中沉睡。是的，是那秋天的开始，给空气和我的灵魂带来了那道没有微笑的光，那道光，给西边的微云那混乱的弧度镶边，涂上死去的黄色。是的，是那秋天的开始，还有在清澈的时刻，对一切无名的贫乏那明白的认知。秋天，是的，秋天，它所有或会有的事物，还有所有的姿态那提前的疲劳，所有的梦那提前的失望。我能否期待，又能期待什么呢？在我对自己的思考中，我已经在前厅的树叶和灰尘之间行走，沿着不存在的事物那没有意义的轨道，在那被不知何处的有棱角的阳光染成金色的地砖上，发出生命的声音。

我所想的一切，所梦到的一切，所做和未做的一切——这一切都将在秋天离开，好像用过的火柴在地上堆出不同的意思，或被团成虚假球形的纸，或伟大的帝国，所有的宗教，在深渊中那些犯困的小孩玩着玩着创造出来的哲学。我的灵魂所成为的一切，从我所期望过的一切，到我居住的这个普通的房子，从我有过的众神到我的老板瓦斯克斯，一切都将在秋天离开，一切都在秋天，在秋天那冷漠的温柔里。一切都在秋天，是的，一切都在秋天。

326．1931年9月15日

不知道白昼所终结的事物是在我们身上以无用的伤痛收尾，抑或我们是昏暗间虚假的事物，除了那伟大的寂静之外，别无他物，也没有一只只野鸭落在一片片湖上，湖畔灯芯草丛立起它无力的僵硬。什么都不知道，连海草一样的童年故事留下的记忆也没有，也没有未来的天空那迟缓的爱抚，有如清风，不明确性在其中慢慢展开成星辰。许愿电灯不确定地在庙宇中摇晃，那里已经没有人了，荒芜田园的池塘在太阳下干涸，曾经在树干上刻下的名字已经无法认出，而无名人士的特权，好像一张被草草撕碎的纸，在充满着大风的道路上飞扬，偶然碰上些障碍而停止。其他人将会倚靠在另一些人的窗台上；那些忘掉了不好的阴影的人睡着，怀想着他们并未有过的太阳；而我自己，我敢，但没有姿态，我将毫不遗憾地在湿透的灯芯草间完结，在近的河和松软的疲劳中满是泥泞，在伟大秋天的午后之下，在不可能的边缘。而通过这一切，好像赤裸的痛苦所发出的一声哒音，我将在幻想的后面感受到我的灵魂——深沉而纯净的号叫，在世界的黑暗中如此无用。

327．1931年9月16日

流动一般，白昼的离去在劳累的紫红王袍之间收尾。没有人告诉我我是谁，也没有人知道我曾经是谁。我从被忽略的山上走下，到那我将忽略的山谷中，在缓慢的午后，还有一些遗迹留在树林明亮的地方。所有我爱过的一切都在阴影中将我遗忘。没人知道最后的船怎么了。邮局里也没有那关于无人要写的信的消息。

然而，一切都是假的。没有讲述过其他人曾讲述过的故事，也不能确切知道，从前出发的人后来怎么了，他希望着虚假的登船，他是未来的海雾和未至的犹豫二者之子。我的名字在那些晚到的人当中，而这名字也和所有的东西一样，是阴影。

328．1931年10月7日

夕阳在布满了天空的松而散的云朵中分布着。所有色彩的反光，分离的反光，将高空的缤纷填满，高处巨大的痛苦，不在场地飘浮着。在耸立的屋顶之巅，半是色彩，半是阴影，最后几缕缓慢的阳光带着并不是它自己的，也不是它停留其上的事物所具有的色彩，慢慢离开。有一种广阔的安宁，在城市喧嚣的水平线上，城市正在安宁下来。一切都在色与声之外呼吸着，在一个又深又默然的气息中。

那些太阳看不到的彩色房屋上，它们的颜色开始有灰的色调了。这些色彩的缤纷之中有寒冷。道路虚假的山谷中，沉睡着一种小小的不安定。它睡着，安静了。渐渐地，高高的云中那最低的几朵，反光开始成为阴影；只在那片小的云朵上，像白色的鹰飞旋在一切之上，远远的太阳还保留着它笑着的金色。

我在人生中追寻的一切，是我自己把它放弃了。我好像一个心不在焉到梦中去寻找，但又忘了要找什么的人。被寻找的东西不在，在的是寻找的手，反而更为真实，姿态清晰可见，翻动着，偏离着，停顿着，又白又长地存在着，每一只手上有五根手指，准确无误。

我所拥有的一切，都像这高高的、在丰富中不变的天空一样，是些一无所用的破布，被遥远的光触碰到；是虚假生活的碎片，被遥远的死亡染成金色，带着它有着全部真理的悲伤微笑。我所拥有的一切，是的，都是未曾知道如何去寻找，午后沼泽的领主，冷清的王子，来自一个由空空墓穴组成的城市。

我所成为的，或我曾经成为过的，或我以为我所成为或曾经成为的一切，都突然丢掉了——在我的思绪和高高的云上那忽然消失的光线中——秘密，真理，也许运气，反正是某个东西，可被生活用来作床榻，我不知道那是什么。这一切，就像缺少的太阳，是留给我的东西，而在高高的屋顶上，从变换着的光线那掉下的手上滑落，在视野中跳出来，掉在屋顶的整体之上，是一切的私密阴影。

有如模糊而颤抖的水滴，远处那小小的第一颗星辰泛出白色。

329．1931年10月16日

我一直都是一个讽刺的梦想者，不忠实于内在的承诺。我总是像他者和外国人一样，嘲笑那些幻想的失败，作为偶然的观众观看我以为拥有的样子。我从未真正信仰过我曾相信的东西。我两手抓满沙子，把它叫作金子，然后完全打开手掌，让它滑走。这个句子才是唯一的真理。说出的句子就是做成的一切；此外都只是那曾经的沙子。

如果不是一直在做梦，在一种永恒的异化中生活，也许，我可以很乐意地称自己为现实主义者，也就是这样的一个人，对他来说外在的世界就是一个独立的国家。但我情愿不给自己命名,而是在一种简短的默默无闻中做我自己,让那恶意来与我见面,它不知道如何预见我。

我有一种永远做梦的义务,既然我只是自己的观影者,我既不能成为更多,也不想成为更多,那么我必须要看到我所能看到的最好的表演。这样,我用金子和丝绸构建自己,在假设的厅堂,虚假的舞台,古老的场景,在柔光的游戏和不可见的音乐间创造出梦。

如同对一个感激之吻的回忆,我珍藏着童年的一个回忆,那是一个剧院,里面有泛蓝的月光场景,构成一个不可能的宫殿露台。有一个滚动的宽阔公园,也是画出来的,而我用整个心灵,把这一切当成真的来生活。音乐,在我生活经历的精神场合,柔和奏响,给这被赐予的场景带来发热的现实。

毫无疑问,那场景是泛着蓝色并有着月光的。我不记得谁在舞台上出现,但在这被回忆的风景中,我安排的戏,是今天我从魏尔伦和庇山耶的诗句中读来的;并不是我不记得的那个,在那蓝色音乐的现实中,在沽着的舞台上演过的那场戏。它是我的,是流动的,是庞大而有月光的化装舞会,是银和终结的蓝色做的幕间曲。

然后,生活来了。那晚,我被带到"狮子"餐馆吃晚餐。我那怀想的味觉还有着牛排的记忆——那些牛排,我知道因为我这样假设,今天没人能做得出,或者我吃不到。这一切在我身上混合——远程生活过的童年,夜晚美味的饭菜,月光场景,未来的魏尔伦和当下的我——被一条杂乱的对角线连接起来,在我曾经有过和我现在的样子之间那虚假的空气里。

330. (见第51篇,第83页)

331. 1931年10月18日之后

作为艺术形式,比起韵文,我更偏爱散文[1],理由有两个。其一是个人原因,我没有选择,我无法用韵文来写作;其二则是放之四海皆准,而且我完全相信,这不是前一个理由的影子或伪装,所以我有必要将它拆解,因为它触及艺术全部价值的深层意义。

我把韵文看作一种中间性的东西,一种音乐向散文的过渡。和音乐一样,韵文受到韵律法则的限制,即使不是规律韵文那生硬的法则,也仍有着类似谨慎、强制、压迫和惩罚的自动装置。在散文中,我们自由说话。我们可以添进音乐节奏,但还能思考。可以添进诗性节奏,但还能处于它们之外。一个偶然的韵文节奏不会阻碍散文;一个偶然的散文节奏则会将韵文绊倒。

在散文中囊括着整个艺术——一方面因为在言语中包含整个世界,一方面因为自由的言语包含说出和思考这个世界的全部可能。我们在散文中以换位形式给出一切:颜色和形状,美术最多只能直接给出它们本身的样子,没有内在的维度;节奏,音乐最多只能直接给出它本身的样子,没有有形的躯体,也没有那第二种躯体,也就是概念;结构,建筑师必须要用坚硬的、供给的、外在的东西才能将它塑造出来,而我们以节奏、犹豫、演说和流畅性将其建立起来;现实,雕刻家只能将它留在世上,没有光环,也没有本质上的转变;最后还有诗歌,诗人作为秘密兄弟会的入门成员,即使主动,也只是某个阶段或某种仪式的仆人而已。

我完全相信,在一个完美的文明世界里,除了散文,不会有别的艺术。我们会把日落交给同样的日落,只在艺术中,留意用言语

---

[1] 这一片段及接下来的四个片段,以1到5编号,在1931年发表,并配有这样一页单独的前言:"《不安之书》选段 | 贝尔纳多·索阿雷斯著 | 簿记员助理,里斯本市 | 费尔南多·佩索阿(整理)。"第三片段刊登于《发现》杂志,结尾处有这样一个注脚:"我们无意间违反了作者的喜好,没有尊重他的拼写方法。特此向读者说明,并向费尔南多·佩索阿表示歉意(注脚)。"

来理解它们，这样，用可以听懂并带有颜色的音乐来传达它们。我们不会去雕刻身体，那只是保存了身体本身而已，它们动感的凸显和柔和的温热都能被看到和触摸到。我们会建造房屋，只为了能住在里面，说到底，这就是它们的功用。诗歌将会留给儿童，好让他们更接近未来的散文；的确，诗歌就是某种孩子气的东西，容易记住的、辅助性和启蒙性的东西。

甚至那些次一级的艺术，或那些我们可以这样称呼的艺术，都在散文中反射出来，有如低语。有一种散文能跳舞，能歌唱，能自我宣告。有一种言语节奏使舞蹈表演，概念在其中曲折地裸露自己，以一种半透明的、完美的感官性。在散文中也有痉挛的微妙性。**言语**[1]，这伟大的演员，有节奏感地将宇宙不可触摸的奥秘转化成他肉身的物质。

332.【1931年10月18日之后】

云朵……今天我有着对天空的意识，而几天来我都没在看天，也没感受到它。因为我住在城里，而不是在包含了天空的大自然中。云朵……今天它们就是首要的现实，而且让我担忧，似乎天空被遮挡就是我命运中的一个巨大的危险。云朵……它们从港湾移向城堡，从西方到东方，在一种分散而袒露的动荡中，有时是白色的，衣衫褴褛，不知在为什么东西冲锋陷阵；有时是半黑的，更缓慢，迟迟才被可听见的风吹走；一种脏白的黑，似乎想停留下来，云来时，道路在房屋划出的封锁线上打开虚假的空间，比在云影中更黑。

---

1 此句以大写字母开头的"言语"，葡萄牙语原文为"Verbo"，亦有特定的宗教含义，指基督教三位一体教义中的圣子耶稣。（译者注）

云朵……我存在，而不懂得它，我将死去，也对它无所欲求。我是我所成为的和我所不成为的事物之间的空隔，是我梦到的事物和生活使我成为的事物之间的空隔，是抽象和有肉体的、一无是处的东西之间的平均数，而我也是虚无。云朵……我感受，而那是怎样的不安，我思考，而那是怎样的不适，我渴求，而那是怎样的无用！云朵……它们总在飘过，有些很大，好像要占据整个天空，因为房子把它们挡住了，看不出它们是不是比看上去还要大；另一些形状不定，可能是两朵并在一起，或是一朵要分成两半，毫无意义地在高天，反衬着疲倦的天空；还有另一些，小小的，好像庞然大物的玩具，一个荒谬游戏的不规则的球，只有一边才有，在一种巨大的隔离中，冷冷的。

云朵……我自问，并自我陌生。我没有做过任何有用的事，也不会做任何可以被辩解的事。我把生命中没有虚度的那一部分用来混乱地阐释什么都不是的东西，以散文的形式写诗，来表达那些难以言传的感受，我用它们将未知的宇宙变成我自己的。我在客观上和主观上也厌倦了自己。我厌倦了一切，和一切的一切。云朵……它们就是一切，高处的拆解，今天只有它们才是真实的东西，在无用的大地和不存在的天空之间；我给它们强加上厌倦那不可名状的破布；收紧成威胁的迷雾，那颜色是不在场的；一个没有墙壁的医院那被弄脏的棉签。云朵……它们和我一样，是天与地之间被拆散的通道，味道像一种不可见的冲动，有或没有雷鸣，雪白地快乐着或黑沉地变暗着，属于间隔和误入歧途的虚构，远离大地的喧嚣，也没有天空的寂静。云朵……它们继续飘过，总是继续飘过，不停地飘过，好像模糊的线团断断续续卷起，好像被拆散的虚假天空那发散式的延展。

333．【1931年10月18日之后】

我喜欢表达。说得好一点的话：我喜欢用词语。词语对我来说是可触及的身体，可见的塞壬之歌，化成肉身的感官之乐。也许因为真实的感官之乐并不引起我任何兴趣——哪怕在精神和梦的层面也没有——我的欲望就转变成了另一种东西，它在我心中创造出词语节奏，或者是它从他人那里听来的词语节奏。好的表达使我战栗。菲亚略的某一页，夏多布里昂的某一页，使我全部生命的血管都隐隐作痒，让我颤抖而安静地发怒，因为我正获得一种难以企及的愉悦。甚至，维埃拉的某一页，它那工程学一般冷感的完美句法，也让我像风中的枝叶一样发抖，在被感动的事物那被动的狂想中热血沸腾。

和所有伟大的激情者一样，我喜欢自我迷失的美妙，在这其中，奉献的享受全然是受苦，这样，很多次，我写作，不想去思考，只在一种外在的遐想中，让词语抚摸我，好像我是她们怀中的孩子。没有意义的句子，垂死一般滑过，以一种可感的水的流动性，忘却了那溪流，波浪在其中混合又不确定，总是变成另一些事物，延续着自己本身。这样，概念、图像、表述的颤动，在我身上穿过，好像一场柔色丝绸的花车游行，有着声响，那里有一束概念的月光，忽明忽暗，被敲打而又困惑。

我不为任何生活所带来或带去的东西哭泣。然而，有一些散文段落却能让我哭泣。我记得，就好像我正在看见一样，那晚，还是孩子的我第一次读到，在一部文集中，维埃拉关于所罗门王的著名章节。"所罗门王造了一座宫殿……"而我一口气将它读完，颤抖而困惑；之后，我大哭，但眼泪是幸福的，就像没有任何真实的幸福能让我哭泣，没有任何生活中的悲伤能让我模仿。我们明澈而威严的语言那神圣的运行；那凭借不可回避的词语来表述概念的方式，如水流下，因为有斜坡；那元音的奇观，声音在里面犹如思想性的色彩——所有这一切,都好像一个巨大的政治情绪一样,都让我的本能晕头转向。而且,我说了,我哭了;今天,回想起来,我还是哭。并不是——不是——对童年的怀想,我并不怀想它:是对那一刻情绪的怀想,伤心于不能再像第一次那样读它伟大的、交响乐一般的明确。

我没有任何政治或社会情感。然而,我在某种层面上,有一种高度的爱国情感。我的祖国是葡萄牙语。葡萄牙被侵略或占领,我都无所谓,只要不打扰到我个人就行。但我,以真正的仇恨,以我可以感受到的唯一仇恨,恨那些写不好葡文的人,并不是那不懂句法的人,也不是那使用简化拼写法的人,而是一页写得很糟糕的文字,好像某个人本人一样,错误的句法,好像自己打自己的人,没有 y 的拼写,好像吐出的痰,不管是谁吐的,都让我恶心。

是的,因为拼写也是人。词语在看到和听到中完整。而古希腊和罗马的拼写为我披上盛装,用的是她以之成为女主人和女王的,真正的王者之礼袍。

334. 【1931年10月18日之后】

是的,是那日落。我来到海关大街上的港口,模糊而散乱,当宫殿广场让我清醒的时候,我清楚地看到西边的天空没有太阳。那里的天空是一种泛绿的蓝,逐渐灰白,左边,另一岸的山上,蹲伏着,堆积如山的一团雾,它死去的粉色泛着棕色。有一种巨大的安宁,我并不拥有,它冷冷地分散在秋季抽象的空气中。我苦于无法拥有这安宁,但也在假设它存在时,得到一种模糊的愉悦。然而,事实上,没有安宁,也没有不安宁:只是天空,所有颜色都在晕眩的天空……蓝白,还泛着蓝的绿,绿和蓝之间苍白的灰,云朵的颜色那些模糊而遥远的色调似是而非,一种终结的鲜红让云朵在金黄中变暗。而这一切是一种在拥有时即消失的景象，一种无与无之间的间隔，带着翅膀，放在高处，有着天空和伤痛的音调，冗长而又不确定。

我感受，我忘记。一种所有人都会因为所有事情而产生的怀想，像冷风的鸦片一样侵袭我。在我心中有一种看见的狂喜，私密而又虚假。

港口两边，因为太阳落下而显得越来越接近终了，光线在铅白中消失，这铅白正在以一种泛青的冷变蓝。空气中有一种麻木感，好像什么都做不到。天空的风景在高处无言。

这个时刻，那自由的任性，凭借着一种命中注定的风格，几乎要从我的感受中满溢出来，让我想以一种全然的邪恶来表达。但是不，只有高高的天空才是一切，遥远的，自我废除着，还有我拥有的情绪，那么多，那么融合，那么混乱，也不过就是这无用的天空在我心湖上的投影——僵硬石块之间那封闭的湖，沉默着，死人一样的眼神，在它里面，高度在遗忘中自我观望。

那么多次，那么多，就像现在这样，我所感受到的东西让我觉得沉重——感受痛苦的样子，只因为它是感受，身处此地的不安，怀想另一个还未被认知的东西，所有情绪的日落，使我淡化而泛黄，直到化为一种灰色的忧伤，溶解在自我意识的表面。

啊，谁会把我从存在中拯救出来？我并不想要死亡，也不要生命：是那另一种东西，在不安的深处闪光，好像进不去的地穴里一块可能的钻石。是来自真实而不可能的宇宙中所有的重量和所有的伤痛，来自这个未知军队的旗帜一样的天空，也来自这些在虚构的空中变得苍白的色调，空中，假想出来的上弦月洁白地浮现，这洁白是静电，月牙被剪得遥远而冷酷。

一个真正的神那全然的缺席，他是高高的天空和关闭的灵魂那空空的尸体。无限的监狱——因为你是无限的，没有办法从你之中逃离！

335. 【1931年10月18日之后】

就像这样,不管我们是否知道,我们都有一种形而上学,同样,不管我们是否想要,我们都有一种道德。我的道德很简单——不对任何人做善事,也不对任何人做恶事。不对任何人做恶事,不仅因为我承认别人和我拥有一样的权利,他们只要不妨碍我就好,而且因为我觉得,世界上必须存在的恶,只要天生的恶就足够了。我们都在这个世界生活,在一艘船上,从一个我们不认识的港口开往一个我们忽略的港口;我们应该对彼此有一种旅途中的亲切感。不对任何人做善事,因为我不知道什么是善,当我以为自己在做善事的时候,也不知道自己是不是真的在做善事。我怎么知道当我施舍时,是不是会引发一些不好的事情?我怎么知道,当我教育或指导别人时,会不会引发一些不好的事情?在怀疑中,我弃权。而且,我还觉得,帮助或者启蒙别人,在某种程度上,是在干预他人的生活,这是不好的。善意是一种带有脾气的任性——我们没有权利使他人成为我们任性的受害者,哪怕我们的任性是有人性的或是温柔的。有益的东西带来的是相互伤害;因此我冷淡地憎恶它们。

如果根据我的道德,我不做善事,那么我也不要求有人给我做善事。如果我病了,那么最让我觉得沉重的,就是得迫使他人来治疗我,这是我厌恶对他人做的事情。我从来没有探望过生病的朋友。而在我生病时,每次有人探望我,都让我煎熬,好像那是一种侵扰,一种侮辱,一种无法辩解的、对我坚决的私密性的践踏。我不喜欢有人送东西给我:好像那是在强迫我也要送些什么东西一样——给同样的人或给其他人,反正给谁都一样。

我极为擅长一种高度消极的社交形式。我,无侵犯性的化身。但我就是这样,不想成为比这更多的东西,也不能成为比这更多的东西。我对存在着的一切都有一种视觉上的温柔,一种智识上的亲昵——但一点也不触及心灵。我对任何事物都没有信仰,没有任何希望，也不对任何事物抱有仁爱。我带着恶心和惊异，鄙视那些满怀所谓真心的人，也憎恶那些虔信各式神秘论的人，或者，说得更好一点，我鄙夷的其实是那些所谓真心者的掏心掏肺，以及那些神秘派信徒的神神叨叨。这种恶心几乎是生理上的，当这些神秘论还活跃着的时候，当它们想要说明他人的智识，或感动他人的意愿，或找到真理或改进世界的时候。

我已经没有亲戚了，我认为我是幸福的。这样我就没有义务，那无可避免地会使我觉得沉重的义务，必须去爱某人。除了在文学层面，我没有任何怀想。我在泪水中想起我的童年，但那是有节奏的泪水，可在其中准备散文的。通过外在的东西，我想起我的童年，好像它是一个外在的东西一样：我只记得外在的东西。并不是像外省的饭后闲谈那样安宁，让我因为在那里度过童年而变得温柔的，是茶几的摆放方式，是屋子四周家具的轮廓，是人们的脸和体态。我怀想的是这些图画。因此我的童年和别人的童年一样让我变得温柔：两者都在我所不知道的过去，都是纯粹视觉上的现象，我用文学的注意力感知它们。是的，我变得温柔，但不是因为我记得，而是因为我看见。

我从未爱过任何人。我至多爱过自己的感受——有意识的视觉状态，清醒的听觉印象，各种香味，那时作为外在世界的谦卑与我说话的方式，它告诉我过去的事情（被气味勾起回忆，是那么容易） 也就是说，比那深处面包店里烤着的面包，给我带来更多现实，更多情感，就像那个遥远的午后，从我叔叔的葬礼回来，他曾那么爱我，而我心中隐隐有一种释然的温柔，我不知道为什么。

这就是我的道德，或我的形而上学，或我自己。一切的过客——甚至在我自己的灵魂中也一样——我不属于任何东西，不渴求任何东西，我什么都不是——像客观感受的一个抽象的中心，像一面掉落下来的镜子，同时可以感知到世界的丰富多样。拥有这一切，我不知道自己是幸福还是不幸；反正我不在乎。

336．【1931年10月21日前后】
即使触碰过基督的脚也不能成为标点错漏百出的借口。

  如果一个人只能在喝醉的时候才写得好，我会告诉他：喝醉吧。如果他跟我说，他的肝受不了这个苦，我会回答说：你的肝是什么东西？只是个死的东西，你活的时候它才活着，而你写的诗是活的，即使你死了之后也一样。

337．【1931年10月21日前后】
来一根贵的雪茄，闭上眼，就像富豪一样活着。

就像一个人去他度过青春的地方重游，我可以，用一支便宜的烟，全身心地回到我习惯抽烟的那些岁月。通过烟的轻微味道，我所有的过去都使我重生。

  另一些时候，是一种甜食。一颗简单的巧克力有时候能冲垮我的神经，因为它引起的回忆太多，让神经都震颤不已。童年！咬在深色和柔软的材质上的牙齿之间，我一边嚼，一边回味我谦卑的幸福，我是铅做的士兵那欢乐的玩伴，是我用随便一根树枝做成的马那配套的骑士。泪水涌上我的眼睛，和巧克力的味道一起，混合着过去的幸福带给我的风味，我神魂颠倒地属于我痛苦的柔和。

  尽管简单，我这味觉中的仪式却不失庄严。

  然而那香烟的烟雾，最能精神性地重构过去的时光。它只在我拥有味觉的意识上摩擦。因此，它越是在薄纱和透明中让我回想起死去的那些时刻，越是将眼下的时光变得遥远，这些时光环绕我的时候就越是雾气沉沉，当我作为它们的化身时，它们越是缥缈。一支难以接受的香烟，一根便宜雪茄使我的一些时光在柔和中变得糊涂。我是凭着味道-香味怎样微妙的可能性，重构死去的场景，再次表演我过去的喜剧，那么十八世纪，永远有着恶意的疲劳和疏离，那么中世纪，永远不可避免地失去了。

338．1931年10月21日
如果我们爱过，那么仅仅因此，我们就可以死去。

339．1931年11月4日
谁想做一个怪物名录，只需要把夜晚给那些睡不着觉的困倦灵魂带来的东西用词语拍下来就行。这些东西有着梦的全部不连贯性，又不能将正在睡梦中作为未知的借口。像蝙蝠一样，飘荡在灵魂的被动性之上，又像吸血鬼，吸食着臣服的血。

命运留下的痕迹，是斜坡和废物堆里的蠕虫，是充斥山谷的阴影。有时是蛆虫，让那爱抚和饲养它们的灵魂感到恶心；有时是鬼魂，邪恶地缠着不存在的东西；还有些时候，是从逝去的情感那荒谬的洞穴里出现的蛇。

虚假的压舱物，除了让我们用不到之外，没有任何用处。深渊的怀疑，躺在灵魂中，双重地拖拽着，又困又冷。烟云重重，痕迹消散，曾经有过拥有它们的意识，但除了这个贫瘠的本质之外，没有任何别的东西。一个或另一个，都像是烟火做的一场私密的戏：梦与梦之间的时间擦出火光，剩下的是我们意识中的无意识，我们靠它来看到那火光。

束带松开了，灵魂并不在它自身存在。伟大的风景属于明天，而我们已经生活过。被打断的对话失败了，谁知道生活会成为这个样子？

如果我找到自己，我就迷失了自我，如果我有一个想法，我就会怀疑它，如果我获得什么东西，我就不再拥有。我睡觉，好像散步一样，但我醒着。我醒了，好像在睡觉一样，而我不属于自己。生活，说到底，在其自身，是一场巨大的失眠，而在我们所想和所做的一切中，有一种清醒的睡眼惺忪。

如果我可以睡觉，该是多么幸福。这个念头属于这个时刻，因为我没睡着。夜晚是庞大的重量，在那后面，用我梦到东西那无言的盖被将我淹没。我有一种灵魂上的消化不良。

永远地，然后的然后，白天会来到，但那是午后，一如既往。一切都在睡觉，都是幸福的，除了我。我休息一会儿，但又不敢睡着。并不存在的怪物在我存在的深处杂乱地探出它们巨大的脑袋。它们是来自深渊的东方巨龙，舌头血红，仿佛能打破逻辑，眼神呆滞，凝视着我这并不回视它们的、死去的生命。

盖子，看在上帝的分上，盖子！让我的无意识和生命完结吧！幸运的是，窗子冷冷的，有着向后叠起的门，透过它，一丝用苍白的光做的悲伤的线，开始去掉地平线上的阴影。幸运的是，白天将要破晓。安宁，差不多，来自对不安的厌倦。一只公鸡唱响，荒谬的，完全在城市中。没有血色的白天在我模糊的睡意中开始。我终会睡着的。轮胎的一种声响做成了马车，我的眼皮睡着了，而我并没有。一切，最终，都是命运。

340．1931年11月29日

如果，除了生命本身，这个生命中有某样为我们准备的东西，我们应该为之感谢众神的话，那就是使得我们自我陌生的能力：我们对自我的陌生，以及我们对彼此的陌生。人类灵魂是一个幽深而又黏稠的深渊，一种不在世界表面使用的井。没有人能认识谁，因为，如果能认识的话，就不会去爱了，而这样，没有骄傲，这精神生命的血变得虚弱，我们的灵魂也会虚弱而死。没有人认识另一个人，还好是这样，因为，如果认识的话，会在他人身上，哪怕那是母亲、妻子或儿子，认出那私密的、形而上学的敌人形象。

我们相互理解，因为互相忽视。那么多幸福的夫妇，如果他们可以在灵魂上看到彼此，可以相互理解，就像浪漫主义者说的那样，真不知道会变成什么样子，当然这些浪漫主义者不知道他们所说的多么危险——尽管是肤浅的危险。这世上所有的夫妇都是不幸的，因为每个人都在内心，在灵魂中属于魔鬼的秘密角落，珍藏着一个男人的微妙形象，那才是被渴望的丈夫，而不是现实中的那个，或一个女人那多姿的身影，那才是被寻找的妻子，而不是现实中的那个。那些最幸福的人在他们内心忽视了这些失败的安排；那些不那么幸福的人并不忽视它们，但是也并不熟悉，只有一两个低劣的怒气，或一两个冲动中的粗暴，才在手势和言语那随意的表面中，唤起那隐秘的**恶魔**，古老的夏娃，**骑士或是美女**。

我们所过的生活总在不被理解中流逝，总有一种中游的愉悦，介于并不存在的伟大和无可企及的幸福之间。我们是幸福的，因为在思考和感受中，我们可以不去预设灵魂的存在。在生活的化妆舞会中，只要有服装能带来的直观感受就够了，这在舞会中就是一切。我们是光和色的奴仆，我们在舞蹈中如同在真理中一样，甚至没有——除非，一片荒凉中，我们并不跳舞——对于外在的夜晚那高处的巨大寒冷，那破布下面会死的躯体，那破布比躯体活得更长，所有的一切，我们在孤独中以为是我们本质的，但是，最终都只是我们自我假设的真理那私密的嘲弄模仿而已。

我们所做和所说的一切，所想和所感的一切，都来自同一个面具和同一件化装舞衣。我们再怎么脱去我们穿着的衣服,都永远不会真正赤身裸体,因为裸体是一种灵魂现象,并不是脱掉衣服就行。这样,穿着肉体和灵魂,那一层层衣服紧贴着我们,好像鸟儿的羽毛一样,我们幸福或不幸,甚至都不一定知道自己是谁,活在众神为了使我们娱乐他们而赐予我们的短小空间,好像在大人注视下玩耍的小孩,严肃地遵守着游戏规则。

我们中的一两个,自由的或是受诅咒的,突然看到——即使这个人也很少能看到——我们所成为的一切都不是我们自己,我们在正确的东西上搞错了,而且在我们得出公正结论的东西中,我们并没有理由。而这个人,在一瞬间,看到那脱去衣服的宇宙,说出一个哲学,唱出一种宗教;那哲学能被听到,那宗教发出回声,相信那哲学的人开始穿上它,好像它是一件看不见的衣服,相信那宗教的人开始戴上它,好像它是一个被忘却的面具。

永远地,我们对自身也对彼此陌生,因此我们愉快地相互理解,穿过舞蹈的回旋或休息时的交谈,人性,肤浅,严肃,随着星辰那伟大交响乐团的声音,在演出组织者那鄙夷而疏离的目光之下。

只有他们知道,我们陷在他们给我们创造的幻象中。但这幻象的理由是什么,为什么会有这个幻象,或是任何一种,为什么同样是幻象的他们,让我们有这种是他们给我们带来幻象的感觉——这一切,肯定,他们自己都不知道。

341.【1931年11月?日】

很多人都给人类下过定义[1],而且一般都通过与动物作对比来下。在

---

1 1931年出版的文本,以费尔南多·佩索阿署名,标题由这些词语组成"选自《不安之书》| 贝尔纳多·索阿雷斯著 | 簿记员助理 | 里斯本市"。

人类的定义中，常常用"人类是一种……的动物"这样的句子，再加上个形容词，或者"人类是一种动物……"然后说出那是什么。"人类是一种生病的动物"，卢梭这样说，一定程度上这是真理。"人类是一种理性的动物"，教会这么说，这在一定程度上也是真理。"人类是一种使用工具的动物"，卡莱尔这么说，一定程度上这也是真理。但这些定义，总是不完美的，侧面的。理由很简单：将人类从动物中区别出来并不容易，没有可靠的标准将人类从动物中区别出来。人类生活和动物生活一样，在同样深层的无意识中进行。外部统领动物本能的深刻法则，同样也统领着人类的智识，这智识看起来不过是一种形成中的本能，和所有本能一样无意识，没有那么完美，因为还没有完全形成。

"一切都来自非理性"，古希腊诗集里如是说。确实，一切都来自非理性。数学除外，数学只和死的数字还有空的方程式有关，因此可以有完美的逻辑性，而科学只是小孩在日落时分的一种游戏，想抓住鸟儿的影子，或停住风中摇摆的草的影子。

令人好奇和觉得奇怪的是，虽然不容易用词语把人类从动物中区分出来，从而真正地给人类下定义，将高等人和普通人区分开来反而很容易。

我永远忘不了生物学家海克尔的那句话，那是我在智识的儿童时代读到的，那时候，反宗教的理性和科学宣传材料还有读者。那句话是这样的，或差不多是这样：高等人（像康德或歌德那样的人，我想他是这么说的）与普通人之间的距离，要远远大于普通人和猴子之间的距离。我从未忘掉这句话，因为它是真实的。我在思考者的等级中几乎占不了什么位置，而我和洛里什[1]一个农民之间的距离，毫无疑问，要大于这个农民和，我就不说一只猴子了，且说一

---

1 里斯本郊外的地名。（译者注）

只猫或一条狗,之间的距离。从猫到我,我们当中谁都不能真正掌控那强加于自己的生命,或者那被赐予自己的命运:我们同样都是从不知什么东西中衍生出来,是他人所做的手势的影子,肉红色的效果,可以感受的结果。但是我和农民之间有着质的不同,这来自我身上存在的抽象思维和不受兴趣左右的情感;而他和猫之间,在精神上,最多只有程度上的不同而已。

高等人和低等人不同,也与动物——低等人的兄弟——不同,区别仅仅在于讽刺的质量。讽刺是意识具有自我意识的一个指标。讽刺可以穿越两个阶段:以苏格拉底为尺度的阶段,当这位说"我只知道我一无所知"的时候;还有以桑切斯[1]为尺度的阶段,当这位说"我甚至不知道我是否一无所知"的时候。第一步所到的点是我们能教条性地怀疑自己,而所有高等人都能跨出这一步并到达这一点。第二步所到的点是我们能怀疑自己的怀疑,极少有人能达到这一点,而且是在短短的时间内,但是对人类来说已是很长时间了,我们已能在大地多样的表面上看到昼与夜。

认识自己就是犯错,而"认识你自己"的神谕所提出的任务,要比赫拉克勒斯完成的任务还要艰巨,也比斯芬克斯之谜更加阴沉。有意识地自我陌生,这才是道路。而有意识地自我陌生就是积极地运用讽刺。耐心而又有表现力地分析我们有意识地自我陌生的各种方式,将我们意识到的无意识形态有意识地记录下来,关于自动生成的阴影的形而上学,属于失望的日暮的诗,我不知道还有什么比这些事情更伟大,也没有什么比这些更适合真正伟大的人。

但总有什么东西迷惑着我们,永远有什么分析使我们变得迟钝,永远有真理,哪怕是假的,在那另一个街角之外。就是这一切比使

---

[1] 弗朗西斯科·桑切斯(约1551—1623),葡萄牙医生、哲学家,曾在法国蒙彼利埃学习医术,并在图卢兹行医、授课。其主要哲学作品《论一无所知》具有强烈的怀疑主义色彩,反对将亚里士多德哲学教条化。(译者注)

人厌倦时的生活更使人厌倦，也比永远使人厌倦的、对生活的认识和沉思更加使人厌倦。

我离开椅子站起，之前我久坐在桌前，心不在焉地对自己描述着这些不规则的印象，以此自娱。我站起来，将整个身体站直，又走到床边，那高于屋顶的床，透过它，我可以看到城市在寂静缓缓的起始中睡去。月亮，又大又有一种真正的白，悲伤地阐明着房屋的不同，那不同之中有着沟壑。而月光似乎在冰凉地照亮着整个世界的奥秘。好像在显示着一切，而一切都是阴影，混合着不好的光，虚假的空白，荒谬的参差不齐和可见的不连贯。没有清风，而似乎奥秘更大了。我在抽象思维中感到恶心。我再也不要写能揭示我自己或揭示什么的东西，一页都不要。一朵很轻的云，在月亮之上飘浮，好像一个藏匿之处。我忽视，就像这些屋顶一样。我失败了，就像整个大自然一样。

342. 1931年12月1日

艺术就是使他人感受到我们感受到的东西，使他人从自我中解脱，给他们提供我们的人格作为建议，使他们获得特别的自由。我所感受到的东西，我在其中感受着的真正的本质，是绝对不可传达的；而我感受得越深刻，它就越不可传达。因此，要我能够向他人传递我所感受到的东西，我得先把我的感受翻译成那个人的语言，也就是说，我得这样来表述我感受到的东西，使那个人一读，就能准确地感受我之感受。而因为这个他者，根据艺术的假设，并不是这个或那个特定的人，而是所有人，也就是说，所有人都拥有的人性特点，说到底，我需要做的是将我的感情转化成典型人类的感情，哪怕改变我所感受到的东西真正的本质。

所有抽象的东西都是难以理解的，很难为它争取到读者的注意力。为此,我举一个简单的例子,在它里面我构思出来的抽象物将会被实现。假设出于某种原因,可能是因为做账做累了,或者因为不需要做什么而厌倦,一种模糊的生活悲伤降临到我身上,还有一种对自身的痛苦,折磨着我,使我不安。如果我把这个情感翻译成语句,紧扣它,那么我扣得越紧,就越能给出那个真正属于我的情感,所以,也就越无法将情感传达给他人。然而,如果不用将这情感传达给他人,它就能被更贴切也更容易地感受到,但是不会被写下来。

假设我想把这情感传达给他人,也就是说,把它创造成艺术,因为艺术是我们向他人传达的内在共性;如果没有这个共性的话,就谈不上传达什么,也没有什么传达的必要了。我寻找人类共有的情感中与我现在所处的情感具有同样色调、类型和形象的一种,尽管我现在身处的情感所产生的理由并非是常人的,而是个体性的,即,身为一个劳累的会计或是一个厌倦的里斯本人。而我确认,在普通灵魂中能制造出和我所感受的情感一样的普通情感是对逝去童年的怀想。

我就有了打开我主题之门的钥匙。我写,哭我那逝去的童年;我恋恋不舍地在外省老家的人和家具的细节上停留;我回想那没有权利也没有义务的幸福,因为不懂如何思考和如何感知而活得自由自在的幸福——如果我能以散文和视觉形象的形式,将这个回忆好好做出来,它就能在读者心中唤醒那和我所感受到的一模一样的情感,尽管我自己所感受到的情感和童年并没有什么关系。

我说谎了吗?不,我是理解了。什么是谎言呢,除了孩子气和自发的、在梦中意愿里产生的那种,其实恰恰只是关于他人真实存在的概念,这个概念也关于一种必要性,它促使他人的存在与我们的存在趋同,因为我们的存在没法变得和他人的存在一样。谎言仅仅是灵魂的理想语言,因为,词语就是以一种荒谬的形式将声音连接起来,而我们使用词语,是为了将词语费尽全力也永远无法翻译出来的、情感和思考中最深层和微妙的运动，翻译成真实的语言，同样地，我们用谎言和虚构来理解彼此，若要用准确而又难以言传的真理，恐怕永远也做不到这一点。

艺术说谎，因为它是社会性的。而艺术伟大的形式有两种——一种面向我们深沉的灵魂，另一种面向我们专注的灵魂。第一种是诗歌，第二种是小说。第一种从自身结构上开始说谎；第二种在本身的意图开始说谎。一种试图通过多样而有秩序的行行文字，向言语的固有性说谎，从而给予我们真理；另一种则试图通过一个所有人都清楚知道从来没发生过的事实，来给予我们真理。

假装就是爱。我见过美丽的微笑和意味深长的眼神，不管那眼神和微笑是谁的，是怎样的，脸上或微笑或眼看，在那灵魂的底部，无不是有人在突然深思着，这人或是想要收买我们的政治家，或是想要我们花钱买她的妓女。但是那收买我们的政治家至少在收买我们的时候爱过我们；而我们所买的妓女，至少，在我们买她的时候，爱过我们。不管我们多么想逃离，我们都逃不出宇宙的兄弟情谊。我们彼此相爱，而谎言是我们交换的吻。

343．1931年12月1日

我是那么擅长厌倦，直至今日，我也没想到去思考一下厌倦是由什么构成的，这实在奇怪。今天我真正在这灵魂的中间阶段，既不想要生命，也不想要别的什么。而我使用那突然的回忆，它关于我从未思考过厌倦是什么，我沿着半是印象的思绪，用那回忆来梦到对于厌倦的分析，尽管这分析总有一些虚构性。

其实，我不知道，是否厌倦只是漂泊者的困意在清醒状态下的等同物，是否它实际上是比麻木感更高贵的东西。在我身上，厌倦是很常见的，但是在我了解的范围内，如果注意到的话，它并不服从出现的规律。我可以毫无厌倦地度过一个慵懒的周日；可以在认认真真工作的过程中，突然地，遭受厌倦之苦，好像那是一朵外在的云一样。我无法将它与一种健康或缺少健康的状态联系起来；我无法将它理解成是我明显可见的部分所造成的后果。

要说它是一种假扮的形而上学的痛苦，是一种不可知的巨大失望，是面向生活的窗边、无聊地开出花来的、灵魂的一种耳聋的诗——这么说，或这说法的任何兄弟，都可以给厌倦涂上颜色，就像一个小孩在画画的时候把轮廓画到了纸的外面并且抹掉，但最多也只能给我词语一种声音，在思考的地下室里创造回声。

厌倦……思考，但不被思考到，还带着思考的劳累；感受，但不被感受到，还带着感受的痛苦；无所求，但不被无所求，还带着一种无所求的恶心——所有这些都在那不是厌倦的厌倦身上，顶多只是它的释义或迁移，甚至都不属于它。在直接感知中，好像在灵魂城堡的沟壑之上，可以建起一座吊桥，好像在城市和田野之间，也没有留下别的什么，顶多只能用来看，却不能在其中游走。在我们身上，有一种我们自己的孤立，但是在这种孤立中，分离出来的东西和我们一样停滞着，脏水环绕着我们的不理解。

厌倦……受苦，但并无痛苦；欲求，但没有意志；思考，但没有理性思维……好像被一种否定的恶魔附体，被一种空无一物的巫术蛊惑。有人说，巫师们，或那小小的魔法师们，可以给我们造像，然后对这些像施暴，使这些暴行通过星辰转换的方式，反射到我们身上。厌倦在我心头浮起，似乎是同一种邪恶的魔咒所致，只不过神怪们并未对我的图像施法，而是对我图像的影子念咒。那是在我私密的阴影上，我灵魂内在的外壳，可以在上面贴纸或插针。我好像那个卖掉影子的人，或者，说得更好的话，是被人卖掉的那个影子。

厌倦……我做很多工作。我遵守我的社会义务，那些行动上的道德家会这么说。我完成这个义务，或这个命运，既不费大力，也没有值得注意的不精明。但是，有时正在工作当中，有时在休息时，根据那同一批道德家，我值得，并且有权得到感激，一种怠惰的坏脾气却从我的灵魂中满溢出来，而我累了，不是因为工作或是休息，而是因为我自己。

为什么因为我自己，而其实并没有在想自己？会不会来自别的什么东西，没在想着的那个？宇宙的奥秘，难道会消减我的账单、调低我的椅背？是宇宙间对于生活的痛苦突然在我灵媒般的灵魂中变成了一个特别的个体？为什么使那些不知自己是谁的人那么高贵？是一种真空的感知，一种不想吃东西的饥饿，它和仅仅属于大脑的这些感知，还有仅仅属于胃的、因为抽烟过多或消化不良引起的感知，一样高贵。

厌倦……也许，在底部，深层灵魂的不满足，是因为我们没有给它一种信仰，我们私底下都是悲伤的小孩子，他绝望是因为我们没有为他买下那神圣的礼物。也许是那种不安全感，来自一个需要有一只手为其指引的人，并且需要，在深层感知的黑沉道路上，至多感受到那无法思考的、没有噪音的夜晚，那不知道感受的、空无一物的大道……

厌倦……有着**众神**的人，是永远不会厌倦的。厌倦就是缺少一种神话。没有信仰的人，连怀疑都是不可能的，甚至怀疑主义也无力去猜疑什么。是的，厌倦就是这个：灵魂失去了自我迷惑的能力，思考缺少了那不存在的梯子，从而无法坚定地攀向真理。

344. 1931年12月1日

今天我突然得出了一个荒谬而又贴切的感受。在一道私密的闪电中，我注意到，我什么都不是。什么都不是，彻头彻尾地什么都不是。

当那道闪电亮起的时候,我以为城市成了一个荒凉的平原;而那让我看清自己的、邪恶的光,没有显示出在它之上的天空。我存在的能力在世界存在之前被偷走了。如果我是不得不转世而来的,我转世的时候没有自我,我的自我没有化成肉身。

我是一个不存在的小镇的郊区地带,是关于一本没有写成的书的冗长评论。我什么都不是,什么都不是。我不会感受,不会思考,不会欲求。我是一部待写的小说中的人物,从空中飞过,还没有存在过就被打碎了,在那不知道怎样将我提出来的人做的梦之间。

我总是思考,总是感受;但我的思绪不含理性思维,我的情绪不含情感。我坠落着,从上面那个活板门,经过整个无限空间,在一个没有方向的坠落中,无限多重[1]而又空虚。我的灵魂是黑色飓风,围绕着真空的广阔眩晕,是无尽的大海围绕着空无的洞眼运动,那些水不像水,更像陀螺,里面漂浮着我在世上所见和所闻的所有影像——房屋,脸庞,书籍,箱子,音乐的痕迹和人声的音节,都在一个邪恶而又无底的旋转中。

而我,真正的我,是这里面没有的中心,仅以一种深渊几何学的形式存在;我是这个运动环绕的无,这个中心并不存在,而是被整个轨道拥有,只为了能做出这旋转运动。我,真正的我,是那没有墙壁的井,带有墙壁的黏性,一切的中心,围绕着它的是无。

其实在我身上,就像地狱本身在笑,至少没有那笑着的魔鬼们的人性,死去的宇宙嘈杂的疯狂,物理上的空间那转圈的尸体,所有的世界在黑色中随风飘浮,那风是畸形的,过时的,并不是神把它创造出来,连神本身也没有,神在黑暗的黑暗中转圈,可能,唯一,所有。

---

[1] 作者在此处创造了一个新词"infinitupla",综合了"infinito"(无限)和"múltipla"(多重)的意思。(译者注)

能够知道如何思考！能够知道如何感受！

我的母亲死得很早，我都没来得及认识她……[1]

345．1931年12月3日

当我第一次到里斯本的时候，在我们住的地方楼上有弹音阶的声音，那是我从没见过的一个小姑娘在单调地学钢琴。我今天发现，通过某些我不了解的过滤程序，我灵魂的地下室里，还有重复的、在琴键上弹出的音阶，如果把底下那扇门打开，就能听见，是那个小姑娘在弹，今天她是不一样的女士了，或者已经死去了，关在一个满是白色的地方，那里，柏树青得发黑。

我曾是个孩子，今天我已不是了；然而，那声音，在记忆和真实中一样，而且，永世长存地在场，如果它从假装睡觉的地方站起来，会有一样缓慢的弹奏，一样有节奏的单调。一旦思考或感受到这一点，一种惨淡的忧伤不免油然而生。

我不哭我逝去的童年；我哭一切逝去的东西，其中有（我的）童年。是时间抽象的流逝，而不是我的时间那具体的流逝，使我生理上的大脑疼痛，因为那重复的、不自觉的周而复始，楼上钢琴的音阶，不知是谁在弹奏，听来如此怆然而遥远。在我那回忆的荒谬底部，是整个谜团，说是什么都不会比重复地敲着那永远不会成为音乐的东西更长久，但不是怀想。

茫然间，升起一个影像，我看到我从未见过的小房间，那里，我并不认识的女学生，今天仍在练习着，一个键一个键小心翼翼地敲着那永远一样的、早已死去的音阶。我看着，还将看到更多，一

---

[1] 参见以"我不记得我母亲"开头的片段（第360篇）。

边看一边重构。而楼上的那个家庭，今天，而不是昨天，那么令人想念，在我并不理解的观望中以虚构的形式建立起来。

然而，我假设，这一切中我是迁移过来的。我所感受到的怀想并不是我的，也不全然抽象，而是不知哪个第三者那被拦截的情感，这些我身上是文学性的情感，对于那个人来说，是——维埃拉会这么说——真实的。在我假设到的感受中，我感到受伤和痛苦，而那些怀想，对它们的感受使我自身的眼睛变得黯淡，我是通过想象和他性来思考和感受它们的。

永远地，以一种世界底部走来的持续感，以一种在形而上学中学习的毅力，敲响，敲响，敲响，学琴的人在练音阶，沿着我回忆之体的脊椎骨弹奏。那是以前的路，有着另一些人，今天这同样的路已变得不一样了；是死者对我说的话，从如今他们那空置的座位上传来；是对我做过或没做过的事情的悔恨，夜间小河的声音，下面坍塌房子的噪音。

我的头里面有强烈的叫喊的欲望。我想停止，压碎，打破这在我内心在别人房子里响着的、不可能的留声机，这无法触及的施刑者。我想让灵魂停止，让它，就像一辆占据着我的车，自己往前开，把我留下。必须要听，而这使我疯狂。最终是我自己，在我那直接可感的大脑，在我发抖的皮肤，在我放在表面的神经，在那些按音阶敲响的琴键，哦，这属于回忆之声的、可怕而又个人的钢琴啊。

而永远，永远，好像大脑的一部分变得独立了一样，奏响，奏响，奏响着音阶，在我楼下，在我楼上，那个我到里斯本住的第一个房子。

346. 1931年12月16日

今天办公室小伙计离开了，人们这么称呼他，他回故乡去了，说是再也不回来了，而这个人，我已经习惯了每天看到他、听到他，仿佛他是这个人来人往的房子中的一部分，因此也好像是我和我世界的一部分一样。他今天离开了。在走廊里，我们偶然遇到，在那有所准备的、离别的惊讶中，我腼腆地回应了他的拥抱，而我尽力抵抗住灵魂，才没有哭出来，好像，不经过我的心，我炽热的眼睛本身是想要哭泣的。

每一个属于我们的东西，哪怕仅仅因为共处或视野上的偶发事件产生的，都因为曾经属于我们，而变成了我们。所以今天离开这里，去到加利西亚一个我不认识的地方的人，对我来说，他并不是办公室小伙计，而是组成我生命的本质中至关重要的一部分，因为是可见的，也是具有人性的。今天我被缩减了。我已不完全是原来的样子。办公室小伙计离开了。

所有在我们生活的地方发生的一切，都是在我们身上发生的。所有已经结束、我们不再看到的一切，都是在我们身上结束的。所有逝去的一切，如果我们曾见过它本来的样子，它离开的时候，其实是从我们身上拿走的。办公室小伙计离开了。

我坐在高高的椅子上，继续做昨天所做的工作，而我已变得更重，更老，更不情愿。但今天这模糊的悲剧以沉思来打断我，我不得不控制住写字的自动程序，让它变得像样些。我没有足够的灵魂来工作，只是以一种活动的惯性，来做自己的奴隶。办公室小伙计离开了。

是的，明天，或另一天，当无声的死亡或离别之钟为我敲响，无论那是什么时候，我都会成为一个已不在这里的人，一个古老的抄写员，将被收拾起来，放到楼梯下面那徒劳的柜子里。是的，明天，或在命定的时候，在我身上假扮出来的、我所成为的自己将会终了。我会回到故乡吗？我不知道我会去哪里。今天的悲剧是可见的缺席，因为不能再被感受到而触动人心。我的上帝，我的上帝，办公室小伙计离开了。

347. 1931年12月20日

我几乎相信我永远没有醒着。我不知道我是在活着时做梦,还是在做梦时活着,或者梦和生活无非是在我身上混合、交叉的东西,在相互渗透中,形成了我有意识的存在。

有时,在生活完全活跃的时候,很明显我和所有人一样对自我很清醒,却有一种奇怪的、怀疑的感觉涌上我的假设;不知道自己是否存在,我感到自己可能是另一个人梦里的存在,几乎在肉体上想象到自己可能是某个小说里的人物,活动在某种铺陈的风格里,在伟大叙述所创造的真理中。

很多时候,我注意到,小说中的人物有那么一种立体感,是我们熟人和朋友根本达不到的,哪怕在可见和真实的生活中,他们和我们讲话并听我们说话。这个情况使我梦到一个问题,这个大千世界所包含的一切是否是一系列梦和小说的交叉和穿插,就像装在大盒子里的小盒子一样——一个一个套在一起——就像《一千零一夜》一样,故事之中套故事,在永恒的黑夜中虚假地进行着。

如果我思考,一切在我看来都变得荒谬;如果我感受,一切在我看来都变得奇怪;如果我有所欲求,我想要的就是我内心的东西。在我身上一有某种行动,我就辨别出那不是我自己。如果我做梦,就好像有人把它写出来一样。如果我感受,就好像有人把我画出来一样。如果我有所欲求,就好像有人把我放进车里,好像一个被发送的货物一样,然后我前行,以一种我以为是我自己的运动方式,到达一个地方,我只有到了之后,才会想要去那里。

一切都那么混乱!看要比想好得多,读要比写好得多!我看到的东西,可能会骗我,但我不会把它当成是我的。我读到的东西,可能会让我觉得沉重,但不会让我因为是我写的,而感到不安。一切都让我们疼痛,如果我们有意识地去思考它,如果我们作为精神体,能够引发意识的展开,知道我们知道!虽然天气是那么美好,我却无法不这样思考……思考或感受，或者第三种、在被放到一边的场景之间的什么东西？对夕暮和对思维混乱的种种厌倦，一把把合起的扇子，因为曾经不得不生活而引起的疲劳……

348．【1931年？月】
对于谁来说，即使在梦中，就像哈迪斯[1]劫走普洛塞庇娜一样，对世界上某位女性的爱可以不是梦？

像雪莱一样，我在时间形成之前，爱过安提戈涅[2]：所有时间性的爱情，对我来说，都只是回味我那失去的爱情而已。

349．【1931年？月】
……极度敏锐，不知是来自感受，还是来自对感受的表达，抑或，更贴切地说，来自前两者之间的智识，以及一种形式，为了表达那只因能被表达出来而存在的人工性的感受。（也许我心中有一个机器，它能显示出那个并不是我的人。）

350．【1931年？月】
瓦斯克斯老板。我很多次，无法解释地，被瓦斯克斯老板催眠。这个人对我来说是什么呢，在他作为我生命中白天时光的主人这一种

---

1 罗马神话中的冥神。（译者注）
2 在一封给朋友的信中，珀西·比希·雪莱写道"我们中的一些人"曾爱过安提戈涅；参见1821年致约翰·吉斯伯恩的信（雪莱，《书信》，第二卷，伦敦：克拉伦登出版社，1964年，第364页）。

偶然的障碍之外？他待我不错，和我说话时也亲切，除了在一些急躁的时候，他出于大家所不知道的理由，对谁都不怎么客气。是的，但是我为什么在意呢？他是一个象征？一个理由？到底是什么？

瓦斯克斯老板。我已经知道，未来我将以怎样的怀想，来想起他。我会在某个郊区的小屋子里，安安静静地，享受着一种安宁，不用做现在我做着的工作，并且将会寻找，继续不做那工作的种种借口，和我今天自我逃避的借口不同。或者，我将住在一个精神病院里，在全线溃败中高高兴兴，和一群瘪三混在一起，他们自以为是天才但其实只不过是有梦的乞丐而已，和那匿名的大众一道，他们没有能力成为赢家，也没法大度地放弃，从而以一种反面的形式取胜。不管在哪里，我都会想起瓦斯克斯老板，镀金匠大街上的办公室，我回忆起这单调的日常生活，对我来说好像回忆起我那并没有发生的爱情，或不属于我的胜利。

瓦斯克斯老板。我在今天的那一边，就像我在今天的这一边看到他一样——中等个子，圆滚滚的，有限度的、不乏可爱的粗鲁，坦诚而又狡猾，急躁而又可亲——老板，除了在他的钱上能体现出来之外，还有他多毛而又缓慢的手，血管明显，好像小小的有颜色的肌肉，敦实的脖子，但并不肥胖，红红的脸颊，同时有些紧绷，深色胡子，总是及时刮好。我看到他，看到他不慌不忙而又充满活力的手势，他的眼睛在向内思考外在的事物，在他对我不满意的时候，我接收到一种不安，而当他微笑的时候，我的灵魂感到喜悦，那是一种宽阔而有人性的微笑，好像一群人在鼓掌。

也许，正因为我身边没有比瓦斯克斯老板更突出的人物，他这么个普通甚至俗气的人才会让我在智识中纠结，并使我从自我中分心。我相信象征的存在。我相信，或几乎相信，在某个地方，某个遥远的人生，这个人曾是我生命中，比他今天在我生命中，更为重要的某个事物。

啊，我懂了！瓦斯克斯老板就是**生活**。**生活**，单调而必要，统治一切而又无人知晓。这个庸俗的人，代表着**生活**的庸俗。他对我来说是一切，而且在外部，因为**生活**对我来说就是在外部的一切。

而且，如果镀金匠大街上的办公室对我来说代表着人生的话，我所住的这个二楼，在同一条镀金匠大街上，对我来说则代表着**艺术**。是的，**艺术**，和**生活**住在同一条路上，不一样的地方，**艺术**减轻生活的负担，但并不取消生活，因为它和生活一样单调，只是不在同一个地方。是的，这条镀金匠大街，对我来说包含着万物的意义，可解出所有的谜，除了谜的存在本身，因为这是无解的。

351．【1931年？月】

只有一样东西，比大多数人用来过日子的那种愚蠢更让我惊奇：这种愚蠢中的智慧。

凡俗人生的单调，表面看来，是令人害怕的。我在这个凡俗的餐馆吃着中饭，看到柜台那边，厨师的身影，看到我边上，正在为我服务的老店员，我想他已在这家餐馆工作三十年了。这些人的生活都是什么样的呀？四十年来，那个男人的身影整天都在厨房里；有一些短暂的休息；相对来说也睡不了几个小时的觉；有时回趟家乡，从那边回来的时候并不犹豫，也不遗憾；缓慢地积攒着缓慢的、不想花掉的钱；要是必须得（永远地）从他的厨房退休，回到他在加利西亚买下的地里去，他肯定会生病；他在里斯本已有四十年了，连圆形广场[1]都没去过，也没去过剧院，只有一天去过马戏场——在他生活的芯子里，留着那里小丑的痕迹。他是结了婚的，我不知那是怎样也不知为什么，有四个儿子一个女儿，而他的微笑，从柜

---

[1] 应指彭巴尔侯爵圆形广场，里斯本地标式建筑。（译者注）

台那边探出身来，面朝着我，表达出一种巨大的、庄严的、心满意足的幸福。他是不会假装的，也没有什么理由要假装。如果他感到幸福，那是因为他确确实实拥有幸福。

而那正在为我服务的老店员呢？他刚刚在我面前放下了，可能是他在桌子上放下的第一百万杯咖啡。他的生活和厨师的一样，仅差个四五米——那是厨房所在的地方和餐馆招待客人的地方之间的距离。其余呢，他只有两个儿子，去加利西亚的次数多一些，在里斯本去过的地方多一些，去过波尔图，在那边生活过四年，他也同样是幸福的。

以一种被吓到的震惊，我再次看着这些人生的全景，正要为这些人生感到恐慌、遗憾、不平，并发现，这些人没有恐慌、遗憾、不平，而正是他们有权拥有这些的人生，是他们过着这样的人生。这是文学性想象的核心错误：假设其他人是我们自己，并应该和我们一样感受。然而，幸亏对于人类来说，每一个人仅仅只是他自己，仅仅只有天才，才能给予比其他人更多一些的存在。

一切，说到底，是根据接收的对象来给予的。路上的一个小事件，让这家店的厨师走到门口来看，其中能给他提供的娱乐，比起思考一个新颖的概念，读一本极好的书，做无用的梦中最让人感激的那个梦所能提供给我的娱乐，要更多。而且，如果生活本质上就是单调的话，事实上他比我更能逃脱单调。而且也比我更容易逃脱单调。真理并不在他也不在我手上，因为真理不在任何人手上；但是幸福，是实实在在被他所拥有的。

能让存在单调化的人才是智者，这样，每一个小事件都有权成为一种奇观。猎狮者在打完第三只狮子之后就没什么冒险了。对我那单调的厨师来说，一个街头打架的场景都有一种简约版启示录的效果。从来没离开过里斯本的人，坐车去趟本菲卡都好像是在无限中遨游，如果这人有天去辛特拉，他会感觉好像去了趟火星。一个环游地球的人,走了五千英里之后,就没什么新鲜感了,因为他碰到的都是新事物;再有新事物出现,也就是永恒的新在变老,但是新鲜事物那抽象的概念却留在了海上,和那第二新鲜的事物在一起。

如果有真正的智慧,一个人在椅子上就可以享受世界的整场演出,他不需要会读书,不需要和人说话,只需要使用感官,还有一个不懂得悲伤的灵魂。

使存在单调化,让它不再无聊。使日常生活不痛不痒,让那最小的东西都能散心。我每天做的工作,暗淡,相同,无用,逃离的景象在我眼前浮现,还有梦见的遥远小岛的痕迹,别的时代中公园树行间的聚会,另一些风景,另一些感情,另一个我。但我承认,在记着两个账之间,如果我能拥有这一切,其中并没有什么是属于我的;事实上,最好还是瓦斯克斯老板,而不是那些**梦之王者**;最好还是镀金匠大街上的办公室,而不是不可能公园里那壮美的树行。有了瓦斯克斯老板,我就可以享受那些**梦之王者**所做的梦;有了镀金匠大街上的办公室,我就可以在内在的视野中享受那并不存在的风景。如果我拥有那些**梦之王者**,我还能做什么梦呢?如果我拥有那些不可能的风景,我还能有什么不可能的事物呢?

单调,同样的每一天那暗淡的相同性,今天和昨天没有任何差别——但愿永远如此,我可以用清醒的灵魂来享受那在我眼前偶尔飞过的、使我分心的苍蝇,在不确定的路上响起的、多变而起伏的大笑,办公室关门时间到来那广阔的解脱,一个假日中无限的休息。

我可以为自己想象一切,因为我什么都不是。如果我是什么重要人物,我就无法想象了。簿记员助理可以梦想是罗马皇帝;英国国王则不能这么做,因为英国国王不能在梦中成为另一个国的国王。他所拥有的现实,不允许这样的梦存在。

352．【1931年？月】

在我的感受中会产生一种可怕的对生活的疲劳，根本不可能采取任何办法把这种疲劳控制住，这事有时候在我身上发生，当它发生的时候几乎是突然的。自杀似乎不是对它的可靠解药，死亡，哪怕是假设的无意识，仍然是很不够的。那是一种野心勃勃的疲劳，它要的不是停止存在——也许这是可能的，也许不可能——而是一种更恐怖也更深沉的东西，它要的是从来没有存在过，而这是完全没有办法实现的。

有时候我觉得能在印第安人那总是很混杂的假想中，依稀看到这种比空无更具有否定性的野心。但是，要么他们缺少感受上的敏锐，无法描述他们所想的东西，要么他们缺少思考上的犀利性，无法感受到他们所感受的东西。事实上，我在他们身上只能依稀地、而非明确地看到这一点。我相信我是第一个用言语将这无药可解的感受这邪恶的荒谬传达出来的人。

我用写出这种感受来治愈它。是的，如果真正深沉，那就并无绝望，只要绝望不是纯粹的感情，而是有智识参与其中，就没有要把那感受说出来的、讽刺的解药。即使文学没有别的用处，这个用处总还是有的，哪怕只对极少人有用。

智识造成的痛苦，不幸地没有感情造成的痛苦那么疼，而感情造成的痛苦，不幸地没有身体上的痛苦那么疼。我说"不幸"是因为人类尊严所要求的是与此相反的情况。神秘那令人痛苦的感受不会比爱情、嫉妒、怀想更让人疼痛，不会比强烈的生理上的恐惧更令人窒息，也不会像暴怒或野心那样使人变样。但是那些损毁灵魂的疼痛却没有一种能像牙疼，或绞结引起的疼痛，或（我假设）分娩时的疼痛那样让人疼得实实在在。

我们就是这样被构造出来的，智识使一些情感或感受变得高贵，使它们高于其他情感或感受，但如果将智识的分析延伸，在所有情感或感受中进行比较的话，也就同时将它们压抑住了。

我像一个睡觉的人那样写作，而我的整个人生就是一张待签的收据。

在那注定要被屠宰的鸡群里，公鸡唱着自由之歌，因为它有两个栖架。

353．【1931年？月】
我希望能身在田野，只为了能在那里希望着身在城市。如果不这样想，我也喜欢身在城市，但这样想的话，我的乐趣就是双份的了。

354．【1931年？月】
直接经验是那些没有想象力的人的托辞，或者窝藏点。读着猎虎人的冒险经历，我也经历着那里面所有值得一试的冒险，而所有那些不值得去冒的险，也就是危险本身，则与我无关。

　　有行动力的人是那些有理解力的人不情愿的奴隶。事物是没有价值的，除非在对它们进行的阐释中才有。所以有些人为另一些人创造事物，让他们能把这些事物转化成意义，变成生活。叙述就是创造，因为生活仅仅只是被经历。

355．【1931年？月】
在白昼巨大的明亮中，声音的安宁也是金子做的。发生的事情中有着柔和。如果有人跟我说有战争，我会说并没有战争。在这样的一天，有的只是柔和，不可能有任何事物重压在它之上。

356．【1931年？月】

……世界，这本能力量的废物堆，却在阳光下生辉，闪着调色板状浅浅深深的金色调。

对我来说，如果细想，瘟疫、暴雨、战争，都是同一种盲目力量的产物，有时通过无意识的微生物来运作，有时通过无意识的雷电和水，有时通过无意识的人。在我看来一次地震和一场屠杀没有区别，只是用刀还是用匕首来杀人而已。事物中内在的怪物可以用来——对这怪物是好是坏，看上去它都是无所谓的——在高度上移动一个石块，或者在心中移动出嫉妒或贪欲。石块掉下来，压死一个人；贪欲或嫉妒形成一只手臂，这手臂杀死一个人。这就是世界，这本能力量的废物堆，却在阳光下生辉，闪着调色板状浅浅深深的金色调。

构成事物那可见之底的，是冷漠的凶暴，为了应对它，神秘主义者发现的最好办法还是舍弃。否定世界，背对着它，好像它是一种沼泽，而我们在它的边缘一样。像佛祖一样否定，否定世界的绝对现实；像基督一样否定，否定世界的相对现实；否定◇

我只求生活不要对我有所求。在我没有拥有过的木屋门口，我在那从未有过的阳光中坐下，享受我疲倦现实那未来的暮年。（用一种暮年未至的欢愉）对那些生活中的穷人来说，只要还没死就行了，至少还有着希望去◇

357．【1931年？月】

我们是死亡。这个，我们认为是生活的东西，只是真实生活的睡眠，是我们真实存在的死亡。死人是出生的，不是死的。对我们来说，生死世界是颠倒的。当我们以为自己活着的时候，我们是死的；当我们垂死的时候，我们会活下去。

睡眠与生活之间的那种关系就是我们称之生和我们称之为死的状态之间的关系。我们睡觉，而生活是一个梦，并不是隐喻或诗歌意义上面的梦，而是真实意义上的。

我们的活动中，所有那些我们认为是高贵的东西，都参与到死亡中，那一切都是死亡。理想如果不能坦白生活的无用，还能是什么？艺术如果不能否定生活，还能是什么？一座雕像是一具死的躯体，为了固定死亡而被雕刻出来，用的是不朽的材料。哪怕是愉悦，看起来那么像沉浸于生活，其实是沉浸于我们自己，是对我们和生活之间关系的一种破坏，是死亡的一种动荡的阴影。

活着本身就是死亡，我们在生活中每多得的一天，都不可能不是我们在生活中少得的一天。

我们居住在梦中，我们是阴影，游走在不可能的森林里，那里，树木是房子、习俗、思想、理想和哲学。

永远不要遇到神，甚至永远也不要知道神是否存在！从一个世界到另一个世界，从一个肉身化为另一个肉身，总在那虚幻的恋爱中，总是在那错误的爱抚中。

永远不要真理，永远不要停歇！永远不要与神合为一体！永不安宁，虽然永远要有一点点安宁，永远渴求着安宁！

358.【1931年？月】

有时候，虽然并无期待，也不应该有所期待，一种庸俗的窒息勒住我的喉咙，我那所谓的同类，他们的声音和手势让我有一种生理上的恶心。直接的生理上的恶心，直接在胃和脑袋里被感受到，清醒的感性那愚蠢的奇观……每一个和我说话的人，每一张脸上盯着我的眼睛，都像一种挑衅或一种垃圾那样影响着我。一切恐怖都在溢出。感到自己能感受到这些，让我头痛。

这种胃里的绝望时刻，几乎总有一个男人，或一个女人，甚至一个小孩，出现在我面前，好像是折磨着我的庸俗那真实的代表。这种代表，并不经过我某种主观上和被思考的情感，而是通过一种客观真理，在外部真正吻合了我内心感受的东西，通过类推的魔法显现出来，作为一种我携带的标准的范例，放到我面前。

359．【1931年？月】

盛夏的天空，每天都以模糊的蓝绿色醒来，又很快变成一种泛着无言的白色灰蓝。然而，在西边，完完全全是那种人们惯常说的天空，整个天空，所拥有的颜色。

说出真理，找到期待的事物，否定一切幻想——多少人在沉陷和斜坡中这样做，而那些显赫的名字，是怎样被大写字母玷污，一如那些地理学上的土地所拥有的大写字母，一如严谨的、被阅读的书页的那种犀利！

明天会发生的那永远不可能发生过的事情，组成一只世界名胜风景片匣！不连续的情感所结成的天青石！人工的假设可以收留多少回忆，你记得吗，唯一视野？而在一种夹杂着确定的妄想中，轻轻地，迅速地，柔和地，所有公园那水之细语诞生，成为情感，出自我自我意识的底部。没有任何人的旧长椅，那些树行在其中蔓延着它们的犹豫，有如空虚道路一般。

赫利奥波利斯的夜晚！赫利奥波利斯的夜晚！赫利奥波利斯

的夜晚！谁会对你说出那些无用的话语，谁又将补偿我的血和犹豫？

360.【1931年？月】

我不记得我母亲。她死的时候我才一岁。我感性中那分散和坚硬的部分，来自这种热度的缺席，来自无用的思念，关于我所不记得的亲吻。我是假造的。我总是在另一些胸脯上醒来，被岔路哄着入睡。

啊，怀想着我本可以成为的另一个样子，这将我打散，使我震惊！我将会成为怎样不同的人，如果我还在腹中就得到的疼爱，能持续到在我幼小的脸上留下的亲吻中？

不知是不是带着悲伤，我认出我心灵的那种人性的干涸。对我来说，一个形容词比灵魂上一种真正的悲伤要更有价值。◊我的大师维埃拉◊

但有时候我是不一样的，也有眼泪，滚烫的热泪，那些没有也从未有过母亲的人才会有的眼泪；而我的眼睛因为这些死掉的眼泪发烫，我的心因为这些眼泪发烫。

也许因为没做过儿子而产生的怀想在很大程度上决定了我感情的冷漠。那在我儿童时代紧紧贴过我的脸的人，没法紧贴我的心。她离得很远，在墓穴里——她本应属于我，如果**命运**曾经想让她属于我。

后来他们跟我说，我的母亲是美丽的，他们还说，当他们这样告诉我的时候，我什么都没说。我那时已能熟练使用身体和灵魂，但不理解情感，而别人说这话，还尚未等同于一种新闻，在其他一些难以想象的书页上的那种。

我的父亲生活在很远的地方，当我三岁时他自杀了，而我从未认识他。我还不明白为什么他生活得那么远。我也从未想过去了解。我记得他死亡的消息，还有知道了那消息之后，最初的几餐饭上那巨大的严肃。我记得，人们时不时看向我，而我回看他们，傻傻地理解着。然后我吃得更守规矩，因为也许，虽然我没看见，他们仍然在看着。

我就是这些东西，尽管在我致命的感性那混乱的底部，我并不想这样。

361．【1931年？月】
世事皆荒谬。这个人拼命赚钱存起来，没有儿子来继承，也不能指望上天给他保留死后继续使用这笔钱的优越权利。那个人竭尽全力成名，为了死后不朽，还不相信死后能对这名声有所知。还有个人穷其一生去寻找他其实并不喜欢的东西。然后，还有个人◊

有人为了知识读书，百无一用。另有人逍遥度日，百无一用。

我在一辆电车里，根据我的习惯，我慢慢注意到，前面那些人的全部细节。对我来说，细节是事物，声音，句子。在我前面的姑娘，我将她穿着的裙子拆解成它的构成材料，它的做工——因为我看见的是裙子而非材料——还有那轻巧的刺绣，装饰着绕着脖子的部分，它在我眼中分解成丝绸的丝线，这是刺绣的材料，还有将它织出来的刺绣工作。一下子，好像一本政治经济入门书一样，我眼前展开工厂和劳动——做布料的工厂；做丝线的工厂，那种色调更深一些的，弯弯曲曲的用来装饰颈部的小东西；我还看到工厂的各个部门，机器，工人，女裁缝，我面朝内部的眼睛穿透办公室，我看到那寻求清静的经理们,我在书本上跟踪一切账目;还不仅仅是这些:我看到,更远的地方,这些工厂和这些办公室里过着社会生活的那些人们的家庭生活……整个世界在我眼前展开,只因为在我面前,有一个黝黑的脖子,它的另一边有一张我不知道什么样的脸,它的下面有一条寻常的不规则的深绿色装饰线,在一件浅绿色裙子上面。

我眼前横陈着整个的社会生活◊

在此之外我预感到爱情,秘密,灵魂,属于所有那些人,他们的工作使得电车里坐在我前面的这位女性,她凡人的脖子周围,深绿色丝绸丝线那蜿蜒的平庸,通过一条不那么深的装饰线发挥着它的无用。

我头晕。电车的座椅,是用小而坚固的稻草编织出来的,将我带到遥远的区域,将我复制成工业,工人,工人宿舍,生活,现实,一切。

我下车,筋疲力竭,有如梦行者。我度过了整个人生。

362. 【1931年?月】
不管我多么不愿意,所有不是我灵魂的东西,对我而言,都不过是场景和装饰。一个人,即使我可以从思想上承认他是一个和我一样的生命体,但是对于内在的、不受我意愿左右的真正的我而言,还没有一棵树那么重要,如果这棵树比他更美的话。因此我总是觉得,人类的运动——历史上那些巨大的、整体性的悲剧,或者人们在历史上的所作所为——都好像彩色的条状装饰物,和那些从中经过的人们灵魂一样空虚。任何在迢迢异国发生的悲剧性事件都不会让我觉得沉重。哪怕是血和瘟疫,也只是一种遥远的装饰。

以一种讽刺的悲伤,我回想起一场工人示威游行,不知是什么样的真心把它发起的(我总是很难承认集体事物中会有真心,因为只有单单的个人,才是唯一能感受的)。那是一群密集而又松散的生机勃勃的蠢人,高喊着各种东西,从我作为他者的冷漠面前走过。我立即感到恶心。他们甚至还不够脏。那些真正受苦的人不会装出贱民的样子,不会集合起来。受苦的人都是独自受苦的。

那么恶的群体!那么缺少人性和痛苦!他们是真实的,因而令人难以置信。没有人会愿意将他们放进小说框架里,描写成一个场景。他们像垃圾一样流进河里,流进生活之河。看着他们,我觉得困倦,恶心而又高尚。

363.【1931年？月】

一切都让我难以承受,除了生活。办公室,家,道路——甚至与此相反的事物,如果有的话——都超出我的需要,压迫着我;只有整体能将我解脱。是的,任何一种整体性的东西都可以给我安慰。一缕阳光,永恒地照进死去的办公室;一枚抛出的钉子,迅速地爬上我房间的窗子;人的存在;气候和事件变化的存在;世界那令人惊异的客观性……

一缕阳光忽然照进了我,我忽然看见了它……然而,那只是一条非常锐利的光,几乎没有颜色,以它裸露的刀锋割过黑的木质地板,在它经过的周围,唤醒旧钉子,木板间的缝隙,非白的黑格子。

连着几分钟,我跟进着阳光在安静的办公室里那穿透性的、非感性的效果……监牢里的人做的事情。只有那些关在牢里的人才这么看着太阳的移动,好像人看着蚂蚁一样。

364.【1931年？月】

在灵魂中展现出来一个微笑,除此无它,我平和地应对着,我这永远被关在镀金匠大街,这个办公室,这个人际环境中的人生。挣的钱够吃够喝,有住的地方,有一点自由的时光空间可以做梦,写作——睡觉——我还能向**众神**祈求什么,或是对**命运**有什么期望呢?

我有过巨大的雄心和膨胀的梦想——但打杂小伙计或女裁缝也有过,因为所有人都有梦想:我们之间的区别在于去实现它的力量,或命运是否让我们能实现它。

在梦想中,我和打杂小伙计还有女裁缝是一样的。我和他们的不同只在于我会写作。是的,将我和他们区别开来的,是一个行为,我的一个现实。在灵魂上,我和他们是一样的。

我很清楚,南方有岛屿,还有巨大的世界主义的激情,还有◊

如果我能将世界握在手中,我也确信自己会把它换成一张去镀金匠大街的票。

也许我的命运就是永远做一个会计,诗歌或文学是在我头上停留的一只蝴蝶,它越美丽,我就相应变得越荒谬。

我会想念莫雷拉,但是与那些伟大的升天相比,怀想又是什么东西呢?

我很清楚,当我成为瓦斯克斯和合伙人公司的会计那天,会是我人生中最重要的一个日子。我对此很清楚,以一种苦涩而讽刺的预见性;我对此很清楚,以一种明确的智识上的优势。

365. 【1931年？月】

模糊的火光忽明忽暗，不断地自我重生。在它周围，黑暗的田野，是一种巨大的噪音的缺席，闻起来几乎是香的。一切和平都让人疼痛而沉重。一种不成形的厌倦将我淹没。

我很少去乡下，几乎从不在那里度过一整天，或过一夜。但是今天，因为这个朋友，我正在他家里，盛情难却，我只好过来了，浑身不自在——好像一个害羞的人来到一个大聚会——我到的时候很开心，我喜欢那空气还有宽广的风景，中饭和晚饭也都吃得很好，而现在，夜深了，在我无光的房间里，这不确定的地点用痛苦将我填满。

我将入睡的房间，它的窗户面向开阔的田野，面向一种不明确的广袤，所有田野都有的那种，面向模模糊糊布满星辰的夜晚，那里，可以感觉到一阵听不见的清风。我坐在窗边，动用感官，观望着外面这宇宙生活中的空空如也。时间在一种不安宁的感受中变得和谐，从那一切可见的不可见性，到发白的窗台那模模糊糊布满褶皱的木头，它陈旧的油漆已经开裂，而我伸出的左手正倚靠在它边上。

然而我，又有多少次，那么在视觉上渴望这和平，这种我几乎想从中逃离的和平，如果这还算容易，或符合礼节的话！多少次我以为我相信——在南方[1]，两边有着高高房屋的窄街之间——和平，散文，明确性，都应该首先在这里，在自然事物之间，而在城里，文明的桌布让人忘记它底下是被涂上色的松木！而现在，这里，我感到自己健康，有着正确的疲劳，我是不安的，被困住的，充满思念的。

---

[1] 原文为"在下面"，葡萄牙大陆地区的版图呈长方形，日常生活中常用上下来指北方和南方。里斯本在葡萄牙版图的偏南方，可以推测文中的"我"应是在里斯本以北的乡村地区，也许是里巴特茹地区，即佩索阿的异名诗人阿尔贝托·卡埃罗生活的地方。（译者注）

我不知道这事只发生在我身上,还是发生在所有因文明而二次降生的人身上。但在我看来,对我或那些和我一样感受的人来说,人造的东西已经变得自然,而自然的东西反而变得奇怪了。我说得不好:人造的东西并没有变得自然;自然却是变得不一样了。我不需要,也讨厌车辆,不需要,也讨厌科学的产物——电话,电报,它们使生活变得方便,或者幻想的副产品——唱片机,收音机,它们娱乐人们,人们则使它们变得有趣。

我对此毫不感兴趣,也毫不渴求。但我爱特茹河,因为它旁边有一个大城市。我享受天空,因为我从拜沙街道的四楼看到它。乡下或大自然能给我的东西,都比不上安宁的城市那不规则的王者威严,在月光下,圣恩区或圣佩德罗·德·阿尔坎塔拉区的景象。对我来说,没有鲜花能比得上阳光下的里斯本那无比缤纷的色彩。

裸体之美,只有穿衣的族群才能感受到。羞耻心,主要因为感官之乐才有价值,一如障碍之于能量。

人造事物是享受自然事物的方式。我在这广阔的田野中所享受到的东西,是因为我不在这里生活才被我享受到。从来没有在生活中受到压制的人是感受不到自由的。

文明是一种在大自然中的教育。人工是一条道路,通往对自然的欣赏。

然而,我需要的,是我们永远不要把人工当成自然。

是自然和人工的和谐,构成了高等人类灵魂的自然性。

366. 【1931年?月】

没有什么能像道德的社会词汇那样,引起我那么严重的厌恶。"义务"这个词就已经让我觉得反感,就像它是个侵入者一样。但是"公民义务""团结性""人道主义"这些术语,还有其他的同族,像那些从窗口倒到我身上的垃圾一样让我厌恶。也许有人会假设,这些表述和我有什么关系,以为我能在其中找到一种价值,甚或一种意义,这让我感到受到了冒犯。

刚才,我在一家玩具店的橱窗看到一些能准确让我想到这些表达的东西。我看到仿真盘子里面,玩偶桌子上用的仿真食物。存在的人类,耽于感官之乐,自私,骄傲,因为会说话而成为别人的朋友,因为会生活而成为别人的敌人,给这样的人能送什么东西让他玩呢,除了那像玩偶一样、声和调都空洞的言语?

政府是建立在这两样东西上面的:压抑和欺骗。那些贴满箔片的术语坏就坏在它们既不压抑也不欺骗。最多也就是让人喝醉,但这是另一回事了。

如果我恨什么东西,我恨的就是改革者。改革者是这么一个人:看到世界表层的不好的东西,提议将它们改正,却加深了深层的问题。医生尝试将有病的身体整成健康的身体;但是我们在社会生活中不知道什么是健康的,什么是有病的。

我不得不将人类文明认为是**大自然**的装饰性美术那最后画派中的一种。从本质层面,我无法区别一个人和一棵树;而毫无疑问,我更偏爱装饰性更强、更有助于思考之眼去发现的那个事物。如果那棵树对我更有益,那么那棵树被砍掉就比那个人死去更让我心情沉重。有一些落日西沉比儿童的夭折更让我心疼。为了能够真正感受,我看上去总是没有感受的样子。

我几乎责怪自己写下这些半是反思的文字,这个时候,下午的边缘升起一种变成彩色的、轻巧的微风。不,不是变成彩色,因为它自身是不会变成彩色的,而是由于那不明确的飘浮着的空气;但是因为在我看来是它自己变成彩色,因此我这么说,反正我不得不说我看出的东西,因为我就是我。

367. 【1931年？月】

星辰的终结[1]在早晨的天空中褪色成空无之后，很少的低云上，清风在那刚刚变成橙色的黄色光线中变得不那么冷了，一夜无眠的我，在思考过宇宙的床上，终于可以慢慢撑起无端疲劳的身体。

我来到窗前，双眼因失眠而灼热。外面密密的屋顶上，铺散着斑驳陆离的苍白和浅黄。头脑由于一夜无眠而迟钝，我茫然观望着这一切。在耸立的高楼之上，有种虚无缥缈的黄颜色。面朝西方，我看到的地平线已呈白青色。

我知道白天将会重压在我身上，好像我一无所知一样。我知道今天所做的一切，都会分享我有过的失眠，而不是我没有睡觉引起的疲劳。我知道我会经历一种更强烈的梦游症，更浅层，不仅因为我没有睡，更因为我不能睡。

有些日子就是哲学，向我们暗示着生活的阐释，它们就像书页边缘的笔记，充满着伟大的批评，就在我们的普遍命运之书上。我觉得今天就是这样一个日子。我荒谬地觉得，正是我沉重的眼睛和我无用的大脑，有如荒谬的铅笔，画着字，写下无用而深沉的评论。

368 【1931年？月】

敏感度越高，感受的能力越微妙，它就越荒谬地和那些小事物一起震颤摇晃。要想面对着一个阴天而痛苦，需要一种天才的智识。人类是很不敏感的，不因时间而痛苦，因为时间总是存在；感觉不到雨，除非雨滴落在身上。

模糊而软绵绵的天在潮湿中发烫。独自一人在办公室，我不禁

---

[1] 本章开头有这样一句："(断断续续写就，很多地方需要修改)"。

回看我的人生，而我从中看到的一如这压迫并折磨我的一天。我成了孩子，没有来由地开心，成为青少年，渴望着一切，成为壮年，没有快乐，也没有期望。而这一切都在软弱无力和模模糊糊中发生，一如这使我看到或想到的一天。

回望那再也回不去的路，我们之中谁能说，他走的路是理所当然的呢？

369．【1931年？月】

我对秘密的东西总有一种几乎是生理上的憎恶——阴谋、外交、秘密团体和神秘主义。最后这两样东西是最侵扰我的——有一些人，他们自大地认为能和**众神**、**大师们**或巨匠造物主们达成共识，了解到一些有如世界基石之坑的大秘密——而且只有他们才知道，我们其他人都被排除在外。

我不能相信这是事实。我相信有人是会这样认为的。为什么不能认为这些人都疯了，或被迷惑了呢？只是因为他们人多？但也有集体性的幻觉存在啊。

这些大师或通灵者给我留下的最深刻的印象，是当他们用写作来讲述或暗示他们的秘密时，都写得很糟糕。要我能理解一个可以掌控魔鬼的人却掌控不了葡萄牙语，这令我愤慨。为什么和妖魔的交易会比和语法的交易要简单呢？有的人，经过长期对注意力和意志的训练，说是能够拥有天眼，为什么就不能花点力气，拥有句法概念呢？**高等魔法**的规矩和仪式中有什么东西会让人写不好文章呢？我且不要求他们写得清楚明白，因为也许晦涩是神秘法则规定的，但至少可以写得优雅流畅吧？语言即使逻辑含混，也是可以优雅流畅的。为什么一定要把灵魂的所有能量都花在研究**众神**的语言上面，连那么微不足道的一点点能量都不留下，用来学习人类语言的色彩和节奏呢？

我不信任那些连小学生都称不上的大师们。对我来说他们就像那些奇怪的诗人，不能像其他人一样写作。我接受他们的怪异；然而，我希望他们可以证明自己比普通人高超，而不是连普通人的标准都达不到。

听说有些伟大的数学家会做错简单的加法；但是这里比较的不是对和错，而是了解和不了解。我接受一个伟人的数学家可以把二加二算成五：那是分心所致，我们每个人都可能犯这样的错。我不能接受的是他不知道什么是加法，或怎么做加法。而这样的情况，在那些神秘主义大师中占到了非常可怕的多数。

370．【1931年？月】
旅行的念头让我恶心。

我已见过所有我之前还未见过的东西。

我已见过所有我还未见过的东西。

对不断更新的厌倦，对发现的厌倦，在事物和概念那暂时的区别之下，是万物那永世的身份，清真寺、庙宇和教堂之间那绝对的相似，小木屋和城堡的相等，同样的身体结构可以成为盛装的国王也可以成为裸体的野人，生活与其本身永恒的匹配，活在命定的变化中的一切停滞。

风景是重复。在简单的火车旅行中，我无用而痛苦地把自己分割在对风景的不经意和对阅读的不经意之间，如果我是另一个人，这书倒是可以让我觉得有趣。我对生活有一种模糊的恶心，运动则将它加重。

只有在那些不存在的风景中，在我永远不会去读的书里，才没有厌倦。生活，对我来说，是一种不会到达大脑的睡意。我将它自由地保存，以使我可以在它里面悲伤。

啊，让不存在的人去旅行吧！什么都不是的人，就像河一样，对他来说，流逝就应该是生命。但那些思考和感受的人，那些醒着的人，对他们来说火车、汽车、轮船那可怕的驮轿既不让他们睡觉，也不让他们醒来。

我从任何旅行，哪怕很小的那种，回来的时候，都像是睡了一个充满了梦的觉——一种麻木的困惑，感受一个一个粘在一起，因为看到的东西而迷醉。

我缺少灵魂上的健康，因此无法休息。我缺少某种灵魂和身体之间的东西，因此无法运动；我不被允许拥有的，不是运动本身，而是运动的意愿。

我很多次想要渡到河对岸去，也就是花上从宫殿广场到卡西利亚什的这十分钟。而我几乎总是羞于自己也羞于自己的目的，好像羞于见那么多人一样。有那么一两次我渡过了河，但总是有着压迫感，总是只在回来之后脚踩在陆地上才觉得舒心。

当感受太多的时候，特茹河就是无限的大西洋，而卡西利亚什就是另一个大陆，甚至另一个宇宙。

371. 【1931年？月】

旅行？只要存在，就可以旅行。我从一天到另一天，就好像从一站到另一站，将我的身体或者命运作为一列火车，我俯瞰道路与广场，手势和面孔，它们总是相同又总是不同。说到底，风景都是这样的。

我想象，我看见。我旅行的时候还能做什么呢？只有极端匮乏的想象力才能解释那种必须换个地方才能感受的需要。

"任何一条道路，就算是恩特福的这条大道，都能将你带到世界的尽头。"但是，如果绕世界走一圈就能将它穷尽，那么世界尽头就是作为起点的恩特福大道。事实上，世界的尽头，就如同起点，都是我们对于世界的观念。只有在我们内部，风景才是风景。所以，如果我能想象它们，我就在创造它们；如果我创造它们，它们就存在；如果它们存在，我就能像看见其他事物一样看到它们。我何必去旅行呢？在马德里，在柏林，在波斯，在中国，在南北两极，我都何尝不是在我之中，在我感知的类型和特性之中？

生活就是我们所创造的样子。旅行就是旅行者。我们看到的，并不是我们所看到的，而是我们自己。

372. 【1931年？月】

漫长地，清醒地，我一段一段地重读着我写的一切。我觉得一切都无用，最好我什么都没做过。凡是做出来的事情，不管是帝国还是语句，因为它们是被做出来的，都有着真实事物那最糟糕的部分，即我们知道它们是可以被理解的。然而，在我重读的这缓慢时光里，我感受到的事实并不是这个，也不是因为它我才为我所做的事情痛心。我觉得痛心，是因为这事情不值得做，我从中浪费掉的时光，除了在假象中，没有让我得到任何东西，现在这假象破灭了，我写作的价值也就不在了。

我们追寻的一切，都是出自一种雄心，但是，或者这雄心无法实现，我们因之而贫困，或者我们以为自己实现了它，那我们就成了富有的疯子。

我之所以痛心,是因为写的东西中好的部分也是糟糕的,而另一个人,如果他存在的话,我也希望如此,他应该会做得更好。我们在艺术或生活中所做的一切,都是我们想做事情的一件不完美的复制品。它不但无法表达外在的完美,也无法表达内在的完美;不但无法遵循应有的规则,也无法遵循我们认为它可以有的规则。我们是空心的,不但内心如此,外表也一样,是期望和承诺的贱民。

我是凭着怎样的生机,一页又一页地将孤独的灵魂锁在牢中,一个音节接一个音节地经历着虚假的魔法,它不属于我写的东西,而是属于我以为我写的东西!我是凭着怎样的讽刺巫术,以为我是我散文的诗人,当它在我心中诞生的那个有翅膀的时刻,它比笔的运动更快,好像对生活的侮辱那虚假的复仇!而最后,今天,重读的时候,我看到我的玩偶破掉了,稻草从破的地方掉出来,还未存在就被倒空了……

373. 【1931年?月】

我的一切都在蒸发。我的整个人生,我的回忆,我的想象和想象的内容,我的性格,所有这一切都在蒸发。我不断地感到我曾是另一个人,我感受到和思考到的,也都是另一个。我观看的是使用另一个场景的一场表演。我观看到的就是我自己。

有时候,我在我文学抽屉那平庸的混乱中,发现我十年前、十五年前,也许更多年前写的纸页。它们很多在我看来都很陌生,我在它们中认不出自己。有人写下了它们,那个人是我。我感受到它们,却好像是另一种人生,如同从一个陌生人的沉睡中刚刚醒来一样。

我经常发现我还很年轻时写下的东西——十七岁时的片段,二十岁时的片段,其中有些具有一种强大的表达能力,我不记得当时曾经拥有过。在这些我步出青春期不久写下的东西里，某些句子和很多段落看起来就像是我现在——有了许多年的教育和经历之后——才能写下的东西。我认识到，我就是当时的我。而且，由于我曾感受到现在的我相比当时的我来说进步甚大，我不由得问自己，如果当时的我和现在的我一样，这些进步都到哪里去了呢。

这当中有一个谜团，压迫着我，使我自惭形秽。

就在几天前，因为我以前写下的一个短小片段，我又惊又愧。我记得清清楚楚，短短几年前我对语言是怎样的慎微。至少是相对慎微吧。我在抽屉里发现了一个我很久以前写下的东西，同样的慎微，却更有力地凸显出来。那时我并没有好好理解自己。我怎么会进步到我曾经到达过的境界？我怎么会在今天认识到我昨天没能认识到的自己？这一切都像迷宫一样使我困惑，我在哪里和我自己走丢了呢？

跟着思想漫游，我确定自己写下了曾经写下的东西。我想起来了。然后问那个自认为是我的存在，在感官的柏拉图主义中，是否真的有另一种更具倾向性的先在记忆，那种前世般的记忆有没有可能在今生就出现？

我的天，我的天，我在观看谁？有多少个我？我是谁？我与我之间的间隔究竟是什么？

374．【1931年？月】
我又一次碰到一段我的片段，用法语写的，已经有了十五年的历史。我从来没去过法国，也没有近距离地和法国人打过交道，所以，我从来没有训练过我的法语，而我也已经不习惯使用它了。我今天能读的法语和我一直以来能读的差不多。随着年纪增长，我的思想也更实用了：我应该是进步了。而我在遥远过去的这段文字中使用的法语，却有一种我今天所没有的自信；它的风格是流畅的，今天我不可能这么流畅地使用法语；整段整段的文字，完整的句子，表达的形式和方法，都显示出那种现在我已经不再具备的、对法语的熟练掌握，而我根本不记得自己有过这样的能力。怎么解释呢？在我内心，是谁替代了我自己？

我很清楚，构建一种关于事物或灵魂的流畅性理论是容易的，也不难理解我们是生活的一种内部流动，想象我们是一种巨大的量，从我们自己身上穿过，想象我们曾是多重的……但这里有一样东西并不仅仅是在各自边缘之间那性格的流动：有另一种绝对，一种曾属于我的、他者的存在。随着年龄增长，丢失了想象力，感受力，某种智力，某种感情——这一切，会让我遗憾，但不会让我惊异。但是当我像读一个陌生人一样读我自己时，我观看的是一出什么戏？我是在怎样的岸边，看着深处的自己？

其他时候，我碰到我不记得的自己曾写下的片段——这也不值得惊异，但是我不记得自己曾有过写下它们的能力——这才让我恐惧。有一些句子，完全出自另一种思维方式。就好像碰到一张旧画像，无疑是我的，却有不一样的身材，认不出的容貌——但又毋庸置疑地属于我，令人恐惧的我自己。

375. 【1931年？月】

昨天我见到、听到了一个大人物。我并不是说那个人物有着很大的名声，而是说他的确是一个名副其实的大人物。他有价值，而且就在当世；人们知道他有价值；而他也知道人们这么认为。因此，他具有我可以称之为大人物的全部条件。事实上，我也是这样称呼他的。

他外表看起来是一个疲累的商人。脸上有疲劳的痕迹，但那既可能是思考过多所致，也可能是生活不干净所致。他的姿态是寻常的。眼神有一种活泼——不近视的人的特权。声音有点像是被包裹起来的，似乎全身瘫痪的早期症状正在破坏着这个灵魂的播报。而那被播报出来的灵魂说的是政党政治，埃斯库多[1]贬值，还有伟大同行们的劣迹。

如果我不知道他是谁，光凭他的容貌是认不出他来的。我很清楚，不能像单纯的灵魂那样，觉得大人物都是英雄；觉得大诗人都应该有阿波罗那样的体魄和拿破仑那样的表情；或者，要求不那么严格的话，也得是个卓尔不群的人，有一张表情丰富的脸。我很清楚这些东西是人性中自然而又荒谬的部分。但是，如果说我一无期待，或几乎一无期待，我也还是期待着什么东西的。然而，当他从看得到的身影成为说着话的灵魂时，且不说我毫无疑问期待着某种精神或活力，至少我也在期待着某种智慧，至少，崇高的影子。

所有这一切——这种人性的失望——使我们思考，灵感这凡俗的观念里，究竟能有什么真实的东西。看起来，这命定是商人的身体，还有注定是受过教育的人的灵魂，当只有它们在场的时候，就被神秘地注入了某种对它们来说是内在的东西，因此它们并不说话，除了在它们内部被说出来的话，而它们的声音所说出来的东西，如果它们自己说出来，就是谎言。

这些猜想是偶然而无用的。我甚至为想出了这些东西而感到遗憾。我并没有用它们来减少那人的价值；也没有用它们来增加他肢体的表达。但是，事实上，什么都改变不了什么，我们所说或所做的事情，只是擦过山顶而已，而事物则在那些山谷中沉睡着。

---

[1] 葡萄牙旧币。（译者注）

376．【1931年？月】

我们还年轻的时候，曾在高高的树下和森林模糊的低语中穿过。一些光亮，偶尔忽然出现在途中，月光将它们做成湖和岸，和树枝混杂在一起，这些光比夜晚更像夜晚。巨大树林里那模糊的清风呼吸着，在树丛间发出声音。我们说着不可能的事情；而我们的声音是夜晚、月光和森林的一部分。我们听到自己的声音好像听到他者的声音一样。

那不明确的森林并不是没有道路。有一些小道，是我们无意间认识的，而我们的脚步从中起伏而过，在阴影溅出的污点和硬而冷的月光那模糊描出的浅黄色之间。我们说着不可能的事情，而整个真实的风景也是那么不可能。

377．【1931年？月】

我们在生活中走得越靠前，越对这两个真理深信不疑，尽管它们是自相矛盾的。第一个真理是，面对生活的现实，文学和艺术的所有虚构听起来都是苍白的。它们确实能给出比生活中的愉悦更高尚的愉悦；然而它们就像梦一样，我们从中感受到的情感是生活中感受不到的，它们所组成的形态是生活中遇不到的；而且它们到底也还是梦，我们总是会从中醒来，无法留下记忆和怀想，好让我们从中再活一次。

第二个真理是，所有高尚的灵魂都渴望将整个生命走遍，经历所有的事情，所有的地方，所有生活中的情感，而这是不可能的。因此生命只在主观上可以被完整地体验到，只有在生命被否定的时候，它完全的本质才能被体验到。

这两个真理是互不削弱的。智者一定会放弃将它们整合起来，也会放弃排斥其中的一个。然而，他也一定会选择其中一个，并怀念没有选择的另一个；或者两个都排斥，自我提升到一个自己的涅槃状态。

有的人，在生活自然给予的东西之外，不要求生活给予更多，他是幸福的，以猫一般的直觉为指引，有太阳的时候就寻找太阳，没有太阳的时候就寻找温暖，不管在哪里。有的人，为了想象力，会放弃自己的个性，并乐于观望他者的生活，他是幸福的，虽未体验着所有的印象，但是体验着他者印象的所有外在表演。最后，有的人放弃一切，有的人放弃了一切之后，什么都不会被夺走，也不会被减少，他也是幸福的。

乡下人，小说阅读者，纯粹的苦行僧——这三种人都是生活中的幸福者，因为他们放弃了个性——一个是因为依靠直觉生活，而直觉是非个人的；另一个是因为在想象中生活，而想象是忘却；第三个是因为没在生活，而且因为他也没死，所以和睡着一样。

什么都不能让我满意，不能给我安慰，一切——不管是曾经存在过的，还是尚未存在的——都不能解我的渴，我不想拥有灵魂，也不想放弃它。我渴望我并不渴望的东西，放弃我并不拥有的东西。我不能成为无，也不能成为一切：我是一座桥，联通我所不拥有的事物和我不要的事物。

378. 【1931年？月】
没有人读我写的东西，那又怎样？我写我自己，是为了从生活中散心，我出版它，因为这是游戏规则。如果明天所有我写的东西都丢掉了，我会遗憾，但是，我完全相信，那不是一种可以假设到的猛烈而又疯狂的遗憾，好像我整个人生都随之而去了一样。一个母亲在儿子死了几个月之后就开始笑，活得和原来一样，这是不对的。广阔的大地照顾着死者，不会像母亲一样地照顾这些纸页。一切都没什么要紧,我完全相信有人是这样看待生活的,他没有很大的耐心应付这醒着的孩子,只是强烈希望这孩子最终去睡觉,好让自己享受安宁。

379.【1931年？月】
……这想象的情节,我们称之为现实。

雨下了两天,是一种从灰而冷的天空掉下来的雨,它的颜色令灵魂痛苦。两天了……我已经感受到悲伤了,还在窗边反思着,随着那滴落的雨声和还在下着的雨。我的心受着压迫,回忆转变成焦虑。没有睡意,也没有理由觉得困,我心中是巨大的睡意。以前,当我还是孩子,还很幸福的时候,我住在一个边上有庭院的屋子里,那里有一只绚丽的绿鹦鹉在叫着。雨天的时候,那声音从未变得悲伤,而且无疑是因为它安身的地方,叫着叫着,某种持续的感情,在悲伤中飘荡,好像一个提前响起来的留声机一样。

我想到这只鹦鹉,是因为我悲伤,是那遥远的童年,让我想起它来?不,我真实地想到它,因为现在,前面的这个楼房里,有一只鹦鹉在模糊不清地叫着。

一切都让我迷惑。当我以为我回忆起什么时,其实是想到了另外的事情;如果我看到,我就忽视,而当我分心时,我就清清楚楚地看见。

我背对着那灰色的窗,如果用手碰到它的玻璃,那是冷的。凭着一种隐约的巫术,我突然带走那老房子的内部,还有它外面,旁边的庭院里,叫着的鹦鹉;我的眼睛,因为确实经历过这一切,而在全然的不可修复中将我催眠。

380. 【1931年？月】

我这糟糕的情况，不因这些词语的组合而受阻碍，我一点一点地将它拼成这本偶然发生而又经过深思的书。在所有表达的深处，我无用地继续存在着，好像一颗溶解不掉的灰尘，在被喝完的水杯底部。我写下我的文学，一如写下我发布的账目——小心翼翼，而又无所谓。面对那广阔的星空，还有那么多灵魂之谜，无人知晓的深渊之夜还有无法理解的混乱——面对这一切，我在助手柜台上写作，而我在这灵魂之纸上写下的东西，同样仅限于镀金匠大街，相对那巨大的、百万计的宇宙空间，是很小的。

这一切都是梦和幻影，这梦也不怎么值得被发布出来，仿佛它是装帧精美的散文一样。梦到公主，比梦到办公室的入口大门，又强到哪里去？我们所知道的一切，都只是我们的印象，而我们的存在是一种他者的印象，*我们的模板，当我们感受的时候，我们就成为我们自己的、积极的观影者，成为由市政府批准的、我们的神明。

381. 【1931年？月】

机会就像是钱，而钱也不过是一种机会。对于行动者来说，机会是意愿的一个情节，而我对意愿不感兴趣。对我这样不行动的人来说，机会是没有美人鱼的歌声。必须要以一种狂热来将它鄙视，把它高高地存放起来，百无一用。在……的情况下，在这片田野上应该摆放上拒绝的雕像。

哦，阳光下的田野啊，观影者，因为这个人你们才活着，而他正在阴影里观望着你们。

大词语和长句子的酒精，好像波浪一样，掀起它节奏性的呼吸，又在微笑中破碎，在泡沫之蛇的讽刺中，在隐约光线那堂皇的悲伤中。

382．1932年1月17日

世界属于没有感受的人。成为一个实干者的基本条件就是感性的缺席。生活实践的首要质量，是导向行动的质量，也就是意愿。有两样东西会阻碍行动——感性和分析思考，说到底，就是有感性的思考。所有行动，本质上是个性在外在世界的投射，因为外在世界在很大和首要程度上是由人类构成的，这个性的投射基本上就是我们在他者的道路上穿过，按照我们的行动模式，去阻碍、伤害和碾碎他人。

因为，要行动的话，我们需要难以想象他者的个性、痛苦和欢乐。谁对人和善，谁就会停止。有行动力的人将外在世界看作是仅仅由不动的物质构成——或是本身不动，就像一块石头对于路上经过或绕开的东西一样；或是和一个人类生命体一样不动，这个人的力量是无可抗拒的，因此人和石头一样，要么被绕开，要么被从上面跨过去。

实干者的最高范例是战略家，因为他综合了极大的行动集中力，还有他的极端重要性。整个人生就是一场战争，因此战役就是生命的总结。战略家是这么一个人，和下棋一样，他对待不同的人生，一如棋手对待手上的棋子。战略家要是想着，他每走一步棋，都会让千万个家庭陷入黑夜，千万颗心悲伤痛苦，那可怎么办？我们如果充满人性，世界会变成什么样？如果人类可以真正感受，文明就不会存在了。行动力必须忘却感性，而艺术给感性提供了逃离的出口。艺术就是灰姑娘，她留在了家里，因为必须如此。

所有有行动力的人，本质上都是活跃而乐观的，因此没有感受的人是幸福的。一个人如果从来不会不开心,那么他就是个有行动力的人。不开心但还能工作的人,是有行动力支持的人;他在生活中,在生活的大部分情况中,可以是一个会计,就像我这个特别情况一样。不过,这个人成不了事物或人的支配者。支配力属于无感性。欢乐的人能管理,因为悲伤需要能感受。

瓦斯克斯老板今天做了一桩生意,导致一个病人和他的家庭彻底完结。他做这桩生意的时候,完全忘了这个人是存在的,只是把这人当作商业对手而已。生意做成之后,瓦斯克斯老板的感性才出现。当然只能是在完成之后才出现,不然,这生意肯定是做不成的。"我为这人感到遗憾,"瓦斯克斯老板对我说,"他将陷入贫困。"然后,瓦斯克斯老板点上雪茄,补充道:"不管怎么说,如果他需要我做些什么的话"——可以理解,应是某种施舍——"我不会忘掉是他让我做成了一桩好生意,赚了好大一笔钱[1]。"

瓦斯克斯老板并不是恶人:他是一个有行动力的人。事实上,输掉这局棋的人,在将来肯定可以得到施舍,因为瓦斯克斯老板是慷慨的。

一切有行动力的人都和瓦斯克斯老板一样——他们是工商业界的领袖,政治家、军事家、宗教和社会思想家,大诗人和大艺术家,美女,任性的小孩。其余的,是那普通的大众,无固定形态,有着感性,有着想象力,而且是脆弱的,都不过是背景,衬托出这场玩偶戏的主角,直到结束,是一块平整的格子背景,上面用来走棋子,直到那**至高的棋手**将它们收拾起来。他迷惑在自己的双重性格中,玩着棋,自娱自乐,总以自己为对手。

---

[1] 原文是"赚了好几十康托"。康托(conto)为葡萄牙旧币单位,一康托等于一千埃斯库多。葡萄牙于1999年开始加入欧元区时,两百埃斯库多等于一欧元。(译者注)

383. 1932年1月26日

我的一种持续性的担忧,是如何理解他人的存在方式,为什么会有和我的灵魂不同的灵魂,会有与我的意识完全相反的意识,因为它是意识,在我看来就是独一无二的。我完全理解,这在我面前的人,说着和我一样的话,做着和我也一样做或会做的手势,某种程度上和我是相似的。然而,我也以同样的感受看着我梦中图像的凹凸,我读的小说里的人物,还有我看的戏里面,演员扮演的角色。

我想,没有人会真正承认另一个人的真实存在。一个人可以退一步承认某个人是活着的,和自己一样感受和思考;但是总会有一种无名的不同元素,一种物质化的劣势。有一些过去的人物,书中精神性的形象,对我们来说比我们碰到的现实要真实得多,那些冷漠的现实,从柜台上边和我们说话,在电车里偶尔看到我们,或行走在路上,在某个死气沉沉的偶然中,与我们擦身而过。他人对我们来说不过是风景,而且几乎总是熟识街道上不可见的风景。

有一些书中描写的人物,一些我在图画中认识的影像,对我来说,较之很多所谓真实的、无用的形而上学中所谓有血有肉的人,与我血缘更近,也更亲密。事实上,"有血有肉"对他们来说是一个很好的描述:他们看上去像是肉铺的大理石案板上面放着的一块块的肉,像有生命一样流着血的死亡,**命运的腰心和排骨**。

我并不羞于有这样的感受,因为我已经看到,大家都是这样感受的。看起来,人与人之间有种鄙视,有种冷漠,使得人可以杀人,而且感受不到杀戮,就像杀手之间一样,或者也无法想到在杀人,就像士兵之间一样,因为,没有人会对这好像没有条理的事实给予应有的关注:其他人也是有灵魂的。

有些日子,有些时候,不知是什么清风被带到我身边,不知是什么门在我面前自己打开,我忽然感到街角的杂货店商人是一个精神体,店里的那个学徒,这一刻正在门边俯下身子对着一袋土豆,他也实实在在是一个有能力去受苦的灵魂。

昨天，有人跟我说，烟草店的员工自杀了，那时我有一种谎言的印象。可怜的人，原来他也是存在的！所有我们这些人都忘掉了这一点，所有我们这些人都认识他，但和那些不认识他的人也没什么两样。明天我们将会更好地忘掉他。但是他确实,确实是有灵魂的，以至于他会自杀。激情？痛苦？毫无疑问……而我，就像所有人类一样，只记得那件混纺外套上面傻傻的微笑，那件外套又脏肩部还不平。关于这个人，我只记得这么多，而他感受了那么多，以至于到了要自杀的地步，因为，说到底，其他情况应该是杀不死人的……我想到有次我找他买香烟的时候，注意到他会很早秃顶。而他最终没来得及秃顶。这就是他留给我的记忆之一。他还能给我留下什么呢，说到底，这记忆也并不属于他，而是我的一个想法而已？

我突然看到一个遗体的影像，他被放进去的那个棺材，他被带进去的那个墓地，完完全全是他者的。我又忽然看到，某种程度上，烟草店的售货员，他歪歪斜斜的外套还有全部，是整个人类。

只是一刻。今天，现在，清清楚楚的，我是人，而他死了。没有别的。

是的，他人不存在……这个停滞的落日，有着沉重的翅膀，有着阴郁而又坚硬的颜色，是给我的。落日之下，颤抖着，我看不见它在流淌的大河，是给我的。河流浪花能到达的这片开阔的广场，也是为我而造的。烟草店的售货员今天下葬在公共墓地了吗？今天的日落不是给他的。但是，想到他，而且是在无意间想到他，这日落也不再是给我的了……

384．1932年1月29日

夏天最后的热浪在暗淡的阳光下不再那么坚硬之后，秋天开始了，当它到来之前，有一种轻轻的悲伤，冗长而不明确，好像天空不想微笑一样。那是一种时而更浅，时而更绿的蓝色，来自高处天空颜色的缺席本身，那是一种云中的遗忘，不同而褪色的紫；那不是一种麻木，而是一种厌倦，在整个安静的孤独中，曾是雾的东西在其中变成烟。

真正秋天的进入，是有预示的，不冷空气中的一丝寒意，尚未消散的颜色那消散的过程，某种半明不暗的事物，还有曾是风景色调的东西和万物消散渐渐远去的过程。什么都尚未死亡，但是一切，好像一个还未出现的微笑一样，在怀想中向世界转过身来。

终于，明确的秋天来了：空气因为风变得寒冷，叶子听起来有一种干枯的声调，尽管它们还不是枯叶：整个大地开始具有一种不确定的沼泽那样的颜色和触摸不到的形状。曾是最后微笑的事物逐渐失去色彩，在眼睑的一种疲倦中，在姿态的一种冷漠中。这样，所有能感受的东西，或者我们假设能感受的东西，亲密地抱紧它自己的告别。一种旋涡的声音，在前厅里，通过我们对另外某种东西的意识而漂浮着。让人乐于从病中康复，为了真正地感受生命。

但是冬天最初的雨，还是从已经明明白白的秋天中来的，好像毫无敬意一般，将这些半是墨迹的东西清洗着。高高的风，在停止的东西中吱呀作响，让固定住的东西发出噪音，拖拽着可移动的物件，在雨那不规则的呼喊之间扬起匿名抗议的缺席的言语，是些悲伤而近乎愤怒的声音，来自没有灵魂的绝望。

最后，秋天在寒冷和灰色中凋残。现在到来的是一种冬天的秋天，一种将一切变成泥的灰，但同时，冬天寒意中的什么东西会带来好处——结束坚硬的夏天，将要到来的春天，最终慢慢定义成冬天的秋天。而高空中，不透明的色调已经不能让人想起颜色或悲伤，一切都适合于夜晚，以及不明确的沉思。

一切,在我思考之前,就是这样。今天,我既然将它写下,是因为我想起了它,我所拥有的冬天,就是我失去的那个。

385. 1932年2月5日

我的头和宇宙都在疼。生理上的疼痛,比道德上的疼痛更清晰,通过精神上的一种反射,发挥着这疼痛里包含的种种悲剧。它们带来的是对一切的不耐烦,因为针对一切,不排除任何一颗星。

我不赞同,永远也不会赞同,我假设自己永远无法赞同那退化的观点,它认为作为灵魂的我们,产生于一个叫作大脑的东西,而大脑的存在条件,是位于一个叫作头颅的物质性的东西里。我无法成为唯物主义者,而这,我相信,是那种观念的名字,因为我无法在以下两者之间建立一种清晰的联系——一种可被视觉化的联系,我会这么说——这两者,一个是一种可见的灰质或另一种什么颜色的材料所组成的质量总和,一种是在我目光之后的自我的东西,它看到并思考天空,还能想象出并不存在的天空。但是,即使我永远不会掉入深渊,从而假设一种东西可以成为另一个,只因为它们在同一个地方,就像一块墙壁和我在上面的影子那样,或假设灵魂之依赖于大脑,大于我在行动路线中之依赖于我所用的行动工具,然而我相信,在我们身上纯粹是精神的部分和我们身体上的精神部分之间有一种共处关系,它是可以引发争论的。而这种争论普遍的发生情况是,它在普通人身上发生会打扰到那些不那么普通的人。

今天我头疼,也许其实是胃疼。但是疼痛既然是由胃向头引发的,会打断我在自己拥有的大脑后面的沉思。遮住我的眼睛并不会使我失明,然而会阻碍我看见。而现在这样,因为我头疼,我觉得这场景毫无价值,也不高尚,在这单调而荒谬的时刻,我一点也不想看见外在的世界。我头疼,这说明我对物质对我的冒犯是有意识的，而且，因为它和所有的冒犯一样，伤害了我的自尊，因此导致我对所有人都不客气，包括那些离我很近却没有冒犯我的人。

我想要的是死亡，至少暂时死去，而这，就像我说的，只是因为我头疼。这一刻，突然间，我想到，某个伟大的思想家会以怎样的高贵说出同样的想法。他会大段大段地展开讨论世界那无名的伤痛；在他想象出段段文字的眼睛之前，显现出大地上发生的各种各样的人间剧情，而通过跳动着的、发烫的太阳穴，会在纸上建立起整个的、不幸的形而上学。而我却没有文体修辞学的高贵。我头疼，就是因为我头疼。我的宇宙也疼，因为我头疼。但这真正疼痛的我的宇宙并不是真实的、存在的宇宙，因为这个宇宙并不知道我存在，而那另一个，属于我自己的宇宙，如果我用手梳过我的头发，它会让我感到我所有的头发都在受苦，只为了让我也受苦。

386. 1932年2月5日

我有的首先是疲劳，还有一种不安，它是疲劳的双胞胎兄弟，当疲劳因为正在生成而存在，同时没有任何其他理由存在时，我对那些隐约出现的手势有一种深层的恐惧，对那些正要说出的话语有一种智识上的腼腆。一切都提前地让我觉得扫兴。

对所有这些脸庞的、无法承受的厌倦。智力或没有智力而产生的粗野，怪诞到幸福或不幸的恶心，它们恐怖，因为存在，是与我格格不入的活生生的东西那分开来的潮汐……

387. 1932年3月16日

在我写下最后一段之后，已过去几个月了。我处在一种睡意中，通过它，理解了我在生活中一直是他者。一种被转移的幸福感在我心中频繁出现。我不存在，我一直都是他者，我活着，但不思考。

今天，突然间，我回到了我本来或梦中的样子。那一刻有着巨大的疲劳，是在做完了一项不重要的工作之后。我把头靠在手上，手肘抵着高高的倾斜的桌子。然后，闭上眼睛，重新发现了自己。

在一个遥远而又虚假的睡梦中，我想起了曾经的一切，在我面前立起的事物，像被看见的风景那样清晰，一切之前或之后，旧田园那宽敞的一边，在那里，视野的中心，立起来的场院是空的。

我立刻感受到了生活的无用。看到，感受，记起，忘掉——所有这一切都在我心中混杂，在手肘的一种模糊的疼痛里，带着近处街道那不明确的低语还有静止的办公室里安静工作的细小声响。

当我的手在高高的桌子上放下，我向我在那里看到的东西投去一个疲劳的目光，这目光应该是充满了一个个死的世界，我以我的视力看到的第一个东西，是一只绿头苍蝇（原来那模糊的嗡嗡声不是办公室里的！），它停在墨水瓶上面。无名而又清醒着，我从深渊之底观望着它。它有一种蓝黑的绿色调，还发着光，有种并不丑陋的恶心。一个生命！

谁知道，对于至高力量，**真理**的众神或妖魔来说，我们在他们的影子里游走，我不过是一只发光的苍蝇，在他们面前停留一刻呢？容易的修养？已完成的观察？没有思想的哲学？也许吧，但是我没有思考：我感受到了。那是肉体上的、直接的感受，带着一种深刻又黑暗的恐怖，我做出了这可笑的比较。当我把自己与苍蝇类比时，我也成了苍蝇。当我假设我这么感受时，我感到自己是苍蝇。我感到我是一种和苍蝇一样的灵魂，我和苍蝇一样睡觉，和苍蝇一样感受到被封闭。而那最大的恐怖，是我同时也感到我是自己。无意间，我抬起眼，望向天花板，看看是不是有一条至高的尺子向我打下来，把我压扁，好像我能像那只苍蝇一样被压扁。幸好，当我低下眼睛的时候，苍蝇消失了，没有发出能让我听见的声响。不情愿的办公室再次回归到没有哲学的状态。

388．1932年3月28日

我的疲劳表面，笼罩着某种金色的东西，被落日抛弃的时候，水面上也有这种东西。我好像是在想象的湖泊边，我在湖里看到的就是我自己。我不知道该怎么解释这图像，或这象征，或这个我所想象出来的自己。但我可以确定的是，我能看到，就像我能真正看到一样，山后面有太阳，发出消失的缕缕光线，湖在深色的金子中接收它们。

思考的一个坏处是，思考的时候会看到。那些用理性思考的人是分心的。那些用情感思考的人是睡着的。那些用意愿思考的人是死的。而我，是用想象力思考的，那所有应当在我身上存在的东西或理智，或伤痛，或冲动，都在我身上缩减成某种冷漠而又遥远的东西，好像这个死去的湖，在最后的太阳不长久地笼罩着的石块之间。

因为我停下，水颤抖了。因为我反思，太阳收敛起来了。我闭上缓慢而又充满睡意的眼睛，而我内心仅有一片湖边的区域，在那里，夜晚开始不再是白昼，在水中留下深棕色的反光，而水中有海草显现。

因为我写了，所以我没有说。我的印象中，存在的东西永远是另一个区域，山的外面，如果我们有可以用来一步步行走的灵魂，那么我们将有很长的旅途要走。

我停止了，就像我风景中的太阳一样。那被说出或被看到的东西没有留下，除了一个已被关上的夜晚，充满了湖泊的死的光泽，在没有野鸭的平原上，是死亡的，流淌的，潮湿而邪恶的。

389. 1932年5月2日

我从不睡觉：我生活着或者做梦，或者其实，我在生活中和在睡着时做梦，而这也是生活。我的意识没有中断：如果我还没睡或没睡好，我就感受得到周围的事物；只要我真正睡着，我立刻就会做梦。这样，我是一串永恒展开的图像，连贯或不连贯的，总是假装有外在部分，如果我醒着的话，一些图像是放在人和光之间的，另一些，如果我睡着的话，是在鬼魂和无光可见之间的。事实上，我不知道如何将一个东西从另一个东西中区分开来，也不敢确定当我醒着的时候是不是睡着，而当我睡着的时候是不是醒着。

生活是被人团起的毛线。它里面有一个方向，如果被展开摊平，或者被好好地绕起来的话。但是，如果不这样，它就是一个问题，而不是线团本身，是一种不知地点的自我混乱。

我感到这个，晚一些会将它写下，因为我将会梦到我要说的句子，那时，透过半沉睡的夜晚，我和模糊的梦一般的风景一起，感到外面雨的声音，在我听来变得更模糊了。是空的猜想，深渊的震颤，透过它们慢慢流逝的，是无用的、持续的雨那外部的呜咽，耳中的风景那丰沛的细微。希望？什么都没有。从看不见的天空，风所达到的水之伤痕，落下，成声。我继续睡着。

无疑是在公园的一条条林荫大道上，生活导致的悲剧在那里发生。那是两桩美丽的事物，渴望着成为同一个东西：爱情将它们在未来的厌倦中拖延，将会产生的怀想已经慢慢成为那从未拥有的爱情之月光。这样，在近处树林的月光中，因为月光在林间滤过，他们手拉着手经过，没有欲求也没有希望，穿过被抛弃的树行那荒漠的本身。他们曾全然是孩子，因为事实上并不是。从一条树行到另一条，树与树之间的身影，那无人的场景从剪纸上流淌而过。就这样，他们消逝在池塘那边，越来越紧密而分离，而那停止的、模糊的雨声，是他们前往的喷泉的声音。我是他们有过的爱情，因此我懂得在无眠的夜晚听到他们,而我也懂得如何经历不幸福。

390. 1932年5月15日

没有什么比他人的爱意更沉重——他人的仇恨也比不上,因为仇恨比爱意更加断断续续;作为一种令人不悦的情感,通过拥有它的人的本能,趋向于越来越不频繁。但是仇恨和爱情都压迫着我们;二者追逐并寻觅着我们,不让我们孤单。

我的理想是在小说中经历一切,而在生活中休息——阅读我的种种情感,经历我对它们的鄙视。对那些想象力直达表皮的人来说,小说主角的冒险就是足够多的、本身的情感,而且还要更多,因为这些情感既属于他也属于我们。以真实而直接的爱情,爱过麦克白夫人,像这样的冒险是无可比拟的,这样爱过的人,为了休息,在生活中除了不爱任何人,还能做什么呢?

我不知道这场我被迫而做的旅途有什么意义,在一个夜晚和另一个夜晚之间,在整个宇宙的陪伴下。我知道我可以用读书来自娱。我认为阅读是最简单的、在这一个或另一个旅途中消遣的方式;而且,有时候,我从自己正在真正感受着的书中抬起眼睛,像外国人一样,看到那逃离的风景——田野,城市,男男女女,情谊和怀想——所有这些对我来说都不过是休息中的一个情节,一种不动的分心,我那阅读太多书页的眼睛从中得以休息。

只有我们梦到的东西,才是我们真实的样子,因为多余的东西,既然已经是完成的,就属于世界和所有人。如果我实现了某个梦,我会嫉妒它,因为它背叛了我,允许自己被实现。我实现了所有我想要的东西,软弱的人会这么说,而这是谎言;实话说,他是预言性地梦到了生活用他来实现的一切。我们什么也没有实现。生活将我们像一块石头一样扔出去,而我们在空中的时候说着,"在这里我先动一动"。

不管这太阳的投影仪和星辰的箔片之下,被宠坏的幕间曲是什么,知道它是个幕间曲是没有坏处的;如果在剧场门外的东西是生活,我们就会生活下去;如果是死亡,我们就会死去,而那场戏与此无关。

因此我从未感到如此接近真理,如此真切地感到自己受到了启蒙,就像我很少几次去剧场或马戏团一样:我知道我其实不过是在看生活的完美表演。而男女演员、小丑和魔术师都是重要而肤浅的事物,就像太阳和月亮,爱情与死亡,瘟疫,饥饿,战争,人性一样。一切都是戏。啊,我要真理吗?我继续看小说……

391. 1932年5月23日

我不知道什么是时间。我不知道它真正的度量,如果它有的话。我知道用钟点度量是假的:它把时间按照外在的空间来分割。我知道用情感度量也是假的:它分割的不是时间,而是对时间的感觉。用梦度量是错的;在梦中,我们擦过时间,有时候悠长,有时候飞快,而我们的经历或快或慢,根据的是某种行进的东西,它的本质是我所忽视的。

有时候,我觉得一切都是假的,时间不过是一个框架,用来装裱对它来说陌生的东西。在我对过去生命的记忆中,时间是按照荒谬的层级和平面来放置的,某个庄严的十五岁情节中的我,比另一个坐在玩具当中的童年情节中的我,反而更年轻。

一想到这些事情,我的意识就混杂起来。我预感到这一切里有个错误;然而我不知道它在哪一边。好像在看一种幻术,因为是幻术,我知道自己是被骗的,但我想不出这骗局的技巧或装置是什么。

所以,荒谬的思考来到我身边,然而我无法把它们当作彻底的荒谬来驳回。我思考，一个在快速行驶的车上缓缓沉思的人是在快速还是慢速行进。我思考，跳海自杀的人和露台上失去平衡掉到海里的人，他们掉下去的速度是否一致。我思考，在相同的时间跨距里，我抽一支烟，写下这一段，晦涩地思考着，这些运动是否真是同步的。

同一根轴上有两个轮子，我们可以思考，其中总有一个是更靠前的，哪怕只是差之毫厘。在显微镜下看，这个偏差甚至可以夸张到难以置信，如果不是真的，看起来也完全不可能。为什么不是显微镜更有理，而人们的视力有问题呢？这些想法没用吗？我很清楚这一点。是思考的幻象吗？我可以妥协，是的。然而，是什么东西以一种不存在的尺度来衡量我们，以不存在来杀我们？在这样的时刻，我甚至都不知道时间是否存在，但我可以像一个人一样感受到它，而我想睡觉了。

392. 1932年5月31日

我并不是在广阔的田野中或巨大的花园里看到春天来到。而是在城市一个小广场那少而可怜的树上。那里的绿是那么跳脱，仿佛一种馈赠，又像一种好的悲伤一样欢乐。

我爱这些孤单的广场，隔行插入在没什么人来车往的街道之间，它们也和那些街道一样冷清，是无用的林间空地，是期待着的事物，在遥远的动荡之间。是城市中的乡村。

我从这些广场经过，走上某一条它们的支路，然后我又从同一条路走下来，回到广场中。从另一边看，是不一样的，但同样的安宁以一种突然的怀想，将过来的时候没看到的那一边——偶然的阳光——染成金色。

一切都是无用的，而我恰恰这么感受到。我所经历的一切，都让我忘却,好像是我在分心时听到的东西那样。我将要成为的一切,也不记得了,好像我经历过又忘掉了一样。

一种轻微伤痛的偶然,模糊地笼罩在我周围。一切都变冷了,不是因为它本身变冷,而是因为我走进了一条窄路,而广场终止了。

393. 1932年6月7日

阿米耶尔说,风景是灵魂的一个状态[1],但这句话是柔弱的梦想者吐露的一种无力的幸福。风景既然是风景,就不再是灵魂的一个状态。客观化即是创造,没有人会说,一首创作好的诗是正在构思这首诗的状态。看见,也许就是梦见。但是,如果我们说"看见"而不是"梦见",说明我们还是区分看见和梦见的。

说起来,对这些词汇作心理学上的猜想有什么用呢?独立于我之外,野草生长,雨水洒落在生长的野草上,阳光将长高或即将长高的野草涂成金色;古老的山川拔地而起,风穿过,和荷马听到的毫无二致,即使这位诗人从未存在过。其实更准确地说,一个灵魂的状态就是一个风景。这样的话会好很多:句子中不再有一个理论的谎言,而仅仅是一个隐喻的真相。

这些偶然的话语是我在俯瞰广阔绵延的城市时听写下来的。当时我站在圣佩德罗·德·阿尔坎塔拉高地,整个城市在太阳的寰宇之光下展开。每次我这样俯瞰一片广阔的地方,就会不由自主脱离我一米七的身高,六十一公斤的体重,挣脱我的物理构成。我会用一个大大的、形而上学的微笑,去笑那些痴想"梦不过是梦"的人们。而且,我会以理解的高贵美德,来爱那绝对外在的真理。

---

[1] 参见阿米耶尔《私人日记断章》(巴黎:G·菲施巴赫尔出版社,1911年,第62页):"任何一种风景都是灵魂的一个状态,每一个细节都如此相似,那些可以阅读它们的人为之惊奇不已。"佩索阿藏有这本书,并且画出了这一句话。

特茹河的深处是一片蓝色的湖，河对岸的山峦像是一个扁平些的瑞士。一艘小船——黑色的蒸汽货船——从主教井[1]那边驶出，开往我看不见的海岸。我祈求所有的神保护我这独特的一面，直到它不得不终止的时刻：我清晰如阳光的、对于外在现实的概念，对于自身渺小的直觉，作为微笑存在的舒适感，以及可以思考幸福生活的能力。

394．1932年6月11日

炎热终止之后，轻轻开始的雨逐渐增强，可以听得见了，空气中有一种安宁，是炎热的空气中所没有的，是一种新的和平，水在其中放上自己的一缕清风。这轻柔的雨，它的欢乐是那么清澈，没有暴风雨，没有黑暗，连那些人们，几乎所有人，没有雨伞也没有雨衣，都有说有笑，快步行走在发亮的雨中。

一个无精打采的间歇，我走到办公室开着的门前——它因为炎热而打开，雨也没有把它关上——我以一种我特有的、强烈而又无所谓的注意力观望着，刚才看到之前就贴切地描绘出的东西。是的，那两个普通人的欢乐，在细雨中说说笑笑，迈着比快速更快的步子，在蒙着轻纱的白天那干净的澄明中。

但是，忽然，从已经在那里的街角的惊奇，我的视野中转进了一个又老又小气、又贫穷又不谦逊的人，他不耐烦地走在已经减弱的雨下。这个人，肯定没有凝神注意，不过至少有着不耐烦。我不是用一种看东西的随意，而是以一种特殊的注意力，像观察一个象征那样去观察他，为其定性。他象征着小人物；因为如此忙碌。他象征着一无是处；因为如此痛苦。他不属于那些微笑的人，那些人

1　里斯本的一个码头。（译者注）

感受得到雨天那碍事的欢乐,他属于雨本身的一部分——一种无意识,它的存在足以感受到现实。

然而,我想说的并不是这个。我观察着那个行人,而我其实很快就看不到他了,因为我没有一直在看着他,我的观察,和这些观察的连接之间插入了我的某种分心的奥秘,某种灵魂中的紧急需求,将我抛下,不留后续。在我灵魂的断断续续中,尽管我听不清楚,却有打包小伙计们说话的声音传来,他们在办公室深处、仓库门口那边。我不看都知道,包装绳在邮递包裹那结实的灰纸包上面绕两圈,打两次结,就在面向前厅窗边的桌子上,玩笑和剪刀之间。

看就是看见了。

395. 1932年6月14日

没有人理解另一个人。就像诗人马修·阿诺德[1]说的,我们是生活之海上的岛屿,在我们之间涌动着定义我们和分离我们的海。无论一个灵魂如何努力去了解另一个灵魂,也不会超出它所听到的话语——不过是"理解"这块地板上一个变形的影子罢了。

我热爱那些表达,因为我对它们所要表达的东西一无所知。我就像圣马丁大师[2]一样;得到的东西已经让我心满意足。我能看见,就已经很不错了。谁又能去真正地理解呢?

也许因为我对可理解的事物持怀疑观点,对我来说,一棵树,一张脸,一幅海报和一个微笑,都是一样的。(都是自然的,都是

---

[1] 参看马修·阿诺德诗《致玛格丽特——续》的开头:"是的!岛屿般的人生所在的海上,我们这百万个凡人独自生活。"摘自佩索阿私人藏书中的《马修·阿诺德诗集》(伦敦:登特出版公司,1910年,第90页)。

[2] 指路易-克劳德·德·圣马丁(1743—1803),法国哲学家、神秘学家。佩索阿私人藏书中有一本关于他生平的书,名为《圣马丁,不为人知的哲学家》(巴黎:迪迪埃出版社,1862年)。

矫饰的,都是一样的。)所有我看见的,对我来说,只不过是可见的事物,不管是即将到来的清晨在高阔蓝天上透出的青白色,还是某人痛失爱侣之后在旁观者面前强扯出来的虚假微笑。

存在并翻转的玩偶、插画和书页——我的心并不在它们身上,甚至我的注意力也几乎不在它们身上,而是从外部滑过,有如一只苍蝇掠过一张纸。

退一步说,我是否知道自己在感受、思考、存在?不,我一无所知:我只不过是一种有颜色、有形状、有影像的客观结构,我是一面将被售出的、摇摆不定的镜子。

396. 1932年6月23日

人生是一场尝试的旅行,是在不自愿的情况下完成的。是精神通过物质的一场旅行,因为旅行的是精神,所以是在精神中被体验。因此,一些观望的灵魂,比另一些活在表面的灵魂要活得更激烈,更广泛,也更跌宕起伏。结果就是一切。被感受到的东西就是被经历的东西。做完一场梦回来休息,好像做完一个可见的工作回来休息,同样的疲劳。人经历得最多的时候,也就是思考得最多的时候。

在大厅角落里的人,和所有的舞者一起跳舞。他看到一切,而且因为看到一切,也经历一切。和所有事物一样,归根结底,是我们的一种感受,接触到一个身体,等同于看到它,或甚至,等同于对它的简单回忆。因此,我看人跳舞的时候,我就在跳舞。可以说,就像那英国诗人一样[1],叙述自己躺在草地上远远观望着三个割

---

[1] 语出埃德蒙·戈斯(1849—1928)诗《躺在草丛中》。佩索阿藏有的戈斯诗集中,可以找到这首诗:"在我面前,消散着的天空深色映衬下,/我躺着,看着四个正在割麦子的人……躺在我强壮而年轻的生命里,/我好像和他们一起谐动——/第四个人在割麦,而那个人就是我。"(伦敦:欧内斯特·本出版社,1925年,第6页)。

麦人:"第四个人在割麦,而那个人就是我。"

一切都到来了,它被讲述,就像被感受到一样,源自一个巨大的疲劳,表面上看没有来由,今天却忽然降临到我身上。我不仅疲劳,而且苦涩,这苦涩也是无可名状的。痛苦的我,在眼泪边缘——不是哭出来的眼泪,而是忍下去的眼泪,一种灵魂疾病的眼泪,那痛苦是感受不到的。

我没有活过,但经历了那么多!我无意去想,但思考了那么多!种种世界,或来自停止的暴力或来自在静止中获得的冒险,重压在我身上。我从未有过也不会有的东西令我厌烦,还未存在的众神使我厌倦。所有我逃避的战役给我留下伤痕,我将它们随身携带。我肌肉发达的身体,因为没想过要去做的努力而筋疲力尽。

黯淡,沉默,无用……高处的天空是一种死去的、不完美的夏天。我看着它,好像它不在那里一样。我和我思考的东西一起睡着,我躺着行走,不去感受而受苦。我那巨大的怀旧来自空无,是空无,就像我看不见却在不具人格中凝视着的高天。

397. 1932年7月16日

养病的感觉,在想到之前遭受的病痛时尤其让人觉得糟糕,有某种悲喜的感觉。在情感和思想中有一种秋天,或其实,是一种那样的早春,除了没有落叶,空气和天空中都像秋天。

疲劳让人觉得舒适,而这种舒适是有点疼的。我们有点感到是在生活的边缘,尽管还是在生活之内,好像在住宅阳台上一样。我们观望而不思考,感受却不带着可定义的情感。意愿安宁了,因为它没有存在的必要。

因此,某些回忆,某些希望,某些模糊的渴求,慢慢爬上意识的斜坡,好像高山上那些依稀可见的徒步者一样。回忆着肤浅的事物，希望着那些如果没出现也没什么不好的事物，渴求着那些在本质和传播上不曾有过暴力的事物，反正是不会被渴求的。

当白昼契合于这些感受的时候，就像今天，尽管是夏天，却半是阴天，带着蓝色，一种模糊的风，因为不热，几乎是冷的，这样，那种灵魂的状态加深着我们所想、所感、所经历的这些印象。倒不是因为它们比我们曾有过的回忆、希望和渴求更清晰。但是更可感，而它们那不明确的总和，荒谬地稍稍重压在心上。

这一刻我心中有某种遥远的东西。我确实是在生活的阳台上，但并不完全是这个生活。我在它之上，在我能看见的地方看着它。它横陈在我面前，在梯田和滑坡中降下，有如来自一个多样的风景，直到山谷那些村庄里白色房屋上的烟雾中。如果我闭上眼，我还能继续看到，因为我没在看着。如果我睁开眼，我就再也看不到什么，因为我没在看着。我全然是一种模糊的怀想，不是对过去，也不是对未来：我是一种对当前的怀想，匿名、冗长而又不被理解。

398. 1932年7月25日

给事物分门别类的人，是那些科学人士，他们的科学就只是分类，却基本上都忽视了一点，由于可以被分类的东西是无限的，因此分类是行不通的。但是最让我惊诧的，是他们忽视了有不可知而可分类的东西存在，比如灵魂和意识上那些处于认知间隔中的东西。

也许是我想得太多或做太多的梦吧，我的确并不区分存在着的现实和梦，这个不存在的现实。这样，在我对天空和大地的沉思中，我插入并不因太阳而闪亮的东西或不能用脚踩上去的东西——想象中流淌的种种奇观。

我用假设的夕阳将自己染成金色，但假设物在假设中是活生生的。我因为想象的清风而快乐，但是想象的东西只在被想象的时候才是活的。我通过各种可能性而拥有灵魂，而这些可能性也有自己的灵魂，因此它们把自己拥有的灵魂给了我。

没有问题，除了现实的问题，而这是无解而又活着的。我怎么知道一棵树和一个梦的区别呢？我可以触碰到树；我知道我有梦。而这，在真理中，又是什么呢？

这是什么呢？是我，独自在荒凉的办公室，我可以在想象中活着，没有智识上的劣势。想到那些被抛弃的文件夹和那散着纸和绳卷的发货部，这并不会带给我一种被打断的不快。我并不坐在我的高椅上，而是通过一种还未实现的升职，靠在莫雷拉那有着圆扶手的椅子上。也许是这地点的影响力为我涂上圣膏，封我为分心者。热浪滚滚的日子令人犯困；因为缺乏能量，我睡着，又没睡着。所以我这样想。

399．【1932年8月4日之后】
外部世界存在，就像舞台上的一个演员一样：身在那里，却是另一样事物。

400．1932年9月28日
已经很久——我不知道是几天，还是几个月——我没有记录任何印象了；我不思考，因此我不存在。我记不起自己是谁；因为不知道怎样存在，我不知道如何写作。由于一种倾斜的昏睡，我一直都是另一个人。我甚至都不记得要醒来。

我在我的人生中昏迷了一会儿。我回到了自己，但对我这段时期的样子失忆了，也不记得我在遭受了这中断之前的样子。我心中有一种无名间隔的混乱概念，一种记忆的一部分想要找到另一部分的、肤浅的努力。我无法把自己重新连接起来。如果我一直活着，我忘记了如何知道这事。

并不是因为这是可感的秋天的第一天——第一阵不凉的寒意，给死去的夏天穿上弱一层的光——在一种异化的透明中，带给我一种情感，有如死亡的意图或虚假的意愿。并不是因为，在这失去事物的幕间曲中，有一种对于无用记忆的、不明确的痕迹。是比这些事物更痛苦的事物，一种回想着不记得的东西的厌倦，一种沮丧，来自意识丢掉的东西，它被丢失在海藻和灯芯草之间，不知何物的岸边。

我认得，这干净而不动的白天，有一个积极的天空，它的蓝色比深沉的蓝色浅一些。我认得，太阳的金色比之前的依稀要弱一些，将墙壁和商户在潮湿的反光中染成金色。我认得，虽然没有风，或能让人想起它却又否定它的清风，但有一种醒着的清凉，睡在不明确的城市中。我认得这一切，不用思考也不用相信，除了通过回忆，没有睡意，除了通过不安，没有怀想。

贫瘠而又遥远，我从我没得过的病中恢复过来。灵活地醒来，我做好准备，应对我害怕的事情。是什么样的睡意，让我睡不着？是什么样的爱抚，不想和我说话？喝下这强大春天一般的汤药，成为另一个，有多好啊！哪怕只要思考这个，也是好的，比生活更好，与此同时，那被忆起的图景远方有灯芯草丛，虽然没有可以感受到的风，却在这溪流中倾斜成青绿色！

多少次，回想起我没有成为的人，我冥想自己是年轻的，然后忘记！而那些我从未看见过的风景是另外的风景；它们是新的，从未成为那些我真正看到的风景。我又何必在意呢？我结束了偶然和间隔，与此同时，白天的清凉来自太阳本身，在我看见却又不曾拥有的夕阳中，溪流深色的灯芯草冷冷地入眠。

401．1932年9月28日

还未有人，以一种能让没有尝试过的人也能理解的语言，来为厌倦下定义。一些人称之为厌倦的东西，只不过是无聊；另一些人也这么说，但只是不适而已；还有一些人，把疲劳叫作厌倦。然而，尽管厌倦有疲劳、不适、无聊的成分，它就像水与氢气和氧气的关联一样，水是由它们组成的，包含着它们，但与它们不同。

这样，有人将厌倦限制在窄小而不完整的意义中，有那么一两个人，给它一种在某种程度上超出它范围的意思——比如把对于世界的多样和不明确的那种深层而精神性的不快称为厌倦。让人张嘴打哈欠的东西，才是无聊；让人换个位置的东西，才是不适；让人动不了的东西，才是疲劳——这里面没有一样东西是厌倦；然而，厌倦也并非是对于事物之空虚的深沉感情，通过这种感情，失败的期望得到解脱，失望的焦虑站起身来，在灵魂中形成一粒种子，从中诞生神秘论者或圣人。

是的，厌倦是对世界的无聊，由于正在生活而产生的不适，有过生活经历之后产生的疲劳；厌倦，真真实实是事物冗长的空在肉体上的感觉。但是除此之外，厌倦也是对其他世界的无聊，不管这些世界存在与否；也是由于必须要生活而产生的不适，哪怕作为另一个人，哪怕以另一种方式，哪怕在另一个世界；也是疲劳，不仅仅是昨天和今天的，也是明天的，还有永恒，如果它存在的话，还有空无，如果它才是永恒的话。并不仅仅是事物和生命体的空让厌倦中的灵魂疼痛；也有另一样东西的空，并不是事物或生命体，而是那感受到空的灵魂本身的空，它感受到自己的空，以及在其中的自我恶心和自我抗拒。

厌倦是混沌在生理上的感受，感受到这混沌就是一切。无聊的人，不适的人，疲劳的人都感到自己在一间很窄的牢房里。对生命之狭窄感到不快，有如自己被铐住了手，关在一个大牢房里。而那厌倦的人感到自己在落空的自由中，困在一间无限的牢房里。可以推倒牢房的墙，把无聊、不适或疲劳的人压倒在地。厌恶世界之渺小的人，他的手铐会掉下，然后他也会逃走，或者，当手铐甩不掉而弄疼他的时候，他通过感到疼痛而重获新生，没有任何不快。但那无限牢房的墙是无法将我们压倒的，因为它不存在；甚至手铐也无法让我们通过疼痛而获得生机，因为没有人给我们铐上它。

这就是我面对今天下午那平和的美所感受到的东西，下午在不知不觉间结束了。我看着又高又明亮的天空，在那里，模糊的、粉色的东西，就像云的阴影，是一种有翅膀而又遥远的生活那无法触摸的茸毛。我低下眼睛看河流，在那里，水只是轻微地有些震颤，它的蓝色好像一种更深沉的天空的镜像。我重新抬眼望天，那模糊的缤纷在看不见的空气中变成一缕缕并不破破烂烂的事物之间，有一种哑光白的冷色调，好像某种事物中也有的什么东西，在它们更高也更粗糙的地方，有一种物质本身的厌倦，一种自我实现的不可能，一种有着痛苦和绝望的、无法被思考的身体。

但那是什么？在高处的空气中除了高处的空气还能有什么呢，而且它本身也什么都不是？天上除了天本身的颜色，还能有什么颜色？那些破破烂烂的东西能比云朵少些什么呢，我对此已很怀疑，而它们又能比那些已臣服于太阳的、物质性而又偶然产生的光线之反射，多出什么呢？所有这一切中除了我还能有什么？啊，但是厌倦就是这样，也仅仅只是这样。因为所有这一切——天，地，世界，——所有这一切中的能有的只是我自己！

402. 1932年11月2日

雾还是烟？从地上升起还是从天上降下？无从知晓：它更像是空气的一种疾病，而不是一种降落或发散。有时候，它看起来更像是眼睛的一种疾患而不是大自然的一种现实。

不管怎样，有一种浑浊的不安分在整个风景中游走，这不安分由遗忘和恬淡组成。就像天气不好的时候，太阳的沉默具有一种不完美的身体。可以说，某些事情会发生，所有地方都有一种直觉，随着它，可见的事物变得浑浊。

很难说天空有云还是雾。那是一种不亮的麻木，这里那里是彩色的，一种无法被思考的、浅黄的渐灰，除了在那假的粉色变成灰，或一种渐变的蓝停滞的地方，但是那里无法区分是天空在显现自己，还是另一种蓝色将它遮盖。

什么都是不明确的，甚至那不明确的事物也是如此。因此人想把雾叫作烟，因为雾看上去不像雾，或者也想问是雾还是烟，因为谁也不知道那究竟是什么。连那空气中的热都助长着这个怀疑。那也不是热，不是冷，不是凉；好像它的温度是从其他东西中汲取元素来组成的，而不是热。可以说，其实，看上去是冷的雾，摸起来是热的，好像触觉和视觉是同一种感知里不同的感受方式一样。

树木的轮廓周围，或楼房的角落周围，它们的剪影和棱角也并没有被那真正的雾，或真正的、半开半合半阴沉的烟，做出浓淡层次渐变的效果。好像每个事物都在每个方向上投出一种模糊的、白昼的阴影，没有光来解释它是阴影，也没有投影的地方来证明它是可见的。

它甚至是不可见的：好像那是某种事物刚开始被看见，但在每个部分都一样，好像那正在显露它的东西犹豫着是否出现。

有什么感情呢？无法拥有它，在脑子里破碎的心，混乱的感情，清醒的存在所具有的那种麻木，某种灵魂上的东西变得清晰，好像耳朵听到一种明确、无用、总是要立即出现的启示，像真理一样，也永远和真理一样，是永不出现的东西的双胞胎姐妹。

直到想睡的意愿，让思考想起放弃，因为哪怕仅仅只是打哈欠，都像是费力。知道不再看见的东西使眼睛疼痛。然而,在整个灵魂那无色的放弃中,只有外面遥远的噪音,是仍然存在的不可能的世界。

啊,另一个世界,另外的事物,另一种可以感受到这些事物的灵魂,另一种可以懂得这个灵魂的思考!一切,甚至厌倦,除了灵魂和事物那普通的烟熏,除了这模模糊糊的一切中,那泛着蓝色的失落!

403. 1932年11月28日

我们走着,在一起又分开,在森林那粗略的小道之间。我们的步伐合为一体,是与我们相异的存在,在柔而脆的树叶上发出同一个声音,树叶铺满了地面,黄而半绿,而地面是不规则的。但我们的步伐也并不一致,因为我们是两种思想,我们之间也没有共通之处,除了那不属于我们的东西,同声地踩着同一个被听到的土地。

秋天已经开始进场了,在我们踩着的树叶之外,我们还听到风粗略的陪伴中,不断有别的树叶落下,或树叶的声音,在我们走着或走过的地方到处皆有。没有别的风景,只有为所有森林守灵的那片森林。然而,只要有个地点和地方,就够了,像我们这样的人,我们的生命就是同声而又相异地行走在即将死去的地上。那是——我相信——一天的结尾,或任何一天,或也许是每一天,在一个秋天中的所有秋天,在象征和真实的森林里。

我们丢弃了什么房子,什么责任,什么爱情——我们自己也不知道是什么。那一刻,我们不过是行走在我们所遗忘的东西和我们所不知道的东西之间而已,是被放弃的理想那徒步的骑士。但在这里面,就像被踩到的树叶那持续的声响中,还有在不明确的风那永远粗略的声响中,有着我们去程的理由,或是来程的理由,因为,我们不认识路，或者因为路就是那样，我们不知道我们是在离开，还是在到达。而永远地，在我们周围，一切如此陌生，也看不到绊脚的沟壑，树叶的声音形成了小山丘，让森林在悲伤中入睡。

我们谁也不想知道另一个人怎样了，然而，如果少了一个，我们谁也不会继续行进。我们的相互陪伴，是我们各自拥有的一种睡意。同声步伐的声音帮助一个人不依靠另一个人而思考，而那各自孤独的步伐，则会将另一个人唤醒。森林全然是虚假的明亮，好像它是虚假的，或已在结束，但似乎虚假性并没有结束，森林也未结束。我们同声的步伐持续前进，在我们从踩着的树叶中听到的事物周围，有一种模糊的树叶声正落在化为一切的森林里，与宇宙相等的森林里。

我们是谁？我们是两个，还是一个人的两种形式？我们并不知道，也不问起。应该有一个模糊的太阳存在，因为森林里并不是夜晚。应该有一个模糊的结束存在，因为我们行走着。应该有某种世界存在，因为有一个森林存在着。然而我们与一切存在或可以存在的事物相异，是同声而无休止的步行者，走在死去的树叶之上，是落叶的倾听者，匿名而不可能。除此无他。一种低诉，有时粗嘎，有时轻柔，来自不可知的风，一种耳语，时高时低，来自被困住的树叶，一种缝隙，一种怀疑，一种已经终了的意图，一种未存在的幻象

森林，两个步行者，还有我，我，不知道是他们中的哪一个，或是否是他们两个，或哪个都不是，只是旁观者，虽然没有看到结尾，但是观看着那个悲剧，里面永远只能是秋天和森林，永远粗嘎而不明确的风，永远落下或正在落下的树叶，没有别的东西。而永远，就像在外面肯定有一个太阳和一个白天一样，清晰可见，没有任何目的，就在森林那低语声声的沉寂中。

404. 【1932年11月？日】

在这清晰而完美[1]的一天,充满了阳光的空气却是凝滞的。不是未来的雷雨在当前的压力,不情愿的、身体上的不舒服,真正的蓝天那模糊的不透明。是慵懒的暗示那敏感的麻木,是羽毛,轻擦着入睡的脸。是盛夏了,但仍是夏天。连不喜欢乡村的人也想去那里。

如果我是另一个人,我会想,这将是我幸福的一天,因为我能感受到而不去思考它。我会以一种提前的欢乐,结束我通常的工作——它是我每天单调的非常态。我会约着朋友一起坐车去本菲卡。我们会在完全的落日中吃晚餐,就在田园之间。我们的欢乐将会是风景的一部分,而所有那些看到我们的人也都会承认这一点。

然而,因为我是我自己,我享受着一点点这小小的、想象自己是另一个人的快乐。是的,一时间,他-我[2]一体,在葡萄藤或树下,会多吃一倍我能吃下的食物,多喝一倍我敢喝下的酒,多笑一倍我可以想到的笑容。一时间,他是他,我是现在的我。是的,有那么一刻,我是另一个人:在他者身上,看过,经历过,这谦逊而人性的快乐,好像一个动物那样存在,只不过穿着衬衫袖子。这能够让我如此做梦的一天真是伟大!一切都是蓝色和高尚,在高处,有如我短暂的梦,梦到自己是广场推销员,拥有健康,享受白天结尾的假期。

405. 1932年12月13日

根据我的能力,只要我沉思和观察,我就注意到,人们完全不知道

---

[1] 本文发表于1932年《杂志》第1期,第8页,以费尔南多·佩索阿署名,标题下方有这样的文字:"选自《不安之书》| 贝尔纳多·索阿雷斯著,簿记员助理 | 里斯本市"。
[2] 原文如此,"他"和"我"之间有一个短的破折号连接。请参见导读中关于《不安之书》中不寻常的标点符号用法。(译者注)

真理，或者他们完全无法达成一致，什么是生命中真正至高的事物，或生活中值得去经历的部分。最精准的科学是数学，它活在其本身法则和规范的限制中；是的，应用数学，可以阐明其他科学，但它阐明的是其他科学所发现的事物，并不能在发现过程中帮助到其他科学。在其他科学中，只有对生活之最高目的不产生任何重压的东西才是明确的和被接受的。物理学非常清楚什么是铁的膨胀系数；它不知道真正的世界结构机械学是什么。而当我们在我们渴望知道的事物中攀得越高，我们就在我们知道的东西中走得越低。形而上学，它应该是最高的指南，因为它，也只有它，才面向着真理和人生的至高目的——而它甚至连科学理论都不是，只是一堆砖石，在这些或那些手中，建成没有形状也没有任何砂浆连接的房子。

我也注意到，在人的生活和动物的生活之间，只有在自我欺骗或忽视生活的方式上有所区别，除此无它。动物们不知道自己在做什么：出生，成长，活着然后死去，隔绝于思想、反思或真正意义上的未来之外。然而，有多少人，和动物活得不一样呢？他们都睡觉，只在梦以及做梦的阶段和质量上有所区别。也许死亡会使我们醒来，但这也是没有答案的，只对于那些信仰就是拥有的人，答案是信仰；对于那些渴求就是占有的人，答案是希望；对于那些给予就是获得的人，答案是慈善。

在这个悲伤冬季的寒冷午后，下着雨，似乎这雨从世界的第一夜开始，就一直这么单调地下着。雨下着，而我的感情，好像雨将它们弯曲了一下，垂下了它们走兽的眼睛，望着城市的地面，那里流淌着一种水，什么都不滋养，什么都不清洗，什么都不快乐。下着雨，而我突然感到那庞大的压迫，作为一种动物，不知道自己是什么，梦见思考和情感，好像在一个避风港，龟缩在生命的一种空间区域里，因为一丝小小的热而满意，好像那是一个永恒的真理一样。

406. 1932年12月30日

当最后的几阵雨离开天空,留在大地上之后——干净的天空,湿润如镜的大地——生命那最大的明确以蓝色回归高处,而在有过水的清凉中,在底下高兴起来,将天空本身留在灵魂里,一种它自己的清凉则留在心中。

不管如何不情愿,我们都是时间和它颜色及形状的奴仆,是天空与大地的臣民。我们当中那最沉浸于自我、鄙视周遭一切的人,他在下雨的时候和在晴天的时候沉浸自我的途径也是不一样的。晦涩的变幻,也许只在抽象感情的深层才能被感受到,它运作,因为下着雨,或雨停了,这感受不被察觉,因为时间流逝而不被察觉。

我们中的每一个都是多样的,是很多的,是自我的一种冗长。因此,鄙视环境的人,不是因为环境而欢乐或悲伤的人。在我们的存在那宽阔的殖民地里,有很多种类的人,各不相同地思考和感受着。就在这个时刻,我写作的时刻,在今天稀少的工作这合理的间歇中,寥寥几个印象的词语,我是那认认真真写下它们的人,我是那因为在这时候不用工作而高高兴兴的人,我是那看着外面的天的人,这天从这里是看不到的,我是那思考着这一切的人,我是那感到身体快乐但手还有些微冷的人。而我这整个世界,满是彼此相异的人,好像一个多样但更紧凑的群体,它投出唯一的一个影子——这安静的、书写着的身体,我站着它倾斜,对着博尔热斯的高写字台,我过来拿我借给他的吸墨水器。

407.【1932年?月】

热,好像一件看不见的衣服一样,让人想脱掉它。

408．【1932年？月】
一道松弛的闪电阴沉地在宽敞的房间中转动着剑。那到来的声音，悬停住一个阔大的呼吸，又发出轰鸣，深深地远走他乡。雨的声响高声哭泣，好像哭丧婆在她们说话的间隔中一样。那细小的声音在这里面凸显出来，躁动不安。

409．【1932年？月】
所有令人不愉快的事物都在我们的生活中发生——我们所表现出的荒谬形象，所做的不好的手势，因为种种美德中某个犯下的失误——都应该被看作仅是外在的事故，无力达到灵魂的本质。让我们带着它们，好像生活的牙疼或老茧一样，虽然碍事，而且尽管是我们自己的，但还是外在的东西，我们只要承受有机的存在之苦，或者只要担忧我们最关键的部分就行了。

当我们达到这个态度，也就是说，另一个程度的神秘主义者的态度时，我们就不但不受来自世界的侵袭，也不受来自我们自己的侵袭，因为我们战胜了自己身上外在的、他者的、与我们相反因此也与我们敌对的事物。

贺拉斯说过，正直的大丈夫，哪怕他周围的世界崩塌，也勇敢无畏。这景象很荒谬，虽然它的意思是公正的。哪怕我们假装出来的自己正随着与之息息共存的世界一起崩塌，我们也应该保持勇敢无畏——并非因为我们必须公正，而是因为我们就是自己，而且真正的自我和那些正在崩塌的外在事物毫无关联，哪怕我们假装出来的自己和它们唇齿相依。

对于最好的人来说，生活应该是一个梦，拒绝冲突。

410.【1932年？月】

在我心中，所有爱意都在表面发生，却是真心实意的。我一直都是个演员，货真价实。我爱过，都是假装爱过，而我的假装，是向着我自己的。

411.【1932年？月】

房屋之间，光与影的交错间——或者，光与少一些的光之间——早晨在城市之上迸发。好像它并不来自太阳，而是来自生活，高处的光是脱体于墙壁和天花板的——并不是物理上的脱离而出，而是因为它们在那里。

当我感受到早晨的时候，我感到一种巨大的希望；然而我承认，这希望是文学式的。早晨，春天，希望——它们都在音乐中被联系在一起，凭着同样的旋律意愿；都在灵魂中被联系在一起，凭着同样的意愿。不：既然我观察自己，有如我观察这城市一样，我承认，我必须期待的，是这一天的结束，每天都是如此。理性同样看到黎明。我放在其中的希望，如果有的话，并不是我的；而是属于那些活在时光流逝中的人们，而我在无意间，在这一时刻承接了他们的理解方式。

期待？我有什么可以期待？白天并不能对我承诺比白天更多的东西，而我知道它有个过程和结果。光线使我活跃，但不让我好转，我离开这里时，会带着一种与我并无二致的区别性，一种几乎是老的新闻——在时间上更老一些，在感受上更快乐一些，在思考上更悲伤一些。我们在诞生的事物中感受到的，和我们在必然会死的东西中思考到的一样多。现在，宽而高的光线下，城市的风景，好像一种有着房屋的田野——是自然的、舒展的、约定的。但是，能看到这一切，我就可以忘却自己的存在吗？我对城市的意识，从内

444

在来说，是我对自己的意识。

我突然想起还是孩子的时候，曾看到，就像我今天无法看到一样，城市之上的拂晓。那时的拂晓并不发生在我的意识中，而是在生活本身，因为那时的我尚无自我意识，活得干脆彻底。我看到早晨，就拥有欢乐；今天我看到早晨，拥有欢乐，又变得悲伤。那个孩子还在，只是变哑了。我和以前一样看到，但在眼睛之后，我看到我在看见，而这足以使我的太阳变暗，树的绿色变黑，鲜花还未出现就枯萎。是的，以前我是个本地人；今天，每一个风景，不管它对我来说多么新鲜，看到它展现之后回来，我都像一个外国人、客人和朝圣者。我是我看到和听到的事物的异乡客，因我自己而老去。

我已看到过一切，哪怕是那些我从未见过的东西，哪怕是我永远不会看见的东西。在我的血液里，连对未来风景的记忆，也变得沉重，而我必然要重新看到的东西所引起的痛苦，是提前给我的一种单调。

趴在窗台上，享受着白天，在整个城市多样的集锦之上，只有一个思绪充满着我的灵魂——深层的意愿，想要死去，结束，再也看不到任何城市之上的光，不思考，不感受，将太阳和白天的行程抛在身后，像个纸团一样，在那巨大的河床边，脱去存在那不情愿的努力，好像它是一件沉重的衣服一样。

412．【1932年？月】

暗的沉寂铅灰地吹拂着。[1] 以它的方式，在近处，一辆辆马车那罕有而又迅速的错误之间，一辆卡车发出雷鸣——荒谬、机械的回声，来自离层层天空很近的、真实发生着的事物。

---

1 这一片段的标题有一个英文标注："暴风雨"（storm）。

又一次，没有预示地，有着磁力的光喷涌而出，眨着眼睛。心脏敲出简短的一口气。高处，一只玻璃罩破碎，劈成穿顶式的大块碎片。恶劣的雨，坚硬地凿击着地面，积起厚厚的一层。

（瓦斯克斯老板）

他那铅灰的脸变成一种虚假而茫然的绿。在胸腔困难的呼吸之间，我注意到他，带着一种兄弟情谊，因为我知道，我也会成为那个样子。

413．【1932年？月】

我已经感到不安了。突然，寂静停止了呼吸。

一瞬间，所有地狱那钢制的光，碎成一片片。我蜷伏下来，动物一样，在桌上，无用利爪般的手放在平滑的台板上。一缕没有灵魂的光，已然进入角落和灵魂中，一种近处山峰的声音已然在高处崩塌，在高喊中将深渊那坚硬的面纱撕扯。我的心停止了。敲击到我的喉咙。我的意识只看到纸上的一块墨水痕迹。

414．【1932年？月】

有时候，我感到自己被一种死亡的预告触碰，不知道为什么。或是一种模糊的疾病，并不在疼痛中物质化，因此最终趋向于精神化，或是一种疲倦，渴求一种睡觉所不能满足的、深沉的睡眠——的确，我感受到的好像是，疾病恶化的结尾，最终毫无暴力也无怀想地松开的、那双薄弱的、放在被感受到的盖被上的手。

这样我就思考，被我们称为死亡的东西究竟是什么。我不想说那是我无法参透的、死亡的奥秘，而是那种生命停止时生理上的感受。人类害怕死亡，但凭借的是一种不明确的方式；正常人在军队中能很好地战斗，正常人，或病或老，很少会恐惧地看着深渊，空无赋予他的那个深渊。这一切都是想象力的缺乏。在思考中假设死亡是一种睡眠的人如此缺乏想象力。既然死亡并不像睡眠，为什么它就得是一种睡眠呢？睡眠的本质是从中醒来，而死亡，我们假设，是醒不过来的。如果死亡与睡眠相像，我们就应该有从死亡中醒来的概念。然而，这并不是正常人所想象的：他自己想象死亡是一种无法从中醒来的睡眠，这不能说明任何东西。我说，死亡与睡眠并不相像，因为睡眠中，人是活着和睡着的；我甚至不懂，为什么有人会把死亡比作什么东西，因为人不能有死亡的经验，也没有能与之比较的东西。

而我，当看到一个死者的时候，死亡在我看来像是一种离开。尸体给我的印象是一件被留下的衣服。有人离开了，他不需要带走他所穿着的、唯一的那件衣服。

415．【1932年？月】
我不知道多少人曾观望过一条有人的、荒凉的路，以一种与之相配的眼神。这种表达方式本身就像要表达别的什么东西，确实如此。一条荒凉的路并不是一条无人经过的路，而是一条有人经过的路，人们经过它好像它空无一人一样。如果看到过这场景，那就不难理解：谁要是除了一头驴，别的什么也没见过，他是无法理解斑马的。

在我们内心，感受按照我们对它理解的某种程度和类型自我调节。理解的有些方式，是要用特定的方式去理解的。

有些日子，好像从他者的大地到自己头上一样，在我心中升起一种厌倦，一种伤感，一种生活的苦痛，只因我承受着它，它看起来才不那么令我难以忍受。还有一种在我自身生命里的绞杀，一种在每个毛孔中成为另一个人的渴求，一个结局的简短新闻。

416．【1932年？月】
在我感到遥远的那个少年时期，因为我感到它遥远，在我看来它就好像是被读过的东西，一种别人写的对我的叙述。有两次，那个时期，我尝过爱情那屈辱的痛苦。在今天的高度，往后看，面向那个过去，我都不知道该把它叫作遥远还是新近，我相信，这失望的经历早早在我身上发生，是件好事。

没什么要紧的，除了我在自我中经历之外。内在事件的外在表象中，大队大队的人都经历过同样的折磨。但是◊

太早的时候，通过一种感官和智识上共时而又一体的经历，我获得了一种概念，那就是，想象中的生活，不管看起来多么病态，都是我这样脾气的人应得的。我（后来的）想象中的虚构，可能让我疲累，但是不疼，也不侮辱我。那不可能的情人，不可能做出虚伪的微笑，蓄谋的亲昵，狡猾的爱抚。她们永远不会抛弃我们，也不会以任何方式在我们心中终止。

我们灵魂中那些巨大的痛苦，总是宇宙中的灾变。当它们降临到我们头上时，我们周围，太阳也不对了，星星也备受侵扰。在整个灵魂中，感受那一天的来临，那时，命运在灵魂中展现一种痛苦的启示录——所有天空和世界都倒空了它们的无所安慰。

感到自己的高贵，又被**命**运像最底层的下等人那样对待——在这种情况下还能夸耀自己是个人的那种人。

如果有一天我可以获得一种巨大的表现力，足以把所有艺术集中在我身上，我将写出一首关于睡眠的赞歌。我不知道，在我整个生命中，有什么愉悦比能够睡眠更大。全盘抹除生命和灵魂，完全远离一切人和生命体，没有记忆也没有假象的夜晚，没有过去也没有未来◊

417．【1932年？月】

写作就是遗忘。文学是一种最令人愉悦的、忽视生命的方式。音乐催人入睡，视觉艺术使人兴奋，活的艺术（如舞蹈和表演）使人娱乐。然而，音乐将生命做成一个睡梦，因此远离生命；视觉艺术倒并不远离生命——有些是因为使用了可见的，即有生命体征的惯例；另一些是因为它们依靠人类生命而活着。

但是文学的情况不是这样。文学模拟生命。一部小说是一段从未发生过的历史，一部喜剧是一部不靠叙述而给出的小说。一首诗是思想或感情的表达，以一种没有人用的语言形式，因为没有人说话是用一行行诗的。

418．【1932年？月】

过一种不含激情而又有文化的生活，在观念中露宿，阅读，做梦，想着写作，一种生活，足够慢，以致永远在厌倦的边缘；也足够审思，不致陷入厌倦之内。这样的生活，远离情感和思想，只活在情感的思考和思考的情感中。在太阳中停滞，金光璀璨，好像一个被鲜花环绕的阴暗的湖。在阴影中，拥有那种个人风格的贵族血脉，也就是在生活中无所坚持。在重重世界的不稳定中犹如鲜花的尘埃一样，一阵未知的风吹过，将它们扬起在午后的空气中，夜幕降临的麻木感在偶然的地方自由降落，和大一些的事物不分彼此。同一种牢固的知识成为这样，不快乐也不悲伤，在阳光中被认出自己的光彩，在星光中被认出自己的距离。不多成为什么，不多拥有什么，不多寻求什么……饥饿人的音乐，盲人的歌，无名过路人的圣遗物，没有目的地而又空空如也的骆驼在沙漠中留下的踪迹……

419. 1933年3月23日

生活，对大多数人来说，是一件不知不觉经过的麻烦事，一个有着欢乐间隔的悲伤事物，如同守灵人讲笑话时的某种东西，他们讲笑话是为了打发夜间的安宁和守灵的责任。我一直觉得，将生活看作泪水之谷是肤浅的：它的确是一个泪水的山谷，但是，那里很少哭泣。海涅说，大悲剧之后，我们总是会擤鼻涕。[1]由于他是犹太人，因此具有普世性，也就清晰地看到了人类的普遍本性。

生活，如果我们对它有意识的话，将是不可忍受的。还好我们并不这样做。我们和动物一样以无意识来生活，同样肤浅而无用，如果我们提前想到死亡，假设动物并不这样做而这个假设也不一定对，我们也是通过那么多遗忘、曲解和绕道来提前想到死亡的，所以也很难说我们思考着死亡。

我们的生活就是这样，没什么可以让我们觉得自己比动物更高明的。我们与它们的区别在于纯粹外在的细节：我们会说写，有可以让我们从拥有具体思维中分心的抽象思维，可以想象不可能的东西。然而，所有这一切，都是我们基本机能的偶然事件。会说话会写字不会在我们那不知如何生活的原始本能中产生任何新的东西。我们的抽象思维只能用来建立系统，或半系统的思想，放在动物身上，这也就是会晒太阳而已。对不可能事物的想象也不一定是我们

---

[1] 海涅，《艺术歌曲》，巴黎：路易-米肖出版社，1908年，第124页。佩索阿私人藏书所收的这本书中特别划出了这个"玩笑"。

才有的,因为我已看到过望月的猫,而我不知道它是否在想要月亮。

整个世界,整个生活,都是无意识组成的一个庞大系统,通过个人意识来运作。就好像用一道电流贯穿两种气体,从而形成一种液体一样,生活和世界贯穿我们的两种意识——具体存在的意识和抽象存在的意识——从而形成一种高等的无意识。

因此,不思考的人是幸福的,因为他通过本能和有机的命运实现了我们所有人必须通过绕道和无机或社会性的命运来实现的东西。和野兽最相似的人是幸福的,因为他活得毫不费力,而我们所有人都得做被强加的工作;因为他认得回家的路,而我们其他人需得通过虚构的小道和返程才能找到这路;因为,他像一棵树一样扎根于大地,是风景,因此也是美的一部分,不像我们这样,是过路的神话,活生生的破布人偶,属于无用和遗忘。

420. 1933年3月29日

我不知道为什么——我突然注意到这一点——我独自一人在办公室里。无法定义一般,我已经预感到了这一点。在我自我意识的某个方面,有一种释然的开阔,从不同的肺,发出一种更深的呼吸。

见面与缺席的偶然情况会给我们带来奇特的感觉,这就是其中一种:我们独处在一个普普通通满是人和噪音的房子,或他人的房子里。忽然,我们有了一种绝对所有权的感觉。一种轻松而宽广的驾驭感,一种——我说过——释然而安宁的开阔。

宽广地独处着多么好啊!我们可以高声和自己说话,走来走去没人挡着视线,在后面休息,遐想,不用听人差遣!整个房子变成了一个田野,整个房间都犹如田园般展开。

所有噪音都是别处的,好像属于一个近而独立的宇宙。我们,终于,成了国王。说到底,我们都在渴望这一刻,我们当中那些最是庶民的人——谁知道呢——比那些闪着虚假金光的人,更有活力。有那么一刻,我们都是领取宇宙赡养费的人,我们靠着那被供给的小钱规律地生活,没有需求,没有担忧。

啊,但是,从那走上楼梯、向我走来、不知是谁的脚步声中,我辨认出,那是来打断我这无忧的孤单状态的人,我这默认的帝国将要被蛮族侵略。倒不是这脚步能告诉我来者是谁,我也想不起那脚步是属于这个还是那个我认识的人。是灵魂中一种耳聋的本能,让我知道那上楼的人是往这里来的,目前只是脚步,走在我突然看到的楼梯上,因为我想象着他在上楼。是的,那是公司的一个职员。停住了,听得到门响,进来了。我完全看到他了。而他进来时,跟我说:"一个人啊,索阿雷斯先生?"我回复道:"是啊,已经有一会了……"然后他说道,一边脱下大衣,一边看着衣钩上挂着的另一件旧外套:"一个人待在这里真是太没劲了,索阿雷斯先生,而且越来越没劲……""是很没劲,毫无疑问。"我答道。"简直让人想睡觉。"他说,已经穿上了破旧的外套,走到写字台前。"是这样。"我笑着确认。然后,我将手伸向被忘却的钢笔,重新进入普通生活那无名的健康,犹如图表。

421. 1933年4月5日

将我们最大的痛苦,当作一个毫不重要的事件,不仅是宇宙生活中的,也是我们灵魂本身生活中的,这是智慧的起始。当完全处在这种痛苦中,还持有这样的观点,就是智慧的整体。然而,人类痛苦不是无限的,因为人性中没有任何无限的东西,我们的痛苦也不比我们这痛苦的存在更有价值。

多少次,被重重压在一种看似疯狂的厌倦,或一种看似超越自身的痛苦之下,我停下,犹豫不决,控制住不去叛逆,停下,犹豫不决，控制住不去神化自我。因不知世界奥秘为何物而产生的痛，因我们不相爱而产生的痛，因我们不被公正对待而产生的痛，因生活重重压迫、扼杀并困住我们而产生的痛，牙痛，鞋子夹脚的痛——谁能说这里面哪个痛在他身上最大，比在别人身上的痛多出多少，或比一般所有存在的人身上的痛多出多少？

对一些和我说话并听我说话的人而言，我是个麻木的人。然而，我比绝大多数人——我相信——更敏感。不过，我是一个了解自我的敏感者，因此，也是了解感性的。

啊，生活并不是真的使人痛苦，也不是思考生活使人痛苦。事实上，我们的痛苦，只在我们假装它们的时候才是认真而严重的。如果我们保持自然状态，它怎样来，就会怎样走，怎样增长，必然怎样淡化。一切都是空无，连同我们的痛苦在内。

我写下这个，压迫着我的是一种似乎要从我身上满溢出来的厌倦，或者它需要比我灵魂更多的地方才能容身；一种来自所有人和一切事物的压迫，将我扼杀并使我产生幻觉；一种生理上的感情，来自他人的不理解，侵扰并碾压着我。但是我抬头望着他者的蓝天，将我的脸露在无意识的清风中，看到之后，我垂下眼睑，感受到之后，我忘记了面容。我没有好转，只是变得不同了。看到我自己，使我从自我中解脱。我几乎微笑，不是因为理解了自己，而是因为我变成了另一个人，我不再能够理解自己了。在天的高处，好像可见的空无一样，一朵极小的云，就是整个宇宙白色的遗忘。

422．1923年4月7日

我从他们中间穿过，外国人一样，但他们中没有一个看到我是这样。我在他们中间生活过，好像间谍，而没有人，甚至我自己，怀疑过我曾这样。如此一来，我等同于其他人，但又没有相似之处，是所有人的兄弟，但不属于一个家庭。

我来自异常奇妙的地方，那里有比生活更好的风景，但除了和自己，我从不谈论这些地方，而且关于那些风景，那些被梦到的视野，我从未告诉过别人它们的音讯。我的脚步和他们在阳台和石板上的脚步一样，但是我的心很远，虽然跳动得很近，犹如一个被流放的陌生躯体的虚假主人。

在那地位等同的面具之下，没有人认出过我，也没有人知道那是面具，因为没有人知道这世上还有戴着面具的人。没有人能猜想到，在我旁边，永远有另一个人，但说到底还是我。人们总是以为我和我完全一致。他们的家招待过我，他们的手握过我的手，他们看到我在路上经过，好像我真在那里一样；但是真正的我从没到过那些客厅，真实生活着的我没有他人可以握住的手，我认识的自己没有路可以经过，除非那是所有的路，但连在路上的人也看不见那个人，除非他自己就是所有其他人。

我们都活得遥远而无名；乔装假扮，无人知晓地受苦。然而，对一些人来说，在一个生命体与其自我之间的距离从未被揭示出来；对其他人来说，这距离时不时会被一道无限的闪电照亮，或惊恐，或受伤；对还有一些其他人来说，这距离是生活每时每刻的痛苦和日常状态。

我们并不能清楚了解自己是谁，我们所思考和所感受的永远是一种翻译，我们想要的东西并不是我们追求过的东西，也许没有什么人要它——在每分钟了解这一切，在每种感情中感受这一切，难道不是在本身的灵魂中成为异国人，被流放在自己的感受中吗？

但是那面具，我刚才还在倦怠地盯着它，这个狂欢节收尾的夜晚，它在街角和一个没有面具的人说话，最后，它伸出手，又笑着告辞。那自然状态的人往左走去，沿着刚才那个街角的斜巷。

那面具——一点也不有趣的化装舞者——往前走，在阴影和偶尔的光亮之间远去了,在一种定性的、与我此前的思考迥异的辞别中。只在那时,我才发现,路上除了亮着的街灯之外还有别的东西,街灯不在的那里,有个地方变得浑浊,它模糊,隐秘,无言,和生活一样充满着空无……

423．1933年8月29日

城市中有着田野的宁静。有时候,特别在夏天中午,在这明亮的里斯本,田野像风一样侵袭我们。就在这里,镀金匠大街,我们睡得很香。

看到灵魂无言是多么好啊,又高又安静的太阳下,这些载着稻草的马车,这些没做完的箱子,这些缓慢的行人,来自被迁移过来的乡村!就连我,独自一人,在办公室窗口看着他们,我也变化了:我在外省的一个安静小镇上,停滞在一个未知的小村庄里,我幸福,因为我感觉自己是另一个人。

我很清楚:如果抬起眼睛,在我眼前是房屋那脏脏低劣的边际线,拜沙区所有办公室那待擦的窗户,那些最高的、还住着人的楼层上毫无意义的窗户,还有,在高处,在老虎窗的棱角上,永远的衣服,在花瓶和植物间晒着太阳。我知道这些,但是将这一切染成金色的光线是那么柔和,包裹着我的泰然的空气是那么毫无意义,我甚至连视觉上的理由都没有,何以放弃我这虚假的村庄,我这外省的小镇,那里,商业是一种安宁。

我很清楚,很清楚……事实上,到了吃中饭或休息,或间歇的时候了。一切都沿着生活的表面,进行得很好,连我都睡着,尽管我还靠在阳台上,好像靠在一条船的舷壁上,望着新的风景。连我都没有沉思,好像在外省一样。然而,突然间,另一种东西在我身上出现,将我席卷,指挥着我:我在小镇的中午后面,看到整个小镇中那完整的生活;我看到家常生活那巨大而愚蠢的幸福,田园生活那巨大而愚蠢的幸福,肮脏低劣那巨大而愚蠢的幸福。我看到,因为我看到。但是我没看到过,又醒来了。看看周围,微笑着,而首先,我甩甩那不幸是深色的西装手肘部位上所有的灰,那是在没人清洁过的阳台扶手上沾到的,那阳台从来不知道会有那么一天,哪怕只是一刻,会成为一条在无尽的观光中乘风破浪的船上那不可能有灰尘的舷壁。

424. 1933年9月8日

夜的孤寂中,一扇窗户后面,一盏未知的灯高高地绽放。我看到的城市一切都是暗的,除了街道灯光在松弛的反射中模模糊糊地上升,这里、那里截停反向的、苍白的月光。夜的黑沉中,房屋本身丰富的颜色,或色调之间,都没有明显区别:只有模糊的区别,可以说是抽象的,使那被撞过的整体变得不规则。

一条不可见的线,将我连接到那盏灯的匿名主人。我们两个都醒着,这并不是寻常状态:这里面的相互性并无可能,因为,我在暗处的窗边,他永远不可能看到我。是另一种东西,只属于我,一点点纠缠在孤立的感觉上,掺着夜晚和寂静,选择那盏灯作为支点,因为它是唯一的支点。好像因为它亮着,夜晚才这么暗。好像因为我醒着,在黑暗中做梦,它才亮着。

所有存在的东西之所以存在,恐怕是因为另一样事物的存在。没有什么个体存在,一切都是共存的:这也许是对的。我感到这一刻我是不会存在的——至少,不会以我正在存在着的方式存在,凭着我当前的自我意识,因为它是意识而且是当前的,这一刻就是完完全全的我——假如那盏灯不在那里,在某处,亮着,一如灯塔,作为处在高处的虚假特权,却什么都没有指示。我感到这一切,因为我什么都感受不到。我感到这个,因为这就是空无。空无,空无,夜晚和寂静的局部，与它们一起的我无用、负面、间隔的局部，我自己与我自己当中的空间，某个被神遗忘一样的东西……

425．1933年9月18日
人们说，厌倦是懒散者的一种病，或者，它只攻击那些无所事事的人。然而，厌倦，这种灵魂上的疾病其实更微妙：它攻击那些倾向于它的人，它对那些真正的懒散者，比对那些工作或假装工作的人（在这个情况中是一样的）反而更为仁慈。

没有什么比这两者之间的反差更糟糕，一边是内在生活自然的光辉，加上它自然的、印度一般的遥远国度还有其他未知的国度，一边是肮脏低劣，即使事实上并不肮脏，只是生活的日常状态而已。厌倦无法用怠惰当作借口时就更为沉重。巨大努力中产生的厌倦是最糟糕的厌倦。

厌倦并不是因为无所事事生出的无聊病，而是一种更大的病，让人觉得什么都没有必要做。而且，因为这样，越是有事情要做，越是感到厌倦。

多少次我从写着的书上抬起头，这工作真是全世界那空空的头颅！我还不如懒散者，什么也不做，什么也不用做，因为这样的厌倦，即使是真实的，至少还能让我乐在其中。我当前的厌倦是没有休息的，既不高贵，在这不舒服状态中也没有舒服的可能：有的是一种巨大的消除，它抹去一切做成的动作，而不是那种潜在的疲倦，来自从未做过的动作。

426．1933年11月2日
有一些深层的伤痛，它们包含着微妙和渗透性的东西，我们因而不知道如何辨别它们：到底是来自灵魂还是肉体，是因为感受到生活的肤浅而不适，还是某个有机的深渊——胃，肝或脑——产生的不舒服。多少次，我那凡俗的自我意识让我糊涂，将我置身于不安分的停滞那恐怖的积淀中！多少次，存在让我痛苦，恶心到一个不确定的程度，以致我无法辨别那是一种厌倦，还是一种呕吐的预兆！多少次……

我的灵魂今天伤心到了肉体上。我整个都疼，回忆，眼睛和手臂。似乎我全然患着风湿病。白日清澈的明确，天空有着巨大而纯粹的蓝色，涨潮停留在分散的光线中，它们对我的存在并无影响。那轻而凉的气息，是秋天的样子，似乎夏天不可遗忘一样，是它使空气具有个性，而它也无法让我舒缓。什么都对我无用。我很悲伤，但我的悲伤并不明确，甚至也不是不明确的。在那外面，我也悲伤，在那箱子像灯芯草般堆起的路边。

这些表述并不能准确翻译出我所感受到的东西，因为毫无疑问，没有什么能够准确翻译出一个人所感受到的东西。但是，以某种方式，我尝试给出我感受的印象，混杂着很多我还有他者的路，因为我看见那条路，所以，通过某种我无法分析的私密方式，它也属于我，是我的一部分。

我曾想过要以不同形式同时生活在遥远的国度。我曾想过要在不认识的旗帜之间以另一个人的方式死去。我曾想过要在其他时代宣告自己是皇帝，那些时代比现在更好，因为它们不属于现在，而是呈现在依稀和五彩的视线中，和斯芬克斯一样从未问世。我曾想过要成为那所有使我变得荒谬的一切，只因它使我变得荒谬。我曾想过，曾想过……但是当阳光灿烂的时候总有太阳，当夜幕降临的时候总有黑夜。当我们因伤痛而受苦的时候总有伤痛，当梦摇着摇篮催我们入睡的时候总是有梦。总是有一些什么东西，但永远不是应该有的东西，不是因为它更好或更糟，只是因为它是另一个东西。总是有……

在满是箱子的路上,搬运工来来去去,将路清空。一个接一个,说笑着,把箱子搬到马车上。在我办公室高高的窗前,我看着他们,用我的双眼,眼睑已经睡着了。某种微妙的、不可理解的东西,将我的感受,连接到我正在看着的搬运,某种未知的感觉将我所有的厌倦,或苦痛,或恶心,做成箱子,把它抬起来,放在高声开着玩笑的人的肩膀上,搬到一个并不在这里的马车上。而白天的光线,永远那么安宁,因为路是窄的,光线斜斜地打在抬箱子的地方——并不打在箱子上,箱子是在阴影里的,而是打在那些搬运工小伙计在做着什么但什么也没在做的地方,打在结束的角度,没完没了。

427. 1933年12月23日

我们生活中所有不幸的偶然情况,我们在其中或荒谬,或卑贱,或迟钝,让我们在自己私密的宁静之光中,将它们看作是旅途中的小麻烦。在这个世界,我们是自愿或不自愿的旅行者,在空无与空无之间,我们只是过客,不应该给旅途的波折和路线的受挫太多重要性。我以此自我安慰,不知道是因为我自我安慰了,还是因为里面有什么东西能安慰我。但是如果我不去想这虚构的安慰,它就在我眼中变成事实。

然后,有那么多的安慰!有高高的蓝天,干净而安静,飘着某朵不完美的云。有轻巧的清风,在田野中摇动着树木那茂密的枝叶;在城市中晃动着四楼或五楼晾着的衣服。或热或凉,如果有的话;在背景中永远有一种记忆,或一种怀想,或一种希望,还有一种无人的微笑,在空无的窗边,我们渴求着它,一边敲打着我们存在的门,好像乞丐一般,而这些乞丐都是基督。

428．【1933年？月】

一种非常柔和的声音，唱着遥远国度的一首歌。音乐将未知的词语变得熟悉。好像是唱给灵魂听的法都但又和法都没有任何相似之处。

通过遮盖住的词语和人类的旋律，这首歌唱着所有人灵魂中都有，却无人知道的东西。它唱着一种睡意，用眼神忽视着听众，在街上形成小小的迷狂。

人们集合起来，听着它，没有大而可见的嘲弄。那歌曲是属于所有人的，而那些词语有时候会和我们说话，说的是某个失落部族那东方的秘密。城市的噪音，如果我们听到它，它就听不到了，那些马车那么近地经过，有一辆擦到了我敞开的大衣。我感受到了它，但没有听见。这陌生的歌唱中有一种吸引力，它对我们身上做着梦或者不成事的部分是有好处的。那是街上的一个场景，我们所有人都注意到警察慢慢地转过街角。他以同样的缓慢走近了。我停了一会儿，在卖雨伞的小伙子后面，好像一个看见什么东西的人一样。这时，歌手停止了。谁也没有说什么。警察介入了。

429．【1933年？月】

连续三天，都是毫不平静的热，一切静止的不适感中一场潜在的暴风雨，仿佛暴风雨被过滤到另一头去了，这三天给事物那清醒的表面带来了一种轻轻的温凉和感恩。这样，有时候，在生命的过程中，灵魂因为被生命重压而受了苦，突然感到一种解脱，虽然并没有发生什么，能说明这个解脱。

在我的构思中，我们就是气候，上面笼罩着一些暴风雨的威胁，那是在另一头下着的暴风雨。

事物那空虚的广阔，天空和大地那巨大的遗忘……

430．【1933年？月】
幕间曲的虚构，五彩地遮掩着消沉和漫不经心，它来自我们私密的不信仰。

431．1934年3月31日
我已经多久没有写作了！这些日子，我度过了好几个世纪的无常断念。我停止了，像一湾干涸的湖泊，在不存在的风景中静止。

然而这些日子里，在每天变换的单调中，在每个重复时段那从不重复的更替中，我生活得不错。我过得不错。如果我睡着了，也不会以不同的方式度过这些日子。我停滞了，像一湾不存在的湖泊，在干涸的风景中静止。

我常常不认识自己——熟人之间，这样的情况也算常见……我在我生活的各种伪装中观察自己。我在永恒的不变中拥有不断的变化，在万物的创造中拥有空无。

仿佛向内在旅行，在我遥远的内心，我回想起那间乡下的小屋，它是那样单调，却又那样不同。我在那里度过了童年，但我不知道，也不想知道，那时的生活是否比现在更加幸福。那时的我是一个不一样的我：不同的人生，各有特色的人生，它们无法比较。那些同样的单调，表面看来都很相似，然而毫无疑问，内部都各不相同。并不是两种单调，而是两种人生。

我怎么会突然想起这个？疲倦。回忆是一种休息，因为它是一种不作为。因此有时候，为了更长久地休息，我回想起我从来没有过的人生。我乡下生活的记忆，那些我从没住过的宽敞房间里的一块一块的砖，一点一滴流逝的时光，我对它们的记忆并不清晰，也没有怀旧感，和住在那些房间里的人大不相同。

就这样，我把自己转化为虚构的自我。同样，我拥有的任何一种自然感受，从它诞生那一刻起，都会变成一种想象的感受——梦中的记忆，让我遗忘的梦，了解自我而不去思考自我。

就这样，我脱去自我，因为存在就是为自我穿上外衣。只有在伪装中，我才是真正的我。而在我周围，是所有那些未知而灿烂的日落西山，还有那渐渐消逝的，永远不会看到的风景。

432．1934年6月5日

终于安宁。所有曾是留痕和浪掷的事物，在我灵魂中消失，好像从未存在过一样。我孤单并安静下来。我过的时间，就像我改信某个宗教的时刻一样。然而，没有什么能吸引我到高处，尽管也没有什么能吸引我到低处。我感到自由，好像停止了存在一样，保存着对这种状态的意识。

安宁，是的，安宁。一种巨大的安静，像无用的事物一般柔和，在我心中降到最深处的存在，读过的书页，完成的任务，步伐和生活的偶然状况——对我而言，一切都变成了模糊的半明半暗，一种几乎不可见的呼气，围绕着某个安静的东西，我不知道那是什么。我耗费的努力，一次或又一次，变成了灵魂的遗忘；思想变成了行动的遗忘——两者在我心中糅合成一种不含感情的温柔，一种粗糙而又空虚的同情。

并不是这缓慢而柔和，多云松软的白天。并不是这不完美的，几乎不存在的清风，它比那已经可以感受到的空气只多出一点点而已。并不是这里或那里蓝色天空那无名的颜色，它松弛下来了。不。不，因为我感受不到。我看到，没有意图，也没有解药。我聚精会神地看着空空如也的表演。我感受不到灵魂，只有安宁。外界的事物，清晰而停止着，即使那些运动着的东西，对我来说就好像那一切的高度，撒旦试探耶稣时，世界之于基督一样。它们什么都不是，而我理解了为什么基督不受试探。它们什么都不是,而我不理解,为什么那么老练的撒旦,却以为能用它们去试探基督。

不被感受的生命,像被忘记的树下,那寂静而动态的河,轻轻地流淌!不被了解的灵魂,像落下的巨大树枝之外那看不见的低语,温柔地奔跑!意识什么都不是,好像树叶稀疏的地方,不知何去何从的远方模糊的光亮,无用而无理由地流逝!流逝吧,流逝吧,就让我忘怀!

我不敢经历的事物那模糊的气息,那没有去感受的无言的呼吸,我不想去思考的事物那无用的呢喃,你慢慢地去吧,软弱地去吧,沿着你必须拥有的旋涡和交给你的斜坡,到阴影或光明中去吧,世界的兄弟;到荣耀或深渊去吧,混乱与夜晚的儿子,在你的某个偏僻角落,还记得,众神是后来才到的,而且众神也是过客。

433. 1934年6月9日

盛夏进场,我就悲伤。似乎那夏季时刻的明亮,尽管辛辣,却真正爱护着不知自己是谁的人。但是,不,对我,它并不爱护。有一种过度的反差,在外界生命的蓬勃和我所感所思之间,我不懂感受,也不懂思考——我感受那恒久不被埋葬的尸首。我有一种印象,自己活在这个被叫作是宇宙的无形祖国,在一种暴君政治之下,尽管它并不直接压迫我,却侵犯着我灵魂中每个隐秘的原则。这样,在我心中,对不可能的流放那提前的怀想,听不见,又缓慢地下沉。

我有的主要还是困倦。这种困倦不像所有睡意,哪怕病态的那种,能带来潜在的生理上的安宁特权。也不是那种困倦,因为它会忘却生活,又有可能带着梦,从而将那些有如巨大断念一般的恬静的馈赠放在托盘上,带给我们,直达灵魂。不是的:这是一种无法入睡的困倦,重压着却又合不上眼睑,在一个自觉是愚蠢而可憎的姿态中合起不信神的嘴唇那被感受到的嘴角。这样一种困倦,好像在灵魂巨大的失眠中,无用地折磨着身体的东西。

只在黑夜到来的时候,我才以某种方式感受到,并非一种欢乐,而是一种休息,因为其他类型的休息是心满意足的。它也通过感官的类推法自觉心满意足。这时困倦过去,而这困倦产生出来的精神薄暮的混乱,褪色了,明朗了,几乎发出光芒。一时间,对其他事物的期望到来了。这期望是短暂的。随后到来的,是一种没有睡意也没有期望的厌倦,是没合眼的人那糟糕的清醒。在我房间窗边,我这厌倦肉体的可怜灵魂,凝视着许多星辰;许多星辰,空无,那空无,但是那么多星辰……

434. 【1934年6月19日前后】

我们持续生活在抽象中时[1]——不管是思考中的抽象,还是被思考的感受中的——用不了多久,与我们的感情或意愿恰恰相反,那些真实生活中与我们本身相一致,但比我们本应感受到的东西要更多的事物,就会在我们面前变成鬼魂。

不管我和某个人多么要好,哪怕是真正的朋友,知道那人生病了,或去世了,只不过给我一种模糊、不明确、被抹去的印象,这样的感受令我羞耻。只有直接看到那情景,它的风景,才会给我情感。由于努力靠想象生活,想象力被耗尽了,尤其是想象真实事物的能力。我们在精神上靠着不存在也不可能存在的东西而活,最终导致我们无法沉思可以存在的事物。

人们告诉我,今天我一个老朋友住院了,要动手术,我很久没

---

[1] 本文是准备要出版的,由费尔南多·佩索阿署名,标题是"《不安之书》| 片段,贝尔纳多 | 索阿雷斯著,簿记员助理 | 里斯本市"。

见过他了，但是我真心记得他，而且总是以一种我假设是思念的感情。而我所得到的唯一的、确实而又清楚的感受，是觉得麻烦，因为我将不得不被迫去看望他，具有讽刺意味的选项是，如果我没有耐心去看望他，我会后悔没有这么做。

没有别的了……处理了那么多影子，我把自己也转化成了一种影子——在我的所思、所感和存在中。对我从未有过的、普通形象的思念，就这样进入我存在的本质中。然而还是这个，也只有这个，才是我所感受到的东西。我并不真正为将要动手术的朋友感到遗憾。我并不真正为所有将要动手术的人们，和所有那些在这个世界上痛苦而受罪的人们感到遗憾。我唯一感受到的遗憾，仅仅由于我不懂得如何做一个能感到遗憾的人。

然而，一时间，我不可避免想着另一样东西，出于某种我不知为何物的冲动。那时，好像我发了狂，在我身上混杂着我没能感受到的东西，我不能成为的样子，树木的一种细语，一种流向池塘的水声，一个不存在的庄园……我努力去感受，但是我已不知道怎样去感受。我成了我自己的一个影子，向这个人移交我的存在。和德国故事中的彼得·施莱米尔正相反，我并没有把我的影子卖给魔鬼，而是卖出了我的本质。我苦于无法受苦，不懂如何受苦。我是活着，还是假装活着？睡着还是醒着？阵模糊的清风，从白昼的热气中清凉而出，让我忘却了一切。我的眼睑舒服地重压着我……我感到这同一个太阳将我不在和不想去的田野染成金色……从城市噪音中走出了一阵巨大的寂静……多么柔和啊！但是，如果我能感受到的话，也许，会更柔和！……

435．1934年6月21日

只要我们能将这个世界看作一种幻象和一个鬼影，我们就能把身上发生的事情都看作一个梦，一个因为我们睡着而假装存在的事物。那时我们身上出现了一种微妙而深沉的冷漠，应对着生活中所有的难堪和灾难。那些死去的人，转过了街角，因此我们不再能看见他们；那些受苦的人在我们面前经过，如果我们感受，他们就好像一个噩梦，如果我们思考，他们就好像一个不知感恩的幻想。在这个世界上，我们睡在左边，而梦中，我们听到心脏那被压迫的存在。

没有别的……一点阳光，一点清风，一些装裱着距离的树，对幸福的向往，日子逝去而产生的伤痛，永远不明确的科学和永远待发现的真理……没有别的，没有别的……是啊，没有别的……

436．1934年6月29日

在神秘主义状态中，只达到这个状态能有的感恩，而不达到它的苛求；成为迷狂者，不属于任何神，成为神秘主义者或通灵者，但不经过入会仪式：通过冥想一种天堂来度过每一天，但并不信仰它——这一切都会让灵魂觉得舒适，如果灵魂认识到什么是不可知。

一个影子中的躯体，这是我所在的地方，在它之上，寂静的云朵高高地过去；囚禁在一个躯体中的灵魂，这是我所在的地方，在它之上，未知的真理高高地过去……一切都在高高地过去……而一切在高处和在低处一样过去，带的云朵除了雨水什么也不留下，它们所在的真理除了痛苦还留下别的东西……是的，一切高的事物都高高地过去，也确实过去；一切能让人渴求的东西都很遥远，也远远地过去……是的，一切都吸引人，一切都是他人的，一切也都会过去。

在阳光或在雨中，知道作为躯体或是灵魂的我也会过去，这和我有什么关系呢？什么也没有，除了渴望一切都成为空无，从而使空无成为一切。

437．【1934年6月29日前后】

不作为，能够抚慰一切。无行动，能带给我们一切。想象就是一切，只要它不趋向于行动。没有人可以成为世界之王，除非在梦中。而我们中的每一个，如果真正认识自己的话，都想成为世界之王。

不存在，却思考，就是王位。不想象，却渴求，就是皇冠。我们得到我们放弃的东西，因为我们将它保存在梦中，完整无损，在不存在的阳光，或不可能会有的月光，永恒的照耀之下。

438．（参见附录5，第482页）

439．（参见附录6，第483页）

440．【1934年？月】

我永远不会写下的语句，我永远不可能描述的风景，我是怎样清晰地向我的怠惰将它们诉说，在我的沉思中将它们描述，这时的我，斜靠着，仅仅遥远地属于生活而已。我一个词一个词雕刻出整个的、完美的语句，一出出戏剧那构建好的情境在我的精神中被叙述出来，我在所有的元素和一种巨大的激动中感受到伟大诗歌的格律和词语的运动，它如同一个我看不见的奴隶，在微光中跟随着我。我躺在椅子上，有如这些接近被写就的感受，但是如果我从椅子走出去一步，到桌子那里，那个我想把它们写出来的地方，那些词语逃走了，那些戏剧死去了，那将节奏感的低语联合起来的生命线，什么都没有留下，除了一种遥远的怀想，偏远山上的一抹余晖，荒原边际旁扬起叶子的一阵风，一个从未被挑明的亲属关系，他人的愉悦，女人，本能告诉我们她肯定会向后看，而且她从来就不存在。

不管什么样的计划，我都有。我创作的《伊利亚特》有一种结构上的逻辑，一种情节上的有机渐进，那是荷马无法企及的。我那些有待用词语填满的诗行，它那经过精研的完美，让维吉尔的精确显得贫乏，弥尔顿的力量显得软弱。所有我所作的寓意性的讽刺，在由准确链接的个体所组成的、象征性的精确上，全部超越了斯威夫特。而我曾是多少个贺拉斯！

每当我从椅子上起来的时候，事实上，在那里，这些东西并未被绝对梦到，我有过双重的悲剧，既来自知道这些东西是无用的，也来自知道它们并不都是梦，而且它们在我思考和它们存在的抽象边缘，多少留下了一些东西。

我曾是天才，在梦中比在生活中更名副其实。我的悲剧在于此。我几乎领跑到最后，却也跌倒在终点线。

441. 【1934年？月】

那些最简单的事物，那些真正最简单的、没有什么能让其不那么简单的事物，仅仅因为被我经历过就变得复杂至极。有时候，向别人道声"日安"会让我惊慌失措。我的声音干涩，仿佛大声说出这两个字的行为透着怪异的鲁莽。这是一种"存在的羞耻"——没有别的词了！

对我们的感觉进行冲动的分析，能创造出一种新的感受方式，但对于一个只用智识而不用自身感觉去分析的人来说，那种方式似乎有点假。

从形而上的角度看，我一生都是毫无价值的，我真诚游乐，却从未认真做过什么事情,不管我多么想要认真。不怀好意的命运赖在我身上,拿我寻开心。

要是我能有印花布、丝绸或锦缎做成的情感就好了!拥有它们这样可以描述的情感!拥有可以描述的情感!

一种悔恨的感觉从我灵魂中升起,那是神对万物的悔恨,也是泪水无声的哀痛,因为梦的诅咒落在了做梦者身上……我不带怨恨地仇视所有写下诗句的诗人,所有渴望看见理想的理想主义者,所有得偿所愿的人。

我在安静的街道上无止境地游荡,一直走到身体与灵魂一样疲惫,那种熟悉的极致的疼令我痛苦,其间还混杂着一种因感受自身而产生的愉悦,母性的自我怜悯,在音乐中流淌而无以名状。

睡吧!入眠吧!平静吧!去成为一种抽象意识,安详地呼吸,没有世界,没有日月星辰,没有一片死寂的灵魂之海涌起情感的浪潮,映照群星的缺席!

442. 【1934年?月】

正如第欧根尼对亚历山大所要求的那样,我只求生活不要夺走我的阳光[1]。我有过欲望,但拥有欲望的理由却遭到否定。至于我发现的事物,倘若真的被发现就更好了。梦想◊

---

1 该典故出自普鲁塔克所撰《比较列传》(或译《希腊罗马名人传》):有一天,锡诺普的第欧根尼在晒太阳,亚历山大大帝前来拜访,问他有什么心愿未了,第欧根尼说:"请你不要挡住我的阳光。"(译者注)

散步时，我总能造出完美的句子，但是一回到家就会忘记。这些句子不可言说的诗意——我不知道它们是与原本的样子完全一致，还是偏离了最终没有写下的东西。

我对一切都犹豫不决，很多时候我也不清楚原因。我常常寻求两点之间较长的距离，譬如一条符合我本性的直线，我会在脑海里将其设想成理想直线。我从未掌握积极生活的技巧。任何人都不会出错的举动，我总是弄错；别人生来就要做的事情，我费尽心力才能继续做下去。我总是渴望得到别人无须渴望就能得到的东西。我和生活中间永远有一层毛玻璃，无法通过视觉或触觉去了解生活；我从未在立体现实或平面中体验过生活，我是我想成为的幻梦，我的梦始于我的意志，我的目标始终是写出第一部虚构作品，里面是我不曾成为的一切。

究竟是我的感性超越了理性，还是相反，我永远不得而知。感性与理性，总有一个是迟钝的，也许两者都迟钝，又或者，还有第三方在拖后腿。

数千年来的梦想家——社会主义者，利他主义者，所有类型的人道主义者——都让我感到反胃。他们是没有理想的理想主义者，没有思想的思想家。他们只想要生活的表皮，因为他们的命运有如垃圾，漂浮在水面上，还自认为很美，因为散乱的贝壳也是这样漂浮在水面上的。

443. 【1934年？月】
任何人只要读过这一页之前的内容，肯定会产生这样的想法：我是个梦想家。他们错了。要做梦想家,我还得有钱。

那些深沉的忧郁和充满倦意的悲伤只能存在于安逸和适度奢华的环境之中。所以爱伦·坡笔下的埃加乌斯[1]才会在一座祖传的古堡中,接连数个小时专注于病态的狂想。生活在他宽敞的起居室里横躺,门外则是隐形的管家在操持家务,准备餐食。

伟大的梦想要求一定的社会环境。有一天,我被自己写下的文字中某种哀怨的律动迷住了,想起夏多布里昂,但立刻意识到我既不是子爵,也不是诺曼底人。还有一次,我感觉自己说过的话与卢梭有相似之处,可是很快又发现我并不具备成为贵族或城堡主人的特权,也当不了瑞士人和流浪汉。

但毕竟,镀金匠大街上也有大千世界。上帝同样允许生活之谜在此驻留。所以,正如货运马车和小木箱这样的景观,我能从车轮和木板之间汲取的梦想虽然贫瘠,却是我所拥有以及能够拥有的一切。

毫无疑问,日落总在别处。但即使在城市上空的这个四楼房间里,也能思考无限。这无限中当然包括底下的仓库,却也有天边的星星……这就是发生在我身上的情况,此刻黄昏将尽,我站在高窗边,沉浸在资产阶级(尽管我并不是)的不满与永远不能成为诗人的悲哀之中。

444.【1934年?月】

我像往常一样,走进理发店,带着熟悉的场所给我的那种轻松愉悦。对新事物的敏感折磨着我:只有在去过的地方,我才能保持平静。

当我在椅子上坐下,理发小哥把一块清凉干净的亚麻毛巾围到

---

[1] 参见爱伦·坡短篇小说《贝蕾妮斯》,里面的男主人公名叫埃加乌斯。

我脖子上，我突然想到要问一问，他生病的同事怎么样了，那人总在右边的椅子上干活，岁数较大，机敏幽默。我提问并不是觉得有必要，只是地点和记忆使然。"他昨天死了"，理发小哥站在我和毛巾后面，用平淡的声音回答道，手指把毛巾最后一角塞进我的颈背和衣领之间，便抽了出来。我那不合常理的好心情顿时全消失了，就像旁边椅子上那位永远不再露面的理发师一样。我想到的一切都是冰冷的。什么话都说不出来。

怀念！我甚至怀念对我毫无意义的事物，因为我对时间飞逝感到焦虑，生活的神秘又让我饱尝病痛。我在熟悉的街道上见惯的那些面孔——要是再也见不到了，我会伤心；他们什么都不是，除了象征整个生活。

那个索然无味的老头，穿着脏腿套，经常早上九点半跟我碰见；那个瘸腿的彩票小贩，总缠着我，却白费口舌；那个气色红润、滚圆溜胖的老先生，总是站在烟草店门口抽雪茄；还有面色苍白的烟草店老板。因为我常看到这些人，他们便成了我生活中的一部分，他们都怎么样了呢？明天，我也将消失在银器大街、镀金匠大街和布料商大街上。明天，我这感觉与思考的灵魂、为我自己而存在的宇宙——是的，明天，我也将不再走上这些街道，人们也会隐约想起我并问道："他怎么样了？"我所做的一切，感受到的一切，经历的一切，不过是任何一座城市的街道日常中，某个路人的生活罢了。

445．【1934年？月】
自由意味着孤立的可能。只有当你远离人群，不必为了金钱、社交、爱情、荣耀或好奇心的需求被迫寻找他们，你才是自由的，因为这些需求无法在寂静与孤独中汲取养分。倘若不能独活，你生来便是奴隶。你可以拥有精神与灵魂所有伟大的秉性，但你只是个高贵或聪明的奴隶:你不自由。这并不是只跟随你的悲剧,因为让你天生如此的悲剧不是你的,是命运自身的。然而,如果生活固有的压迫使你沦为奴隶,你多么不幸啊。如果你生来自由,有能力自足且独立生活,贫困却逼着你与他人共处,你多么倒霉啊。是的,这才是你的悲剧,与你如影随形。

生而自由是人类最伟大的秉性,它使卑微的隐士超越了国王甚至众神,后两者只能通过权力而非对权力的蔑视才能自我满足。

死亡是一种解脱,因为死了便不再需要他人。可怜的奴隶最终被迫摆脱了快乐与痛苦,摆脱了他所渴望且持续着的生活。国王最终脱离并不想舍弃的领土与权柄。交际花不再享有钟爱的凯旋。胜利者不再拥有命中注定的捷报。

于是,死亡用陌生的华服装扮可怜荒谬的尸体,使其高贵。那里的人是自由的,尽管他不想要自由。那里的人不再是奴隶,尽管他为失去奴隶的身份而哭泣。正如一介君王,最大的尊荣就是名讳,他可以像普通人那样可笑,但君王总是至高无上,同理,死人可以丑陋,但依旧高高在上,因为死亡已让他获得自由。

我疲倦地关上窗,把世界驱逐在外,有那么一刻我是自由的。明天我将重新做回奴隶;但现在,我独自待着,无须任何人,只是担心某个声音或存在来打扰,我有小小的自由,我的崇高[1]时刻。

我靠在椅子上,忘记了压迫我的生活。除了曾经感到的痛苦,我感觉不到任何疼痛。

---

[1] 原文为拉丁语"excelsis",语出拉丁文"荣归主颂"(Gloria in excelsis deo),是基督教仪式上使用的礼文。该词在短语中有"崇高""上升"之意。(译者注)

附 录

I. 葡萄牙国家图书馆未收录的文稿

附录1　【第二阶段】[1]

结交，协作，与他人一起行动，这是一种形而上的病态冲动。灵魂既已被赋予个人，就不该出借，用来处理同他人的关系。存在的神圣事实不应该向共存的险恶事实投降。

与他人一起行动，至少让我失去了一样东西，那就是独自行动。

当我把自己交出去，看似得到拓展，实际是在自我限制。共存就是死亡。对我来说，只有自我意识才是真实的；其余都是这意识中不确定的现象，把极为真切的现实嫁接到这些现象上也是病态的。

小孩子非要按自己的意志行事，他们更接近上帝，因为他们想要存在。

我们的成年生活局限在施舍他人的范畴内。我们靠他人施舍度日，把自己的个性在共存的狂欢中挥霍殆尽。

每一个说出来的词语都在背叛我们。唯一可容忍的交流就是使

---

[1] 由于没有作者亲笔注释的相关资料，只能推测本片段属于《不安之书》的第二阶段。

用写下来的语言,因为它不是灵魂之间一座大桥上的石头,而是日月星辰中闪现的一道光。

解释就是失去信任。一切哲学都是◊永恒形式下的某种外交手段,如同后者,本质上是虚假的,没有实体,却能全然彻底地为达到某个目的而存在。

一个有出版物的作家,唯一高尚的命运就是得不到他应有的声誉。但真正高尚的命运属于不出版任何作品的作家。我不是说他不写作,因为那样他就不是作家了。我指的是他凭天性写作,却出于精神的要求而拒绝献出作品。

书写是对梦的客观化,是创造一个外部世界,清晰明确地嘉奖(?)[1]我们作为创造者的秉性。出版就是把这个外部世界交给他人;但是,倘若这个外部世界对我们来说是共有的,对他们来说则是真实的、物质的,看得见也摸得着,那又何必交出去呢?他人与我内心存在着的宇宙又有什么关系?

附录2 【1931年?月】

一切想法,无论我多么渴望把它们固定下来,很快都会变成我的幻梦。当我想要提出论点或展开推理,句子就会出现在我眼前,先是表达想法本身的句子,再是证实前文的补充句,最后是补充句的衍生物和影子。例如,我开始深思上帝是否存在,却发现自己正在谈论遥远的公园,封建时代的仪仗队,以及从我探身俯瞰的窗下流淌而过的半沉寂的河;我发现自己在谈论它们,因为我发现自己正看着、感觉着它们,有那么一刻,一缕真实的微风轻拂我的脸颊,穿过层层隐喻,从梦见的河流表面吹起,以弃绝为中心,从我的贵族

---

[1] 此处按原文保留括号及问号。(译者注)

风格中浮现。

我喜欢思考，因为我知道我绝不会拖延着不思考。理性如同始发站，所以令我着迷——冰冷的金属码头，人们在那里登船，驶向广阔的南太平洋。有时候，我会努力深思一个宏大的形而上学问题，甚至社会问题，因为，我知道思想沙哑的声音就像孔雀尾巴，一旦我忘记自己在思考，那声音就会开屏；我知道人类命运是一道门，嵌在一面并不存在的墙里，所以当我打开它，就能看见令我心仪的一座座花园。

感谢无数命运的那个讽刺元素，它使生活的穷人拥有思想般的梦，正如它使梦里的穷人拥有思想般的生活，抑或生活般的思想。

但就算梦通过思考的激流将我卷入其中，我也会感到疲倦。于是我睁开做梦的眼睛，走到窗边，把梦迁移到大街和屋顶上。正是在这漫不经心而又深沉的凝视中，我的灵魂实实在在得到了解脱，我望见成堆的瓦片被分成不同的屋顶，覆盖着街上如星星般弥散的人群，我不思考，不做梦，不看，也不需要；就这样，我真正地凝视起自然的抽象、自然本身，以及人和上帝的差异。

II. 标注为"L. do. D. (?)"[1]的文稿

附录3 【1915年？月】

现代事物是：

（1）镜子的进化。

（2）衣柜。

从肉体到灵魂，我们变成穿着衣服的生物。

由于灵魂总是与肉体相符，一套精神服装就此确立。我们转而拥有本质上自带着装的灵魂，正如我们——人，肉体——转而归入"穿衣服的动物"这一范畴。

重要的不仅仅是"衣着已成为我们自身的一部分"这个事实，还有这套服装的复杂程度和奇特性质——它与人体及其动作的自然优雅没有任何关系。

如果人们要我通过某个社会原因解释自己的灵魂状态，我会无声地指着一面镜子，一个衣架和一支墨水笔，以此作为回应。

---

1 "L. do. D."是"不安之书"葡语原文"Livro do Desassossego"的缩写形式。（译者注）

附录4　1930年6月27日

生活就是我们所设想的一切。对于农夫来说，农田就是全部，是一个帝国。对恺撒来说，帝国小得可怜，不过是块农田。穷人拥有帝国；伟人却只有农田。事实上，我们唯一拥有的就是自己的感觉；因此，我们不得不在感觉中，而非感觉所看见的风景里，建立生活的现实。

但这些都无关紧要。

长久以来，我做过很多梦。我为此感到疲惫，但我不厌倦做梦。没有人会对做梦感到厌倦，因为做梦就是遗忘，而遗忘没有重量，是一种无梦的沉睡，我们在其中保持清醒。在梦里我实现了一切。我也不断地醒来，但那又有什么关系？我曾是多少个恺撒啊！这些光荣之人又是多么卑劣！恺撒被一个海盗慷慨解救，免遭一死，却在搜寻许久后将他逮捕，即刻下令把他钉上了十字架。拿破仑在圣赫勒拿岛立下遗嘱，竟给一个企图谋杀威灵顿公爵[1]的歹徒留下一份遗产。噢，他们的伟大与斜眼邻居不相上下！另一个世界的女厨子生出来的伟人们啊！我曾经是多少个恺撒，然而我仍然梦想成为他。

我曾是多少个恺撒，但他们都是不真实的。当我做梦的时候，我是真的威严有如皇帝，所以我也并非一事无成。我的军队虽然战败，但溃败本身松软空洞，没有人战死。幡旗也没有丢失。我甚至从未梦见这支军队，军中幡旗也从未出现在我的视线中，视线所及的梦境里还有街角。就在这里，镀金匠大街上，我曾是多少个恺撒。我曾经成为的这些恺撒仍旧活在我的想象中；但真实的恺撒们已经死去，这条镀金匠大街，即现实，也无法认出他们了。

我把空火柴盒扔向街道的深渊，就在那没有小阳台的高窗护栏

---

[1] 指第一代威灵顿公爵阿瑟·韦尔斯利（1769—1852），滑铁卢战役中击败拿破仑的联军统帅，后成为英国首相，人称"铁公爵"。（译者注）

外面。我从椅子上直起身倾听。仿佛意味着什么,空火柴盒在大街上发出清脆的声响,宣告街道的荒芜。再也没有别的声音,除了整个城市的噪音。是的,整个城市的噪音——如此繁杂,互不理解,却都不容置疑。

在现实世界里,能够为最好的沉思提供支撑的事物是如此稀少。午饭迟到,火柴耗尽,我独自把盒子扔到大街上,因为饭点不准时而感到不适,今天是周日,天空许诺一场糟糕的日落,在这个世界上谁也不是,以及所有形而上学的事物。

但我曾是多少个恺撒啊!

附录5 1934年7月26日

任何健全人心中都有对上帝的信仰。任何健全人心中都不会只信仰某个确定的上帝。是我们想象出来的某个事物——存在或不可能存在——统治着一切;没人能定义祂的人格(如果祂有人格);没人能理解祂的意图(如果祂有意图)。通过称其为上帝,我们指涉一切事物,因为"上帝"这个词没有确切含义,所以我们可以什么都不说就认定祂。我们有时会将无限、永恒、全能、极端公正或仁慈的标签贴在祂身上,但这些特质会自己脱落,就像有名词就已足够的情况下,去掉所有不必要的形容词一样。由于祂无法定义,我们便不能给祂任何属性,也正因为如此,祂成了那个绝对名词。

同样的确定性与模糊性也依照灵魂的生存而存在着。我们都知道人固有一死;但我们都觉得自己死不了。让我们在黑暗中看到死亡是一种误解的,并非某个愿望或者希冀,而是一种内部形成的、根深蒂固的推论,摒弃了◊

附录6　【1934年7月26日前后】

田野是我们不在的地方。那里，也只有那里，存在着真正的阴影和树林。

生活是感叹号和问号之间的迟豫。在疑问中，总有一个句号。

奇迹是上帝犯懒的结果，或者，毋宁说，是我们创造了奇迹，并把懒惰归于上帝。

众上帝是我们永远不可能成为之物的化身。

对一切假设的倦烦……

III. 两篇注释

附录7　【1929年？月】给专有版本的注释（也可作为"序言"）
晚些时候，我会单做一本书，把原本错误地想放入《不安之书》的许多诗歌集中起来；这本书应该有这样一个标题，差不多能表达出"垃圾"或"间隔"的意思，或者任何有相同疏离感的单词。

此外，这本书将会构成废料终点站的一部分，成为不可出版之物的出版仓库，作为一个悲哀的例子存活下来。这有点像早逝的抒情诗人未完结的诗歌，抑或伟大作家的书信，但是本书中固定下来的文本不仅是次要的，更是与众不同的，这份不同正是出版它的原因，因为出版不该出版的东西是毫无道理的。

附录8　【1931年？月】
本书的组织整理，应当基于对现存各种片段尽可能严格的筛选，但也要改写那些不符合贝尔纳多·索阿雷斯心理特征的早期文本，正如现在所发生的一样。除此之外，还要对作品风格进行整体性的校对修改，避免在私密表达的基调中丧失梦幻与逻辑不连贯的特点。

有必要考察是否应该插入一些大篇幅的片段，它们都有宏伟的标题以做分类，例如"巴伐利亚国王路德维希二世的葬礼进行曲"或"不安之夜交响曲"。也有可能将"葬礼进行曲"保持原样，或者把它和别的"大篇章"一起，收录到另一本书里。

IV. 幕间虚构作品

附录9　【1929年？月】"幕间虚构作品"序言

有些人物，我会安插在故事里，或者书的副标题中，并在他们说的话下面署自己的名字；另一些人物则完全是我设计出来的，除了说明他们由我创造，我不会给他们说的话署名。这两类可以按以下方式区分：那些我绝对强调的人物，他们的风格与我不同，而且如果人物有需要，风格甚至会与我截然相反；至于我署名的人物，则与我自身的风格无明显差异，除了一些不可避免的细节，若没有这些细节，他们就没办法相互区别了。

为了说明差别所在，我要举例比较若干人物。簿记员助理贝尔纳多·索阿雷斯和特维男爵[1]——这两个人既属于我，又与我不同——他们的写作风格基本一致，语法、措辞方式与贴合度也是相同的：也就是说，他们的风格，无论好坏，都是我自己的风格。之

---

[1] 1928年下半年，佩索阿的笔记中出现了一位"第十四代特维男爵"，这可能是他创造的最后一个异名。特维男爵住在葡萄牙乡下的一座庄园里，曾在巴黎待过一段时间，与一位法国侯爵进行过决斗。他是个斯多葛学派信徒，因无法承受情感与理性的折磨以及写不出理想作品的绝望，他留下最后一部手稿，将其他手稿尽毁，自杀身亡。（译者注）

所以比较这两位，是因为他们是同一种现象下的例子——对生活现实无所适从，而且，动机和原因都是一样的。但是，尽管特维男爵和贝尔纳多·索阿雷斯的葡语水平相当，风格却仍有差异。贵族特维的葡语更理智，摒弃图像，有点儿，怎么说呢，僵硬和拘谨；小布尔乔亚贝尔纳多的葡语则更流畅，富有音乐性和绘画性，但缺乏建筑感。男爵思路清晰，文章条理分明，能够驾驭情绪，虽然不能驾驭情感；簿记员助理则是情绪、情感皆不能驾驭，当他思考的时候总是跟着感觉走。

另一方面，在贝尔纳多·索阿雷斯和阿尔瓦罗·德·坎波斯之间也有明显的相似点。但从一开始，坎波斯的葡语就更随意，意象更恣肆跳跃，与索阿雷斯的葡语相比，显得更私密，意图也没那么明确。

附录10 【1929年？月】【幕间虚构作品？】

我辨别人物的时候也会发生意外，这些意外会给我的精神洞察力带来沉重的负担。比如将贝尔纳多·索阿雷斯音乐性的文章同我自己的类似作品区分开来……

有时候，我可以瞬间就做到这一点，完美得让我吃惊；这种惊讶并非不谦虚，因为，既然我不相信人类拥有哪怕一丁点自由，那么我对自己身上发生的事情，就会像对别人身上发生的事情一样惊讶不已——我与别人都是陌生人。

唯有一种强大的直觉才能成为灵魂荒原上的指南针；唯有一种感受力，运用智识并以其为基础，却又与之不同，才能在各自的现实中区分这些梦中人物。

附录11　【1929年？月】幕间虚构作品

在人格的分裂发展或者说不同人格的创造过程中,存在两种级别或类型,如果读者能紧紧跟随,它们就会以迥然不同的特征显现出来。第一类中,人格通过与我大相径庭的独特情感与观念凸显自己;第二类水平较低,通过推理和论证来表达观点,实现自我区分,这些观点并非我自己的,就算是,我也不知道。无政府主义银行家[1]就属于第二类;《不安之书》与人物贝尔纳多·索阿雷斯则属于较高级的第一类。

读者必须注意到,虽然我出版的《不安之书》(好像我真出版似的)作者是里斯本市某位叫贝尔纳多·索阿雷斯的簿记员助理,但我并没有将他放进这些幕间虚构作品。因为,尽管他的观念、情感、看待与理解问题的方式都与我不同,他的表达方式和我却是一样的。我用自己原本的风格,赋予他相异的个性,这种风格,除了特殊的语调差异不可避免之外,也没有什么其他区别,而他的语调则是情感自身的独特性必然投射出来的产物。

幕间虚构作品的作者们不仅在观念与情感上有别于我,就连写作技巧与创作风格都是不同的。由此,每个人物都以完全不一样的方式被塑造和培养,而不仅仅在设想中有所差别。这就是诗歌在幕间虚构作品中占据主导地位的原因。散文中很难实现自我的异质化。

---

[1] 出自由佩索阿署名的中篇小说《无政府主义银行家》(1922),主人公是个"有钱的银行家、生意人、投机商",以苏格拉底式的对话论证自己是个"真正的无政府主义者"。该小说已收录于《想象一朵未来的玫瑰》(杨铁军译,雅众文化出品,2019年)。(译者注)

图书在版编目（CIP）数据

不安之书 /（葡）费尔南多·佩索阿著；（哥伦）热罗尼莫·皮萨罗编；金心艺，周淼译.—北京：北京联合出版公司，2022.7（2024.6 重印）
ISBN 978-7-5596-5679-7

Ⅰ.①不… Ⅱ.①费… ②热… ③金… ④周… Ⅲ.①随笔—作品集—葡萄牙—现代 Ⅳ.① I552.65

中国版本图书馆 CIP 数据核字 (2021) 第 220181 号

不安之书

作　　者：[葡]费尔南多·佩索阿
编　　者：[哥伦比亚]热罗尼莫·皮萨罗
译　　者：金心艺　周　淼
策划机构：雅众文化
策 划 人：方雨辰
出 品 人：赵红仕
策划编辑：曹雪峰
责任编辑：管　文
特约编辑：简　雅　陈雅君
装帧设计：CINCEL at 山川制本

北京联合出版公司出版
（北京市西城区德外大街83号楼9层　100088）
北京联合天畅文化传播公司发行
山东临沂新华印刷物流集团有限责任公司印刷　新华书店经销
字数388千字　889毫米×1194毫米　1/32　15.5印张
2022年7月第1版　2024年6月第4次印刷
ISBN 978-7-5596-5679-7
定价：78.00元

版权所有，侵权必究
未经书面许可，不得以任何方式转载、复制、翻印本书部分或全部内容。
本书若有质量问题，请与本公司图书销售中心联系调换。电话：（010）64258472-800